HISTOIRE LITTÉRAIRE

DE LA

SUISSE ROMANDE

OUVRAGE COURONNÉ PAR L'ACADÉMIE FRANÇAISE

HISTOIRE LITTÉRAIRE

DE LA

SUISSE ROMANDE

DES ORIGINES A NOS JOURS

PAR

VIRGILE ROSSEL

ÉDITION ILLUSTRÉE

COMPLÈTEMENT REFONDUE ET ORNÉE DE PLUS DE 400 GRAVURES, DONT ENVIRON 100 PLANCHES HORS TEXTE, PORTRAITS, FAC-SIMILÉS, AUTOGRAPHES, etc.

NEUCHATEL

F. ZAHN, LIBRAIRE-ÉDITEUR

1903.

Virgile Rossel

Histoire littéraire de la Suisse romande

Tome I

Des origines au XVIIe siècle

Collection Histoire Helvétique
Editions de l'Aire

Chez le même éditeur

Suzanne Scuri: Saint Maire d'Autun, évêque de Lausanne
Charles Gilliard: La Conquête du Pays de Vaud par les Bernois
Conrad Hilty: Les Constitutions de la Suisse
G.A. Chevallaz: Le Gouvernement des Suisses ou l'histoire en contrepoint
Maurice Besson: Nos origines Chrétiennes
Louis Courthion: Le peuple du Valais
Richard Paquier: Saint-Saphorin, relais romain et bourg médiéval

79, route d'Oron
1010 Lausanne 21

PRÉFACE

Nous avions presque renoncé à l'espoir de reprendre et de refondre jamais cette HISTOIRE LITTÉRAIRE DE LA SUISSE ROMANDE, à laquelle nous avons consacré tant d'années de travail et que la critique suisse et étrangère accueillit de façon si bienveillante, lorsque, dans le courant du mois de mars 1901, M. F. Zahn, éditeur à Neuchâtel, n'obéissant qu'à la pensée élevée de populariser un ouvrage qu'il jugeait utile de répandre largement et de rendre accessible à tous, nous offrit spontanément d'en donner une édition magnifiquement illustrée. Son initiative était si courageuse et si généreuse, que nous n'avons point hésité à entrer dans ses vues. On se convaincra qu'il n'a reculé devant aucun sacrifice pour l'exécution de son projet, et notre premier devoir est de lui en exprimer ici notre sincère et profonde reconnaissance. Grâce à lui, ce premier essai d'une étude d'ensemble sur les lettres romandes va paraître dans les meilleures conditions que nous puissions souhaiter.

Effectivement, notre nouvelle édition est un nouveau livre, non seulement par son abondante illustration documentaire, qui le rend plus instructif et plus vivant, mais encore par son texte que l'auteur a entièrement remanié. Nous avons tenu compte de vœux émis par des hommes d'une indiscutable compétence; des recherches et des lectures nombreuses nous ont amené à rectifier plus d'une erreur et à combler diverses lacunes; la mort, qui a découronné notre littérature pendant ces dix dernières années, en nous enlevant Charles Secrétan, Victor Cherbuliez, Mme de Gasparin, Louis Duchosal, Henri Warnery, nous a forcé d'ajouter bien des pages à notre œuvre; et puis, nous avons pratiqué de larges coupures dans des chapitres trop délayés ou trop touffus, afin de mieux établir les proportions et de sauvegarder mieux l'unité de notre travail.

L'HISTOIRE LITTÉRAIRE DE LA SUISSE ROMANDE, publiée d'abord de 1889 à 1891, a pour but de présenter un tableau fidèle et complet du mouvement intellectuel dans tous les cantons de langue française; elle commence avec les origines et ne s'arrête qu'à nos jours, en laissant toutefois les auteurs vivants de côté. Quoique notre constante préoccupation ait été d'observer les rigoureuses méthodes de l'investi-

gation scientifique, nous n'en avons pas moins veillé à faire une œuvre dont chacun pût tirer profit et plaisir, — une œuvre populaire, dans le meilleur sens du mot. Y avons-nous réussi? Ce n'est pas à nous qu'il appartient de le dire. Nous ne nous sommes jamais départi, au surplus, des règles d'une stricte impartialité, en juge indépendant et probe dont l'unique ambition est d'apprécier équitablement l'effort et le talent, quels que puissent être les idées et le parti des hommes. Nous nous sommes ingénié aussi à replacer les écrivains dans leur milieu, à éclairer l'histoire littéraire d'une époque par son histoire générale, à peindre les mœurs, à expliquer les institutions, à raconter les luttes politiques et les conflits sociaux qui exercent une action si directe sur la pensée et l'art des siècles, à retracer enfin le rôle de notre littérature dans le monde et à marquer spécialement son influence sur les lettres françaises. Puisse donc ce livre, destiné à montrer à notre peuple le labeur et la gloire de son passé, contribuer, pour sa modeste part, à élever le sentiment national et à rendre plus fervent le culte de la patrie!

Il nous reste à exprimer toute notre gratitude à tant d'aimables et d'érudits auxiliaires, qui ont mis à notre disposition les originaux de la plupart des portraits, fac-similés, autographes, qui figurent dans ce volume. Nous songeons notamment à MM. les Directeurs de la Bibliothèque nationale, de la Berner Stadtbibliothek, des Bibliothèques cantonales vaudoise et fribourgeoise, de la Bibliothèque publique de Genève, de la Stadtbibliothek de Zurich, ainsi qu'à MM. E. Ritter, Ch. Borgeaud, B. Bouvier, E. Pittard, professeurs à Genève, B. Dumur, Eug. Secrétan, à Lausanne, A. de Montet, à Chardonne, F.-A. Forel, à Morges, Dr. A. Piaget et E. Quartier-la-Tente, à Neuchâtel, A. Kohler, à Porrentruy, sans parler de tous ceux auxquels nous sommes redevable d'une pièce intéressante ou d'une indication utile. Et nous adressons encore des remerciements très particuliers à M. P. Vionnet, ancien pasteur à Lausanne, pour son inépuisable obligeance et son précieux concours.

BERNE, en mars 1903.

V. R.

INTRODUCTION

Qu'est-ce que la Suisse romande ?

Littérairement, elle comprend toutes les parties de l'actuelle Suisse occidentale, dans lesquelles notre langue est celle de la généralité des habitants, Genève, Vaud, Neuchâtel, le Jura bernois, les trois quarts du canton de Fribourg, les deux tiers du canton du Valais, avec une population de six à sept cent mille âmes. Politiquement, ou encore, si l'on se plaçait au point de vue du philologue ou de l'anthropologiste, il conviendrait d'y rattacher en outre la Suisse italienne et romanche, soit, le Tessin et quelques vallées des Grisons. Comme nous ne nous occupons, en cette *Histoire,* que de littérature, nous ne franchirons pas les frontières de la plus petite Suisse romande, et les mots de lettres romandes signifieront dès lors, pour nous, les lettres suisses d'expression française, aussi bien d'ailleurs celles qui sont proprement nationales par leurs origines, leur inspiration et leur développement, que celles représentées par des auteurs étrangers dont notre pays est devenu la patrie d'adoption, — aussi bien, pour citer quelques noms seulement, Pierre Viret que Jean Calvin, Rousseau que Mme de Charrière, Alexandre Vinet que Marc-Monnier. Et nous n'excéderons sans doute pas notre droit, en étudiant dans ce tableau de notre mouvement littéraire, l'œuvre de philosophes, de moralistes, de savants, de poètes, B.-L. de Muralt, Ch.-V. de Bonstetten, J.-H. Meister, S.-L. de Lerber, Julie Bondeli, et d'autres qui, nés de race germanique, n'en sont pas moins des écrivains français de la Suisse.

Il est nécessaire d'ajouter, pour la complète intelligence de ce livre, que la Suisse romande, comme telle, est une notion qui n'a, pendant des siècles, correspondu à aucune réalité historique ou géographique. Elle n'existe, aujourd'hui même, qu'à l'état idéal, si l'on peut ainsi dire, car il n'y a pas plus de république romande que de nationalité romande ; il n'y a que des cantons et des portions de cantons suisses, où l'usage du même idiome a créé, entre certains groupes sociaux, une sorte de parenté spirituelle, rendue plus étroite pour Genève, Vaud, Neuchâtel, les districts protestants du Jura bernois, par la communauté des sentiments religieux et des intérêts confessionnels. Ce n'est que depuis 1815, voire depuis 1848, que la Confédération helvétique a définitivement englobé les diverses contrées auxquelles on applique la dénomination générale de Suisse romande ; auparavant, une extrême décentralisation politique, jointe à une non moins extrême variété des régimes constitutionnels et des rapports de souveraineté, en faisait des parties d'une même région, non point des membres d'une même famille.

Voyez plutôt !

Genève ne fut jamais qu'une capitale sans province. Etat autonome et principauté ecclésiastique, de 1033 à la Réforme, elle sut arracher à ses évêques des institutions démocratiques, et les *Franchises* d'Adhémar Fabri nous apparaissent comme la source la plus éloignée, mais la plus profonde, du *Contrat social.* La ville est, au moyen âge, grâce à sa situation exceptionnelle, une importante place de commerce, « ville de négoce et de liberté, écrit Rodolphe Rey,[1] prospère, vivante, joyeuse, fière de ses franchises, se gouvernant presque en république ». Elle n'est donc pas indigne d'exciter la jalousie ou les convoitises de ses puissants voisins, les ducs de Savoie. C'est du côté de la Suisse, vers Berne et Fribourg, que se tourneront les regards des Genevois, et c'est de là qu'on attendra le secours. « Les Suisses, les Suisses, la liberté » ! tel est le cri de tous, au début du XVIme siècle.

La Réforme est dans l'air ; issue des nécessités politiques autant, pour le moins, que des besoins moraux, elle est surtout précieuse aux Genevois en ce qu'elle leur vaut l'alliance de Berne. Le 10 août 1535, le Conseil des Deux-Cents déclare la messe abolie, après que Farel s'est emparé de la chaire de St-Pierre. Le peuple, qui a changé de culte, beaucoup pour se débarrasser de son évêque — son maître, — n'est pas disposé à changer de vie. Il reste ami du plaisir et turbulent comme du passé. Calvin le mâtera.

Concentrée, laborieuse, austère, une nouvelle Genève surgit, qui sera le cœur et le cerveau de la Réforme française. Cette cité minuscule, connue par ses foires et ses querelles, va, sous la férule de Calvin, prendre le nom et jouer le rôle d'une Rome protestante. L'isolement territorial subsiste, la Savoie ne renonce pas à ses prétentions, mais une âme énergique et une inflexible conscience habitent ce corps chétif, mais les imprimeurs et l'Académie de Genève répandent dans le monde les trésors de la science retrouvée et de la vérité reconquise, mais les remparts élevés par Besançon Hugues offrent un chaud et sûr refuge à tous ceux que leur foi chasse en exil.

Rien n'a plus contribué à l'épanouissement et au prestige intellectuel de Genève que son « Université et Collège » (1559). On lit dans la préface des *Leges Academiae Genevensis :* « Tandis qu'auparavant la cité de Genève, bien que Dieu l'eût comblée de ses dons les plus précieux, était obligée de demander, non sans désavantage et sans difficultés, l'instruction de ses enfants ès bonnes lettres et disciplines aux villes et aux nations qu'elle-même instruisait de son propre fonds en ce qui est de beaucoup le plus important, à savoir la science de la vraie religion, Dieu, dans sa bonté, a accordé à cette république ce privilège, dont très peu ont joui avant elle, d'avoir une seule et même ville pour mère de son savoir et de sa foi ». La révolution scolaire suit la révolution religieuse ; la scolastique sombre en même temps que le catholicisme. Sous Calvin et de Bèze, en moins de cinquante années, l'Académie attire, occupe ou retient à Genève des hommes qui s'appelleront Corneille Bertram,

[1] *Genève et les rives du Léman,* 3me édit., Genève, 1875, p. 63.

Ramus, Doneau, Hotman, Scaliger, Casaubon, Lambert Daneau, Jacques Lect, Pacius, Denis Godefroy et vingt autres de mérite égal, sinon d'égale notoriété.

Suivent les épigones, immobilisés et figés ceux-ci dans un calvinisme rigide et sombre, Jean Diodati, Th. Tronchin. Puis, tout à coup, un rayon de soleil filtre à travers le ciel gris et lourd d'un protestantisme desséché et morose : les idées libérales de l'école de Saumur pénètrent à Genève avec Morus ; une scission se produit entre les huguenots de stricte observance et les partisans d'une Réforme tout ensemble moins étroite et plus souple. Nous sommes arrivés à l'époque d'autorité facile et de raison aimable qui s'incarne en J.-A. Turrettini. La Réforme sourit. Le « siècle des philosophes » commence : voici Robert Chouet, disciple de Descartes, voici Burlamaqui, précurseur de Montesquieu et de Rousseau. Genève se métamorphose, tout en demeurant, comme le disait, au temps de Calvin, le fameux Lambert Daneau, « un des marchés les plus riches du commerce littéraire de l'humanité.[1] » Ombres et clartés ! Les dangers extérieurs n'ont pas diminué; les dangers internes renaissent. L'esprit séculier se réveille, et l'instinct démocratique. Il n'y avait plus guère que des protestants à Genève ; il y aura des Genevois, les arrière-petits-neveux de ces « libertins », race active, gaillarde et fière, que Jean Calvin avait fini par dompter.

Le génie local est ressuscité, en gardant toutefois, avec l'empreinte calviniste, la marque de tant de luttes, de périls, de contraintes et d'efforts. Il est raisonneur et critique, avec une pointe de subtilité ; il est militant et passionné, avec une nuance de calcul ; il est indépendant et vigoureux, avec un goût d'ironie et de fronde ; il est entreprenant et hardi, avec un reste de méfiance; il est utilitaire et doctrinaire, avec un léger accent de prêche. La Genève industrieuse et cosmopolite de 1900 diffère-t-elle énormément de celle que taquina Voltaire ?

Quelle autre destinée n'eut point ce Pays de Vaud, qui s'étend jusqu'aux portes de Genève ! « Peuple agricole, explique Rodolphe Rey, de mœurs paisibles, un peu insouciant, un peu mou, lent dans ses mouvements, ne sachant ni se décider à temps, ni agir avec promptitude et vigueur, ni réunir ses forces sous une même bannière, le peuple vaudois n'a eu longtemps qu'une existence subordonnée, des franchises sans indépendance, des institutions municipales sans droits politiques. Soit débonnaireté soit inertie, il a borné son ambition à se tenir à part. » Juste Olivier, dans son *Canton de Vaud*, gémit : « La physionomie de notre population a quelque chose d'effacé, de vague, d'insignifiant... Tout a sommeillé pendant des siècles; c'est le mouton qui, ayant « chômé » longtemps retourne souvent à son « chômage », où sa tête aura dans la foule l'ombre et le frais. » Eugène Rambert dit, plus crûment encore : « En fait de littérature, il demande des almanachs, des journaux, des livres de classe, des chansons pour ses fêtes et quelques récits populaires à l'usage des bonnes âmes, des femmes et des enfants.[2] » Ces appréciations ne sont-elles pas trop sommaires pour être justes ? Certes, les agitations, les angoisses, les combats qui traversèrent toute l'histoire de Genève et qui trempent l'âme d'une nation, furent épargnés aux Vaudois. S'ils ne sont pas, comme leurs voisins, du métal forgé et reforgé, ils n'en ont pas moins leur individualité propre, qui s'est conservée presque intacte au cours des

---

[1] *Ch. Borgeaud :* Histoire de l'Université de Genève, in-4, Genève, 1901, tome Ier, p. 54.

[2] *Juste Olivier, notice biographique et littéraire,* en tête des *Oeuvres choisies* de Juste Olivier, in-16, Lausanne, 1879, tome Ier, p. *CCXVII.*

siècles ; ils ont ce « génie caché », dont parlait Juste Olivier et qui s'est magnifiquement révélé à ses heures. Leur apparente passivité est une force ; on peut les conquérir et les dominer, les façonner et les absorber non pas.

Une longue paix fut assurée au Pays de Vaud par le régime savoyard, qui s'y établit au XIIIme siècle, après l'extinction de la maison des Zähringen. Les guerres de Bourgogne seules troublèrent momentanément le repos de cette tranquille et riante contrée ; la Réforme devait le lui rendre, en remplaçant la douce tutelle de la Savoie par l'énergique domination de Berne, — la *pax bernensis*. C'est sous le patronage de cette dernière ville, que Farel enseigna la foi nouvelle à Orbe et à Aigle ; à Lausanne, enrichie par les pélerinages, à Moudon et ailleurs, le catholicisme se laissa moins aisément entamer. Sur ces entrefaites, Berne rompit avec la Savoie, s'empara de tout le Pays de Vaud sans coup férir, y installa son gouvernement et la Réforme. Les Bernois régnèrent pendant deux siècles et demi sur cette terre molle et grasse, où leurs baillis se firent des rentes et où les Vaudois se résignèrent à boire l'excellent vin de leurs vignes.

Par la discipline morale du calvinisme, par la création de l'Académie de Lausanne et la diffusion de l'instruction publique, par une forte organisation militaire, Berne restitua plus ou moins à ses sujets les avantages de toute sorte qu'elle ne négligea point d'en tirer. Mais la prospérité matérielle est lente à venir, — l'agriculture grevée de redevances et enlisée dans la routine, les villes dépourvues de commerce et d'industrie, plus de la moitié des recettes du fisc consacrée à embellir la capitale des bords de l'Aar, à augmenter la fortune publique et privée de LL. EE. Qu'importe ! Le Vaudois chante, danse, étanche sa soif et paie. Tout, pour lui, est occasion de fêtes : fenaison, moisson, vendanges. Il fallut le formidable bouleversement de la Révolution française pour ébranler la quiétude, secouer l'apathie de ce peuple foncièrement pacifique et d'une incurable bonhomie : Pierrefleur, Ruchat, Laharpe, incarnent l'âme vaudoise aux diverses époques de son histoire. Le canton du Léman, plus tard le canton de Vaud, entra dans la Confédération suisse en 1798 et constitua une de ces solides démocraties rurales, hostiles aux exagérations comme aux chimères, soupçonneuses et violentes parfois dans leur modération même.

L'Académie de Lausanne aidant, et aussi d'heureux hasards comme les séjours plus ou moins prolongés de l'Italien de Félice, ou de l'Anglais Gibbon, ou du Français Voltaire, ou du Bernois Haller, ou du Parisien Ste-Beuve dans le canton de Vaud, l'essor intellectuel du pays fut plus libre et plus large qu'on ne l'eût imaginé. Et les habitudes de vie repliée, orientée chez les meilleurs vers la méditation et le rêve, favoriseront l'éclosion de penseurs comme Vinet, de poètes comme Olivier et Warnery.

Tout est fièvre et passion dans Genève ; tout est, dans le Pays de Vaud, existence unie, humeur comtemplative. Qu'en sera-t-il à Neuchâtel ?

« Positif et avisé, esprit net, ouvert, volontiers caustique, nullement rêveur, un peu terre à terre, le Neuchâtelois n'eut qu'une préoccupation à travers les âges : étendre ses franchises et les défendre contre ses princes,[1] » comtes de Neuchâtel, comtes de Hochberg, ducs de Longueville, rois de Prusse.. Son histoire tient tout entière dans l'âpre et constante revendication des libertés publiques. Il y a appliqué toutes les ressources de son bon sens alerte, tous les ressorts de sa volonté tenace. La Réforme

---

[1] *Ph. Godet :* Histoire littéraire de la Suisse française, in-8, Neuchâtel, 1890, p. 8.

ne lui retrancha rien de ses qualités natives, un peu courtes évidemment et un peu sèches, mais si vives et si robustes. Et, quoique l'Académie de Neuchâtel ne date que de 1839, le goût de l'instruction et une organisation scolaire qui fut, bientôt, assez complète, permirent au « Benjamin des Etats Confédérés » de briller, avant comme après 1848, dans les sciences, les lettres et les arts.

On trouve, au surplus, dans le canton de Neuchâtel, non pas deux races, mais deux populations très distinctes : les « gens du bas », les hommes du vignoble, circonspects, adroits, persévérants, faits pour administrer avec prudence, pour gouverner avec sagesse, types du « bon père de famille » des Codes, et les « montagnons », les hommes du haut plateau jurassien, non moins intelligents, plus frustes, plus ouverts, plus aventureux, la tête près du bonnet et le cœur sur la main. Les uns et les autres ont ce patriotisme local quelque peu exclusif mais extraordinairement fécond, qui, malgré l'exiguïté du territoire et la médiocrité des conditions sociales, a élevé Neuchâtel au rang d'un véritable centre de culture. En revanche, l'imagination leur est toujours apparue comme la folle du logis et ils ne l'ont laissée que très rarement mettre le nez à la fenêtre ; de là, dans leur littérature, plus de raison que d'art, plus de réflexion que de vol, plus de discussion que de poésie. Rousseau, qui ne les aimait pas, leur reconnaît « beaucoup d'esprit, plus de prétention encore, mais aucun goût ». La Réforme les avait rendus graves, la Prusse aurait pu les rendre lourds ; ils sont peut-être, de tous les Suisses français, ceux qui ont le moins changé à travers les âges.

Genève, Vaud, Neuchâtel furent et sont les grandes provinces littéraires de la Suisse romande. Ils ont tous connu, au même moment, et ils ont su garder les bienfaits de la Réforme. Et n'oublions pas ce qu'ils ont gagné, en offrant un asile à cette élite française que les guerres et les persécutions religieuses leur amenèrent, tant au XVIme siècle qu'après la révocation de l'Edit de Nantes ! Abandonnés à eux-mêmes, condamnés à « s'instruire de leur propre fonds », ils n'eussent fait sans aucun doute qu'une très modeste figure dans le monde. Et souvenons-nous de cette unité morale qui, finalement, s'est réalisée, sans sacrifice de part ni d'autre, en toute indépendance et par la force des choses : un même sentiment du devoir, une même conception de la vie, un même horizon spirituel ont supprimé les distances, atténué les contrastes, solidarisé les intérêts, si bien, qu'en dépit des incohérences, des diversités, des méfiances initiales, l'âme romande a pu naître et qu'il y a une Suisse romande depuis plus d'un demi-siècle.

Le Jura bernois, Fribourg et le Valais sont loin de présenter le même spectacle. Là c'est, du moins à compter de la Réforme, une ère de renouvellement et d'expansion ; ici, le sommeil et presque la mort, jusqu'à la Révolution.

Comment, par exemple, même dans les baillages de l'ancien Evêché de Bâle convertis au protestantisme, un mouvement littéraire se serait-il produit ? Le sol est aride, le climat sévère ; les voies de communication sont rares. Et qu'étaient les maîtres du pays ? Des étrangers, aussi bien d'origine que de langage. Ces princes ecclésiastiques, venus d'Allemagne, résident au milieu de leurs sujets et les gouvernent patriarcalement. Il y a bien un collège à Porrentruy, et l'abbaye de Bellelay pourra être le siège d'un pensionnat en renom dans la seconde moitié du XVIIIme siècle ; la population indigène n'en tire guère de profit ou n'y a guère accès. Les troubles de 1792 éclatent, l'Evêché est annexé à la France ; le pays n'a pas le temps de respirer, ni de se reconnaître au milieu du tumulte belliqueux de la période napoléonienne. Son incorporation, en 1815, au plus puissant canton de la Suisse allemande ne devait pas faire du Jura bernois une terre privilégiée pour les lettres françaises. Toujours est-il que l'instinct de conservation a provoqué l'éveil de la nationalité jurassienne. Malheureusement, ni Porrentruy, ni Delémont, ni St-Imier ne sont Lausanne, Neuchâtel ou Genève. Pas d'académie où la jeunesse puisse se rencontrer et se former, pas de milieu propice qui l'encourage et la soutienne, et pas de traditions, et point de passé. Littérairement, le Jura n'est rien, avant 1815, ses quelques écrivains, les Tavannes, les Béguelin ayant rompu toutes leurs attaches avec le coin natal. Ce n'est qu'à partir de 1815, ou même de 1830, qu'il a essayé d'être quelque chose.

A Fribourg et dans le Valais, dès la fin du XVme jusqu'au XIXme siècle, l'allemand règne comme langue officielle et la langue littéraire ne cesse pas d'être le latin. En dehors du collège, du couvent et de la cure, la vie de l'esprit est à peu près nulle. La lutte pour l'existence qui est, dans le Valais notamment, la lutte contre la nature, réclame toutes les forces vives de l'homme. Seules, la Gruyère, la ville de Fribourg, la villette d'Estavayer, ont été préservées d'une trop complète victoire des préoccupations et des besoins matériels ; les légendes, les chants, les « coraules » de la Gruyère, toute cette littérature populaire si intéressante et si riche, nous prouvent, en particulier, que l'âme du « Paï de Grévire » n'a jamais discontinué de chercher et de rêver. Et les nombreuses éditions des classiques publiées dans la ville de Fribourg, à compter de l'arrivée de son premier imprimeur (1585), nous montrent que les successeurs de Canisius faisaient d'habile pédagogie et de bonne science. Mais la littérature française reste si délaissée et si pauvre !

Le Jura bernois, Fribourg, le Valais n'en ont pas moins compris, voici tantôt un siècle, qu'ils devaient associer leurs destinées intellectuelles à celles des autres parties de la Suisse occidentale. Même la différence de religion n'a pu prévaloir contre la nécessité de sauvegarder ou de défendre le patrimoine commun de la race et de la langue. En face d'une majorité germanique très prépondérante, la minorité latine a senti qu'elle était perdue, si, dans le domaine des lettres, elle ne se serrait pas autour d'un idéal commun. On était obligé de constater jadis, avec Rambert,[1] que les frontières cantonales étaient des barrières en littérature et qu'un livre, ou un auteur, pouvait être lu et discuté à Genève, à Neuchâtel, à Lausanne, à Fribourg, tout en demeurant inconnu au delà du rayon local ; il est facile de s'apercevoir, qu'à cette heure, le régime du libre échange est celui de l'âme romande.

Nos journaux et nos revues ne demandent plus d'autre légitimation aux écrivains que celle du talent, et l'on ne s'inquiète plus de savoir si tel recueil de vers, ou tel roman, est signé d'un nom genevois, valaisan ou vaudois. C'est aussi que l'inspiration est, en somme, la même partout, et que, sur les rives du Léman comme sur celles du lac de Neuchâtel, dans la vallée du Rhône ou dans celle de la Sarine et dans les montagnes du Jura, se manifeste le même souci d'un art à la fois très national et très moral, le seul digne d'un peuple, le seul possible, le seul utile dans un pays où l'intégrité du territoire et l'indépendance de l'Etat ne reposent pas sur d'autres assises que les vertus civiques et privées.

Peut-être, l'une des circonstances qui a le plus aidé à cette œuvre de cohésion et d'unité, n'est-elle autre que le triomphe définitif du français sur les patois romands ;

---

[1] *Juste Olivier*, l. c., p. *CCXX*.

le service militaire à l'étranger, surtout en France, pendant des siècles, puis, l'école ont amené et imposé la prédominance de l'idiome littéraire sur les dialectes. Et comme ceux de la Suisse allemande se sont maintenus partout, comme ils envahissent, en plus d'un canton, même le prétoire et les assemblées délibérantes, comme ils n'ont disparu ni de l'enseignement ni du livre, l'infériorité numérique des Romands s'est trouvée compensée, dans les conflits ethniques, par l'incontestable supériorité de la langue. Même la très forte immigration germanique dans l'Helvétie occidentale n'est pas pour diminuer en Suisse l'influence et le rôle de la culture latine, car, après une génération, deux tout au plus, les Bernois, les Zurichois, les Argoviens, les Lucernois sont assimilés par le milieu romand où ils vivent, leur patois cantonal n'ayant pu résister au français.

Mais ce n'est pas ici le lieu de reprendre la question, souvent agitée, du progrès ou du recul des diverses langues parlées en Helvétie.[1] Il suffit que la Suisse romande ne se laisse point entamer; elle pourra envisager l'avenir avec confiance, si, passionnément, jalousement même, elle demeure fidèle aux plus pures traditions de cette langue française qui lui a permis de donner au monde un Jean-Jacques Rousseau, une Mme de Staël, un Alexandre Vinet.

---

[1] Voir, entre autres : *J. Zimmerli*: Die deutsch-französische Sprachgrenze in der Schweiz, 3 vol. in-8, Bâle et Genève, 1891-1899. *Deutsche und Romanen*, par H. Morf, Zurich, in-8, 1901. *Etrennes helvétiques*, 1901, p. 175 et s. (étude de M. Ch. Morel sur : « Allemands et Romands en Suisse »).

PREMIÈRE PÉRIODE

LES ORIGINES ET LE MOYEN AGE

CHAPITRE I

Les origines.[1]

I. La civilisation romaine. — II. Le christianisme et les invasions. — III. Burgundes et Francs. IV. De Charlemagne aux Zähringen.

I

Les Helvètes, peuplade guerrière d'origine celtique, abandonnèrent un jour les forêts qu'ils occupaient, entre le Rhin et le Neckar, pour s'établir dans la vaste plaine qui s'étend du lac de Genève au lac de Constance. Ils ne furent pas les premiers habitants de la Suisse occidentale; ils sont les premiers dont l'histoire ait gardé le nom. Race énergique et vaillante, d'un tempérament aventureux et nomade, les Helvètes ne trouvaient guère le temps, entre deux combats avec les tribus voisines, de cultiver

[1] Outre les *Histoires de la Suisse*, de Müller, Vulliemin, Daguet, Dändliker, Dierauer, Stutz et Gobat, les *Collections d'inscriptions* de Boissard et Grütter, les *Inscriptiones Confœderationis helveticæ*, de Mommsen (cfr. *Anzeiger für schweiz. Altertumskunde*, 1897, n° 2, 1891, n° 1, et pass.) et le *Bulletin* de l'Association *pro Aventico* (années 1887 et s.): *Versuch einer Geschichte der Helvetier unter den Römern*, par F.-L. de Haller, Zurich, 1793. *Geschichte der bildenden Künste in der Schweiz*, I, par Rahn, Zurich, 1873. *Kirchengeschichte der Schweiz*, de E.-E. Gelpke, 2 vol. in-8°, Berne, 1856 à 1861. *Archiv für die Schweizergeschichte*, pass. *Quellen zur Schweizergeschichte*, pass. *Voyage dans l'ancienne Helvétie*, par Antoine Miéville, 2me éd., Lausanne, 1806. *Mém. de la Soc. d'hist. de la Suisse romande*, pass. *Mém. et doc. de la Soc. d'hist. et d'archéol. de Genève*, pass. *Bulletin et Mém. de l'Institut national genevois*, pass. *Mémorial de Fribourg*. *Origines de la langue et de la littérature française*, par Aubertin, in-8°, Paris, 1875, et, du même, *Histoire de la langue et de la littérature française du moyen âge*, 2 vol. in-8°, Paris, 1876-1878. *Histoire de la langue et de la littérature française*, de Petit de Julleville, tome 1er, in-8°, Paris, 1896. *Revue suisse*, IX, 409, 481, 741, 882; X, 272, 662 (*Etudes sur l'histoire littéraire de la Suisse*, par A. Daguet). *Jahrbuch für schweiz. Geschichte*, VII, 1 et s. (article de M. Ch. Morel) et, du même auteur, *Genève et la colonie de Vienne*, in-8°, Genève, 1888. Voir encore la collection des Bollandistes, la *Bibliothèque des Pères de l'Eglise*, les *Annales de Dom Rivet*, la *Collection des mémoires relatifs à l'histoire de France*, de Guizot, le *Recueil des Historiens de la Gaule*, par Dom Bouquet, les *Helvetia sacra*, de Mulinen, la *Bibliothek der Schweizergeschichte*, de Haller, la *Geschichte der deutschen Literatur in der Schweiz*, par J. Bæchtold, in-8°, Frauenfeld, 1892, l'*Histoire du canton de Vaud*, par P. Maillefer, in-8°, Lausanne. 1903, et l'*Histoire du Valais*, par H. Gay, in-8°, Genève, 1888, vol. I.

le sol, de s'adonner à l'industrie. Disséminés dans douze villes et quatre cents villages, nos ancêtres demandent à la chasse et au pillage ce que leur refuse une terre stérile. Ils font partie de la grande famille gauloise — et non germaine, malgré Mommsen ; leur religion est, en somme, celle de la Gaule. Ils adorent les puissances célestes et les forces de la nature ; les bois qui dominent Lausanne — Sauvabelin, sylva Bellini, forêt de Bellen, — furent vraisemblablement un des lieux sacrés où les prêtres de l'Helvétie désarmaient la colère des dieux par des incantations et des offrandes de sang humain.

Nous ne savons rien ou à peu près rien de notre pays, avant la conquête romaine. En 58 avant J.-C., les Helvètes, enhardis par leur victoire sur Cassius, fatigués de vivre sous un ciel inclément, se péparèrent à envahir les regions de la Gaule que César venait de soumettre au joug de Rome. César les attaqua, les défit, les décima, les refoula jusque derrière leurs frontières ; ils y rentrèrent au nombre de cent mille seulement. Plus tard, ils essaieront bien de se soulever à la voix de Vercingétorix ; les divinités de l'Helvétie ne la protégeaient plus.

Epitaphe helvéto-romaine (d'après le Guide illustré du Musée d'Avenches).

Rome avait le génie de la civilisation. Elle donnait aux vaincus ses institutions, sa langue, ses mœurs même, subjuguant et latinisant le monde. N'est-ce pas Tacite qui, dans sa *Vie d'Agricola* (chap. XXI), nous apprend par quels moyens cet habile capitaine imposait aux Bretons les coutumes de Rome ? « Il les engageait, nous dit-il, à construire des temples, des forums, des maisons ; il les pressait, joignant à ses exhortations des subsides du trésor public ; il louait ceux qui se prêtaient à ses desseins, gourmandait les autres : il faisait instruire dans les beaux-arts les fils des principaux citoyens. Ainsi ces peuples qui, naguère, dédaignaient le latin, en vinrent à se piquer de le bien parler. Les manières romaines furent imitées ; la toge fut de mode ; on finit par rechercher des raffinements dangereux pour la vertu, en adoptant les portiques, les bains, les festins délicats. Ils .appelaient naïvement civilisation ce qui n'était qu'une des formes de leur servitude. » Cet éloquent et saisissant tableau s'applique aux Helvètes comme aux Bretons. Le signe le plus apparent, et le plus profitable, de la soumission n'était autre que l'abandon de la langue maternelle ; on n'arrivait à la fortune et aux honneurs qu'en se romanisant. Au surplus, l'idiome des Helvètes, le celtique, ne pouvait lutter avec avantage contre le latin enrichi et poli par une littérature de plusieurs siècles. Nos pères, eux, avaient tout au plus une littérature orale, quelques bribes de poésie religieuse ou guerrière dont il ne nous reste rien.

Le celtique cependant survivra, nid dissimulé dans la riche frondaison romaine, et cela jusqu'aux invasions. Le *Digeste* ne nous offre-t-il pas ce texte caractéristique d'Ulpien : les fidéicommis peuvent être faits non seulement en grec et en latin, *sed etiam punicâ vel gallicanâ* (*sermone*). A partir du cinquième siècle, la langue nationale a disparu en Helvétie, comme en Gaule (la Bretagne et les hauts plateaux des Pyrénées exceptés) ; mais plusieurs noms de nos villes romandes en tirent leur origine, ainsi Moudon, Yverdon, et maints vocables de notre français moderne ont la même source : barre et ses dérivés, brasser, alpes et d'autres. Nous avons aussi des monuments qui datent de l'époque celtique : le lech de Burtigny, les trois pyramides de Corcelles, la Haute-Borne près de Delémont, et des tombeaux très nombreux.

La langue officielle de l'Helvétie ne sera pas le latin d'Horace et de Virgile, mais bien un latin rustique et populaire dans lequel entreront ces *verba sordida* qui firent l'objet du traité de Titus Lavinius, cité par Aulu-Gelle, le latin corrompu que l'on

Les Fouilles au Théâtre d'Avenches. (Bulletin de l'Association *pro Aventico*, n° V.)

parlait en Italie et qui s'altère encore à traverser les Alpes, le gallo-romain. Il se distingue du langage classique par un vocabulaire sensiblement différent, par une prononciation négligée qui tend à la suppression de certaines voyelles atones (*miracla* pour *miracula*), par l'oubli de l'accord et de la déclinaison, par la construction qui devient analytique de synthétique. On conçoit que si le latin littéraire s'est introduit dans les familles aisées, où l'on entretenait des précepteurs lettrés auprès des enfants, il n'ait pas été apporté en Helvétie par les gens du commun, artisans, marchands et soldats, qui ne connaissaient que le latin populaire.

Et puis, la latinité classique est bientôt condamnée. Qu'en retrouvons-nous, au sixième siècle ? Grégoire de Tours pourra dire, dans sa *Préface*, que « la langue savante est comprise par peu de personnes, tandis que la langue rustique est comprise de tout le monde. » Il ajoutera : « Je réclamerai d'abord l'indulgence du lecteur si je me suis écarté, dans le style ou dans les *mots* (nous soulignons), des règles de la grammaire dont je ne suis pas très bien instruit. » L'aveu est précieux à retenir. Nous voyons, d'autre part, les décisions des conciles prescrire aux évêques de traduire les homélies en gallo-romain ; les *Capitulaires* de Charlemagne leur enjoindront de prêcher en « roman ».

Les Romains ne se bornèrent point à donner une langue nouvelle aux Helvètes ; ils leur inculquèrent des besoins et des goûts de civilisés. L'art architectural se développe tout particulièrement chez nos ancêtres. Trois villes d'Helvétie, Augusta Rauracorum, Vindonissa, Aventicum, s'élèvent comme par enchantement sur les ruines des bourgs et des villages détruits avant l'exode. Ces villes sont des foyers de culture. Aventicum, la métropole, *gentis caput,* suivant Tacite, possède une académie où sont enseignées la médecine, l'éloquence et les belles-lettres. Le théâtre d'Auguste peut contenir douze mille spectateurs. Et les Helvètes ont des grammairiens et des rhéteurs : *Claudius Paulus,* qui, selon le témoignage d'Appien, a conté la première guerre entre Helvètes et Romains ; *Claudius Cossius* qui, lors du soulèvement réprimé par Cécina, en 69 après J.-C., réussit à fléchir, à force d'éloquence, la colère de Vitellius et sauva l'Helvétie ; *L. Aurelius Respectus,* un jeune avocat, qui meurt célèbre à dix-huit ans ; mais le poète *Alpinus,* le *turgidus Alpinus* d'Horace, ne nous appartient pas, car il est né à Crémone et il n'est pas même certain qu'il ait jamais traversé les Alpes. A défaut d'œuvres, nous avons du moins conservé des échantillons intéressants de style lapidaire officiel et de latin vulgaire, dédicaces, épitaphes, etc., ainsi que des inscriptions démontrant l'existence d'une divinité autochtone, la déesse Aventia.

II.

La domination de Rome sur l'Helvétie, nous ne l'ignorons point, n'est pas uniquement attestée par la transformation du langage. Des vestiges de routes militaires, des débris de monuments, des tombeaux, se rencontrent un peu partout. Mais l'heure de la mort a sonné pour la puissance romaine. Les Helvètes, heureux jusqu'après les Sévère, souffriront de toutes les convulsions de l'empire agonisant. Une nuit profonde, sur laquelle se lève cependant la lumière grandissante du christianisme, enveloppera l'Europe occidentale.

D'après une tradition perpétuée par la légende héraldique de Saint-Maurice, le christianisme fut prêché en Valais dès les temps apostoliques ; une autre légende veut même que saint Paul ait passé par Genève, pour se rendre dans les Gaules. Tout ce que l'on peut affirmer, c'est qu'il y a des chrétiens en Helvétie au IIme siècle. En 370, Genève aura son évêché.

La Rome des empereurs n'est plus, après les Sévère, que l'ombre d'elle-même. Elle ne règne plus que par la tyrannie et la corruption. Elle perdra bientôt sa dernière ressource : le courage militaire. Et les barbares approchent, et les barbares sont aux portes de l'*Urbs.* Le salut viendra d'Orient. Dans une bourgade de Judée, un enfant a poussé son premier cri à la vie ; il est né de parents humbles, et César Auguste ne se doute point que la crèche où repose ce petit être sera le berceau d'une humanité nouvelle. Jésus de Nazareth apporte au monde une joyeuse offrande d'espérance et d'amour. Malgré les persécutions, du haut des bûchers ou des gibets et du fond des arènes, elle éclatera sur la terre cette parole du Christ crucifié et des apôtres martyrs : tous les hommes sont frères en un Dieu de paix et de charité.

Plus de guerre, plus d'oppression, plus de révoltantes inégalités ! Jésus a, par son sacrifice, racheté toutes les créatures ; le ciel est promis à toutes. Servez Dieu, aimez-vous !

Les philosophes de la Grèce, Socrate, Platon eux-mêmes, n'avaient rien annoncé de pareil. C'était comme un chant de délivrance, comme un hymne de justice, d'une beauté souveraine, d'une puissance inouïe, qui allaient droit au cœur des déshérités. « Je suis chrétien, » c'est-à-dire, quoi qu'il advienne, je suis sauvé, voilà le mot magique, le mot de Polyeucte, le mot de Perpétue. Les disciples du Christ béniront ceux qui les maudissent, pardonneront à ceux qui les vouent aux flammes ou aux bêtes, mourront avec une sorte d'ivresse, tendant leurs bras vers la divine patrie. Et des sanglants holocaustes inscrits au martyrologe, il n'en est pas un qui ne soit une œuvre d'héroïque et de merveilleuse propagande. Lorsqu'en 285, plusieurs soldats de la légion thébaine, arrivés en la ville d'Agaune, refusèrent de prêter à l'empereur un serment contraire à leur foi chrétienne, ils furent impitoyablement massacrés. Semence sanglante mais féconde jetée dans le champ de l'Evangile, ces légionnaires devinrent les patrons de monastères ou de cités : Maurice, du cloître qui porte ce nom, Félix et Régula, de Zurich, Lucius, de Coire, Ours et Victor, de Soleure. St-Eucher, évêque de Lyon, racontera plus tard cette *Passio sanctorum Mauricii et sociorum ejus martyrum,* et nous aurons là l'un des principaux monuments historiques et littéraires de la première moitié du Vme siècle.

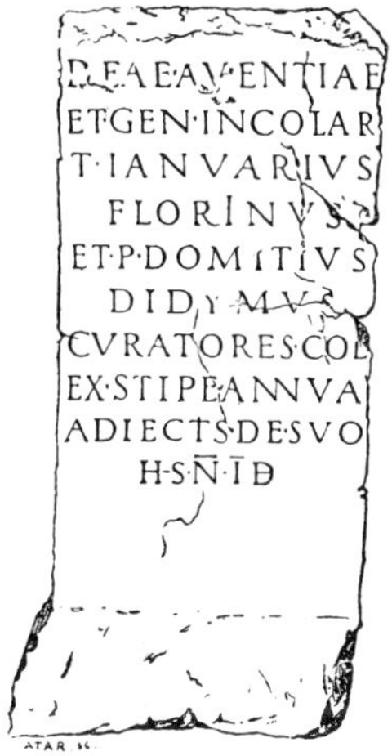

Ex-voto à la déesse Aventia (d'après le Guide illustré du Musée d'Avenches).

Il fallait à l'empire la religion du Christ, pour opposer autre chose que des armées démoralisées au choc des invasions. Après une longue résistance, Rome dut renoncer à garder ses frontières. De toutes parts, Huns, Slaves, Germains, rompaient les barrières dressées entre la civilisation et la barbarie, pénétrant dans les provinces du nord et de l'est avec la fougue irrésistible d'un torrent déchaîné. Les Allémans occupèrent l'Helvétie vers l'an 400, la saccagèrent, détruisirent Aventicum, se fixèrent, après une campagne de pillage et d'extermination, dans la partie orientale du pays. La partie occidentale fut conquise, vers 443, par les Burgundes qui, loin d'imiter les hordes allémanes, se livrèrent à l'agriculture et respectèrent les indigènes. Ces derniers conservèrent leurs lois, codifiées sous le nom de *Papien* ; les Burgundes reçurent, en 517, la loi Gombette, rédigée par le roi Gondebaud, complétée par son successeur Sigismond, l'un des actes législatifs les plus originaux de cette période et, à coup sûr, la source la plus ancienne de notre droit.

En 532, les Francs, qui avaient subjugué la Gaule, mettent fin au premier royaume de Bourgogne et l'annexent au vaste empire qu'ils avaient fondé en quelques années. L'Helvétie, subissant le sort de la Gaule, doit accepter le joug de la dynastie mérovingienne. Pépin le Bref, maire du palais du dernier des Mérovée, est sacré roi en 753 par le pape Etienne. Le règne de Charlemagne va s'ouvrir.

Les Burgundes et les Francs s'étaient convertis au christianisme. C'est l'Eglise qui pansera désormais les blessures faites par la conquête des barbares aux peuples d'Occident. Elle sera le médecin des âmes, l'institutrice des esprits. N'a-t-elle pas à son service cette force que donnent la science et la possession des vérités divines ? Elle usera de cette force ; peut-être en abusera-t-elle. N'importe ! Elle n'est pas seulement la religion, elle est aussi la civilisation. Elle imposera son autorité de mille manières : par la pompe des cérémonies, elle attire la foule ; elle domine les rois et les grands ; elle s'enrichit par de pieuses libéralités ; elle bâtit des temples, qui sont l'asile des opprimés ; elle est le soutien des pauvres ; et puis, n'a-t-elle pas entre ses mains les clefs du ciel ? Et quelle ne sera pas son influence sur l'évolution des mœurs, des lois, de la langue ! C'est un rajeunissement, une renaissance. Mais si l'Eglise refrène et soumet les barbares, elle n'absorbe pas la puissance de renouvellement qui est dans ces races où la vie coule en sa sève première. Le Germain restaurera, chez nos aïeux latinisés, les idées et les coutumes d'avant la conquête par César. Le Celte, aventureux et guerrier, reparaîtra sous le Gallo-Romain industrieux et paisible. Le sentiment de l'honneur, la passion de la liberté individuelle, les vertus militaires se réveilleront après un sommeil de plus de quatre siècles. La poésie aura ses fêtes, elle aussi, car les Germains ont une littérature qui est cette histoire chantée, ces récits héroïques se transmettant d'âge en âge et formant les glorieuses annales de la nation. Et ce n'est pas sur l'idiome des peuples assujettis que les invasions laisseront les moindres traces.

Le christianisme n'en demeurera pas moins, durant tout le moyen âge, le dépositaire et le propagateur de la science et des lettres. Les discussions philosophiques où brillent saint Irénée, saint Hilaire, saint Ambroise, la prédication d'un César d'Arles, par exemple, les chroniques d'un Grégoire de Tours, attestent une vie intellectuelle assez intense. L'institution des monastères, bientôt pliés à la rude discipline de saint Benoit, préservera de la destruction les richesses littéraires de l'antiquité.

L'Helvétie romane eut ses écrivains et ses orateurs. Le premier d'entre eux, par rang de date, est *Publius Anneius Silvius*, quatrième évêque d'Octodure, l'auteur du *Laterculum*, collection d'éphémérides sans valeur, qui est vraisemblablement antérieure à 450. Vers 475, *Salone*, évêque de Genève, écrivit, avec le concours de son frère Véran, ses *Dialogues moraux*, simple paraphrase des Proverbes et de l'Ecclésiaste.

Les deux noms de Silvius et de Salone constituent, à eux seuls, toute notre gloire littéraire avant la période burgunde. Il serait injuste de ne point rappeler ici les narrations légendaires, composées pour être lues *(legenda)* à l'église ou au réfectoire. Les vies des saints, les translations de reliques provoquent un enthousiasme naïf qui s'exprime en récits sans nombre où l'imagination tient lieu de tout. A la fin du Vme ou au début du VIme siècle, le moine *Achivus* célèbre les vertus des fondateurs de l'abbaye de St-Maurice. Un peu plus tard, *Faustus*, du même monastère, décrit les miracles de saint Sévérin d'Agaune à la cour de Clovis. Haller, dans sa Bibliothèque suisse, dit avec raison que la relation de Faustus est « claire et très sobre de merveilleux pour un écrivain légendaire. » L'œuvre de Faustus n'a été publiée d'une manière complète qu'à la fin du siècle dernier.[1] Auparavant, les Bollandistes en avaient donné une édition qui reproduisait une *Vita S. Severini,* altérée au IXme siècle par un auteur inconnu. Ajoutons que Faustus rédigea en 533 son apologie de saint Sévérin, sur l'ordre du roi Childebert... Mais nous anticipons.

---

[1] *Acta Sanctorum*, de Mabillon, I, 468-570.

III

La période burgunde fut assez favorable aux lettres, dans l'Helvétie. Sous le roi Gondebaud, les arts et les sciences fleurirent comme aux premiers temps de la conquête romaine. La Burgundie a produit des hommes, presque de grands hommes. Le plus remarquable d'entre eux est *Avitus,*[1] « insigne théologien et excellent poète, » comme l'appelle l'historien Guillaume Paradin.

Avitus ou saint Avit naquit vers 469 et mourut vers 525. Il fut évêque métropolitain de Vienne. Mêlé aux controverses religieuses et aux intrigues politiques de son époque, il combattit en vain l'arianisme de Gondebaud, mais il convertit Sigismond, le fils et successeur de l'illustre prince. Il composa une quantité d'ouvrages, en partie perdus, contre diverses sectes et doctrines. Ce qui nous reste de lui a été publié, d'abord par le P. Sirmond (1643), puis, récemment, en nouvelle édition augmentée, dans les *Monumenta germanicæ historiæ* (*auctores antiqui*). Nous possédons encore un poème en cinq chants, comprenant 2611 hexamètres (*De origine mundi,*

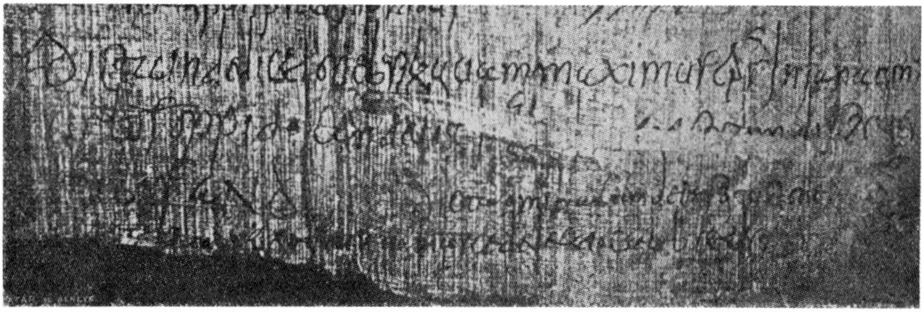

Fragment d'une homélie de Saint Avit Papyrus du VIe siècle.
(D'après la notice de M. le chan. Bou.ban sur « l'archevêque Saint Vultchaire »).

De peccato originali, De sententiâ Dei, De diluvio, De transitu mari rubris), un autre poème de 666 hexamètres (*De consolatoria laude Castitatis*), des homélies et des lettres. Il y a eu quelque complaisance ou quelque témérité, de la part d'Ampère et de Guizot, à mettre les poèmes d'Avitus en parallèle avec ceux de Milton. Certes, il existe une ressemblance, d'ailleurs fortuite, entre le *Paradis perdu* et l'œuvre épique de saint Avit; mais l'évêque de Vienne a surtout, en fait de génie, celui de l'imitation des modèles classiques. En revanche, si l'on passe sur l'indigence de leur style, les homélies offrent des pages d'une originalité très accentuée, et les *Lettres* d'Avitus renferment des renseignements fort utiles pour l'histoire de l'époque.

L'évêque de Vienne n'est pas un Helvète. Son influence à la cour des rois Gondebaud et Sigismond, le rôle important qu'il a joué dans notre pays, devaient lui assurer une place dans cet ouvrage, comme aussi à *Sidoine Apollinaire (Caius Sollius Apollinaris Sidonius)*.[2] Descendant d'une des plus nobles familles de Gaule, ce dernier

[1] Grégoire de Tours (dans *Collection* Guizot), I, 98 et s. *Conjectures historiques sur les homélies prêchées par Avitus*, etc., par A. Rilliet, Genève, 1866. *Revue suisse*, l. c. *P. Bourban :* L'archevêque Saint Vulchaire, in-8, 2me éd., Fribourg, 1900; *Etude*, etc. avec *Note sur St-Maurice d'Agaune*, in-8, Fribourg 1894.

[2] Grégoire de Tours (collection Guizot), I, 79 et s. *St Sidoine Apollinaire et son siècle*, par l'abbé Chaix, 2 vol. in-8, Clermont, 1867. *Revue suisse*, l. c.

est né à Lyon en 430; il mourut évêque en 487 ou 488. Nous avons en lui un bel esprit, qui sait à fond l'antiquité et s'accommode fort mal de l'austère morale chrétienne. Il a laissé vingt-quatre poèmes qui sont presque tous des panégyriques, des épithalames, des allégories, où l'érudition mythologique supplée tant bien que mal l'inspiration. Au reste, il est, comme Avitus, un imitateur, parfois même un simple plagiaire de Stace, d'Ausone, de Claudien et des classiques. Ses *Lettres* nous révèlent un Sidoine Apollinaire vaniteux, plus enclin au plaisir qu'au travail, et, de plus, prosateur médiocre, boursoufflé et prétentieux. Tout lui est indifférent, même la littérature : « Que veux-tu que j'écrive ? mande-t-il à un ami. Placé parmi ces bandes chevelues, obligé d'affronter des mots germaniques, de louer, d'un visage souriant, ce que chante le Burgunde vorace qui répand sur sa chevelure un beurre aigri... Heureux tes yeux, ton nez et tes oreilles, loin de ces géants auxquels suffirait à peine la cuisine d'Antinoüs ! Ma muse s'arrête et se tait de peur qu'on n'y voie une satire. » La société des Burgundes lui pèse ; il souffre d'être en contact forcé, lui, le délicat et le raffiné, avec « les bandes chevelues » des géants « voraces ».

Les écrits de Sidoine Apollinaire mentionnent le lexicographe *Siagrius*, que Gondebaud chargea de composer une grammaire, qui ne nous est point parvenue et qui était destinée sans doute à préparer la fusion de l'idiome burgunde et du gallo-romain. Grégoire de Tours nous fournit, de son côté, quelques notes sur *Aredius*, le confident et l'ami de Gondebaud ; il le traite d'« homme célèbre, courageux et sage, enjoué dans ses récits, avisé dans ses conseils, juste dans ses jugements et fidèle dans ce qu'on lui confiait ». Signalons enfin le nom de *Maxime*,[1] évêque de Genève, qu'on a vanté comme « grand prédicateur » et qui prit une part prépondérante au concile d'Agaune (517), où furent ratifiées les donations faites par Sigismond à l'abbaye de Saint-Maurice.

Après les Burgundes, les Francs s'installent en maîtres dans le pays. Race plus guerrière et plus sauvage, elle ne produira pas de Gondebaud ; les essais de civilisation de ce prince ne tenteront aucun des successeurs de Clovis, rois sans initiative ou sans culture. Aussi la littérature de l'Helvétie romane ne nous offre-t-elle, jusqu'aux Carlovingiens, que deux noms : Marius et Frédégaire.

Marius,[2] né vers 532, élu évêque d'Avenches en 573, meurt en 596. C'est le premier historien du peuple helvéto-burgunde. Historien ? Le mot est bien ambitieux pour l'honnête et modeste Marius, qui fut l'un de ces vénérables prêtres de la primitive Eglise, hommes humbles, naïfs et laborieux, ayant beaucoup de vertus mais beaucoup moins de science. Nous l'appellerons un annaliste et nous aurons été juste envers lui. On ne retrouva sa chronique,[3] trop brève mais très importante, qu'au XVIIIme siècle ; elle débute en 455 pour finir en 581. L'évêque d'Avenches y retrace, en quelques pages d'une extrême sobriété, les dernières convulsions de l'empire romain et l'invasion des peuplades germaniques. Il n'a rien d'un Tite-Live, d'un Salluste ou d'un Tacite ; ce n'est qu'un brave prêtre qui sait écrire. Entre les soins consacrés à

---

[1] Senebier, I, 101. *Mémorial de Fribourg*, IV, 337 et s. et 344 et s.

[2] *Mém. et doc. de la Soc. d'hist. de la Suisse romande*, VI, 31. *Mémorial de Fribourg*, I, 49 et s. *Revue suisse*, l. c. *Emulation* (de Fribourg), I, n° 16. *Grégoire de Tours et Marius d'Avenches*, par Gabriel Monod, in-8°, Paris, 1872.

[3] Publiée d'abord dans le Tome Ier du *Recueil* de Dom Bouquet (1783-1840, 20 vol.). Rééd. par M. J. Rickly dans *Mém. et doc. de la Soc. d'hist. de la Suisse romande*, XIII, 21 à 57.

son champ et les heures vouées à son ministère, il note, d'une plume lourde et peu experte, les faits dont il a gardé le souvenir ou dont il a été le témoin. Son tableau chronologique, souvent inexact, porte à la fois sur des événements considérables et sur de futiles détails. Marius dresse, avec un imperturbable sang-froid, et dans un style aussi monotone qu'incorrect, le procès-verbal des aventures tragiques et des bagatelles. Il narre les unes et les autres en greffier pressé de terminer sa tâche. Quelles réflexions va lui suggérer la terrible fin du roi Sigismond ? Il dira ceci : « Sous ce consul (Maxime), Sigismond, roi des Burgundes, est livré par ses sujets aux Francs ; il est jeté dans un puits avec sa femme et ses enfants. » C'est tout. En deux lignes de mauvais latin est prononcée l'oraison funèbre du fils de Gondebaud. Mais avouons que si nous n'avions que les récits de Grégoire de Tours et de Frédégaire, nous serions fort embarrassés de reconstituer l'histoire de l'Helvétie burgunde.

Entre Marius et Frédégaire, se place la venue en Helvétie des grands missionnaires d'Irlande, Colomban et Gall, chassés de France par la reine Brunehilde. Cent et quelques années plus tard, Othmar construira le monastère de Saint-Gall, aux lieux mêmes où vécurent Gall et Mang, les deux plus illustres disciples de Colomban. Ce fut comme le signal d'un mouvement très actif d'évangélisation. Dans l'espace d'un siècle, saint Germain fonda le couvent de Moutier-Grandval, Ursinus bâtit une église, origine de l'abbaye de Saint-Ursanne, Imier colonisa le val qui a gardé son nom, Clovis II éleva le *monasterium romanum* (Romainmôtier), tout près de l'endroit où deux ermites avaient érigé la chapelle de Saint-Loup.

L'Helvétie romane se peuple et se civilise. Mais, tandis que le couvent de Saint-Gall est, des siècles durant, un centre de culture dans la partie orientale de notre pays, l'Helvétie occidentale éparpillera ses forces et ne sortira pas de ses ténèbres. Je ne vois, après Marius et outre le moine anonyme auquel nous devons une *Vie de saint Maurice*, qu'un écrivain à citer jusqu'à la période carlovingienne. C'est *Frédégaire*,[1] déjà nommé, sur lequel M. G. Monod nous a d'ailleurs contesté tous droits, et pour de bonnes raisons. Il est désigné comme l'écrivain d'une chronique, publiée à la suite des œuvres de Grégoire de Tours sous le titre suivant : *Fredegarii scholastici Chronicon quod ille jubente Childebrando comte, Pepini regis patrono scripsit* (Bâle, 1588 et 1610). Son ouvrage est divisé en cinq livres ; les trois premiers sont un assez pauvre résumé d'Eusèbe, de Jules l'Africain, de Saint-Jérôme ; le quatrième n'est qu'un abrégé de l'histoire de Grégoire de Tours ; le cinquième enfin, travail original, commence à la mort de Chilpéric (584) et va jusqu'au règne de Clotaire II, dont il raconte une partie (641). Quatre annalistes anonymes ont poursuivi sa chronique et l'ont amenée à l'an 768.

Frédégaire est un personnage fort énigmatique. Joseph Scaliger et Claude Fauchet l'ont baptisé sans nous apprendre qui leur avait indiqué son état civil ; mais le nom que lui donnèrent ses parrains est resté, et il lui restera sans doute même après le travail de M. Schnürer, qui admet trois auteurs différents du manuscrit de Frédégaire, probablement des notaires royaux dont l'un vécut à Genève.

---

[1] *Recueil* de Dom Bouquet, II. *Collection des Mémoires*, etc., de Guizot, II. *Revue suisse*, X, 355 et s. *De Montet. Revue critique d'hist. et de litt.* VII^{2}, 255 et s., et *Jahrbuch für schweiz. Geschichte*, III, 139 et s. *Collectanea friburgensia* (Die Verfasser der s. g. Fredegar-Chronik, von E. Schnürer), in-4°, Fribourg, 1900.

NPRINCIPIO
ERATUERBŪ·
ETUERBUMERAT
APUDDM̄ ET
D̄S ERATUERBŪ:
HOCERAT INPRIN
CIPIOAPUDDM̄.
OMNIAPERIPSŪ
FACTASUNT ET
SINEIPSOFAC
TUMESTNIHIL:
QUODFACTUM
ESTINIPSOUITA
ERAT ETUITA
ERATLUXHOMI
NUM ETLUXIN:
TENEBRISLUCET ET
TENEBRAEEAM NON
CONPREHENDERUNT·

Evangéliaire de St-Ursanne (fin du IXe siècle ?); voir Anzeiger für schweiz. Alterthumskunde, 1893, p. 239 et s.

Au VIIme siécle, l'Helvétie burgunde est plongée dans la nuit la plus épaisse. On ne peut citer que *Bobolène*,[1] moine de l'abbaye de Moutier-Grandval, qui, vers l'an 690, a écrit, en un style sobre et presque agréable, la vie de saint Germain. Mais la langue se corrompt et s'appauvrit de plus en plus. Le *roman*, le latin rustique des chartes, des diplômes, des formules, des lois barbares, n'est plus que du mauvais gallo-romain. Et encore ne savons-nous rien du bas-latin parlé, bien autrement dégénéré. Dans nombre de textes se rencontrent des vocables que ni Horace, ni Cicéron n'employèrent jamais, mais qui sont presque tous devenus des mots français : *aciarium* (acier), *branca* (branche), *drappus* (drap), et cent autres. Non seulement le vocabulaire est bouleversé ; la grammaire, les déclinaisons spécialement, et la syntaxe sont traitées en ennemies. Ici, le complément direct est au nominatif, là, le sujet à l'accusatif. On écrira bientôt *te* pour *tibi*; on substituera les prépositions aux cas (*ad Paulum* au lieu de *Paulo*) ; on inventera l'article ; on recourra plus fréquemment aux adjectifs pronominaux.

Pour suppléer aux formes simples, que distinguent flexions et désinences et qui s'affaiblissent, le langage populaire va se faire analytique. Le bas-latin était trop irrégulier, trop abandonné à tous les hasards pour demeurer stationnaire. Une métamorphose

[1] *Haller*, II, 576. *Mabillon*, II, 511 à 515. *Helvetia sancta*, de Muser (Lucerne, 1648), 90 à 92. *Revue suisse*, l. c.

Evangéliaire de St-Ursanne (reliure du XIe ou XIIe siècle)

d'après l'Anzeiger für schweiz. Altertumskunde, 1893 (p. 25).

totale lui était réservée. Après plusieurs siècles d'un progrès qu'il est plus facile de constater que de suivre et d'expliquer, finira par se constituer cette langue d'oïl qui sera le français. Le latin littéraire, d'autre part, l'idiome des gens cultivés, s'obscurcit et s'alourdit. L'Église, qui affecte de mépriser la langue courante, du moins dans ses livres, est une gardienne peu vigilante des traditions classiques. Paul Albert a pu dire : « Le clergé ne s'abaissait pas à écrire l'idiome vulgaire ; il croyait écrire en latin. »

IV

Mais voici Charlemagne, et ce nom signifie une restauration politique et littéraire pour l'Europe occidentale. L'image de l'ancienne Rome hante le cerveau du grand empereur. Il ne se contente pas d'étendre ses frontières, de christianiser rudement les peuples conquis. Des hommes d'éminent savoir sont appelés à sa cour : le Germain Leidrade, l'Anglo-Saxon Alcuin, le Goth Théodulphe, le grammairien Smaragde, le poète Angilbert, le chroniqueur Eginhard.[1] On rassemble les poèmes héroïques de Germanie, on entreprend de composer une grammaire franque ; l'ornementation des manuscrits, missels, évangéliaires, etc., atteste un réveil du sens artistique. Charlemagne s'essaie au vers latin et, s'il commet des solécismes, ses fautes de style sont rachetées par une incontestable noblesse de pensée. L'empereur édicte ses capitulaires, ramène la vie morale dans l'Église, sinon dans sa famille, crée des écoles... Ce renouveau de l'esprit humain n'eut que la durée d'un règne. Et puis, c'était le génie de l'antiquité que l'on tirait de son sommeil ; ce n'était pas un génie autochtone, capable d'exister par lui-même et de survivre à un homme. Charlemagne et la renaissance au IXme siècle mourront le même jour.

Nous assistons cependant à une manifestation importante de la vie intellectuelle. Avant même que l'empire de Charlemagne soit légalement détruit par le capitulaire de Charles le Chauve, qui consacre, en 877, l'hérédité des bénéfices et des offices royaux, le latin est définitivement condamné à n'être plus qu'une langue savante. Le *roman* triomphe, non plus le roman de la période précédente, un latin irrégulier et corrompu, mais un roman qui est déjà le français.

Lorsqu'au mois de mars de l'an 842, les *Serments* de Strasbourg sont prononcés, le latin est détrôné : « Pro Deo amur et pro christian poblo et nostro commun salvament... » jure Louis le Germanique. Les soldats de Charles le Chauve lui répondront : « Si Lodhuwigs sagrament que son fradre Karlo jurat, conservat... » Ces textes, conservés par l'historien Nithard, petit-fils de Charlemagne, sont les premiers monuments de la langue française du nord ; dans le midi, qui est bientôt séparé de l'empire, la même défaite a été infligée au latin, mais le provençal différera notablement de la langue parlée au delà de la Loire. Nous aurons deux idiomes, qu'on appellera, l'un, la *langue d'oc,* l'autre, la *langue d'oïl,* suivant le mot qui, dans chacun d'eux, correspond à notre *oui.*

Quelles furent les phases de la métamorphose du langage dans l'Helvétie occidentale ? Tout est conjecture. Les dialectes ou les jargons se multiplient; nous avons la savoyard, le fribourgeois, le neuchâtelois, le patois du pays de Vaud, que sais-je ? Mais la langue écrite nous intéresse par-dessus tout, et il suffira, pour expliquer son

---

[1] Voir, entre autres, *Histoire poétique de Charlemagne,* par G. Paris (Paris, 1865).

développement, de reprendre, au neuvième siècle, l'histoire de la langue française, puisque, dès cette époque, le roman de l'Helvétie comme de la Gaule tend à devenir le français.

C'est par l'effet du travail inconscient et prolongé des générations que les langues varient, se renouvellent ou se transforment. Tout le monde y concourt un peu, à titre collectif ou individuel. Le latin vulgaire de Rome, qui avait servi de modèle au bas-latin gaulois, subit de profonds changements à partir de l'invasion des barbares. Emprunts au celtique, au grec et, dans une mesure beaucoup plus forte, aux divers idiomes tudesques, ont fait du dialecte des Gaules un langage qui n'a plus rien de commun avec celui des auteurs classiques. Bientôt, les mots dépouillent les formes bas-latines, suivant certaines lois à peu près fixées par les travaux de Dietz, d'Egger, de Darmestetter, de Brachet et d'autres. La principale de ces lois est celle de la *persistance de l'accent tonique*; toute la phonétique en dépend. L'accent tonique est caractérisé par l'élévation de la voix dans la prononciation de tout mot composé de plusieurs syllabes et sépare ces dernières en syllabes accentuées et inaccentuées. Il ne faut point le confondre avec la *quantité,* qui distingue seulement les syllabes en longues ou brèves. En d'autres termes, l'accent tonique porte sur la tonalité de la prononciation; dans *vita,* par exemple, il est sur *vi,* dans *umbra* sur *umb.* Or on a découvert que l'accent tonique latin persistait dans le français, en ce sens qu'il est resté sur la même syllabe en passant d'une langue dans l'autre. Cette loi est générale pour tous les mots de formation *populaire;* elle ne s'applique pas toujours à la formation *savante,* c'est-à-dire aux mots que les auteurs ont ajoutés au fonds primitif du vocabulaire en les tirant de langues étrangères.

Les voyelles inaccentuées ou atones venant après la tonique sont éliminées, si elles ne dégénèrent en *e* muets; celles qui la précèdent n'éprouvent pas de changement, lorsque le mot n'en renferme qu'une, et, lorsqu'il en contient plusieurs, la syllabe initiale reçoit un nouvel accent tonique, moins sensible que l'autre assurément, mais dont l'effet est le même sur les syllabes atones qui se trouvent entre lui et la tonique proprement dite. *Positus* devient *poste* dans la première espèce; *bonitatem, bonté* dans la seconde. En résumé, la syllabe tonique ou semi-tonique se maintient, tandis que les syllabes inaccentuées disparaissent ou s'assourdissent en *e* muets. D'un autre côté, les voyelles et les consonnes permutent entre elles, celles-ci toutefois avec moins de facilité que celles-là. Souvent aussi, la ou les consonnes médiales placées entre deux voyelles sont supprimées comme dans *jocare* (jouer), *regina* (reine), *devotare* (dévouer), *cathedra* (chaire). Mais je ne puis entrer ici dans le détail de la permutation des lettres; c'est l'affaire d'ouvrages spéciaux.[1]

Aux mots de formation populaire, se sont joints petit à petit ceux de formation savante, car le vocabulaire, fait par et pour le peuple, ne suffisait évidemment qu'à exprimer les idées de la masse. Le champ de la pensée s'élargit, de nouveaux horizons s'ouvrent, des textes latins sont traduits. On est obligé de créer les termes qui n'existent pas et dont on n'avait pas eu besoin tout d'abord. Ces vocables seront tout simplement calqués sur la forme latine et terminés par une désinence française. N'oublions pas que la grammaire et la syntaxe s'altèrent également! N'oublions pas davantage la part, encore mal définie, mais considérable sans aucun doute, que les dialectes

[1] *Grammaire comparée des langues romanes,* par F. Dietz (traduction française), 3 vol. in-8, Paris, 1872-75.

ont eue dans la genèse du français, — de cette *langue d'oïl*, qui sera la langue de toute la France, et pareillement celle de la Suisse occidentale ; la *langue d'oc*, le provençal, ne tardera pas à descendre au rang des patois.

Les monuments littéraires sont rares dans notre pays jusqu'au XIIIme siècle, — voire jusqu'au XVIme, car notre vie intellectuelle ne date guère que de la Réforme. Comment écrire et même comment penser dans un temps de troubles sans fin, de guerres continuelles, d'appels incessants et exclusifs à la force brutale, où il n'y a place, semble-t-il, que pour l'ignorance et la barbarie ? L'Église exceptée, qui demeure le refuge des lettres et des sciences, les choses de l'esprit n'intéressent personne. Les princes ont d'autres soucis que de protéger des savants, des historiens ou des poètes. Ce n'est ni Charles le Gros, qu'on dépose et relègue dans un monastère en 887, ni

L'abbaye de St-Maurice, avec son clocher du XIe siècle
(d'après les Mélanges de la Société helv. de St-Maurice, t. II).

la dynastie fondée par Rodolphe, gouverneur de la Bourgogne transjurane, puis proclamé roi de tout le territoire allant des Alpes au Rhin et à la Saône, qui seront de grands ouvriers de la civilisation. Daguet a pu dire que « l'Helvétie bourguignonne au IXme siècle est une véritable Béotie » ; on y constate, d'ailleurs, un lent recul de la culture et de la langue romanes.

Néanmoins l'Abbaye de Moutier-Grandval[1] rivalise, pendant quelques années, avec le monastère de Saint-Gall. Mais deux siècles se sont écoulés depuis Bobolène ! *Ison de Saint-Gall* fut l'un des collaborateurs d'une Encyclopédie dont on a vivement déploré la perte. Médecin illustre, il fut mis, en 868, par Rodolphe Ier de Bourgogne à la tête de l'abbaye de Moutier-Grandval. Malheureusement, il mourut tôt après, en 871, non sans avoir laissé, outre le nom d'un nouvel Esculape, deux livres sur les miracles

---

[1] *Émulation* (de Fribourg), V, 161 et s. (étude de M. A. Daguet). *Haller*, III, 442. *Revue suisse*, l. c.

de saint Othmar. Ces deux livres ne sont autre chose qu'une suite de l'ouvrage de Strabon sur la vie d'Othmar, la description des prodiges et le récit des translations diverses de ce saint.

Le successeur à Moutier du moine de Saint-Gall fut *Hilpéric,* le plus habile calculateur de son temps, avec Gerbert de Rheims. Nous avons de lui un traité du *Comput pascal,* manuel d'enseignement qui renferme les *rudimenta calculatoris.* Un critique a prouvé que le *Comput* était « infiniment peu de chose » et que « l'écolâtre de Grandfel (pour Grandval) se bornait à réfuter les absurdités de ses devanciers, » — ce qui n'est déjà pas trop mal. Notons encore que divers ouvrages lui furent attribués, sur les offices divins, sur la musique, et que l'on conserve sous son nom, au Mont-Cassin, une grammaire manuscrite.

Dans le Valais, l'abbaye de Saint-Maurice végète tranquillement. Elle nous a légué une *Chronique* sommaire, composée vers l'an 800, et dépourvue de toute valeur littéraire, sur la communauté de Saint-Maurice d'Agaune. Les bénédictins l'ont publiée dans leur *Gallia christiana.*[1] A Sion, l'évêque Conrad, un prélat lettré ou tout au moins ami des lettres, correspond avec Walafried Strabon, qui lui dédie son livre : *De Agaunensibus martyribus,* écrit en 834.

Au Xme siècle, sous l'influence bienfaisante de la reine Berthe, la paix recouvre quelques-uns de ses droits. Payerne, l'une des fondations de Berthe, est le séjour préféré du noble abbé *Mayeul* que Daguet appelle « l'Alcuin des empereurs de la maison de Saxe, » et qui travaille à la réforme des couvents de l'empire. Son successeur, le savant *Odillon,* réside tantôt à Payerne, tantôt à Romainmôtier ; il compose la vie d'Adélaïde, digne fille de la reine Berthe et digne épouse d'Othon le Grand ; il raconte aussi la longue, laborieuse et féconde carrière de Mayeul.

Et c'est tout ! Quelques noms oubliés à moitié, quelques œuvres oubliées tout à fait, des évangéliaires, des livres de piété, tel est le bilan littéraire et scientifique de près de trois siècles dans l'Helvétie romande. Jusqu'à Othon de Grandson, notre pays ne fournira ni un écrivain ni un livre aux lettres françaises. Nous aurons des légendes et des héros à foison ; pas d'historiens, pas de poètes. Et tandis que la France aura son admirable littérature épique, sa *Chanson de Roland,* son roman des *Loherains,* tandis qu'on y chantera partout la gloire et l'amour, tandis que le vieux sang gaulois coulera de nouveau dans les veines de Jean de Meung et de Rutebeuf, tandis que le *Roman du renard* commencera son tour d'Europe, la Suisse occidentale n'aura guère du moyen âge que les violences et les ténèbres.

[1] XII, 790. Voir aussi *Mémorial de Fribourg,* IV, 344 et s. *Revue suisse,* XI, 104.

L'ancienne Eglise de St-Germain (Abbaye de Moutier-Grandval)

(p. 28).

CHAPITRE II

Le moyen âge et ses prosateurs.

I. Le moyen âge[1]; coup d'œil général. — II. Ecrivains religieux et moralistes; le *Mireour du monde.* — III. Historiens et chroniqueurs : la *Chronique* apocryphe des chanoines de Neuchâtel; Servion ; Bagnyon ; Catherine de Saulx, etc.

I

Jusqu'aux Zæhringen (1097), la Suisse romande n'est pas même une province des royaumes ou des empires qui l'englobent tour à tour. La population y est, au surplus, fort clairsemée, les villes y sont rares. Quelques abbayes, Saint-Maurice, Moutier-Grandval, Romainmôtier y répandent un peu de lumière en y faisant beaucoup de bien. Sous les successeurs de Charlemagne, sous les rois de Bourgogne, les dissensions entre princes, puis, les invasions des Hongrois et des Sarrasins étouffèrent tout germe de vie intellectuelle. La guerre est mortelle à la culture. Les œuvres de la science ou des arts ne naissent, nombreuses et puissantes, que dans les temps où règne la paix.

Et voici l'an 1000! Le clergé a prédit la fin du monde. Cette « fin du monde » fut le commencement de la grandeur de l'Église. On crut que la catastrophe était inévitable, puisque le clergé l'annonçait; la question de salut prima toutes les autres. Nobles et vilains rivalisèrent de générosité et, comme le roi Sigismond, en 517, donnèrent en 999 « pour l'augmentation de leur récompense éternelle ». L'Église ne refusa rien, quoique des présents dussent sembler choses vaines à cette heure tragique. Elle ne restitua rien, le premier jour de l'an 1000. Les prophètes se sont trompés: qui s'en plaindrait? Mais si elle s'est enrichie, les trésors qu'elle amassa ont appauvri les nations et, pas plus que la guerre, la misère ne convient aux fêtes de l'esprit. Avec la querelle des investitures, renaîtront des compétitions et des luttes interminables. L'évêque de Lausanne a beau proclamer, en 1036, la « trêve de Dieu », du haut de la colline de Monriond ; tout le peuple, des rameaux verts à la main, pourra s'écrier avec allégresse: « Paix! la paix du pays! » L'Helvétie occidentale est condamnée à n'être qu'un champ de bataille. On ne respirera que sous les Zæhringen.

Désormais les villes, après avoir tenté sans succès de s'émanciper au Xme siècle, forment des bourgeoisies, obtiennent des franchises. Nos petites nationalités se constituent peu à peu. Il y aura des Vaudois, des Genevois, des Neuchâtelois. Entraînées par le grand courant de décentralisation qui signale le moyen âge, toutes les contrées de la future Suisse romande se développeront chacune de son côté, jusqu'au

---

[1] Outre la plupart des œuvres citées dans la bibliographie générale, en tête du précédent chapitre: J. Senebier, *Histoire littéraire de Genève* (Genève, 1786, 3 vol. in-8), vol. I. *Mélanges d'hist. litt.* par Guillaume Favre (2 vol. Genève, 1856), vol. II. *Archives de la Soc. d'hist. du canton de Fribourg*, entre autres le vol. II. *Mémoires de l'Académie impériale de Savoie*, VII (article de M. Ed. Secrétan). *Régeste genevois ou répertoire*, etc., 1 vol. in-4, Genève, 1864. *Histoire du comté de Gruyère*, par J.-J. Hisely (Mém. et doc. Suisse rom. IX, X et XI). *Histoire du canton de Fribourg* par le Dr Berchtold. 3 vol. in-8, Fribourg, 1841 à 1852. *Histoire du ci-devant évêché de Bâle*, par C.-F. Morel, in-8, Strasbourg, 1813. *Monuments de l'histoire de Neuchâtel*, de Matile, 2 vol. in-fol., 1844, 1848. *Monuments de l'hist. de l'anc. évêché de Bâle*, par J. Trouillat, 5 vol. in-8, Porrentruy, 1852 à 1867. *Essai sur la féodalité*, par Ed. Secrétan (vol. XVI des *Mém. et doc. de la Soc. d'hist. de la Suisse romande*). *Histoire du Valais*, par H. Gay, I, 184 et s.

jour où la Réforme et les conquêtes bernoises y établiront une sorte d'unité, partielle d'ailleurs, et plutôt morale encore que politique.

Les Zæhringen ne se bornent pas à protéger et affranchir les villes de leur duché; ils en fondent. La construction de Fribourg date de 1177, celle de Berne de 1191. Mais le dernier de la race, Berchtold V, s'éteint sans postérité, en l'an 1218. Les Kybourg et les Savoie se disputent l'Helvétie romane. Pierre de Savoie réussit à installer presque partout sa domination. Il meurt à l'instant où se lève l'étoile des Habsbourg...

Une langue nouvelle était née, une société nouvelle avait paru. Celle-là en est à ses premiers balbutiements, celle-ci est créée de toutes pièces. La féodalité n'a rien d'un édifice élevé hâtivement sur les ruines du monde romain ; elle est le fruit de ce long et mystérieux travail dont nous parlions à propos des métamorphoses du langage. Instinct de la liberté individuelle importé de Germanie avec le sentiment outré et presque la superstition de l'honneur, enthousiasme religieux et même mystique provoqué par le christianisme, nécessité d'une organisation essentiellement militaire de l'État, tous ces éléments combinés ont produit la société du moyen âge. C'est l'époque héroïque et brutale par excellence, le temps des croisades contre l'infidèle, des entreprises contre le voisin. On passe sa vie sous les armes. Les serfs valides suivent le seigneur dans ses campagnes aventureuses. Le sol est cultivé par ceux auxquels la guerre laisse des loisirs : les moines, les enfants, les vieillards et les femmes.

On serait enclin à penser que la chevalerie dût, dans notre Helvétie romane, comme en Allemagne et en France, susciter des conteurs et des poètes. Le seul troubadour qu'on puisse mentionner avant le XIVme siècle, est *Rodolphe de Neuchâtel,* comte de Fénis (mort vers 1262), un contemporain de Walther von der Vogelweide. Encore a-t-il chanté en vieux allemand ses lieds amoureux.

L'essor de la langue française, dans la future Suisse romande, a vraisemblablement été arrêté par les Zæhringen ; il est naturel que la domination de cette maison sur une grande partie de notre pays ait eu pour effet de germaniser nos ancêtres. Les voies de communication sont, au reste, si imparfaites, il y a si peu de contact entre la plupart des diverses régions de la Suisse occidentale, que chacune d'elles garde ses usages et son idiome, — son patois, avec des infiltrations tudesques plus ou moins abondantes. Il faudra que les ducs de Savoie arrivent pour qu'une réaction romane se produise. Dès les XIIme et XIIIme siècles toutefois, le français est employé dans les actes officiels et privés, sauf en pays valaisan où actes et chartes sont écrits en bas-latin jusqu'au XVme siècle et au delà. En 1247, Jean, comte de Bourgogne, adresse en ces termes une donation de sel au couvent de Romainmôtier: « Faisons savoir a touz ces qui verront ces presentes lettres que nous, pour le remede de l'asme de nostre pere, et de la nostre, et de celle de la comtesse et de nos antessours, avons donne et occtroye a la maison de Romainmoustier dix charges de grant sel a touz jours mais a payer en la semaine de penthecoste chascun an en nostre pois de salin et ils sont tenu de faire nostre anniversaire chascun an a toz jours... » La langue française qui se forme si lentement, même en France, aura des difficultés particulières à vaincre dans un pays où il n'y a ni mouvement intellectuel, ni unité ou semblant même d'unité politique.

Livre d'heures provenant de la Suisse occidentale (XVe siècle)

Bürgerbibliothek de Lucerne (p. 29).

II

Des écrivains religieux et des moralistes sont, à l'origine, les seuls représentants de notre littérature médiévale. Le premier en date est *Amédée,*[1] évêque de Lausanne (mort en 1159), auteur d'un opuscule publié à Bâle en 1517 et traduit il y a quelque trente cinq ans : *De Maria virginea matre homiliæ octo.*[1] Ces huit homélies ne brillent ni par la sobriété de la forme, ni par l'originalité de la pensée. Les cinquante et une homélies que nous avons de l'abbé *Henri de Hautcrêt*[2] (Vaud) sont plus concises et plus limpides, mais sans couleur ni relief.

Dans son *Histoire littéraire de Genève* (I, 107), Senebier nous annonce bien un « prédicateur genevois distingué » ; il ne subsiste de *Jean de Cors* et de ses ser-

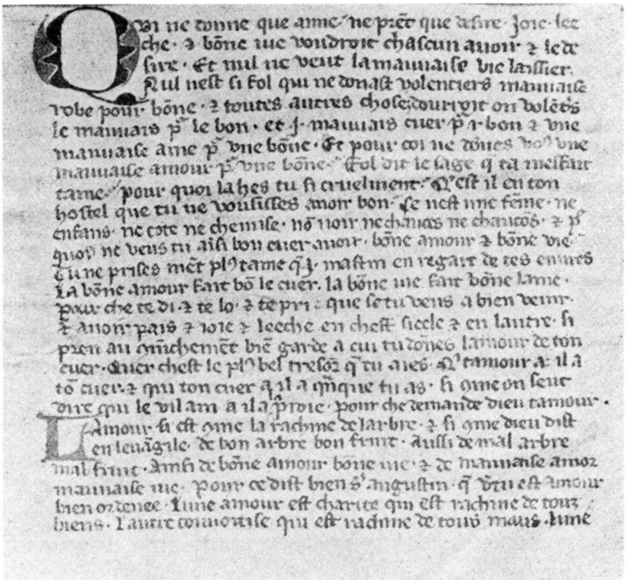

Fragment du Mireour du Monde. (Bibl. cant. vaudoise.)

mons qu'un vague souvenir. Le nom d'un évêque de Genève : *Jean de Courtecuisse*[3] († 1423), est plus connu. Né au Mans, vers 1360, le futur homme d'Eglise fit ses études à Paris et conquit en 1388 le grade de docteur en Sorbonne. Il joua un certain rôle à la cour du roi de France et soutint ce dernier dans ses conflits avec le pape Boniface XIII, Aumônier de Charles VI, puis évêque de Paris en 1420, il remplit, durant l'absence de Gerson, les fonctions de chancelier de l'Université. Ayant encouru la disgrâce d'Henri V, roi d'Angleterre, alors tout-puissant en France, il dut échanger son siège

---

[1] *Homélies sur la vierge Marie, mère de Dieu* (trad. par l'abbé Gremaud), Romont, 1866, in-8. *Mémorial de Fribourg,* I, 126, 168. *De Montet.*

[2] *Archives de la Soc. d'hist. du canton de Fribourg,* I, 237 et s.

[3] *Senebier,* I, 107. *De Montet.*

contre celui de Genève, en 1422. Son épiscopat dans cette ville fut dé courte durée. Jean de Courtecuisse a composé, ou du moins on lui attribue divers ouvrages, dont un seul est incontestablement de lui, le traité de politique ecclésiastique intitulé: *De fide, ecclesia, pontifice, concilio generali;* [1] le *Traité des quatre vertus cardinales de Sénèque,* dont la Bibliothèque de Genève possède une traduction française manuscrite, n'est sans doute pas de ce prélat.

On me reprocherait d'oublier un autre évêque de Genève, *Jean de Brogny* [2] (1343-1426), qui, s'il ne fut pas un littérateur, tenta du moins d'encourager les lettres en voulant doter la dite ville d'une université. « Le peuple, nous apprend Senebier, refusa l'offre par la crainte des désordres que les étudiants occasionnent aux citoyens. » Nous sommes moins exigeants ou moins timorés. Peut-être aussi, les étudiants d'aujourd'hui valent-ils mieux que ceux d'autrefois !

Signalerai-je encore le passage à Genève (1403) et à Fribourg (1404) du fameux prédicateur *Vincent Ferrier,* [3] qui, selon M. de Gingins, a « laissé une profonde impression dans nos contrées ? » Mais il vaut mieux étudier avec quelque détail une œuvre remarquable et sur laquelle notre pays a quelques droits.

Le tome quatrième des *Mémoires de la Société d'histoire de la Suisse romande* est consacré tout entier à la reproduction textuelle d'un manuscrit découvert, en 1835, par Félix Chavannes, dans le caveau des archives de La Sarra. De nombreuses recherches, des conjectures aussi, plus ingénieuses peut-être que solides, amenèrent M. Chavannes à supposer que ce manuscrit, intitulé : Le *Mireour du monde,* avait été composé par l'un des deux chapelains établis à La Sarra, dès 1363, pour y célébrer des messes sur la tombe des sires du château. Il tenait que le *Mireour* ne pouvait être qu'un ouvrage original. A la vérité, aucun des livres portant le même titre et consultés par M. Chavannes, ni l'*Image du monde* de Messire Gossuin, ni l'*État du monde* de Rutebeuf, ni le *Miroir des histoires du monde* de Jehan de Vignai, ni d'autres, ne paraissaient avoir inspiré directement le philosophe du *Mireour.* Il n'en était pas moins étrange qu'un traité, aussi original par le style et la pensée, fût resté enfoui dans les archives de la Sarra, car le *Mireour* était tout un grand poème en prose sur les vertus et les vices de l'humanité, un poème d'une belle simplicité, d'une singulière élévation, d'une sagacité merveilleuse par endroits. L'écrivain est à la fois enthousiaste et naïf, lyrique et pondéré ; il offre un curieux mélange de qualités précieuses et qui s'excluent d'ordinaire. Et puis, sous la plume du moraliste, deux rivales, la langue d'oïl et la langue d'oc, se combattent encore, celle-ci absorbée en fin de compte par celle-là. [4]

On conçoit aisément les perplexités et, malgré la solution qu'il accepta, les doutes persistants de M. Chavannes. Mais quel honneur pour la Suisse romande si le *Mireour* était sien ! Quelle aubaine pour notre littérature nationale !... En 1847 déjà, M. Louis Vaucher démontrait, avec preuves très convaincantes à l'appui, que le *Mireour du monde* était un parent très rapproché de la *Somme le Roy,* qu'on appelle aussi : *Les livres*

---

[1] Réimprimé à la Haye, in-fol. 1728.

[2] *Senebier,* I, 108. *De Montet. Mém. et doc. Soc. d'hist. et d'arch. de Genève,* II (articles de M. E. Mallet). *Arch. Soc. d'hist. du canton de Fribourg,* II, 195 et s.

[4] *Mém. et doc. de la Soc. d'hist. de la Suisse romande,* IV (1845). *Bibl. universelle,* 4me série, V, 481 et s. *Histoire littéraire de la France,* XIX. *Bulletin de la Société des anciens textes français,* 1893 (notice de M. Paul Meyer).

royaux des vices et vertus, *le Miroir du monde*, etc. La *Somme le Roy* fut écrite par Laurentius Gallus, confesseur de Philippe III, le Hardi, sur l'invitation de ce dernier. Elle est de la fin du XIIIme siècle. Elle traite « des vices et des vertus, » comme l'un de ses titres l'indique. A l'exemple du *Mireour*, elle débute par un commentaire des « dix commandemens de la Loy ». Le plan des deux ouvrages est identique. Bien plus, la simple confrontation des deux textes accentue le caractère d'assez exacte conformité entre l'un et l'autre. M. Vaucher concluait en ces termes : « Il n'est guère possible de conserver des doutes sur l'identité de la *Somme le Roy* et du *Mireour du monde.* » Depuis lors, M. Paul Meyer a émis l'opinion que le *Mireour* avait été formé à l'aide de deux éléments : un *Miroir* plus ancien, dont le frère Laurens aura fait usage, et la *Somme le Roy* elle-même ; ce serait donc tout au plus une compilation ou un remaniement, très personnel à bien des égards et parfois supérieur à celui des deux modèles que nous connaissons. Il faut ajouter que le français du *Mireour* est du picard, non du romand, ensorte que le livre pourrait fort bien avoir été composé ailleurs que dans le canton de Vaud : les manuscrits voyagent aisément. Quoi qu'il en soit, l'auteur est une intelligence assez libre, qui s'est assimilé une bonne part des méditations de ses devanciers, mais qui, au lieu de les copier servilement, sut les renouveler souvent avec un rare bonheur de pensée et d'expression. Ainsi tout le chapitre des « sept péchés mortels » l'emporte de beaucoup sur le chapitre correspondant de Laurens. Il y a là une abondance de réflexions, une autorité de parole, une richesse d'expériences qui décèlent un homme éminent par les talents de l'esprit et les vertus du cœur. Les vices du siècle ont leur censeur, qui n'est pas loin d'être un maître, — un maître dont la rigueur est tempérée de charité chrétienne. La charité, c'est là ce qui sépare essentiellement le *Mireour* de la *Somme*, bien indulgente elle-même en regard d'autres livres poursuivant un but analogue, — la charité, une sorte de sympathie universelle et d'incommensurable amour. Lisez plutôt !

Félix Chavannes,
l'éditeur du Mireour.

« Qui ne donne que aime ne prent que désire. Joie, lééche *(liesse)* et bonne vie voudroit chascun avoir, et le désir. Et nul ne veut la mauvaise vie laissier. Nul n'est si fol qui ne donast volentiers le mauvais pour le bon, et un mauvais cuer pour un bon, et une mauvaise asme pour une bonne. Et pour coi ne donnez-vous une mauvaise amour pour une bonne ?... La bonne amour fait bon le cuer ; la bonne vie fait bonne l'asme. Pour che, te di, et te loe et te pri que si tu veus a bien venir, et avoir paix et joie, et lééche en ce siècle et en l'autre, si pren au commenchement bien garde à cui tu done l'amour de ton cuer. Quer chest le plus bel trésor que tu aies Qui ton amour a, il a ton cuer, et qui ton cuer a, il a queuques tu as. Si comme on seut *(est accoutumé de)* dire : qui le vilain a, il a la proie. Pour elle, demande Dieu ton amour. L'amour si est comme la rachine de l'arbre ; et si, comme Dieu dist en l'Evangile : de bon arbre, bon fruit, aussi de mal arbre mal fruit. Ainsi de bonne amour, bonne vie, et de mauvaise amour, mauvaise vie. Pour che dist bien saint Augustin : que vertu est amour bien lordenée. L'une amour est charité, qui est rachine de touz biens. L'autre, convoitise, qui est rachine de tous maux. L'une aemplit le ciel où sont les éleus, l'autre aemplit l'enfer où n'a amour ne ordenanche...»

Tel est le ton du livre. Le style est bien embarrassé, la langue bien informe. Mais quelle douceur et, par instants, quelle vigueur ! Un mot encore au sujet de la composition de ce traité. Après le défilé des péchés, avarice, orgueil, luxure et les autres, nous parvenons au point « où fine le roman des vices et commence le livre des vertus ». L'auteur nous dira comment on « appren à vivre liéement », mais le lecteur devra se persuader d'entrée que notre « vie n'est fors que mors », — cette mort, dont le moraliste anonyme du *Mireour* écrit qu'elle est une « feste où nous alons plus que le trot. »

Il existe, à la Bibliothèque de Genève, un manuscrit : *Le Mirouer du monde*,[1] bien inférieur au *Mireour* et qui n'est, selon le savant bibliographe von Praet, que « l'ouvrage de Gauthier de Metz déguisé par quelques légers changements. » Le traité de Gauthier de Metz : *La Mappemonde ou l'Image du monde*, date du milieu du XIIIme siècle. L'auteur du *Mirouer* affirme, à la vérité, qu'il a consulté « plusieurs beaux et exquis livres » pour « composer en langue galique ou françoise et rédiger en rimes ce présent livre intitulé le *Mirouer du monde*.» Cet adaptateur a nom François Buffeteau, secrétaire ducal, natif de Vendôme, et le *Mirouer* ne se rattache nullement à l'histoire littéraire de notre pays.

III

En quittant les écrivains religieux et les moralistes, pour passer aux chroniqueurs et aux historiens, nous pouvions, il y a quelques années encore, nous promettre une joie sans mélange. Mais nous nous souvenons d'une phrase du *Mireour :* « Il ne faut (*manque*) qu'une chose si comme Sénèque dist : c'est qu'on die la vérité. » La vérité est saine ; par malheur, elle est triste aussi.

Samuel de Pury, le «Grand Conseiller», comme on l'appelait, s'occupait, en 1714, de recherches historiques et diplomatiques, destinées à établir l'immémorialité de l'indigénat helvétique des Neuchâtelois.[2] Il avait fureté dans les archives de sa ville natale, pendant un certain nombre d'années, sans que rien lui eût révélé l'existence de documents en faveur de la cause qu'il soutenait. « Un jour, a-t-il conté, j'aperçus d'énormes in-folio délabrés et abandonnés aux vers. C'étaient de très vieux missels, l'un de notre collégiale, l'autre de l'abbaye de Fontaine-André, qui couvraient un manuscrit grand format de quatre ou six pouces d'épaisseur. Un premier coup d'œil jeté dessus me le fit repousser par la difficulté de déchiffrer de vieux caractères presque effacés ; je ne sais par quel mouvement secret je revins à ce manuscrit... Une partie de la couverture manquait, et les 88 premières pages étaient emportées ou si gâtées, qu'il n'était pas possible d'en tirer parti. Je m'emparai de ce vieux rogaton ». De Pury, qui s'était mis passionnément à recopier « le vieux rogaton, » fut interrompu au milieu de sa besogne par un ordre de la cour de Berlin. Une cruelle déception l'attendait à son retour ; le manuscrit original avait été dévoré par les flammes. Et il ne resta de ces *Chroniques,* si intéressantes à tant d'égards, que les trop courts extraits qu'en avait fait M. de Pury !

---

[1] *Bibliothèque universelle*, 4me série, V, 489. *Catalogue de La Vallière*, n°s 2721, 2722. *Bulletin de l'Inst. nat. gen.*, II, 104 et s. *Brunet* (article *Mirouer*). *Mélanges* de G. Favre. l. c.

[2] *Extraits des chroniques ou annales écrites autrefois successivement par les chanoines du chapitre de Notre-Dame de Neuchâtel*, Neuchâtel, 1839, in-8 ; 2me édition, Neuchâtel, 1884, in-12. *Mémoires* du chancelier de Montmollin, II, 301. *Schweiz. Geschichtsforscher*, VI. *Musée neuchâtelois*, 1873, p. 34. *Biogr. neuchâteloises*, I, 188 et s. *Arthur Piaget :* La chronique des chanoines de Neuchâtel, broch. in-4, Neuchâtel, 1896. *Katholische Schweizer-Blätter*, 11me année, n. s., Lucerne, 1895 (article de M. Th. de Liebenau).

On a cru longtemps au miracle de cette découverte et à l'authenticité de la « *Chronique des Chanoines de Neuchâtel,* » retrouvée et partiellement conservée dans de si extraordinaires circonstances. Les 88 premières pages en avaient disparu. Les suivantes, écrites, dès 1377, en mauvais latin, étaient l'œuvre d'un chanoine qui se répand volontiers en complaintes sur les progrès de la forme républicaine en Suisse, aux dépens de la grande et petite noblesse, dont il prévoit la ruine prochaine. Puis, les «annales» avaient été continuées, toujours en mauvais latin, jusqu'en 1405, par *Pierre de Visemeau* et *Claude Mestral,* qui s'espaçaient sur les alliances des comtes de Neuchâtel avec Soleure et Berne. « Des choses bien vues et plusieurs observations de la plus saine politique, » affirmait M. de Pury, constituent le mérite de l'un ou l'autre fragment des chroniques dues à Pierre de Visemeau. Aussi piètre latiniste que les précédents, d'ailleurs, *Jean de Diesse,* partisan déterminé du régime féodal, récriminait jusqu'en 1425 contre les tendances révolutionnaires de la ville de Neuchâtel, qui ne pensait à rien moins qu'à se joindre à la ligue des Confédérés, à se rendre indépendante et à chasser le comte Conrad, auquel « les bourgeois cherchaient querelle à tout moment.» Le chanoine *Rollin Maillefert* changea de langue — et de langage. Il substitua le français au latin, et ne se gêna point de blâmer la roideur impérieuse de ce Conrad, que Jean de Diesse avait complaisamment vanté. La faiblesse de sa vue ne lui permit bientôt plus d'écrire lui-même; *Guy de Cottens* lui servit de secrétaire.

Et voici *Pierre Marquis,* annaliste «de génie». Et voici *Henri Pury de Rive,* qui, «pensait judicieusement et s'exprimait avec naïveté.» Les chroniques de ce chanoine partaient de l'année 1444 et s'achevaient en 1455; elles nous apportaient, entre autres, un récit coloré de l'héroïque défaite des Suisses à St-Jacques sur la Birse. Et, après ses successeurs, Philibert Cathelan, Loys de Terraux, nous arrivons au grand homme du chapitre, à cet admirable *Hugues de Pierre,* qui fut célébré par Michelet et auquel les Neuchâtelois ont élevé une statue! Qui n'a lu ses pages épiques sur la guerre des Suisses contre le duc de Bourgogne?

«A grandes chevaulchées venoit le duc Charles avecque moult gens d'armes de pied et de cheval, espandant la terreur au loin par son ost innumérable; là estoient cinquante mill, voir plus, hommes de guerre de toute langue, et contrées, force canons et autres engins de novelle facture, pavillons et accoustrements touts reluisants d'or, et grande bande de valets, marchands et filles de joyeux amour. Semblable moultitoude bruyoit de loin, et bailloit épevantement ès confins. . .»

Nous n'avons point à nous occuper des chanoines qui reprirent la plume tombée, on ne sait trop pourquoi, des mains de Hugues de Pierre, après les jours de Grandson et de Morat. M. de Liebenau soupçonnait déjà et M. Arthur Piaget a démontré, dans une lumineuse et définitive monographie, que la « Chronique des chanoines de Neuchâtel » avait été fabriquée d'un bout à l'autre par Sam. de Pury. Les supercheries littéraires ne pesaient pas à la conscience d'un auteur du XVIIIme siècle; au surplus, le chancelier de Montmollin n'aura pas beaucoup plus de scrupules, dans ses *Mémoires,* que de Pury pour sa «chronique.» En dehors même des preuves matérielles qui abondent — la langue du manuscrit n'est pas celle du XVme siècle, pas un des chanoines dont se serait composé, de 1377 à 1516, le chapitre de Neuchâtel ne figure dans la liste reconstituée par M. Piaget, etc. — les preuves morales, maintenant que nous sommes avertis, suffiraient à nous convaincre. Eh quoi! presque tous ces annalistes auraient été de profonds politiques? Presque tous, ils auraient travaillé à documenter M. de Pury pour la thèse que celui-ci défendait? Presque tous, ils auraient eu les sentiments et les idées de contemporains du « Grand Conseiller ? »

Quoi qu'il en puisse coûter à notre amour-propre national, la question est jugée. On ne démolira point la statue de Hugues de Pierre, qui décore la façade d'un des édifices publics de la ville de Neuchâtel, on ne cessera pas de tenir la vivante et vibrante narration de l'éloquent et légendaire chanoine pour un très beau morceau de prose; le charme est rompu. Non, Hugues de Pierre ne fut pas le premier en date et en mérite de nos prosateurs romands, et ce serait peine perdue que de vouloir nier l'évidence parce qu'elle nous est fort désagréable. Les Neuchâtelois peuvent, au demeurant, se consoler: si Hugues de Pierre n'a jamais existé, si toute la « Chronique des chanoines » n'est qu'une patriotique imposture, Samuel de Pury nous apparaît, lui, moins encore comme un ingénieux faussaire, que comme un surprenant artiste, — à condition que les *Extraits* soient bien de lui, et non pas du chancelier de Montmollin. Les pages qu'il a généreusement attribuées à Hugues de Pierre peuvent n'être qu'arrangement et qu'imagination d'avocat embarrassé; elles ne périront point.

S. de Pury, l'auteur de la Chronique apocryphe des Chanoines
(d'après un portrait au Musée des beaux-arts de Neuchâtel).

Rattachons aux « chroniques » le *Recueil d'un chanoine anonyme,*[1] composé au commencement du XVIme siècle. L'auteur annonce l'intention de réunir, sans ordre des temps ni liaison d'aucune sorte, tout ce qui peut concerner l'Eglise de Neuchâtel. Son livre, presque entièrement écrit en latin, est loin d'être complet; c'est un amas de notes jetées pêle-mêle sur le papier, ce n'est ni de l'histoire, ni de la littérature. La partie de ce recueil la plus digne d'attirer l'attention est une copie d'un *Offertorium magorum* que l'on avait l'habitude de représenter, le jour de l'Epiphanie, dans l'église de Neuchâtel; nous y reviendrons.

---

[1] Publié dans la 2me éd. de la *Chronique des Chanoines*, p. 147-212.

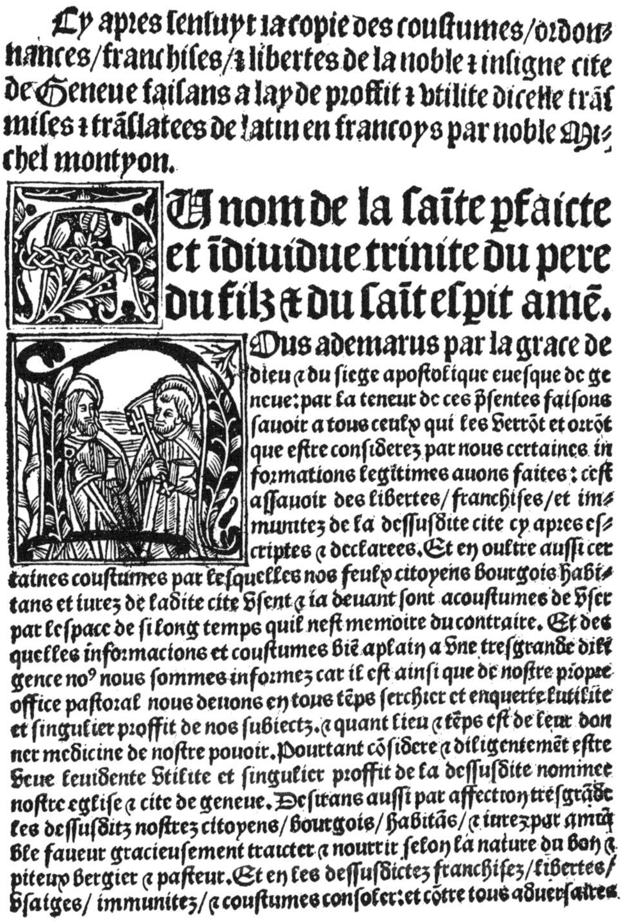
Cy apres sensuyt la copie des coustumes/ordonnances/franchises/& libertes de la noble & insigne cite de Geneue faisans a lay de proffit & utilite dicelle trāsmises & trāslatees de latin en francoys par noble Michel montyon.

Au nom de la saīte pfaicte et īdiuidue trinite du pere du filz & du saīt espit amē.

Nous ademarus par la grace de dieu & du siege apostolique euesque de geneue: par la teneur de ces pſentes faisons sauoir a tous ceulx qui les verrōt et orrōt que estre considerez par nous certaines informations legitimes auons faites: cest assauoir des libertes/ franchises/et immunitez de la dessusdite cite cy apres escriptes & declarees. Et en oultre aussi certaines coustumes par lesquelles nos feulx citoyens bourgois habitans et iurez de ladite cite usent & ia deuant sont acoustumes de user par lespace de si long temps quil nest memoire du contraire. Et desquelles informacions et coustumes biē aplain a une tresgrande diligence no⁹ nous sommes informez car il est ainsi que de nostre propre office pastoral nous deuons en tous tēps serchier et enquerre lutilite et singulier proffit de nos subiectz. & quant lieu & tēps est de leur donner medicine de nostre pouoir. Pourtant cōsidere & diligentemēt estre veue leuidente utilite et singulier proffit de la dessusdite nommee nostre eglise & cite de geneue. Desirans aussi par affection tresgrāde les dessusditz nostrez citoyens/ bourgois/ habitās/ & iurez par amyable faueur gracieusement traicter & nourrir selon la nature du bon & piteux bergier & pasteur. Et en les dessusdictez franchisez/ libertes/ usaiges/ immunitez/ & coustumes consoler: et cōtre tous aduersaires

La première page des Franchises de Genève, édit. 1507

Cliché Ch. Eggimann & Cie, Genève (p. 37).

Les entreprises du duc de Bourgogne contre les Suisses[1] présentent infiniment plus d'intérêt. L'auteur de cette chronique, dont il n'existe que des copies offrant entre elles d'assez graves divergences, est probablement *David Baillod,* chanoine converti plus tard au protestantisme, selon les uns, et, selon les autres, secrétaire de la ville de Neuchâtel. Quoi qu'il en soit, il écrivait avant la Réformation et son récit se distingue par une scrupuleuse exactitude. Les *Entreprises* sont divisées par chapitres. Le premier renferme de très copieuses indications sur les origines des guerres de Bourgogne. On se rappelle le superbe morceau prêté par S. de Pury à Hugues de Pierre : « A grandes chevaulchées venoit le duc Charles. . . » Baillod n'a pas cette éloquence :

« Il (le comte de Neuchâtel) fust adverti que le Duc de Bourgogne et son armée marchoient du Chasteau de Jougne et de la Ste-Croix et des Cleyes pour entrer au Pays de Savoye. Et après incontinent le dit Seigneur fit venir de son pays de Rothelin et Süsenbourg environ de cinq cents hommes en la ville de Neufchastel afin qu'elle fust bien gardée et défendue, et en après à toute diligence fust mandé à ceulx du Landeron venir, et des meilleurs pour eulx mettre en garnison à Boudry. Lesquels vindrent toute la nuict... Et ainsi furent les dits deux passages de Boudry et Bayards gardés par ceulx du Landeron. Et ne tarda guères que les Bourguignons n'arrivèrent devant la tour de Bayard, où ils demandèrent ouverture et passage. Ceulx du Landeron leur refusèrent, par quoi firent grandes menaces les faire mettre à mort et pendre par les arbres, et sans nul grâce ni miséricorde, par quoy ceulx du Landeron se prinrent mieulx à garder sur leur faict que devant, disant qu'ils ne les craignoient rien, ni leur pouvoir. Et ainsi les Bourguignons s'en retournèrent par un aultre chemin sans approcher la dite tour de Bayard.»

La phrase de Baillod se traîne, incorrecte, pesante et banale, sans que rien la relève jamais. Ses *Entreprises,* qui s'achèvent sur un bref récit de la victoire de Morat, seront consultées avec fruit par l'historien; elles sont à peine de la littérature.

Dans ses *Chroniques de Genève,* Bonivard cite, à quatre reprises différentes, une source d'où il a tiré plusieurs renseignements relatifs au premier tiers du XIVme siècle. «Ceci, dit-il, se trouve en la petite annale de Genève.» Jusqu'en 1841, on paraît n'avoir accordé aucune attention à ce document. Un savant piémontais, M. Cibrario, le publia, tout d'abord en traduction, dans sa *Storia della monarchia di Savoia.* Cette traduction était si défectueuse, qu'en 1855, Edouard Mallet résolut de nous communiquer le texte original dans les *Mémoires et documents de la Société d'histoire et d'archéologie de Genève.* M. Mallet rapporte que les archives de Genève en possèdent deux copies intitulées toutes deux : *Fasciculus temporis.*[2] Cet ouvrage, anonyme, ne renferme que de très courtes mentions de faits relatés dans l'ordre chronologique. C'est une sorte de journal où sont consignés, assez exactement, les principaux événements de l'histoire genevoise entre les années 1303 et 1333. La « petite annale de Genève » sera sans doute un fragment de la chronique écrite au XIVme siècle par les moines de Saint-Victor. Elle est insignifiante au point de vue littéraire : douze pages de latin médiocre.

Quant aux *Libertés, franchises, immunités, us et coutumes* de Genève, elles ne furent codifiées qu'en 1387. La charte qui les confirme à cette époque nous apprend qu'elles existaient de temps immémorial. Les « citoyens, bourgeois, habitants et jurés » en jouissaient « depuis si longtemps, qu'il n'est mémoire d'homme du contraire. » On les invoque dès 1285. Elles furent sanctionnées et rédigées à la dite date de 1387 par

---

[1] Publié dans la 2me éd. de la *Chronique des Chanoines,* p. 215-310. Voir aussi *A. Piaget,* l. c., p. 1 et notes, et *Musee neuchâtelois,* 1896, p. 197, 228, (article de MM. J.-E. Bonhôte et Max Diacon.)

[2] *Mém. et doc. de la Soc. d'hist. et d'arch. de Genève,* II, 151 note, IX, 291 et s.

l'évêque *Adhémar Fabri,*[1] esprit fort cultivé et nature bienveillante. Très au courant des affaires genevoises, Fabri se proposa de réunir en un code les franchises de la cité. L'original est en latin; une traduction française de Michel Montyon, notaire et citoyen de Genève, de beaucoup postérieure (1455), fut imprimée en 1507.

(D'après les *Fragments* de Grenus.)

Dans le préambule de sa charte, Adhémar Fabri écrit que c'est «son office pastoral qui l'engage à rechercher en tout temps ce qui peut faire le bien de ses sujets et les préserver du mal, » — *eis mederi.* Les *Franchises,* comme la plupart des statuts urbains du moyen âge, contiennent des prescriptions fort hétérogènes. Droit public, droit civil, droit pénal, procédure, tout y est confondu. En même temps que nous y lisons : « les causes ne se doivent nullement commencer ne traiter par escript, ne par clercz en latin, mais par cueur et en langage maternel, c'est assavoir en rommant, » nous y découvrons que les femmes veuves se pourront « marier quand il leur plaira sans aulcune peine, » que les injures se doivent « accorder, » etc. Mais ce qui nous inté-

---

[1] *Senebier,* I, 105. *Mém. et doc. de la Soc. d'hist. et d'archéol. de Genève,* II, 271 et s. *Adhémar Fabri évêque de Genève,* (1385-1388), par Ch. Le Fort, broch. gr. in-8°, 1887. *Bull. de l'Institut nat. gen.* XXIII, XXIV, XXV (articles de M. J. Vuy sur les «Origines des idées politiques de Rousseau»). *Journal de Genève* du 15 décembre 1888 (article de M. Eug. Ritter).

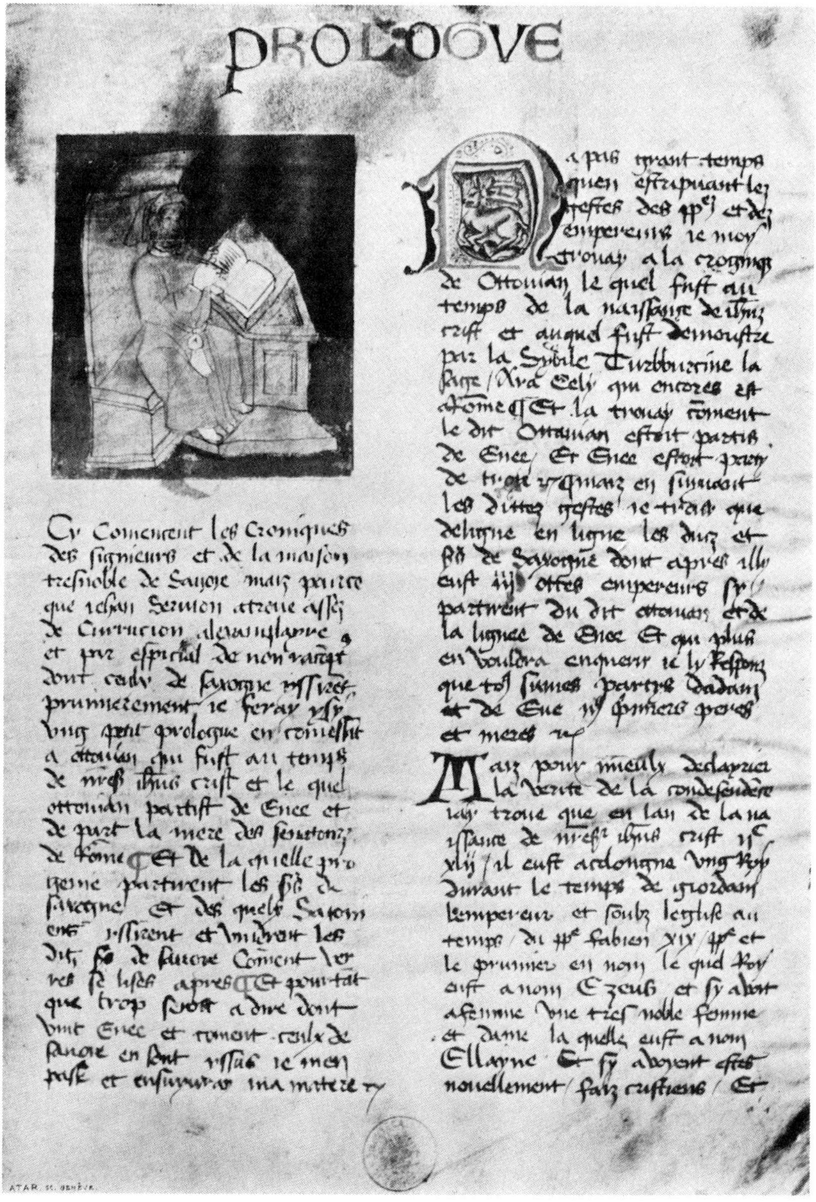

Première page du « prologue » des Gestez et Croniques de Servion

Manuscrit de la Bibl. royale de Turin (p. 39).

resse davantage, c'est le souffle de liberté et d'humanité qui traverse l'œuvre entière. On a prétendu que les *Franchises* d'Adhémar Fabri auraient inspiré Jean-Jacques Rousseau à ce point, qu'il faudrait y chercher l'origine de ses idées politiques. Mais M. Eug. Ritter a prouvé que le philosophe de Genève n'a guère pu connaître les lois fabriennes avant 1762, en sorte que les *Franchises* n'auraient aucune part directe dans la genèse du *Contrat social.* Elles n'en sont pas moins la charte fondamentale de la République de Genève, et Rousseau s'en est assimilé l'âme, s'il a pu en ignorer la lettre.

Le XIVme et le XVme siècle furent, pour la Suisse occidentale, l'époque des codifications. Fribourg a ses coutumiers rédigés en roman et qui seront conservés dans cette langue, même après que l'allemand sera devenu la langue officielle. Les *Coutumes du Valais* sont écrites aussi en roman. Dans le Jura bernois, pour la prévôté de Moutier-Grandval, nous avons le *Rôle de Fleckstein,* de 1461, très remarquable par le style et l'ordonnance des matières. Tous ces recueils sont animés d'un esprit vraiment libéral pour le temps.

On doit à Simphorien Champier et à Guillaume Paradin les deux chroniques imprimées, que l'on désigne communément par le nom de : *Chroniques de Savoie*. Mais ces annalistes ont eu des prédécesseurs. Le premier ouvrage historique sur la maison de Savoie fut celui d'un Jean Dorieville ou d'Oronville, qui s'appelle «maître Cabaret, pauvre pélerin» dans une œuvre subséquente, la *Vie* de Louis II, duc de Bourgogne. La *Chronique de Cabaret,* qui va de la fin du Xme au début du XVme siècle, date des années 1417 à 1420.

Celui qui prit la succession de Jean d'Oronville, ou Cabaret, n'est autre que *Jean Servion*[1], que l'on trouve, dès 1443, parmi les familiers du duc Louis, « et dont on ne sait rien de plus, » confesse M. Bollati, dans la seconde édition qu'il a donnée (Turin, 1879) des *Gestez et Croniques de la Mayson de Savoie.* Nous avons appris, depuis lors, que Jean Servion est citoyen et qu'il fut syndic de Genève. Nous n'ignorons plus qu'il a copié, après l'avoir remaniée assez profondément, la traduction usuelle de la Bible (1462).

Les Gestez et Croniques de la Mayson de Savoie furent composés en 1464 et 1465; ils s'arrêtent, comme la *Chronique de Cabaret,* en 1416. L'œuvre de Servion a été exhumée en 1840; le seul manuscrit qui en existe appartient à la Bibliothèque de Turin. La source principale de notre auteur fut la *Chronique de Cabaret,* c'est-à-dire de « celluy qui a escriptes les aultres crogniques; » il eut également recours à la *Martignane,* la chronique alors très renommée de Martinus Polonus, aux *Crogniques du Dauphin qui sont à Vienne,* aux *Croniques de France* et aux *Gestes espagnolles;* il aura eu aussi sous la main des chartes et diplômes. Ses *Gestez* s'ouvrent par un «prologue» qui est une façon de roman de chevalerie. Nous assistons à la merveilleuse naissance de Thezeus, fils d'Ezeus, roi de Cologne, en 242. Dès l'âge de sept ans, ce prince infirme mais vertueux, «aprint tellement qu'il savoit respondre à toutez questions.» Le roi Ezeus donna ce phénomène « en governement à la Noblesse de son pays.» C'est alors que se produisit un événement heureux, qu'il faut laisser à Servion le soin de nous conter :

---

[1] Préface des *Gestez et Croniques. Martin Le Franc,* par A. Piaget, Lausanne, 1889, p. 18 et s. *Revue de théol. et de phil.,* Lausanne, 1878, p. 414 et s. (article de M. E. de Muralt : *Une bible du XVme siècle, traduite en français ou romand*).

«Quant les signieurs et barons chivalliers et escuyers heurent prins Thezeus le fils du roi en governement, un chescung se penoit de le mieulx servir. Si avint ung jour qu'ils deslibérarent de le mener à la chasce, comment ilz firent. Et ainsy en chevauchant il avint que les ditz noblez parloyent de la fille à l'empereur Vallerien qui lors regnoit... Or avoit ce dit empereur Vallerien, qui fust le XXVIIme empereur, une sy tres belle fillie que la voix de sa beaulté en coroit par tout le monde; et de celle fillie et de sa beaulté parloyent a la chasce les ditz noblez qui aloient et chevauchoient aveques Thezeus. Et ainsy que Thezeus les oyst parler, il leur print à desmander : — Mes signieurs, de quoi parlez-vous? Et ung chivallier, arrogant, fier et orguillieux, ly dist : — Sire bossu, que vous empeut il chaloir (*soucier*)? Et lors Thezeus de grant despit si sesvertua et estandit sur son chival et riclama Dieu et Nostre Dame tellement que leur grace sespandist de sur ly; et incontenant il devint beaux et droys et tel quil neust en sa compagnie nul plus bel joyne de ly.»

Aussitôt que Thezeus se sentit joli garçon, il revint à la charge et demanda «en quelle cité celle tant belle dame se tenoit.» A Constantinople, lui fut-il répondu. C'était bien loin de Cologne. Le pauvre prince «encomensça a penser moult durement, tellement que la face ly pallist et ableuist.» Son «mestre gouverneur,» un brave et loyal sujet, comprit que la fille de l'empereur Valérien n'était pas étrangère à la douleur de Thezeus. Comme il n'y avait pas apparence que la «belle Ysobie» se déplaçât, il fallut se résoudre au départ pour Constantinople. Thezeus prit congé de ses père et mère, se munit «d'or, argent et joyaulx,» et se mit en route. La «belle Ysobie» fut moins cruelle que l'empereur. Ce dernier n'eût point consenti à se séparer de sa fille. La «pucelle» s'enfuit avec le fils d'Ezeus. On se maria — et le troisième des enfants issus de cette union fut le duc de Saxogne, la tige des seigneurs de Savoie.

Le «prologue» de Servion, écrit en un français mélangé de dialecte savoyard, est adorable de simplicité et de candeur. Il traîne un peu, comme il convient. Mais que d'exquises naïvetés et de charmants enfantillages! C'est tout un gracieux et primitif poème d'amour, gâté seulement par des longueurs et quelques trop ingénieuses inventions du conteur.

La chronique elle-même suit, à l'origine, très fidèlement celle de Cabaret. Elle fourmille, cela s'entend, de récits fabuleux et d'inexactitudes. Des dates sont fausses; des noms sont altérés; dans la généalogie des comtes de Savoie, l'auteur omet Othon, Pierre et Amé Ier; maints événements sont controuvés ou erronés, entre autres, l'enlèvement par Thomas Ier de Béatrix de Genève, fiancée au roi de France. Est-il nécessaire de retracer ici l'histoire de la Savoie pendant plus de quatre siècles? Transcrivons plutôt le passage où Servion narre la conquête du pays de Vaud par le «petit Charlemagne» :

«Il manda en ses pays pour avoir gens fresches, et fist à mettre sus toute son artillierye, tant de pouldre comme de trait et dengins de pierre et dautres manyères, de colliars de chatz (une machine de guerre propre à lancer des pierres) et de rebaudequins (grands arcs de guerre); et quant tout fust appresté, il se meust en noble arroy et sen ala a la conqueste du pays de Vuaudz. Et de fait sa première chevauchée fust à Moudon, et là y vint de front, et de belle entrée il print de la ville le plain et entra ens à force, et puis vint devant la grosse tour et lasiégia et y fist assire ses engins et son artellierye; maiz quant ceulx de dedans virent qu'ils nattendoyent nul secours et désia savoyent estre leur noblesse prinse, ils saparlamentèrent, et se rendirent et firent le sayrement, et heurent leurs bagnes (armes et bagages) et vie sauves. Et puis entra le conte Pierre ens la tour, et la il fist ung banquet qui dura jusquà la nuyt et fist à venir toutes les dames, et firent grande chière et honorable, et puis au matin le conte Pierre fit sonner ses trompettes et clayrons, et fist à mettre pyé a letryef, et mist garnison en la tour et en la ville, et puis fist chargier son artellierye et sen tira tout droit devant la ville de Roumont. Et ceulx qui dedans estoyent, eulx sachans estre leur ville forte, ils se myrent à deffance et tinrent aucungs jours; mais, ce véant le conte Pierre, il ordonna à drescier son artellierye et ses engins, et le battist et le foulla tant de bonbardez comme de pierres de faix quilz ne le peurent souffrir, sy leur fust force à eulx randre, sy parlamentèrent et se rendirent, leurs vies et bagnes sauves. Et estre ce fait, le conte Pierre entra ens la ville et receust les homages, et y séjourna aucungs jours et fist à reffrechier ses gens...»

Pierre de Savoie s'empara ensuite, sans coup férir, de Morat dont les bourgeois « luy portarent les clefs et le prindrent à signieur. » Il fit construire un donjon à l'entrée de la ville et une tour entre les lacs de Morat et Neuchâtel. Puis, il « tira tout droit devant Yverdon » et l'assiégea. Mais les gens d'Yverdon avaient forte garnison, une artillerie nombreuse; le comte eut beau donner l'assaut tous les jours, bombarder les murs de la ville; « ce quil labattoit le jour, ils refaysoyent la nuyt, et ainsy il ne les povait avoir, car moult vallians gens estoient. » La famine pouvait décimer les assiégés; ils ne perdaient point courage, tentaient des sorties contre l'ennemi, se défendaient enfin comme des lions. Le comte qui « estoit fort yres, » jura qu'il ne partirait pas avant que la ville fût « à sa mercy ». Son opiniâtreté triompha de la résistance d'Yverdon. La noble petite cité tint jusqu'à la dernière heure et ne se rendit qu'à la condition d'avoir « corps et biens sauves. » Servion ajoute: « Ceulx du pays et des aultres villettes veinrent vers ly (le comte Pierre) et pluseurs se donnarent à ly, car moult preux, et gracieux, et sage chevallier estoit, et nul ne se partoit de sa présance quil ne fust consollés, confortés et contans. Et par son sens moultz hobeyrent à ly et fust quazi signieur du pays. »

Les *Gestez* de Servion sont de la pure chronique, une suite de faits relatés succinctement, presque sans commentaires; néanmoins, si le conteur a un modèle dont il ne s'éloigne guère, il le complète et il l'arrange à sa façon. De là, une exposition assez bien ordonnée. Il ne faut, en revanche, point chercher de style en cette brève énumération de petits princes qui naissent, règnent, se marient, guerroient et meurent en dix ou vingt pages. Cependant le *Prologue,* d'une prose facile et colorée, est, en somme, un roman de chevalerie qui en vaut d'autres.

Nous avons suivi Jean Servion dans son récit de la conquête du pays de Vaud par le « petit Charlemagne ». Voici, après Othon de Grandson, le premier des écrivains vaudois : *Jean Bagnyon,*[1] jurisconsulte et conteur du XVme siècle. Son nom a fait moins de bruit que son œuvre, ce qui serait déjà fort méritoire. L'œuvre ellemême de Bagnyon n'est pas sans intérêt.

De l'auteur, nous savons fort peu de chose. Dans sa *Chronologie historique des comtes de Genevois* (1787), le président Lévrier rapporte que *Jean de Bagnio,* « bachelier ès-lois, citoyen et professeur en droit à Lausanne » dédia, en 1487, à l'évêque de Genève François de Savoie « un petit traité dans lequel il établit que la ville de Genève est libre, qu'elle n'est soumise à aucune puissance, non seulement au duc de Savoie, mais pas même à l'empereur, qui n'en est que le protecteur comme chef de l'Empire. » On a ignoré jusqu'en 1868, et le texte de cet opuscule, et la personnalité même de « Bagnio. » Le traité de Bagnyon forme un très mince volume in-8^{0}, goth. de 48 feuillets non paginés, portant comme titre : *Tractatus potestatum dominorum et libertatum subditorum.* M. Bordier l'a traduit en partie, mais ni le latin, ni les considérations juridiques de Bagnyon ne valent qu'on insiste sur cet ouvrage, que les historiens de Genève ne consulteront toutefois pas sans profit. Le *Tractatus* nous apprend du moins qu'il a été « publié par Jean Bagnyon, bachelier ès-lois, citoyen de Lausanne, demeurant en ce moment à Genève, où il est le moindre parmi ceux

[1] *Mem. et doc. de la Soc. d'hist. et d'arch. de Genève,* (article de M. H. Bordier), XVII, 1 et s. et 115. *Histoire poétique de Charlemagne,* par G. Paris, 97 et s. 157. *Gazette de Lausanne* des 19 et 20 mai 1881 (article de M. E. Ritter). *Catalogue de la Bibl. A. Firmin-Didot,* 1878, p. 29 et 186. *Brunet,* II, 227, 1249.

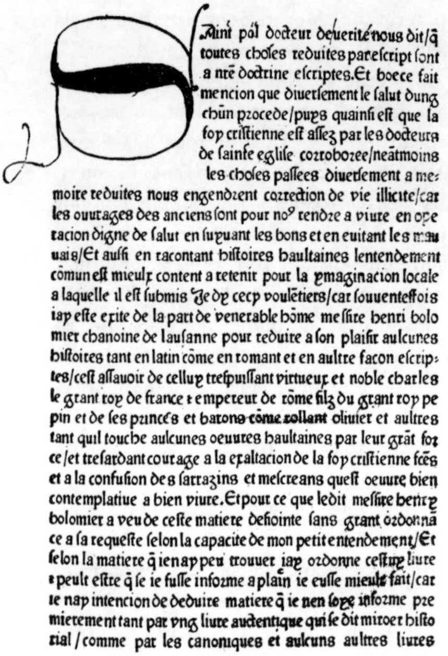
Saint pôl docteur de verité nous dit/q̃ toutes choses reduites par escript sont a nrẽ doctrine escriptes. Et boece fait mencion que diversement le salut dung chũn procede/puys quainsi est que la foy cristienne est assez par les docteurs de sainte eglise corroboree/neãtmoins les choses passees diversement a memoire reduites nous engendrent correction de vie illicite/car les ouvrages des anciens sont pour no⁹ rendre a vivre en operacion digne de salut en suyvant les bons et en evitant les mauvais/Et aussi en racontant histoires haultaines lentendement cõmun est mieulx content a retenir pour la ymaginacion locale a laquelle il est submis Je dy cecy voulẽtiers/car souventeffois iay este excite de la part de venerable hõme messire henri bolomier chanoine de lausanne pour reduire a son plaisir aulcunes histoires tant en latin cõme en romant et en aultre facon escriptes/cest assavoir de celluy trespuissant vertueux et noble charles le grant roy de france et empereur de rõme filz du grant roy pepin et de ses princes et barons cõme rollant olivier et aultres tant quil touche aulcunes oeuvres haultaines par leur grãt force/et tresardant courage a la exaltacion de la foy cristienne fcẽs et a la confusion des sarrazins et mescreans quest oeuvre bien contemplative a bien vivre. Et pour ce que ledit messire henry bolomier a veu de ceste matiere desiointe sans grant ordonnãce a sa requeste selon la capacite de mon petit entendement/Et selon la matiere q̃ ien ay peu trouver iay ordonne cestuy livre et peult estre q̃ se ie fusse informe a plain ie eusse mieulx fait/car ie nay intencion de deduire matiere q̃ ie nen soye informe premierement tant par ung livre audentique qui se dit miroer historial/comme par les canoniques et aulcuns aultres livres

Première page du Fierabras de J. Bagnyon,
réd. de 1/2 (Bibl. publ. de Genève).

qui font profession de droit, » et il fit tant de plaisir aux Genevois, qu'ils décernèrent à l'auteur la qualité de bourgeois de la République.

En 1878, M. G. Pawlowski découvrit que Bagnyon avait commis la version dérimée d'un livre, fameux surtont au XVme et XVIme siècles: *le Roman de Fierabras, ou la conquête des Espagnes par Charlemagne*. La vogue de ce roman de chevalerie s'explique malaisément. Au fond, le *Fierabras* n'est qu'une vaste compilation. Bagnyon a tout uniment mis en lourde prose française le vieux poème épique de *Fierabras* et le récit latin de Vincent de Beauvais. Son livre, édité pour la première fois à Genève en 1478, eut d'emblée un succès prodigieux, qui s'est maintenu jusqu'à nos jours. M. Gaston Paris nous affirme « qu'on le réimprime encore à Épinal et à Montbéliard, » mais « de plus en plus défiguré dans chaque édition successive, et, de temps à autre, un peu rajeuni. »

L'honnête Bagnyon ne se doutait guère du retentissement qu'aurait son volume. « Si aucunement en cestui livre, dit-il, j'ai parlé autrement que bon français, sans langage substantiel plein de bon entendement, à tous bons facteurs et clers, humblement j'en demande amendement, correction et des fautes pardon. Car si la plume a mal écrit, le cœur ne pensait qu'à bien dire. » Il s'excuse aussi, en alléguant qu'il « est natif de Savoye, en Vaux », où il n'a pas appris « la langue française originale», mais « un langage gros et rude ». Et puis, son « entendement est petit » et, s'il n'est point un littérateur bien habile, c'est qu'il est « détenu par plusieurs autres occupations. » On ne se présente pas avec plus de modestie.

Quels furent le plan et le but de Bagnyon ? Il a été souvent « excité, » de la part d'un vénérable chanoine de Lausanne, messire Henri Bolomier, à « réduire à son plaisir aucunes histoires, tant en latin comme en roman et en autres façons écrites ; c'est à savoir de celui si très puissant, vertueux, et noble Charles le Grand, roi de France et empereur de Rome, fils du grand roi Pépin, et de ses princes et barons, comme Roland et Olivier et autre, tant qu'il touche aucunes œuvres humaines, par leur grande force et très ardent courage, à l'exaltation de la foi chrétienne faites, à la confusion des Sarazins et mécréants; qu'est œuvre bien contemplative à bien vivre. » Il a « ordonné » son livre, selon la « capacité de son petit entendement » et il a commencé par « l'histoire des rois de France payens jusqu'à Clovis », en remontant jusqu'au roi « moult noble qui se disait Francus, lequel était compagnon d'Enéas». C'est dans la seconde partie de son ouvrage seulement, que Bagnyon aborde le roman de Fierabras :

« J'ai parlé devant, ès premiers chapitres de cestui livre, du premier roi de France baptisé, en descendant selon mon propos jusqu'au roi Charles, duquel on ne saurait pas bonnement raconter la vaillance de lui et de ses barons, qui se disent pairs de France, desquels à leur endroit je ferai mention, selon que j'en pourrai concevoir en vérité. Mais ce que j'ai dessus écrit, je l'ai pris en un authentique livre, nommé *Miroir historial* et ès chroniques anciennes et l'ai tant seulement transporté de latin en français. Et la matière suivante est d'un roman fait à l'ancienne façon, sans grande ordonnance, dont j'ai été incité à le réduire en prose par chapitres ordonnés ; et se dit celui livre, selon les aucuns et le plus communément *Firebras*. A cause que cestui Firebras était si merveilleux comme j'en ferai mention, qui fut vaincu par Olivier et à la fin se baptisa et fut puis après saint en paradis. Et parle en effet de celle bataille et des reliques qui furent conquêtées, qui avaient été prises à Rome, et étaient en la puissance de l'amiral Balant, qui était père du dit Firebras. Pour quoi, je n'entends fors réduire la rime en prose, et diviser la matière par chapitres, en la meilleure ordonnance que je saurai, sans y adjoindre chose que je n'aie trouvé au livre compétent ; et ainsi que je le trouverai, pareillement le réduirai. »

Cette prose incorrecte, maladroite et pesante n'engagera personne à lire les exploits de Fierabras dans la compilation de Bagnyon, plutôt que dans les antiques récits où il a puisé sans beaucoup de discernement et sans grande habileté. Notre conteur a la chance d'être l'un des premiers écrivains français du pays de Vaud. A ce titre, son nom ne sera pas oublié. Et puis, il a fait de son mieux, consciencieux comme un tabellion modèle. Mais hélas ! il est plus capable de rédiger des actes que d'arranger des poèmes.

Nous ne quittons pas encore le pays de Vaud. Des princesses et des dames de qualité entrèrent au couvent de Sainte-Claire, bâti à Orbe vers 1427. L'une d'entre elles, Louise de Savoie, fille du duc Amédée IX, fit vœu, après la mort de son mari, Hugues de Châlons (1490), de se retirer à Sainte-Claire et de s'y consacrer à Dieu. Sa vie fut si digne et si pieuse, que Louise de Savoie a été solennellement béatifiée par le pape le 31 août 1839. Mais un témoignage plus précieux peut-être de ses vertus nous a été conservé. Le comte Solar de la Marguerite publia, en 1840, la *Vie de très haute, très puissante et très illustre dame Madame Loyse de Savoye*[1], écrite en 1507 par une des religieuses d'Orbe, la sœur *Catherine de Saulx*. Ce livre fut réimprimé, en 1860, par les soins de M. l'abbé Jeanneret.

Catherine de Saulx, ancienne dame d'honneur de la princesse Louise, entra au couvent avec sa maîtresse ; elle décéda en 1531, après avoir rempli, quelques années durant, les fonctions d'abbesse. Cœur humble, naïf et reconnaissant, Catherine de Saulx narre avec ingénuité la belle et sainte existence de la princesse Louise, « voire très brièvement et quasi comme rien au regard de tout le faict d'icelle, » car elle n'a pas « la mémoire suffisante ne la faculté d'en sceauvoir raconter seulament » ce qu'elle-même « en a veu. » Nous suivons doucement, sans ennui, sans y mettre de passion non plus, les pages de ce petit livre.

Décidément, c'était une bien excellente personne que Louise de Savoie. Dès l'enfance, elle ne songe qu'à Dieu. Plus tard, mariée à messire Hugues de Châlons, elle demeure étrangère aux choses mondaines. Le couple est fort bien assorti. Quand on dansait en sa présence, « comme coustume est ès cours des grands seigneurs, eulx n'y estoient souvent poinct attentifs, » mais « eulx ensemble parloyent de Nostre Seigneur, des liesses du benoist Paradis et de moult aultres et devotes matières. » La « benigne dame » était si fervente qu'elle disait parfois que « n'eussent été les vertus et bontés de Monseigneur, » elle n'aurait eu « aucune patience d'être mariée ». Louise de Savoie prenait soin des pauvres, s'efforçait d'être en exemple de piété à la cour, lisait la vie des saints « et aultres livres de dévotion, » accomplissait scrupuleu-

[1] Fick, Genève, 1860, in-8 (avec une notice). *De Montet.*

sement toutes les pratiques religieuses. La biographe nous cite des traits curieux de la miséricorde et de la longanimité de cette « bienheureuse. »

Dès le deuxième chapitre, nous sommes dans la « benoiste retraicte » de Louise de Savoie. Elle a la vocation du cloître. Toutes les objections qu'on lui soumet, tous les obstacles qu'on lui suscite sont impuissants à vaincre une résolution bien arrêtée. Seul son cousin, le roi Charles, « que moult l'aimoit, » pourrait intervenir avec quelque chance de la détourner de son dessein; il a d'autres soucis en tête. La voilà donc installée dans le couvent des Clarisses, à Orbe. Vous raconterai-je sa « belle préparation pour sa très saincte entrée, » ses innombrables bienfaits, sa « piétié, » ses « grans austérités, » ses « très excellentes vertus et mortifications ? » J'aurais trop à faire; comme je ne puis tout dire, je me décide à brusquer et à ne donner que le récit de son trépas. La maladie à laquelle Louise de Savoie succomba fut très douloureuse. Un jour, on crut que la fin était arrivée, — les sœurs « cuidèrent qu'elle feust oultre. » Laissons la parole à Catherine de Saulx :

> « Pourtant que cette tant benoiste et doulce brebis n'avoit point le sainct oële,... les sœurs luy dirent : — Ma sœur Loyse, fault que attendiez le Maistre Révérend pour vous bailler le sainct oële et recommandation de l'asme. Mais son désir d'aller vers Nostre Seigneur estoit si grand, qu'il ne luy pouvoit plaire de plus attendre. Mais on luy fist dire par la Mère Abbesse, laquieule estoit encoste elle, sans guère parler par force de douleur ; toutes fois, elle print cuer, et luy dict : — Ma fille, attendez le Maistre Révérend. Lors incontinent, en la vertu de saincte obédience, débonnairement attendit. Et il vint incontinent et à grand haste avec son compaigneron et lui bailla le sainct oële et la recommandation de l'asme... Ce feust une journée la plus pleine de amère tristesse, que oncques advenit en ce dict couvent, et de laquieule ne se doubtoit poinct les poures désolées sœurs, car combien que cette benoiste Dame avoit souffert de grandes douleurs, de maladies, comme a été dict, toutes fois, cet esté avant qu'elle trépassât, elle soy mieulx portoit que n'avoit faict de grande pièce de tems, de quoy les dictes sœurs estoient tant moult consolées. Mais icelle consolation leur feust tornée en grande amertume, pour le décez de celle qu'estoit leur prétieux trésor et la joye de leurs poures esprits. »

Cette *Vie* d'une sainte ressemble à mille autres par le ton de panégyrique. Il est certain cependant qu'elle se distingue de beaucoup d'œuvres similaires par la simplicité, le naturel et une note de sincère attendrissement. Que Catherine de Saulx n'est pas un écrivain, les gaucheries, les incorrections, la monotonie de son langage le prouveraient déjà. Elle approche parfois de l'éloquence, grâce à je ne sais quel charme de candeur et d'affection. Or les gens et, en particulier, les auteurs qui aiment se font aimer.

Revenons en arrière pour faire une petite place à Fribourg, qui eut aussi ses chroniqueurs. *Cuno d'Estavayer,*[1] qui remplit les fonctions de prévôt de Lausanne pendant un demi-siècle et sous six évêques consécutifs, n'a point illustré le sacerdoce que par ses vertus. Il nous a conservé l'histoire des premiers temps de l'évêché de Lausanne. La cathédrale et la moitié de cette ville ayant été détruites en 1235 par un incendie, la maison des chanoines et les archives n'ayant pas été épargnées dans ce sinistre, Cuno entreprit de reconstituer le passé de la cité lausannoise. Nous lui devons le *Cartulaire de Lausanne,* « image assez incolore, dit M. Daguet, mais fidèle de son époque. » Cette chronique latine a été éditée par M. Matile en 1840.[2]

Deux cents ans après, *Jean Gruyère,*[3] fils d'un bourgeois de Fribourg et notaire en cette ville jusqu'à sa mort (1465), écrivit en latin un bout de chronique où il conte jour par jour les péripéties de la guerre que la Savoie et Berne soutinrent contre

---

[1] *Emulation* (de Fribourg), I, n° 11. *Conservateur suisse,* II, XII. *De Montet.*

[2] *Mém. et doc. de la Soc. d'hist. de la Suisse romande,* VI.

[3] *Quellen zur Schweizer-Gesch.* I, 299 et s. *Arch. Soc. d'hist. Fribourg,* II, 299 et s.

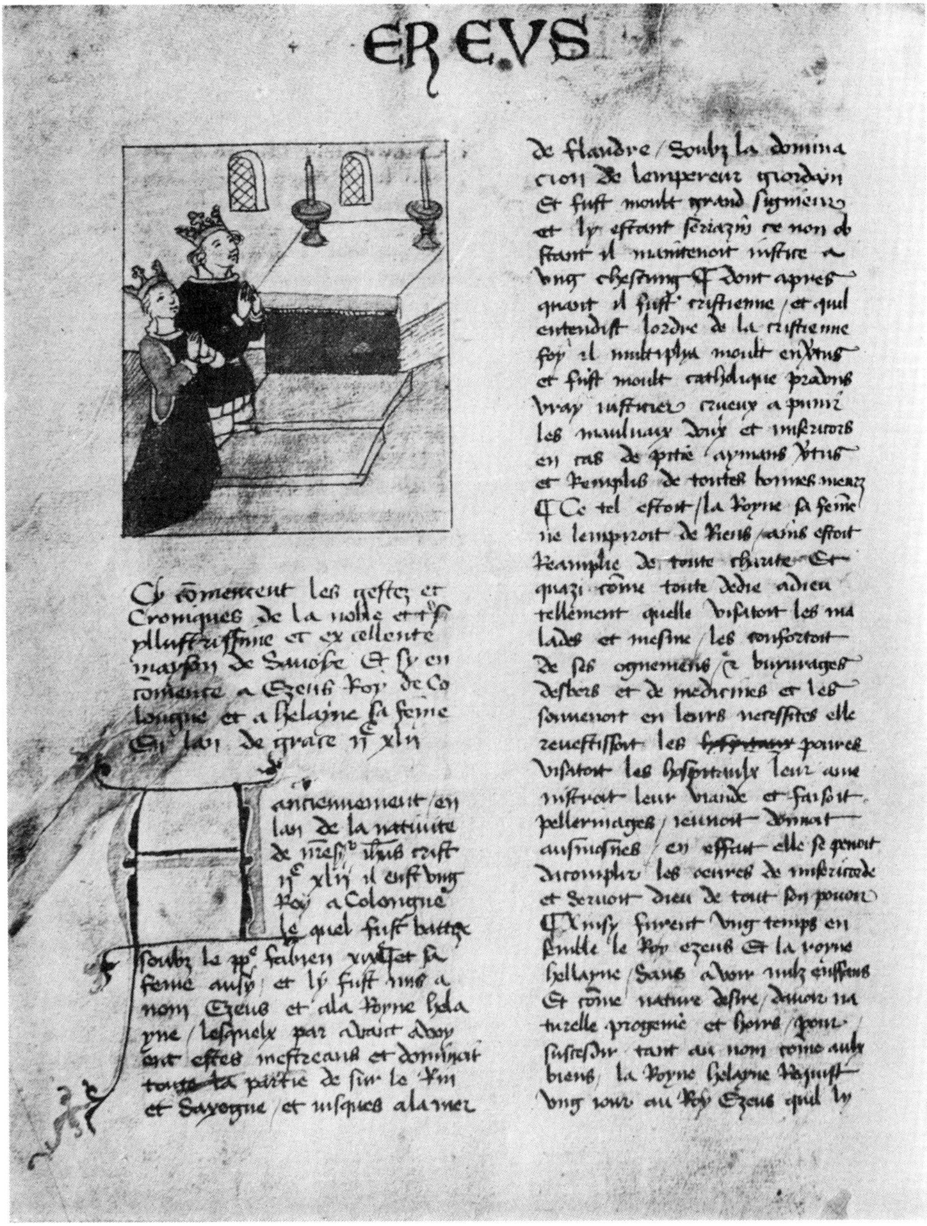

Première page des Gestez et Croniques de Servion

Manuscrit de la Bibl. royale de Turin (p. 45).

Fribourg, du 20 décembre 1447 au 16 juillet 1448. Ce récit n'est pas sans importance; il est d'un témoin, peut-être d'un acteur. On l'a traduit en allemand vers la fin du XVIme siècle... Et voilà notre littérature en prose, pendant le moyen âge! Elle n'est pas exceptionnellement brillante; elle méritait du moins qu'on en présentât un tableau fidèle, sinon complet.

CHAPITRE III

Le moyen âge et ses poètes.

I. Le théâtre romand au moyen âge. — II. Poésie lyrique et satirique: Othon de Grandson; Martin Le Franc et son *Champion des dames;* Jacques de Bugnin, etc.

I

Quoi qu'en ait dit Boileau:

> Chez nos dévots aïeux le théâtre abhorré
> Fut longtemps dans la France un plaisir ignoré,

on sait que le théâtre exista officiellement en France dès 1402, et qu'il faudrait remonter bien plus haut pour retrouver les sources de l'art dramatique français. Les *Mystères* sont nés au XIme siècle. Purs spectacles religieux au début, ils se développent au point qu'ils deviennent la représentation même de la vie. Comédie et tragédie mêlées, le sacré et le profane bientôt confondus, les mystères sortiront de l'Église pour aller affronter les tréteaux populaires. Mais arrivera le jour où ils ne suffiront plus, car la foule voudra des amusements plus variés encore. Nous aurons les *moralités*, insipides poèmes allégoriques mis en dialogues; nous aurons surtout les *soties* et les *farces* dont le moyen âge raffolera.

La Suisse romande[1] ne resta pas indifférente au théâtre. Bien que nous ayons fort peu de renseignements sur ce point, nous n'ignorons pas que mystères, moralités et soties furent représentés un peu partout. Dans la plupart des villes du pays de Vaud, les plaisirs scéniques étaient fort goûtés. La *Dispute de l'âme et du corps* est jouée à Lausanne, en 1427. Jean Piaget y donne, en 1453, *Le Mystère de la Passion.* En 1460, les habitants du quartier de St-Laurent assistent à l'*Histoire de Sainte Suzanne*, et l'an d'après, sur la Place de la Palud, des « gens de Lausanne, Estavayer et autres lieux » montent le *Mystère de l'état du monde* en l'honneur de l'évêque Georges de Saluce. Et l'on a déjà signalé ce fait significatif: qu'en 1488, l'élection du Conseil est ajournée parce que toute la ville s'était rendue au jeu d'un mystère dans le cimetière de la cathédrale! En 1488 aussi, on paie, à Genève, trois bourgeois qui ont dit et mimé des histoires devant le duc de Savoie; nous verrons qu'au commencement du XVIme siècle, la passion du théâtre a conservé toute sa force dans la future cité de Calvin. A Neuchâtel, en 1446, un chanoine s'essaie à un mystère sur la

---

[1] Biographies neuchâteloises, I, 203. *Conservateur suisse,* X, 61, 64, XIII, 358. *Ph. Godet,* op. cit., 25 et s. *Actes de la Soc. jur. d'Emulation,* 1892, p. 90.

parabole du *Mauvais riche*; vers la même époque, la foule accourt à une représentation qui coïncide avec la solennité de la Fête-Dieu. En 1522, la même ville prend plaisir à une sotie intitulée: *Peuple qui cherche bon temps*. Une très hardie moralité, le *Concil de Bâle*, pourrait bien avoir été écrite dans l'ancien Evêché de Bâle en 1437; les personnages en sont: « Eglise, Concil, Refformation, ou Justice, Paix, Hérésie, France »; il y circule un souffle précurseur de la Réforme. A Fribourg, le théâtre est en très grande faveur; l'*Histoire du Mauvais riche* y est jouée en 1438, la *Passïon de notre Seigneur* dix ans plus tard. Et n'est-il pas probable que le *Mystère de Saint Bernard de Menthon* a été composé par un moine de l'abbaye de St-Bernard, en Valais?... Ces quelques faits ne nous permettent pas de reconstituer l'histoire des origines du drame dans la Suisse romande; ils ont leur éloquence et prouvent à tout le moins que nos ancêtres ne dédaignèrent pas de voir

Jouer les saints, la vierge et Dieu par piété.

Le *Recueil du chanoine anonyme* de Neuchâtel nous a conservé le texte d'une pièce que l'on avait coutume de représenter le jour de l'Épiphanie. Ce n'est autre chose que le récit des mages. Gaspard apporte la myrrhe, Melchior l'encens, Balthasar l'or. Comme morceau de littérature, l'*Offertorium Magorum* est un peu moins que nul. Gaspard s'adresse à ses compagnons:

Depuis que Adam, le premier homme,
Fut créé et mangea la pomme,
N'avint oncques si grand merveille:
Il m'a apparu une Estoille
Par laquelle il m'est advis
Que le vrai Dieu de Paradis
Est descendu du ciel en terre
Pour mestre paix et oster guerre...

Melchior et Balthasar sont émerveillés, eux aussi. Tous les trois se mettent « en la voye » pour « savoir si c'est vérité, » car tous les trois ont aperçu l'étoile qui désormais guidera leurs pas. Ils arrivent auprès du *princeps sacerdotum,* puis se rendent chez le roi Hérode que la naissance miraculeuse paraît ennuyer, au début, mais qui s'y résigne bientôt. Suit un dialogue de l'ange avec les bergers:

Pastouraux, ne dormez mie,
Mais vous mettez droit en la voye
D'aller veoir le fils de Marie
Qui est nez à la très grand joie
En Bethléem...

Les « pastoureaux » s'interrogent. Ils sont perplexes. L'ange vient de faire une si admirable promesse aux hommes, et dans des circonstances si extraordinaires, que nos bergers — ceci est caractéristique — ne sont pas tous convaincus:

Primus pastor. Il est né d'une pucelle,
Qui est chose forte à croire.
Secundus pastor. Ne sont.
Tertius pastor. Pour quoi?
Secundus pastor. Le Roy de gloire
Ne peut-il tout faire à sa guise?

En fin de compte, ils se décident à faire le voyage de Bethléem. Ils se rencontrent, aux pieds de l'enfant Jésus, avec les mages qui offrent leurs présents. Les bergers entonnent un chant. La vierge Marie répond par un compliment entortillé, réussit à être la « mère » de son « père », grâce à la gaucherie du poète, et s'extasie sur les mérites de ce « père », qui est son « fils ». Les bergers, qui ont l'ennui de leurs brebis, prient qu'on leur donne congé. Saint Joseph, brave homme aux préoccupations très matérielles, intervient et parle en bonne d'enfant :

Dame, gardez que vostre enfant
N'ait froid, veci la couverture
Que j'ai eschauffée par mesure,
Et le papet, s'il veut manger...

La représentation est terminée. Naïf, si naïf qu'il frise la platitude, tel est ce mystère de la nativité. On y cherchera sans succès quelque passage ou, simplement, quelque vers supportable. Nous verrons plus loin que les poètes genevois, qui composèrent soties et moralités au commencement du XVIme siècle, furent des versificateurs plus adroits. L'*Offertorium Magorum* n'en est pas moins un curieux spécimen de notre théâtre avant la Réforme. Je m'y suis attardé d'autant plus volontiers que M. Petit de Julleville ne le cite point dans son histoire du théâtre au moyen âge et que, à part le *Concil de Bâle* déjà mentionné, on ne possède aucun texte d'une autre production de l'art dramatique dans la Suisse romande avant le XVIme siècle. Quant au *Mystère de Saint-Bernard de Menthon*, qui raconte la fuite de St-Bernard abandonnant sa fiancée, je ne crois pas qu'il s'agisse là d'une œuvre née sur notre sol et que nous puissions revendiquer; d'autre part, nous ne connaissons plus le mystère de la *Résurrection,* joué à Neuchâtel avant l'avènement de la Réforme.

II

Elle n'est point riche, non plus, la poésie épique et lyrique de notre pays durant le moyen âge. Nous n'avons, ceux de Martin Le Franc exceptés, aucun de ces grands poèmes dont la littérature française est fière à juste titre. Il y aurait cependant de beaux chants à chanter, de beaux récits héroïques à encadrer dans de belles rimes. Personne ne paraît y songer.

Nous devons même renoncer à tenir pour littérature indigène des « contes du XIIme siècle[1] » que M. G.-A. Matile croyait de notre cru. Le manuscrit qui les renferme s'est bien égaré dans les archives neuchâteloises; mais les cinquante quatre contes retrouvés par M. Matile sont du XIIIme et non du XIIme siècle; mais les vingt quatre mille vers dans lesquels ils furent délayés ne sont pas d'inspiration romande. Il n'y a là que des contes dévots tirés de la *Vie des anciens pères.* Le manuscrit de Neuchâtel est une copie quelconque; il n'intéresse pas notre histoire littéraire, bien qu'il ait son prix pour celle de la France, car il contient nombre de pièces inédites.

Il faut aller jusqu'à la fin du XIVme siècle, pour découvrir un poète dans la Suisse occidentale. Chaucer, qui a traduit une complainte, aujourd'hui perdue, d'*Othon de Grandson*[2] *: The Complaint of Mars and Venus,* appelle Othon « la fleur des poètes

---

[1] *Revue suisse,* II, 216 et s. *Contes dévôts,* tirés de la « Vie des anciens Pères, publiés (avec une bonne notice) par M. J.-L. Lecoultre, in-8, Neuchâtel 1884. *A. Keller :* Zwei Fabliaux aus einer Neuenburgerhandschrift, Stuttgart, 1840.

[2] *Histoire de la maison de Savoie,* de Guichenon. *Histoire du comté de Gruyère,* d'Hisely. *Etrennes nationales* de E.-H. Gaullieur, 1845. *Histoire du canton de Vaud,* de Verdeil. *Le canton de Vaud* de Juste Olivier. *De Montet. Gazette de Lausanne* du 25 juillet 1889 (article de M. Arthur Piaget). *A. Piaget :* Othon de Grandson et ses poésies, in-8, Paris, 1890 (extrait de la *Romania,* tome XIX). *Revue historique Vaudoise,* 1893

de France. » Jean de Muller a dit que le chevalier de Grandson était célèbre par la mélodie et l'élévation de ses chants. Mais les œuvres du malheureux rival de Gérard d'Estavayer sont demeurées dans l'ombre pendant plusieurs siècles; Juste Olivier con-

Othon de Grandson (Manuscrit franç. n° 2201 de la Bibl. nationale de Paris, fol. 71); *la miniature donne le portrait du poète.*

fesse, dans son *Canton de Vaud,* qu'il les a cherchées en vain. M. Arthur Piaget nous les a restituées, il y a quelque dix ans.

(trois poèmes inédits d'Othon de Grandson, publiés par M. A. Piaget). — Sur la question du « tombeau d'Othon de Grandson », voir *Mém. et doc. de la Soc. d'Hist. de la Suisse romande,* II, 2me sér., pag. 153 et s.; même recueil, XXXIV (étude de M. A. de Montet); il est probable que ce tombeau ne concerne pas notre poète et qu'ici, comme souvent, la tradition a tort.

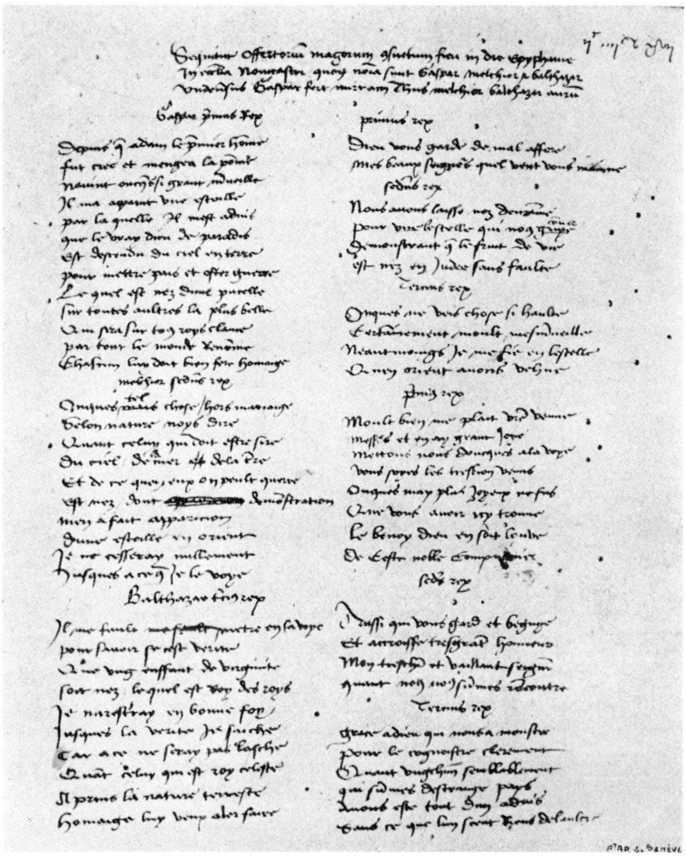

Une page de l'Offertorium

Archives de Neuchâtel (p. 47).

Othon de Grandson naquit vers 1330. Il entra au service du roi d'Angleterre, Edouard III. De retour dans son pays, en 1389 il devint conseiller du comte de Savoie et son lieutenant en Piémont. Son influence, ses richesses, ses mérites lui valurent de nombreux ennemis. Il fut soupçonné, à la mort d'Amé VII, d'avoir empoisonné ce prince. Poursuivi de ce chef, puis acquitté, il n'en fut pas moins en butte à de nouvelles accusations formulées par Gérard d'Estavayer, qui offrit de les soutenir en duel judiciaire. Brisé par l'âge et par les fatigues, Othon accepta néanmoins le combat, qui eut lieu, le 7 août 1397, en présence de toute la cour. Le sire de Grandson fut touché au premier choc et rendit l'âme quelques instants après. On a prétendu que la conduite de Gérard d'Estavayer aurait été inspirée par la jalousie, qu'Othon avait déshonoré la femme de son adversaire; mais cette légende d'adultère, inventée par quelque chroniqueur savoyard, n'est qu'un assez mauvais conte bleu.

Nous avons d'Othon de Grandson deux petits poèmes, fort médiocres d'ailleurs, attribués généralement à Alain Chartier : la *Pastourelle* et la *Complainte de Saint Valentin;* ils comptent près de 400 vers.

Si Othon de Grandson n'avait laissé que cela, il serait difficile de voir en lui le poète élégant et gracieux qu'ont vanté ses contemporains. M. Piaget a récemment exhumé toute la partie, restée inconnue, de l'œuvre du seigneur de Grandson : des lais, des virelais, des ballades, des chansons et des complaintes d'amour. Othon fit des vers, dès ses années de jeunesse. Il s'était épris d'une « très douce damoiselle, » dont il ne reçut que des promesses, fort mal tenues d'ailleurs. Un beau jour, son amie l'oublia et l'amant infortuné n'eut d'autre consolation que de se plaindre à la Muse des infidélités de sa maîtresse.

Plusieurs des pièces composées en l'honneur de l'inconstante sont fort bien venues. Elles ont un charme touchant, elles respirent une tendresse adorablement naïve. Ce rondel n'est-il pas délicieux :

S'il ne vous plaist que j'aye mieulx,
Je prendray en gré ma tristesse.
Mais, par Dieu, ma plaisant maistresse,
J'amasse plus estre joyeux !

De vous suy si fort amoureux
Que mon cuer de crier ne cesse.
S'il ne vous plaist que j'aye mieulx,
Je prendray en gré ma tristesse.

Belle, tournez vers moy vos yeulx,
Et veez en quele tristesse
J'use mon temps et ma jeunesse.
Et puis faites de moy vos jeux,
S'il ne vous plaist que j'aye mieulx.

Ce n'est point de la passion exaltée et impérieuse. Nous aimons ces notes douces et pénétrantes, qui chantent la tristesse des amours défuntes; elles sont bien dans le ton de l'âme romande. Ce virelai n'est pas moins exquis :

Je vous aime, je vous desir,
Je vous vueil doubter et servir;
Je suis vostre où que je soye,
Je ne puis sans vous avoir joye,
Je puis par vous vivre et mourir...

En dépit de ses déboires amoureux, Othon de Grandson prit généreusement la défense des femmes dans le tournoi poétique auquel se livrèrent, pendant les XIVme et XVme siècles, les contempteurs et les apologistes du beau sexe, — tournoi dont je m'occuperai tout à l'heure à propos de Martin Le Franc. Christine de Pisan fait, à maintes reprises, l'éloge de l'auteur de la *Pastourelle,* du « bon Othe de Grandson le vaillant ». Il est avant tout, pour nous, un poète lyrique, l'un des plus aimables et des plus purs de son temps. Ses vers manquent de couleur et d'élan ; ils ont la délicate fraîcheur et la tendre mélancolie des jeunes tristesses et des premières amours.

Othon de Grandson nous appartient, sans conteste. Mais *Martin Le Franc,*[1] né « en la douce comté d'Aumalle » ? Si nous sommes fixés sur le lieu de sa naissance, qui est en Normandie, nous sommes fort embarrassés sur un autre point. Quand Martin Le Franc a-t-il vu le jour ? En 1395, selon les uns. En 1410, selon les autres. Ces derniers paraissent être dans le vrai, ainsi que l'a prouvé M. Piaget. Il fit ses études à Paris. Son avancement fut très rapide. En 1443, il est nommé chanoine, puis prévôt de l'Eglise de Lausanne. Le plus haut dignitaire du chapitre après l'évêque, possédant en outre la riche prébende de Dommartin, il fut, en 1459, désigné comme administrateur de l'abbaye de Novalaise. Mais ces charges, si diverses et, paraît-il, si absorbantes, empêchaient le prévôt de Lausanne de s'acquitter fidèlement de tous ses devoirs ; les chanoines lui avaient même choisi, en 1461, un remplaçant, quand il eut la gracieuseté de se faire remplacer définitivement, en mourant, au cours de la même année.

Avons-nous quelques droits sur Martin Le Franc ? Comme l'on croit volontiers ce que l'on désire, je m'empresse de répondre affirmativement. N'a-t-il pas séjourné dans notre pays pendant près de vingt ans ? N'y a-t-il pas écrit son *Estrif de fortune ?* N'y a-t-il pas fait sa carrière ? N'y a-t-il pas collaboré enfin à la version française de la Bible, version due à Jean Servion, citoyen et syndic de Genève ? Quoi qu'il en soit, Martin Le Franc fut à peu près ignoré jusqu'à notre époque. Son œuvre n'a été mise en pleine lumière que par A. van Hasselt, qui, le tenant pour un Belge, l'a loué sans mesure, par M. Gaston Paris, et enfin et surtout par M. Arthur Piaget. Il eut le tort de ne point s'occuper de sa gloire et de composer deux livres effrayants de longueur ; le premier en date est un poème de 24,000 vers, le second n'est pas de dimension moins redoutable, bien que prose et vers y alternent. Il fallait de la patience, une patience acharnée, pour pénétrer dans le labyrinthe du *Champion des dames* et de l'*Estrif de fortune.*

Le *Champion des dames* fut composé très vite, de 1440 à 1442. Il est dédié à Philippe le Bon, duc de Bourgogne, parce que ce prince a « toujours eu le nom d'amour en digne révérence. » Comme son titre l'indique, le *Champion des dames* est une apologie du sexe faible. Il est en même temps une vaste allégorie, suivant le genre à la mode vers 1450. Les personnages y sont des abstractions : Franc-vouloir, Malebouche, etc., comme dans le fameux *Roman de la Rose.* Ce goût de l'allégorie remonte même bien au delà de Guillaume de Lorris et de Jean de Meung, jusqu'à la littérature latino-chrétienne, à la *Psychomachie* de Prudence, par exemple, voire jusqu'à la littérature homérique et eschylienne. La forme ne doit donc pas nous surprendre, quoique nous puissions la juger puérile et fatigante aujourd'hui. Le fond ne peut nous étonner davantage. Le *Champion des dames* procède d'une vive réaction

---

[1] *Martin Le Franc, prevôt de Lausanne,* par A. Piaget, Lausanne, 1889. *Romania,* XVI, 392 et s. (article de M. G. Paris). *Essai sur l'hist. de la poésie française en Belgique,* par A. van Hasselt, Bruxelles, 1838, 114 et s. *Bayle* (article *Franc*). *De Montet.*

Miniature tirée de l'Estrij de fortune, avec le portrait de Martin Le Franc

Bibl. de l'Arsenal, Paris, man. 5202 (p. 51).

contre les détracteurs de celle dont Jean de Meung vantait les charmes en ces termes flatteurs : « Fuiés, enfants, fuiés tel beste » ! Après Christine de Pisan, après le chancelier Gerson, Martin Le Franc se jettera vaillamment dans la mêlée. Il ne craint pas d'user des libertés de langage en honneur chez ses contemporains. Il ne s'effarouchera pas du mot cru et décrira gaillardement cette « quarte amour » — que nous nous garderons bien d'appeler l'amour platonique. Malebouche a souvent une verdeur de propos qu'eût enviée Jean de Meung et que nos « naturalistes » n'égaleront pas sans effort. De quoi « servirait vergongne » pour réfuter des adversaires peu galants, qui se sont exprimés plus « ribauldement » qu'un « houlier rempli de cervoise ?... »

Passons à *L'Estrif de fortune et de vertu,* qui nous intéresse davantage, puisqu'il fut écrit à Lausanne, de 1447 à 1448 ! « Estrif » vient d'*estriver,* qui signifie : discuter. Le *De consolatione philosophiæ* de Boèce traduit, imité, plagié, par un grand nombre de prosateurs et de poètes, avait exercé sur tout le moyen âge une influence considérable. S'il y avait un sujet rebattu, c'était bien celui de « l'inconstance de la Fortune ». Martin Le Franc le reprit cependant avec une parfaite insouciance de toute originalité. La poésie didactique avait supplanté les épopées des siècles précédents. On avait recours à la Muse pour célébrer les animaux, la chasse, la pêche, et même les *Institutes,* mis en vers français à l'usage des écoliers de Caen qui se souvenaient peu de leur latin. Le Franc ne songeait point à éblouir ses contemporains ; il s'amusait comme eux et avec eux. De là son *Estrif de fortune,* long débat où prose et vers s'entremêlent, quelques centaines de pages durant. Ce nouvel ouvrage est sans contredit inférieur au *Champion des dames,* bien qu'il ait reçu meilleur accueil et que trois éditions s'en soient succédé à peu d'intervalle. Il est encore dédié à Philippe le Bon.

Tombeau d'Othon de Grandson (?) à la Cathédrale de Lausanne (Coll. d'Est. de la Bibl. nationale).

Toute la question sur laquelle roulera l'*Estrif de fortune* peut se résumer en deux mots : est-ce Fortune ou Vertu qui mène le monde ? Pour la résoudre, Martin Le Franc assignera Fortune et Vertu à la débattre, en présence de dame Raison. La querelle s'ouvre par une violente sortie de Fortune contre Vertu : « Vous, comme l'on dit, forgiez chasteaulx en Espaigne, promettant choses de l'aultre monde. La moindre de voz paroles est ung miracle. Riens ne vous est impossible... Voirement, les hommes faites dieux, et qui besongnier vous laira, ce monde finira et ung aultre referez. O vouloir désordonné ! O povoir impotent ! O songe de vieille, conceu sans commencement et sans fin esvanouy, dont on ne doit que rire ! » Qui gouverne, sinon

Fortune? qui fait les empires et les défait? qui est reine ici-bas? En un style remarquable de force et d'entrain, la rageuse Fortune frappe sur sa rivale, qui, douce et modeste, plaide lentement sa cause, mais non sans esprit : « Tant estes petite, inconstante, fresle, muable, incertaine, vagabonde, decepvant, perilleuse, diverse, qu'on ne vous scet quel nom bailler... Les pluseurs pour vostre mutation continuele vous figurent tournant une roe ou le plus hault trebuche en bas, et cil dessoulbz tire amont. » Dame Raison condamne Fortune. Mais la terrible déesse ne se soumettra point à la sentence. Traitant son adversaire et son juge de vieilles radoteuses, elle s'en ira prouver « brief et par effet » qu'elle peut « l'empire troubler, changer et remuer la paix de plusieurs royaumes et contrées, et mesmement partir et diviser l'Église en unité et sur ferme pierre comme l'on dit fondée. »

L'*Estrif* renferme des morceaux d'une belle prose, alerte et riche, et l'on y découperait aisément quelques pages de chrestomathie. Ce vocabulaire très étendu, cette phrase adroitement construite, cette variété des tours, ces réflexions frappées en proverbes, ne sont pas d'un médiocre écrivain. Et cette clarté, et cette précision de la langue sont assez rares au XVme siècle, pour qu'on puisse ranger Martin Le Franc parmi les auteurs les mieux doués de son époque. Ce qui rend l'*Estrif* d'une lecture pénible est sa longueur démesurée. Quant aux vers semés dans ce traité, ils sont de coupe variée et ils nous apprendraient, si nous en doutions, que Martin Le Franc sait son métier de poète. « Martin Le Franc, a dit M. Gaston Paris, occupe certainement, à côté de Charles d'Orléans, un des premiers rangs dans la poésie française, entre Alain Chartier et Villon. » Et puis, le caractère de Le Franc est éminemment sympathique. L'écrivain va droit aux faibles et aux opprimés. Il est pour la femme contre l'homme :

Et sachez que qui entreprent
De soy laisser tout gouverner
A sa femme, bien lui en prent
Et ne peut malement finer.

Il réclame même, pour le sexe dont il a pris la défense, le droit d'intervenir dans le ménage de l'État ; il est pour celui qui n'a rien contre celui qui possède. Le communisme ne l'effraie pas plus que Jean de Meung :

Devant le temps au roy Clotaire,
N'eusmes nous la terre commune ?

Il tient que les hommes sont égaux entre eux. D'où vient « la prééminence » des rois et des seigneurs ? « Ung seul Adam fust, qui sema l'humaine génération ».

Martin Le Franc honore son siècle autant par les hardiesses de sa pensée, qu'il eut le courage de publier, par ses assauts contre maintes superstitions de son temps, par la finesse de son observation, que par l'élégance et la vivacité de son style. Si le prévôt de Lausanne n'avait pas sacrifié au genre du *Roman de la Rose,* il eût été vraisemblablement un poète de la trempe de Villon ; M. Piaget nous le prouve avec exemples à l'appui : « A chaque instant, il oublie qu'il songe, et parle comme un homme qui a les yeux ouverts et qui sait regarder. Souvent même, dans ses personnages allégoriques, se retrouvent, pittoresquement dépeints, ceux de la vie réelle. Voyez comme il décrit l'hypocrite, dans la personne du lieutenant de Malebouche, Faux Semblant, qui se tient « les yeux abaissiez et mains jointes... »

Première page du Champion des Dames de Martin Le Franc

Man. nº 12476, Bibl. nat. de Paris (p. 53).

J'ai trouvé dans la *Vie de Louise de Savoie* (voir p. 43), parmi les pièces justificatives de l'édition Jeanneret, une oraison « composée par Messire et révérent Père en Dieu, Messire Le Franc, chanoine de Lozanne. » La vétusté du manuscrit atteste que les sœurs de Sainte-Claire ont dû lire souvent l'*Oraison à Notre-Dame,* égarée dans les papiers des sœurs d'Orbe :

O escarboucle reluisant,
Nuyt et jour sans obscurité,
Esmeraude très cler luysant,
Et saphis de sécurité ;
Diamant de mundicité,
Ruby rayant cler comme flamme ;
Je te requiers en charité :
Ayes pitié de ma poure asme.

O cyprez aromatisant,
Beaulme de grand suavité,
Hault cèdre sur tout verdissant,
Olive de fertilité :
En ma très grand nécessité,
Je te requiers, trés saincte Dame,
Quand à mourir seray cité,
Ayes pitié de ma poure asme...

C'est bien là Martin Le Franc, exalté et prolixe, jamais à court d'un adjectif, toujours ami des redondances, mais délicat, sensible et charmant.

Jacques de Bugnin [1] n'aura pas fait que passer à Lausanne; il est un enfant du pays. Mais l'homme est aussi peu connu que le poète. Bourgeois et curé de Lausanne à la fin du XVme siècle, Bugnin se retira en 1480 dans le monastère de Hautcrêt, près d'Oron. Nous le voyons, la même année, installé à Saint-Martin dans le Jorat; il achève son livre : le *Congié pris du siècle séculier,* [2] un petit poème moral, qui eut au moins cinq éditions durant un laps de temps assez court.

M. le Dr A. Piaget a bien voulu copier, à mon intention, une bonne partie du *Congié* de Bugnin d'après un exemplaire qu'il en a découvert à la Bibliothèque nationale de Paris. L'ouvrage entier compte un peu plus d'un millier de vers. Il commence par un prologue composé de quelques huitains en mauvais décasyllabes, rimant ababbcbc. Vient ensuite le poème lui-même, une collection de sentences morales rangées par ordre alphabétique et formulées en octosyllabes. Les aphorismes de Bugnin sont assez mal tournés, mais la pensée est parfois ingénieuse.

Il n'est rien de plus decevable
Que la femme ou le dyable...
Mieulx vault payer et peu avoir
Que beaucoup et toujours devoir...
Mieulx vault etre povre et joyeux
Que riche melancolieux...
Veulx-tu prouffiter de l'escolle,
Ce qu'as ouy, souvent recolle...

En somme, le *Congié* n'est qu'une assez pauvre chose, sans aucune originalité de forme ni d'inspiration, et les distiques « moraux » de Bugnin — quelques-uns sont plus liencieux que moraux — mériteraient à peine une mention, si notre poésie d'avant la Réforme nous laissait l'embarras du choix.

---

[1] *Conservateur suisse,* V, 365 et s. *Brunet. De Montet.*

[2] Imprimé sans date à Vienne. Réimp. Lyon, 1503, et plusieurs fois depuis.

Il est possible que le long séjour de Martin Le Franc à Lausanne y ait provoqué un semblant de mouvement littéraire et que Bugnin soit un modeste disciple de l'auteur du *Champion des dames*. Qu'en fut-il à Genève ?

MM. Bordier et Galiffe ont, le premier, nié, le second affirmé l'existence d'une poésie genevoise avant le XVIme siècle. L'un et l'autre ont raison à leur manière. Senebier,[1] qui a glissé dans son *Histoire littéraire de Genève* tous les noms qu'il a pu décemment y faire entrer, mentionne, de 1481 à 1513, cinq auteurs de « gaillardises, histoires ou comédies », représentées à l'occasion de certaines fêtes. Mais que valaient ces « auteurs » ? M. Bordier ne consent pas même à leur donner le titre de « petits rimailleurs ». Comme ils ne nous ont transmis aucune de leurs œuvres, nous pouvons nous abstenir de prendre part à une controverse sans issue.

Et nous pourrions ignorer aussi les rimes de *P. Arsent*,[2] un Fribourgeois qui, vers l'an 1500, a traduit, dans ce goût, les sentences de Dionysius Cassius :

Que bon servant ung bon conseil te donne,
Croire le doys ; ne despire personne
Puis qu'il haura parole véritable
Ou que son sens te sera profitable.

Notez que je vous offre la perle du recueil ! Arsent est inédit, pour son bonheur et le nôtre. Le XVme siècle finissant nous montre la Suisse occidentale moins préparée que jamais à un réveil intellectuel. Et pourtant, la Réforme est proche, et l'imprimerie a commencé de révolutionner le monde.

---

[1] *Senebier*, I, 118. *Almanach de la Suisse romande*, année 1888, p. 76 et s. (article de M. E. Ritter).

[2] *Arch. de la Soc. d'hist. du canton de Fribourg*, I, 429 et s. Le manuscrit de la traduction d'Arsent est déposé aux archives cantonales de Fribourg.

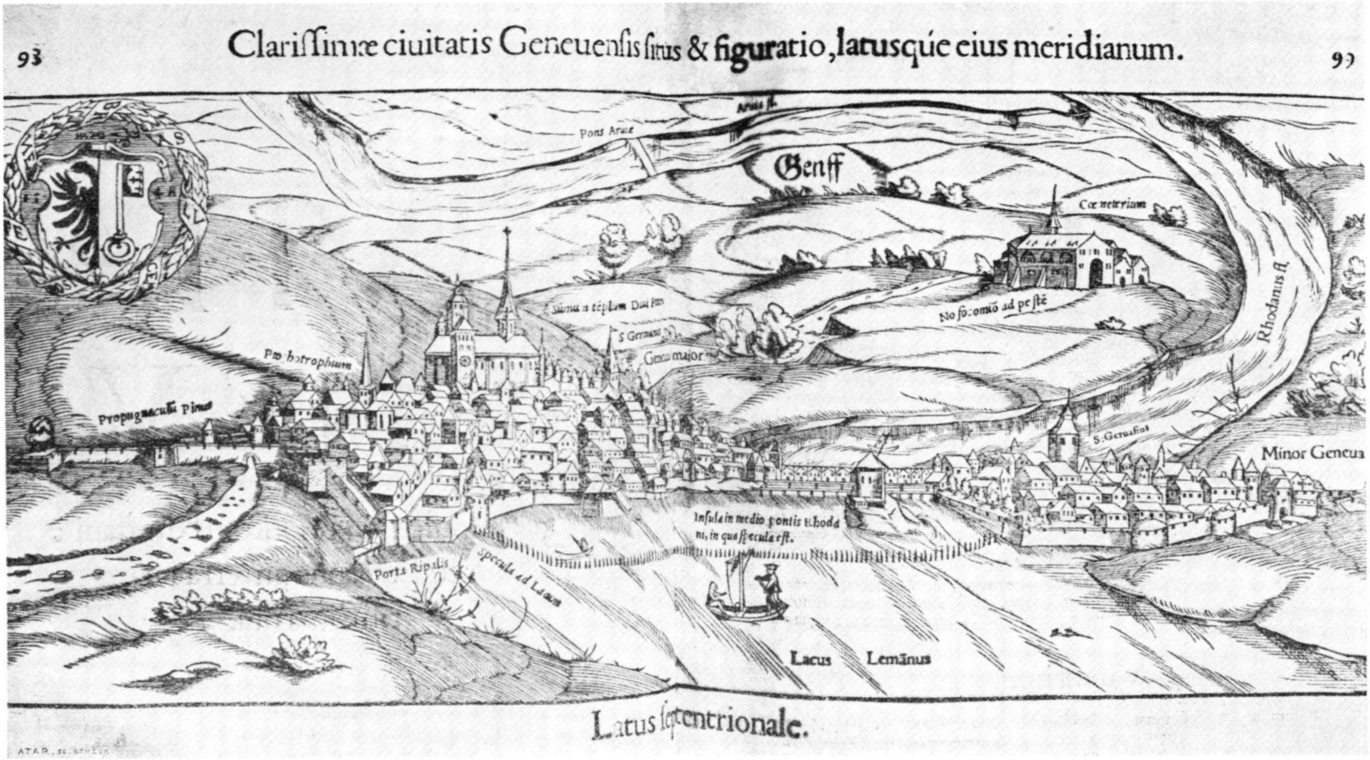

Carte de Genève au XVIe siècle d'après la Cosmographie de Münster

Bibl. publ. de Genève (p. 54).

DEUXIÈME PÉRIODE

LE SEIZIÈME SIÈCLE ET LA RÉFORME[1]

CHAPITRE I

Les débuts de la Réforme.

I. Les arts, les lettres et la vie sociale avant la Réforme. — II. Précurseurs : Cornélius Agrippa et Robert Olivétan.

I

Nous n'avons pas eu d'autre Renaissance que la Réforme. Dans les arts plastiques, l'architecture seule nous a donné, pendant le moyen âge, sinon quelques chefs-d'œuvre, du moins quelques œuvres remarquables : les cathédrales de Genève et de Lausanne, la collégiale de Neuchâtel, l'église de Valère à Sion, l'église Saint-Nicolas, à Fribourg. Nous savons quel est le bilan de notre littérature.

---

[1] *Mém. et doc. de la Soc. d'hist. et d'archéol. de Genève*, I, 15 et s. *Etudes sur la typographie genevoise du XVe au XIXe siècle*, par E.-H. Gaullieur, in-8, Genève, 1855. *A. Bernus :* L'Imprimerie à Lausanne aux XVe et XVIe siècles (*Gazette de Lausanne* des 4 et 5 juillet 1902). *Chroniques de Genève*, par Bonivard, 4 tomes en 2 vol. in-12, Genève, 1831, ainsi que les autres écrits de Bonivard. *Le levain du Calvinisme* de Jeanne de Jussie, 1 vol. in-8, Genève, 1853. Le *Journal* de Jean Balard, dans *Mém. et doc. de la soc. d'hist. et d'arch. de Genève*, X. *Actes et gestes merveilleux* d'Ant. Froment, 1 vol. in-8, Genève, 1855. Les *Mémoires* de Pierre de Pierrefleur, 1 vol. in-8, Lausanne, 1856. *Histoire littéraire de Genève* de J. Senebier, t. I et II, Genève, 1786. *Histoire de Genève* de J. Spon, 2 vol. in-8, nouv. éd., Genève, 1730, et les Histoires de Genève de *J. Picot*, *A. Roget*, etc. *Le Chroniqueur* de L. Vulliemin, 1 vol. in-4, Lausanne, 1836. *Le canton de Vaud* de Juste Olivier, 2 vol. in-8, Lausanne, 1837. *Histoire de l'Instruction publique dans le canton de Vaud*, de A. Gindroz, 1 vol. in-8, Lausanne, 1853. *Histoire de la Réformation de la Suisse* d'Abraham Ruchat, nouv. édit. 7 vol. in-8, Paris et Lausanne, 1835 à 1838. *Histoire de la Réformation au XVIe siècle* de Merle d'Aubigné, 5 vol. in-8, Paris, 1835 à 1853, et les Histoires de *Puaux*, de *de Félice* et autres écrivains ayant traité le même sujet. *Histoire de l'Eglise de Genève* de J. Gaberel, 4 vol. in-8, Genève, 1858 à 1862. *Matériaux pour l'histoire de Genève* de J.-A. Galiffe, 2 vol. in-8, Genève, 1829, 1830. *Genève, origine et développement*, etc. de A.-P.-J. Pictet de Sergy, 2 vol. in-8, Genève, 1845. *Histoire de la principauté de Neuchâtel et Valangin* de F.-A. de Chambrier, 1 vol. in-8, Neuchâtel, 1840. *Les écrivains français de la Réformation*, d'A. Sayous, 2me éd., 2 vol. in-12, Paris, 1854. *La France protestante* de MM. Haag, 1re et 2me éd. *La Correspondance des Réformateurs* d'A.-J. Herminjard, 8 vol. publiés, Bâle, Genève et Lyon, 1866-1896. *Geschichte der evangel. Flüchtlinge in der Schweiz*, par J.-C. Mörikofer, in-8, Leipzig, 1876. *Realencyclopedie für protest. Theologie* de Herzog, 18 vol. gr. in-8, Leipzig, 1877 à 1888. *Encyclopédie des sciences religieuses*, de Lichtenberg, 13 vol. gr. in-8, Paris. *Ch. Borgeaud*, op. cit. *Ch. Seitz :* J.-J. Scaliger à Genève, in-8, Genève, 1895.

Mais, dans le dernier quart du XVme siècle, une grande découverte répandit ses bienfaits sur la Suisse romande. En 1440, un gentilhomme de Mayence, Gutenberg, qui habitait Strasbourg et s'y occupait d'inventions, imagina ou perfectionna un art nouveau : l'imprimerie. Les manuscrits de grandeur et condition médiocres coûtaient de quatre à cinq cents francs au XIIIme siècle. Moins de deux cents ans plus tard, on aura de gros livres pour quelques francs. Jean Molinet pourra chanter que « maint escholier » se procure :

> Décret, bible et codes
> Sans grant argent bailler.

Adam Steynschaber imprime à Genève, dès 1478. Jean Belot s'établit plus tard à Lausanne, mais n'y reste guère au delà du temps consacré à l'impression de son *Missel* de 1493. Ensuite, Neuchâtel avec Pierre de Vingle (dès 1533) et ses successeurs, et Fribourg, à partir de 1585 seulement, seront dotées aussi d'imprimeries plus ou moins florissantes. Qu'éditera-t-on, avant la Réforme ? Des traités religieux surtout; les écrivains du pays ne feront presque point gémir les presses. M. H. Bordier a dit de Genève, dans son *Ecole historique de Jérôme Bolsec :* « En 1478, sont arrivés des imprimeurs, des étrangers bien entendu; nous avons une quarantaine d'ouvrages qu'ils ont édités sous l'épiscopat. Y a-t-il dans le nombre quelque ouvrage du cru ? Pas seulement une préface. » Ceci n'est pas

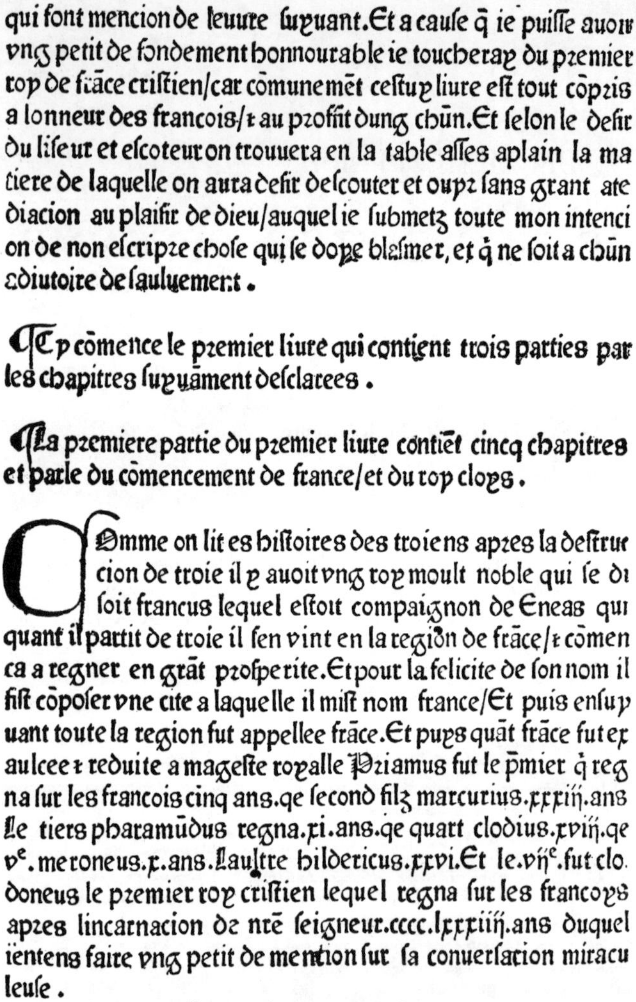
qui font mencion de leuure suyuant. Et a cause q̄ ie puisse auoir vng petit de fondement honnourable ie toucheray du premier roy de frāce cristien/car cōmunemēt cestuy liure est tout cōpris a lonneur des francois/& au proffit dung chūn. Et selon le desir du liseur et escoteur on trouuera en la table asses aplain la matiere de laquelle on aura desir descouter et ouyr sans grant atediacion au plaisir de dieu/auquel ie submetz toute mon intencion de non escripre chose qui se doye blasmer, et q̄ ne soit a chūn adiutoire de sauluement.

¶Cy cōmence le premier liure qui contient trois parties par les chapitres suyuāment desclarees.

¶La premiere partie du premier liure contiēt cincq chapitres et parle du cōmencement de france/et du roy cloys.

Comme on lit es histoires des troiens apres la destruccion de troie il y auoit vng roy moult noble qui se disoit francus lequel estoit compaignon de Eneas qui quant il partit de troie il sen vint en la regiōn de frāce/& cōmenca a regner en grāt prosperite. Et pour la felicite de son nom il fist cōposer vne cite a laquelle il mist nom france/Et puis ensuyuant toute la region fut appellee frāce. Et puys quāt frāce fut exaulcee & reduite a mageste royalle Priamus fut le p̄mier q̄ regna sur les francois cinq ans. Le second filz marcurius. xxxiiij. ans Le tiers pharamūdus regna. xi. ans. Le quart clodius. xviij. Le ve. meroneus. x. ans. Laultre hildericus. xxvi. Et le. vij^e^. fut clodoneus le premier roy cristien lequel regna sur les francoys apres lincarnacion de nrē seigneur. cccc. lxxxiiij. ans duquel ientens faire vng petit de mention sur sa conuersation miraculeuse.

Une page du Fierabras de Bagnyon
(Genève, 1478), l'un des premiers imprimés genevois (Bibl. publ. de Genève).

absolument exact, car le *Fierabras* de Bagnyon fut publié à Genève, avant la fin du XVme siècle. Mais la vie littéraire est extrêmement pauvre dans nos contrées et l'imprimerie, sans la Réforme, eût été sans doute impuissante à réveiller les intelligences. Nos ancêtres étaient des agriculteurs, des artisans, des négociants. Et nous n'avions aucune ville de quelque étendue, aucun centre où pussent naître et se développer à l'aise le goût et l'amour des choses de l'esprit.

Au demeurant, la société d'alors n'était ni meilleure ni pire dans la Suisse occidentale qu'en France ou ailleurs. Mœurs faciles tolérées par l'Eglise, abus des fêtes locales et religieuses, vie essentiellement extérieure et matérielle, tout l'idéal des contemporains se réduisait à ceci : gagner de l'argent et le dépenser gaîment. C'eût été le rôle du clergé d'élever le niveau intellectuel et moral de son temps ; il aurait dû commencer par prêcher d'exemple. Or, dans les *Constitutiones synodales diocecis gebennensis*, éditées à Genève en 1493 et rédigées sous l'inspiration de l'évêque Antoine de Champion, les ecclésiastiques sont représentés comme menant une existence aussi dissolue que les laïques. La vente des indulgences, le népotisme, les débats scandaleux suscités entre dominicains et franciscains, la corruption des hommes et des institutions avaient ruiné le crédit de l'Eglise. Il n'y avait plus guère que superstition, indifférence et incrédulité ; on pouvait compter les chrétiens.

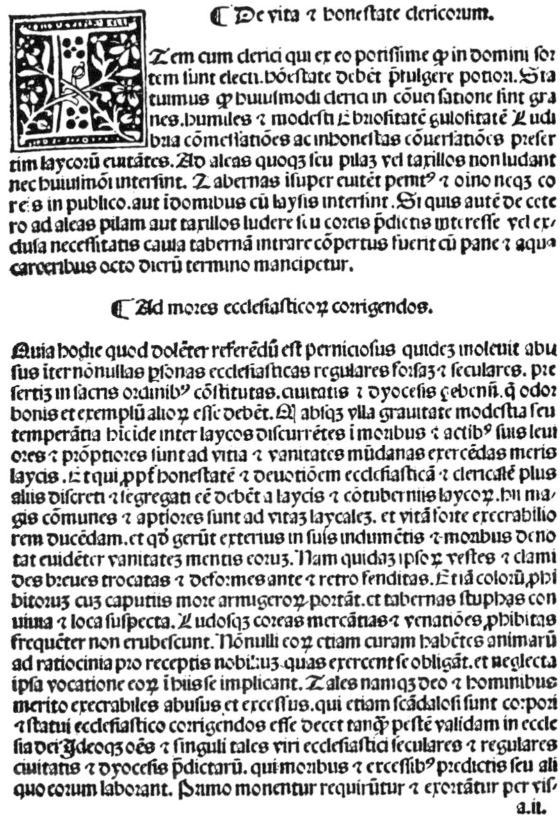

¶ De vita ⁊ honestate clericorum.

Item cum clerici qui ex eo potissime quod in domini sortem sunt electi. honestate debēt pfulgere potiori. Statuimus quod huiusmodi clerici in cōuersatione sint grattes. humiles ⁊ modesti. Ebriositatē gulositatē Ludibria cōmessationēs ac inhonestas cōuersationēs presertim laycorū euitātes. Ad aleas quoqz seu pilaz vel taxillos non ludant nec huiusmōi intersint. Tabernas īsuper euitēt penit⁹ ⁊ oīno neqz coreis in publico. aut idomibus cū laysis intersint. Si quis autē de cetero ad aleas pilam aut taxillos ludere seu coreis pdictis interesse vel exclusa necessitatis causa tabernā intrare cōpertus fuerit cū pane ⁊ aqua carceribus octo dierū termino mancipetur.

¶ Ad mores ecclesiasticorum corrigendos.

Quia hodie quod dolēter referēdū est perniciosus quidez inoleuit abusus iter nōnullas psonas ecclesiasticas regulares forsaz ⁊ seculares. presertiz in sacris ordinib⁹ cōstitutas. ciuitatis ⁊ dyocesis gebenn̄. q̄ odori bonis et exemplū aliorum esse debēt. Q̄ absqz vlla grauitate modestia seu temperātia hic inde inter laycos discurrētes i moribus ⁊ actib⁹ suis leuiores ⁊ prōptiores sunt ad vitia ⁊ vanitates mūdanas exercēdas meris laycis. Et qui ppt honestatē ⁊ deuotiōem ecclesiasticā ⁊ clericalē plus aliis discreti ⁊ segregati eē debēt a laycis ⁊ cōtuberniis laycorum. hii magis cōmunes ⁊ aptiores sunt ad vitaz laycalez. et vitā forte execrabiliorem ducēdam. et qd̄ gerūt exterius in suis indumētis ⁊ moribus demōstrat euidēter vanitatez mentis coruz. Nam quidaz ipsorum vestes ⁊ clamides breues trocatas ⁊ deformes ante ⁊ retro fenditas. Etiā colorū phibitoruz cuz caputiis more armigerorum portāt. et tabernas stuphas conuiuia ⁊ loca suspecta. Ludosqz coreas mercātias ⁊ venatiōes phibitas frequēter non erubescunt. Nōnulli eorum etiam curam habētes animarū ad ratiocinia pro receptis nobiliuz quas exercent se obligāt. et neglecta ipsa vocatione eorum i hiis se implicant. Tales namqz deo ⁊ hominibus merito execrabiles abusus et excessus. qui etiam scādalosi sunt corpori ⁊ statui ecclesiastico corrigendos esse decet tanq̄ pestē validam in ecclesia dei. Ideoqz oēs ⁊ singuli tales viri ecclesiastici seculares ⁊ regulares ciuitatis ⁊ dyocesis pdictarū. qui moribus ⁊ excessib⁹ predictis seu aliquo eorum laborant. Primo monentur requirūtur ⁊ exortātur per vis-

a.ii.

Une page des Constitutiones synodales d'Ant. de Champion
(Genève, 1493). Bibl. cant. de Fribourg.

Marc-Monnier a tracé un exact et vivant tableau de Genève aux approches de la Réforme. Je ne pourrais mieux dire, et je cite :

« Le peuple tôt levé, actif pour le travail et pour le plaisir, ne restait pas au coin du feu ; la rue appartenait à tout le monde ; les notaires, comme dans les vieilles comédies, verbalisaient en plein vent ; les femmes, richement attiffées, se glissaient dans les foules, se battaient au besoin dans les émeutes, défendues par le stylet qui retenait leurs cheveux, et ces mêmes ménagères qu'on voyait le matin, debout sur le rebord des fenêtres, en nettoyer hardiment les vitres au risque de se tuer, s'asseyaient le soir en robe de velours sur les bancs de pierre alignés devant les maisons, pour recevoir les hommages des jouvenceaux qui promenaient en piaffant leurs chausses bouffantes et tailladées. Les groupes se formaient ainsi dans la rue qui devenait un salon; passaient des musiciens et l'on dansait des rondes en plein air, à moins qu'avec la cohue des promeneurs qui encombraient les quais du Molard, on ne préférât s'embarquer sur le lac où se croisaient en tous sens des chansons et des éclats de rire. Quel tumulte joyeux! Du matin au soir toute la ville est en fête; l'évêque, à cheval sur sa mule, commande un cortège de chanoines épanouis et rebondis. Les confréries d'artisans, celles des saints Cosme et Damien ou celle de saint Antoine, fondée par un roi de Chypre, défilent pêle-mêle: hommes, femmes, riches, pauvres, grands et petits, tous vêtus de bure, se rendent à leurs repas de corps où les confrères et les confréresses ne doivent amener avec eux «ni fils, ni filles, ni valets, ni chiens»; les reliefs du banquet seront donnés «aux pauvres de Dieu». Souvent, d'autres cortèges s'emparaient de la rue, écartant les curieux; c'étaient les corps militaires armés de l'arc, de l'arbalète ou de la couleuvrine, c'étaient les piquiers, les hallebardiers, l'abbaye de Saint-Pierre qui réunissait les «Enfants de Genève», plus turbulents et batailleurs que ceux de Paris; ils marchaient bruyamment au son du tambour, au sifflement séditieux des fifres helvétiques, ils menaient les violons dans les fêtes et donnaient des charivaris aux veuves qui célébraient leurs secondes noces; mais que le canon grondât quelque part, ils se jetaient tête baissée contre les boulets. Par moments, tout à coup, le vacarme s'interrompt, c'est une procession qui passe, car les Genevois sont dévots, comme l'étaient avant la Réforme tous les gens de plaisir...»

Bonivard écrivait déjà: «Je me tais des histoires, dictons et personnages qui étaient épanchés par toute la ville... car ce serait trop prolixe.» Eh! oui, le père Bontemps est bien vivant, et comme on le fête! Tout à l'argent et tout à la joie! C'est ainsi que, dans nos petites villes romandes, on se préparait à la Réforme. Mais des préoccupations nouvelles surgiront bientôt; les nécessités de la politique feront réfléchir les uns, les excès toujours croissants de la licence donneront à penser aux autres. Farel viendra, et les Bernois, et Calvin

II

La Réforme nous a révélé un nouveau monde moral. Durant les premières années de ce XVIme siècle, si fertile en grands événements et si fécond en grands hommes, un immense besoin de régénération s'empare de l'humanité. La foi manque, et le sérieux de la vie. La religion catholique, avec tout ce qu'elle a pris de formaliste et d'extérieur, parle aux sens davantage qu'à l'âme. Les temples de pierre ou de marbre sont trop beaux pour que l'on s'attarde en ce temple mystérieux que tout chrétien devrait porter dans son cœur. L'intimité du culte n'existe plus. Et voici que, d'Allemagne, montent des cris de douleur, puis de révolte. Le Dieu prêché dans les églises ne donne pas assez de consolations, n'inspire plus assez d'amour. On le prie, on l'adore; on le connaît à peine. Son cortège de saints dans le ciel, de prêtres sur la terre, empêche les communications directes et, par là même, ferventes avec Lui. Dieu est trop loin. On le voudrait plus près, plus accessible au pauvre comme au riche, plus ressemblant au crucifié de Golgotha. Qui ramènera la simplicité primitive de la foi? Qui rouvrira les sources vives du christianisme enseigné par les apôtres, reçu par les martyrs? Moins de vaines cérémonies, moins d'intermédiaires entre ici-bas et Là-haut! On a, comme dira Calvin, «faim et soif de Jésus-Christ».

Les circonstances favorisent Luther et ses disciples. L'imprimerie fournit un merveilleux instrument de propagande. Profonde est la corruption du clergé. La féodalité tombe en ruines. Les Etats sont dévorés par la guerre étrangère ou rongés par les discordes civiles. L'Europe occidentale offre le même tableau que la Rome des Césars, avec l'unité politique en moins. L'heure n'est-elle pas propice entre toutes à l'avènement de la Réforme, au retour à l'Evangile? Assurément, la révolution religieuse ne tiendra pas toutes ses promesses, ni ne réalisera toutes ses espérances. Fondée sur la révélation, elle n'émancipera point la raison; établie sur le dogme, elle n'apportera point la liberté. Elle est d'ailleurs œuvre de théologiens, non de philosophes. Mais, en dépit de ses erreurs, malgré les sanglants conflits qu'elle déchaînera sur l'Europe, la Réforme aura plus fait pour le progrès que les plus extraordinaires inventions des savants, les plus admirables spéculations des penseurs. Le secret de sa prodigieuse force d'expansion résidera tout entier en ceci : elle sort du peuple, elle travaille pour le peuple et pour Dieu. N'est-elle pas, en son principe, la démocratie dans le domaine spirituel ?

Son influence sur les lettres sera considérable. Songez que, sans la Réforme, nous n'aurions — et je ne parle que du XVIme siècle — ni Calvin, ni de Bèze, ni Estienne, ni d'Aubigné, ni tant d'autres ! N'oubliez point que la langue française n'aurait pas eu, pour accélérer son évolution, cette *Institution chrétienne*, dont la préface est un sobre et haut chef-d'œuvre. Dites-vous bien enfin, qu'au choc des deux systèmes catholique et protestant, tout un monde d'idées a surgi ! Or les littératures qui ne se renouvellent pas de fond en comble, à certains intervalles, dépérissent ou ne s'élèvent guère. Ah ! la belle saison pour l'esprit ! Les superbes combats d'érudition et d'éloquence ! Quelle intensité de vie intellectuelle ! Et l'imprimerie est là pour faire les riches semailles de cette Réforme, à laquelle notre Suisse française doit presque tout.

Berne s'empressa, dès qu'elle eut embrassé le protestantisme, d'envoyer Farel le propager en pays romands. On pourra dire de Guillaume Farel, comme de Martin Luther : *Deum patitur.* Dieu le fera parler. En 1525, un pauvre hère, de petite taille et de chétive apparence, un étranger encore, partira pour les conquêtes de la foi. Seul au milieu de populations ignorantes et fanatiques, n'ayant que de la science et du courage, il vaincra. Dix ans après — dix ans de luttes et de persécutions, — la Réforme sera installée à Neuchâtel, à Lausanne, à Genève. Et Calvin apparaît, pour donner, comme a dit M. Faguet, « à une insurrection la forme d'un gouvernement ».

Désormais, il y aura une Suisse romande, composée d'Etats divers, presque sans lien politique les uns avec les autres, mais indissolublement associés par la communauté de leurs croyances et la conformité de leur idéal. Fribourg, le Valais, une partie de l'Evêché de Bâle demeureront fidèles au catholicisme ; du Rhin au Rhône cependant, la Réforme aura définitivement planté sa tente.

Au point de vue littéraire, ni le comté de Neuchâtel, ni même le pays de Vaud ne tirèrent d'abord un avantage bien appréciable de leur conversion ; ils furent à peu près réduits à leurs propres forces. C'est à Genève surtout que la Réforme infusa du sang nouveau. Genève devint la capitale et le refuge du protestantisme français. Entourée d'ennemis, car elle était une inquiétude pour l'Europe catholique, guettée par la Savoie, qui ne cessait de la convoiter, affaiblie un temps par les querelles intestines, elle fut, grâce à la protection des Suisses et à l'indomptable énergie de Calvin, la Rome évangélique du siècle, une Rome moins brillante et moins puissante que l'autre, mais supérieure à sa rivale par la sévérité des mœurs et l'éclat de l'intelligence.

Si nous laissons de côté Farel, le premier pionnier de la Réforme sur terre romande, nous avons deux hommes qui furent plus ou moins, par le livre, les précurseurs du protestantisme dans la Suisse occidentale : Agrippa et Olivétan.

Henri-Corneille Agrippa[1] est né à Cologne, en 1486; il n'est donc pas plus Suisse d'origine que Calvin ou Farel, mais il a fait, à un moment donné, de notre pays sa patrie d'adoption. Sa vie fut aussi aventureuse que ses ouvrages seront étonnants. Soldat, étudiant en médecine, alchimiste, philologue, nous le trouvons, vers 1510, en possession d'une chaire de théologie dans sa ville natale. Des accusations de magie portées contre lui l'obligent à fuir. En 1518, il est à Metz; de là, il se réfugie en Suisse, à Genève et à Fribourg, où il séjourne de 1521 à 1524.

Les traités qui valurent une réputation européenne au nom de Cornélius Agrippa, sont le: *De incertitudine et vanitate scientiarum,* traduit en 1582 par Turquet de Mayerne, et le *De occultà philosophià.* Si l'auteur démontre essentiellement, dans celui-ci, que la magie est la science véritable, et dans celui-là, que le savoir humain est pure vanité, il n'en formule pas moins une doctrine mal déterminée peut-être, mais originale et présentant bien des analogies avec celle que la Réforme est en train d'enseigner. Agrippa est un mystique d'une forte érudition, d'une éloquence et d'une imagination ardentes; j'ai fait remarquer ailleurs que Rousseau s'est très probablement inspiré du *De incertitudine* pour écrire son *Discours sur les sciences et les arts.* Le résumé de tout son système tient en ceci: Ne nous perdons point dans l'acquisition de toutes ces connaissances qui ne conduisent à rien, philosophie, théologie, médecine! Abandonnons-nous du soin de toutes choses à Dieu, qui se manifeste aux hommes par sa parole extérieure, dans la Bible, et par sa parole intérieure, dans le secret de notre âme!

Si le séjour à Genève et à Fribourg de Cornélius Agrippa n'est pas demeuré sans résultat pour le développement intellectuel de la Suisse française, si ses attaques plus ou moins voilées contre l'Eglise ne devaient pas non plus rester sans écho, l'action de *Pierre-Robert Olivétan*[2] (1495-1538) fut très grande et très directe, tant sur Calvin que sur la Réforme genevoise. Originaire de Noyon, cousin de Calvin, qu'il convertit à la foi nouvelle, nous le rencontrons à Genève dès le mois de juin 1532, puis à Neuchâtel où, sur les instantes prières de Farel et de Viret, il entreprit non la première, comme on l'a prétendu, mais l'une des premières traductions de la Bible

Sans être un hébraïsant de la force de Reuchlin, ou un helléniste du mérite de Mélanchton, Olivétan était un philologue aussi ingénieux que savant. Il se plaisait à lire les Ecritures dans le texte primitif, en sorte que le travail auquel on le convia rentrait dans le cercle de ses études préférées. Cependant, il hésita. Selon lui, il est « autant difficile de pouvoir bien faire parler à l'éloquence hébraïque et grecque le langage français, que si l'on voulait enseigner le doux rossignol à chanter le chant du corbeau enroué ». Mais « prié, sollicité, importuné et quasi adjuré » par les pasteurs vaudois auxquels se joignent Farel et Viret, il se décide enfin et accepte cette « si grande charge ».

---

[1] *Etudes biographiques,* etc. (Cornélius Agrippa chez les Suisses), par M. A. Daguet, Fribourg, 1856. *Senebier,* I, 119 et s. *Les sciences et les arts occultes au XVIme siècle, Corneille Agrippa, sa vie et ses œuvres,* par A. Prost, 2 vol. in-8, Paris, 1881, 1882. *Bayle,* Dict., et tous les recueils biographiques. Voir aussi la *Corresp. des Réformateurs,* d'Herminjard, pass., et notre *Histoire des relations littéraires entre la France et l'Allemagne,* in-8, Paris, 1897, 26 et s.

[2] *France protestante. Bulletin de la Soc. de l'hist. du protest. français,* I, 76, X, 211. Le *Semeur,* IV. *Senebier* I, 152. *La jeunesse de Calvin* d'Abel Lefranc, 1 vol. in-8, Paris, 1888. *Biographies neuchâteloises. De Montet. Corresp. des Réformateurs* d'Herminjard.

Heureusement pour lui, la traduction de Lefèvre d'Etaples, sortie de presse à Anvers, de 1528 à 1534, aplanissait bien des obstacles. Il ne suivit pas son modèle avec la docile servilité d'un écolier. Ceux qui lui ont reproché d'avoir fait acte de plagiat ont péché par ignorance ou déloyauté. Calvin, qui n'est point un juge à dédaigner et qui n'a jamais prodigué l'encens, appelle la version d'Olivétan un « labeur digne de louange ». M. Reuss a prouvé que l'Ancien Testament avait été rendu d'une façon neuve et personnelle. L'auteur des *Biographies neuchâteloises* nous apprend que M. Emmanuel Pettavel, s'étant livré à un travail comparatif sur les deux Bibles de Lefèvre et d'Olivétan, a « reconnu qu'Olivétan a réformé le texte de la Bible d'Anvers en vingt-trois mille cinq cents endroits et en plus de soixante mille si l'on tient compte de toutes les minuties du style ». Maître Pierre Robert a, en effet, confronté la traduction d'Anvers avec le texte original et la version des Septante, et l'on constaterait aisément que son interprétation diffère, en maints passages, de celle de Lefèvre d'Étaples. Son œuvre est, à la vérité, fort loin d'être parfaite. Bochat a même commis un calembour à son sujet, en la qualifiant de « l'*aversion* (la version) des savants ».

La « Bible de Neuchâtel » ; réd. (Bibl. de la Ville de Neuchâtel).

La Bible d'Olivétan, imprimée à Neuchâtel en 1535, comprend environ deux mille pages in-folio sans les pièces liminaires ; l'auteur l'offre en ces termes aux membres de l'Eglise réformée :

« Christ t'aurait-il aimée en vain ? Lui veux-tu point donner ta foi ? N'y a-t-il pas assez de bien en la maison de son Père ? As-tu doute ? As-tu peur ? Pauvrette, n'est-ce pas lui qui donne la vie immortelle ? N'aie égard à ta petitesse, puisqu'il te considère en sa hautesse et qu'il lui plaît d'élire les choses basses pour faire honte aux choses altières... Viens donc hardiment ! Viens avec ta cour, tes injuriés, tes emprisonnés, tes bannis ! Viens avec tes tenaillés, tes flétris, tes démembrés ! Il les veut, car lui-même il a été ainsi en ce monde, et il les appelle amiablement, et n'est-ce pas pour les soulager, les enrichir et les faire triompher avec lui en sa cour célestielle? O noble Eglise, heureuse épouse du fils du Roi, accepte donc cette Parole !... »

D'autres traductions, plus exactes et plus correctes, d'une science plus consommée et d'une plus belle langue, ont relégué dans l'ombre celle d'Olivétan. Mais la *Bible* de Neuchâtel, qui fut la Bible de la Réforme romande et française, peut revendiquer une part considérable dans la diffusion du calvinisme. Elle a été, pendant près de deux siècles, le Livre des protestants, la « Bible des confesseurs et des martyrs ».

CHAPITRE II

Jean Calvin et la Réforme romande.

I. Jean Calvin ; sa vie et ses œuvres. — II. Guillaume Farel. — III. Pierre Viret. — IV. Th. de Bèze.
V. Les auxiliaires des grands réformateurs. — VI. Les hommes du parti catholique.

I

Jean Calvin [1] est sans contredit la tête la plus puissamment organisée, sinon la figure la plus sympathique de la Réforme. Je veux bien que Luther ait, outre le mérite de sa courageuse initiative, un cœur plus large, et, dans le caractère, plus d'humanité ; son génie vigoureux sera fait aussi d'indulgence et d'amour. Calvin, supérieur par la science, rachètera ses violences et ses duretés à force d'intelligence et d'énergie. A devoir choisir entre Lycurgue et Solon, qui ne tiendrait pour Solon ? Lycurgue attire moins ; est-il moins grand ?

On était marinier de père en fils dans la famille de Calvin. Le père du réformateur, Gérard Calvin (ou Cauvin), s'établit à Noyon et devint bourgeois de cette ville en 1497 ; son fils Jean, né le 10 juillet 1509, fut destiné à l'état ecclésiastique. Placé au collège des Capettes, à Noyon, le jeune Calvin se distingue, au dire de Desmay, par « son bon esprit », montre de la « promptitude à concevoir » et se révèle « inventif dans l'étude des lettres humaines ». Mais la médiocre école de la petite cité ne pouvait préparer l'adolescent précoce à la glorieuse carrière que l'ambition de Gérard Calvin avait rêvée pour lui. Il passe au collège de La Marche, puis, à celui de Mon-

---

[1] *Vie de Calvin*, par Th. de Bèze, Genève, 1565 (nouv. éd. Genève, 1864, in-8). *Senebier*, I, 177 et s. *Ch. Borgeaud*, op. cit., pass. *Journal de Genève* du 18 déc. 1901, Suppl. (Conférence faite à Genève par M. F. Brunetière). *Galerie suisse*, I, 313. *Das Leben Calvins*, par P. Henry, 3 vol. in-8, Hambourg, 1835 à 1842. *Johann Calvin* (continué par Gœtz), de F.-W. Kampschulte, vol. I et II, in-8, Leipzig, 1869, 1899. *Calvin, sa vie et ses œuvres*, par Bungener, 1 vol. in-12, Paris, 1863. *La jeunesse de Calvin*, par A. Lefranc, Paris, in-8, 1888. *Les écrivains franç. de la Réf.* par A. Sayous, I, 1 et s. *Eugène Rambert :* Etudes littéraires, in-16, Lausanne, 1890, p. 1 et s. *E. Faguet :* Le seizième siècle, in-12, Paris, 1894, p. 127 et s. *P. Gauthiez :* Etudes sur le XVIme siècle, in-12, Paris, 1893, p. 304 et s. *Bulletin de la Soc. de l'hist. du prot. franç.*, III, 682, XII, 186 et s., XV, 5 et s. *France protestante*, 2me éd. *De Montet.* Consulter, en outre, toutes les Histoires de la Réformation, de Genève et de la littérature française, ainsi que la *Correspondance des Réformateurs* d'Herminjard, l'*Encyclop. des sciences religieuses* de Lichtenberg, les Encyclopédies et Dictionnaires de *Bayle*, *Michaud*, *Herzog*, etc., et l'ouvrage en cours de publication de M. E. Doumergue (*Jean Calvin, les hommes et les choses de son temps*), Lausanne, 1899, tome Ier.

taigu, où ses progrès dans les humanités et la dialectique le mettent hors de pair. Son caractère se dessine. Ses camarades dont il s'est constitué le censeur, l'ont surnommé l'*accusatif.* Il n'aime pas les plaisirs de son âge, ne s'entoure que d'amis choisis parmi les élèves les plus sérieux. Il quitte Montaigu en février 1528, le même jour où, rappelle M. Lefranc, un autre étudiant y arrivait, Ignace de Loyola. Quelle coïncidence !

Gérard Calvin avait réfléchi que son fils n'avancerait que lentement dans la théologie ; le chemin du Parlement était plus court et peut-être moins ardu. Aussi bien il ordonne au jeune étudiant qui avait, malgré le défaut d'âge compétent, reçu les cures de Marteville, puis de Pont-l'Évêque, de jeter le froc aux orties et de se livrer désormais à la jurisprudence. Calvin ne résista point. Les idées nouvelles l'avaient-elles ébranlé déjà ? Son cousin Olivétan l'avait-il initié au luthérianisme ? Nous l'ignorons. Mais nous savons, qu'à cette époque, Gérard Calvin rompit violemment avec le clergé de Noyon à raison de désaccords sur des questions d'argent, qu'il fut excommunié et mourut en interdit dans le courant de l'année 1531. Le fils aîné, Charles, reprit la lutte abandonnée par son père ; il fut persécuté pour cause de religion et s'éteignit bientôt (1537), lui aussi, non réconcilié avec l'Eglise et refusant les sacrements. Ces événements ne devaient pas laisser insensible le réformateur du lendemain. Néanmoins, rien ne permet d'affirmer que Calvin eût, à ce moment, renié les doctrines catholiques. Le ferment de l'hérésie a été déposé et lève dans son cœur ; la période d'éclosion sera longue, bien que, dans la préface de son Commentaire des Psaumes, Calvin parle de sa *subita conversio.* Sur ces entrefaites, Jean Calvin est parti pour l'Université d'Orléans ; et il retourne à ces humanités qu'il n'avait pas cessé d'aimer. Melchior Wolmar, un des premiers hellénistes d'alors, le décide à quitter la jurisprudence pour se vouer complètement aux lettres. Ajoutons que Wolmar, partisan de la Réforme, s'efforça de communiquer ses convictions à son élève favori.

En 1532, Calvin publia son commentaire, essentiellement philologique, sur le *De clementiâ* de Sénèque. Ses travaux ne l'absorbèrent pas au point de lui faire négliger le salut de son âme. Extérieurement, il professait encore le catholicisme. Son évolution religieuse, qui s'accomplissait dans l'ombre, avait quelque chose de méthodique à la fois et de craintif. Son ami Louis du Tillet lui reprochera vertement cette tiédeur initiale, en lui écrivant, bien des années après : « Vous avez abandonné votre nation, parce que ne l'y (la Réforme) avez osé divulguer et maintenir publiquement. » Mais l'heure des suprêmes décisions approche ; il ne lui sera tantôt plus possible d'ajourner une éclatante et sincère confession de sa foi. C'est néanmoins le 4 mai 1534 seulement qu'il fait acte d'adhésion ouverte à la Réforme : il renonce à ses bénéfices et il descend dans l'arène, où il vivra et où il mourra. En 1534 aussi, se place la légende « du fer rouge », colportée par Bolsec, puis admise sans contrôle par les nombreux adversaires du réformateur. Calvin aurait été condamné dans sa ville natale pour crimes contre nature et « marqué d'un fer chaud à l'épaule ». L'inanité de cette odieuse calomnie a été trop de fois démontrée pour que j'insiste.

L'ère des souffrances et de l'exil a commencé pour le néophyte. Il se rend à Strasbourg et à Bâle, où il cherche le repos. La guerre l'attend. Il apprend à Bâle les mensonges que François Ier répand sur le compte des protestants français ; sa conscience se révolta. Et il résolut, comme l'a dit Guizot, « sans autre mission que celle qu'il sentait en lui-même, sans autre moyen de succès que l'autorité de son talent, de repousser ces reproches, non par une apologie ordinaire, mais en exposant dans son ensemble la doctrine religieuse et civile des réformés français. » Tels sont l'origine et le plan de l'*Institution de la religion chrétienne*,[1] œuvre d'un penseur de vingt-six ans, mais le premier et le plus complet des exposés systématiques de la doctrine réformée.

L'épître dédicatoire au « roi de France très chrétien, François premier de ce nom » est datée du « premier jour d'août 1535 ». Cette date est à retenir, car la prose française de discussion est née ce jour-là. Après avoir relevé, en termes énergiques, les mensonges et les violences dont la Réforme est victime, Calvin entreprend de justifier, avec une éloquence simple et grave, son culte et ses frères persécutés. Notre langue a-t-elle eu jamais des accents d'une plus haute noblesse, d'une force plus souveraine? Ce qui donne encore au style de Calvin un relief extraordinaire, c'est une sobriété, une mesure, une dignité rares. Quel génie, austère et froid si l'on veut, mais quel robuste génie que l'auteur de cette page immortelle!

« Ne pensez point que je tâche à traiter ici ma défense particulière pour impétrer retour au pays de ma naissance, auquel combien je porte telle affection d'humanité qu'il appartient; toutefois, comme les choses sont maintenant disposées, je ne souffre pas grand deuil d'en être privé; mais j'entreprends la cause commune de tous les fidèles et même celle de Christ, laquelle aujourd'hui est en telle manière du tout déchirée et foulée en votre royaume, qu'elle semble être désespérée. Ce qui est bien advenu par la tyrannie d'aucuns pharisiens, plutôt que de votre vouloir. Mais comment cela se fait, il n'est point métier de le dire ici. Quoi que ce soit, elle est grandement affligée, car la puissance des adversaires de Dieu a obtenu jusque là que la vérité du Christ, combien qu'elle ne soit perdue et dissipée, toutefois soit cachée et ensevelie comme ignominieuse, et outre que la pauvrette Eglise soit ou consumée par morts cruelles, ou déchassée par bannissements, ou tellement étonnée par menaces et terreurs qu'elle n'ose sonner mot. Et encore ils insistent en telle rage qu'ils sont accoutumés, pour abattre la paroi qu'ils ont déjà ébranlée et parfaire la ruine qu'ils ont commencée. Cependant nul ne s'avance qui s'oppose en défenses contre telles furies. Et s'il y en a aucuns... Or c'est notre office, sire, de ne détourner ni vos oreilles ni votre courage d'une si juste défense, principalement quand il est question de si grande chose: c'est à savoir comment la gloire de Dieu sera maintenue sur terre, comment sa vérité retiendra son honneur et dignité, comment le régne de Christ demeurera en son entier. »

Calvin revendiquera ensuite la protection royale pour sa doctrine, qui n'est pas la sienne (remarquez ceci), « mais de Dieu vivant et de son Christ ». Il polémisera vaillamment en faveur de cette Réforme, qu'il n'a embrassée sur le tard que pour la confesser mieux de toute son âme et la défendre avec toute son intelligence. Il combattra l'Eglise romaine, ses institutions et ses prêtres, ses abus et ses tares. Quoiqu'il s'adresse à l'un des puissants de ce monde, sa protestation n'aura ni le ton de l'humilité, ni même une apparence quelconque de supplique. Au contraire, son langage bref, impérieux, tranchant comme l'acier, est presque celui d'un maître. Calvin n'est-il pas le missionnaire de vérité, le serviteur et le soldat de Dieu? Qu'est-ce qu'un roi, quand le Seigneur commande?

Ses adversaires prétendent que ses enseignements sont nouveaux. Il réplique: « Certes je ne doute point que touchant d'eux, elle (sa doctrine) ne leur soit nouvelle, vu que Christ lui-même et son Evangile leur sont nouveaux. » Les mêmes contradicteurs

---

[1] *Religionis christianæ Institutio*, in-8, Bâle, 1536. Traduite depuis (par Calvin lui-même en français, 1541) dans la plupart des langues de l'Europe et imprimée avec des adjonctions successives un très grand nombre de fois, en 1539, 1543, 1550, etc.; la dernière édition revue par Calvin est celle de 1559, in-8°. Voir *Corpus reformatorum (J. Calvini Opera omnia)*, Brunswick, 1863 et s., gr. in-8°, inachevé; l'*Institution* (latine et française) occupe les vol. I à IV.

Jean Calvin

Bibl. publique de Genève (p. 63).

ajoutent qu'elle ne s'appuie sur aucune certitude. La réponse de Calvin est triomphante : « S'ils avaient à signer la leur de leur propre sang et aux dépens de leur vie, on pourrait voir combien ils la prisent. Notre fiance est bien autre, laquelle ne connaît ni les terreurs de la mort, ni le jugement de Dieu. » Et la vive riposte à l'adresse de ceux qui soutiennent, d'un air victorieux, que la Réforme ne saurait invoquer la confirmation des miracles non plus que l'autorité des Pères ! Les miracles, dit Calvin, ne sont pas une preuve incontestable, puisque Satan et les magiciens en ont accompli. Quant aux Pères, dont l'Eglise a d'ailleurs violé les préceptes, sont-ils de taille à prévaloir contre l'Evangile lui-même ? Il montre par l'exemple de Noé que la minorité peut avoir raison contre le nombre ; il oppose que si les réformés sont des séditieux, « Hélie et Christ et les apôtres engendraient aussi des troubles. » Au surplus, les partisans de l'Evangile ne sont point des révoltés, et Calvin n'éprouvera pas de répugnance à déclarer que « la liberté spirituelle peut très bien consister avec la servitude civile ». Et maintenant, qu'on les voue au martyre comme les premiers chrétiens : c'est « en leur patience qu'ils possèdent leurs armes », et ils comptent sur « la main forte du Seigneur, laquelle sans doute se montrera en sa saison et apparaîtra armée, tant pour délivrer les pauvres de leur affliction, que pour punir les contempteurs qui s'égaient si hardiment à cette heure. »

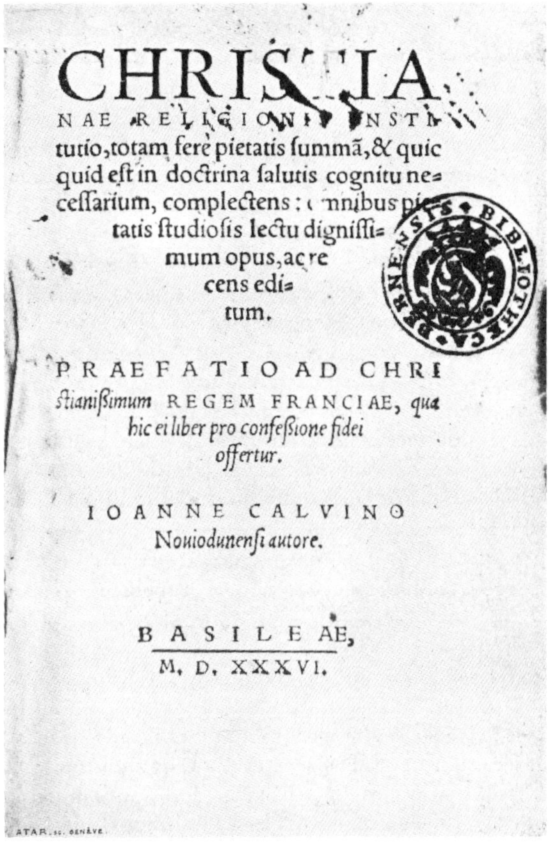
CHRISTIA-
NAE RELIGIONIS INSTI-
tutio, totam ferè pietatis summã, & quic
quid est in doctrina salutis cognitu ne-
cessarium, complectens : omnibus pie-
tatis studiosis lectu dignissi-
mum opus, ac re
cens edi-
tum.

PRAEFATIO AD CHRI
stianissimum REGEM FRANCIAE, qua
hic ei liber pro confessione fidei
offertur.

IOANNE CALVINO
Nouiodunensi autore.

BASILEAE,
M. D. XXXVI.

Titre de l'édition originale (Bibl. de Berne).

L'épître dédicatoire est mise depuis longtemps au rang des chefs-d'œuvre. Nous étudierons dans la suite d'autres publications de Calvin. Nous montreront-elles, à un pareil degré d'excellence, ce style souple, ferme, varié, vivant ? Retrouvera-t-il cette argumentation si incisive et ce ton d'une si hautaine majesté ? Calvin, ici, fait songer à Tacite ; il inspirera Bossuet. Et il avait vingt-six ans. Cette apologie de la Réforme n'était qu'une préface. L'*Institution de la religion chrétienne* allait devenir la Bible profane de l'hérésie. La première édition de l'ouvrage a, jusqu'à la mort de Calvin, passé par bien des remaniements, mais plutôt de forme que de fond ; si le traité que nous connaissons aujourd'hui fut assez profondément revu, corrigé, augmenté surtout par l'auteur, il n'a subi de changement réel que par la suppression de quelques propositions téméraires et de quelques assertions vagues.

« Toute la somme presque de notre sagesse, écrit Calvin, est située en deux parties : c'est qu'en connaissant Dieu, chacun de nous aussi se connaisse. » Il a résumé en ces mots toute son *Institution*, divisée en quatres livres, consacrés, le premier à la « connaissance de Dieu, comme créateur et souverain gouverneur du monde », le deuxième, à la « connaissance de Dieu comme Rédempteur en Jésus-Christ », le troisième aux « moyens de participer à la grâce du Christ, aux fruits qui en reviennent et aux effets qui s'ensuivent », le dernier enfin « aux moyens extérieurs ou aides dont Dieu se sert pour nous convier à Jésus-Christ, son fils et nous retenir en lui. » On me pardonnera de ne point discuter longuement un corps de doctrines souvent exposé et qui n'est d'ailleurs plus celui du protestantisme moderne. Calvin, cerveau essentiellement généralisateur, et logicien acharné, et dialecticien génial, a cédé à la tentation très naturelle de transformer sa religion en métaphysique, tout en lui prêtant assez de raideur et de vigueur pour la préserver des variations et de l'inconséquence. Il saute aux yeux que la prédestination, par exemple, est exclusive de cette liberté qui devait être la pierre angulaire de la foi nouvelle, ou que si la théorie catholique des mérites indéfiniment réversibles est un oreiller de paresse morale, il était excessif et dangereux de nier le salut par les œuvres. Mais les affirmations tranchantes, les raisonnements d'une puissante subtilité et les rudes assauts de polémique masquent les contradictions et les faiblesses du système, qui est, du moins, en son fond, le fruit d'une sincère et d'une humble expérience chrétienne ; et d'ailleurs, il faut distinguer entre la théologie de Calvin, tout imprégnée encore d'esprit scolastique, et sa foi, sa foi vivante, qui « ne se peut engendrer que de révélation céleste ».

La profession de foi des protestants d'Allemagne était singulièrement dépassée. Il y a, entre Luther et Calvin, toute la différence qui, deux siècles et demi plus tard. séparera la Gironde des jacobins, le principe de liberté du principe d'autorité. L'*Institution* fut un événement européen. *Volens nolens*, Calvin dut en avouer la paternité. Un concert de malédictions et de louanges s'éleva autour de ce nom, presque ignoré, la veille, et, le lendemain, illustre parmi les illustres. Rabelais n'aura pas moins de science, ni moins de style, mais il demeure un grand fantaisiste ; Montaigne aura plus de finesse et plus de charme ; Calvin sera, de tous les auteurs du XVIme siècle, le plus robuste, le plus net, le plus limpide, partant, le plus français ; s'il est parfois péniblement prolixe ou d'une déplorable acerbité, rappelons-nous que la littérature militante a ses défauts obligatoires.

Renée de France, duchesse de Ferrare, gagnée aux idées de la Réforme, voulut avoir à sa cour le théologien fameux de l'*Institution*. Calvin fut reçu par elle avec beaucoup d'honneurs sous le nom de Charles d'Esperville, un pseudonyme qu'il employa souvent dans sa correspondance. Malheureusement pour son repos, heureusement pour sa cause, Calvin n'était pas homme à se faire de ses lauriers une raison d'inactivité ; il travaillait pour Dieu Quelques conversions marquèrent son séjour à Ferrare ; l'Inquisition le força de retraverser les Alpes au prix de dangers sans nombre. De retour à Noyon, en juin 1536, il y régla des affaires de famille et prit le parti de revenir à Bâle, en passant par Genève où la Réforme avait été officiellement acceptée. C'est alors, comme dit Théodore de Bèze, que « le Seigneur voulant se préparer le chemin à tant de bien qu'il voulait départir à son Eglise par le moyen d'icelui, mit au cœur du dit Farel (qui était à Genève) de le retenir, ce qui lui fut très difficile ; tellement qu'après les prières, il en fallut venir jusqu'aux adjurations. Adonc, il accorda de demeurer, non pas pour prêcher, mais pour lire en théologie. » Ainsi que sa conversion, sa vocation de fondateur d'église n'a rien de spontané. Il n'y a pas d'élan chez lui, rien de ce qui inspire les desseins suprêmes. Il a fallu que ce passionné de Farel lui criât : « Que Dieu te maudisse si, en une si grande nécessité, tu te retires et refuses de prêter aide et secours ! » Il a fallu le saisir par les épaules, le pousser brutalement dans la voie, appeler sur lui la colère de Dieu, s'il regimbait.

La présence à Genève d'un homme de la trempe de Calvin était indispensable à Farel. Le pétulant et hardi Dauphinois luttait en vain, de toute son ardeur méridionale, pour réformer les mœurs de la ville après en avoir réformé le culte. L'Eglise de Genève n'était rénovée qu'extérieurement ; elle attendait son législateur et son maître. Calvin n'avait accepté que de « lire en théologie ». Il dut bientôt se faire violence ; on lui imposa des fonctions de prédicateur dès la fin de l'année 1536... Non, il ne lui sera pas accordé de se consacrer tout entier à ses chères études, de se réfugier dans sa bibliothèque, de continuer sa mission de théoricien du protestantisme français. « Souviens-toi de Jonas, lui avait encore dit Farel ; lui aussi voulut désobéir à l'Éternel ; l'Éternel le jeta dans la mer. » Calvin fut précipité dans la mêlée, où des obstacles presque insurmontables eussent découragé plus faible et moins opiniâtre que lui. Un parti très fort s'était déclaré pour la religion nouvelle, moins par lassitude du catholicisme que par haine de l'évêque et de la maison de Savoie, ces vieux

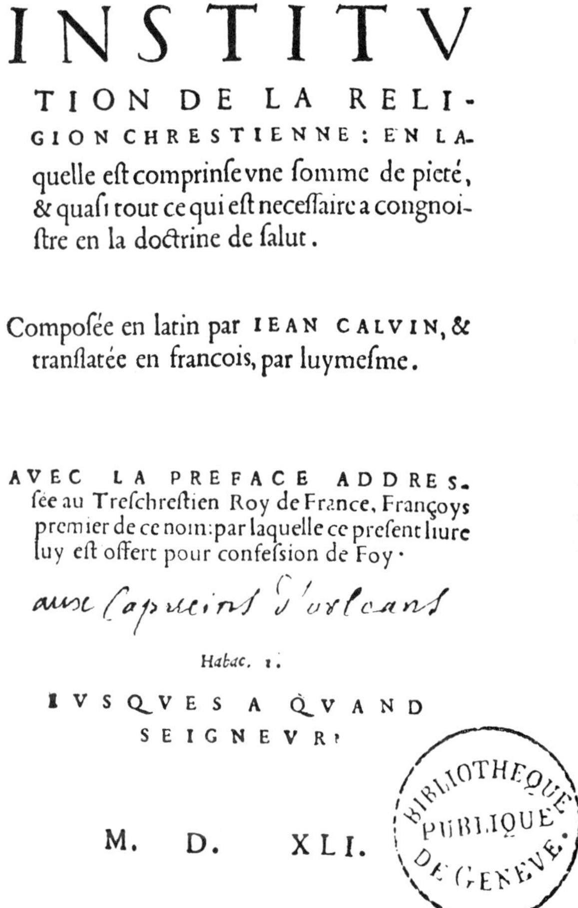
INSTITV
TION DE LA RELI-
GION CHRESTIENNE : EN LA-
quelle eſt comprinſe vne ſomme de pieté,
& quaſi tout ce qui eſt neceſſaire a congnoi-
ſtre en la doctrine de ſalut.

Compoſée en latin par IEAN CALVIN, &
tranſlatée en francois, par luymeſme.

AVEC LA PREFACE ADDRES-
ſée au Treſchreſtien Roy de France, Françoys
premier de ce nom: par laquelle ce preſent liure
luy eſt offert pour confeſsion de Foy.

aux Capucins d'orleans

Habac. 1.
IVSQVES A QVAND
SEIGNEVR?

M. D. XLI.

Première édition française de l'Institution de Calvin
(Bibl. publ. de Genève).

ennemis de l'indépendance genevoise. Les « libertins », en effet, étaient gens mal disposés à se plier aux lois d'une austère discipline morale. Affranchis de la tutelle épiscopale et savoisienne depuis l'arrivée des Bernois, au commencement de l'an 1536, les citoyens n'entendaient nullement échanger le joug assez léger de Pierre de la Baume contre le joug de fer que leur apprêtait Calvin. En 1538, quatre « libertins » décidés sont nommés syndics de la République.

Calvin, Farel et Courauld, ce dernier mandé à Genève en remplacement de Viret, poursuivirent avec plus de zèle que de prudence leur œuvre de régénération. Le 23 avril 1538, le Conseil enjoint à ces étrangers par trop exigeants de quitter la ville dans les trois jours. Bonivard avait prédit ceci aux Genevois : « Vous avez haï les prêtres pour être à vous trop semblables ; vous haïrez les prédicants pour être à vous trop dissemblables, et ne les aurez gardés deux ans que ne les souhaitiez avec les prêtres et ne les renvoyiez sans les payer de leurs peines qu'à bons coups de bâtons. » La prophétie s'accomplissait quasiment à la lettre. Farel partit pour Neuchâtel, Calvin se rendit à Strasbourg. Les choses allèrent de mal en pis après l'expulsion des « prédicants ». La messe se célébrait sans mystère à Genève, les anabaptistes y faisaient de nombreux adhérents, le relâchement des mœurs y était à son comble. Ami Perrin, l'un des chef du parti « libertin », fut délégué par le Conseil auprès de Calvin. Le réformateur exilé avait écrit à Farel : « Les Genevois me sont insupportables et je le serai pour eux. » L'intervention de Zurich, Berne et Bâle, les instances de Bucer, les exhortations de Farel eurent enfin raison de ses craintes et de ses répugnances. Il rentra dans Genève, le 13 septembre 1541, en posant comme condition de son retour l'établissement d'un Consistoire, chargé d'administrer les affaires temporelles de l'Église et d'exercer une rigoureuse surveillance sur la conduite publique et privée de chacun des fidèles. Ce Consistoire, composé des ministres et de douze anciens choisis par le Conseil, devint une petite Inquisition, moins cruelle que l'autre, aussi tracassière et tyrannique. Dorénavant la délation sera de mode, les procès ridicules ou odieux n'auront de cesse. On incarcérera le sieur Chappuis qui s'obstine à nommer Claude son fils que le pasteur veut appeler Abraham ; on visitera les familles afin de s'assurer de l'orthodoxie de tous leurs membres ; on comptera, en deux années, 414 citations à la barre du Consistoire. Les délits religieux, — les plus faciles à commettre de tous les délits — sont à l'ordre du jour. L'inoffensif et gai Bonivard lui-même figurera plusieurs fois dans les registres du Consistoire, et Henri Estienne, et bien d'autres. Et de quels crimes le prieur de Saint-Victor sera-t-il accusé ? « François de Bonivard, dit le prieur de Saint-Victor, remis pour avoir accoutumé d'aller et se faire porter pour voir les images (estampes)... D'aller au prêche, il ne sait ce que c'est, et n'y est point venu longtemps il y a, et n'a point reçu la Cène. A répondu qu'elle lui est défendue. L'avis est de lui remontrer qu'il faut qu'il la vienne redemander et hanter les prédications. » Mais on est scandalisé du peu de sérieux avec lequel Bonivard accepte la remontrance. On le blâme de comparaître devant le Consistoire « sans grande contrition de cœur, puisqu'il porte un bouquet sur l'oreille, ce qui lui sied mal à lui qui est vieil ».

En même temps que les ordonnances ecclésiastiques sont promulguées, les lois civiles et politiques de l'État sont refondues. Législation draconienne là, ici législation autocratique. Genève deviendra plutôt encore une Sparte qu'une Rome protestante. L'Église reçoit, dans le courant de la même année, une nouvelle liturgie de la main de Calvin. Celui-ci ramène le culte à sa simplicité apostolique. Plus d'images, plus d'ornements, plus d'accessoires qui rappellent les pompes de la messe ! Ce que le culte perd du côté de l'art, ne va-t-il pas le regagner en ferveur et en sainteté ?

Ce régime de puritanisme ombrageux et d'indiscrète coercition ne laissa point d'indisposer les « libertins », qui enfreignaient comme à l'envi les prescriptions du Consistoire. Les lois somptuaires furent particulièrement antipathiques à la ville enjouée de Berthelier ; elles le furent d'autant plus qu'elles défendaient aux gens du commun ce qu'elles permettaient aux « seigneurs et dames de haute qualité ». Les rigueurs légales portaient sur toutes choses : nourriture, vêtement, parure. On n'interdit pas, sans se heurter à quelques résistances, les jouissances du luxe, les plaisirs de la table ; on n'étouffe pas, sans que des protestations s'élèvent, la liberté de penser, de parler et de croire. Et l'opposition fut encouragée par les accrocs que magistrats et ministres calvinistes faisaient à une discipline ridicule, tant elle était tâtillonne et farouche. Le système, si rigide fût-il, avait ses tolérances ou ses complaisances. Jean Calvin lui-même respectait ses édits, mais il lui était impossible d'avoir l'œil à tout. Et puis, il employait des auxiliaires suspects, les Ferron, les Monet, les Maigret, les De la Maisonneuve.

Michel Servet.

La lutte entre Calvin et les « libertins » ne dura pas moins de douze années. Je n'en retracerai pas l'histoire. Jean Philippe, leur chef, fut décapité ; François-Daniel Berthelier fut décapité, son corps pendu et sa tête clouée au gibet ; Jacques Gruet fut mis à mort, après de longues tortures, pour un pamphlet dont il n'était point l'auteur, pour quelques vers frivoles et pour deux mots désobligeants (« toutes folies »), écrits sur un exemplaire de l'ouvrage de Calvin contre les anabaptistes ; Ami Perrin, emprisonné, ne dut son salut qu'à l'intervention des Bernois. La raison d'état, qui est très souvent une mauvaise raison, et les mœurs politiques du siècle expliquent ces condamnations, sans les excuser.

Si les « libertins » succombent, en 1555, après avoir perdu les Berthelier et les Philippe, si la proscription éloigne de Genève des centaines de citoyens, bannis par des juges expulsés la plupart de leur propre pays, les procès de religion s'ajoutent aux procès politiques. Voici Sébastien Castalion, recteur du collège de Genève, forcé de quitter la ville pour avoir été d'un autre avis que Calvin sur le Cantique des cantiques et les peines éternelles. Voici Jérôme Bolsec, incarcéré, puis exilé à perpétuité. Son crime ? Il a critiqué le dogme de la prédestination. Voici Jean-Valentin Gentilis, condamné pour un méfait du même genre à faire pénitence publique par les rues de la ville, nu-pieds, en chemise, torche au poing, et quelques mois après, exécuté à Berne. Voici Jean-Paul Alciat, Mathias Gribaldo, Champereaux, et dix, vingt autres, chassés, fouettés, mis à la torture pour les mêmes motifs. Voici, enfin, le brave De la Mare, le plus ancien pasteur de Genève, victime d'une iniquité, et Servet, Michel

Servet, envers lequel le réformateur s'est montré d'une duplicité et d'une cruauté sans nom. Pour achever le tableau, on brûle par douzaines, en 1545, — jusqu'à trois dans la même journée, — des malheureuses soupçonnées « d'avoir fait un pacte avec le diable ». Des travaux récents ont jeté une vive et triste lumière sur la plupart de ces arrêts et de ces exécutions.

Encore un coup, ne jugeons pas Calvin comme si nous instruisions la cause d'un de nos contemporains ! N'exigeons pas de lui ce respect de la liberté individuelle, ces idées de large tolérance, cette horreur du sang répandu, toutes vertus dont la plus vieille n'a pas cent ans d'existence ! Il avait rêvé une théocratie ayant à sa tête Jean Calvin, gendarme de Dieu. Il était imbu du principe d'autorité ; il l'appliqua impitoyablement. Voilà tout. Et ses mérites compensent, s'ils n'effacent, bien des erreurs et bien des fautes, qui, d'ailleurs, ne sont pas toutes son fait.

Il s'agit, en 1555, de repeupler Genève. Des bannissements en masse avaient décimé la population. On octroiera le droit de bourgeoisie à nombre de familles, aux Trembley, aux Colladon, aux de Candolle, aux Sarasin. Le 15 octobre 1557, on reçoit d'un seul coup trois cents nouveaux bourgeois. D'autre part, Calvin enlève toutes prérogatives au Grand Conseil qui avait été, qui était encore le refuge de l'opposition. Le Petit Conseil est investi de toutes les compétences. La vieille république de Genève n'est plus qu'une oligarchie. Néanmoins Calvin n'est pas omnipotent : les magistrats le contredisent fréquemment, le Consistoire même n'est pas toujours docile.

Un peu plus tard, il dote Genève d'un grand établissement d'instruction publique, sur lequel on trouvera toutes les indications nécessaires dans le bel ouvrage, déjà cité, de M. Ch. Borgeaud. L'« Académie et collège de Genève » s'ouvrit, le 5 juin 1559 « au nom de la foi nouvelle », avec Théodore de Bèze pour recteur. Cette œuvre exigea de Calvin un long et persévérant effort. Mais ce n'est là qu'un point saillant dans l'immense labeur de sa vie. Outre sa besogne de législateur, d'homme d'État et de pédagogue, ses voyages d'apostolat dans le monde réformé, sa correspondance très considérable, ses prédications, ses polémiques, ses travaux littéraires devaient ruiner une constitution aussi délicate que la sienne. « Calvin, dit Guizot, était un homme d'une taille médiocre, pâle, maigre : dans ses regards, à la fois graves et passionnés, se révélaient cette conviction qui ne tient nul compte de la vie, cette ardeur qui la consume. » Il ne savait ni ne voulait se ménager. « Il ne se lassait de travailler à la maison, quelque remontrance qu'on lui fît », raconte son ami de Bèze. En 1564, dans une lettre adressée à la duchesse de Ferrare, il parle avec une résignation mélancolique de toutes ses maladies, « défaut d'haleine, la pierre, la goutte, un ulcère ». De Bèze nous apprend que Calvin était en « perpétuelle indigestion », que « par une défluxion érodante, il tomba en crachement de sang qui le débilitait à l'extrêmité ». N'y aurait-il pas, dans cette lutte continuelle du maître de Genève contre la douleur, l'explication de certains côtés de son caractère et de son œuvre ? Il y a de l'hypocondrie dans le calvinisme.

De Bèze nous dit, en son style imagé : « A la fin donc, il demeura tout plat, ayant bien l'usage de la parole, mais ne pouvant poursuivre un propos longuement... Ce nonobstant, ne cessait de travailler, car, en cette dernière maladie, il a entièrement traduit de latin en français son *Harmonie sur Moïse*, revu la traduction de *Genèse*, écrit sur ce présent livre de *Josué* et finalement revu et corrigé la plupart des annotations françaises sur le Nouveau Testament, qu'autres avaient auparavant recueillies. » Cette prodigieuse activité, à la veille même de la mort, achève de fixer l'ardente et sombre physionomie de Calvin.

Les derniers moments du réformateur ont soulevé de vives et assez répugnantes controverses. Aux maladies qu'avouent Calvin et de Bèze, la médisance ou la calomnie en ont ajouté d'autres. Jérôme Bolsec,[1] dont la version a été admise par les adversaires de Calvin, l'accuse d'avoir eu la maladie d'Antiochus Épiphane, d'Hérode, de l'empereur Arnoulf et d'autres personnages connus pour leur vie déréglée. Rien de plus faux. Sur la mort de ce Calvin, survenue le 27 mai 1564, même désaccord entre les auteurs. « Le jour qu'il trépassa, dit de Bèze, il semblait qu'il parlât plus fort et plus à son aise, mais c'était un dernier effort de nature; car, vers le soir, environ huit heures, tout soudain les signes de mort toute présente apparurent... Étant accouru avec quelques autres de mes frères, je trouvai qu'il avait déjà rendu l'esprit, si paisiblement que jamais, n'ayant râlé, ayant pu parler intelligiblement jusqu'à l'article de mort, en plein sens et jugement, sans avoir jamais remué ni pied ni main, il semblait plutôt endormi que mort. Voilà comme, en un même instant, ce jour-là, le soleil se coucha et la plus grande lumière qui fut en ce monde pour l'adresse de l'Église de Dieu fut retirée au ciel. » S'il y a chez de Bèze quelque parti pris d'admiration, il n'en est pas moins avéré — le testament si clair, si simple, du 25 avril, le prouverait au besoin — que Calvin est mort vaillamment, malgré de vives souffrances corporelles, « embrassant la grâce que Dieu m'a faite en notre Seigneur Jésus-Christ. » Selon Bolsec, qui n'était plus à Genève en ce moment, mais qui a de l'imagination et de la rancune, « Calvin mourut, invoquant tous les diables, jurant, dépitant et maugréant les très grièves douleurs et très âpres afflictions, lesquelles il ressentait de la très pressante et sévère main de Dieu. » Entre la parole de Th. de Bèze et celle de Bolsec, quel homme de bonne foi pourrait hésiter ?

Jean Calvin, dernières années.
(D'après Ch. Borgeaud, op. cit., portrait par Boyvin, 1562.)

---

1 *Histoire de la vie, mœurs, actes, doctrine et mort de Jean Calvin*, etc., Lyon, 1577, in-8, Paris, 1582, in-8. Voir *France protestante*, 2me éd., articles Calvin et Bolsec.

Calvin laissa une fortune de deux cent vingt-cinq écus! Cette petite phrase renferme une justification éclatante du réformateur auquel on a reproché souvent, et son avarice, et sa rapacité. Sa charité égala son désintéressement; tout son traitement passait en aumônes et en secours.

On ne joue pas un des premiers rôles ici-bas sans être jugé, et fort diversement. Même à cette heure, il ne semble pas que la postérité, d'ordinaire plus impartiale que les contemporains, ait renoncé à se battre sur le nom de Calvin. Avant d'entrer dans l'examen de ses ouvrages, voyons un peu ce qu'amis et ennemis ont pensé du grand théologien! Nous connaissons le sentiment de Théodore de Bèze. D'après Guy Patin, « Calvin est le plus savant homme de l'Europe, » — une affirmation qui peut surprendre au siècle d'Érasme, de Rabelais, de François Hotman, de Budé, de Mélanchton, d'Henri d'Estienne. Pour Casaubon, c'est le *vir summus et incomparabilis.* Pie IV lui-même dira: « Avec des serviteurs pareils, je serais maître des deux rives de l'Océan. » Ni de Thou, ni Spon n'auront l'éloge moins facile. Bayle lui rend cette justice, qui est de prix, venant d'un sceptique: « C'était un homme à qui Dieu avait conféré de grands talents, beaucoup d'esprit, un jugement exquis, une fidèle mémoire, une plume solide, éloquente »; et il ajoute: «Jean Scaliger, qui ne trouvait presque personne digne de ses louanges, ne se lassait de l'admirer. » Si Bossuet estime que Calvin fut inférieur à Luther « par le génie, » il lui paraît que le Français l'emporte sur l'Allemand par « l'étude. » Le XVIIIme siècle devait traiter avec faveur ce révolté du catholicisme. Rousseau, qui n'a pas eu que des tendresses pour Calvin, écrit ceci: « Ceux qui ne considèrent Calvin que comme théologien connaissent mal l'étendue de son génie. La rédaction des sages édits, à laquelle il eut beaucoup de part, lui fait autant d'honneur que son institution. Quelque révolution que le temps puisse amener dans le culte, tant que l'amour de la patrie et de la liberté ne sera pas éteint à Genève, jamais la mémoire de ce grand homme ne cessera d'y être en bénédiction. » Au XIXme siècle, Calvin est pour Villemain « le législateur despotique d'une démocratie; » il a pour Mignet, « l'esprit vif, peu inventif mais vigoureux, une mémoire prodigieuse, une logique puissante, le talent le plus clair, le plus méthodique et le plus frappant; » il sera pour Gérusez « l'une des intelligences les plus fortement douées qui aient paru en ce monde; » Merle d'Aubigné, qui est un historien lyrique, s'écriera: « Oui, Calvin, le plus grand écrivain français du XVIme siècle, est le plus grand théologien et le vrai restaurateur de la chrétienté; » le Dr Cuningham tiendra Calvin pour « le don le plus précieux que Dieu ait fait à son Église depuis le temps des apôtres; » M. Galiffe, un Genevois, l'appellera « une âme de boue, » tandis que Bungener, Gaberel, J. Bonnet, F. Puaux, l'exalteront presque sans réserves. Paul Albert expliquera enfin « qu'il commande le respect, non la sympathie, » et c'est l'appréciation que nous retiendrons, bien qu'un peu sèche.

L'œuvre littéraire de Calvin — nous n'avons encore parlé que de l'*Institution chrétienne* — est à la fois variée et puissante: il avait une prédilection singulière pour le latin: la plupart de ses travaux de théologie, nombre de ses opuscules et libelles, plus de la moitié de sa correspondance furent écrits dans cette langue. La correction de son style latin a été vantée par Bossuet; Sayous a montré combien il est remarquable, sinon par l'élégance, du moins par la vigueur et la clarté. Ses livres français nous intéressent bien davantage.

Que toute sa théologie soit, à peu près, dans l'*Institution* remaniée, on le sait, comme l'on sait aussi que Calvin s'écarte des autres réformateurs sur deux points, l'un plutôt de forme, la Cène, l'autre de fond, la prédestination. A-t-il compris d'emblée toute la signification de ce dogme nouveau, sur lequel il allait asseoir sa doctrine? Il avait vingt-six ans, quand il l'énonça, et la première édition du traité qui lui valut la célébrité est une forte improvisation plutôt qu'un travail longuement médité et mûri. Cependant Calvin, qui est tenace et non exempt d'orgueil spirituel, ne devait jamais dévier du chemin, qu'en 1536, il ouvrait à la Réforme française. Il revendique pour sa conviction personnelle le caractère de la vérité absolue. Son interprétation des textes sacrés est pour lui la Bible elle-même. C'est lui qui décidera souverainement la question de foi: on est ou l'on n'est pas chrétien selon qu'on croit ou ne croit pas à la théologie de Calvin. Ce n'est plus en dehors de l'Église, mais en dehors du calvinisme qu'il n'y a point de salut. Il monte la garde autour des livres saints avec plus de méfiance encore que de vigilance. Il substitue, inconsciemment, sa propre autorité à celle de Dieu. Et tout cela au nom de la liberté d'examen! Au surplus, la prédestination n'implique pas que l'arrêt de mort de la raison humaine. A quoi aboutit-elle en théorie, sinon dans la pratique? A détruire l'être moral dans l'homme, en lui prouvant la vanité de la vertu. A quoi servent la pureté des mœurs, l'honnêteté de la vie, la ferveur même de la foi, si le ciel n'appartient qu'à la classe, élue d'avance, des privilégiés de Dieu?

Déterministe inconséquent, le théologien argumentait à faux; le moraliste n'en souffrait pas, ni le croyant. Calvin s'égale ici aux fondateurs de religion les plus entraînants et les plus sagaces. M. Faguet qui a cherché, suivant une vieille habitude de l'esprit français, à condenser tout le système du réformateur en une formule abstraite et générale, définit le protestantisme de Calvin: « une explosion dans l'infini ». Est-il nécessaire de répéter que le calvinisme, c'est avant tout le christianisme, la conscience très vive de l'état de péché et le besoin pratique de la paix avec Dieu? Toute la morale de l'auteur de l'*Institution* tient en quelques mots: L'homme se laisse absorber en Dieu; il n'a plus ni volonté propre, ni sentiments individuels; il n'a plus même de personnalité; il est «caduc et fragile, semblable à une fleur flétrissante»; toute son ambition doit consister à n'être qu'un instrument dans la main du Seigneur, à supporter les épreuves comme de divins bienfaits, à ne songer qu'au lendemain de la mort.

Ce que nous avons dit de l'*Institution*, nous dispense d'analyser le *Catéchisme français de Calvin* (1537), un texte indispensable, au demeurant, pour l'histoire de l'activité réformatrice de Calvin. Les *Commentaires* sur la Bible, qui embrassent tout le Nouveau Testament sauf l'Apocalypse, et une partie de l'Ancien, rappellent presque dans chaque page les préceptes de l'austère loi calviniste, à l'observation de laquelle sont attachées les récompenses célestes, car on peut aider, ce semble, à la prédestination. Ces *Commentaires* eux-mêmes se distinguent, suivant André Sayous, « par une exposition brève, facile, lumineuse, » une « sagacité rare, une entière bonne foi dans la recherche du sens des auteurs, » et, ne l'oublions point, par une merveilleuse familiarité avec les Écritures. Le style est, avec un peu de raideur, un modèle de netteté et de force. Les *Sermons*, qui ne se comptent pas, sont éminemment didactiques. Peu de rhétorique, un mépris absolu de l'effet oratoire, une singulière uniformité de plan; Florimond de Ræmon, qui fut un de ses auditeurs, raconte que le réformateur n'avait « ni grâce ni action quelconque en chaire. »

Somme toute, et quoique M. Brunetière ait tenté de démontrer que Calvin avait « intellectualisé », « aristocratisé » et « individualisé » la religion chrétienne, l'illustre réformateur s'est essentiellement préoccupé de la moraliser, si je puis ainsi dire, d'en faire une discipline de la conscience et une règle de la vie. En particulier, il l'a si peu « aristocratisée », que la Genève du XVIe siècle a été un foyer d'idées démocratiques et que, comme aux premiers âges de l'Église, ignorants et savants, « pauvrettes » et grandes dames, ont bravé les persécutions et souffert le martyre pour la foi nouvelle.

Mais, dans cette étude, le littérateur nous attire plus encore que le théologien. Et j'ai hâte d'en venir aux œuvres qui nous remettront en mémoire la préface de l'*Institution;* je songe aux écrits de Calvin polémiste. Guizot accuse Calvin du péché d'orgueil, Sayous le blâme d'avoir « l'impatience de la contradiction ». Demandez donc aux fanatiques le respect des opinions et la mansuétude envers l'adversaire! Calvin a plus de tête que de cœur. Il ne connaîtra guère ni ne pratiquera la charité de l'esprit. Toutes les armes, les plus meurtrières, les plus contraires à ce droit des gens aussi mal observé dans les guerres de plume que dans les autres, toutes les armes sont bonnes pour vaincre l'erreur. Il ne les remettra au fourreau et il ne rentrera sous la tente, qu'après avoir anéanti le catholicisme et ses docteurs, le doute et ses philosophes. Et quelle dépense de fiel, et quelles débauches d'ironie! Il ne joue pas avec ses victimes, comme un Voltaire; il les lacère, les transperce, les abat, les piétine jusqu'au dernier souffle.

Ses acerbes critiques, ses sanglantes invectives, ont une excuse: elles sont dans le ton de l'époque. « Il ne faut pas, a dit Littré, exiger du XVIme siècle une étincelle de tolérance. » Si le réformateur ne ménageait pas ses ennemis, ceux-ci le lui rendaient avec usure. Il n'y a lieu ni de trop s'étonner, ni surtout de s'indigner trop de ces violences. Le sarcasme est même fort appréciable en rhétorique, et nous constaterons que Calvin est, par la forme surtout, l'un des maîtres de la littérature militante.

Je choisis, au hasard, parmi ses libelles. Voici la *Réformation pour imposer silence à un certain bélître nommé Antoine Cathelan, jadis Cordelier d'Albigeois.* Ce titre est plein de promesses. On devine que le « bélître » sera corrigé de main experte et lourde. Que restera-t-il de l'infortuné Cathelan, après dix pages de Calvin? Si peu de chose! Admirez cette exécution:

« Combien qu'aujourd'hui beaucoup de sottes bêtes se mêlent de brouiller le papier, tellement que tantôt les gens savants auront honte de faire rien imprimer; toutefois à grand'peine trouvera-t-on qui surmonte un certain bélître, nommé Antoine Cathelan, jadis cordelier en Albigeois, à présent se disant être prêtre séculier; lequel toutefois se cuide faire valoir, dégorgeant à la volée contre nous toutes les injures qu'il peut forger ou qu'on lui souffle en l'oreille, et faisant gagner quelque imprimeur affamé à en infester le monde, moyennant quelque écot qu'il en a pour son butin. Comme encore naguère il a publié une feuille de papier contre moi, tendant à réprouver la doctrine que je porte et blasphémant si hardiment contre Dieu et toute vérité, qu'il lui semble bien qu'il sera trouvé habile compagnon de ceux qui le peuvent récompenser de quelque lippée. Si on demande, puisqu'il est si badin, comment je m'attache à lui, je confesse qu'encore en sa sottise a-t-il gagné ce point de m'inciter à répondre à ces bourdes, intitulant l'épître qu'il fait: *A Messeigneurs les syndics de Genève*, à ce qu'ils aient à me contraindre de me purger, comme si tout le monde devait se tenir convaincu, en cas que je ne sonnasse mot. Vrai est qu'il pourra bien ci-après gazouiller tant et plus avant qu'il arrache réponse de moi. »

Calvin trace ensuite le portrait de Cathelan, et si crûment, que je me borne à y renvoyer le lecteur plus curieux que prude. C'est à peine s'il est moins dur dans son pamphlet le plus fin, sinon le plus célèbre: *Excuse aux Nicodémites,* ces épicuriens de la foi qui voudraient aller au ciel sans bouger de leur fauteuil, les « protonotaires délicats qui sont bien contents d'avoir l'Évangile et d'en deviser joyeusement et par

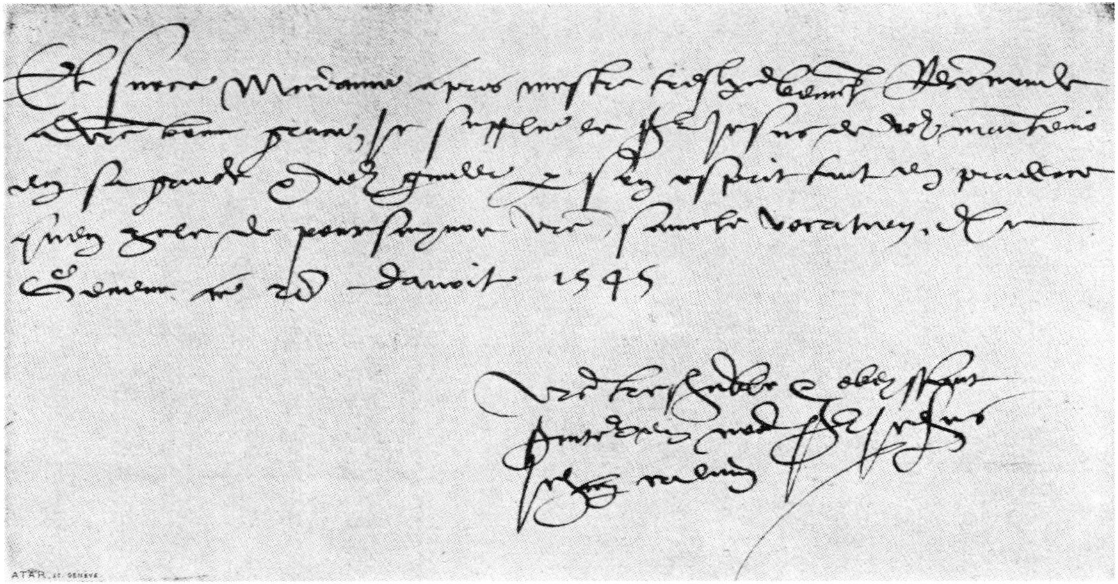

Lettre française de Jean Calvin

Bibl. publ. de Genève (p. 77).

ébat avec les dames, moyennant que cela ne les empêche pas de vivre à leurs plaisirs », les indifférents, les sceptiques et même les marchands et gens du commun, « lesquels se trouvant bien dans leur ménage se fâchent qu'on les vienne inquiéter ». Calvin s'amuse ici à la façon du chat lutinant avec la souris; ses griffes tâtent la chair des victimes, y pénètrent, s'y enfoncent, s'en retirent, s'y plantent de nouveau, et meurtrissent, et déchirent, avec mille précautions cruelles.

Sera-t-il moins amer quand il s'en prendra, non aux hommes mais aux doctrines? J'ai relu son *Avertissement très utile du grand profit qui reviendrait à la chrétienté s'il se faisait inventaire de tous les corps saints et reliques, etc.* Suivant l'habitude de Calvin, le début ne traîne pas: « Saint Augustin, au livre qu'il a intitulé: *Du labeur des moines*, se complaignant d'aucuns porteurs de rogatons, qui, déjà de son temps, exerçaient foire vilaine et déshonnête, portant çà et là des reliques de martyrs, ajoute: « voire si ce sont reliques de martyrs ». Par lequel mot, il signifie que dès lors il se commettait de l'abus et tromperie, en faisant accroire au simple peuple que ces os recueillis çà et là étaient os des saints. » Calvin s'appuie d'entrée sur l'autorité d'un père de l'Église, pour avoir le droit de frapper à coups redoublés sur l'Église elle-même. Saint Augustin gémissait déjà sur le trafic honteux, qui a bien empiré depuis: « Or, continue le réformateur, le premier vice et comme la racine du mal a été qu'au lieu de chercher Jésus-Christ en sa parole, en ses sacrements et en ses grâces spirituelles, le monde, selon sa coutume, s'est amusé à ses robes, chemises et drapeaux. » Nous retrouvons ici la haine de Calvin contre un culte qui délaisse l'Évangile, source unique de vie chrétienne, pour élever des tréteaux et faire du théâtre, quand ce n'est pas du négoce. Il ne saisit pas ce qu'il y a de sentiment de l'art dans la pompe des cérémonies catholiques; il a l'air de croire que le chrétien est indifférent — et doit l'être — aux beaux spectacles, au parfum de l'encens, à la douce lumière des cierges; il se moque de l'adoration, naïve sans doute, mais très religieuse, qui s'attache aux restes vrais ou faux des saints et des martyrs; il brûle de supprimer toutes les manifestations extérieures, tous les signes matériels de la foi; l'abstraction lui suffit. Il n'admet pas que l'on s'amuse « à des choses corruptibles et vaines » et que « par sacrilège exécrable, on adore les créatures mortes et insensibles au lieu du seul Dieu vivant ». Comme il malmène ces pauvres reliques, bien innocentes à coup sûr et bien inoffensives! Il les accable de ses plus terribles railleries: « Cette malheurté est survenue depuis qu'on a reçu pour reliques, tant de Jésus-Christ que des saints, je ne sais quelles ordures, où il n'y a ni raison ni propos... Ainsi quelques os d'âne ou de chien que le premier moqueur ait voulu mettre en avant pour os de martyr, on n'a point fait difficulté pour les recevoir bien dévotement. » Lorsqu'il passe du général au particulier, sa verve s'aiguise encore. Rien n'est demeuré debout des prétendues reliques du Christ.

« Quant à la vierge Marie, pour ce qu'ils tiennent que son corps n'est plus en terre, le moyen leur est ôté de se vanter d'en avoir les os; autrement je pense qu'ils en eussent fait accroire au monde qu'elle avait un corps pour remplir un grand charnier. Au reste, ils se sont vengés sur ses cheveux et sur son lait, pour avoir quelque chose de son corps. De ses cheveux, il y en a à Rome, à Sainte-Marie sur Minerve, à Saint-Salvador en Espagne, à Mâcon, à Cluny, à Noërs, à Saint-Flour, à Saint-Jaquerie et en autres plusieurs lieux. Du lait, il n'est jà métier de nombrer les lieux où il y en a, et aussi ce ne serait jamais fait, car il n'y a ni si petite villette, ni si méchant couvent, soit de moines, soit de nonnains, où l'on n'en montre, les uns plus, les autres moins. Non pas qu'ils aient été honteux de se vanter d'en avoir pleines potées, mais pource qu'il leur semblait avis que leur mensonge serait plus couvert s'ils n'en avaient que ce qui pourrait tenir dans quelque montre de verre ou de cristallin, afin qu'on n'en fît pas d'examen plus près. Tant y a, que si la sainte vierge eût été une vache, et qu'elle eût été une nourrice toute sa vie, à grand'peine en eût-elle pu rendre une telle quantité... Le reste qu'ils ont de reliques de Notre-Dame est de son bagage. Premièrement, il y en a une chemise a Chartres, de laquelle on fait une idole assez renommée ; et à Aix, en Allemagne, une autre. Je laisse là comment c'est qu'ils les ont pu avoir ; car c'est chose certaine que les apôtres et les vrais chrétiens de leur temps n'ont pas été si badins que de s'amuser à telles manigances. »

A quoi bon prolonger les citations, disputer « chaussettes de saint Joseph », « bouclier de saint Michel », « masque de saint Jean-Baptiste » et autres « mensonges si patents » ? Il fallait montrer Calvin sous toutes ses faces. Cependant le batailleur intrépide, mais brutal, ne doit pas éclipser le penseur chrétien.

L'*Institution* est un chef-d'œuvre. La *Confession de foi* (1562) en est un autre, de moins longue haleine assurément, égal en influence et en valeur littéraire. Nous pouvons d'autant moins passer la *Confession de foi* sous silence qu'elle est de la vieillesse de Calvin et qu'elle permet de mesurer le chemin parcouru, de 1535 à 1562, par le chef du protestantisme français. Si je ne me trompe, la *Confession de foi* est, pour l'ordonnance du discours, la précision du langage, l'autorité du raisonnement, supérieure à l'ouvrage plus considérable où fut condensée la dogmatique du calvinisme. L'auteur retient son zèle, tempère ses indignations, se renferme prudemment dans son rôle de serviteur de Dieu. La préface de l'*Institution* était agressive ; celle, très brève, de la *Confession de foi* se distingue par une modération à laquelle Jean Calvin ne nous a point accoutumés. Cette modération confine à l'humilité et sent la diplomatie :

« Pour ce que, durant les troubles de guerre qui sont advenus en France, au grand regret des bons seigneurs qui ont même été contraints de prendre les armes, il s'est semé beaucoup de faux blâmes contre eux, pour rendre la vérité de Dieu odieuse en leurs personnes... Maintenant qu'il a plu à Dieu regarder la France en pitié, et lui donner la paix, et que le fait de ceux qu'on avait diffamés a été approuvé de Sa Majesté et de son conseil, tellement qu'il n'est besoin en faire nulle excuse, on peut bien souffrir que le mal qui n'a que trop duré demeure enseveli ; et malheur à ceux qui voudraient en rien troubler la sécurité publique. Toutefois, pour ce que plusieurs ignorants, par être mal informés de la doctrine contre laquelle on a combattu, sont toujours obstinés à l'avoir en horreur, il a semblé plus qu'utile de mettre en avant cette Confession de foi... »

La *Confession* elle-même débute par une *captatio benevolentiæ* ; elle sera la justification aux yeux de « Sa Majesté », l'Empereur, et des « très illustres princes » d'Allemagne auxquels elle est adressée, de la doctrine enseignée dans les Églises réformées de France. « En premier lieu, dit Calvin, nous protestons qu'en tous les articles qui ont été décidés par les Conciles anciens touchant l'essence infinie spirituelle de Dieu, et la distinction des trois personnes, et l'union des deux natures en notre Seigneur Jésus-Christ, nous recevons et accordons ce qui a été là résolu comme étant tiré de l'Écriture sainte sur laquelle notre foi seule doit être fondée. » Il développe sommairement cette proposition essentielle et en arrive à expliquer les points sur lesquels la Réforme est en conflit avec Rome. Il établit d'abord que la foi est l'unique mais suprême condition du salut ; il soutient qu'elle est un acte ou un état particulier à chaque croyant, ensorte que nous n'obtiendrons les divines récompenses que par nous-mêmes ; il conteste dès lors l'utilité des prières faites pour les trépassés et l'intervention des saints ; il nie l'existence du purgatoire ; il recommande de ne chercher « autres patrons ou avocats que notre Seigneur Jésus-Christ ». En outre, dit-il, « le second point sur lequel nous sommes différents d'avec la coutume et opinion reçue par le monde, c'est la façon de servir Dieu ». Sa maxime sera que tout ce qui n'a pas été tiré de l'Écriture, « mais a été commandé par l'autorité des hommes ne doit point être tenu pour service de Dieu », et il s'élèvera vivement contre toutes les traditions purement humaines : adoration des images, achat de messes, luxe du culte, pélerinages. Calvin voit bien qu'il est malaisé de tout fonder sur la Bible et songe peut-être qu'il a été l'un des plus laborieux fabricateurs de « commandements humains ». Aussi l'entendrez-vous faire des réserves, ce qui sera proprement se contredire. Les contradictions ne gênent point les esprits autoritaires. « Nous confessons que les évêques et pasteurs doivent être ouïs en révérence en tant qu'ils font leur office d'annoncer la Parole de Dieu ; et outre cela que toutes les Églises et chacune pour soi ont puissance de faire lois et statuts pour la police commune ; comme il faut que tout se conduise par ordre et avec honnêteté, et qu'on doit obéir à tels statuts moyennant qu'ils n'astreignent pas les consciences et qu'on n'y établisse point de superstitions. » Tout ceci est-il assez controversable ? Calvin est plus positif quand il critique « l'usurpation par trop énorme » dont le pape se rend coupable et les « absurdités trop lourdes » de la hiérarchie ecclésiastique. Les idées n'ont pas varié ; la manière s'est adoucie ; le talent s'est assoupli. Logique, force et clarté, ces qualités, Calvin ne les perdra jamais. Tout au contraire, elles grandiront avec le temps et, jusqu'à sa fin, le réformateur, fatigué par la lutte, miné par la maladie, conservera tout son génie fait d'ordre et de puissance.

Ai-je tout dit, ou mieux, tout résumé sur Calvin ? Je n'ai pas même mentionné sa *Correspondance*. Il avait exprimé le vœu, la veille de sa mort, qu'un choix de ses lettres fût offert aux Églises protestantes comme une dernière marque de sollicitude et d'affection. Sa correspondance latine fut publiée dès 1575. Ses lettres françaises ne virent le jour, en édition complète, que dans la seconde moitié de ce siècle ; elles vont de 1528 à 1564, signées parfois de l'un ou l'autre des nombreux pseudonymes que Calvin était obligé de prendre. Les lettres de Calvin ne rompent que rarement le cadre de la théologie didactique ou militante. Il réfute à droite, il admoneste à gauche, il relève les défaillants, secoue les tièdes, excite les braves, gouvernant les fidèles et maintenant la doctrine de son Église. Ne cherchez point de confidences, ne vous attendez point à quelque laisser-aller dans ces épîtres qui sont de véritables traités ! Calvin n'est pas l'homme des intimes épanchements ; son cœur ne parle guère. Et pourtant, il a des traits de tendresse, de délicatesse, de dévouement touchants, pareils à ceux que l'on rencontre dans le plus éloquent et le plus habile de ses plaidoyers : *L'Excuse du noble seigneur Jacques de Bourgogne,* que M. A. Cartier a rééditée en 1898. Ce qu'il ne serait pas juste de taire non plus, c'est la souveraine dignité de l'écrivain. Qu'il s'adresse aux grands ou aux riches, pas une ligne de flatterie ! Parfois, la nécessité l'oblige à s'occuper de détails, à s'ériger en directeur de conscience, à donner des consultations sur des événements de la vie journalière. Que mande-t-il, par exemple, en 1558, aux ministres de Neuchâtel, à propos du mariage que Farel contracte à 69 ans, avec la fille d'un réfugié de Lyon ? « Je suis en telle perplexité que je ne sais par quel bout commencer à vous écrire. Il est certain que le pauvre ministre Guillaume a été pour un coup si mal avisé qu'il faut que nous soyons tous confus en honte avec lui... Toutefois ne laisserai point de vous prier de vous souvenir comment il s'est employé par l'espace de trente-six ans et plus à servir Dieu et à édifier son Église, et même les biens que vous avez reçus de lui ; et que cela vous induise à quelque humanité, non point pour approuver le mal, mais pour n'user point de rigueur extrême. » Cet appel à l'indulgence en faveur de son vieux compagnon de travail honore Calvin et nous autorise à insister sur les côtés familiers et presque aimables du grand homme.

Théologien jusque dans ses lettres, conseiller toujours sage, consolateur bourru, avec des accidents de bienveillance, fanatique de sa réforme, tel il nous apparaît en sa correspondance et tel nous l'avions deviné. La partie épistolaire de son œuvre n'abonde en révélations morales ou littéraires d'aucune sorte ; elle constitue surtout un ensemble de précieux documents pour l'histoire intime, si je puis ainsi dire, du protestantisme de langue française.

Conclurai-je ? Peut-être ne sera-t-il pas superflu de rappeler que Jean Calvin a formulé le *credo* de plusieurs millions de chrétiens, qu'il a exercé une action décisive, non seulement sur le parti de la Réforme, mais sur l'Église catholique en l'engageant à faire un retour salutaire sur elle-même, qu'il a proclamé la liberté de la conscience en confisquant, je l'accorde, cette liberté au profit de son système, qu'il a favorisé le progrès des sciences et particulièrement de la philosophie, qu'il a pétri toute une ville à son image, qu'il a façonné le monde protestant de France selon ses vues, qu'il a été le restaurateur de la morale au sein d'une société allant à la dérive, qu'il fut en même temps qu'un législateur, un penseur, un dialecticien et un savant, l'un des premiers écrivains d'un bel âge littéraire et le créateur de la prose française de discussion. Il eut ses défauts : étroitesse d'esprit, lourdeur ou fureur d'ironie, sécheresse de cœur, extrême susceptibilité, humeur ombrageuse à l'excès ; il commit des fautes, sinon des crimes ; il tyrannisa, il persécuta, il condamna comme ceux dont il réprouvait les violences ; il fut de son siècle par le caractère, non au-dessus. Après trois cents ans et davantage, le génie de Calvin plane encore sur une partie de l'Europe. Excellente ou néfaste, son influence sur les destins de l'humanité fut et demeure très grande. Qu'on le haïsse, qu'on l'aime, ou qu'on admire simplement sa brûlante volonté, son désintéressement absolu et son merveilleux esprit, Calvin est l'un des quelques noms d'homme assurés de ne point périr.

II

Celui-ci est un missionnaire, un apôtre, un convertisseur. Vous lui demanderiez en vain des traités savants ou des sermons littéraires. Ses œuvres tiennent dans ses actes, essentiellement, car ses livres, pour être nombreux, n'eussent point suffi à nous transmettre le nom de Farel[1]. « Sa parole, dit Ancillon, était un tonnerre. Petit, de pauvre apparence — comme Viret et Calvin, — la figure commune, le teint pâle et brûlé du soleil, l'œil de feu, la bouche parlante, tel se présentait le Réformateur. Il se distinguait par un zèle toujours fervent, par une éloquence mâle et entraînante ; c'est du cœur qu'il parlait, ne se donnant d'autre titre que celui de prêcheur de l'Évangile... Ses discours, disent les *Chroniques*, roulaient plus véhéments que des torrents. » Ce portrait nous rend bien la physionomie du Jean-Baptiste de la Réforme française.

[1] *La vie de feu M. Guillaume Farel, d'heureuse mémoire*, composée de sa correspondance avec ses amis (manuscrit de la bibliothèque de Genève). *Histoire de la réformation et du refuge dans le pays de Neuchâtel* de Godet (déjà citée). *Farel, Froment et Viret*, par Ch. Chenevière, in-8°, Genève 1835. *La vie de Farel*, par Goguel, Montbéliard, 1841, 1873. *Farel réformateur*, par L. Junod, in-12, Neuchâtel 1865. *Senebier*, I, 139 et s. *Les écrivains franç. de la Réf.* d'A. Sayous, I, 1 et s. *Biographies neuchâteloises. De Montet. France protestante*, 2me éd. *Corresp. des réformateurs* d'Herminjard. *Bulletin de la Soc. d'hist. du prot. franç.* X, 9, 326, 414, XVI, 335. Dictionnaires et encyclopédies de *Michaud*, *Herzog*, etc. *Encycl. des sciences religieuses* de Lichtenberg (article *Farel*, par M. H. Heyer). *Galerie suisse*, I, 285. *Musée neuchâtelois*, 1897, p. 77, 117, 141 (« documents inédits sur Guil. Farel », etc., publiés par M. A. Piaget.)

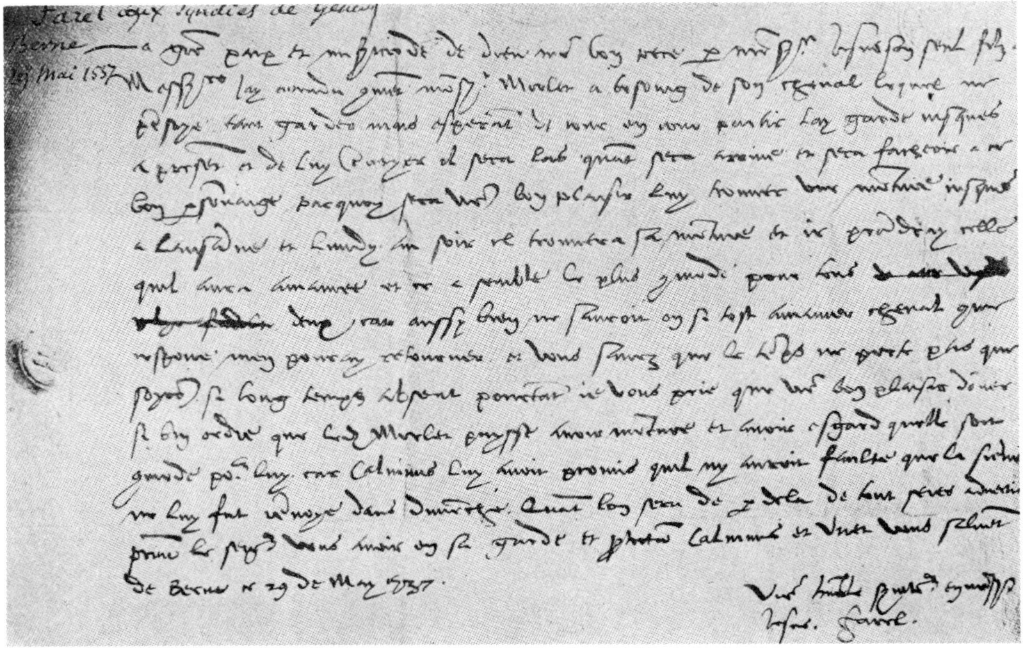

Lettre de Guillaume Farel

Bibl. publ. de Genève (p. 81).

Nature droite, énergique, opiniâtre, passionnée, Farel n'a point cette dureté, ni ce fanatisme à froid qui éloignent de Calvin. Il est tout feu tout flamme. Avec quelle fougue il défend sa cause! Comme il vole au-devant du martyre! Je l'ai comparé à Jean-Baptiste. Je le comparerais volontiers, si j'osais, à Don Quichotte, tant il a de générosité, de hardiesse, de vaillance, d'idéal dans l'âme. Il est le chevalier errant du protestantisme. Seul, d'un nom obscur, d'une science médiocre en somme, mais dévoré d'une belle ardeur chrétienne, mais brûlé par une grande soif de vérité, ce petit Dauphinois va se mesurer avec Rome. Farel ne sera pas vaincu; le catholicisme n'aura pas, en terre romande, de plus redoutable adversaire que cet héroïque soldat de la Réforme.

Farel (d'après les Icones de Th. de Bèze).

Guillaume Farel naquit en 1489, près de Gap, en Dauphiné; il est donc de vingt ans l'aîné de Calvin. « Gentilhomme de condition, doué de bons moyens, » il se rendit à l'Université de Paris. Il était alors catholique fervent et, comme il s'en est ouvert plus tard: « La papauté n'était et n'est tant papale que mon cœur l'a été. » Les leçons de Lefèvre d'Etaples, la lecture de la Bible ébranlèrent les convictions du jeune homme. Or ce néophyte ne devait connaître ni les longs scrupules de Calvin, ni les prudentes tergiversations. Bien qu'il ait déclaré: « la papauté est tombée petit à petit de mon cœur, » son apostasie ne lui demanda que le travail nécessaire de la préparation intérieure. Dès qu'il eut compris la « pure Parole de Dieu, » il fit publiquement profession de sa foi, méprisant l'habile hypocrisie de ceux qui affichaient un catholicisme auquel ils avaient cessé de croire. Obligé de renoncer à la chaire qu'il occupa quelque temps au collège du cardinal Le Moine, il se réfugie à Meaux, chez l'évêque Briçonnet, qui ne se cachait point de ses sympathies pour la Réforme, regagne, deux ans après, le Dauphiné, et, sa vie n'y étant plus en sûreté, il se décide à passer en Suisse. Il ne songe pas encore à devenir le « prêcheur d'Evangile » qu'il a été pendant près d'un demi-siècle. Sa vocation ne lui fut révélée que durant le séjour qu'il fit à Bâle dans la société d'Œcolompade. Un « sentiment divin » le jette dans l'apostolat. Il s'emploiera désormais, soit « à poser les meilleurs fondements de la vérité par le moyen d'amiables conférences, » soit à consacrer « les dons et connaissances reçus à l'avancement du règne du Sauveur, partout où la Providence de Dieu lui en fera ouverture. »

Sa carrière d'évangéliste date, en réalité, du mois de juin 1524. Brouillé avec Erasme, expulsé de Bâle, pour ses intempérances de langue et de plume, il fut invité par quelques habitants de Montbéliard à y enseigner la foi nouvelle. Montbéliard fut conquis presque sans combat. Farel a vaillammant donné l'assaut, bruyant, emporté, intrépide. Les conseils que lui prodigue Œcolompade ne lui profitent guère: « Tu dois t'exercer à la douceur, briser par la modestie de la colombe le cœur orgueilleux du lion... Je suis assuré que tu voudras être un médecin, non un bourreau. » Non, il ne sera pas un bourreau, mais un simple bourru, excellent médecin spirituel par surcroît, car il a cette ferveur de conviction qui entraîne les foules. De Montbéliard, il entreprit des tournées de mission, visita aussi ses frères de Bâle et Strasbourg. C'est à Strasbourg qu'il fut mêlé à la fameuse controverse entre Luther et Zwingli, sur la question de la Cène. « Pourquoi nous quereller, écrivait-il à Luther, sur un petit morceau de pain, nous que Dieu a richement dotés par son fils? » Il est de plus pressante besogne que ces discussions académiques de points de théologie. La dogmatique n'est pas le fort de Farel.

Jusqu'en 1529, il évangélisa sans répit et parcourut entre autres diverses localités de la Suisse française. Il avait fait, en 1526, une apparition à Neuchâtel, d'où il fut chassé; il y revint en 1529 et il faillit être tué par les moines du prieuré de Corcelles. Un homme ne peut suffire à tout. Farel s'en rend compte et s'efforce de gagner au protestantisme les plus intelligents parmi les enfants du pays: Viret, Libert, Fabri, qu'il réussit à convertir, seront de précieux auxiliaires et de zélés propagateurs de l'Evangile. Le voici chef d'une petite escouade de missionnaires courageux, qu'il envoie par toute la contrée, de Neuchâtel au Léman. A Neuchâtel même, les progrès de la Réforme étaient réjouissants; presque toute la bourgeoisie, appuyée par les Bernois, s'était associée à Farel. Mais les autorités, les chanoines, le gouvernement de Fribourg, l'évêque de Lausanne s'unissent pour le combattre. Il aura le dessus. Au mois d'octobre 1530, il prend possession de la Collégiale, d'où l'on essaiera vainement de le déloger.

En 1532, Farel assista au synode des Églises vaudoises du Piémont. A son retour, il traversa Genève où la réception qu'on lui prépara fut loin d'être cordiale. Forcé de fuir avec ses compagnons, il ne revint qu'une ou deux années plus tard dans cette Genève si convoitée pour Dieu et où il avait laissé un noyau de prosélytes. On croirait que la lutte a émoussé sa fougue, sinon son zèle: « Soyez, écrit-il à ses disciples, prudents comme serpents, simples comme colombes, étant vrais imitateurs du Sauveur qui prend les enfants entre ses bras tant amiablement! » Observera-t-il toujours ces sages instructions? Le vieil homme n'est point mort en lui.

Il éprouvait un vif désir de planter au grand jour le drapeau de l'hérésie à Genève. Il en confia le soin à l'un de ses compatriotes, le futur chroniqueur Antoine Froment. Après bien des péripéties et fort de l'intervention directe de Berne, Farel fit adopter

Antoine Froment au Molard

Collection de M. Ch. Bastard (p. 80).

solennellement la Réforme par les corps de l'Etat. Cet événement fut amené par la fameuse dispute de Rive, du 24 juin 1535, dont J. Chouet a dit en ses *Mémoires:* « La dispute ne fut pas plutôt finie que tout courut avec rapidité à la Réformation. » Dès le mois d'août de la même année, en effet, la révolution religieuse était consommée. L'évêque de Genève, le duc de Savoie eurent beau travailler à la restauration du catholicisme. Bloquée pendant deux ans, la ville accueillit les sommations à main armée de ses ennemis, « au mode qui s'ensuit rondement et brièvement: c'est qu'ils (les Genevois) perdront plutôt tous la vie, femmes et enfants, et mettront le feu aux quatre coins de la ville avant de consentir à ce que le duc demande, de bailler congé aux prêcheurs qui prêchent la Parole de Dieu. » On n'eut pas à recourir à cette extrémité; la France envahit la Savoie, Berne vint en aide à Genève et s'empara de tout le pays de Vaud.

Le changement de religion n'avait pas régénéré Genève. On sait que la morale austère de Farel importunait fort le parti « libertin. » Le réformateur n'aurait sans doute pas triomphé de la corruption qui affligeait la ville, si, en 1536, un secours inespéré ne lui était arrivé. Calvin, touchant Genève à son retour d'Italie, pensait continuer sa route, lorsque Farel enjoignit au « Picard » de rester. Ses instances furent si impérieuses, si menaçantes même, que l'auteur de l'*Institution* dut fléchir.

A partir de cette date, la direction du mouvement appartient tout entière à Calvin. Farel passe volontairement au second rang. En 1538, ils sont l'un et l'autre bannis; Calvin rentre victorieusement à Genève, trois ans après; Farel accepte en 1543 un poste fixe de pasteur à Neuchâtel. Si les deux amis sont séparés de fait, ils vivent dans la plus étroite communion d'esprit. Une correspondance très suivie s'établit entre eux. Farel est même mandé plus d'une fois à Genève, pour soutenir Calvin dans sa querelle contre les « libertins. » A Neuchâtel, la rigide morale du calvinisme ne s'introduit pas non plus sans que Farel passe par bien des traverses; il a plus de zèle que de souplesse et d'adresse. Calvin l'en blâme: « Si vous avez des frères dont la piété vous paraisse trop molle, lui écrit-il, songez que vous n'en êtes pas encore vous-même à ce point de n'être travaillé d'aucun vice. » Le vieux lutteur reçoit avec humilité ces remontrances d'un collègue beaucoup plus jeune que lui; puis, il retombe dans ses errements. Les Neuchâtelois furent, heureusement pour eux et pour lui, plus dociles que « ceux de Genève. »

Des maladies et des chagrins troublèrent sa vieillesse. Il eut la suprême douleur d'assister aux derniers instants de Calvin. Du moins, les deux frères de lutte pouvaient s'endormir en paix, sûrs d'avoir accompli leur tâche, confiants aussi dans l'avenir de la Réforme. L'œuvre était achevée; Dieu se chargerait de veiller sur elle. Guillaume Farel ne survécut que peu de temps à Calvin; il s'éteignit le 13 septembre 1565.

L'écrivain, le littérateur, n'est, chez Farel, que l'instrument du missionnaire. Ce n'est pas lui qui composera des traités ou des discours, en vertu de « cette affection par trop débordée, » qui fait que « plusieurs enragent d'écrire et mettent leur nom en avant. » Si nous nous en tenons à son propre témoignage, il « n'a rien écrit que par grande contrainte.» Il est par excellence le réformateur pratique, le propagandiste né. Aussi n'a-t-il été qu'un prédicateur entraînant et un vulgarisateur. Ses sermons, improvisés à l'ordinaire, d'une langue ardente, rehaussés de gestes expressifs, et courant au but, offraient un caractère particulier d'éloquence débraillée et puissante.

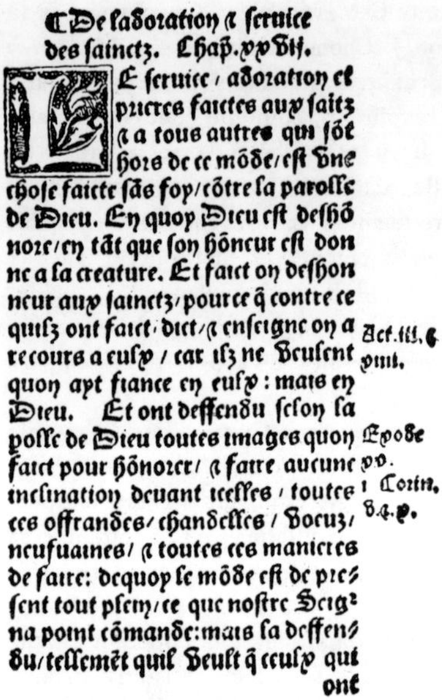
¶De ladoration & seruice
des sainctz. Chap. xxvij.
Le seruice / adoration et
prieres faictes aux saitz
& a tous autres qui sõt
hors de ce mõde / est vne
chose faicte sãs foy / cõtre la parolle
de Dieu. En quoy Dieu est deshõ
nore / en tãt que son hõneur est don
ne a la creature. Et faict on deshon
neur aux sainctz / pource q̃ contre ce
quilz ont faict / dict / & enseigne on a — Act. iii. & xiiii.
recours a eulx / car ilz ne veulent
quon ayt fiance en eulx : mais en
Dieu. Et ont deffendu selon la
parolle de Dieu toutes images quon — Exode xx.
faict pour hõnorer / & faire aucune
inclination deuant icelles / toutes — 1 Corin. 8. 4. p.
ces offrandes / chandelles / voeuz /
neufuaines / & toutes ces manieres
de faire : dequoy le mõde est de pre-
sent tout plein / ce que nostre Seigr
na point cõmande : mais la deffen-
du / tellemẽt quil veult q̃ ceulx qui
ont

Une page du Sommaire de Farel (éd. 1534).

Quoiqu'ils ne nous aient pas été conservés nous savons, par le sentiment des contemporains, qu'ils exerçaient une influence bien supérieure à celle des homélies plus châtiées et plus savantes de Calvin ou de Théodore de Bèze.

Nombre de ses ouvrages sont rédigés en latin; c'est le cas de son *De oratione dominicâ* (1524), de ses thèses soutenues à Bâle (1528), de divers libelles mentionnés par Érasme et de presque toute sa correspondance. Ceux qu'ils nous a laissés en français, brochures, épîtres, traités, roulent sur des questions de polémique religieuse ou de dogmatique populaire. Il est auteur de premier jet, ne retouche ni ne polit. A Calvin qui lui recommande d'user d'un style plus choisi, il répond: « Je ne puis venir à bout de classer mes figures; mes écrits auront barbarisme et solécisme, et nulle clarté. » Effectivement, sa phrase est entortillée et confuse; l'embarras perce à chaque ligne; la propriété et l'ordonnance des mots ennuient cet homme pressé; il se soucie peu des incorrections, des trivialités et des longueurs. Par ci par là, nous avons cependant des apostrophes énergiques, des périodes d'une belle impétuosité et de ces expressions imagées qui prêtent un relief étonnant à la pensée. Son œuvre est nulle au point de vue du développement de notre langue; elle marque à peine en théologie. Il n'en sied pas moins de signaler quelques titres et de faire quelques rapides analyses.

Je commence par le *Sommaire,*[1] « une briève déclaration d'aucuns lieux fort nécessaires à un chacun chrestien pour mettre sa confiance en Dieu et à aider son prochain. » Ce livre est, avec les *Loci communes* de Mélanchton, le premier ouvrage dogmatique de la Réforme. C'est une courte « institution » chrétienne, divisée en tout petits chapitres consacrés à Dieu, à l'homme, à Jésus-Christ, à l'Évangile, au péché, à la foi, à l'Église, aux sacrements, aux bonnes œuvres, à la prière,[2] etc. Farel s'ingénie surtout à présenter les conséquences morales de la réformation; il fait, en outre, de la doctrine, de la polémique et, par endroits, de l'éducation. Le chapitre XXXIX est un véritable cours de pédagogie, intitulé: *De l'instruction des enfants.* Naturellement, « la première et principale chose de cette instruction » sera d'apprendre aux enfants « de craindre et aimer Dieu, leur enseignant les saints commandements de Dieu purement ». Ce n'est pas tout: « Le père et la mère doivent tâcher que

[1] La première édition connue est de décembre 1534 (Neuchâtel, chez Pierre de Vingle). De nombreuses réimpressions en ont été faites, la dernière en 1867, par les soins de M. J.-G. Baum, in-12, Genève. Disons ici que le premier livre imprimé à Neuchâtel est une œuvre de Farel: *La manière et façon qu'on tient en baillant le saint baptême en la sainte congrégation de Dieu,* chez Pierre de Vingle, en 1533.

[2] *Sommaire,* chap. I, II, III, V, VI, XI, XVI, XVIII, XXII, XXIV.

Guillaume Farel

Bibl. de la Ville de Neuchâtel (p. 83).

leurs enfants, tant fils que filles, aient connaissance de l'Écriture » ; ils doivent « donner l'exemple à leurs enfants, car mieux vaudrait qu'on mît une meule de moulin au col de ceux qui leur montrent mauvais exemple, et qu'ils fussent jetés au plus profond de la mer » ; les parents sont de plus tenus, « suivant leur puissance et la capacité des enfants », d'instruire ceux-ci dans les langues les plus utiles, « comme grec, latin, hébreu, afin que si Dieu leur donne la grâce de porter sa parole, ils puissent boire en la fontaine et lire l'Écriture en son propre langage » ; il faudra les initier encore à l'histoire « des diversités de gens et pays, à ce qui a été écrit pour le bon gouvernement des choses publiques, comme bonnes lois et ordonnances, pour tenir le peuple en paix » ; enfin, en quelque état que l'enfant soit destiné à vivre, « la science et connaissance de plusieurs choses lui servira » pour n'être plus « mené comme les aveugles conduits par aveugles ». Tout ce passage n'est-il pas intéressant ? Cette page, extraite du chapitre XXXIII, concernant les « faux pasteurs », donnera quelque idée du style et de la manière de Farel :

> « Les faux pasteurs (comme dit le Sauveur) viennent sous la couverture et vêtements de brebis et dedans sont loups ravissants ; lesquels combien qu'ils semblent et disent servir à Dieu, toutefois ne servent qu'à leur ventre et par paroles très douces séduisent et pillent les simples... Et surtout leur doctrine est de dire : ici est Christ, comme s'ils le tenaient en leurs mains, ou il est là en la main d'un autre, ou il est au lieu secret fermé dedans une boîte. Et veulent confirmer la parole par faux signes et miracles par lesquels plusieurs seront déçus, cherchant ici-bas celui qu'il faut chercher là sus à la dextre de Dieu, non pas sur la terre. Ceux-ci se nourrissent eux-mêmes, non pas les brebis, car tout le lait (c'est le travail des pauvres gens), ils le dévorent par tant de moyens qu'il n'est possible de le penser. S'il y a aucun gras, par force de fondations il est dévoré... Ils ont renoncé la foi, et leur doctrine est diabolique, pourtant qu'ils défendent le saint mariage, tellement qu'il n'est loisible de soi marier sinon au temps qu'il leur plaît, combien que Dieu n'en ait rien défendu. Et aussi de ce qu'ils défendent les viandes, comme si la viande nous faisait pires envers Dieu, en un temps plus qu'en l'autre, et que ce qui entre par la bouche souillât l'homme, comme si la créature que Dieu a donnée pour en user et en manger ne fût bonne et qu'on la dût rejeter; combien que la parole de Dieu dit tout le contraire de leur doctrine. »

Quelques-uns des chapitres du *Sommaire* sont-ils, comme on l'a prétendu, des « petits chefs-d'œuvre d'enseignement évangélique ? » Non certes. Ces résumés hâtifs de vérités religieuses ou morales n'ont que la valeur de « sommaires » assez habilement faits. Leur mérite le moins contestable est qu'ils ont précédé les traités plus importants de dogmatique protestante. Ils sont en quelque sorte le canevas sur lequel de plus savants que Farel ont brodé à l'envi. Les parties les plus vantées du *Sommaire*, celles qui se rapportent aux bonnes œuvres, à la défense de lire l'Évangile, au mariage des prêtres, n'offrent, à part quelques fragments lisibles et d'une certaine élévation, rien qui annonce le « chef-d'œuvre ».

La *Confession de foi* (1537), que l'on a sans aucune preuve attribuée à Calvin, est bien de Farel, ainsi que l'ont démontré les éditeurs des *Calvini opera omnia*. Elle fut l'une des raisons qui entraînèrent, à Genève, la rébellion de 1538. On y trouve un exposé succinct de cette austère discipline protestante, « laquelle tous bourgeois et habitants de Genève et sujets du pays devaient jurer de garder et tenir ».

Comme son titre l'indique, le *Traité du purgatoire* (1543) est un livre de pure polémique. « Quel scandale ! quel blasphème ! quelle erreur ! » s'écrie le bon Farel, que ce purgatoire « qui a fait beaucoup de brigands, de ribauds, de larrons, d'usuriers qui, sous cette folle attente, ont différé de bien faire. » Le *Glaive de la parole véritable* (1550) est dirigé contre les « libertins spirituels », tels que Pierre Ameaux, qui, acceptant, pour faire pièce à Calvin, l'étrange et séduisante doctrine de prédicateurs venus de Flandre à Genève, professaient une façon de panthéisme, niaient l'immortalité de l'âme, enseignaient que toutes les actions de l'homme procèdent de Dieu lui-même, voyaient non dans le mal mais dans la croyance au mal la source du péché et dispensaient la créature humaine de tout discernement moral. Calvin, toujours sur la brèche, s'empressa de tonner contre ces « gens ignorants et idiots » et ces « docteurs de cheminée ». Farel vint à la rescousse avec son *Glaive de la Parole*, aussi sarcastique et plus véhément encore que la philippique de Calvin. Nous rattacherons à cette satire, un violent libelle d'*Antoine de Marcourt*, le premier pasteur de Neuchâtel; son *Livre des marchands* (1533) sorti de l'officine de Pierre de Vingle, est une mordante et sanglante diatribe dirigée contre le Saint-Siège. Ajoutons qu'on a, du même auteur, une *Déclaration de la messe* (1534, sans doute), vigoureux petit traité de polémique religieuse, et quelques pages sur *La Sainte Eucharistie* (1534). Quant à la *Confession de foi de maître Noël Beda*, le troisième en date des livres imprimés dans la ville de Farel et qu'on a souvent attribué à celui-ci ou à de Marcourt, j'inclinerais plutôt à croire que l'auteur en est Thomas Malingre; mais on ne peut faire que des conjectures sur la paternité de ce pamphlet rarissime et d'une ironie savoureuse sinon très fine.[1]

Lacōfessiō ⁊ raison de la foy de maistre Noel Beda Docteur en theologie ⁊ Sindique de la sacree Uniuersite a Paris: enuoyee au treschrestien Roy de frāce/Frācoys pmier de ce nom.

Imprime a Paris par Pierre de Uignolle/demourant en la rue de la Sorbonne.

Auec priuilege.

Titre de la Confession de foi de Noël Beda (Bürgerbibliothek de Lucerne).

Quelques années avant sa mort, le réformateur se souvint des superstitions dans lesquelles s'était écoulée sa jeunesse. Il se remit en mémoire les nuits passées à genoux devant les saints, les adorations idolâtres, toute cette ferveur coupable, puisqu'elle n'allait pas droit au Seigneur. Aussi bien, il voulut détourner de ces pratiques condamnables « tous ceux qui sont abusés comme il l'a été », et il publia son dernier ouvrage de quelque prix : *Du vrai usage de la croix de J.-C.* (1560). Ce traité est précédé d'un avertissement de Viret, qui rend hommage à « cette œuvre tant louable, et tant plaisante à Dieu, et tant déplaisante à Satan et à l'Antéchrist » ; il n'est lui-même autre chose qu'une charge furieuse

[1] *Correspondance des réformateurs*, III, 142 et s. — Noël Bédier, connu sous le nom de *Beda*, syndic de la Faculté de théologie de Paris, fut un des plus fougueux adversaires du nouveau culte ; aussi la *Confession de foi*, publiée sous son nom par un raffinement d'ironique méchanceté, provoquera-t-elle les remontrances de l'ambassadeur de France auprès des Ligues suisses, et, quoique le livre parut sortir d'une officine parisienne, on n'ignora point qu'il venait de Neuchâtel.

contre le culte des saints. Ni le catholicisme, ni la papauté ne peuvent s'y attendre à des compliments, mais Calvin, Viret, de Bèze porteront leurs coups d'une main autrement exercée.

J'ai déjà parlé de la langue de Farel. Son latin est déplorable ; il est absolument impossible de le comparer à celui de Calvin et de Bèze, élégants latinistes. Son français ? Il est à l'avenant. M. Baum affirme, au contraire, que « son français l'emporte de beaucoup sur celui de ses deux célèbres amis, surtout sur celui de Calvin, dont le style indique à chaque phrase qu'il pensait habituellement en latin... La phrase est plus claire, plus naturelle et porte dans son allure dégagée ce cachet gaulois qui, vers le milieu du XVIme siècle, commençait à disparaître sous l'influence du pédantisme et du mauvais goût italien ». M. Baum a réédité le *Sommaire* de Farel et l'on n'ignore point que les éditeurs ne tiennent pas en mince estime les livres qu'ils exhument. Cette circonstance peut seule expliquer sa prédilection, à tout le moins paradoxale, pour le langage du plus raboteux des écrivains de la Réforme. Ne cherchons point à faire une réputation de littérateur au premier missionnaire de la Réforme française ! Il a d'autres et de meilleurs titres à notre vénération. Sa grande affaire, au surplus, était de « planter une foi qui fût opérante par la charité ». Quant à ses traités, « il ne voulait pas que son nom y fût mis », désirant que son œuvre « fût bien considérée en soi et que, pour son nom, il n'en fût ni plus ni moins ». Il avait conscience de son infériorité comme écrivain aussi bien que comme dogmatiste. Au fond, il ne reste de Farel que le travail de l'apôtre ; ses écrits ne comptent pas. Mais les protestants n'oublieront jamais que cette âme si naïve, si droite, si passionnée, si virile, a éveillé et vivifié le génie moral de la Réforme.

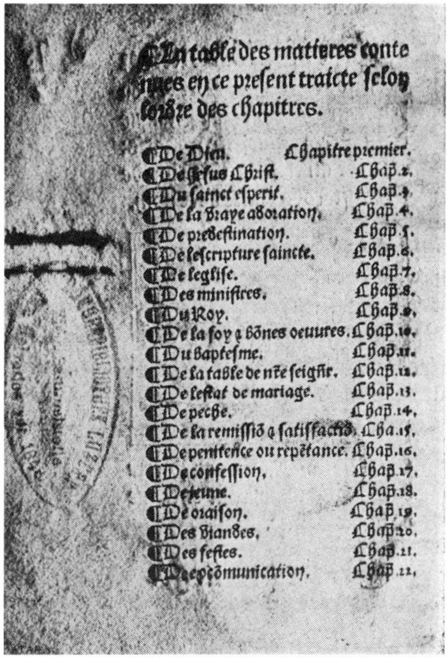
La table des matieres contenues en ce present traicte selon lordre des chapitres.

De Dieu. Chapitre premier.
De Jesus Christ. Chap. 2.
Du sainct esperit. Chap. 3.
De la vraye adoration. Chap. 4.
De predestination. Chap. 5.
De lescripture saincte. Chap. 6.
De leglise. Chap. 7.
Des ministres. Chap. 8.
Du Roy. Chap. 9.
De la foy & bonnes oeuvres. Chap. 10.
Du baptesme. Chap. 11.
De la table de nre seignr. Chap. 12.
De lestat de mariage. Chap. 13.
De peche. Chap. 14.
De la remissio & satisfactio. Cha. 15.
De penitence ou repetance. Chap. 16.
De confession. Chap. 17.
De jeune. Chap. 18.
De oraison. Chap. 19.
Des viandes. Chap. 20.
Des festes. Chap. 21.
De excommunication. Chap. 22.

Table de la Confession de foi de Noël Beda
(Bürgerbibliothek de Lucerne).

III

Calvin est la lumière, Farel la flamme, *Pierre Viret*[1] le sourire du protestantisme naissant. « La conscience troublée et presque désespérée, ne sachant de quel côté se

[1] *Actes et gestes merveilleux* de Froment, *pass. Hist. de la réform.*, de Ruchat, *pass. Mémoires* de Pierrefleur, 36 et s. *Senebier*, I, 153. *Farel, Froment et Viret*, de Chenevière, *pass. Pierre Viret*, par Jean Cart, in-12. Lausanne, 1869. *Les écriv. franç. de la Réf.* de Sayous, I. *France protestante. De Montet. Encycl. des sciences religieuses*, de Lichtenberg. *Hist. de l'inst. publ. dans le pays de Vaud*, de Gindroz, pass. *Galerie suisse*, I, 301. *Ph. Godet* : Pierre Viret, in-24, Lausanne, 1892.

tourner », un jeune étudiant de l'université de Paris nous racontera plus tard, dans ses *Disputations chrétiennes*, qu'il fit, en sa ville natale d'Orbe, la rencontre du « prêcheur » Guillaume Farel. Celui-ci convertit aisément une âme à moitié détachée du catholicisme. Et la Réforme eut un loyal et brillant serviteur de plus : Pierre Viret, le vulgarisateur de la doctrine calviniste.

Pierrefleur nous apprend, dans ses *Mémoires*, que le père de Viret n'était qu'un simple « couturier et retondeur de drap ». Le « retondeur de drap » n'en conçut pas moins le projet de faire entrer dans l'Église son fils Pierre, né en 1511. De 1527 à 1530, Pierre Viret fréquente l'Université de Paris. Comme d'autres, comme Farel et Calvin, c'est là qu'il reçoit le premier choc de l'hérésie qui partageait, alors déjà, l'Europe en deux camps. Sa foi s'inquiète, discute, vacille. Il renonce à la prêtrise et, fort perplexe, rentre au pays où Farel le gagne à la foi nouvelle (1531).

Il se fit missionnaire, à l'exemple de son maître, inaugurant à Orbe un apostolat qui fut couronné de succès. Son père abjura le catholicisme, ses concitoyens furent en général dociles à sa voix. Nommé pasteur de Neuchâtel, en mars 1533, il s'y distingua comme orateur à ce point, que LL. EE. de Berne le prièrent de se joindre à leurs ambassadeurs à Genève, pour seconder Farel dans la dispute publique soutenue par ce dernier, le 4 janvier 1534, contre le dominicain Furbity. Viret eut facile victoire sur son adversaire. La Réforme ayant officiellement triomphé à Genève, Pierre Viret s'en était retourné à Neuchâtel. Les Bernois, maîtres du Pays de Vaud, dès 1536, l'appelèrent à Lausanne où, l'année d'après, il fonda et organisa l'Académie. Il fit plus, il y enseigna jusqu'en 1558, y appela des hommes d'une haute valeur, Conrad Gessner, Théodore de Bèze. En 1540, il fut mandé à Genève, pendant l'interrègne pastoral qui suivit le bannissement de Calvin. Lorsque celui-ci revint dans sa ville, tous ses efforts tendirent à conserver Viret qu'il estimait beaucoup : « Quand je pense à son départ, écrit-il, je suis plus mort que vif. » LL. EE. réclamèrent si énergiquement Viret, que toutes les sollicitations des Genevois furent vaines.

La lutte de Calvin pour la réforme des mœurs ne devait pas être épargnée à son ami. Viret entend aussi imposer à l'Église une sévère discipline chrétienne. Dans ses *Diables blancs,* il admonestera ces gens « qui sont très bien contents de n'avoir plus de prêtres et de moines, car ils leur coûteraient trop à nourrir et leur serait chose trop fâcheuse, s'il leur fallait rendre tous les biens lesquels on leur a ôtés. Et pourtant, ils sont contents d'avoir des ministres et des prêcheurs non pas en si grand nombre qu'ils avaient des prêtres, afin qu'il ne faille pas tant dépenser à les entretenir : en quoi ils sont bons ménagers aux dépens des pauvres brebis, lesquelles demeurent sans pâture... Et le pis est encore en ce qu'ils veulent tenir sous leur patte ces pauvres ministres et prêcheurs qu'ils ont comme valets, pour les faire trotter et passer sous le bras comme il leur plaira. » Ils ressemblent aux moines « qui laissent sonner matines, — mais trouvez qu'ils les disent ! »

Le gouvernement de Berne, qui s'était empressé d'accueillir les « libertins » chassés de Genève par Calvin, s'émut de l'exigeante orthodoxie de Viret ; l'État et l'Église furent aux prises. Le débat porta essentiellement sur l'excommunication. Viret et les ministres affirmaient, qu'avant chaque communion, le Consistoire avait le droit d'examiner tout membre de l'Église sur sa croyance et sa conduite ; ils ajoutaient que cette faculté en entraînait une autre, celle de refuser aux hérétiques et aux débauchés l'accès de la sainte table. LL. EE. estimaient que ce contrôle leur appartenait, à Elles. Le conflit se prolongeait sans que l'une ou l'autre des parties fît mine de céder. Toutefois Viret, qui n'avait pas le tempérament autoritaire de Calvin, hésitait à rompre avec Berne et à quitter son troupeau. « Il est entre l'enclume et le marteau, ne sait de quel côté se tourner. » Farel, le vieux lutteur, taille sa plume la plus acérée et, le 1er octobre 1559, il écrit aux pasteurs de Lausanne : « Qui se serait jamais attendu à ce que vos esprits à tous fussent stupides à ce point ?... Eh quoi ! demander si le droit d'excommunication est de l'essence du ministère, qu'est-ce donc sinon demander si, dans l'Église, il faut écouter Christ, si c'est Christ qu'il faut y prêcher et s'il faut y maintenir ce que Christ lui-même a institué ? » Calvin, une année auparavant, n'était pas moins catégorique : « Pour toi, recommandait-il à Viret, n'hésite pas à marcher en avant, où la nécessité t'appelle ! » Périsse notre œuvre plutôt qu'un principe ! Est-ce donc là toute la sagesse de ces terribles conseillers ? L'État fut le plus fort ; l'Académie perdit ses professeurs les plus distingués et Viret alla mourir à Orthez en 1571, après avoir recommandé à ses amis du Languedoc d'exécuter l'édit du 17 juin 1562, qui ordonnait aux réformés de restituer les temples qu'ils avaient enlevés aux catholiques.

Pierre Viret
(Coll. d'est. de la Bürgerbibliothek de Lucerne).

Bien que ses *Sermons* ne nous soient point parvenus, nous savons que Viret a été un remarquable prédicateur. Les contemporains s'accordent à vanter sa douceur persuasive, sa langue harmonieuse. *Nemo fatur dulcius,* dira Th. de Bèze en ses *Poemata.* Et les registres de Genève nous apprennent que les sermons de P. Viret attiraient une « multitude prodigieuse ».

Il passe, au reste, pour l'un des meilleurs auteurs de la Réforme au XVIme siècle. « On remarque dans ses ouvrages, selon Ruchat, une vaste érudition, une littérature surprenante, une connaissance de tout ce que l'antiquité sacrée et profane, grecque et latine, renferme de plus beau et de plus curieux, une connaissance profonde de la Bible et de la théologie : personne dans la Suisse romande ne l'a égalé. » Sayous trouve chez ce théologien « un fonds de lecture inépuisable, une connaissance nullement superficielle de l'antiquité, de ses littératures et de son histoire, quelque imagination, beaucoup d'esprit ». Lui-même est plus modeste ; il confesse, dans la préface de ses *Disputations chrétiennes,* « qu'il ne sait pas beaucoup et n'a guère vu ».

Le réformateur vaudois composait très vite, pour les besoins de la bataille quotidienne. Il est, dans ses livres, homme d'action bien plus que littérateur. Il écrit « pour les rudes », les « pauvres simples gens » et « les plus ignorants ». En effet, nul ne ne se mit davantage à la portée du peuple ; nul ne fut plus que lui l'interprète familier du calvinisme. Ce souci d'être populaire a des inconvénients ; la question d'art devient par trop secondaire. Eh quoi ! celui qui s'adresse aux foules et se plie à leur langage, en prend volontiers à son aise avec la rhétorique et la syntaxe. Frapper étant la chose essentielle, il frappe — fort plutôt que juste. Les « rudes » ne réclament pas des prodiges de style, et les négligences, les longueurs, les trivialités, ne sont pas pour leur déplaire. Ils désirent tout comprendre, et sans peine. Aussi Viret a-t-il énormément vieilli, plus que Calvin, cela va de soi, plus que de Bèze, plus même que Farel. Il n'en a pas moins contribué par sa plume, et au premier rang, à la diffusion de la Réforme française. Ses ouvrages sont légion, une cinquantaine, dont plusieurs très copieux. Ils sont conçus la plupart sous la forme de dialogues, le genre qui, selon Viret, se prête le plus à « enseigner populairement ». Ils touchent à bien des sujets : éducation, morale, religion, rapports de l'Église et de l'État, organisation politique. Presque tous sont en français.

Si Viret n'a pas le tempérament despotique d'un Calvin, ou passionné d'un Farel, il a cependant commis, lui aussi, de ces « licences virulentes » que Senebier lui reproche un peu. Il eut ses heures de colère et ses accès de violence. Aux gens qui l'en blâment, il répond en citant les prophètes. Il estime d'ailleurs que les hontes du catholicisme ne méritent aucun ménagement, et les coups de pleuvoir dru comme ondée de juin. Que n'est-il en droit de dire des papistes, quand saint Paul a qualifié les Crétois de « mauvaises bêtes » ? Lui qui entend « non point changer l'idolâtrie, mais l'abolir tout à fait », serait-il tenu de démolir l'édifice, en architecte préoccupé de ne rien endommager ? Non, « l'idolâtrie » doit être rasée comme une place de guerre tombée en mains ennemies. Alors même que l'exemple des prophètes et des apôtres n'excuserait pas ses sorties indignées ou ses abondantes ironies, n'est-il pas convaincu — la phrase est charmante — que la causticité de l'esprit « est un petit mal convenable à un théologien » ? Il se conformera donc à cette recommandation de Calvin, dans la préface des *Disputations chrétiennes :* « Si pour parler de Dieu nulle facétie ne doit entrer en nos propos... en décrivant les superstitions et les folies dont le pauvre monde a été embrouillé par ci-devant, il ne se peut faire qu'en parlant de matières si ridicules, on ne s'en rie à pleine bouche. » Mais Viret n'a pas le mordant de Calvin. Son naturel, amène et conciliant, lui défend les brutales controverses. Ainsi, nous ne le verrons guère pousser aux mesures de rigueur, ni abuser de l'outrage, bien qu'il ait malmené sans remords tout ce que Bonivard traite de « racaille papistique », et les « suceurs du pauvre » qui songent uniquement à « leurs pompes, voluptés et délices ».

L'*Instruction chrétienne* (1564), la plus importante de ses publications, un dialogue en deux forts volumes, nous montre un professeur et un élève discutant ensemble. Le disciple pose les questions, que l'autre résout. C'est un personnage fort commode que ce disciple ; il interroge de la façon la moins embarrassante et semble imaginé tout exprès pour permettre à son interlocuteur de faire, en se jouant, les plus triomphantes réponses. Cet immense catéchisme embrasse toutes les sciences, non seulement la théologie et les branches auxiliaires, mais la chimie, la physique, la géométrie, la

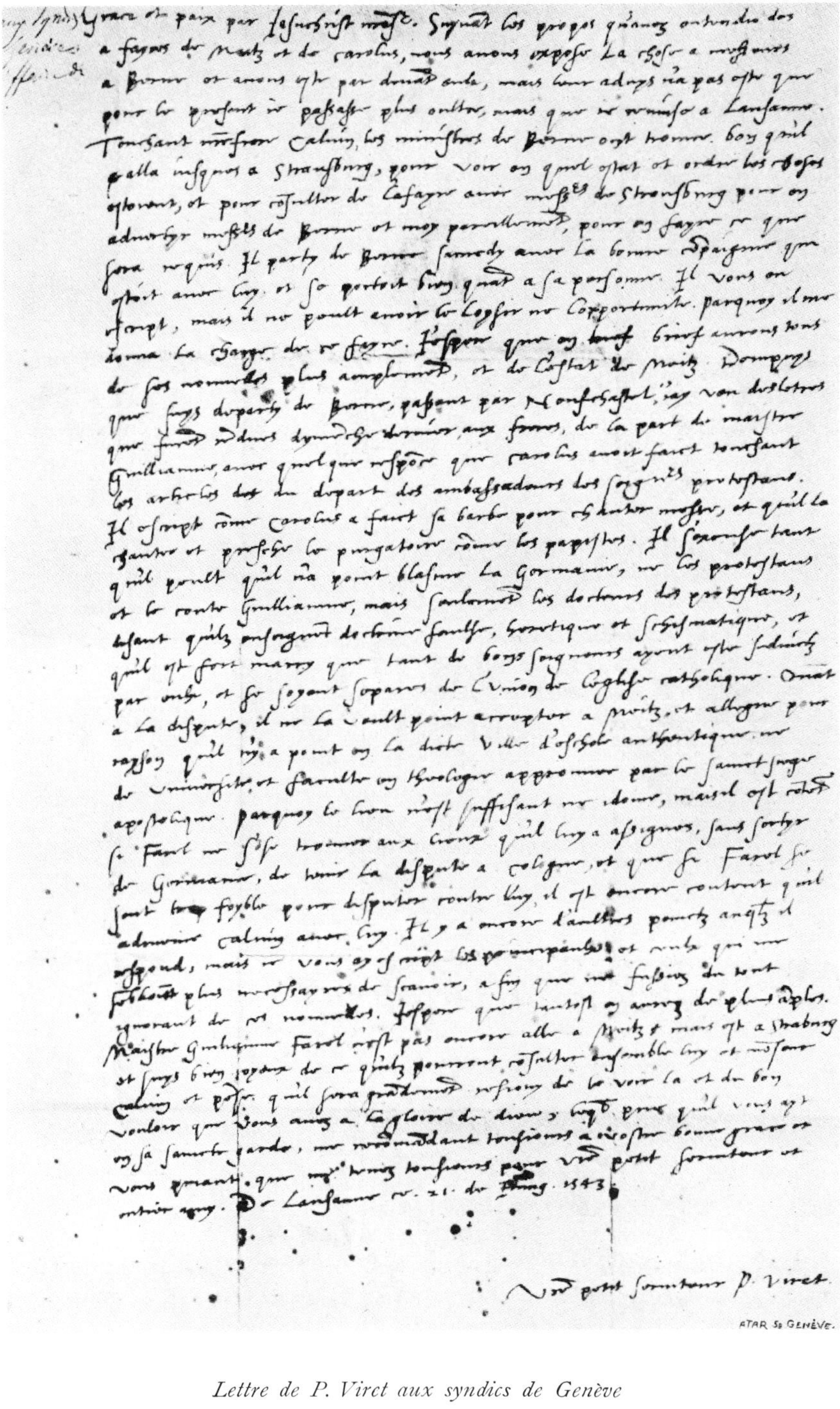

Lettre de P. Viret aux syndics de Genève

Bibl. publ. de Genève (p. 89).

géographie, la médecine, l'astronomie, la météorologie, que sais-je ? Dans le deuxième tome, Viret consacre tout un paragraphe aux « tonnerres, éclairs, foudres et tempêtes, et à l'épouvantable artillerie de Dieu », — ceci, je le veux bien, pour réduire en poussière « les athéistes, épicuriens et tyrans ».

Revenons aux principales propositions contenues dans le traité de Viret ! La première chose utile pour le chrétien est de désirer connaître la volonté de Dieu. Une fois qu'il est bien possédé de ce désir, il doit s'ingénier à pénétrer les desseins de l'Éternel. Après avoir exposé la doctrine de l'Évangile (dans le chapitre intitulé : *Combat des hommes contre leur propre salut),* le réformateur explique les commandements de la Loi. Il s'élève, entre autres, contre les gouvernements qui veulent se passer de Dieu, « le souverain législateur ». Que sont les codes inventés par le cerveau de l'homme ? Le Seigneur a fait « trop mieux, sans comparaison, que tous les philosophes en tous leurs livres », et il n'est rien de bon qui ne soit compris dans la Bible, et tout ce qui n'y est point compris est mauvais. Encore ne suffit-il pas d'entendre les commandements de Dieu, il faut les appliquer. Comment ? Nous en sommes par nous-mêmes incapables ; le péché originel nous condamne à l'impuissance du bien. Jésus-Christ peut seul nous aider à sortir de l'état de corruption. De là, nécessité de la foi en Christ, rédempteur et sauveur. Ailleurs, Viret demande à la science les preuves de l'existence de Dieu. C'est là sa *Théologie naturelle,* la première, sans doute, qui ait été écrite en français au XVIme siècle, car la traduction, par Michel Montaigne, de celle de Raymond Sebond date de 1569. Il lui importe surtout de combattre les « déistes », une « bande », qui s'appelle « d'un mot tout nouveau » qu'elle prétend « opposer à athéistes ». La Réforme avait été dépassée. Bien des esprits, hardis ou indisciplinés, avaient pris à la lettre la doctrine du libre examen, les uns renversant, les autres critiquant sur certains points la dogmatique calviniste. Ces « déistes » se recrutaient parmi les littérateurs et les savants, et c'est ce qui explique le colossal déploiement d'érudition que Viret juge indispensable pour écraser ces dangereux hérétiques.

Le pasteur de Lausanne était moraliste autant et plus que théologien. Son *Instruction chrétienne* fourmille de recommandations, d'avertissements, de règles de conduite. Tout un chapitre n'est-il pas à l'intention « de ceux qui vont au sermon pour dormir » ? Il hait les indifférents et les tièdes, ceux qui n'entrent pas au temple avant que la prédication « ne soit à demi faite » et « n'ont encore la patience d'attendre la fin ». Il abhorre les hypocrites, « ceux qui font semblant de suivre l'Évangile » et « l'aiment autant que les Juifs et les Turcs ». Il prêche l'humilité, la charité, la sainteté. En tant qu'œuvre d'art, l'*Instruction chrétienne* abonde en négligences et en répétitions. L'auteur improvise. Sa phrase, verbeuse et traînante, n'en a pas moins du naturel, de la simplicité, parfois du coloris. Voici quelques réflexions sur ce qu'il y a de divinement consolant dans la croyance à l'immortalité de l'âme :

> « Nous pouvons juger quelle consolation c'est à un homme de bien et sage contre tous les malheurs qui lui peuvent advenir en ce monde, s'il sait et se tient pour assuré qu'il y a un lieu de repos qui lui soit préparé, non pas pour y être privé de tout sentiment tant de bien que de mal comme ceux le pensent qui cherchent repos en la mort sans aucune espérance d'autre vie ; mais un lieu de félicité pour ceux qui, de bon cœur et de bonne volonté, se seront dédiés à vertu et sainteté, lequel est ordonné de Dieu, qui est tout juste, tout puissant et tout bon. Car quel repos peut trouver ce qui n'est plus rien ? »

Il y a lieu de rattacher à l'*Instruction chrétienne* quelques traités de même inspiration, mais de plus mince volume : la *Métamorphose chrétienne* (1552 à 1561), en deux parties portant sur « l'homme et l'école des bêtes », une façon d'histoire naturelle amusante et familière; *De la Providence divine* (1565), *Traité pour l'instruction des fidèles* (1559), l'*Intérim* (1565), dont le but est « d'induire les hommes à suivre plutôt la voie de modestie et de modération chrétienne que celle de violence et de rigueur extrême », etc. Viret traduit ici Calvin à l'usage du peuple, donnant, dans un enseignement élémentaire, tout le corps de doctrines sur lequel est fondée la Réforme française. Si Calvin est le recteur de la Réforme, Viret en fut l'instituteur primaire; et voilà pourquoi, dans nos bibliothèques, les exemplaires, au demeurant très rares, des ouvrages du pasteur de Lausanne ont cet air de livres de classe, mal conservés en général pour avoir été lus beaucoup. Cette parole directe et vivante allait droit au cœur et chacun y puisait plus volontiers des leçons de vertu, que dans des écrits plus savants et moins intelligibles.

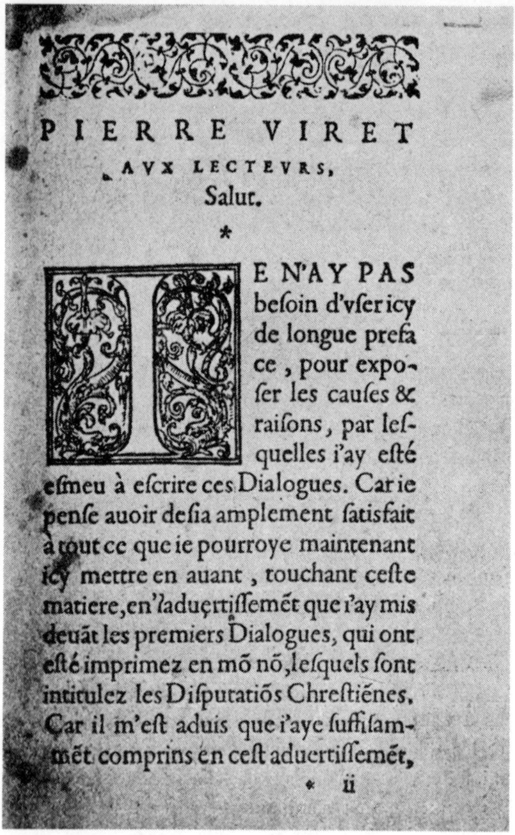

PIERRE VIRET
AVX LECTEVRS,
Salut.
*

IE N'AY PAS beſoin d'vſer icy de longue prefa ce, pour expo- ſer les cauſes & raiſons, par leſ- quelles i'ay eſté eſmeu à eſcrire ces Dialogues. Car ie penſe auoir deſia amplement ſatisfait à tout ce que ie pourroye maintenant icy mettre en auant, touchant ceſte matiere, en l'aduertiſſemét que i'ay mis deuāt les premiers Dialogues, qui ont eſté imprimez en mō nō, leſquels ſont intitulez les Diſputatiōs Chreſtiénes. Car il m'eſt aduis que i'aye ſuffiſam- mét comprins en ceſt aduertiſſemét,

* ii

Avertissement du Monde à l'Empire de P. Viret.
(Bibl. de la Ville de Berne.)

Viret polémiste serait-il supérieur à Viret théologien? J'ai marqué déjà que le réformateur avait mille bonnes raisons de ne point s'interdire l'emploi de l'ironie comme moyen de discussion et de propagande. Mais il n'aura pas l'humeur bilieuse, l'acrimonie vindicative de Jean Calvin. Même dans les pages les plus violentes de Viret, on croit apercevoir, entre ses invectives et celles qui partaient de Genève, toute la distance qui sépare l'indignation de la haine. Le doux apôtre d'Orbe a beau enfler la voix et piquer hardiment de sa plume, il n'effraie personne. Au surplus, ses railleries et ses duretés ne vont pas qu'à l'adresse des catholiques. Il a fait front résolument contre les joyeux incrédules de l'école de Rabelais et de des Périers. Il a vertement admonesté ceux qui jetaient des ferments de discorde dans l'Église du Christ, « les évangélistes éventés qui ont assez de bec » pour crier contre le moindre des prêtres, mais qui n'ont « doctrine ni solide ni pleine d'édification », les réformateurs qui le sont de nom seulement, cette « bande » dont les « capitaines se glorifient » de leur qualité de ministre et qui « semblent des épicuriens ne demandant qu'à vivre à leur aise et à se donner du bon temps », ne faisant au reste que « jouer, gaudir, banqueter, ivrogner, gourmander, brocarder, moquer et calomnier ceux qui ont plus de soin de leur office qu'eux ». Le plus considérable de ses pamphlets, peut-être aussi le plus connu : *Le Monde à l'Empire et le Monde démoniacle* (1561) est un gros ouvrage, tout en dialogues ; il a pour objet, dans sa première partie, l'*Empire* (ce mot employé ici dans le sens de : mal) *des monarchies*, l'*Empire de l'Empire romain,* l'*Empire des chrétiens,* l'*Empire des Républiques ;* dans la seconde, le *Diable déchaîné,* les *Diables noirs,* les *Diables blancs,* les *Diables familiers,* les *Lunatiques,* la *Conjuration des Diables.* Tous ces titres promettent. Les personnages qui interviennent dans ces dialogues sont *Théophraste,* qui « représente la personne d'un bon théologien et d'un homme craignant Dieu », *Hiérôme,* qui « tient le lieu d'un homme qui a bonne connaissance des lettres divines et humaines, par quoi il met en avant tant des unes que des autres les points qui ont quelque convenance ensemble », *Eustache* qui « joue le personnage d'un pauvre superstitieux et idolâtre, tels sont ceux lesquels on appelle communément papistes », enfin *Tobie* qui est « entre deux » — entre trois, serait plus juste — et « désire de connaître la vérité et de voir quelque bonne réformation en ce monde ». Nos quatre discoureurs parlent un langage qui n'a rien de doctoral. Tobie surtout sera l'interlocuteur à boutades narquoises et pleines de sens. On reconnaît en lui le type du Vaudois enjoué et bon enfant. Hiérôme, lui, est un sage ; il pense que « Dieu fait rouler les choses humaines sur une roue fort légère ». Théophraste ratiocine à perte de vue. Eustache, tout « papiste » qu'il est, ne laisse pas d'embarrasser les autres par nombre de ses objections. Les uns et les autres ne seront jamais à court, — ni courts, hélas ! Tobie pose, à la vérité, des questions fort claires, en petit bourgeois raisonnable qu'il est. Mais Théophraste, qui est le théologien de la société, et qui est farci de textes sacrés, mais Hiérôme, qui est une machine à citations classiques, mais Eustache, esprit confus avec des intervalles lucides, mais tous ces gens-là s'enfoncent à l'envi dans les digressions les plus fantastiques. C'est à qui déjeunera d'un pape et dînera du Grand Turc, embrouillant toutes choses, aventures de Diogène, visions de Nabucodonosor, Pères de l'Églises, poètes latins. On demande grâce et l'on voudrait bien savoir à quelles fins tend toute cette énorme dépense d'horripilante érudition.

Le *Monde à l'Empire,* qui n'est pas sans offrir quelque analogie avec le *Traité préparatif à l'apologie d'Hérodote* d'Henri Estienne, dresse le bilan, peu réjouissant, de l'humanité à toutes ses époques et particulièrement au XVIme siècle. Comme il est naturel, le clergé catholique y est exécuté sans miséricorde, et non sans esprit. Cette saillie est amusante : « Autrefois les évêques étaient d'or et les crosses de bois ; aujourd'hui, au rebours, les crosses sont d'or et les évêques de bois. » Viret n'est pas plus tendre aux « efféminés », aux « magistrats prévaricateurs et faux pasteurs », aux « tant coquins et bélîtres et vrais répertoires de vices qui sont toutefois si enflés et si glorieux pour ce seulement qu'ils ont quelque vieil titre de noblesse déjà tout enfumé et tout rance ». Aucun abus n'est excusé, aucun privilège même. La conclusion est formulée par Tobie : « Il ne faut pas être ébahi s'il n'y a plus guère chose en ce monde qui vaille, car il est déjà fort vieil et caduc. »

Le *Monde démoniacle* n'est qu'une suite du *Monde à l'Empire.* L'auteur veut d'abord « montrer comment le diable règne au monde et comment il conduit et gouverne les hommes mondains et charnels, comme de pauvres démoniacles, lesquels Dieu lui a abandonnés par son juste jugement ». Puis il expliquera « qu'aux saintes Écritures, le monde est souventes fois pris pour les hommes qui ne sont point menés par l'esprit de Dieu mais servent au diable comme à leur prince et à leur dieu ». De la théologie didactique et militante, exposée en langage populaire et *cum grano salis!* Bien des pages nous feront sourire ou nous sembleront parfaitement ridicules. Viret n'en apparaît pas moins comme un ingénieux polémiste, fort au courant des besoins de sa propagande, très expert dans l'art d'intéresser et de convaincre son public. Des autres pamphlets du réformateur vaudois, nous ne rappellerons que les *Disputations chrétiennes* (1544), l'un de ses premiers et non de ses plus médiocres ouvrages. Les *Disputations* ont eu les honneurs d'une lettre-préface de Calvin : elles s'élèvent surtout contre le purgatoire, les limbes, et doivent prouver que toute la théologie des papistes « n'est autre chose sinon la vieille théologie païenne ».

Ainsi que l'a montré M. Cart, Viret « s'est borné à reproduire l'interprétation de Calvin » et à la vulgariser. Comme polémiste, il manque un peu de vigueur, non d'à-propos, ni d'une certaine bonhomie railleuse. S'il eut le beau courage de s'attaquer aux puissants de ce monde, de revendiquer les droits du peuple sans flatter les masses, de blâmer sévèrement les réformés qui continuaient à vivre joyeusement dans le péché, « comme des Roger Bontemps », il a eu des vivacités regrettables et, partageant en cela le sort de tous les satiriques, il a plus d'une fois franchi les limites tracées par le goût et la raison. Le moraliste chrétien est très habile, très insinuant, quoique d'une intransigeante austérité. Ses lettres, ses traités exhortatoires ou édifiants sont des modèles du genre. Que dire de l'écrivain? Viret ne fut qu'un improvisateur, comme la plupart de ses amis, hommes d'action avant tout. Pressé d'atteindre le but, il n'a que peu de temps à donner à ses phrases. Son style, trop souvent négligé et trivial, n'a pas ces contours précis et fermes, cette allure nerveuse, cette admirable énergie qu'on aime dans Calvin; il a quelque chose de nonchalant et de bâclé. Viret s'égare volontiers en des périodes interminables. Il ne sait pas s'arrêter, tourne et retourne une idée de dix façons. Sa langue lourde et rugueuse laisse couler les provincialismes à flots. Il n'en faut pas moins lui reconnaître de la netteté dans la pensée, de la spontanéité dans l'expression, de la logique dans les déductions, d'aimables originalités de forme, une grande facilité et un parfait naturel. Ces qualités ne l'ont point préservé de l'oubli; ceux qui écrivent vite passent vite.

IV

Théodore de Bèze[1] fut, selon Bayle, « un homme extraordinaire » et qui rendit les meilleurs services à son parti. Sans avoir le génie de Calvin, il avait autant de culture et des talents plus variés. Il était et resta toute sa vie plus homme du monde, souple, aimable, élégant, *praestanti formâ.* Sa famille avait de nombreux quartiers et

[1] *De vità et obitû Bezæ*, par Ant. Faye, in-4, Genève, 1606, (traduit en français par Pierre Salomeau, 1610). *Calvins und Bezas Schriften*, par Ziegenheim, Hambourg, 1790. *Senebier*, I, 266 et s. *Theodor Beza nach handschriftl. Quellen dargestellt* (jusqu'en 1563), par J.-W. Baum, 2 vol. in-8, Leipzig, 1843, 1851. *Les écriv. franç. de la Réf.* par Sayous, I, 243 et s. *Galerie suisse*, I, 472. *Album de la Suisse romande*, II, 113, 161. *Lenient*, l. c., I, 184 et s. Dictionnaire de *Bayle*. Encyclopédies d'*Herzog* et de *Lichtenberger*, et tous les grands recueils de biographies. *Histoire du psautier des Églises réformées*, par M. F. Bovet, in-8, Paris, 1872. *Bulletin de la Soc. de l'hist. du prot. franç.*, XXI, 36. *Lettres françaises inédites de Scaliger*, in-8, Paris, 1881, entre autres, p. 243. *Ch. Borgeaud*, op. cit., pass. *Journal de Genève* du 10 avril 1890 (article de M. Th. Dufour).

une fortune considérable. Il naquit à Veselay, en Bourgogne, le 24 juin 1519; Calvin est de dix ans son aîné. Son premier maître, Wolmar, lui enseigna le latin et le grec avec tant de succès que de Bèze devint l'un des latinistes et des hellénistes éminents du XVIme siècle; il lui donna quelques notions de jurisprudence et l'initia vraisemblablement aux idées de la Réforme. L'élève — il est alors recteur de l'Académie de Genève — écrira, en 1560, à son vieux professeur qu'il a tout appris de lui; cependant, ajoutera-t-il, « le plus grand de tes bienfaits, c'est que tu as fait jaillir de la vraie source, pour m'en abreuver, la connaissance du vrai Dieu ». Mais il ne puisa pas à cette source avant 1548, quoiqu'il ait prétendu plus d'une fois avoir été converti à l'âge de seize ans.

Th. de Bèze
(d'après les Pœmata, éd. 1548, Bibl. de Berne).

Wolmar ayant été forcé de s'expatrier, en 1535, Th. de Bèze s'en fut étudier le droit à Orléans pendant quatre années. Il se distrayait de la jurisprudence en lisant les poètes et en composant ces *Poemata juvenilia* qui lui furent reprochés par ses adversaires avec une véhémence outrée. Nous le voyons cependant prendre ses grades en 1541. De retour à Paris, il tombe gaîment dans ce qu'il appellera « les pièges de Satan »; il se lie même secrètement, sous la promesse du mariage, avec une femme qu'il n'épousa qu'après son arrivée à Genève. En 1548, atteint d'une grave maladie qui met sa vie en danger, il revient aux pensées sérieuses. La crainte de la mort, le regret d'un passé dont il avait à rougir, réveillèrent le souvenir des années de fructueux et saint travail coulées avec Wolmar. Il sent qu'il « est enfoncé dans la fange », que Dieu veut l'en tirer et que cette rude épreuve n'est qu'un avertissement d'en haut. Au mois d'octobre 1548, à peine guéri, il « rompt toutes ses chaînes, fait ses petits paquets, quitte tout à la fois, sa patrie, ses parents, ses amis, pour suivre Christ », se réfugier à Genève, où il embrasse le protestantisme, et occuper, dès 1549, la chaire de grec à l'Académie de Lausanne.

L'adhésion de Th. de Bèze à la Réforme est un coup de tête ou de cœur, comme on voudra. Pas de longue préparation, d'angoisses, de combats. Une soudaine lumière l'a ébloui. Ayant trouvé son chemin de Damas, il se vouera, nouveau saint Paul, de corps et d'âme, au service de Dieu. Dès sa rencontre avec Calvin, il inspirera une vive sympathie et beaucoup d'estime au maître de Genève. Celui-ci comprit d'ailleurs quelles ressources il y avait en ce converti de fraîche date, mais de grand savoir et d'extrême distinction. S'il fallait un diplomate à la Réforme, de Bèze serait là.

Le gentilhomme bourguignon n'oublia pas, dans sa chaire de Lausanne, qu'il avait aimé la poésie. Il fit, en 1550, une tragédie, le *Sacrifice d'Abraham.* Puis, désireux de ne point s'adonner exclusivement aux lettres, il prépara une édition du Nouveau Testament, parue en 1556. Il avait adressé, entre temps, à Charles Quint, son fameux projet qui tendait à ramener l'unité religieuse dans l'Empire par le retour à l'Église primitive et aux Écritures, c'est-à-dire par l'adoption officielle du culte réformé. Ce projet, fort habilement développé, ne devait pas aboutir ; il mit néanmoins de Bèze en évidence. C'est durant la même période que parut un libelle, où le réformateur se signale par une véritable rage contre tout ce qui ne subit pas aveuglément le joug de Calvin. L'honnête et doux Castellion, indigné des excès qui se commettaient à Genève et plus particulièrement de la condamnation de Servet, publia, sous le nom de Martinus Bellius, un ouvrage intitulé : *De hæreticis gladio non puniendis ;* il y prêchait la modération et la tolérance. De Bèze lui répondit par son *De hæreticis a civili gladio puniendis,* traité dans lequel Senebier l'accuse justement d'avoir « manqué au genre humain en essayant de faire l'apologie de la barbarie du Consistoire de Genève ». Les réformés, exposés eux-mêmes à la persécution et au martyre, n'allaient pas se borner à persécuter et à martyriser à leur tour ; ils formulaient en doctrine, par la plume de Théodore de Bèze, le droit d'extirper l'hérésie par le glaive, imitant l'Église catholique dans ses plus cruelles erreurs, forgeant des arguments à leurs adversaires pour la justification des futures hécatombes. *Compelle intrare !* Dans l'un et l'autre camp, les théologiens rivalisaient de haine féroce ; Montluc et le baron des Adrets se chargeront d'appliquer les préceptes des théoriciens de l'homicide sacré. On a dit, sans doute, que « ce n'est pas Calvin, qui a dressé le bûcher de Servet, c'est le XVIme siècle » ; Calvin y est cependant pour quelque chose, et de Bèze, et leurs amis.

Vers la fin de son séjour à Lausanne, de Bèze fut chargé avec de Budé et Farel, d'une mission auprès des princes protestants d'Allemagne, pour implorer leur intercession en faveur des Français qui avaient embrassé la Réforme et que l'on emprisonnait ou bannissait sans merci. Rentré à Lausanne, en 1558, il assista au dénouement de la longue lutte de Viret contre LL. EE. de Berne. Il donna sa démission et revint à Genève, où sa réputation d'orateur et d'écrivain était bien établie. Premier ministre de Calvin en quelque sorte, il fut destiné d'emblée à remplacer le grand réformateur dont les forces déclinaient. Bourgeois de Genève dès 1559, reçu pasteur dans le courant de la même année, il obtint peu de temps après la place de professeur de théologie et de recteur de l'Académie nouvellement fondée.

En 1560, les protestants de France le réclamèrent. On comptait l'envoyer à la cour du roi de Navarre ; on espérait que son éloquence et son adresse y seraient fort utiles. De Bèze réussit dans cette mission. Il attacha plus solidement le roi à la cause réformée, mais dut abandonner la France précipitamment et regagner Genève au milieu de mille dangers. Lorsque — François II étant mort — Catherine de Médicis résolut, sur les conseils du chancelier L'Hôpital, de tenter un rapprochement entre les deux Églises, de Bèze fut tout naturellement choisi pour représenter son parti. Les débats du colloque de Poissy valurent aux calvinistes, entre autres au professeur genevois, une belle victoire de dialectique. La discussion n'en demeura pas moins stérile ; le massacre de Vassy donna le signal de la guerre civile en France.

Calvin meurt en 1564. Que deviendra son œuvre? Grâce à ses qualités d'ordre, à sa modération relative, à l'estime en laquelle chacun le tenait, de Bèze put conserver à sa patrie d'adoption la direction du protestantisme français, en y faisant respecter cette discipline morale que Calvin regardait comme le salut.

Les pensées du réformateur toutefois n'allaient pas qu'à Genève. Souvent elles prenaient vol vers ce « pauvre et désolé royaume de France, » apportant des conseils à ceux qui luttaient, des consolations à ceux qui souffraient. En homme clairvoyant, en esprit supérieur, il s'ingéniait à imposer à toutes les Églises françaises ce qui était la force et la raison d'être de la nouvelle confession: l'austérité des mœurs, la ferveur et l'unité de la foi. Aussi bien le Synode de la Rochelle, qu'il préside en 1571, et celui de Nîmes, qu'il dirige un an plus tard, consacrent l'œuvre de Calvin, malgré les objections de Ramus, qui rêvait une organisation plus démocratique et plus libre de l'Église.

Entre temps, de Bèze écrivait, poète, théologien, polémiste tout ensemble. Il s'élevait particulièrement, avec une âpreté et une fougue dignes de son maître, contre les ennemis de la Réforme ou contre les indifférents et les tièdes. La catastrophe de la Saint-Barthélemy lui créa, d'autre part, de grands et lourds devoirs. L'exode des protestants de France commença; Genève dut ouvrir ses portes au flot des réfugiés. Parmi ceux-ci, nous voyons arriver les deux jurisconsultes *F. Hotman* et *Doneau*, qui furent priés par le Conseil, en date du 13 octobre 1573, « de faire quelques leçons gratuites en droit, » — ce qu'ils firent « de bon cœur. » Hotman séjourna même assez longtemps à Genève. C'est de cette ville, à laquelle il causa bien des embarras par les intempérances de sa plume, qu'il lança son terrible pamphlet: la *Franco-Gallia*, dont Henri Martin a dit que jamais encore livre n'avait prêché en France, avec tant d'éclat, « l'imprescriptible souveraineté des nations, » et qui est, deux siècles avant Jean Jacques, une sorte de préface passionnée du *Contrat social.* Hotman reconnaît expressément aux peuples le droit de faire et de défaire leurs rois. Il convie même les Français à punir Charles IX par la déchéance, « car ils n'ont pas établi sur eux des tyrans et des bourreaux, mais des gardiens, des gouverneurs et des protecteurs de la liberté. »

Les nouveaux venus, auxquels Genève accordait l'hospitalité, n'étaient pas tous des chrétiens rigides; guerriers fatigués de combattre et n'ayant point renoncé à la vie des camps, bourgeois démoralisés par les épreuves, tout ce monde se pliait malaisément aux ordonnances draconiennes de Calvin. De là, des conflits pénibles. Et puis, la peste sévissait par intervalles, la Savoie reprenait l'offensive contre Genève. Tous les malheurs semblaient se conjurer pour rendre intolérable la situation de Théodore de Bèze.

Il résista. Il porta secours aux pestiférés, il réprima les tentatives de désordre, il tint tête au duc de Savoie, prêchant, faisant ses leçons, polémisant toujours. Lorsque, de 1589 à 1591, la guerre de Genève avec son remuant voisin absorba toutes les ressources de l'État et qu'il fallut renvoyer les maîtres de l'Académie, de Bèze, qui avait jusqu'alors rempli gratuitement les fonctions de deux professeurs, prit tout l'enseignement à sa charge. Le vaillant septuagénaire eut la joie de revoir bientôt son Académie reconstituée et plus florissante que jamais. Mais ses forces déclinent, la surdité qui l'affligeait depuis longtemps est complète, son esprit s'éteint; il est presque « réduit en enfantillage, » écrit Scaliger. Il fut encore témoin de la glorieuse journée de l'Escalade. Puis, ayant assez travaillé, Genève étant sauvée des entreprises catholiques, il s'en alla doucement, le 13 octobre 1605. Il avait dit: « Les serviteurs de Dieu doivent mourir tout debout, pour vivre et être admis à leur tour ès lieux célestes. » Son testament est remarquable par l'humilité avec laquelle il demande pardon de ses fautes à ses collègues, et par les exhortations qu'il adresse à ces derniers, en termes d'une touchante éloquence, pour le maintien de la paix entre citoyens de la même cité et chrétiens de la même famille.

THEODORI BEZAE VEZELII POEMATA.

LVTETIAE.
Ex officina Conradi Badij sub prelo Ascensiano, è regione gymnasij D. Barbaræ.
M. D. XLVIII.
Cum priuilegio Senatus ad triennium.

Titre des Pœmata, de Th. de Bèze.
(Bibl. de Berne.)

On ne connaît guère, de Théodore de Bèze, que l'homme d'église et le chef de parti. Mais, pour nous, et quels que soient ses mérites de politique avisé et de savant théologien, nous l'étudierons de préférence comme écrivain, poète élégant, exégète habile, dogmatiste, controversiste, pamphlétaire, historien, orateur. Son œuvre française n'est peut-être pas la plus parfaite. Il avait, pour le latin, une prédilection très marquée et c'est dans cette langue, par exemple, qu'il a composé son traité de la prononciation française, que Dietz et les philologues modernes eurent en grande estime (*De francisca linguæ recta pronunciatione*, 1584).

Théodore de Bèze débuta comme poète. Ses *Juvenilia* (1548) l'ont fait ranger par ses détracteurs au nombre des auteurs licencieux. Ces élégies et ces épigrammes ne sont pas d'une inspiration austère. De Bèze y chante ses plaisirs et ses amours de fringant et fier cavalier; la grâce ne l'a point encore touché. « Le plus court », a dit fort sensément Pierre Bayle « est de mettre ces *Juvenilia* parmi les péchés de sa jeunesse, dont il demanda pardon à Dieu et au public. »

En expiation peut-être de ses *Juvenilia*, de Bèze entreprit la traduction en vers des *Psaumes*, pour compléter celle de Clément Marot. Son psautier parut, en 1556, sous le titre suivant: *Soixante neuf pseaulmes mis en rithme françoise, quarante neuf par Clément Marot, avec le Cantique de Siméon et les dix Commandements*. On y joignit, en 1562, les prières ecclésiastiques et liturgiques, ainsi que le catéchisme de Calvin. Remanié au XVIIme siècle par Conrad et La Bastide, revu par les pasteurs de Genève, ce recueil a eu vie longue et glorieuse. Les psaumes traduits par Marot sont jolis, assurément. Mais n'y cherchez point l'élévation du sentiment religieux, la sainte ferveur du poète chrétien! C'est un tour de force agréablement exécuté, bien que l'on ait peine à reconnaître le roi David à travers son élégant interprète. La version de Théodore de Bèze sera d'un homme très occupé et d'un pauvre rimeur, plus habitué d'ailleurs à la métrique latine qu'à la prosodie française. Néanmoins, et malgré les négligences, les maladresses, les obscurités du style, on aime dans les *Pseaulmes* du réformateur cette émotion grave et cette simplicité d'accent que l'on demanderait en vain à Marot; et il atteindra presque à l'éloquence, dans ces vers qui célèbrent le passage de la mer Rouge par les Israélites:

CANTIQVE VIII. 43

de l'Eglise est opposée à la ruine totale des meschans, & de tous les ennemis de Iesus Christ, lesquels il compare aux espines reiettées de chacun pour n'en estre piqué, & qui ne seruent qu'à brusler: ce qui appert par les manifestes & terribles iugements que Dieu en fait mesmes voir en ce monde, en temps & lieu.

David fils d'Isai dit: voici l'hôme qui a esté hautement esleué, qui est l'Oinct du Dieu de Iacob, & qui a composé les plaisantes châsons d'Israel, dit.

2 I'ay de son sainct Esprit esté le truchement,
Sur ma langue il a mis ce qu'elle a prononcé.

2 L'Esprit de l'Eternel a parlé par moy, & sa parole a esté sur ma lãgue.

Une page des *Saints cantiques*, par Th. de Bèze (éd. 1595, Genève).

L'Éternel sera mon cantique,
Car sa grandeur plus magnifique
Il a pour ce coup employée,

Ayant, au fond des grandes eaux,
Des chevaucheurs et des chevaux
Renversé la bande noyée...

Le poète lyrique est de second ou même de troisième ordre; le polémiste huguenot est infiniment mieux doué. On se souvient de son libelle: *De hæreticis a civili gladio puniendis.* Bayle a pu dire que cette diatribe avait fait grand tort à la cause calviniste, « car, dès que les protestants veulent se plaindre des persécutions, on leur allègue le droit que Calvin et Bèze ont reconnu dans les magistrats. » Cette satire est, par sa violence extrême, un vrai code amplifié de l'intolérance. Mort à l'hérésie! clamait de Bèze, sans songer qu'il était un hérétique pour l'immense majorité des chrétiens. Mort à qui ne croit pas exactement comme nous, mort à la liberté d'examen que nous avons proclamée, mort à cette sincérité de l'esprit qui, par-dessus toute chose, est agréable à Dieu! Il est, au reste, dans ses démêlés théologiques, aussi hargneux que Calvin, et, quand des amis l'invitent à modérer son zèle, il les apostrophe durement.

La plupart de ses traités de polémique furent écrits en latin. Comme on ne prête guère qu'aux riches, on l'accusa d'être l'auteur de nombre de pamphlets qui ne sont pas tous de lui, ainsi le *Réveille-matin des François,* l'*Histoire de la Mappemonde papistique,* la *Comédie du pape malade,* et d'autres. Il est prouvé que le *Réveille-matin* est de Hotman, le *Pape malade* de Badius. Il semble que la *Mappemonde papistique* soit bien de Th. de Bèze; les auteurs de la dernière édition de la *France protestante* la lui attribuent sans hésitation.

La *Mappemonde* (1567) est un tableau burlesque de l'Église romaine. Celle-ci est figurée par un planisphère allégorique embrassant douze provinces sujettes: « les Moinesses, le Service des Saints, la Fabrique des Lieux dévots, les Hermitages, les Oraisons, les Aumônes, le Clergé, la Moinerie, le Jeûne, Pénitence, la Messe et la Sacramentaire, » sans compter les « provinces alliées, » comme les Pélerinages, les Sorbonnistes, les Jésuites, etc. De Bèze entend combattre les papes qui, dit-il « se sont forgé et bâti une nouvelle monarchie toute charnelle et pleine de plaisirs, richesses, délices et pompes. » Dans une débauche de comique grotesque, il cherchera longuement à ridiculiser et à détruire toute l'organisation du culte catholique. Franchement, l'ironie du réformateur n'est point légère; le sel est gros, lourd le volume. L'écrivain passe en revue toutes les provinces dont j'ai fait le dénombrement et qui sont la plupart « sous le même climat et degré du soleil qu'est la cité de Sodome et aussi de Gomorrhe; » c'est le cas, en particulier, des moines, clercs, ermites, jésuites et sorbonnistes. Il reproche à tout ce « monde papistique » de n'avoir de goût que pour les voluptés de la chair. Il s'étend complaisamment sur les « greniers amples et spacieux, » les « belles grandes cuisines magnifiques » où se concentrent toute l'activité et toute la pensée du clergé catholique. Il accuse prêtres et moines de fabriquer des sacrements, de s'enrichir aux dépens du peuple. Il les appelle des « sangsues lesquelles on applique aux malades, et leur sucent très bien le sang et leur tirent jusqu'à l'âme quelquefois. » Si j'entrais dans les détails, je pourrais signaler des anecdotes amusantes émergeant des pages de massives insultes. Je hasarderai du moins une citation, en choisissant comme victimes les jésuites, qui ont l'habitude des coups:

« Quand on voit telle multitude, il semble qu'on voie la plaie de ces poux qui furent envoyés à Pharaon et au peuple d'Égypte (*Exode,* 8), lesquels mangèrent et tourmentèrent cette nation-là. Ainsi ceux-ci mangent le simple peuple et le rongent jusqu'aux os. En ce pays jésuitique, il y a grande quantité d'oiseaux et principalement de

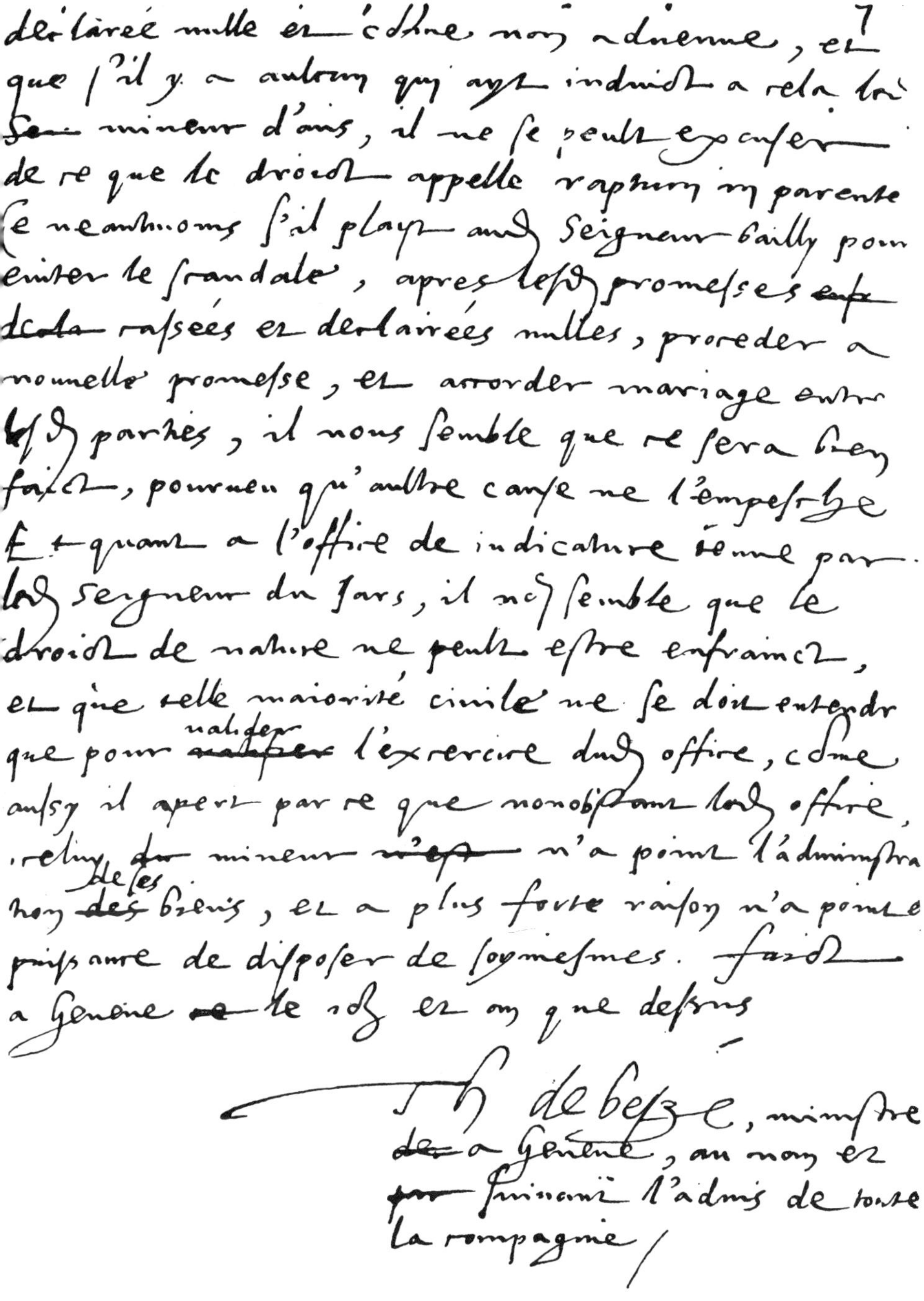

declairée nulle et comme non advenue, et
que s'il y a aulcun qui ayt induict a cela ledit
mineur d'ans, il ne se peult excuser
de ce que le droict appelle raptum in parente
se neantmoins s'il plaist audit Seigneur Bailly pour
eviter le scandale, apres lesd. promesses
cassées et declairées nulles, proceder a
nouvelle promesse, et accorder mariage entre
lesd. parties, il nous semble que ce sera bien
faict, pourveu qu'aultre cause ne l'empesche
Et quant a l'office de iudicature donné par
led. Seigneur du Jars, il nous semble que le
droict de nature ne peult estre enfrainct,
et que telle maiorité civile ne se doit entendre
que pour valider l'exercice dud. office, comme
aussy il apert par ce que nonobstant led. office
celuy mineur n'a point l'administra-
tion de ses biens, et a plus forte raison n'a point
puissance de disposer de soymesmes.
a Geneve le 31 et an que dessus

Th. de Beze, ministre
a Geneve, au nom et
suivant l'advis de toute
la compagnie

Avis donné par Th. de Bèze sur un cas de promesse de mariage (31 Août 1565)

Bibl. publ. de Genève (p. 101).

perroquets, qui prononcent en grec, en latin et en hébreu plus de 20 ou 30 bons mots. Après, ils parlent en leur langage accoutumé, le plus doucement et le plus gracieusement du monde; ils ont de petits mots sucrés et plaisants; ils disent: — Mesdames, Mesdames, apportez à manger aux perroquets jésuites de la soupe grasse, de bonne soupe. Puis, ils disent: — Bonjour, bonjour, Messieurs de France, apportez argent, apportez argent à vos perroquets, et gazouillent d'autres petits mots semblables, tellement que c'est un plaisir de les voir. »

Pourquoi perdre son temps à ces pesantes bagatelles? Serions-nous bien avancés quand nous saurions que les sorbonnistes sont « de grands ânes vêtus de peaux de lions, c'est-à-dire de leurs disputes vaines et ridicules? » Laissons la *Mappemonde papistique* et les querelles de Frangidelphe Écorche-Messes avec le jurisconsulte Baudouin, et les disputes du même avec le sage Castellion! Analysons plutôt un libelle qui est, selon Charles Nodier, le « diamant des pamphlets. » Il s'agit de l'*Epistola magistri Benedicti Passavanti* (1563), une charmante espièglerie dirigée contre le président Lizet, ce fougueux adversaire des protestants, et modelée sur les *Epistolæ obscurorum virorum* d'Ulrich de Hutten. Lizet avait écrit deux indigestes volumes, donc il croyait naïvement que le calvinisme mourrait. L'*Epistola* de Th. de Bèze ne poursuit pas un autre but que de railler l'outrecuidance du jurisconsulte auvergnat. Elle nous apprend que Passavant, ami et serviteur supposé de Lizet, a été envoyé à Genève par celui-ci afin d'y juger de la consternation des réformés. Les hérétiques ne doivent-ils pas être confondus, puisque personne parmi eux n'a eu le courage de répondre aux in-folio du président? Passavant arrive chez des gens qui se portent mieux qu'il ne sied à des cadavres. On y raconte ce qui se passe en France; les ministres genevois se décident même à parler du livre de Lizet. Immédiatement le brave Passavant se rengorge. Hélas! les quolibets de tomber comme grêle sur l'infortuné Lizet; on se moque de son nez, de son style... Enfin, Passavant quitte Genève, plus pénétré des bienfaits de la Réforme que des talents de son maître. Je ne puis qu'indiquer la fable de cette satire si joyeuse et d'une si pétulante vivacité. C'est, en latin, du Rabelais des bons jours, non moins vert, non moins dru, et, par endroits, non moins extravagant que les pages les plus savoureuses du curé de Meudon, qui avait trouvé un émule dans l'un de ceux qu'il qualifiait dédaigneusement de « pistolets de Genève. »

Si de Bèze ne fut qu'un poète de circonstance et un polémiste fort inégal, on le réputa l'un des meilleurs orateurs du siècle. Lorsque le cardinal de Lorraine l'eut entendu, au Colloque de Poissy, il s'écria: « Plût à Dieu qu'il fût muet ou que nous fussions sourds! » Cet éloge, à coup sûr impartial, en dit plus long que des commentaires sans fin. Et puis, il n'était pas que très éloquent. Il avait la riposte aussi vive qu'homme de France. Au cours du même Colloque de Poissy, de Bèze entrant avec un de ses collègues de Genève: « Voici les chiens de Genève! » fit à haute voix un cardinal. Lui de répondre: « Il est bien nécessaire que, dans la bergerie du Seigneur, il y ait des chiens pour aboyer contre les loups. » La fameuse harangue qu'il prononça à Poissy est un modèle de mesure, d'élévation et de force. Introduite par la prière de la liturgie de Genève: « Seigneur Dieu, Père Éternel et Tout-puissant, nous confessons et reconnaissons devant Ta Sainte Majesté que nous sommes pécheurs, conçus et nés dans le péché..., » par cette oraison, pleine d'une humble et grave soumission aux décrets d'En-haut, la défense des principes de la Réforme fut présentée avec une habileté consommée. De Bèze n'a « ni présomption ni arrogance, » car « sa pauvre et vile condition ne le porte pas. » Les protestants n'ont que leur « bonne conscience », qui les attache à leur « bonne et juste cause. » Ils en appellent à la « règle de charité » de leurs frères ennemis, à « cet esprit traitable prêt à recevoir ce qui sera prouvé par la Parole de Dieu. » Ils établissent que leur foi repose sur l'Évangile même; ils espèrent que tous les délégués, de l'un et de l'autre camp, pourront « d'une voix chanter un cantique au Seigneur et tendre les mains les uns aux autres, comme autrefois est advenu entre les armées et batailles toutes rangées des mécréants mêmes et infidèles, » afin que s'ouvre le « vrai siècle doré auquel notre Seigneur et Sauveur Jésus-Christ soit servi tout d'un accord. » Ce discours fit une profonde impression et chacun comprit que de Bèze serait le vainqueur du Colloque. Pendant toute cette brillante et vaine joûte oratoire, le réformateur montra les mêmes qualités de tact, de sérieux, de pondération et de science.

Les *Sermons* (1586) de Théodore de Bèze ne diffèrent presque pas de ceux de Calvin. « L'enseignement dogmatique et l'exhortation pastorale, dit Sayous, se présentent chez l'un et l'autre avec les mêmes caractères, et sinon avec des qualités semblables, du moins avec des défauts communs », passion de la controverse et abus de l'invective. Si Calvin l'emporte par la hauteur des conceptions et l'énergique précision du langage, de Bèze aura plus que son ami les dons extérieurs de l'orateur, la noblesse des attitudes et du geste, la facilité de l'élocution, la prestance. Et aussi, la prédication de ce dernier empruntait-elle aux tragiques événements de l'époque, aux craintes inspirées par l'avenir de la Réforme et de Genève, je ne sais quel accent de douloureuse mélancolie inconnu de l'éloquence du maître. Calvin s'irrite contre les misères de la vie; il arrive à de Bèze de pleurer sur elles.

L'œuvre théologique du disciple n'est point comparable à celle du grand législateur et dogmatiste de la Réforme française. Elle ne peut prétendre à aucune originalité, puisque de Bèze n'a pas changé une lettre de la doctrine dont il est le pieux héritier. Je ne m'appesantirai donc pas sur ce point. Il suffira de signaler ses travaux, excellents à bien des égards, sur le *Nouveau Testament,* qui ont été la préoccupation et l'occupation dominantes de toute sa carrière. Il y consacra près de cinquante années, se mettant à l'ouvrage avec tout l'appareil scientifique d'un théologien moderne, consultant dix-neuf manuscrits très anciens, a-t-il déclaré dans une de ses préfaces, le texte syriaque, les Pères de l'Église, les traductions les plus récentes. Ses connaissances philologiques lui furent d'un précieux secours, mais, suivant Scaliger, il n'avait pas une très grande lecture.

De Bèze historien nous attend. Ici, il est vraiment original, non qu'il s'élève très haut, mais parce qu'il est neuf. Il fut obligé de chercher dans son propre fonds, car il entreprit d'écrire sur des matières où il n'avait pas eu de prédécesseur direct. Ceci ne s'applique pas à ses *Icones,* dont la traduction française, due à Simon Goulart, parut sous le titre de: *Les vrais pourtraits des grands hommes illustres* (1581). Ce livre est une collection de portraits, grossièrement gravés sur bois, des « pasteurs renommés en diverses contrées et Églises de l'Europe », des princes, magistrats, prédicateurs et martyrs de la Réforme; de Bèze a joint à chacune de ces « icones » des « nourriciers de l'Église », une courte biographie ou plutôt un panégyrique sommaire, que résume toujours une petite pièce de vers, quatrain, sixain, huitain. L'ouvrage est dédié à Jacques VI, roi d'Écosse; il nous fait assister à un long défilé des gloires du protestantisme, Wiclef en tête. Des apologies et encore des apologies, en deux ou trois phrases stéréotypées! Il faudrait, pour éviter l'uniformité, c'est-à-dire l'ennui, un patient travail et une étincelle de faculté créatrice. De Bèze a son moule où tout

Th. de Bèze

d'après Ch. Borgeaud, op. cit ; portrait à la Bibl. de Genève (p. 101).

passe, sauf Érasme, qui « s'est contenté de taxer et brocarder les superstitions » et s'est refusé « à profiter de la connaissance du principal, encore qu'il eût assez de jugement pour y atteindre ».

La *Vie de Calvin* (1565) est, en même temps qu'un document historique d'une sérieuse valeur, une biographie assez complète, en général fidèle, et toujours intéressante, du célèbre réformateur. De disciple à maître, on ne pouvait espérer plus d'impartialité. Au demeurant, cette *Vie*, écrite d'un style sobre et clair, n'est pas loin d'être un petit chef-d'œuvre. De Bèze peut se vanter de n'avoir « pas hasardé ses paroles à la légère, ou par excès d'affection, mais à dessein et d'un jugement parfaitement libre ». Sans doute, il y a de l'émotion et de la vénération dans la *Vie de Calvin,* comme il convenait. Calvin mort, n'était-ce pas la Réforme décapitée, l'avenir de l'Église gravement compromis ? Et quel homme que ce législateur énergique, cet incomparable dialecticien, ce théologien digne de saint Paul ! Il y avait d'ailleurs une autre tâche à remplir que celle de faire une emphatique oraison funèbre de Calvin. Il s'agissait de laver cette grande mémoire des souillures de la calomnie. Et c'est à cela que s'appliquera tout particulièrement de Bèze, avec une piété et une conscience qui ne se démentent jamais. Il commence par gémir de ce que « la perversité du monde ait ému le Seigneur à retirer sitôt à soi » ce serviteur qui s'est « tant fidèlement et tant heureusement employé pour l'avancement de la gloire d'icelui et pour l'édification de l'Église ». S'adressant aux adversaires du pape de Genève, il ajoute que Calvin n'a jamais eu d'ennemis « qui, en l'assaillant n'aient fait la guerre à Dieu », car la doctrine du réformateur se confond avec celle des Écritures elles-mêmes. Toutes les diatribes, tous les honteux pamphlets n'ont pu ternir la renommée de ce chrétien « que jamais méchant ne put ouïr sans trembler, ni homme de bien sans l'aimer et l'honorer ». Les derniers moments de cette existence si riche sont retracés en ces termes :

> « Étant accouru avec quelque autre de mes frères, je trouvai qu'il avait déjà rendu l'esprit, si paisiblement que jamais n'ayant râlé, ayant pu parler intelligiblement jusqu'à l'article de la mort, en plein sens et jugement, sans avoir jamais remué ni pied ni main, il semblait plutôt endormi que mort. Voilà comme en un même instant le soleil se coucha et la plus grande lumière qui fut en ce monde pour l'adresse de l'Église de Dieu fut retirée au ciel. Et pouvons dire qu'en un seul homme, il a plu à Dieu, de notre temps, nous apprendre la manière de bien vivre et bien mourir. La nuit suivante et le jour aussi, il y eut de grands pleurs par la ville... »

La *Vie de Calvin* n'est, si l'on veut, qu'une brève notice biographique ; elle renferme quelques-unes des bonnes pages de prose du XVIme siècle ; elle offre à l'historien maints détails dont nous déplorerions la perte, si de Bèze ne les avait dévotement recueillis en l'honneur de cette « lumière, la plus grande qui eût resplendi en ces temps ».

On considère habituellement l'*Histoire ecclésiastique des Églises réformées au royaume de France* (1589) comme l'œuvre maîtresse de l'écrivain. Il faut avouer que c'est moins un exposé raisonné et systématique des origines de la Réforme française, qu'un recueil de documents et d'extraits ; on y trouve des passages qui sont la reproduction littérale du *Livre des martyrs* de Crespin. Il n'est pas même très sûr que cette compilation soit tout entière de Théodore de Bèze. Nicolas des Gallars, l'éditeur des opuscules et le traducteur des pamphlets de Calvin, y a collaboré. Dans quelle mesure ? On ne le sait. Il paraît à peu près démontré néanmoins que de Bèze en fut le principal rédacteur.

L'*Histoire ecclésiastique* manque absolument de synthèse. Au lieu de présenter une vue générale sur les Églises réformées de France, elle n'offre que des renseignements très abondants, parfois très émouvants, sur chacune des nombreuses communautés protestantes de langue française. Le livre ne dépasse pas 1563, et il semble que de Bèze n'ait étudié de très près que les dernières années. Mais il faut se souvenir que c'est de 1560 à 1563 que se décidèrent les destinées de la Réforme en France. Nous pécherions contre l'équité, si nous blâmions Théodore de Bèze de ce qu'il a été prodigue d'informations sur une époque fort obscure et que nous connaîtrions assez mal sans tout ce qu'il nous a transmis d'actes officiels, de pièces secrètes, de témoignages oculaires. La richesse des matériaux est énorme ; il importe peu, en somme, qu'il n'ait pas su en tirer tout le parti possible. Le but n'était pas de travailler pour la littérature, ni même pour l'histoire. En 1580, la Réforme ne battait plus que d'une aile. Le découragement s'emparait des plus vaillants. Il était nécessaire de retremper les caractères qui s'affaiblissaient, de réchauffer le zèle qui se mourait. Comment y parvenir ? En léguant à chacune des Églises de France le récit de ses souffrances et l'apologie de ses martyrs. Chacune d'entre elles aura désormais sa légende de douleur et d'héroïsme ; toutes se réveilleront à cette évocation des beaux dévouements et des nobles sacrifices... Ne demandez pas à de Bèze l'impassibilité ou la modération ! Les bûchers se sont dressés, le sang a coulé, les guerres fratricides ont décimé le peuple de France. Que voulaient à l'origine les réformés? Qu'on les tolérât. Et voilà qu'on les avait persécutés comme les chrétiens des premiers siècles ! Et voilà que Vassy, que Grenoble, que la Saint-Barthélemy, que toutes les trahisons et tous les massacres étaient leur partage ! Ils se révoltaient, couraient aux armes, rendaient coups pour coups. L'*Histoire ecclésiastique* est donc une œuvre de lutte. Cependant, bien que faite par un homme de parti, passionnée, amère, violente parfois, elle demeure un livre à consulter, et un livre précieux.

La justice des siècles, qui a ses caprices, s'est à peine souvenue de l'écrivain ; elle n'a cherché en de Bèze que le politique et le théologien ; elle a rejeté dans l'oubli, à la voirie de la gloire, et les *Psaumes*, et la *Mappemonde papistique*, et le reste, sauf la *Vie de Calvin*. Faut-il protester ? De Bèze a travaillé pour sa cause, non pour sa renommée. Ses actes demeurent, si ses livres ont passé.

V

Les grands noms de Calvin, Farel, Viret et de Bèze résument toute l'œuvre oratoire et théologique de la Réforme française au XVIme siècle. L'un avec son génie vigoureux et sombre, l'autre avec sa fougue irrésistible, le troisième avec ses talents d'écrivain populaire, le dernier enfin avec ses qualités de souplesse et de distinction, incarnent la révolution religieuse. Auprès d'eux, au-dessous d'eux, des disciples nombreux se lèvent, qui se serreront autour du drapeau et combattront sous le regard des chefs. Nous ne rencontrerons plus de ces individualités puissantes qui dominent une époque. Mais, au XVIme siècle, il n'y a pas de figures banales, et les médiocres eux-mêmes sont portés sur les ailes des autres.

Nous parlerons plus loin, en étudiant les chroniqueurs de la Réforme, de cet *Antoine Froment*, qui fut un compagnon de Farel et qui, dès 1532, prêcha la foi nouvelle à Genève. Il finit mal, comme on l'apprendra. Il eut le mérite d'être parmi les ouvriers de la première heure ; son sermon fait sur la place du Molard, le 1 janvier 1533, est un beau cri d'adroite et courageuse éloquence. Et nous ne nous attarderons pas à l'excès aux exégètes, controversistes ou commentateurs de second ordre, et dont les œuvres sont généralement écrites en latin. Parlerons-nous de *Jean Le Comte?* La seule de ses œuvres qui pourrait nous intéresser est perdue ; j'entends ses *Remarques d'actes mémorables*, largement utilisées par Ruchat. Quant à *Jean Ribbit*, il existe de lui, à la Bibliothèque nationale de Paris, des *Lettres* qui constituent un document de prix pour l'histoire de la Réformation romande. *Corneille Bonaventure Bertram*, que Bayle tient pour l'un des plus savants hébraïsants de l'époque, nous est venu de France comme Le Comte et Ribbit ; son *De politica judaïca* (1580), fort apprécié jadis, a jeté une vive lumière sur l'organisation politique du peuple juif. *Antoine de Chandieu*[1] (1534-1591), connu dans ses écrits sous les noms de *Zamariel* et de *Sadeel*, avait réussi à échapper au massacre de la Saint-Barthélemy ; il vint à Genève, qu'il quitta pour occuper à Lausanne une chaire de théologie. Mandé en 1587 auprès de Henri IV, il remplit les fonctions de ministre de camp à la bataille victorieuse de Coutras. Il s'éteignit à Genève, le 23 février 1591. Sa mort fut un deuil public : « à la simple mention de ce grand malheur, raconte Jean Lect, les larmes et les gémissements de tous éclatèrent. »

Les œuvres de Chandieu ont été diversement jugées. Selon Nicéron et Dupin, nous n'aurions affaire qu'à un médiocre théologien et pauvre humaniste. Senebier, qui use volontiers du panégyrique, nous apprend qu'il « cultiva les lettres avec soin » et qu'il composa plusieurs ouvrages qui « l'illustrèrent dans son siècle ». De Thou lui rend un témoignage plus enthousiaste encore, vantant sa connaissance approfondie du droit, de la philosophie et de l'antiquité classique. Il semble que ces derniers soient assez près de la vérité. En tout cas, Chandieu fut un orateur facile et nerveux, et d'une sérénité qui tranche sur le ton de l'époque ; *aberat verborum amaritudo, aberat ira,* affirme un contemporain. Je me contenterai d'examiner rapidement ceux de ses livres qui comptent dans notre littérature, quitte à faire dans un autre chapitre l'analyse de ses poésies.

Il faut attribuer à de Chandieu une *Histoire des persécutions et martyrs de l'Église de Paris depuis l'an 1557 jusques au temps de Charles neuviesme, avec une épître* (1563). A la vérité, cet ouvrage a paru sans nom d'auteur, mais nous y découvrons deux sonnets signés : « A. Zamariel », l'un des pseudonymes d'Antoine de Chandieu. Celui-ci dédiait son traité « à l'Église de Dieu qui est à Paris », et il encourageait ses frères de la capitale « à rebâtir la maison de Dieu et redresser son Église ». Le martyrologe de Chandieu ne porte que sur un petit nombre d'années ; il resta dans l'ombre, tandis que celui de Crespin devenait la seconde Bible des huguenots. Pourquoi ? La gloire a ses mystères. Sa *Confirmation de la discipline ecclésiastique observée ès églises réformées de France* (1556), est une réponse assez vive aux attaques de Morelli et de Ramus. Enfin, nous avons son *Journal* autographe inédit, qui a été publié par extraits dans le volume XXXVII du *Bulletin de la Société de l'histoire du protestantisme français*. Entrepris en 1563, ce journal fut poursuivi pendant près de trente ans ; Chandieu y inscrivait en latin, pour son usage personnel, les grands et les menus événements de sa vie. Ces mémoires, naïfs et fidèles, sont d'une réelle valeur pour l'histoire religieuse et même politique du XVIme siècle.

---

[1] *Senebier* I, 310. *France protestante. De Montet.* Consulter surtout : *Le ministre Antoine Chandieu*, d'après son journal autographe inédit (1534-1591), par M. Auguste Bernus, in-8, Paris, 1889 (tirage à part d'un travail publié d'abord dans le *Bul. de la Soc. de l'hist. du prot. franç.* XXXVII).

Ce fut un humaniste surtout et un théologien intermittent, qu'*Isaac Casaubon,*[1] l'un des auteurs les plus féconds et les plus savants de son temps, l'un des esprits les plus indépendants aussi du parti réformé. Il s'est peint tout entier dans ce passage d'une lettre à Wittembogard : « La grande différence que je trouve entre notre foi et celle de l'ancienne Église me cause beaucoup de trouble ; car, pour ne point parler des autres questions, Luther s'est éloigné des anciens sur les sacrements ; Zwingli s'est éloigné de Luther ; Calvin a abandonné l'un et l'autre, et ceux qui ont écrit depuis ont abandonné Calvin. Si nous continuons d'aller de ce train, quelle sera la fin de tout ceci ? » Il ne comprend pas très bien ces révolutionnaires du dogme qui s'entendent si mal entre eux. Il craint que toutes ces voix contraires n'aient pas assez de force pour imposer silence à l'Église romaine et que le nouveau culte, avec ses affirmations contradictoires, n'offre que des bases trop fragiles pour y asseoir un christianisme régénéré. Il se réserve la liberté d'examen ; Genève ne lui paraît pas plus infaillible que Rome. Il réprouve la prédestination absolue de Calvin, il censure la discipline consacrée par les synodes comme peu conforme à celle de la primitive Église, tout en s'élevant contre les superstitions et les abus dont souffre le catholicisme. C'est un éclectique ; or les éclectiques sont mal vus, dans ce XVIme siècle où l'on n'avait pas impunément raison contre tous.

Isaac Casaubon, fils de protestants français réfugiés à Genève, naquit dans cette ville en 1559. Il manifesta de bonne heure un goût prononcé pour l'étude des langues. Ses progrès furent si rapides qu'en 1583 déjà — il avait vingt-quatre ans, — l'Académie le juge digne de remplacer Portus de Candie dans la chaire de grec. Il épousa, en 1586, la fille d'Henri Estienne et n'en eut pas moins de vingt enfants, dont l'aîné se fit capucin. Neuf ans plus tard, des amis de Montpellier l'engagèrent vivement à y accepter la place de professeur de grec et de belles-lettres. Bien qu'il fût très attaché à Genève, le désir de se rapprocher de sa mère, l'humeur chagrine de son beau-père, la nécessité non seulement d'acheter livres et manuscrits, mais de pourvoir à l'entretien d'une famille qui ne cessait de s'accroître, le décidèrent à s'expatrier. Peut-être aussi ses idées, légèrement hétérodoxes, commençaient-elles à déplaire. Toujours est-il que l'Académie de Genève fut découronnée.

Il arrive à Montpellier en décembre 1596 ; il y est d'abord reçu en triomphateur, mais les magistrats lui marchandent bientôt son traitement et finissent par ne plus le lui payer. Irrité de ce procédé, à court d'argent, il abandonne Montpellier et s'arrête à Lyon. Un sauveur apparaît. C'est Henri IV, qui lui promet une chaire à l'Université de Paris. Mais Casaubon est condamné à l'expectative de 1598 à 1600, jusqu'à ce que le roi le mande à Fontainebleau pour lui « communiquer une affaire qu'il a fort à cœur ». Il s'agit de la célèbre conférence entre l'évêque d'Évreux, Du Perron, et Du Plessis-Mornay. Délégué en qualité de commissaire protestant, il s'aperçoit qu'on attend de lui un acte de complaisance en faveur de Rome. Craignant de désobéir au souverain, il assiste quand même à la conférence, bien résolu à ne rien sacrifier de ses convictions. Du Perron lui parut avoir raison ; Casaubon se prononça pour lui. On cria immédiatement à la trahison, à la vénalité, à l'hypocrisie. Il n'en demeura pas

[1] Senebier II, 86. *Bayle. France protestante*, 2me éd. *Ch. Borgeaud*, op. cit., 209 et s. *De Montet. Bull. de la Soc. de l'hist. du prot. franç.* XIV, 185, 262. L'ouvrage le plus complet sur Casaubon est celui d'un Anglais : *Isaac Casaubon*, by Mark Pattison, Londres, 1875 (1 vol. in-8. de 543 p.) ; voir aussi *L.-J. Nazelle :* Isaac Casaubon, in-12, Paris, 1897.

d'après Ch. Borgeaud, op. cit. (p. 104).

moins ferme dans sa foi, tant et si bien que les jésuites amenèrent presque Henri IV à lui refuser la place de bibliothécaire royal, qu'il lui avait promise. Après la mort de son maître, il se retira en Angleterre pour échapper aux obsessions des convertisseurs catholiques et aux injures de ses coreligionnaires abusés. Jacques Ier le combla d'honneurs, Casaubon allait être heureux et tranquille, à l'abri des persécutions et du besoin, lorsqu'une maladie, dont il souffrait depuis longtemps, emporta, le 1er juillet 1614, celui que Scaliger nommait « le phénix des beaux esprits ».

« Critique de premier ordre, disent MM. Haag, traducteur excellent, Casaubon écrivait le latin avec autant de pureté que d'élégance, et possédait toutes les richesses de la langue grecque. » Au témoignage du cardinal Du Perron, c'est un érudit qui, pour les belles-lettres, en sait plus que tous les jésuites ensemble. Les contemporains sont unanimes à reconnaître sa science très étendue et sa remarquable sagacité. Son biographe anglais, Pattison, l'a loué avec une compétence éclairée et l'a mis au premier rang des humanistes. Tous ses ouvrages furent composés en latin. Je n'en citerai que les principaux : ses éditions annotées de Théocrite, de Strabon, d'Aristote, d'Apulée, de Perse — à propos de cette dernière, Scaliger prétendait que « la sauce en valait mieux que le poisson », — de Suétone, de Polype, etc. ; ses *Historiæ augustæ Scriptores cum commentario* (1603) qui, d'après Nisard, sont aussi claires qu'instructives ; son *De libertate ecclesiastica* (1607) ; son *Novum testamentum græcum, cum notis et variis lectionibus* (1587) ; ses *Éphémérides* (1580), qui attestent un cœur pieux, une âme délicate, un esprit subtil et charmant. Et, comme professeur, il fut de tout premier ordre, improvisant ses leçons avec un talent admirable, captivant et subjuguant son auditoire.

De la même famille intellectuelle que Casaubon, voici *Charles Perrot*, [1] le doux apôtre de la tolérance et de la paix religieuse. Charles Perrot (1544-1608), pasteur de Genève en 1567, recteur de l'Académie en 1570, lecteur en théologie deux ans après, fut chargé, avec Th. de Bèze, de compulser, examiner et compléter les manuscrits laissés par Calvin. De ces matériaux, il fit les extraits qui parurent en 1575 sous le titre d'*Epistolæ et responsa.* Il s'occupa ensuite de la revision des *Leges* de cette Académie, à la prospérité de laquelle il avait voué sa vie.

Tous ceux qui ont parlé de Charles Perrot vantent sa science, quelques-uns son éloquence, bien qu'à l'Académie il eût le talent de faire fuir ses rares auditeurs. C'était un rêveur, presque un mystique. Il avait soif de concorde et de justice, âme paisible et sereine où il n'y avait de place que pour la charité.

Il avait mis à profit les loisirs de sa vieillesse pour donner un corps à ses idées. On trouva, dans ses papiers, plusieurs manuscrits, entre autres un traité intitulé : *De extremis in ecclesiâ vitandis,* qui, suivant un des fils de Perrot, « contenait des vues fort remarquables et fortement conçues, sur l'amélioration à introduire dans la réforme générale ». Le Conseil et le Consistoire de Genève craignirent que l'impression des œuvres posthumes de Charles Perrot ne fût nuisible à la cause du protestantisme. Ils résolurent de les détruire, « la Compagnie ne trouvant expédient que les dits écrits voient lumière, tant à cause qu'en iceux le dit défunt accuse nos Églises d'avoir fait schisme, tenant cette opinion qu'il fallait gémir et demeurer en l'Église romaine,

[1] *Senebier*, II, 28 et s. *De Montet. Mém. et doc. de la Soc. d'hist. et d'arch. de Genève*, XI (une étude biographique très complète par J.-E. Cellérier). *Ch. Borgeaud*, op. cit.

qu'à cause de plusieurs autres erreurs ». M. Jules Bonnet, l'éditeur des *Lettres de Calvin,* a découvert, dans les tomes 477 et 699 de la collection Dupuy, plus de cinquante lettres adressées par Perrot à son ami, sur des matières d'histoire ecclésiastique et civile, et un ouvrage : *Remontrance pour la réformation de l'Église,* qui est peut-être identique avec le manuscrit supprimé : *De extremis in Ecclesiâ vitandis.*

Casaubon, un tolérant, Perrot, un conciliant ! Ne serions-nous donc plus au XVIme siècle ? Et j'arrive à *Sébastien Castellion,*[1] appelé plus communément *Castalion.* S'il ne fut pas bourgeois de Genève, il a été investi d'importantes fonctions dans la cité de Calvin et il a failli précipiter l'évolution religieuse et morale du protestantisme genevois.

(Coll. de portraits de la Bibl. de Zurich.)

Castellion est originaire de Châtillon sur Bresse ; il naquit en 1515. Sa jeunesse fut assez triste. Issu de parents très pauvres, il fallut qu'un heureux hasard lui permit de devenir précepteur dans une noble famille lyonnaise pour qu'il pût s'adonner à son goût de l'étude. Nous perdons ses traces jusqu'en 1540. A cette époque, il est à Strasbourg et se lie avec Calvin qui deviendra son plus cruel ennemi. Il était renommé pour sa parfaite connaissance des langues anciennes. Calvin l'appela bientôt à une place de régent au collège. Mais l'amitié de ces deux hommes, si dissemblables, ne devait pas durer. Si l'un représentait le principe d'autorité, l'autre avait pour l'indépendance un penchant naturel qu'il ne sut ni ne voulut combattre. Tandis que tout pliait sous la rude main du pape de Genève, Castellion, qui n'était ni un hypocrite, ni un esprit timoré, entendit ne relever que du tribunal de sa conscience. S'il avait embrassé la Réforme, c'était pour échapper à l'erreur, non pour subir un maître. Il afficha donc hautement sa prétention de ne se laisser imposer ses croyances religieuses par personne. Et la guerre éclata.

L'infortuné Castellion, d'ailleurs signalé à Rome comme le pire des hérétiques, fut traité à Genève comme le dernier des renégats, « un instrument choisi par Satan ».

---

[1] *Bayle. France protestante,* 2me éd. *Récits du XVIme siècle,* par Jules Bonnet (Paris 1870), p. 53-169. *Ch. Borgeaud,* op. cit. *F. Buisson :* Sébastien Castellion, sa vie et son œuvre, Paris, in-8, 1891.

La querelle avait commencé par un acte qui est tout à l'honneur de Castellion. La peste sévissait à Genève, en 1543; plusieurs ministres déclarèrent qu'ils iraient plutôt au diable que d'entrer dans l'hôpital des pestiférés. Castellion offrit courageusement de se rendre au poste que nombre de pasteurs fuyaient à l'envi. De là des jalousies, et la jalousie est presque de la haine, et la haine vit de vengeance. Lorsque Castellion, qui était fort mal vu, proposa de retrancher de la Bible, comme obscène, le Cantique des cantiques — écrit par Salomon, disait-il, alors « qu'il était en folie et conduit par mondaineté, » — lorsqu'il refusa de s'incliner devant le dogme de la descente aux enfers, lorsqu'il affirma la liberté humaine en face de la toute-puissance de Dieu, la mesure fut comble. Calvin, qui détestait les contradicteurs, lui voua un de ces ressentiments féroces dont il n'était pas avare. Le séjour de Genève devenant intolérable à Castellion, l'infortuné, qui avait charge d'une grande famille, fut obligé de chercher une ville où gagner son pain et le pain de ses enfants. Il résida longtemps à Bâle, réduit à la condition de manœuvre, lui, l'une des intelligences les plus brillantes de son siècle. Et les attaques ne cessaient point contre l'exilé et le martyr! Quand les Bâlois lui donnèrent, en 1552, la chaire de grec à leur Académie, on ne se contenta pas de l'injurier. On recourut à tous les moyens, intrigues, calomnies, pour le faire chasser de la ville. Ses mœurs austères, sa vie laborieuse, sa science, la modestie et la dignité de son caractère eurent raison de tous les efforts de ses adversaires. Après sa mort toutefois, les théologiens, qui l'avaient poursuivi pendant près de vingt ans, eurent la satisfaction d'arriver à leurs fins. Le cadavre de Castellion ayant été inhumé dans le caveau des Grynæus, il en fut retiré sur l'ordre d'un membre de cette famille et enfoui l'on ne sait où.

La postérité a rendu la plus éclatante justice à Castellion, à ses mérites de savant, à ses vertus d'honnête homme. Bayle disait déjà: « Il faut demeurer d'accord que Castalion, hérétique tant qu'il vous plaira, donnait de plus beaux exemples de modération dans ses écrits que les orthodoxes qui l'attaquaient. » Castellion discute; ses détracteurs n'ont d'armes que l'insulte, et Calvin, et Théodore de Bèze ont rivalisé d'inique et cruelle violence. Il suffit de jeter un regard sur le traité qu'il écrivit, en 1554 (voir p. 94), pour établir que la condamnation de Michel Servet était une grave erreur; on se convaincra du noble esprit qui règne dans ce livre que, selon Senebier, « la charité scella de son sceau. » Bèze répondit par son pamphlet, où il reconnaît au magistrat le droit de châtier l'hérésie par le glaive. « Oh! s'écriait Castellion, sous un pseudonyme transparent, oh! méchante audace des hommes qui osent attribuer à Christ les choses qui sont faites par le commandement de Satan! » Il ne fut pas seulement un penseur sincère et libre. Il fut un érudit dans toute la force du terme. La preuve en soit sa *Biblia sacra latina* (1551), à laquelle il travailla dix années; cette traduction avait pour but de mettre les Écritures en latin plus élégant et moins obscur; elle nous montre que Castellion était un latiniste et un hébraïsant fort distingué, si, d'autre part, il n'a pas évité le reproche d'avoir altéré le texte sacré par pur dilettantisme d'habile humaniste. La version française qu'il a donnée de la Bible, en 1555, n'est pas d'une exactitude plus scrupuleuse; elle pèche en outre par un style lourd et trivial. Mais l'honneur, l'impérissable honneur de Castellion, restera d'avoir écrit, dans l'Europe moderne, le premier plaidoyer en faveur de la tolérance et d'avoir proclamé le droit inviolable de la conscience individuelle.

Laissons de côté *Lambert* (en littérature *Danaeus*), un écrivain très fécond, d'un savoir encyclopédique, mais un travailleur trop pressé qui tient plus de place dans les bibliothèques que dans les annales de la science. Ne parlons pas davantage de *Knox,* que Senebier étudie tranquillement, dans l'*Histoire littéraire de Genève,* parce que l'illustre Écossais a desservi à plusieurs reprises, mais en oiseau de passage, l'Église anglaise de la ville de Calvin. Et abandonnons encore à Senebier des auteurs « genevois », qui ont séjourné dans notre pays, mais sur lesquels nous n'avons aucun droit ou qu'il n'est pas nécessaire de ressusciter: François Bourgoing, Jean-B. Rotan, Polanus, J.-R. Merlin, Jean de Serres et Scaliger, ce prince des lettrés de son temps, qui enseigna deux ans à Genève, quoique Nisard ait contesté ce point, et qui, en dépit de son caractère ombrageux et de la causticité de son esprit, n'a jamais eu que des louanges pour la cité de Calvin.

(D'après Ch. Borgeaud, op. cit.)

Mais l'œuvre d'*Antoine de la Faye*[1] nous appartient. N'eussions-nous de lui que sa biographie de Théodore de Bèze, son nom serait indissolublement attaché à l'histoire de Genève et de la Réforme française. Antoine de la Faye, ou *Fayus,* un gentilhomme de Châteaudun, dut, pour échapper aux persécutions, se réfugier dans la ville qui était, au XVIme siècle, l'asile du protestantisme. Il fut régent au collège de 1567 à 1574 et obtint gratuitement en 1568 la bourgeoisie, à titre de récompense des services qu'il avait rendus. Les dignités académiques lui sont alors prodiguées, bien qu'il s'acquitte assez mal de ses fonctions. Il est protégé par son ami de Bèze, qu'il accompagne au Colloque de Montbéliard; il meurt de la peste en 1615.

La Faye, que Giordano Bruno a dédaigneusement traité de « maître d'école », eut la réputation d'un professeur disert, d'un théologien de grand sens, et d'un savant presque universel. Il a collaboré à la traduction de la Bible, parue en 1588, et notamment à la préface de cet ouvrage. Il a mis en français l'*Histoire des Juifs* de Flave Josèphe, ainsi que Tite-Live. Ses écrits exégétiques et polémiques sont assez nombreux et tous en latin, sauf une *Réplique chrestienne à la réponse de M. François de Sales, se disant évêque de Genève, sur le traité de la vertu et adoration de la croix.* Ce qui le sauvera de l'oubli, c'est son *Ὑπομνηματιον de vita et obitù clarissimi viri D. Theodori Beza Veselii* (1606) qui, pour être l'œuvre partiale et enthousiaste d'un disciple, a toute la valeur d'un témoignage direct. Ce livre est très important aussi pour la reconstitution du passé de Genève, durant l'espace d'un demi-siècle.

[1] *Senebier,* II, 52. *France protestante.* 2e éd. *De Montet.*

VI

Qu'eussent été la littérature et la science dans la Suisse romande du XVIme siècle, si la Réforme et les luttes religieuses n'y avaient amené cette foule d'écrivains distingués devenus nôtres par adoption? Les auteurs indigènes ne comptent presque pas dans l'histoire de notre vie intellectuelle à cette époque. A part Viret, et quelques chroniqueurs, Balard, Roset, Bonivard, et quelques poétereaux, tout ce qui tient une plume est d'origine française. Il ne faut point s'étonner, dès lors, si les cantons catholiques, où il n'y eut pas, comme à Genève, Lausanne, Neuchâtel, infusion de sang nouveau, il ne faut point s'étonner, dis-je, s'ils n'ont produit aucune œuvre, ni aucun talent de premier ordre.

Il n'est pas contestable que le Concile de Trente a provoqué une véritable restauration des sciences ecclésiastiques dans l'Église romaine, mais les catholiques de la Suisse ont à peine éprouvé cette influence bienfaisante du *Tridentinum.* Sans doute, la seconde moitié du XVIme siècle et les premières années du XVIIme sont marquées par un retour offensif du catholicisme, avec Charles Borromée, Canisius et François de Sales, mais celui-ci seul est un écrivain et c'est un étranger. Si d'ailleurs la Réforme est définitivement vaincue à Fribourg, dans le Valais, dans l'Ajoie, le mérite en revient moins aux docteurs en théologie qu'aux politiques et à ces prédicateurs nomades, gens de foi plus que de savoir, qui s'en allaient reprendre le monde à l'hérésie.

MANVALE
CATHOLICORVM.
IN VSVM PIE PRE-
CANDI COLLE-
ctum,
ET CVM ROMANO
Calendario nunc primum
editum.
FRIBVRGI HELVETIORVM
Typis Abrahami Gemperlini,
CIↃ. IↃ. LXXXVII.

Titre d'un des premiers ouvrages imprimés à Fribourg.

Calvin, ni le calvinisme, n'auraient rien eu à craindre de *Pierre de la Baume,*[1] le dernier évêque de Genève, celui que Bonivard appelait un « grand dissipateur de biens », un « cocher à tous vents, voulant chevaucher l'un et mener l'autre par la bride ». Ce fut, en réalité, un prélat indolent et frivole, qui, au lieu de se défendre avec quelque énergie contre les empiétements de la Savoie, prit ouvertement parti pour le plus dangereux des ennemis de Genève. Après quelques années de tiraillements entre la ville et son évêque, celui-ci et tout son chapitre furent bannis par les Genevois, qui embrassèrent la Réforme. Pierre de la Baume passa cardinal en 1539; il reçut, en 1542, l'archevêché de Besançon et mourut deux ans plus tard.

Nous avons de lui un certain nombre de *Lettres,* publiées en extraits dans les *Mémoires et documents de la Société d'histoire et d'archéologie de Genève.* Les premières de ces lettres, adressées aux syndics et au chapitre, datent de l'époque où Pierre de la Baume n'était encore que coadjuteur de Jean de Savoie. Mais les plus intéressantes de beaucoup sont celles envoyées à Besançon Hugues, le confident et

[1] Toutes les histoires de Genève. *Mém. et doc. de la Soc. d'hist. et d'arch. de Genève* II, 1 et s., XV, 239 et s. *De Montet.*

l'homme d'affaires de l'évêque, aussi longtemps que Pierre de la Baume demeura ou parut demeurer fidèle à la cause de Genève. Transcrivons, à titre d'échantillon, le billet suivant : « Besançon, j'ai reçu votre lettre. L'on m'a averti que le prêtre en faveur duquel m'écrivez, depuis la dernière absolution que je lui fis, est retourné à son péché et a fait autres cas de répréhension. Toutefois, à votre requête, je mande qu'il soit relâché, jusques je sois mieux informé de son affaire, et si le trouve innocent, je le ferai entièrement tenir en repos, et si d'aventure il était en quelque faute, il connaîtra que votre faveur est bien de telle vertu vers moi qu'elle sera cause de le faire traiter doucement... » Le style de l'évêque a du naturel et de la grâce.

(D'après Das sogenannte Katharinenbuch, etc. de M. le Dr Heinemann. Fribourg, in-8, 1896.)

Rappelons, pour mémoire, le nom de *Guy Furbity*, qui prêcha l'Avent à Genève en 1533 et qui s'était vanté de « tenir tête à Farel, à Viret et à cent autres comme eux » ; Pierrefleur le traite « d'homme savant, bien disant et prêchant ». Furbity n'en succomba pas moins dans la dispute du 29 janvier 1534 contre Farel, Viret et Froment. Il fut contraint de reconnaître qu'il avait avancé plusieurs choses qui ne se pouvaient justifier par les Écritures. Comme il avait prononcé des paroles désagréables pour les « Allemands », les députés de Berne, qui se crurent directement visés, exigèrent une réparation. Furbity aggrava ses torts, en s'en prenant au Conseil de la ville. Emprisonné en 1534, il ne fut relâché qu'en 1536, à la demande de François 1er. On possède deux relations curieuses de la dispute de Furbity avec les réformateurs : *Lettres certaines d'aulcuns grands troubles advenus à Genève, avec la dispute faite en l'an 1534,* et une *Disputatio Genevæ habita anno 1534 a monacho Dominicano,* etc.

Les auteurs sont rares, au XVIme siècle, dans la partie, restée catholique, de la Suisse romande. Agrippa ne dit-il pas de Fribourg, en 1524, que c'est une ville d'illettrés ? Cette appréciation est injuste, comme l'on s'en assurera en étudiant Guillimann et Werro, au chapitre des historiens. Et ne perdons pas de vue que l'allemand est langue officielle à Fribourg dès 1481 ; et n'oublions pas que les premiers imprimeurs fribourgeois sont Abraham Gemperlin (1585 — 1597), Guillaume Mæss (1598 à 1599), Étienne Philot, etc. (dans le Valais, on ne publie rien avant le *Petri Canisii Catechismus græce redditus*, Sion, 1644). Quels noms et quelles œuvres citer ? La liste en sera courte.

(Coll. d'Est. de la Bibl. nationale.)

Conrad Treyer,[1] ou *Tornare* († 1542), est originaire de Fribourg. Membre de l'ordre de saint Augustin, il est l'auteur de deux rarissimes traités de controverse dirigés contre l'hérésie des hussites et contre Zwingli ; l'un est écrit en allemand, l'autre en latin ; ils furent imprimés en 1524. Treyer est un catholique militant et ambulant ; nous le trouvons à Bâle (1526), à Berne (1528), à Strasbourg, disputant avec les docteurs de la Réforme, Œcolompade, Haller, Bucer.

Pierre Schnewlin[2] († 1597) contribua, dans une large mesure, à la réorganisation des écoles à Fribourg. Renommé, nous dit un historien fribourgeois, «pour sa science,

---

[1] *Etrennes fribourgeoises*, 3me année. 179. *Emulation* (de Fribourg), I, nos 18 et 19 (étude de M. A. Daguet).

[2] *Etrennes fribourgeoises*, l. c. 180. *Emulation*, l. c. nos 18 et 19. *Notice histor. sur la chambre des scolarques* etc., in-8°, Fribourg, 1850. *F. Heinemann* : Das Katharinenbuch vom Jahre 1577, in-8°, Fribourg, 1896.

sa prudence, son courage, sa charité, la pureté de ses mœurs, il est peu de villes qui puissent se glorifier d'avoir produit un tel homme. » Malheureusement pour lui — et pour nous — Pierre Schnewlin n'a rien écrit; il fut un pédagogue distingué et un prédicateur éloquent, comme *Jean Michel*, de Bulle († 1597), vicaire général du diocèse de Fribourg. Mais voici le grand homme.

Pierre Canisius[1] († 1597) est né à Nimègue, en 1524. Il ne vint en Suisse — à Fribourg — que vers 1580. Il introduisit les jésuites dans cette dernière ville et s'employa de son mieux à combattre le protestantisme. On a de lui, outre ses catéchismes, ses traités de polémique et d'ascétisme, quelques vies des saints, écrites en allemand. L'*Histoire et les miracles de saint Fridolin*, qu'il publia en 1589, est l'un des premiers ouvrages imprimés à Fribourg. Dans l'ancien Evêché de Bâle, nous ne voyons à signaler qu'un ouvrage ascétique du *P. Balthazar Chavasse*, professeur au Collège que Chr. de Blarer ouvrit à Porrentruy en 1604, et un traité du même genre, le *Jonas fluctuans* de *Jean Moingenat*... Nous sommes entrés déjà dans le XVIIe siècle.[2] Et c'est tout, et c'est peu pour la Suisse catholique. Aussi bien, nous serions tentés de nous approprier le cardinal *Du Perron*. Cet illustre prélat naquit dans la vallée de Joux et y passa les premières années de sa vie. Mais il a fait à l'étranger toute sa carrière de diplomate et d'écrivain. La Suisse a des droits trop incertains sur Jacques David Du Perron pour que nous osions étudier ici le politique, le négociateur, le théologien, l'orateur, le poète, qui eut plus d'esprit que de caractère, plus de talent que de vertu, et peut-être plus de vanité encore que de mérite.

CHAPITRE III.

L'histoire et la chronique.

I. Les chroniqueurs : Bonivard, Froment, Roset, Pierrefleur, etc. II. Ecrivains politiques et historiens : Gentillet, d'Aubigné, Crespin, Goulart. III. Deux historiens fribourgeois.

I.

Si la théologie n'a guère de représentants éminents que parmi les réfugiés français, l'histoire et surtout la chronique occupent nos écrivains indigènes. A Calvin et aux Genevois d'adoption, la dogmatique, l'exégèse et même les humanités; aux gens du pays, la tâche plus modeste de raconter les grands et menus événements de l'époque. Les réformateurs n'ont pas le loisir de faire leur *curriculum vitæ*, ni même de noter les phases, obscures ou triomphantes, du mouvement qu'ils ont assez de peine à diriger; l'essentiel pour eux est d'arracher le monde aux étreintes de Rome. Il ne peut venir qu'en tête de bourgeois paisibles, surveillant de leur fenêtre la marche du siècle, l'idée de relater au jour le jour ce qui se dit ou se passe sur la planète. Ces bourgeois ne seront pas des lettrés, la plupart; ils auront des partis pris et des préjugés;

---

[1] *Etrennes fribourg.* l. c. *Haller*, II, 610 à 616. *Vie du R. P. Canisius*, Paris, 1707. *Emulation*, III, 59.

[2] Voir, entre autres, *J. Trouillat:* Rapport sur la bibliothèque du Collège de Porrentruy, in-8, Porrentruy 1849. — Rappelons ici que le premier imprimeur bruntrutain fut Jean Faibvre (dès 1592) et qu'on commença à imprimer au XVIIIe siècle à Neuveville mais, à Delémont, depuis 1840 seulement.

ils ne verront pas très loin, ni de très haut; ils s'empêtreront dans les détails; ils dégageront peu ou prou la philosophie des faits dont ils sont les narrateurs et souvent les témoins. Leurs mémoires et leurs annales n'en seront pas moins singulièrement vivants et sincères, sinon impartiaux ou exacts.

Bien que ces annalistes n'aient pas eu, de leur temps, la renommée des docteurs de toutes sciences, leur œuvre nous paraît plus précieuse que de lourds traités de dogmatique ou même que des éditions savamment annotées d'auteurs grecs et latins. La théologie, la philologie ont fait d'immenses progrès, si bien que les travaux d'hier ont presque tous lamentablement vieilli. Une chronique est toujours jeune et il semble, grâce à notre amour du passé national, que l'âge ait pour unique effet de la rajeunir. Quel homme, si opiniâtre et vaillant qu'on le suppose, serait capable de lire à la suite les *Opera theologica* de Chandieu et de tant d'autres? Qui ne parcourrait volontiers, en se promettant d'y revenir, Bonivard ou Jeanne de Jussie, Froment ou Pierrefleur?

On trouvera dans le *Mémorial* de Messiez[1] un court mais substantiel récit des origines de la Réformation à Genève. *Guillaume Messiez* est certainement un Genevois. Il est né vers 1518. Sa biographie tient en quelques mots: il fut notaire, siégea au Conseil des Deux-Cents et des Soixante, mourut de la peste en 1569. Voilà tout. Je ne sais qu'un fait saillant de cette humble existence: Messiez est condamné, en 1560, à une forte amende et à trois jours de prison « en pain et eau, » — pour avoir dansé. Son *Mémorial*, qui est d'un témoin oculaire et qui n'est pas trop gauchement écrit, s'ouvre sur l'arrivée à Genève, en 1532, de « maître Guillaume Farel de Gac *(Gap)*, maître Pierre Viret de Orbaz *(Orbe)* en Savoie au Pays de Vaud et M. Antoine Froment, ministres évangéliques, hommes et gens doctes, scrutinant les saintes écritures, qui furent les trois premiers qui, dedans Genève, commencèrent par le vouloir divin à manifester et publier selon la vraie vérité la loi évangélique, admonestant toutes sortes de gens soi retourner à notre Sauveur Jésus-Christ, notre seul médiateur et avocat, en délaissant toutes cérémonies papales et romaines inventées par les hommes et de leurs têtes, lesquelles nous menaient en voie de perdition et damnation. » Messiez narre brièvement « les gros tumultes, questions et débats » qui agitèrent la ville, les pillages organisés par « une bande et secte de gens de la cité à l'instigation des prêtres, moines et autres religieux d'icelle, » le siège de Genève par le duc de Savoie, une « merveilleuse famine » pendant laquelle le blé se vendait onze florins la coupe, la peste « où sont trépassés beaucoup de gens, » etc.

La valeur littéraire et documentaire de l'ouvrage suivant, retrouvé en 1863, est bien supérieure à celle du *Mémorial* de Messiez: la *Chronique du marchant de Genève*, ou, pour lui donner son titre véritable, la *Guerre de Genève et sa délivrance fidèlement faite et composée par un marchant demeurant en icelle*. Quel est ce « marchant »? Albert Rilliet a très ingénieusement démontré que le « marchant » de la chronique était une femme: *Marie Dentière*,[2] religieuse en rupture de vœux; cette ancienne

---

[1] *Mém. et doc. de la Soc. d'hist. et d'arch. de Genève*, IX, 22 et s.

[2] *Mém. et doc. de la Soc. d'hist. et d'arch. de Genève*, XX, 309 et s. L'édition de M. Rilliet, calquée sur deux excellentes copies faites par Pierre Bourrit (qui les transcrivit de l'original, en 1754), rectifie et complète celle donnée par M. G. Revilliod *(ibid.*, XIII, 23 et s.). *Mém. et doc. de la Soc. d'hist. et d'arch. de Genève*, XX, 326. *Le réformateur Froment et sa première femme*, par Jules Vuy, Paris et Genève, 1883. *France protestante*, 2me éd. (article *Froment)*. *Corresp. des Réform.* d'Herminjard, V, 184, 295 et s. VI, 173. *Mélanges d'hist. nat.*, par P. Vaucher (in-8°, Genève 1889), p. 107 et s. *Hommes et choses du temps passé*, par A. Roget, IV, Genève,

abbesse de Tournay « déchassée par les papistes, » épousa le réformateur Antoine Froment, qu'elle ne rendit pas heureux et qu'elle fit mal tourner. Celle que Jeanne de Jussie appelle « moine abbesse, fausse, ridée et langue diabolique, ayant mari et enfants », avait une assez bonne plume à son service. C'est bien d'elle qu'est l'*Épître très utile* adressée à la reine de Navarre et publiée à Genève en 1539; les nombreuses conformités de pensée et de style relevées par Rilliet entre l'auteur de cette lettre et le chroniqueur de la *Guerre et délivrance* permettent d'envisager Marie Dentière comme le « marchant » de Genève, dont l'anonymat a intrigué tant de chercheurs.

Marie Dentière, qui avait pris vivement le parti de la Réforme, s'est décidée à raconter les événements qui se déroulèrent à Genève, de 1532 à la fin de l'année 1534, — toutes « les choses manifestes et publiques » ayant trait aux « guerres, divisions et débats de l'époque. » Si la *Guerre et délivrance de Genève* ne renferme pas de détails nouveaux, elle corrobore en général les versions dues à d'autres annalistes. Dans son récit, écrit avec beaucoup de verve, mais sujet à caution, Marie Dentière, huguenote convaincue et fervente, attaque rudement le catholicisme et la Savoie. Il faut l'entendre parler du duc, « avec ses gentils évêques et prêtres, » qui « sous ombre de guerre, de maintenir la foi et loi du pape, » menaçaient la liberté de la ville, cherchaient à extirper la vraie parole de Dieu, en voulaient aux biens, voire « à la vie, aux femmes et aux filles des bons marchands, lesquelles n'étaient assurées avec leurs pères, mères et parents, » mais étaient exposées à toutes sortes d'outrages, qu'une réformée du XVIme siècle pouvait préciser, mais qu'un protestant du XXme doit pudiquement passer sous silence. Enfin, « Dieu a eu pitié des siens, n'a voulu permettre telles injures leur être faites » et « l'alliance avec Messieurs de Berne et Fribourg » a prévalu contre les ruses et les manœuvres de l'ennemi. Et maintenant, « femmes, boutez hardiment poussins couver, car les ducs ne les mangeront plus! » D'ailleurs, voici les Bernois qui conjureront le péril et la chronique s'achève sur ce bel éloge d'auxiliaires qui furent, d'après d'autres historiens, des soldats du XVIe siècle tout uniment.

« Ils sont venus au nom de Dieu et de la puissance que Dieu leur a donnée, pour défendre les bons et déchasser les brigands, cheminant en bon ordre, bien armés et équipés, toujours en rang de bataille, à force artillerie; faisant bonne et droite justice à un chacun (ainsi que de tout temps ont fait les Allemands); baillant récompense aux affligés, punissant les méchants; brûlant les cavernes des larrons et brigands; extirpant du pays toutes idolâtries et tout ce qui est contre Dieu; défendant à leur gendarmerie tous blasphèmes, tous jeux, toutes paillardises, ivrogneries, pilleries et larcins, bref tout ce qui est contre Dieu et sa parole, en mettant le pays à eux obligé sous leur main et sujétion. »

Un autre « marchant », plus authentique celui-ci, a composé une curieuse *Relation des événements qui se sont passés à Genève, de 1525 à 1531.* Ce marchand est *Jean Balard*[1] qui, né vers 1490, tenait boutique à Genève, où il vendait de la ferraille tout en se mêlant activement aux affaires de la République. Les registres nous apprennent qu'il entra, en 1515, au Conseil des Cinquante, devint membre du Petit-Conseil en 1523, et fut syndic en 1525. Au moment où se posa la question d'un changement de religion, Balard était de ceux qui eussent préféré vivre « comme les prédécesseurs,

---

1880). *Actes et gestes merveilleux* de Froment et *Levain du Calvinisme* de Jeanne de Jussie, pass. *Senebier, I,* 75. *Haller,* V, N° 47 (qui avait pris les lettres finales du titre: N. S. J. C. (Notre Seigneur Jésus Christ) pour... les initiales de l'auteur!)

[1] *Senebier,* I, 160. *Mém. et doc. de la Soc. d'hist. et d'arch. de Genève,* X. *Bibl. de l'école des Chartes,* 3me série, V. 554. *De Montet.*

en mettant ordre aux gens d'église. » Aussi fut-il bientôt considéré comme suspect et ne jouit-il jamais d'une très grande considération auprès des nouveaux maîtres de Genève. Les vexations ne lui furent point épargnées. Lorsqu'il maria son fils, en 1541, il fut même réprimandé et emprisonné à raison de forfaits commis « aux noces, en danses, trompettes », etc. Le 9 février 1542, il est assigné devant le Consistoire, « car il est toujours en plusieurs opinions papistiques, ce qui ne doit être permis. » Il comparaît et, « après bonnes admonitions, » il s'engage à vivre et à mourir « dans la vérité du saint Évangile. » Il avait fait un jour cette déclaration résignée: « Puisqu'il plaît à ces Messieurs qu'il dise que la messe est mauvaise, il dit qu'elle est mauvaise », Jean Balard meurt en 1558.

Le manuscrit de son journal est une mine extrêmement riche pour l'histoire de Genève, de 1525 à 1531; il n'a été mis au jour que dans le siècle passé (1854) par le Dr Chaponnière. Assurément, les faits consignés par Balard dans ses mémoires furent relatés par d'autres et sont narrés au long, par exemple, dans les *Chroniques* de Bonivard. Mais le prieur de Saint-Victor est un écrivain officiel, partial et de beaucoup d'imagination. Au contraire, Balard prend ses notes jour par jour, résume ce qu'il voit et entend, ne subit aucune influence, n'est lié par aucun contrôle. Et puis, si le style de Bonivard a de l'allure, de l'imprévu, du trait, du charme, si l'auteur des *Chroniques* est doublé d'un philosophe, s'il compare, s'il juge, s'il ratiocine infatigablement, la langue de la *Relation* est plus nue, plus fruste, plus d'un marchand de ferraille que d'un lettré, et sa manière ne va pas sans cette sécheresse exacte, familière aux gens de négoce. Bonivard est plus brillant, sans conteste; Balard est plus sûr, mais, littérairement, c'est honnête, rien de plus, sauf dans les instants où la fibre patriotique tressaille et inspire au chroniqueur des accents de naïve et généreuse éloquence. En date du 28 novembre 1530, Genève est menacée par le duc; les secours qu'on a sollicités de Berne et de Fribourg n'arrivent pas. Et l'angoisse de Balard passe dans ses notes:

« Le 28 de novembre vinrent des nouvelles à ceux de Genève par un de leurs espions que les lansquenets étant à Montbéliard étaient tout prêts au nombre de dix mille... pour départir et en venir par la Bourgogne, à Saint-Claude, à Gex, et puis tout à coup prendre Genève d'assaut et y mettre le feu, et puis incontinent s'en retirer en la Bourgogne, pour la crainte des Suisses et faute de vivres, n'en ayant au pays grande somme pour soutenir longuement l'armée. Pour laquelle cause ceux de Genève récrivirent et envoyèrent en diligence à leurs ambassadeurs étant à Berne et à Fribourg lettres pour prier les dits Seigneurs des deux Villes leur vouloir envoyer deux cents hommes pour la garde de la cité et en attendant le gros secours, car Monseigneur de Savoie faisait gros appareil de gendarmes et aventuriers tant italiens que français et tout son pays prêt en armes.

« Et pour ce que moi ai rédigé en mémoire et par écrit les affaires survenues en la cité depuis quinze ans ou seize ans en deça, ayant désir que ma (mon) dite mémoire demeurât hors des dangers que pourraient survenir à la dite cité, dont Dieu ne veuille, ai envoyé hors du pays en sûreté, afin que pour l'avenir elle puisse tomber entre les mains des amateurs d'icelle et que, pour une autre fois, sur ce se sachent bien conduire. Et pour ce que ai vu la cause du bien et du mal de la dite cité, l'en veux bien avertir. La cause du mal, ce serait orgueil, la cause du bien est humilité, ayant à Dieu son espérance principale plus qu'aux hommes, car en bien faisant ne faut point craindre que toutes choses ne soient propices à la dite cité de Genève, laquelle plaise à Dieu par sa grande miséricorde de l'inspirer de sa grâce et la garder de tous inconvénients. Amen. »

Aimez-vous les contrastes? Vous allez entendre *Jeanne de Jussie*[1] (ou Jussy), qui était religieuse de Sainte-Claire, à Genève, au début de la Réforme. Antoine Froment a dit du mal des sœurs de Sainte-Claire qui, forcées d'abandonner leur couvent, y

---

Senebier, I, 169. *Le Chroniqueur* de L. Vulliemin, 43, 99, etc. *Mém. et doc. de la Soc. d'hist. et d'arch. de Genève*, XX, 119. *Revue savoisienne* de 1867, 97. *De Montet.*

auraient oublié moins de missels que de « belles ballades et rondeaux d'amourettes ». Il semble que ces accusations soient calomnieuses, car les syndics firent maintes démarches pour retenir à Genève ces inoffensives et bienfaisantes dames. De Jeanne de Jussie elle-même, nous savons fort peu de chose. Comme toutes les sœurs de Sainte-Claire, elle dut quitter Genève le 29 août 1535. Elle et ses compagnes fondèrent un nouveau couvent à Annecy; Jeanne en devint la supérieure et y mourut, presque centenaire.

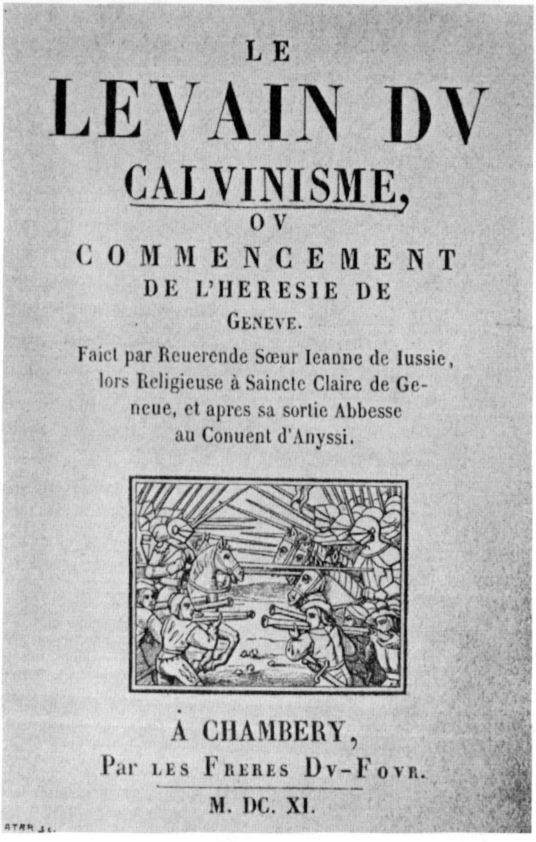
LE
LEVAIN DV
CALVINISME,
OV
COMMENCEMENT
DE L'HERESIE DE
GENEVE.
Faict par Reuerende Sœur Ieanne de Iussie, lors Religieuse à Saincte Claire de Geneue, et apres sa sortie Abbesse au Conuent d'Anyssi.
À CHAMBERY,
Par les Freres Dv-Fovr.
M. DC. XI.

Titre, d'après la réimpression de G. Revilliod.

Il nous reste de la sœur de Sainte-Claire une œuvre, non point d'un mérite rare, mais remarquable par le naturel et la saveur du style, et de quelque valeur pour l'histoire de Genève: *Le levain du calvinisme,* qui, imprimé pour la première fois à Chambéry en 1535, fut réédité à diverses reprises notamment en 1611, en 1682, puis en 1853 par M. Gustave Revilliod. Il serait téméraire de réclamer d'une religieuse catholique, expulsée de son monastère, ce que nous renonçons à demander aux théologiens et aux chroniqueurs protestants d'alors: de la modération et de l'impartialité. On éprouve un plaisir sans mélange à lire son *Levain du calvinisme.* Le cœur y parle d'abondance. Ce livre, au surplus, affecte moins la forme d'un pamphlet que d'une chronique. Il contient un récit incomplet, mais très vivant, des débuts de la Réforme à Genève; les infortunes de l'ordre de Sainte-Claire y prennent, comme bien l'on pense, la plus grande place. Les prédicants y reçoivent quelques horions. Les Genevois du temps y font assez triste figure. Comment compter sur la sympathie des gens qu'on malmène, et sur leurs éloges ?

La Chronique de Jeanne de Jussie part du mois de mars 1526. Les ambassadeurs de Berne et Fribourg sont venus à Genève, « rebelle contre son prince ». Voici, entre deux événements plus importants, l'épisode conté si gaîment par Bonivard, de François Cartelier, accusé d'être de la bande des « bannis et mamelus », ce qui signifie, des partisans de l'évêque. Et nous avons, quelques pages plus loin, les exploits de ces « gentilshommes de la Cuiller » (1529) qui furent, pendant longtemps, la terreur de la ville. Puis, les Bernois et les Fribourgeois apparaissent, qui « brûlent partout », profanent les cloîtres et les églises, « logent au couvent, au dortoir » pendant que « les pauvres religieux dorment sur terre froide ». Ce n'est pas tout.

« Une nuit, ces Bernois, comme mauvais hérétiques, trouvèrent moyen d'ouvir le chœur de l'église, et entrèrent dedans, et au milieu de la nef firent un grand feu, puis comme déloyaux chiens enragés et hors du sens, vont prendre le ciboire auquel reposait le très digne sacrement du précieux corps de Jésus-Christ, notre Rédempteur, et vont tout mettre en ce grand feu. En outre, rompirent le tableau du grand autel, moult riche, et brûlèrent toutes les images de bois et rompirent la grande verrière derrière le grand autel, qui était bel et riche et par toutes les chapelles où il y avait des images en taille des glorieux Saints et Saintes, rompirent et gâtèrent tout, qui était chose pitoyable à regarder ; et par toutes les églises où ils purent entrer, firent le semblable. »

Ces appréciations ne concordent guère avec celles du *Marchant de Genève*, d'après lequel les Bernois rendirent « bonne et droite justice à chacun, ainsi qu'ont toujours fait les Allemands ». Il y a tant de vérités en ce monde, celles de l'un étant mensonges pour l'autre, qu'il est sage de se tenir *in mediis*. En 1531, la peste éclate à Genève. De criminels « engraisseurs ou infecteurs de peste », ont comploté « qu'ils feraient mourir tous les principaux de la ville pour seigneurier en icelle. » On les découvre heureusement, car ils ne se sont pas assez cachés « de prendre l'infection de peste, d'en frotter les verrous des portes, de jeter des fruits par les rues ou laisser tomber quelque mignotise », en sorte que ceux « qui les dressaient étaient frappés ». Les sœurs de Sainte-Claire furent préservées du fléau. Mais nous arrivons en 1532. Les flots de l'hérésie montent. Guillaume Farel est à Genève. Les prêtres lui défendent de prêcher au temple ; « ils s'assemblèrent devant la maison de Monsieur le Vicaire », étant au nombre de quatre-vingts environ. « Tous bien armés et embâtonnés, pour défendre la sainte foi catholique et prêts à mourir pour icelle, ils voulaient de male mort faire mourir ce méchant. » L'aveu est franc, du moins. On intime à Farel l'ordre de sortir de sa demeure et de « vider hors de la ville avec ses deux compagnons, sur peine de feu ». Comme il regimbait, « deux des seigneurs chanoines le vont menacer par grosses paroles, disant puisqu'il ne voulait sortir de bon gré, et de par Dieu, qu'il sortît de par tous les grands diables, dont il était ministre et serviteur. Et l'un d'eux lui donna un grand coup de pied et l'autre de grands coups de poing sur la tête et au visage, et en grande confusion le mirent dehors avec ses deux compagnons. » Ces procédés d'argumentation ne scandalisent point l'excellente dame. Elle a même l'air de juger la discussion trop courtoise :

« A cette heure survinrent Messieurs les syndics et tout le guet de la ville avec leurs hallebardes, disant à Messieurs de l'Église qu'ils ne fissent aucun mauvais coup et qu'ils venaient pour faire bonne justice, et sur ce prirent le chétif et le conduisirent ; mais ces bons prêtres ne s'en pouvaient contenter, et quand ils passaient devant eux, le (Farel) cuidaient transpercer au travers du corps, mais un des syndics le retira par le bras, de quoi plusieurs furent marris que le coup ne prît bien. Et quand il passait par les rues, hommes et femmes criaient qu'on le devait jeter dans le Rhône. Le lendemain, jour de saint François, il fut mis en un petit bateau et ses compagnons, bien matin, de peur qu'ils ne fussent aperçus, et se retira à Montat, ville des alliés et déjà pervertie de ces prêcheurs malheureux de l'Antéchrist. »

Hélas ! les « prédicants » reviennent à Genève et les luthériens « croissent journellement ». Jeanne de Jussie mentionne en quelques mots le sermon du Molard fait par Antoine Froment et se répand en gémissements sur la « pertinacité de ces hérétiques ». Le 23 mars 1533, il y a derechef un « merveilleux tumulte » à Genève... J'ai parcouru d'une marche pressée le premier livre du *Levain du Calvinisme*. J'espère avoir donné quelque idée de la manière et du style de Jeanne de Jussie. Le second livre est intitulé : « Comment le pape Clément VII vint à Marseille l'an 1531 » mais il n'y est parlé que de Genève; Clément VII joue un rôle purement décoratif dans le titre. Jeanne décrit, entre autres, l'envahissement du couvent de Ste-Claire par les réformés. Le morceau est digne d'être cité :

« ...Puis, sur les vêpres que les sœurs de Ste-Claire disaient le service, les portes de l'église (par inadvertance) étant demeurées ouvertes, aucune bourgeoises y étaient allées visiter les sœurs qui chantaient vêpres, et tous ensemble levant les têtes et à pleine gorge se mirent à crier, hurler et brâmer comme loups enragés, que jamais tel cri en enfer, tant fut hideux, ne fut ouï, et le faisaient pour empêcher le divin service ; mais notre Seigneur fortifia le cœur des sœurs que, sans faire aucun semblant de les apercevoir, mais toutes ensemble et de même accord, haussèrent leurs voix tellement qu'ils ne les purent corrompre, ni faire cesser de chanter pour bruit qu'ils fissent, et allèrent disant les psaumes jusqu'au Chapitre. Quand ces luthériens virent qu'ils n'en pouvaient plus, vont décharger leur maudite intention sur une croix de bois qu'ils mirent par pièces, la jetèrent dedans le puits de devant le couvent, et prirent une image de sainte Ursule qui avait le pied enchâssé de reliques, car ils y faisaient l'offertoire, et la décochèrent par-dessus les degrés et par-dessus le pavé en la rue pour la rompre, et la jetèrent aussi au puits, dont les sœurs furent grandement marries. »

La Réforme est victorieuse. Dans le troisième livre : « L'ordre qui fut tenu et observé à la dispute qui fut ci-devant dénoncée », Jeanne de Jussie relate une « conférence » entre les sœurs de Sainte-Claire et les syndics, accompagnés de « plusieurs autres grands hérétiques ». Ce n'est « pas le métier des femmes de disputer », objectera la mère abbesse aux intrus qui s'introduisent dans le monastère. Et l'on dispute quand même, et la mère abbesse a de solides raisons à faire valoir, et les syndics en sont « troublés », et en sont troublés aussi « le chétif prédicant Guillaume Farel, et Pierre Viret, et un misérable frère cordelier, qui ressemblait mieux à un diable qu'à un homme ». Pour retracer au long les angoisses des dames de Ste-Claire, les injures qui leur furent prodiguées, les tourments et les misères qu'elles eurent à supporter, il faudrait résumer tout le quatrième livre : « S'ensuit la violence qui fut faite au Couvent et aux religieuses de Ste-Claire ». Il faudrait également s'espacer sur le livre cinquième : « Les actes abominables qui furent faits aux religieuses de Sainte-Claire », et montrer « leurs piteux sanglots, larmes et douleurs ». Et je ne serais pas au bout de mes peines, ni des leurs, le sixième livre ayant pour objet la « conclusion de la douloureuse départie des dames de Ste-Claire » ; les septième et huitième enfin nous apprennent « comment notre Seigneur conduit les sœurs de Ste-Claire, ensemble l'honneur et le bon accueil qui leur est fait par où elles passent », et « comment après le travail et doléances des pauvres religieuses de Ste-Claire furent mises honorablement dans le monastère » (d'Annecy).

Tel est ce *Levain du Calvinisme*, œuvre naïve et passionnée, fort intéressante à bien des égards et l'une des chroniques les plus mouvementées que nous ayons des débuts de la Réforme genevoise. On n'en voudra point à la religieuse de Sainte-Claire d'admettre sans vérification scrupuleuse des renseignements qu'elle tient presque tous de seconde main. Cloîtrée dans son monastère, elle a recueilli les bruits de la rue, racontars et commérages, histoires amplifiées ou travesties, accusations tragiques, tout ce qui pouvait servir son parti. L'imprimeur Dufour a beau nous dire, en 1611, que le *Levain du Calvinisme* est un « rapport tout nu et sans fard de langage ». Nous sommes des sceptiques, et les « monstres » qui ont embrassé la Réforme ne nous inspirent pas toute l'horreur dont furent saisis la sœur Jeanne et son éditeur de l'an 1611.

Quant au style du *Levain,* je suis fort embarrassé pour le juger ; il n'y a point de style, pas de préoccupations littéraires dans ces pages noircies à la hâte, dans un but de propagande et qui s'adressaient à un public en somme peu cultivé. D'autres furent plus savants et plus habiles; nul ne s'est livré davantage, en ses livres, de tout son cœur ardent, que « la Maîtresse qui a tissu son ouvrage au milieu des ténèbres de l'abominable Genève ».

Il est rare que la vérité soit lyrique. *François Bonivard*[1] eut le périlleux honneur ou la chance extraordinaire d'inspirer un grand poète. Lord Byron l'a chanté en des vers immortels. Le sonnet dans lequel il a cru corriger les inexactitudes de son poème est encore un dithyrambe: « O Chillon! tu es un lieu sacré, et le pavé de ta prison est un autel; comme si de froides pierres eussent été un tendre gazon, elles ont conservé la trace des pas de Bonivard. Puisse cette empreinte des souffrances de la vertu persécutée provoquer à jamais le châtiment céleste sur la tête des tyrans!... » Ainsi naissent les légendes! Tout le monde n'a pas vu Bonivard par les yeux de Byron. M. J.-B.-G. Galiffe n'a pas craint de le traiter de « champignon vénéneux, né des ordures d'un prêtre ». Mais si Bonivard est un caractère médiocre, il n'en est pas moins l'une des intelligences les plus primesautières, l'un des écrivains les plus nerveux et, pour tout dire, l'un des cas littéraires les plus savoureux et les plus originaux de la Réforme.

Comme il le rappelle quelque part, François Bonivard est « sorti de maison anciennement réputée noble. » Il n'ajoute pas qu'il est Savoyard d'origine; il naquit à Seyssel, en 1493. Un de ses oncles, Jean-Amé Bonivard, prieur de Saint-Victor, puis chanoine de Genève, prit soin de sa première éducation. En 1513, nous le trouvons à Fribourg en Brisgau, étudiant le droit et acquérant cette connaissance de la langue allemande qui lui permettra de servir d'intermédiaire entre les Suisses et Genève. Vers la fin de l'année 1514, il perdit son oncle, qui avait, dès 1510, renoncé en sa faveur au prieuré de Saint-Victor. Ce prieuré fut la source de bien des inquiétudes et de bien des ennuis pour Bonivard. Jean-Amé ayant fait fondre trois couleuvrines pour protéger son domaine contre les incursions du baron de Viry, avait disposé par testament que l'on convertît en cloches pour Saint-Victor le bronze de ces canons. Mais Genève s'empara des couleuvrines, grâce à la complaisance de Bonivard; quand le duc de Savoie les réclama, la ville ne consentit point à les rendre. De là, rancune du duc contre Genève et contre le jeune prieur. Bonivard voyagea beaucoup, continua ses études juridiques à Turin en 1517, visita Rome en 1518, vit de fort près la société cléricale d'alors. De retour à Genève, il fut circonvenu par chacun des deux partis qui tenaient, l'un pour l'annexion à la Savoie, l'autre pour l'indépendance de la cité. Son amitié était d'autant plus précieuse que son prieuré, embrassant plusieurs villages autour de Genève, avait de l'importance pour la défense comme pour l'attaque de la ville. Il fit, sans longtemps hésiter, cause commune avec les patriotes et il fut

[1] *Journal helvétique*, 1784, mars, 235-256. *Mém. et doc. de la Soc. d'hist. et d'arch. de Genève*, IV, 137 et s.; XIX, 283, 388. *Chillon*, par L. Vulliemin (1 vol. in-16, Lausanne, 2me éd. 1852), 118 et s. Notice en tête du tome I des *Chroniques de Genève* (éd. de 1831). *Bibliothèque de l'École des Chartes*, 2e série, II, 385. *Matériaux pour l'hist. de Genève* par J.-B.-G. Galiffe (2 vol. in-8, Genève, 1829, 1830), I, introduction, *pass. Genève et ses poètes*, par Marc-Monnier, 22 et s. *Senebier*, I, 131. *Galerie suisse*, par E. Secrétan I, 274 et s. *Les Suisses et Genève*, par A. Roget. *De Montet*. Pass., les *Histoires de Genève* de Spon, Bérenger, Picot, Roget, etc. *Études littéraires sur les écrivains franç. de la Réform.*, par A. Sayous, I. 357, et s. *Revue des Deux-Mondes* du 1 août 1869. *Le Chroniqueur* de L. Vulliemin, 13 et s., 25 et s. *Journal des savants*, année 1870, 473 et s. (la première partie d'un article de Littré sur la langue de Bonivard). *E. Strœhlin:* François Bonivard (nos 6 et 7, « Petite Bibl. helvétique »), in-16, Genève, 1893.

parrain d'un enfant de Berthelier, le chef des adversaires du duc. Berthelier doit même avoir dit à Bonivard, le jour du baptême: « Monsieur mon compère, touchez là; pour l'amour de la liberté de Genève, vous perdrez votre bénéfice et moi la tête. » La prophétie s'accomplit, au rebours de tant d'autres. Livré au duc de Savoie, Bonivard est d'abord enfermé à Gex, puis jeté dans les cachots de Chillon où il gémit du 26 Mai 1530 au 1er avril 1536. Il raconte lui-même qu'on le traita avec certains égards pendant les deux premières années de sa captivité. On le descendit ensuite dans les souterrains creusés au-dessous du lac; c'est là, suivant la légende, que ses pas marquèrent sur la roche ce « vionnet » dont a parlé le chroniqueur Froment et qui inspira lord Byron. Bonivard se borna-t-il, comme le veut Froment, à composer « beaucoup de menues pensées et ballades? » Il est probable que le prisonnier de Chillon amassa plutôt, contre la Savoie, contre l'évêque de Genève, Pierre de la Baume, qui avait été le complice du duc, contre les grands et les prêtres, cette ample provision de haine qu'il a détaillée dans plusieurs de ses livres.

Bonivard
(d'après les Fragments de Grenus.)

Rentré à Genève, Bonivard adhère à la Réforme sans ardeur; il y trouve son avantage. Selon M. Galiffe, il n'abjura même le catholicisme que « pour avoir un prétexte de renoncer à des vœux gênants, » — qui ne le gênaient guère, car son caractère ecclésiastique ne l'avait pas préservé de maints écarts tolérés par les mœurs fort dissolues du siècle. Bonivard suivait le courant. Néanmoins, il paraît fatigué d'un célibat qui n'avait rien d'austère. Le mariage l'attire. Les misères conjugales qui viendront fondre sur sa tête ne le décourageront pas. Si l'on veut par force voir en Bonivard un héros, concédons qu'il fut un héroïque épouseur. En effet, la constance qu'il manifeste en affaires matrimoniales eût été digne d'un meilleur sort. Sa première femme est une Bernoise, Catherine Baumgartner; elle n'a pas d'histoire, ce qui est tout à son honneur. En 1544 — il a cinquante et un ans, — les registres de la ville nous apprennent qu'il est remarié à Jeanne Darmeis, deux fois veuve elle-même. Cette union entre personnes d'âge et d'expérience, prouverait que les mariages de raison ne sont pas toujours raisonnables. Humeur acariâtre de Jeanne Darmeis, frivolité de Bonivard, troublent leur hyménée dès le lendemain de la noce. Comme dit Voltaire, dans *Zadig*, leur lune de miel fut une lune d'absinthe; l'avenir ne démentit pas les promesses d'aussi aimables débuts. S'il suffisait d'être un mari malheureux pour devenir un chroniqueur, on devine quel genre littéraire serait le plus cultivé. Il semble que les démêlés conjugaux de Bonivard l'amenèrent à détourner les yeux du présent pour les reporter vers le passé. Jeanne Darmeis nous aurait-elle valu les *Chroniques de Genève?* La chose est vraisemblable. Chassé de son foyer, Bonivard se réfugia dans les archives;

comme on ne le réclamait point, il y demeura. Mais Jeanne Darmeis meurt en 1552. Quelque temps après, M. de Saint-Victor est conquis par les grâces d'une autre veuve, Pernette Mazue, qui, bien que veuve, ne fut pas une Jeanne Darmeis.

Les infirmités l'assaillent, toutes sortes de revers l'accablent; il n'en prend pas moins une part très active à la vie politique de Genève. Il se joint à Calvin dans la lutte de celui-ci contre les francs et joyeux esprits qu'on a flétris du nom de « libertins. » Le désir de s'épargner des ennuis, le souci d'être avec le plus fort, ses embarras financiers firent jouer à Bonivard un rôle contre lequel protestaient son tempérament et ses antécédents. Il avait à s'excuser encore du peu de zèle qu'il montrait à servir la religion. Le Consistoire protocole, à la date du 16 avril 1563, que « d'aller au prêche, M. de Saint-Victor ne sait ce que c'est. » Mais nous reprenons Bonivard en flagrant délit de cette seule variété d'héroïsme qu'il ait jamais eue. Son quatrième et dernier essai de bonheur à deux aboutit à un désastre. Il avait près de soixante dix ans. En 1565, Catherine de Courtaron, sa femme, une ancienne religieuse, échappée de couvent, fut accusée d'adultère, et, mise à la torture, confessa son crime. Bonivard lui-même tenait Catherine de Courtaron pour innocente. Si, au cours de l'interrogatoire, il ne cherche point à la sauver, il ne la charge pas non plus. Tout ce qu'il lui reproche, « c'est de l'avoir battu quelquefois, quand il faisait venir des amis pour boire avec lui. » Bonivard, le Bonivard de Chillon et de Byron, Bonivard battu par sa femme, quel terrible coup porté à la légende! Et quelle lumière jetée sur l'homme en qui l'imagination du peuple et des poètes saluait un apôtre et un martyr de la liberté! Une aussi terrible catastrophe devait empoisonner la vieillesse de M. de Saint-Victor; il s'éteignit vers la fin de l'année 1570, léguant tout ses livres à la ville et préparant ainsi la fondation de la Bibliothèque de Genève.

Si, comme l'enseigne la critique moderne, l'homme est inséparable de l'écrivain, si l'auteur explique l'œuvre, il fallait connaître celui-là pour juger celle-ci. Et maintenant, que subsiste-t-il du Bonivard de la tradition? Au lieu d'un caractère antique, d'une noble victime de l'iniquité, nous avons un moine défroqué, un bon vivant tracassé par cette « faute d'argent » qui désespérait Panurge, un patriote toujours pendu aux crochets de la République, un vert-galant opiniâtre, un ami peu constant, avec les Berthelier, la veille, avec Calvin, le lendemain, mais, comme nous le verrons, un historien adroit, un philosophe à l'esprit ouvert, un polémiste mordant, un politique avisé et sans fanatisme, un homme enfin qui, pour me servir d'une curieuse appréciation de Rousseau, « aima la liberté, quoique Savoyard, et fut tolérant, quoique prêtre. » Ce qu'il y a lieu de marquer également, pour être tout à fait équitable, c'est qu'il eut le bon goût de ne mettre ni en prose ni en vers le récit de sa captivité à Chillon. D'honnêtes prisonniers se sont métamorphosés en auteurs classiques pour avoir décrit leurs souffrances, peut-être moindres que celles de Bonivard. Lui s'est à peine souvenu de ses malheurs; il fit mieux que de les supporter tranquillement, ce qui n'est point aisé, il en parla peu, ce qui est neuf. Saluons cet exemple! Il ne sera pas imité; il n'en est que plus beau.

Marc-Monnier a dit, dans *Genève et ses poètes:* « Quand on étudie Bonivard de près, si le héros diminue, l'écrivain grandit, et c'est tant mieux pour notre siècle, qui a plus besoin d'anciens écrivains que d'anciens héros. » Oui, l'écrivain grandit. Que chez Bonivard la langue soit loin d'être formée, qu'il maltraite le français à coup de patois savoyard et de dialecte genevois, qu'il n'ait proprement pas de style, j'en tombe d'accord et nul n'y contredira. Et pourtant, suivez avec attention sa phrase qui, parfois embarrassée, d'un tour gauche et pesant, se relève tout à coup, alerte et pimpante comme du Montaigne! Ses incorrections sont déplaisantes, son vocabulaire est bien mêlé, sa syntaxe est pauvre; tous ces défauts ne l'empêchent pas d'être un charmeur. N'est-ce rien, en effet, que la liberté, la fantaisie, la couleur, la vie? N'est-ce rien que l'accent du terroir, ce parfum, qui a plus de force que de délicatesse, mais ce parfum qu'exhalent les fleurs du pays? Ses imparfaits du subjonctif peuvent étonner (il dira: qu'ils *mangeussent,* qu'ils *prêchissent,* qu'ils *marchissent),* ses provincialismes peuvent choquer (il dira: *ampreux* pour « tout d'abord, » il emploiera le mot *gry* pour: « n'a plus rien, » il écrira *dou* pour « dont, » etc.), son ortographe elle-même pourra blesser les puristes; il a le « parler succulent » que nous admirons dans les *Essais;* il a de la souplesse, du caprice, de la naïveté, de la hardiesse, qualités de premier ordre en littérature, car elles suffisent, réunies, à constituer l'originalité d'un écrivain. Tout le monde relira Bonivard; de plus illustres que lui ne seront jamais lus jusqu'au bout.

Il ne paraît pas s'être mis à écrire avant 1542. Il fallait cependant qu'il eût donné, alors déjà, quelques preuves de son talent pour que la Seigneurie le chargeât de composer, à la suite du syndic Ami Porral, ses fameuses *Chroniques de Genève.* Était-il bien l'homme patient et minutieux, impartial et rassis, qui pût mener à chef cette grave entreprise? J'en doute, sans m'en plaindre. Bonivard n'aura point la tenue que l'on exige d'un historien, ni l'esprit de méthode, ni surtout l'impersonnalité. Comment voulez-vous que ce batailleur soit un narrateur impassible d'événements *quorum pars magna fuit?* Comment voulez-vous qu'il se borne à enregistrer des faits soigneusement étayés de preuves, sans une date inexacte, sans une addition suspecte? Il a bien dit quelque part: « Il suffit que l'historien ne mente pas. » Mais c'est là parole de Bonivard. N'allez pas croire cependant qu'il fût un chroniqueur frivole, que le passé de Genève lui fournît un simple prétexte à divaguer agréablement! De 1542 à 1544, il se prépare à remplir la haute mission qui lui a été confiée, se livrant à des études générales, compulsant des documents, pillant les bibliothèques. Il entend voir les pièces archivales; il réclame un secrétaire pour l'aider dans ses recherches; il priera les conseils de déléguer des témoins d'âge et d'expérience pour contrôler ses relations de faits contemporains. D'ailleurs, il affirme: « Je puis me vanter qu'il n'y a homme en ville qui soit informé mieux que je ne le suis des affaires de Genève, ni qui se soit mieux étudié à les garder à mémoire, et à bon droit, car j'ai souvent eu l'oreille tirée pour m'en souvenir. » Il est vrai qu'il avoue aussi « prendre de çà de là et revendre comme on lui a vendu. »

En possession des matériaux indispensables, il eut le tort de les utiliser avec trop de précipitation. Dès l'année 1547, il a poussé la rédaction des *Chroniques* jusqu'en 1527; en 1549, il les avait poursuivies jusqu'en 1531, traduisant dans l'intervalle, pour se faire la main, le traité de Postel sur les *Magistrats d'Athènes,* les *Chroniques des Ligues* ainsi que le *Concile de Constance* de Stumpf. L'achèvement de l'œuvre date de 1550. Calvin et quelques conseillers reçurent le mandat d'examiner les *Chroniques de Genève,* que Bonivard songeait à publier; ils y notèrent nombre de traits assez vifs pour mécontenter les combourgeois de Berne et de Fribourg; ils reprochèrent à l'auteur les négligences et les familiarités de son style. Tant il y eut, que le Conseil « arrêta de lui répondre que pour maintenant et jusqu'autrement soit avisé, l'on n'imprimera point. »

« *Le prisonnier de Chillon* »

Lithogr. in-fol.; Lugardon pinxit, Marni-Lavigne lithographe.
Coll. d'estampes de la Bürgerbibliothek de Lucerne (p. 125).

Les *Chroniques de Genève* furent éditées pour la première fois, en 1831, par D. Dunant (4 tomes, en 2 vol. in-12), puis, en 1864, par G. Revilliod (2 vol. in-8). Quelle en est la valeur historique et littéraire? Jusqu'au XVIme siècle, Bonivard se sent mal à l'aise. Sa documentation est décidément trop mince, bien qu'il ait raconté à peu près tout ce que l'on savait de l'ancienne Genève, vers 1550. Son récit manque d'étoffe, sa langue, de souffle. Ses successeurs, Michel Roset, Gautier, Leclerc et d'autres y ont signalé maintes erreurs, maintes lacunes. Mais dès qu'il entre dans le XVIme siècle, on s'aperçoit qu'il est sur terrain connu. Ici encore, l'exactitude n'est point la qualité dominante de M. de Saint-Victor; la partialité, qui éclatait par endroits, s'accuse au point de compromettre le bon renom du chroniqueur, si elle est plutôt favorable au talent de l'écrivain. M. Galiffe a dépassé le but en stigmatisant comme « œuvre de calomnie et de mensonge » la narration si vivante de Bonivard. L'honnête et scrupuleux Gautier, dont la compétence ne sera pas révoquée en doute, avait en meilleure estime ce travail, que M. Dunant a jugé avec une complaisance d'éditeur. Auquel entendre? Sans m'attarder à la partie des *Chroniques* antérieure au XVIme siècle, je constate que l'ex-prieur, dans cet ouvrage comme dans les suivants, a, malgré des réserves ou des boutades de flatteur indocile, renié ses amitiés et peut-être ses convictions d'antan. Il était chroniqueur officiel, ne l'oublions pas, et dans une situation de complète dépendance à raison de ses misères d'argent. C'est une circonstance atténuante, une excuse non pas. Aussi bien, nous étudierons de préférence le vrai Bonivard, celui qui s'abandonne et s'ébat, le causeur spirituel, l'érudit fantaisiste, le pamphlétaire qui ne médit pas pour l'agrément des Conseils et qui se montre à nous tel qu'il est: cœur inconstant, bonne plume, mauvaise langue. Son style sera toujours gaulois plus que français, et ami du mot propre, fût-il le mot cru; mais que d'entrain, que de verve caustique et folle, ou d'éloquence ardente et généreuse! Nous le retrouverons historien à gages; il ne s'en révèlera pas moins, à travers ses polissonneries et ses haines, philosophe tolérant, aimable épicurien, polémiste étonnant. Or, un homme qui, sous Calvin, évoque ce nom: Épicure, et ce mot: tolérance, ne saurait être du commun.

Ses déboires dans la question des *Chroniques* n'engagèrent point Bonivard à déposer les armes. Etant du parti de Calvin contre les « libertins », éprouvant sans doute le besoin de justifier l'écrasement de ceux-ci en 1555, il fit, l'année d'après, son traité: *De l'ancienne et nouvelle police de Genève*[1] *et sources d'icelle*. Le manuscrit autographe de ce libelle est perdu. Il s'agissait, pour Bonivard, de confondre les doctrines et les hommes de l'ex-faction « libertine », en comparant les institutions de Genève avant et depuis la Réforme, d'exalter la « nouvelle police » au détriment de l'« ancienne », l'élément étranger aux dépens de l'élément national. Bien que son pamphlet arrive après coup, Bonivard apporte une fougue singulière à frapper sur des ennemis dont plusieurs avaient expié sur l'échafaud leur opposition à Calvin. Il est indispensable de contrôler ses dires à l'aide des registres officiels. Mais les registres sont la lettre morte de l'histoire; des livres comme ceux de Bonivard en sont la lettre vivante. Le prieur de Saint-Victor ne nomme presque jamais Calvin; s'il lui obéit, il ne le loue guère que pour la forme. En revanche, les derniers évêques de

[1] Publié d'abord dans les *Mém. et doc. de la Soc. d'hist. et d'arch. de Genève*, V, 369-490, puis réuni en un volume (Genève, in-8, 1865), avec l'*Advis et devis de noblesse*.

Genève sont malmenés à plaisir. La preuve en soit ce portrait de Pierre de la Baume, que la Réforme chassa de son siège épiscopal: « Il était grand dissipateur de biens en toutes choses, estimant souveraine vertu d'un prélat de tenir gros plat et friande table, avec bons vins, et s'en donnait, quand il y était, jusqu'à passer trente et un. Il était aussi... » Je m'arrête, car la suite n'est à lire que dans le texte même. Quand il est à bout d'arguments ou de sottises contre les prêtres catholiques, il remonte jusqu'aux temps de l'ancienne Rome ; il se fait des vices d'alors une arme contre les Romains de son époque. Il flétrira ces vieux Latins « sortis de race de larrons et brigands, abominés par leur idolâtrie », et tout cet acte d'accusation rétrospectif lui servira contre la Rome papale du XVIme siècle. Des « libertins », le portrait n'est pas flatté davantage, ni celui de Philibert Berthelier, « confit en ses vices », ni celui d'Ami Perrin :

« Le père de Perrin était, dans son commencement, marchand de vaisselle de bois et de verre, et lui a-t-on vu souvent porter sur son col la *raphe* des verres, comme disent ceux qui l'ont vu. Peu à peu, il gagna ensorte qu'il eut pour acheter et vendre des draps d'argent, et commença à lever deux boutiques, l'une de draperie, l'autre de vaisselle tant de bois que de verre. Lui tenait celle de drap et sa femme... Eux deux se firent riches en leur marchandise et acquirent quelque chevance *(revenu)*, pour à laquelle hériter n'eurent qu'un fils, qui était celui-ci, des filles sans fin. Pour ce que le fils était seul, le nourrissaient mignard, tant en viandes qu'accoutrements, laquelle nourriture n'oublia pas quand il fut en âge parcrû. Car il ne suivait pas la nature des Bourguignons desquels il était procédé, qui aiment mieux ventre de velours et robe de bure, car celui-ci voulait tous deux ; il voulait être pompeusement accoutré et bien vivre. Et n'était pas seulement en son vivre friand, qui est de désirer peu et bon, mais friand et gourmand tout ensemble, car il lui fallait du bon et beaucoup. Au surplus, touchant les accoutrements, quand il se voyait dessus ceux d'un gentilhomme, il pensait être gentilhomme et ne se souvenait plus qu'il fut fils d'un marchand de vaisselle de bois appelé à Genève un « copponier », mais laissait sa boutique entre les mains de deux femmes qu'il a eues... A la reste, il n'était pas homme de maligne nature. »

Bonivard a, dans ses croquis à la plume, le don du pittoresque et de la vie à un très haut degré. Ses personnages, défigurés peut-être, évidemment enlaidis, sont en chair et en os, marqués de traits ineffaçables sinon fort ressemblants. Par une grâce de son talent, la haine ne lui enlève pas toute sa bonne humeur. Il conserve beaucoup de cette « malice que nous tenons d'Adam pour héritage ». Aussi, que de jolies historiettes semées de droite et de gauche par un conteur trop riche ! Il m'en coûterait de n'en pas rappeler une au moins. Je cueille celle-ci, au hasard, avec son mot de la fin si drôle. Un sieur François Cartelier avait été condamné à la peine capitale. On s'était décidé à le grâcier dans les circonstances et sous les conditions suivantes :

« C'est que Cartelier serait condamné publiquement, en la façon accoutumée, et puis serait son corps mis en quartiers et remis entre les mains du bourreau, et après mené, licol au col, jusqu'à la porte du château où l'évêque manderait des gens qui lui porterait sa grâce et serait sauf de sa vie, moyennant toutefois qu'il accordât à l'évêque pour sa composition et laissât à la ville une belle maison qu'il avait, avec une certaine somme de deniers pour ses dépens, dommages et intérêts. Et fut lors fait un miracle : car il était sujet aux gouttes et le tenaient aux pieds quand on le mena pour être condamné, si qu'à grand' peine il pouvait mettre un pied devant l'autre. Mais quand il fut en la porte du Château et là sa grâce lui apportée... mon homme de courir contre l'Évêché en telle vitesse qu'il n'y eût eu laquais qui l'eût su atteindre, — et fut guéri de ses gouttes. »

Son livre d'ailleurs est d'un historien et d'un moraliste, en même temps que d'un témoin oculaire porté au sarcasme et d'un acteur passionné du drame auquel il nous fait assister. Les « libertins » vaincus, l'ex-prieur célébrera les progrès accomplis sous Calvin, dans les mœurs, la législation, l'instruction publique. Car il est un philosophe à sa manière et un novateur en histoire. L'un des premiers, il a jeté par-dessus bord les descriptions inutiles, les traditions enfantines, les détails insignifiants, pour faire revivre en les expliquant, les événements et les hommes. L'un des premiers encore, il a eu l'idée de puiser ses assertions aux sources originales. L'un des premiers enfin, il a élargi le champ du chroniqueur, pour y conduire le penseur et l'écrivain.

Que vaudront le jurisconsulte et le politique? Dans son traité: *De la noblesse et de ses offices ou degrés dans les états monarchique, aristocratique et démocratique, ainsi que des dîmes et des servitudes taillables,*[1] Bonivard passe en revue les diverses formes de l'état nobiliaire dans l'antiquité et durant le moyen âge. Il expose les fonctions des classes privilégiées, leurs degrés, les règles de leur blason, les nombreuses variétés de leurs fiefs. S'il a entrepris ce travail, c'est essentiellement en vue d'établir que le différend entre Genève et le duc de Savoie provenait de ce que parties et juges ignoraient « la source des princes en degrés inférieur du royal ». Toute cette partie de l'ouvrage témoigne de patientes recherches autant que de solides connaissances; elle n'en est pas moins très incomplète et, comme il s'entend, fort inexacte sur plusieurs points. L'histoire du droit public a fait du chemin depuis le XVIme siècle. Où Bonivard conserve un mérite que le temps ne diminuera point, c'est dans les pages consacrées à la noblesse de son époque. Mœurs sans dignité, prétentions creuses, gentilshommes plus gueux que titrés, parvenus plus sots qu'orgueilleux, comme il agite tout celà, d'une main qui n'est pas tendre, dans le crible de sa vive satire! Quels coups de plume, aussi tranchants que des coups d'épée! Et quelle abondance de verve caustique, de traits incisifs, de cruelle ironie! Vous remontez à l'arche de Noé, petits barons, petits marquis, petits comtes, pour offrir la preuve de vos obscures origines? Ne courez donc pas si loin! Votre noblesse est certainement postérieure aux Romains. Tiendriez-vous pour vos ancêtres les Marius, les César, les Pompée? « Grands personnages en larcins et briganderie », soit. Il n'est qu'une chose irréfragablement démontrée, c'est que vous avez usurpé votre condition sociale. Quand? Comment? N'importe! Vous êtes la plupart seigneurs d'assez fraîche date ou de tige assez mal plantée. Et cela continue sur ce ton.

Dans un long chapitre, Bonivard s'occupe également des « trois états politiques, à savoir monarchique, aristocratique et démocratique » et de « leurs corruptions ». Où vont ses préférences? Il ne choisit pas. Certes, il n'est pas entiché de la démocratie, qu'il définit en ces termes: « État populaire qui a sa queue, sa peste, qui est l'anarchie, c'est-à-dire sans principauté, laquelle corruption est de beaucoup pire que celle des deux autres états: car, en un tel état, il y a autant de tyrans comme il y a de têtes. » Nous savons que les démocraties ne sont plus aujourd'hui ce qu'elles furent jadis. Des esprits chagrins diraient aussi qu'elles comptent, à cette heure, autant de tyrans que de têtes; les esprits sages ou simplement justes estiment qu'elles ont donné au peuple ce que d'autres formes constitutionnelles lui marchandent encore: la conscience de sa force et le grand bien de la liberté. Notre prieur démolit, en somme, avec plus de vigueur que de raison; il se garde de rien édifier sur ses ruines. Il compose, trois siècles avant que Proudhon écrive son *Système des contradictions économiques,* une sorte de *Système des contradictions politiques.* Évidemment, Bonivard n'est pas un logicien de la force de Proudhon. Il n'est du moins pas un sceptique incorrigible. Son livre s'achève sur cet aveu: « Les lois ne peuvent pas totalement

[1] Imprimé à la suite du précédent ouvrage dans l'édition de 1865. *Senebier* prétend que ce traité fut publié déjà en 1549; il affirme même en avoir vu un exemplaire; *Baulacre* le dit également. Quoi qu'il en soit, il n'existait plus qu'en manuscrit à la fin du siècle dernier.

abattre la mauvaiseté humaine, mais elles la peuvent bien mitiger. » Croyons-le et passons à l'*Advis et devis de la source de l'idolâtrie et tyrannie papale !* [1]

C'est un libelle très acerbe, dirigé contre le saint-siège, contre les « finesses, tromperies et trahisons » de ces « paillards de papes ». Une verve endiablée, une indignation qui ne laisse pas d'être grotesque tant elle est outrée, une extrême verdeur de propos font de cette œuvre un livre du Bonivard officiel, je veux dire du sectaire de profession. Je préfère à tout ce qui est satire dans l'*Advis*, le cri de douleur, noble et franc, que poussera Bonivard en face de la Réforme, elle aussi couverte de ses tares et rongée de ses plaies. Cette éloquente protestation d'un calviniste sous Calvin honore bien autrement Bonivard que six années de Chillon. L'auteur demande aux partisans du nouveau culte s'ils ont commencé une nouvelle vie. Ont-ils dépouillé le vieil homme, renoncé au péché en abjurant l'erreur ? Et, s'adressant aux princes qui embrassèrent la Réforme, Henri VIII et d'autres, il les flagelle sans miséricorde; il ne ménagera pas les sujets davantage que les rois. Comme un laboureur que l'orage menace et qui se hâte d'ensemencer son champ, il jette à pleines mains, et de tous côtés, ses rudes admonestations. Pas de réticences, ni de complaisances; point de périphrases, ni d'euphémismes ! Écoutons-le :

« L'un veut être sanctifié par la foi mosaïque, l'autre par la mahométique, l'autre par la papistique, l'autre par l'évangélique, et, tout compté et rabattu, en quelque loi que nous vivions, nous demeurons toujours hommes, enfants d'Adam et de péché; conséquemment, n'y a de différence que dans la profession de créance ; car où est que de la prédication de l'Évangile se soit ensuivi amendement de vie, sinon que ce soit en le val d'Engroigne *(Angrogne,* dans le Piémont vaudois) et notre ville de Genève ? Ce que encore à Genève a été bien tard, car si vous pensiez que quand nous avons changé de religion nous l'ayons de vie, vous vous abuseriez, car peu de gens de bien se sont là mêlés d'annoncer l'Évangile en notre cité ; ce sont été les plus débordés qui fussent en la ville, ni six lieux à l'entour, et y ont fait bien, mais non pour bien faire, mais mal, à savoir aux prêtres et moines etc., et piller, et saccager... S'ils me disaient qu'il faut abattre toutes cérémonies papales et chasser tous ministres d'icelle, prêtres, moines et toute cette racaille papistique et appeler des ministres de l'Évangile qui le prêchissent et introduisissent entre nous la vraie Réformation chrétienne, lors je leur dirais : « Je trouve certes votre intention louable qui tend à la Réformation de l'Église en cette ville, mais il ne faut pas que ceux réforment qui ne sont réformés les premiers... Un papiste pourra dire : lequel devrai-je estimer pour amateur de vérité et qui pour l'amour qu'il lui porte au cœur 'annonce de bouche, ou un pauvre prêtre ou moine qui aura observé toute sa vie la règle de laquelle il a fait profession, qui est d'observer pauvreté, chasteté, obéissance, duquel ne se constera jamais qu'il ait eu accointance avec femme, qui ne gardera de son bien fors pour vivre et petitement, donnera le reste aux pauvres, qui, pour obéir aux commandements des papes et des conciles, s'abstiendra de manger de chair le Vendredi, le Samedi, voire le Mercredi (et, que plus est, perpétuellement), — ou une grosse panse, soit du ministère ecclésiastique ou séculier, du magistrat ou du populaire, qui ne fera, jour et nuit, fors ivrogner, jouer, paillarder, piller, assassiner, dérober et cependant fera une grande profession de la parole de Dieu, comme font ceux desquels nous avons parlé ci-devant ?... Cessons de tant crier contre le pape, les cardinaux, évêques, abbés, prêtres et moines, etc., les peignant en renards, loups et (que pis est) en diables, vu que, à bon droit, ils en pourraient faire autant de nous ! »

En son *Advis et devis de mensonge,* puis dans ses réflexions sur « les vrais et les faux miracles, » il s'élève de nouveau contre l'orgueil spirituel et l'hypocrisie. Dans l'*Amartigénée,* il expose les sources du péché, en s'appuyant sur l'autorité des philosophes païens et des Pères de l'Église. Il semble que, vers son déclin, Bonivard soit parvenu à la sagesse supérieure, indulgente et ouverte à tout, de la vieillesse. Il ne s'allégera pas de tous ses travers; il dissertera de tout à propos de rien; il vagabondera d'Épicure à Luther, de Salomon à Clément Marot, utilisant le fonds inépui-

---

[1] Publié par J.-J. Chaponnière et G. Revilliod avec l'*Advis et devis des difformes réformateurs*, l'*Advis et devis desquels sont les vrais ou les faux miracles* et l'*Advis et devis de mensonge* (1 vol. in-8°, Fick, Genève, 1856).

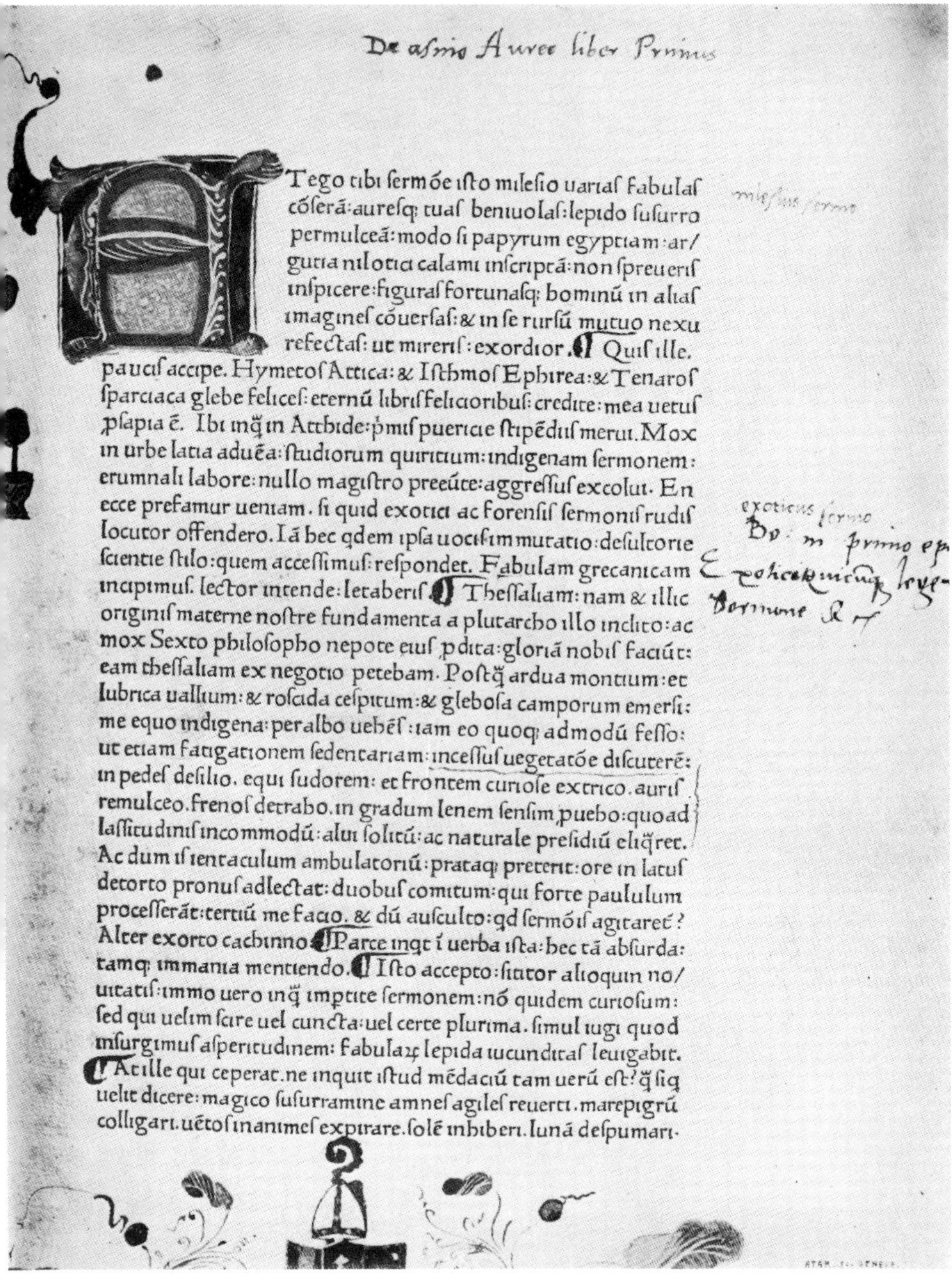

De asino Aureo liber Primus

Tego tibi sermõe isto milesio uarias fabulas cõserã: aurescq; tuas beniuolas: lepido susurro permulceã: modo si papyrum egyptiam: ar/gutia nilotici calami inscriptã: non spreueris inspicere: figuras fortunasq; hominũ in alias imagines cõuersas: & in se rursũ mutuo nexu refectas: ut mireris: exordior. ¶ Quis ille. paucis accipe. Hymetos Attica: & Isthmos Ephirea: & Tenaros spartiaca glebe felices: eternũ libris felicioribus: credite: mea uetus psapia ẽ. Ibi inq̃ in Atthide: pmis pueritie stipẽdiis merui. Mox in urbe latia aduẽa: studiorum quiritium: indigenam sermonem: erumnali labore: nullo magistro preeũte: aggressus excolui. En ecce prefamur ueniam. si quid exotici ac forensis sermonis rudis locutor offendero. Iã hec qdem ipsa uocis immutatio: desultorie scientie stilo: quem accessimus: respondet. Fabulam grecanicam incipimus. lector intende: letaberis. ¶ Thessaliam: nam & illic originis materne nostre fundamenta a plutarcho illo indito: ac mox Sexto philosopho nepote eius pdita: gloriã nobis faciũt: eam thessaliam ex negotio petebam. Postq̃ ardua montium: et lubrica uallium: & roscida cespitum: & glebosa camporum emersi: me equo indigena: peralbo uehẽs: iam eo quoq; admodũ fesso: ut etiam fatigationem sedentariam: incessus uegetatiõe discuterẽ: in pedes desilio. equi sudorem: et frontem curiose extrico. auris remulceo. frenos detraho. in gradum lenem sensim pueho: quoad lassitudinis incommodũ: alui solitũ: ac naturale presidiũ eliq̃ret. Ac dum is ientaculum ambulatoriũ: prataq; preterit: ore in latus detorto pronus adlectat: duobus comitum: qui forte paululum processerãt: tertiũ me facio. & dũ ausculto: qd sermõis agitaret? Alter exorto cachinno. ¶ Parce inqt i uerba ista: hec tã absurda: tamq; immania mentiendo. ¶ Isto accepto: sititor alioquin no/uitatis: immo uero inq̃ imptite sermonem: nõ quidem curiosum: sed qui uelim scire uel cuncta: uel certe plurima. simul iugi quod insurgimus asperitudinem: fabulaꝝ lepida iucunditas leuigabit. ¶ At ille qui ceperat. ne inquit istud mẽdaciũ tam uerũ est? q̃ siq uelit dicere: magico susurramine amnes agiles reuerti. mare pigrũ colligari. uetos inanimes expirare. solẽ inhiberi. lunã despumari.

milesius sermo

exoticus sermo

Une page d'un livre ayant appartenu à Bonivard et notes manuscrites de ce dernier

Bibl. publ. de Genève (p. 125).

sable de ses lectures; il composera des quatrains moraux et des épigrammes. Il n'en circulera pas moins dans toute son œuvre comme un souffle apaisant et vivifiant de large tolérance. Et cela est rare autant que précieux, en tout temps.

Je ne puis que mentionner encore son *Advis et devis des langues*, un essai informe mais curieux de philologie comparée et de grammaire historique; l'auteur cherche à expliquer l'origine des divers idiomes de l'Europe et s'attache essentiellement à marquer l'influence des idiomes germaniques sur le latin des Gaules. Et quand j'aurai cité ses *Poésies*, dont le manuscrit n'a été publié jusqu'ici que par fragments, j'aurai donné la nomenclature complète des ouvrages importants de Bonivard. Les *Poésies* ne méritent pas qu'on s'y arrête. La langue de l'ex-prieur est trop abondante et trop peu disciplinée, l'habitude de la prose trop invétérée, pour qu'il fasse jamais un poète même médiocre. Le souffle m'a manqué, gémit-il après le soixante-seizième vers d'un poème latin qu'il avait eu le grand tort d'entreprendre. Il continue, naïvement: « C'est pourquoi m'en retournai en mon pays qu'est en Gaule, et m'essayai à écrire en poésie de mon langage qu'est Gaulois. » Qu'il lui parle « gaulois » ou latin, la muse n'entend pas. Ou, si quelque muse lui sourit, ce n'est point l'une des neuf sœurs classiques, mais bien quelque grosse commère savoyarde qui ne porte point d'ailes sous ses vêtements d'une étoffe solide et lourde. Le bonhomme ignore cet art difficile d'être court, précis, nerveux, malgré les obstacles de la rime et les ennuis de la métrique. Il ne réussit guère que dans les quatrains. Dès qu'il se risque à un morceau de longue haleine, il retombe dans cette prose rimée qui est la pire de toutes les proses. Que dirai-je de plus? Il est assez de mauvais poètes, pour que nous glissions sur les écarts lyriques du prisonnier de Chillon.

Le procès de Bonivard est instruit; nous pouvons juger. Notre prieur fut, en pleine Réforme, un homme de la Renaissance. Il est, jusque à sa conversion, le moins dévot des prêtres; il est, depuis lors, le moins sérieux des calvinistes. Il a beau partir en guerre contre le pape et les « libertins, » ses indignations de commande ne nous émeuvent point. D'autre part, son internement à Chillon ne nous oblige qu'à de la pitié. Ses aventures conjugales enfin, sans parler des autres, ses volte-face politiques ne forcent pas notre estime. Nous ne lui sommes pas moins reconnaissants d'avoir, au début de sa carrière, épousé la cause de Genève, quand les richesses et les honneurs eussent récompensé son adhésion au parti de la Savoie; nous nous rappelons ce qu'il a souffert au nom de la liberté, sinon pour elle; nous l'aimons surtout parce qu'il fut, en un temps où il y avait quelque audace à l'être et quelque originalité, un libre et joyeux esprit.

Voici un disciple de Bonivard. Même caractère, en laid, même genre d'écrits, même existence agitée, avec la poétique légende d'héroïsme en moins et une légende de méchante vie en plus. *Antoine Froment*[1], compatriote et compagnon de Farel, habile homme et « beau prêcheur, » dira Calvin, fut, en 1537, élu pasteur de l'Église de Saint-Germain et désigné, quelque dix ans après, pour servir de secrétaire à Bonivard. En 1552, sa première femme, l'ancienne abbesse de Tournay, Marie Dentière, personne d'inconduite notoire et qui l'expose à des humiliations publiques, l'oblige à

[1] *Farel, Froment et Viret*, par Ch. Chenevière, déjà cité. *France protestante*, 2me éd. *Le Chroniqueur* de Vulliemin. *Les écriv. franç. de la Réform.* de Sayous, I, 40 et s. *De Montet.* Voir en outre, la bibliographie ad *Marie Dentière*, p. 113.

renoncer au pastorat. Il se fait recevoir notaire le 31 décembre de la même année, est admis dans la bourgeoisie en 1553, entre au Conseil des Deux-Cents en 1559. Mais, suivant l'expression de Farel, il a « dégénéré en ivraie. » Il sera l'un de ces « difformes réformateurs » qu'a stigmatisés Bonivard. En 1562, il est incarcéré pour cause de paillardise et destitué de tous ses emplois. Condamné ensuite à l'exil, nous ne le retrouvons à Genève que onze ans plus tard; la date de sa mort n'est point connue.

L'ouvrage capital de Froment est intitulé: *Les Actes et gestes merveilleux de la cité de Genève nouvellement convertie* (réimprimés en 1855). Le Conseil en avait interdit la publication. Ce qui, vraisemblablement, dicta leur sentence aux magistrats genevois, ce fut le peu de tendresse que Froment montrait pour les Bernois, fidèles alliés de la ville. Des passages comme celui-ci n'eussent point ravi les combourgeois des bords de l'Aar:

« Durant le temps que la gendarmerie de Berne demeura dans Genève, tout alentour on ne fit que brûler, piller et saccager châteaux, cures et maisons (principalement des gentishommes et des prêtres) et certains villages qui avaient fait plusieurs maux à la ville, et amener vivres dans icelle pour la victuaille, tant que c'était chose admirable que de voir tout cela; on apportait du saccagement jusqu'aux drapeaux des petits enfants. Tous les hommes et femmes se sauvaient par les montagnes de plus de quatre à cinq lieues à la ronde, tant de peur ils avaient des Luthériens... »

En dépit de la défense du Conseil, Froment fit paraître, en 1554, *Deux épîtres préparatoires aux histoires et actes de Genève*, l'une dédiée au Sénat, l'autre exhortatoire au peuple genevois. La dédicace au Sénat est très respectueuse, très humble; elle renferme, en revanche, une satire énergique de ce que Bonivard a si rudement flétri dans son traité de la « tyrannie et idôlatrie papales. » Les *Actes et gestes merveilleux* virent le jour la même année, mais on en retira tous les exemplaires.

Comme historien, Froment est bien de l'école de Bonivard. Il a le même goût de polémique, la même liberté d'allures, quoiqu'il soit narrateur plus sec et plus sobre. Dans son avis au lecteur, il affirmera complaisamment: « Je puis dire en bonne conscience que je n'ai point écrit chose que je n'ai vue, ouïe ou expérimentée, et par gens dignes de foi vérifiée comme témoin de vue et secrétaire en cette affaire. » Serment d'auteur! On n'apprécie pas avec tant de détachement, ni d'impartialité, les œuvres et les hommes de son temps. Le récit de Froment débute en 1532 et s'achève en 1550. Il ne sera ni très exact, ni très complet; vous n'y trouverez pas non plus la verve et la science de Bonivard. Mais l'abus du raisonnement et des digressions n'y éclatera point à chaque page. Froment a beaucoup de naturel et de simplicité. Il saura être bref. Il aura de la méthode. Son style négligé, incorrect, mais plus français que genevois, a de l'aisance et du charme. Ce qu'on lui reprochera le plus justement, c'est de ne pas distinguer entre événements importants et futiles; il rapporte les uns et les autres, sans marquer de différence entre l'anecdote et le fait historique. Il est un point sur lequel il ne le cédera en rien au prieur de Saint-Victor: le clergé catholique sera maltraité sans égards, les juges les plus durs n'étant pas nécessairement les plus austères. Cependant il n'imitera point la réserve de Bonivard, qui n'aime pas à se mettre en scène. Froment n'oublie jamais Froment. Un court extrait de ses *Actes et gestes* suffira pour nous initier à sa manière. Il décrit, en ces termes, l'accueil réservé aux prédications de Farel:

« Alors, tous ensemble, confusiblement, se levèrent, criant à haute voix, disant: Tue, tue ce Luther! tue, tue cette *caigne!* Mais un nommé Dom Bergeri, pensant ou voulant parler plus sagement que les autres, disait en leur langue savoisienne: *Tâpa, tâpa!* qui veut autant dire en langue française que: Frappez, frappez! Et le plus

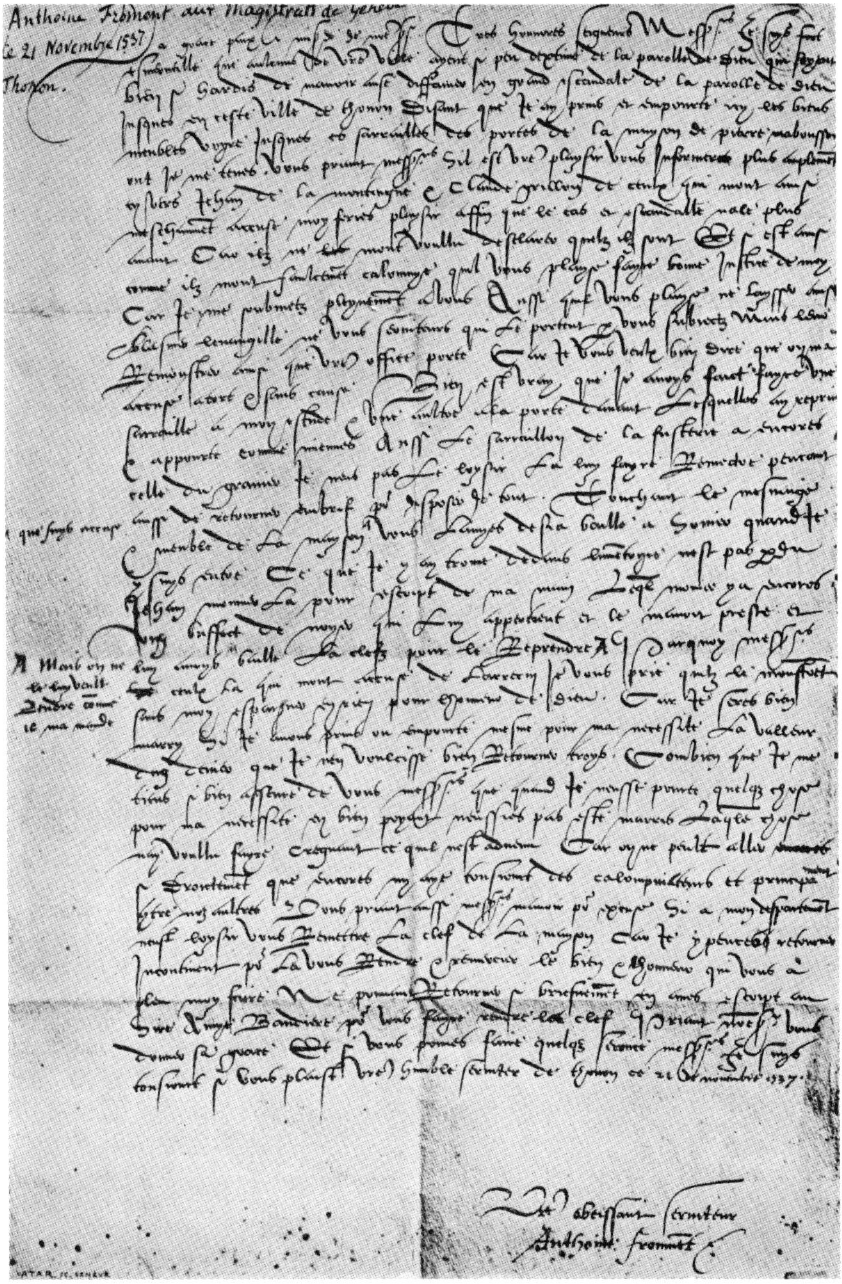
Antheine Froment aux Magistrats de Genève
le 21 Novembre 1537
Thonon.

Lettre d'Ant. Froment

Bibl. publ. de Genève (p. 127).

sourd de la compagnie entendait incontinent ce langage. Car soudainement sa sentence fut mise à exécution, et si furent plus diligents à les battre et frapper que à les défendre. Et aussi avait apporté le serviteur du grand vicaire de l'évêque, avec une arquebuse pour tuer Farel; mais comme Dieu n'avait pas encore ordonné son heure, en la déchargeant, l'arquebuse rompit et ne fit point de mal à personne, et dit Farel: — Je ne tremble pas pour un p...; les p... ne me font point peur. Et les battaient, et les frappaient à coups de poing; que fut chose déplaisante même à aucuns amis des prêtres.»

Style rapide, claire exposition, telles sont les incontestables mérites de l'écrivain Froment. A part cela, comme le prouve encore une ses œuvres découverte récemment par M. Ed. Favre, *Le livre de la sédition,* il ne fut qu'un agréable chroniqueur, un violent polémiste huguenot et un pauvre caractère. On ne peut, ainsi que l'ont fait certains critiques, le mettre immédiatement après les grands réformateurs. Il est bien au-dessous d'eux, de toutes façons.

Michel Roset (Bibl. publ. de Genève).

Le chroniqueur modèle de la Réforme genevoise fut *Michel Roset*[1], le bras droit de Calvin et de Th. de Bèze parmi les magistrats civils de l'ancienne Genève. Senebier lui a tressé des couronnes; ses combourgeois l'ont appelé «le père de la patrie». Michel Roset n'est pas, comme la plupart de nos écrivains du XVIme siècle, un réfugié ou un fils de réfugié. Les Roset sont de vieille souche genevoise. Agé de vingt et un ans à peine, en 1555, il fait partie du Conseil des Deux-Cents. Dès le début, il se range du côté de Calvin qu'il servira fidèlement, avec une énergie et une abnégation qui ne se lassèrent jamais.

Il fut l'un des délégués envoyés vers les villes suisses amies, pour défendre le gouvernement de la République contre les accusations d'Ami Perrin et d'autres Genevois proscrits à raison de leurs accointances avec la faction «libertine.» C'est lui qui rédigea le mémoire justificatif soumis aux cantons et qui prit la parole en cette occurrence, étant, de toute la députation, le seul qui sût s'exprimer en allemand. Syndic, en 1560, il fut honoré de cette charge quatorze fois et remplit sept fois les fonctions importantes de lieutenant. Il acquit rapidement une grande influence dans les Conseils, qui ne lui confièrent pas moins de quatre-vingt-quatre négociations diplomatiques, au cours desquelles il fit preuve de toutes les vertus civiques et d'une intelligence singulièrement déliée. Il était l'ambassadeur de la République.

[1] *Senebier*, II, 36. *Galerie Suisse*, I, 483. *De Montet.* Notice biographique en tête des *Chroniques de Genève*, publiées par M. H. Fazy, in-8, Genève, 1894. *Henry Fazy:* Michel Roset (2me sér. n° 10, «Petite Bibl. helvétique»), Genève, in-16, 1894.

Son activité ne fut pas moins infatigable dans le domaine de la politique intérieure. Il avait allégé le fardeau qui pesait sur Calvin, en mettant toute la force du gouvernement à la disposition du réformateur. Plus tard, il devint l'auxiliaire le plus précieux de Th. de Bèze. Michel Roset était un calviniste pur sang, pénétré des « richesses et grâces que Dieu avait faites à l'Église de Genève » en lui donnant Calvin. Mais c'est surtout à la défense de la ville contre les attaques de la Savoie qu'il consacra les ressources de son esprit, son dévouement et son zèle. Quand Genève, décimée par la peste, ruinée par les guerres, abandonnée par les Bernois, semble vouée à une perte certaine, Roset, qui a près de soixante ans, parcourt la Suisse pour implorer de l'aide. Il réussit. Il a la joie, avant de mourir, d'assister au lendemain de l'Escalade, et il termine sa carrière en 1613, estimé de tous pour l'honnêteté de sa vie, sa sagesse et son amour de la patrie genevoise.

On se tromperait si l'on croyait que Roset ne fut qu'un magistrat un peu plus instruit et beaucoup plus heureux que d'autres. Calvin, de Bèze faisaient grand cas de ses lumières. Il présenta au Conseil, en 1562, ses *Chroniques de Genève* qui sont demeurées inédites jusqu'en 1894. J'en extrais le passage suivant, où il indique les motifs qui l'ont engagé à les composer:

« Dieu ayant déployé de grandes merveilles par sa main forte entre nous, à la confusion de nos adversaires, esquelles sont dignes de perpétuelle mémoire, afin que, par défaut de les savoir et entendre, la louange qui en est due à notre Seigneur ne soit ensevelie; considérant que, combien que par ci-devant que quelques-uns, même le seigneur de Saint-Victor et Antoine Froment, eussent entrepris de rédiger par écrit les actes mémorables du Seigneur envers cette république, néanmoins les auraient, outre la prolixité, farcis de choses contraires à la vérité, laquelle surtout doit être entière en histoire, eu égard au désir qu'ont exprimé quelquefois nos très honorés seigneurs, ayant invoqué sur ce l'assistance de Dieu, il a proposé de dresser un recueil et sommaire des choses concernant la ville de Genève, depuis sa fondation jusqu'au mois de mai passé (1562). Cela étant parachevé, succinct autant qu'il l'a pu, l'a réduit en un volume qu'il a rédigé en six livres, l'a conféré avec les droits authentiques et livres du Conseil, et présente icelui sommaire en toute révérence à mes très honorés seigneurs, les suppliant très humblement de l'accepter d'un tel cœur comme il l'offre. »

Le Conseil, en date du 8 juin 1568, arrêta que, dès le lendemain, on commencerait la lecture des *Chroniques* de Roset en séance publique. « Le style des *Chroniques* est clair, dit Senebier, le récit vrai; mais la prudence de Roset lui fit omettre plusieurs faits qu'il convenait de cacher. » Assurément, son ouvrage est plus complet que celui de Bonivard, plus sobre aussi, d'une sobriété qui confine à la sécheresse. Quoiqu'il soit l'une des sources les plus sûres pour l'histoire de Genève, il faut le consulter avec précaution pour la période de l'établissement de la Réforme. Empruntons-lui ces lignes encore sur la fameuse dispute de Rive, qui eut pour conséquence immédiate la destruction des images, l'abolition de la messe et le départ de Genève des chanoines, prêtres, religieux et religieuses:

« Or avait déjà auparavant le gardien du couvent des Cordeliers de Rive, nommé Jacques Bernard, citoyen, qui avait été peu devant appelé à la connaissance de l'Évangile, présenté au Conseil cinq articles ou positions, qu'il s'offrait de maintenir avec les autres prêcheurs. Et obtint que le 20 de mai (1535) que les dites positions fussent publiées et assigné jour de dispute franche au dimanche 30 de mai à tous ceux qui voudraient soutenir le contraire des positions, lesquelles furent imprimées et notifiées aux prêtres et chanoines du dit Genève, et ès lieux circonvoisins, comme à Grenoble, Lyon et ailleurs avec déclaration d'assurance et sauf-conduit pour tous voulant disputer. Les dites disputes furent commencées le dit dimanche, au grand auditoire du couvent de Rive publiquement, présents des députés du Conseil pour garder l'ordre, avec quatre secrétaires... Furent continuées les disputes pendant plusieurs jours avec grande audience. Il y en avait deux qui soutenaient le parti des prêtres: l'un nommé Caroli, docteur de Sorbonne, l'autre Chappuisi, citoyen de la ville, religieux du couvent de Palais, qui furent vaincus et en firent confession, suivant laquelle ont depuis annoncé l'Évangile eux-mêmes. »

C'est là le ton et le genre de Michel Roset. Il a compulsé les vieux documents et les registres du Conseil; il a le sincère désir d'être un historien consciencieux. Son admiration pour Calvin et sa situation officielle ont pu troubler son jugement; le XVIe siècle genevois ne nous offre pas d'annaliste plus soucieux de rapporter loyalement les faits, et il y a de la mesure jusque dans sa partialité.

La série des chroniqueurs de Genève serait incomplète — je néglige les deux livres de *Croniques* écrits vers la fin du XVIme siècle et qui sont surtout une description de la ville,[1] — si je n'y ajoutais un nom : celui de *Jean Savyon*.[2] Né à Genève, en 1565, mort en 1630, il entra au Conseil des Deux-Cents en 1590, fit partie du Conseil des Soixante dès 1593, du Petit Conseil dès 1594, et fut investi dix fois de la dignité syndicale, de 1608 à 1628. Senebier dit que Savyon a rédigé des *Annales de la République de Genève* et que cet ouvrage manuscrit renferme l'histoire de la cité jusqu'en 1603. Il a des doutes sur la paternité de ce travail et il pense, « avec quelques personnes instruites », que les annales en question ne sont point de Jean Savyon. Abram Ruchat était plus affirmatif que Senebier. La tradition est pour Savyon. Le livre premier de ses annales est, jusqu'en 1260, une copie assez fidèle de la Chronique du pays de Vaud. Les autres sont un peu plus originaux, mais le style de Savyon est terne comme sa manière. Il n'a pas l'heureux don de faire revivre le passé. Les événements accomplis et les hommes disparus continuent à sommeiller dans son paisible et candide récit. Voici comment il a conté la mort de Berthelier (1519) :

Jean Savyon (Bibl. publ. de Genève).

« Les gardes lui disaient : — Demandez grâce à Monseigneur. — Quel ? dit-il. Ils répondirent : — A Monseigneur de Savoie, votre prince et le nôtre. — Il n'est pas mon prince, répliqua-t-il ; quand il le serait, je ne lui demanderais pas grâce, car je n'ai pas méfait ; c'est aux méchants de demander grâce et non aux gens de bien. Iceux lui dirent : — Il faudra donc mourir. Et lui criant cela après lui, il alla écrire en la paroi de la prison : *non moriar, sed vivam et narrabo opera Domini*, c'est-à-dire : je ne mourrai pas, mais je vivrai et annoncerai les œuvres du Seigneur. Le même jour de son emprisonnement, on lui envoya non seulement les syndics selon l'ordre accoutumé pour l'examiner, mais un prévôt fait à la hâte, qui avait autrefois été arracheur de dents et s'appelait Jean des Bois (car un homme de bien n'eût jamais accepté cette charge), lequel lui dit qu'il avait charge de la part du prince de l'examiner et, pour ce faire, lui déféra le serment. Berthelier lui répondit hardiment : — Quand Messieurs les syndics, qui sont mes juges compétents, me viendront examiner, je leur répondrai et non à toi, car il ne t'appartient pas... » Le lendemain, le prévôt le somma une seconde fois de répondre, sous peine d'avoir la tête tranchée. « Berthelier, poursuivit Savyon, répondit comme auparavant ; sur ce le prévôt prononça sentence contre lui, disant : — Puis donc, Philibert Berthelier, qu'en ceci comme en autres choses tu t'es toujours montré rebelle à mon très redouté prince et seigneur et le tien, commettant le crime de lèse-majesté et as commis beaucoup d'au-

---

[1] *Mém. et doc. de la Soc. d'hist. et d'arch. de Genève*, XXII, 241 et s.

[2] *Senebier*, II, 111. Notice biogr. de M. E. Fick, dans son édition de 1858, publiée sous le titre : *Trois livres de l'Histoire de Genève.*

tres crimes dignes de mort, comme il est contenu en ton premier procès, nous te condamnons à avoir la tête tranchée jusqu'à la séparation de l'âme et du corps, et ton corps sera pendu au gibet de Champel et ta tête fichée avec un clou à une potence juxte la rivière d'Arve. Cette sentence ainsi prononcée, il lui présenta le confesseur auquel il ne tint pas grands propos ; après cela on le remit au bourreau qui ne fit que le sortir du château de l'Ile sur la place publique, entre le château et le pont, où il flt quelque briève prière, puis voulant faire quelque harangue avant que mourir, le prévôt ne le voulut souffrir, ains (mais) dit au bourreau : — Dépêche mon office. Le bourreau le fit agenouiller ; ce fait, Berthelier s'écria : — Ah ! Messieurs de Genève... Il n'eut pas plutôt achevé le mot, que le bourreau le décolla, et fut le 5 août 1519. »

Pas d'autres commentaires, sinon que « la mort de Berthelier épouvanta Genève ». Sec, mais préoccupé d'exactitude, tel nous apparaît le chroniqueur Jean Savyon, un compilateur au reste, dont tout le mérite consiste en ce qu'il a résumé avec soin et parfois corrigé ses devanciers.

Si Genève fut la terre bénie de la chronique et si, malgré le peu de goût des Conseils pour les curieux d'histoire nationale, cette ville nous a donné Jeanne de Jussie, Balard, Bonivard, Froment, Roset, Savyon, d'autres parties de la Suisse romande eurent leurs annalistes aussi. Le pays de Vaud nous offre un écrivain original et qui n'est point inférieur, à bien des égards, aux meilleurs de ses émules genevois. Il ne s'agit pas de *Ludovicus*, ce chanoine de Lausanne auquel on attribue le *Chronicon breve Episcoporum Lausannensium*, une série de médiocres notices plus connues sous le nom de « manuscrit Demierre » ou « manuscrit de Moudon » ; le doyen Bridel a publié une traduction de cet ouvrage dans son *Conservateur suisse*.[1] Le travail de Ludovicus, si tant est que Ludovicus en soit l'auteur, va de l'année 500 à l'an 1533.

Mais un nom va nous retenir, celui du grand banneret de la ville d'Orbe, *Pierre de Pierrefleur*.[2] On a cru longtemps que les *Mémoires de Pierrefleur* étaient perdus. Ils avaient disparu depuis l'époque où Ruchat écrivait son *Histoire de la Réformation de la Suisse* (1727). M. A. Verdeil les a exhumés en 1856. Pierre de Pierrefleur fera le désespoir des biographes ; seul, il aurait pu nous renseigner sur les circonstances de sa vie et il a poussé la modestie au point de s'effacer complètement. Ses « mémoires » sont en réalité les mémoires des autres. Tout ce que nous savons de lui nous vient de ces lignes de Ruchat : « *Le manuscrit Thomasset* (la chronique de Pierrefleur lui avait été communiquée par le juge Thomasset) est fort curieux. Il contient l'histoire de la Réformation des baillages d'Orbe et de Grandson, écrite par un banneret d'Orbe nommé Pierre de Pierrefleur. Quoique l'auteur fût un catholique bigot et fort zélé, comme on le voit par son ouvrage, cependant il paraît assez fidèle dans sa narration. Il écrivait les choses qui se passaient sous ses yeux, et qu'il voyait avec un grand regret. »

Si l'on pardonne au chroniqueur son orthographe, l'allure un peu négligée de sa phrase, ses incorrections, ses répétitions de mots, quel attrait n'auront pas ces peintures, prises sur le vif, des mœurs vaudoises au temps de la Réforme, cette langue simple et fraîche, avec sa bonhomie et son aisance, ces pensées parfois profondes, ces observations justes souvent, et ce souffle d'honnêteté qui traverse tout le récit !

---

[1] Vol. XII, 361 à 403. *De Montet.* M. l'abbé Gremaud a publié l'original latin dans le *Mémorial de Fribourg* (1856), III, 337 et s.

[2] Préface des *Mémoires de Pierrefleur. Revue suisse* (année 1858), 738 et s. *Biblioth. universelle* (1858), 325 et s. *Musée neuchâtelois* (1876), 253 et s. *De Montet.*

Au surplus, gardons-nous d'oublier que ces *Mémoires* furent composés vers 1560 par un magistrat de petite ville ; nous aurons plus d'indulgence alors pour le côté littéraire de l'œuvre.

Les *Mémoires de Pierrefleur* vont de 1530 à 1561. Ils débutent par un avant-propos où l'auteur « prie tous ceux qui ce présent livre liront, non avoir égard à son rude et mal orné langage, lequel est rude selon la forme et le style du pays ». Les premiers chapitres renferment des données très sommaires sur la situation de la ville d'Orbe, sur les rapports de suzeraineté qui liaient cette ville à Berne et Fribourg, sur les gentilshommes de la Cuiller, qui venaient du pays de Vaud et qui avaient comploté de s'emparer de Genève par surprise. Pierrefleur rend aux Bernois et aux Fribourgeois ce témoignage qu'ils gouvernaient « avec un grand contentement » de la part de leurs sujets. Malheureusement, la Réforme embrassée par Berne en 1529 occasionna des tiraillements entre les deux suzerains, Fribourg ayant conservé la foi catholique. « Cela causa de grands maux », dit Pierrefleur. Le banneret d'Orbe, qui a jusqu'ici parlé sans colère de la foi luthérienne, s'échauffe un peu. L'hérésie est entrée dans Orbe ; nous sommes en 1531. Un religieux, Michel Juliani, avait été commis pour « prêcher en carême ». Le saint homme ayant été informé qu'il existait dans la ville « un certain personnage de petite valeur et suspect d'être attaché à la loi luthérienne » n'eut rien de plus pressé que de tonner contre le nouveau culte. Un jour que Juliani s'élevait avec plus de violence que d'habitude contre les « voluptés charnelles » des ministres protestants, un bourgeois de la cité, Christophe Hollard, suspect de luthérianisme, « oyant les propos du prédicateur, osa bien prononcer et proférer de sa propre bouche, par deux fois, qu'il en avait menti ». Et Pierrefleur narre en ces termes la scène qui suivit :

> « Sur ce, je vous laisse à penser le grand bruit et tumulte du peuple et des assistants. Certainement, j'estime qu'il fut plus gros alors que le bruit que l'on fait ès ténèbres, le vendredi saint, car les hommes qui étaient aux chapelles voulaient sortir pour l'assommer comme méchant, mais ceux qui étaient les plus prochains des portes des dites chapelles les enfermèrent, ensorte qu'ils ne purent sortir. Sur ce, les femmes, toutes d'un vouloir et courage, allèrent où était le dit Christophe, le prirent par la barbe, la lui arrachèrent en lui donnant des coups tant et plus ; elles le dommagèrent par le visage tant d'ongles que autrement, en sorte que finalement, si on les eût laissé faire, il ne fût jamais sorti hors de la dite église, qui eût été grand profit pour le bien des bons catholiques. »

Le châtelain d'Orbe délivra Hollard des mains de ces furies et le mit « au fond de fosse en prison, pour éviter grand scandale » ; on finit par le relâcher La villette d'Orbe n'a fait que les premiers pas dans le chemin des tribulations. Les Bernois lui envoient Farel, ordonnant « qu'il fut ouï » mais n'obligeant personne à l'aller entendre. Pierrefleur conte, avec cette rondeur narquoise qui lui est familière, la réception ménagée à maître Guillaume. Farel étant arrivé à « une heure du matin », il se rendit tout droit à l'église, où il attendit que l'office fut terminé.

> « Être fait, narre notre banneret, le dit Farel se mit en chaire pour prêcher, et, grande merveille, je m'étonne des petits enfants, lesquels d'eux-mêmes et sans conseil se mirent tous devant et à l'entour de la chair, se couchant et faisant des dormants, et, après avoir demeuré quelque peu, tous en un instant se vont lever et s'en sortirent hors de l'église, criant et hurlant à grand force, dont le dit Farel fut fort ébahi... Et n'eut le dit Farel en son sermon que trois auditeurs. » Mais bientôt et toute la semaine, deux fois par jour, le réformateur annonça l'Évangile à tout le peuple d'Orbe, car LL. EE. avaient exigé qu'on écoutât ses sermons, « qui tenaient deux heures chacun » et qui étaient « tous semblables l'un à l'autre, le plus de ses sermons n'étant, sinon d'appeler aux prêtres et à tous gens d'Église, disant : « ces brigands, ces larrons, ces meurtriers » et, quand il avait achevé, il tournait toujours à son propos... Le peuple fut fort obéissant aux mandements des dits seigneurs de Berne et chacun y comparut par deux jours ; ensuite, chacun en fut saoûl sans plus y aller, réservées les dix personnes qui firent toujours avec le dit Farel. »

Parmi les auditeurs, qu'il cite tous par leur nom, Pierrefleur mentionne Pierre Viret. La Réforme ne tardera pas à l'emporter, grâce à l'appui de Berne. Mais les *Mémoires* ne nous fournissent pas des indications seulement sur les débats religieux de l'époque. L'excellent banneret note les comètes « vues au ciel » en 1531 et 1532, la « grande neige qui tomba au mois de février » de cette dernière année, un « grand vent et orage élevé par le pays de Vaud » à la fin de 1533. Il s'espace longuement aussi sur les rites du culte réformé et s'en scandalise. Il rappelle les accidents notables qui se produisent dans la contrée. Il admire surtout l'humble soumission de cette pauvre cité d'Orbe, qui accepte tout des seigneurs de Berne. C'est en 1534, qu'il se se met à raconter le « commencement de prêcher la foi luthérienne à Genève ». Son récit, moins complet, présente assez d'analogie avec celui de Jeanne de Jussie. Il ne porte que sur les disputes de Genève, en 1536; il montre surtout la part qu'y prit le célèbre Caroli, prié d'y assister par « Jacques Bernard, par Farel, par Viret, autres prédicants qui, tous ensemble, n'étaient pas dignes de lui porter ses livres, à cause de sa grande science ». Nous avons ensuite l'histoire de la conquête du Pays de Vaud par les Bernois, ainsi que les annales du peuple vaudois et, plus particulièrement, de la ville d'Orbe jusqu'en 1561. On regrettera que les *minima* intéressent notre banneret autant que les événements essentiels qui marquèrent les premiers temps de la domination bernoise. Néanmoins, le tableau, par la multiplicité des détails accumulés, permet de se faire une idée d'ensemble. On est surtout frappé de la différence qui existe entre les tempéraments genevois et vaudois. Genève a l'esprit frondeur et la passion de la liberté. Le pays de Vaud est habité par de braves gens, qui ne sont pas des gens braves; on ne s'y révolte point contre la Savoie; on y accueille les Bernois sans murmure; il semble qu'on y attende la servitude, et que le maître importe peu. Pierrefleur est le type même du Vaudois d'alors; il courbe le front, se résigne à tout, n'est marri que des progrès incessants du calvinisme. L'indépendance politique le laisse froid.

Je ne veux plus que relever certains menus faits qui touchent à l'histoire des mœurs dans la Suisse romande du XVIme siècle. En 1541, il « advient un cas merveilleux en la terre de Valangin ». Je cite la page où il est relaté, puisqu'aussi bien il a inspiré à Juste Olivier l'un de ses meilleurs romans : *Luze-Léonard.* Voici la sanglante aventure :

On fêtait à Valangin les noces d'une belle fille, laquelle, avant ses noces, elle avait promis deux maris, dont par sentence fut ordonné de prendre le dernier mari promis. Quand vint le jour des noces et, après dîner, que l'on commença à danser et mener ébattement, le premier mari condamné, rempli de courroux et d'ire à cause de sa femme perdue, étant conduit du mauvais Esprit, accompagné de certains complices, tous mauvais garçons, arrivèrent à l'assemblée des danses, faisant manières joyeuses, voulant mener ébattement comme les autres. Le dit premier mari condamné prit l'épousée pour la danser, et ce fut du consentement du père de la dite épousée ; et, après avoir dansé deux ou trois tours de danse, tira son poignard et fossa l'épousée par l'estomac, d'outre en outre, dont elle tomba morte, et le dit mari qui avait fait le coup mortel à l'épousée eut la tête fendue jusqu'aux dents. Finalement, il mourut au dit combat jusques au nombre de vingt-deux personnes, et des blessés y en eut sans nombre. »

Les Valanginois de jadis prenaient au tragique leurs dépits amoureux ; Valangin est sur terre neuchâteloise, car les bons Vaudois de Pierrefleur n'eussent jamais tiré le couteau ni versé leur sang pour un mariage manqué. Le 2 juin 1549, on joue « au village de Beaulmes » une moralité « à treize personnages, et s'appelait la dite farce : *Chrestienté qui estoit malade.* Elle fut jouée à la faveur des luthériens. » Quinze jours plus tard, « a été jouée à Romainmôtier une moralité appelée : l'histoire de *Daniel et son fils,* ensemble le *Mariage de Sara,* laquelle fut bien et magnifique-

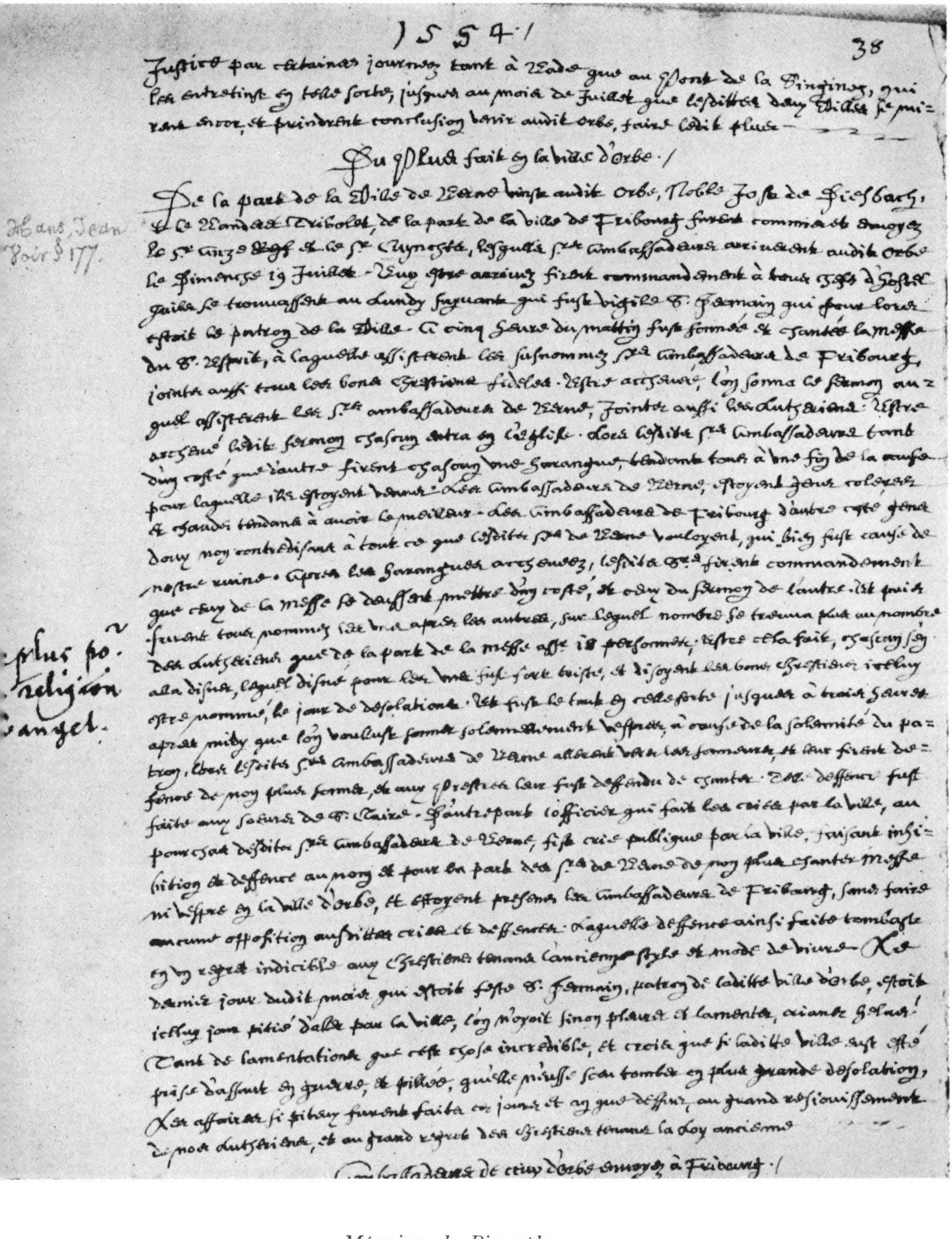

1554 / 38

Justice par certaines journées tant à Berne que au pont de la Singine, qui les entretinst en telle sorte, jusques au mois de Juillet que lesdittes deux Villes se pri= rent accord, et prindrent conclusion venir audit Orbe, faire ledit plus —

Du plus fait en la ville d'Orbe. /

De la part de la Ville de Berne vinst audit Orbe, Noble Josse de Diesbach, & le Banderet Triboltet, de la part de la ville de Fribourg furent commis et envoyez le Sr [illegible] & le Sr [illegible], lesquels Srs ambassadeurs arriverent audit Orbe le dimenche 19 Juillet. Eux estre arrivez firent commandement à tous chefs d'hostel qu'ils se trouvassent au lundy suyvant qui fust vigille S. Germain qui pour lors estoit le patron de la Ville. A cinq heure du mattin fust sonnée et chantée la messe du S. Esprit, à laquelle assisterent les susnommez Srs ambassadeurs de Fribourg, joints aussi tous les bons chrestiens fidelles. Cestre acheuée, l'on sonna le sermon auquel assisterent les Srs ambassadeurs de Berne, joints aussi les Lutheriens. Cestre acheué ledit sermon chascun entra en l'eglise. Lors lesdits Srs ambassadeurs tant d'un costé que d'autre firent chascun une harangue, tendans tous à une fin de la cause pour laquelle ils estoyent venus. Les ambassadeurs de Berne estoyent gens coleres & chauds tendans à avoir le meilleur. Les ambassadeurs de Fribourg d'autre costé gens doux non contredisant à tout ce que lesdits Srs de Berne vouloyent, qui bien fust cause de nostre ruine. Apres les harangues acheuées, lesdits Srs firent commandement que ceux de la messe se deussent mettre d'un costé, et ceux du sermon de l'autre. Ce fait furent tous nommez l'un apres les autres, sur lequel nombre se trouva plus au nombre des Lutheriens que de la part de la messe assavoir 18 personnes. Cestre cela fait, chascun s'en alla disner, lequel disner pour les uns fust fort triste, et disoyent les bons chrestiens icelluy estre nommé le jour de desolation. Ce fust le tout en ceste sorte jusques à trois heures apres midy que l'on voulust sonner solennellement les vespres, à cause de la solennité du pa= tron. Lors lesdits Srs ambassadeurs de Berne allerent vers les sonneurs, et leur firent def= fence de non plus sonner, et aux prestres leur fust deffendu de chanter. Ces deffences fust faitte aux soeurs de Ste Claire. D'autre part l'officier qui fait les criés par la ville, au pourchas desdits Srs ambassadeurs de Berne, fist crie publique par la ville, faisant inhi= bition & deffence au nom et pour la part des Srs de Berne de non plus chanter messe ni vespres en la ville d'Orbe, et estoyent presens les ambassadeurs de Fribourg, sans faire aucune opposition ausdittes criés et deffences. Laquelle deffence ainsi faitte tomba en un regret indicible aux chrestiens tenans l'ancienne style et mode de vivre. Le dernier jour dudit mois qui estoit feste S. Germain, patron de laditte ville d'Orbe, estoit icelluy jour pitié d'aller par la ville, l'on n'oyoit sinon pleurs et lamentations, criants helas! Tant de lamentations que c'est chose incredible, et crois que si laditte ville eust esté prise d'assault en guerre, et pillée, qu'elle n'eusse sceu tomber en plus grande desolation. Les affaires si piteux furent faits ce jour et en grand deffault, au grand resiouissement des Lutheriens, et au grand regret des chrestiens tenans la loy ancienne

Ambassadeurs de ceux d'Orbe envoyez à Fribourg. /

Mémoires de Pierrepleur

Bibl. cantonale, Lausanne (p. 135).

ment jouée ; et dura le dit jeu depuis dix heures du matin jusques à quatre heures après midi. » Le malheur est que le banneret d'Orbe ne nous dit rien de plus sur ces deux représentations, qui eussent piqué notre curiosité plus encore que les détériorations survenues au moulin de Cossonay ou la « rencontre de deux hommes attendant un autre pour l'endommager et battre sur les champs ». Mais n'exigeons pas trop de Pierrefleur, qui n'a pas nos goûts et qui ne pouvait deviner nos préférences.

Le mérite littéraire du chroniqueur est mince. Sa langue est souvent incorrecte et molle ; elle a cependant une certaine grâce nonchalante et beaucoup de naïve rusticité. Pierrefleur n'a pas la vigueur de Froment, ni la verve du brillant prieur de St-Victor. Il n'en est pas moins au-dessus de la plupart des hommes de son époque et de sa condition ; il n'est pas ignorant et sait tenir une plume. Et puis, il n'existe pas, à ma connaissance, de document plus fidèle sur la vie vaudoise au XVIme siècle. Nombre de circonstances rapportées par notre conteur sembleront insignifiantes ou puériles au premier abord ; serait-il donc sans utilité pour l'historien d'apprendre ce qui s'est passé et ce qu'on pensait alors, et plus de trente années durant, dans une ville semblable à toutes nos petites cités romandes ? Et quel portrait Pierrefleur ne dessine-t-il pas, même sans y prendre garde, du type vaudois, de ce bourgeois calme, soumis, un brin railleur, mais qui a la vénération du pouvoir et la religion de l'obéissance ? Ce portrait sera vrai jusqu'à la fin du XVIIIe siècle.

Si Genève et le pays de Vaud ont eu leurs chroniqueurs, Neuchâtel n'a pas eu les siens. Samuel de Pury n'a point songé à lui en trouver pour le XVIme siècle. Je ne vois à mentionner, dans ce chapitre, que *Louis Barillier,* conseiller d'État, auquel on attribue un ouvrage, composé sans doute vers 1580, sur *Les Monuments anciens de Neuchâtel.* Ces pages sont restées manuscrites ; il en existe de nombreuses copies.

II

La chronique fut surtout l'affaire des gens du pays. L'histoire et la politique générale seront plutôt traitées par des réfugiés. Nous négligerons *Jean-Paul Spifame,* dont les malheurs ont fait plus de bruit que les travaux, et auquel la bourgeoisie de Genève n'a guère valu qu'une condamnation capitale pour mariage irrégulier, alors que bien d'autres, Aimé Mégret, pasteur de Moëns, Claude Veyron, pasteur de Compesières, Simon Moreau, pasteur de Troinex, Jean Ferron, pasteur de Genève, avaient été simplement congédiés ou réprimandés pour mauvaises mœurs. Si Spifame qui, d'après de Bèze, « n'avait faute d'esprit, ni de langue, ni d'expérience, » n'a presque rien écrit pendant son séjour à Genève, Gentillet y a publié son *Anti-Machiavel,* un des livres les plus fameux de la seconde moitié du XVIme siècle. Nous savons fort peu de chose d'*Innocent Gentillet,*[1] et sa biographie pourrait tenter un chercheur. Senebier, qui est un investigateur patient et sagace, a reculé devant les difficultés de l'entreprise. Il nous dit ingénument : « L'histoire de cet homme de lettres est enveloppée des ténèbres les plus épaisses ». Nous sommes mieux informés aujour-

[1] *Senebier. France protestante. Bull. de l'Inst. nat. genevois* (étude de M. H. Fazy sur l'*Anti-Machiavel* de Gentillet), XXVIII, 443 et s.

d'hui, mais il suffira de rappeler ici que Gentillet embrassa la Réforme avec ardeur. Après le massacre du 12 août 1572, il vint demander asile à la ville de Genève qui lui donna la généreuse hospitalité qu'elle prodiguait à toutes les victimes des persécutions catholiques ; il y vécut pendant plusieurs années, occupé à des ouvrages de controverse et de polémique. Rentré en France dès l'heure où les victoires des huguenots décidèrent Henri III à la clémence, il obtint la charge de conseiller, puis de président de chambre au Parlement de Grenoble. En 1585, une réaction violente se préparant contre le protestantisme, il fut destitué, quitta son pays et s'établit à Genève où il mourut en 1595.

Savant jurisconsulte, dialecticien consommé, esprit ferme quoique modéré, il est connu, entre autres, par son *Anti-Machiavel,* où il entreprit, d'une part, de réfuter les théories immorales formulées dans le *Prince,* et, de l'autre, d'instruire, sous prétexte de combattre Machiavel, le procès de la diplomatie cauteleuse de Catherine de Médicis. Genève, d'où était partie, en 1573, la *Franco-Gallia* d'Hotman, Genève jetait, trois ans plus tard, par le monde, cette œuvre destinée à un grand retentissement : le *Discours d'Estat sur les moyens de bien gouverner et maintenir en bonne paix un royaume, contre Machiavel* (1576). Dans ce volume, qui est un pamphlet grave et sain, Gentillet réduit à trois chefs essentiels la doctrine du célèbre Florentin et l'anéantit, l'histoire en main. A ses yeux, le souverain a d'autres règles que son bon plaisir ; la raison d'État ne peut tout immoler à ses nécessités. Les principes du droit et de la justice sont au-dessus des volontés du prince et des soi-disantes exigences du gouvernement. Il affirme la supériorité de l'intelligence et de la vertu sur la naissance. C'est un libéral, qui aimerait voir la France secouer le joug de la monarchie absolue et passer à la monarchie constitutionnelle, avec des lois restreignant les pouvoirs du roi, avec le contrôle des États-Généraux et des Parlements.

L'*Anti-Machiavel* est vraiment un bon livre, où l'on respire un air de tolérance et de vérité. Les partis pouvaient rivaliser de fanatisme, Gentillet ne perdit point sa sérénité, ni ne se départit de sa clairvoyance. Il voudrait rapprocher ceux qui s'acharnent à convertir en abîme le fossé qui les sépare. Il vante le retour aux idées de paix et de support, il fait entendre la voix de l'humanité dans le tumulte des passions. Méditez donc ses pensées sur le choix des magistrats :

> « Ce n'est rien, dit-il, que d'avoir de bonnes lois, si l'on n'a quand et quand des bons magistrats pour les faire observer : car le magistrat est l'âme de la loi, qui lui donne force, vigueur, action et mouvement, sans lequel la loi serait comme une chose morte et inutile. C'est donc une chose excellente qu'un bon magistrat, voire des plus excellentes qui soient en ce monde ; mais c'est aussi une chose fort rare, du moins en ce temps... Dion écrit que l'empereur Caïus Caligula avait un cheval, nommé Velocissimus, lequel il aimait tant, qu'il le faisait souvent dîner et souper à sa table et lui faisait servir de l'orge en un grand vaisseau d'or, et du vin en des grandes chaudières qui étaient aussi d'or. Non content de faire cet honneur à Velocissimus, il se délibéra de l'avancer aux États et offices, et au gouvernement de la chose publique, et se résolut de le faire consul de Rome. Et l'eût fait, dit Dion, s'il n'eût été prévenu de la mort. Les Machiavélistes de ce temps qui liraient cela, sauraient bien dire que cela était un acte d'homme insensé, de vouloir donner un si bel état à une bête. Mais cependant ils trouvent bon qu'on donne aujourd'hui les États à des bêtes plus dangereuses que n'était Velocissimus, car au pis être, si Velocissimus eût été créé consul de Rome, il n'eût pu faire autre mal à la chose publique ni aux particuliers, sinon en donnant quelque ruade à ceux qui l'eussent voulu saluer de trop près. Au reste, il n'eût point fait de concussions, pilleries, ni autres abus, que font les bêtes de notre temps, qui sont pourvues aux États. »

Rarement Gentillet risque la grosse plaisanterie. Son ironie est voilée, plus fine que forte en général. Il a plus de bonhomie que de mordant, et plus d'humour que d'esprit. Il paraît que, dans sa réfutation de Machiavel, il avait parlé en termes assez vifs de la nationalité italienne, ce qui lui suscita de longs et déplaisants démêlés avec les Italiens réfugiés à Genève. On eut mille peines à calmer la bouillante postérité des vieux Romains. L'intervention de Th. de Bèze lui-même n'apaisa point le conflit, bien que le coupable se confondît en excuses. M. Fazy rapporte qu'un beau jour, au printemps de 1577, Gentillet fut assailli, bousculé, et frappé en public par un certain Francesco Lambert, qui s'était érigé un peu brutalement en vengeur de l'honneur italien. Deux siècles et demi plus tard, Lamartine aura toute l'Italie sur les bras pour quelques alexandrins.

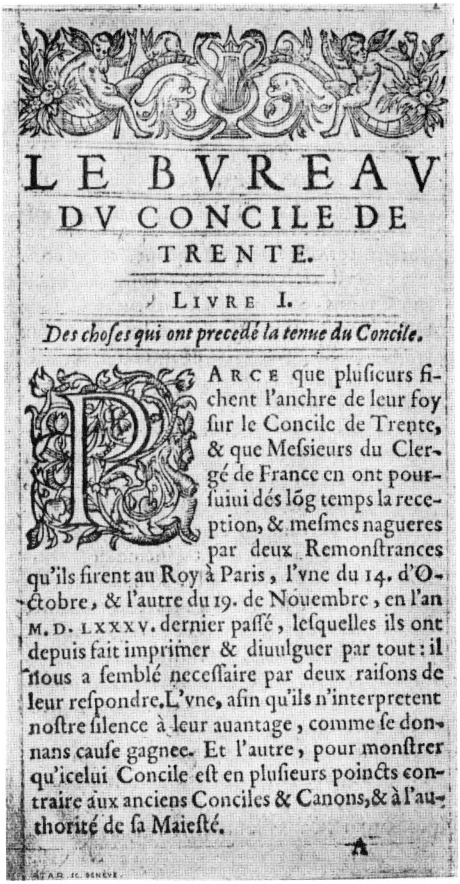
LE BVREAV
DV CONCILE DE
TRENTE.

LIVRE I.

Des choses qui ont precedé la tenue du Concile.

PARCE que plusieurs fichent l'anchre de leur foy sur le Concile de Trente, & que Messieurs du Clergé de France en ont poursuiui dés lõg temps la reception, & mesmes nagueres par deux Remonstrances qu'ils firent au Roy à Paris, l'vne du 14. d'Octobre, & l'autre du 19. de Nouembre, en l'an M.D.LXXXV. dernier passé, lesquelles ils ont depuis fait imprimer & diuulguer par tout: il nous a semblé necessaire par deux raisons de leur respondre. L'vne, afin qu'ils n'interpretent nostre silence à leur auantage, comme se donnans cause gagnee. Et l'autre, pour monstrer qu'icelui Concile est en plusieurs poincts contraire aux anciens Conciles & Canons, & à l'authorité de sa Maiesté.

A

Une page du *Bureau du Concile de Trente* (éd. 1582).
Bibl. de Berne.

Parmi les autres ouvrages de Gentillet, je signalerai au moins sa traduction de la *République des Suisses,* de J. Simler, ainsi que sa *Remontrance au roy Henri III* « sur le fait des deux édits donnés à Lyon, touchant la nécessité de la paix et les moyens de la faire ». Deux autres de ses écrits veulent être examinés de plus près. Voici d'abord l'*Apologie ou défense pour les chrétiens de France qui sont de la religion évangélique* (1584). En cette alerte et solide satire dédiée au roi de Navarre, Gentillet montre que la religion réformée étant « blâmée et dénigrée à outrance par ceux qui ne l'entendent pas et qui ne la veulent entendre », elle est « non seulement fondée en la pure parole de Dieu » mais aussi « approuvée par les propres canons des Papes et de l'Église romaine. » Comme on le devine, l'auteur prend directement l'offensive. C'est la méthode du XVIme siècle. On cherche moins à se justifier qu'à malmener ses adversaires. Mais l'*Apologie* de Gentillet est l'œuvre d'un logicien, très savant en toutes matières, même et surtout en théologie. Le ton n'est pas trop acerbe, les injures aux catholiques sont assez clairsemées.

Arrivons à un traité plus célèbre que le précédent: *Le Bureau du Concile de Trente* (1586), qui parut la même année en français et en latin. Innocent Gentillet s'efforcera d'établir « qu'en plusieurs points icelui Concile est contraire aux anciens Conciles et Canons et à l'autorité du Roy ». On est unanime à reconnaître que ce livre est remarquable par l'érudition étendue et la forte critique. L'auteur passe au crible d'un examen serré, et l'une après l'autre, toutes les décisions du Concile de Trente, dont il espère « ébranler le fondement ».

« Je ne doute pas, écrit-il dans sa dédicace au roi Henri III, que mon entreprise n'encoure diverses répréhensions. Car les uns diront que je devais laisser traiter la théologie aux théologiens ; et les autres qu'il y a en mon fait trop d'audace, d'avoir osé attaquer tant de prélats et docteurs qui se trouvèrent en ce Concile, et que cela approche de semblable témérité que si un simple soldat attaquait tout un régiment. Mais, au premier point, je réponds que je ne suis point sorti hors des limites de ma vocation, car faisant profession, comme je fais, du droit civil et canon et quelque peu de l'histoire,on trouvera que je me suis contenu dedans ces limites. Au second, je dis que ce n'est pas moi qui attaque les Pères du Concile de Trente ; ce sont les anciens Pères, et les plus excellents docteurs de l'Église primitive. Quant à moi, je ne fais que les mettre en bataille. »

Après avoir rappelé les « choses qui ont précédé la tenue du Concile », il entre *in medias res,* suivant l'ordre des « sessions », commentant, discutant, condamnant tous les décrets rendus. Mais, s'il ne transige pas, s'il est un controversiste opiniâtre et minutieux, il est à l'ordinaire fort courtois. Point de personnalités, pas de gros mots ! Ne serions-nous plus au XVIme siècle ?

Nous allons y rentrer, avec *Louis Turquet de Mayerne,*[1] un Lyonnais que les persécutions chassèrent à Genève, où il fut admis au nombre des habitants, en 1573. Il fit, vers la même époque, l'acquisition de la terre de Mayerne, — ce qui lui permit de cacher ses origines plébéiennes. Il retourna plus tard en France et mourut à Paris, en 1618. La meilleure de ses œuvres est sans contredit son fils, l'illustre médecin et chimiste Théodore Turquet de Mayerne, auquel nous devons diverses découvertes scientifiques et plusieurs traités, dont on a dit beaucoup de bien et beaucoup de mal. Mais il s'agit ici du père, et non du fils.

Louis Turquet de Mayerne est un esprit original, sinon très cultivé et très profond : il a bataillé de la plume, sans grand succès, pour des causes raisonnables.

La *Monarchie aristodémocratique* (1561) a eu de violents détracteurs, entre autres Étienne Junius Brutus, dans une *Défense de la monarchie française* (1580) et Louis d'Orléans, qui réfuta de Mayerne et l'appela un « monstre ». L'Estoile, homme pondéré, parle du traité de notre historien, comme d'un ouvrage « judicieux et véritable, mais mal propre pour le temps ». C'est le bon sens même. En effet, la *Monarchie aristodémocratique* est « mal propre pour le temps », car elle exprime des idées aussi avancées que l'*Anti-Machiavel* de Gentillet, et quelques-unes d'entre elles sentent bien plus le XVIIIme que le XVIme siècle. Elle est dédiée aux « très illustres États généraux et souverains des provinces confédérées des Pays-Bas ». Ce n'est pas une « curiosité ambitieuse » qui a poussé notre réformateur politique à écrire, ni « présomption de savoir plus que les autres », mais « l'amour de la vérité, lequel l'a accompagné toute sa vie ». Il estime que le droit constitutionnel a « une fin déterminée comme toutes les autres belles sciences ». Il s'appuiera, pour édifier son système, « sur la Parole de Dieu et les enseignements de Nature ». Il aura aussi peur de l'oligarchie que de l'ochlocratie, celle-ci l'épouvantant peut-être davantage que celle-là, puisqu'elle est une sorte d'anarchie « turbulente, aveugle, ignorante dont il n'y a rien au monde de si hideux ». La démocratie elle-même est « la plus dangereuse condition aux Républiques ». Il aimerait, en somme, faire « une Sparte à sa mode ».

Le gouvernement rêvé par de Mayerne serait une monarchie constitutionnelle, très décentralisée, avec des États généraux et des États provinciaux, ceux-ci orga-

---

[1] *Memoires* de l'Estoile, II, 376. *Biogr. générale. De Montet. Bull. de la Soc. de l'hist. du prot. franç.* XII, 277.

nisés démocratiquement et formés par « nobles et plébéiens riches et pauvres ». Telle est l'honnête et un brin chimérique idéal de Louis Turquet de Mayerne. Pourquoi n'a-t-il pas su se borner ? Délayées dans un formidable in-quarto, ses vues essentielles se perdent, et il y a trois siècles que personne ne songe plus à les y chercher.

Son *Histoire générale d'Espagne* (1586) réussit un peu mieux que sa *Monarchie aristodémocratique*. On a prétendu qu'elle avait été faite sur celle de J. Mariana, mais à tort : la première édition de l'ouvrage de Turquet de Mayerne fut publiée en 1586, tandis que l'histoire de Mariana date de 1592 seulement. Ce qui est exact, c'est que les éditions subséquentes ont été remaniées, et que de Mayerne s'est copieusement servi des données nouvelles fournies par son rival. L'*Histoire générale d'Espagne*, pour manquer de composition et offrir d'assez grosses lacunes, n'en révèle pas moins un esprit curieux et hardi, qui a, cela saute aux yeux, plus de goût pour aligner des démonstrations que pour narrer des faits. Eh! quoi, il s'est « jeté hors les barrières de sa vocation » et il a entrepris une tâche pour laquelle il était insuffisamment préparé.

L. Turquet de Mayerne (Bibl. publ. de Genève).

La langue de Turquet de Mayerne a des qualités de rondeur et de clarté ; on lui demanderait en vain la puissance d'Agrippa d'Aubigné ou la vivacité de Bonivard.

L'auteur de l'*Histoire générale d'Espagne* est bien oublié. Son œuvre tient plus de place dans les rayons des bibliothèques que dans les préoccupations des historiens modernes. Il avait des idées ; il ignorait l'art de les bien exprimer. Or le mauvais style, qui est pour les écrivains ce qu'est pour l'enfant un sang pauvre et vicié, ne fait pas vivre longtemps. Un contemporain de Turquet de Mayerne, *Théodore Agrippa d'Aubigné*,[1] fut un prosateur autrement vigoureux ; et que ne dirions-nous pas du poète, s'il n'appartenait exclusivement à la littérature de la France ? Un fanatique

[1] *Senebier*, II, 118 et s. *France protestante*, 2e éd. *De Montet. Etude histor. et litt. sur Agrippa d'Aubigné*, par E. Réaume, in-8, Paris, 1883. *Les écriv. franç. de la Réform.* de Sayous, II, 207 et s. *Mém. et doc. de la Soc. d'hist. et d'arch. de Genève*, XVII, 153 et s. (article de Th. Heyer sur *Th.-A. d'Aubigné à Genève*). *Bibl. universelle* de nov. 1897 (article de M. H. Warnery). Il faut étudier d'Aubigné dans ses *Œuvres complètes*, publ. par E. Réaume et F. de Caussade, 4 vol. in-12, Paris, 1873. Cette édition contient, sauf l'*Histoire universelle*, toute l'œuvre d'Aubigné et elle renferme nombre de choses inédites (deux poèmes, *Le Printemps* et *la Création*, des discours, des traités, des lettres, etc.).

de chronologie reléguerait au siècle suivant ce huguenot de vieille roche, qui a surtout écrit durant ses dernières années, de 1600 à 1630. Mais d'Aubigné est un calviniste des guerres de religion. Cherchais-je à le cantonner dans le milieu qu'il choisit pour y finir en paix, parmi les théologiens rigides et secs de la nouvelle Genève, j'aurais l'air d'envoyer au prêche l'un des plus fougueux aventuriers et l'un des soldats les plus énergiques de la Réforme. L'ami d'Henri de Navarre est une de ces fortes natures dont le seizième siècle a été si riche, une sorte de Montluc protestant, plus instruit, plus humain, plus artiste aussi, non moins passionné. Blaise de Montluc dira, lui : « J'ai toute ma vie haï les écritures ». Agrippa d'Aubigné les aima toujours. Il se plaisait à composer des vers au cours de ses rudes campagnes. Bien des pages de ses *Tragiques* « sortaient de sa main ou à cheval ou dans les tranchées ». On ne sera pas surpris que toute son œuvre ressemble à une bataille. Quand il ne peut frapper du glaive sur les adversaires de sa foi, il leur lance à la face ses livres débordants de haines farouches et de saintes colères. Mais il est intéressant de connaître, par le récit un peu sommaire qu'il nous en a laissé, cette existence extraordinaire qui fut celle de tant de huguenots et qui fournirait la matière de quelques drames historiques.

Théodore Agrippa d'Aubigné naquit à Saint-Maury, près de Pons, en Saintonge, le 8 février 1550. Son père, calviniste militant, avait façonné cette âme d'enfant aux émotions violentes des luttes de partis. En 1558 par exemple, il conduisit Agrippa devant les potences où étaient exposées les têtes des conjurés d'Amboise et lui tint le discours suivant : « Mon fils, il ne faut point que ta tête soit épargnée après la mienne, pour venger ces chefs pleins d'honneur ; si tu t'y épargnes, tu auras ma malédiction. » Cette éducation convenait au futur poète des *Tragiques*, dont les penchants belliqueux ne tardèrent pas à se manifester.

Le tuteur d'Agrippa envoya peu de temps après le jeune orphelin à Genève, pour y compléter ses études. La tranquillité du collège, la régularité du travail pesaient à cet adolescent qui pensait davantage à guerroyer qu'à « expliquer les dialectes de Pindare. » En 1565, il quitte Genève sans autorisation et se rend à Lyon, où il arrive dénué de toutes ressources. Il traverse toutes les angoisses de la plus cruelle misère. Un soir même, n'ayant plus de gîte, le ventre creux et la tête en fièvre, il s'arrête au milieu du pont de la Saône, « criant à Dieu qu'il l'assistât en son agonie. » Un secours inespéré le détourna du suicide. De retour chez son tuteur, il déclara formellement à ce dernier qu'il entendait embrasser la carrière des armes. Et le voilà courant le pays, résistant aux exhortations de ceux qui voulaient l'arracher à la profession de son choix, bravant l'apprentissage du rude métier de soldat, mal vêtu, mal monté, se signalant dans plusieurs rencontres, conquérant ses grades à force de témérité, surprenant la ville de Pons, tout ensemble vaillant lutteur et capitaine heureux ! Lorsque la paix fut signée et après être rentré en possession de l'héritage paternel qu'un tiers avait usurpé, il se reposa de ses fatigues en tombant amoureux de Mademoiselle de Talcy, Diane Salviati. Il songea au mariage. Mademoiselle de Talcy était catholique ; l'obstacle n'eût pas été insurmontable, sans la pauvreté d'Aubigné. On le lui fit comprendre. Il s'empressa de retourner au château de son père, d'emporter tous les papiers qu'il y put découvrir ; il s'en vint les soumettre à M. de Talcy. L'un de ces papiers établissait à l'évidence que le chancelier de L'Hôpital avait adhéré à la conjuration d'Amboise. M. de Talcy dit à Aubigné qu'il « se faisait fort de lui faire donner dix mille écus, » soit par le chancelier, soit par ceux qui auraient intérêt à posséder la pièce compromettante. Agrippa hésita un instant, puis il jeta le document au feu. Vaincu par ce beau trait d'honnêteté, M. de Talcy eût consenti à lui donner la main de sa fille; mais le roman devait finir par une rupture. Cette liaison avec Diane Salviati échauffa la verve lyrique de notre héros, et nous eûmes l'œuvre enflammée que l'on connaît sous le nom de: *Le printemps d'Aubigné.*

Agrippa, qui avait échappé par miracle au massacre de la Saint-Barthélemy, entra secrètement, en 1573, dès le lendemain de la paix de la Rochelle, au service du roi de Navarre, alors prisonnier à la cour et « éclairé de trop près ». Afin de ne pas éveiller les soupçons, il fit mine de se ranger du côté des catholiques. Il remplit son rôle en acteur consommé, sut gagner l'affection du duc de Guise et rapprocher ce prince du futur Henri IV. C'est vers cette époque qu'il commit sa tragédie de *Circé,* « que la reine mère ne voulut pas exécuter pour la dépense; » *Circé* fut jouée plus tard, « aux noces du duc de Joyeuse, » mais nous l'avons perdue. Plus encore que ses talents littéraires, on appréciait ou redoutait ses bons mots et ses vertes reparties. On lui pardonna même de n'être pas un papiste très fervent. Un jour qu'Henri III lui avait demandé s'il faisait ses Pâques, Agrippa prétendit qu'il les avait faites un vendredi, « ne sachant pas qu'il n'y avait que ce pauvre jour dans toute l'année où il ne se disait point de messe et où l'on ne communiait point. » Le duc de Guise fit observer que d'Aubigné vivait en fort mauvais termes avec le catéchisme, ce qui mit toute la compagnie en joie. La reine mère cependant se méfiait.

Le roi de Navarre s'enfuit. Agrippa le suivit; il possédait toute la confiance de son maître, quand les fredaines du galant Henri occasionnèrent quelque brouille entre eux. Ce fut alors, conte d'Aubigné, que commencèrent les amours du prince « pour la jeune Lignonville qui, tant qu'elle fut fille, résista vertueusement. Le roi voulut y employer Aubigné, ayant posé pour chose sûre que rien ne lui était impossible. Celui-ci, assez vicieux en grandes choses et qui peut-être n'eût refusé ce service par caprice à un sien compagnon, se banda tellement contre le nom et l'effet de m........, que les caresses démesurées de son Maître ou les infimes supplications, jusqu'à joindre les mains devant lui à genoux, ne le purent émouvoir. » D'Aubigné n'est donc pas un parangon d'austérité, en cette saison de sa vie. C'est pure fantaisie, s'il refuse de s'associer aux entreprises galantes du roi. Il nous apparaît même un tantinet hâbleur, cet homme « auquel rien n'est impossible. » De mêmes sujets de querelle s'élèveront encore entre les deux amis, mais d'Aubigné aura une attitude plus mâle et plus honnête devant le roi folâtre. Il avait néanmoins suffi de ces remontrances et de quelques autres détestables raisons d'être mécontent, pour qu'Henri de Navarre exilât l'un de ses plus fidèles serviteurs. Le ressentiment royal alla plus loin; à en croire d'Aubigné, on trama sa mort et il n'évita que par son adresse et son courage les pièges qu'on lui tendit.

Après des raccommodements et des bouderies, sur lesquels nous pouvons glisser, d'Aubigné se remet en campagne, se bat vaillamment à Coutras et accepte la place de gouverneur de Maillesais. « Il était trop las de courir. » Il n'en prend pas moins part aux affaires d'Arques et d'Ivry, aux deux sièges de Paris et à celui de Rouen. Brantôme a dit de ce fier lutteur: « Celui-là est bon pour la plume et pour le poil, car il est bon capitaine et soldat, très savant et très éloquent, et bien disant s'il en fut oncques. »

C'est le trône de France que d'Aubigné avait rêvé pour son roi. Il avait cette ferme assurance, ou plutôt ce grand espoir: Henri de Navarre demeurerait attaché au drapeau de la Réforme. Le prince était ambitieux et léger; il préféra devenir le roi des Français plutôt que de rester le chef des huguenots. Il abjura: « Paris vaut bien une messe. » Le cœur d'Agrippa fut saisi d'indignation et de mépris. Mais à la mort de Suzanne Lezay, la compagne tendrement aimée, toute la colère d'Aubigné se fondit en amère douleur: « Je n'ai, soupire-t-il, guère passé de nuits depuis trois ans sans la pleurer. » Il vécut dans une demi-retraite, cessant, pendant plusieurs années, toutes relations avec la cour. Il y retourna, sur les instances de son ancien maître qui ne pouvait se résoudre à la perte d'un ami si fidèle. On s'efforça de le gagner au nouvel ordre de choses. Il répondit qu'il aimerait mieux mourir ou quitter le royaume que de mériter des faveurs par la trahison de ses frères. Quoique d'Aubigné fréquentât les « assemblées de religion », où l'on ne travaillait pas précisément pour le roi transfuge, Henri IV lui confia diverses charges et missions. Dans une de leurs dernières entrevues, le prince accusa assez vivement Agrippa de chercher à « tout gâter ». Celui-ci riposta: « Sire, j'ai été nourri aux pieds de Votre Majesté, attaquée de tant d'ennemis et d'accidents qu'elle a eu besoin de serviteurs amateurs des affligés, et qui n'abandonnassent pas votre service mais redoublassent votre affection au prix que vous étiez accablé par une puissance supérieure. Supportez de nous cet apprentissage de vertu ! » Henri IV pardonnait tout à d'Aubigné; en dépit de cette brusque sortie, « il n'y eut autre réponse que l'embrassade de Dieu. »

Peu de temps avant le crime qui mit fin à l'un des règnes les plus brillants de la monarchie française, le roi dit à d'Aubigné: « Je tiens ma vie temporelle et spirituelle entre les mains du saint Père, véritablement vicaire de Dieu. » Agrippa conjectura de ces paroles que la vie de son maître « était condamnée de Dieu », et il s'en ouvrit à ses confidents. Deux mois après, le poignard de Ravaillac avait réalisé cette prédiction du vieux soldat: « Sire, comme vous n'avez encore renoncé à Dieu que des lèvres, Dieu s'est contenté qu'elles fussent percées (lors de l'attentat de Jean Châtel), mais s'il vous arrive de renoncer un jour du cœur, alors il permettra que votre cœur soit percé. » Le roi mort, les affaires de la religion commencèrent à « prendre une grande décadence ». Les seigneurs huguenots se laissaient attirer à la cour. « L'avarice des ministres », dont trois furent infidèles, donna lieu à maintes intrigues. Agrippa tint longtemps tête à l'orage; puis, après des périls et des fatigues sans cesse renouvelés, il trouva un refuge à Genève, le 1er septembre 1620. On le reçut à bras ouverts, le combla « d'honneurs et courtoisies ». L'heure du repos n'avait-elle pas sonné ? Non. Il ne convenait point à cet enragé batailleur de se croiser les bras. Le séjour de Genève ranima même ses espérances. Ne se jette-t-il pas — il est septuagénaire — dans des négociations qui doivent lui assurer la place de maréchal de camp à l'armée de Mansfeld ? La guerre de trente ans est engagée. Mais les calvinistes de la Rochelle, qui s'étaient d'abord adressés à lui, le sacrifièrent au duc de Bouillon. Condamné à l'inaction de ce côté, il se rattrape dans Genève, dresse un plan des fortifications de la ville, dirige les premiers travaux, se défend contre les calomnies de l'ambassadeur de France en Suisse, brave une sentence de mort — la quatrième — prononcée à Paris contre lui, continue à rêver d'entreprises guerrières, écrit ou termine la plupart de ses ouvrages, a encore le loisir de se remarier avec Renée Burlamachi. Mais l'âge pesait sur les robustes épaules:

Laissez dormir en paix la nuit de mon hiver!

Il mourut paisiblement le 29 avril 1630.

J'ai essayé, à la lumière des *Mémoires,* de faire le portrait d'un de ces huguenots du XVIme siècle, avec leurs goûts d'aventuriers, leurs mœurs de soldats, leur ferveur d'apôtres, leurs ruses de diplomates, leur prodigieuse activité, — et, j'ajouterais, leur étonnant savoir, si d'Aubigné ne parlait fort peu de ses livres dans ses *Mémoires.* Il fut cependant l'un des plus féconds auteurs de son temps, et l'on s'en apercevra, bien que je renonce à étudier le poète pour m'occuper uniquement du pamphlétaire et de l'historien. Nous ne reviendrons plus sur ses « mémoires », intitulés : *Sa vie à ses enfants,* ou *Histoire secrète de Théodore Agrippa d'Aubigné, écrite par lui-même ;* à en croire Senebier, on aurait « douté beaucoup de l'authenticité » des *Mémoires.* Ces doutes, qui pouvaient paraître fondés avant les éditions de MM. Lalanne et Réaume et de Caussade, sont levés aujourd'hui. Les mémoires constituent une autobiographie d'Aubigné, « un discours de sa vie, lequel ne l'a point contraint de cacher ce qui en l'*Histoire universelle* eût été de mauvais goût » ; ils sont incomplets sur plusieurs points, peu modestes parfois, mais exubérants de sincérité et d'entrain. Le style souple et nerveux, d'une syntaxe et d'un vocabulaire très libres, le récit clair et rapide, l'abondance des renseignements en font un document de rare valeur, autant pour l'étude du caractère d'Aubigné que pour l'histoire même de la France à la fin du XVIme siècle. Et que dire de ses *Lettres,* où il déploie une verve sans pareille ? Elles ressemblent à des fragments détachés de ses *Mémoires.* Le ton est le même ; c'est du gascon à la huguenot, quelque chose de franc, de hardi, de brutal, avec un peu de hâblerie et beaucoup de religion. Quels cris de colère et de douleur dans la réponse qu'il fait à son malheureux fils « d'âme traîtresse et de corps lépreux ! » Que d'informations piquantes et de mots savoureux semés à pleines mains ! Ses épîtres qui traitent « de points de théologie » sont plus belliqueuses encore qu'édifiantes.

Mais il faut parler d'autre chose, si l'on veut étudier en d'Aubigné moins l'homme que le littérateur. Nous retrouverons le fougueux adversaire de Rome et de la Ligue dans toutes ses œuvres de prose, notamment dans deux copieuses diatribes, les *Aventures du baron de Fæneste* et la *Confession de Sancy,* où il se montre à nous railleur endiablé, mordant et féroce. Les *Aventures du baron de Fæneste* (1630) sont un roman burlesque en quatre livres. « Lassé de discours graves et tragiques, dit l'auteur en sa préface, il s'est voulu récréer à la description de son siècle, en ramassant quelques bourdes vraies. » A qui s'adressent ces « bourdes vraies ? » Sans doute au duc d'Épernon. Cet ancien mignon d'Henri III avait eu souvent maille à partir avec d'Aubigné, et l'on ne s'étonnera point de le rencontrer sous le masque du baron de de Fœneste, « baron de Gascogne, baron en l'air qui a pour Seigneurie *Fæneste,* signifiant en grec : paraître, jeune éventé, demi-courtisan, demi-soldat ». L'adversaire de Fœneste sera « un vieil gentilhomme nommé *Enay,* qui en même langue signifie : homme consommé aux lettres, aux expériences de la cour et de la guerre ». D'Aubigné contre d'Epernon ! Les *Aventures* nous offrent, en caricature, un tableau très animé et très plaisant des mœurs de la noblesse française au temps d'Henri III ; c'est de la satire de soldat. Aussi le Petit Conseil de Genève s'émut-il des plaisanteries licencieuses, des contes graveleux, des opinions hétérodoxes, que d'Aubigné cherchait à excuser en les mettant dans la bouche de Fœneste ou d'autres personnages peu sympathiques. Le dernier livre des *Aventures* fut supprimé, l'imprimeur condamné à 100 écus d'amende, l'auteur vertement admonesté.

Rattachons au *Baron de Fæneste* un pamphlet plus acide, la *Confession catholique du sieur de Sancy*[1] « et déclaration des causes, tant d'État que de Religion, qui l'ont mu à se remettre au giron de l'Église romaine. » La *Confession* est, d'après Senebier, « le chef-d'œuvre de d'Aubigné ». Si les *Aventures* sont du genre narquois, c'est du genre véhément que sera le libelle où le poète des *Tragiques* fustige de la belle manière les courtisans ambitieux et légers, sans convictions ni vertus, et qui se vendent au plus offrant. Quelle terrible exécution que celle de ce misérable Sancy, auquel d'Aubigné prête tous les vices et qu'il charge de toutes les infamies ! Sancy était un ennemi personnel d'Agrippa ; il avait été choyé jadis par Henri IV ; il changea de religion trois fois. Si la rancune a dicté à d'Aubigné le choix de son triste héros, il faut avouer qu'elle l'inspirait bien, car on ne peut imaginer individu plus méprisable que ce plat courtisan et ce renégat servile.

Le premier livre de la *Confession* est un exposé, fait par Sancy lui-même, des doctrines de l'Église romaine; comme le « confessé » est, au fond, un sceptique, on pense bien qu'il sera plutôt irrévérencieux. Les dessous honteux, les abus, les hypocrisies, seront étalés sans scrupules par cet apostat dont le but unique est de vaguement justifier ses variations. Les anecdotes scandaleuses se grefferont sur les scandaleuses maximes. Sancy s'amuse, au reste ; je découpe ce passage, dans le chapitre intitulé *De l'impudence des Huguenots :*

« Tout Prince qui voudra régner sans qu'on le barbouille par l'équité et sans être contrôlé de la Parole de Dieu, il faut qu'il extermine les Huguenots, car ils sont gens qui, pour la gloire de Dieu, foulent aux pieds toute gloire des princes. Il est vrai que ceux de ce temps sont un peu plus respectueux. Chacun a lu ce que des premiers troubles ils ont fait courir contre la feue Reine, Mère du Roi, l'accusant de paillardise avec Monsieur le Cardinal, bien que ce fût le moindre de ses crimes (voici bien un de ces traits féroces dont le pamphlétaire est coutumier)... En ce temps-là, ils firent des vers contre le cardinal sur un bénéfice de ventre que lui moyenna le Prince Portian. Mais St-Nicaize, bâtard du dit Cardinal, en empoisonna bravement le dit Prince. Ces paillards firent imprudemment courir par toute la France les *Nouvelles du tableau*, où le Cardinal, la Reine d'Écosse sa nièce, et autres personnes étaient embrassés d'un étrange artifice, et tous ces contes imprimés deux mois après les grandes batailles et justices de la St-Barthélemy... On ne saurait croire combien peu de respect ils portaient à la Reine et aux Conseillers d'État qui l'accompagnaient. M. de Pibrac avait usé deux paires de topiques, pour construire une oraison, laquelle il adressa aux Députés des Huguenots en présence de la Reine. Toute l'assistance fut rangée : la Reine se frottait d'un mouchoir, le Duc de Montpensier pleurait, Richelieu soupirait, l'abbé de Gardaigne ne montrait que le blanc des yeux. Quand ce fut au *dixi*, la Reine demanda : — Eh bien ! mes amis, que pouvez-vous dire à cela ? Au lieu de répondre une autre harangue bien faite, voici la réponse du boiteux la Meausse : — Madame, si Monsieur que voilà a bien étudié, est-ce à dire que nous mourions pourtant ? Le même boiteux, passant par la chambre des filles, ouït Atrye qui disait : — Faut-il que nous soyons confinés en cette maudite Gascogne, pour trois ou quatre épées rouillées des Députés ? — Mademoiselle (ce répond le boiteux), elles ne sont pas si souvent fourbies que vos... La pauvre Atrye se plaignit de l'effronterie des Huguenots, y ajoutant la réponse du comte de La Rochefoucauld, à qui, comme elle demanda de ses reliques, qu'il avait dérobées à St-Martin de Tours, le Comte répondit : — Oui, m'amie, je t'en donnerai qui feront miracle, si elles...» Voilà le ton du libelle. En somme, et sous couleur de dauber sur les protestants, Sancy fait la critique la plus acerbe du parti et des doctrines catholiques ; il conclut : « peut-être que Dieu me pardonnera si je puis, à l'exemple de ce bon compagnon, donner des coups de pied au Crucifix, en signe de repentance. »

La *Confession* est-elle un chef-d'œuvre, comme le prétendait Senebier ? D'Aubigné y a peut-être mis plus d'ordre que dans le *Baron de Fæneste* ; la verve comique y est plus intense, mais les longueurs, les violences et les grossièretés gâtent, ici comme ailleurs, le robuste bon sens et la superbe ironie de l'écrivain.

---

[1] L'édition d'Amsterdam, in-4, 1593, indiquée par plusieurs biographes, est imaginaire ; la *Confession* n'a été éditée qu'en 1660. *Œuvres complètes*, II, 235 et s.

Agrippa d'Aubigné

Bibl. publ. de Genève (p. 144).

On n'est pas encore fixé sur l'origine d'une ordurière diatribe: *Le divorce satyrique*, « ou les amours de la Reine Marguerite ». Nombre de bibliographes et de critiques l'ont attribuée à d'Aubigné, et tout semble leur donner raison : l'inimitié d'Agrippa contre la reine de Navarre, la composition et le style du livre. Mais laissons ce méchant libelle ! Le politique et l'historien valent, au surplus, en d'Aubigné, mieux que le pamphlétaire, non que l'un soit toujours sage, l'autre toujours véridique, mais ils sont pleins de vigueur et d'intelligence. Les éditeurs des *Œuvres complètes* ont exhumé trois ouvrages assez importants: *Traité sur les guerres civiles, Du debvoir des Roys et des subjects, La Caducée ou l'ange de la paix.* Dans celle de ces œuvres qui est consacrée au « devoir des rois et des sujets », je note cette proposition, qui n'est pas neuve chez les auteurs réformés : « Voici le corollaire de nos résolutions, tirées de ce que nous avons dit : le Prince qui rompt la foi à son peuple rompt celle de son peuple. Les moyens de lui faire tenir cette foi sont ceux même qu'il a établis. Les cautions qu'il a mises en vos mains doivent être fermes comme l'État. » Mais le morceau de résistance, dans cette étude sur d'Aubigné prosateur, est l'*Histoire universelle*,[1] qui, bourrée de faits et même assez documentée, n'en est pas moins plus brillante que sûre. On sent que d'Aubigné a peut-être forcé son génie, en s'appliquant à ce gros livre. Il est trop personnel, et, si j'osais dire, trop en l'air, pour faire un bon historien; il se met aussi trop en avant, il est trop la *magna pars* des événements qu'il rapporte. Son œuvre n'en a pas moins une incomparable saveur:

« Ayant, écrit d'Aubigné dans sa préface, assez longtemps appréhendé la pesanteur de l'histoire, et redouté ce labeur pour les rigoureuses lois qui lui sont imposées, après avoir considéré à combien de sortes d'esprits doit satisfaire celui qui expose son talent sur un échafaud si élevé, où il a pour spectateur l'Univers, autant de juges que de lecteurs..., n'étant possible de plaire à tous à la fois, j'ai estimé qu'il fallait se régler aux meilleurs et attendre pour juges équanimes de ma louange ceux qui l'ont méritée pour eux. Et si quelqu'un reproche à mon Histoire qu'elle n'a pas le langage assez courtisan, elle répondra ce que fit la Sostrate de Plaute, à laquelle son mari alléguant pour vice qu'elle n'était pas assez complaisante et cajoleuse : — Je suis, dit-elle, matrone et femme de bien; ce que vous demandez est le propre des filles de joie... Je commence mon œuvre à la naissance de Henri quatrième, justement surnommé le Grand ; il n'est dédié à aucun qu'à la postérité. Mon dessein s'étend autant que ma vie et mon pouvoir. Je ne m'excuserai point par crainte ni par espérance, plus empêché à châtier l'excès de ma liberté qu'à me guérir du flatteur. Nourri aux pieds de mon roi, desquels je faisais mon chevet en toutes les saisons de ses travaux, quelque temps élevé en son sein et sans compagnon en privauté, et lors plein des franchises et sévérités de mon village, quelquefois éloigné de sa faveur et de sa Cour, et lors si ferme en mes fidélités, que même au temps de ma disgrâce il m'a fié les plus dangereux secrets, j'ai reçu de lui autant de biens qu'il m'en fallait pour durer, et non pour m'élever ; et, quand je me suis vu croisé par mes inférieurs et par ceux mêmes qui sous mon nom étaient entrés à son service, je me suis payé en disant : Eux et moi avons bien servi, eux à la fantaisie du Maître et moi à la mienne, qui me sert de contentement. »

Quelle hauteur et quelle noblesse d'accent! Quelle prose tout ensemble éclatante et solide! Nous sommes conquis d'avance par une aussi magistrale introduction. L'*Histoire universelle* d'Agrippa d'Aubigné est contenue en trois tomes, divisés eux-mêmes en cinq livres allant de 1553 à 1601. La France y occupe la très grande place; à la fin de chacun des livres, l'auteur dresse un rapide tableau de l'histoire du monde, dans quatre chapitres uniformément intitulés : *De l'Orient, Du Midi, De l'Occident, Du Septentrion.* On a dit que l'*Histoire universelle* était une œuvre manquée, lourde, diffuse, emphatique et, par surcroît, inexacte ; que l'auteur n'est pas absolument maître de son sujet ; qu'il cède à sa manie de philosopher à propos de tout ; qu'il n'a pas le coup d'œil, ni le sang-froid de l'historien ; qu'il appuie sur les

[1] 3 vol. in-fol. Maillé, 1616, 1618, 1620. *Histoire universelle* par Agrippa d'Aubigné, édition publiée sous les auspices de la Société de l'histoire de France, par M. A. de Ruble, 9 vol., in-8, Paris, 1886 à 1894.

détails autant que sur les faits marquants; qu'il écrit souvent sans réflexion et sans art. Si l'on doit avouer que son *Histoire* n'est pas exempte d'erreurs, et si elle n'est pas impartiale, il faut reconnaître que d'Aubigné s'ingénie à nous donner la vraie physionomie des événements et des hommes. Toutes les pages consacrées au récit d'opérations militaires sont, bien que décidément trop touffues, des mines de précieux renseignements, choisis et disposés par un maître. Et que de vivants récits, et que de pittoresques aperçus, encadrés dans ces copieuses descriptions de batailles ! Que de mots définitifs, que de vues profondes et que de passages immortels ! Qui ne se souvient de l'entretien nocturne, dans lequel l'amirale de Coligny décide son mari à partir en guerre pour sauver la religion ? « C'est à grand regret, Monsieur, que je trouble votre quiétude ; mais étant les membres du Christ déchirés comme ils sont, et nous de ce corps, quelle partie peut demeurer insensible ?... Nous sommes ici couchés en délices, et les corps de nos frères, chair de notre chair et os de nos os, sont les uns dans les cachots, les autres par les champs, à la merci des chiens et des corbeaux. Ce lit m'est un tombeau, puisqu'ils n'ont point de tombeaux... » Certes, on peut reprocher à d'Aubigné d'arranger après coup un dialogue qui eut lieu dans le secret de la chambre nuptiale. Le morceau est admirable, et si je ne le transcris pas en entier, c'est qu'on le trouve partout.

J'ai touché la question de style. Vinet a comparé la langue d'Aubigné à celle de Saint-Simon. Le partisan huguenot a la fougue et la puissance, il n'a ni la souplesse, ni la sensibilité, ni les nerfs et la vibration continue du grand seigneur. Il n'est beau ou sublime que par endroits; ainsi, dans cette page sur la Saint-Barthélemy:

> « Dès le soir, le duc de Guise (principal chef de l'entreprise) appela à soi quelques capitaines français et suisses, leur dit : — Voici l'heure que, par la volonté du Roi, il se faut venger de la race ennemie de Dieu ; la bête est dans les toiles, il ne faut pas qu'elle se sauve ; voici l'honneur et le profit à bon marché et le moyen de faire plus sans péril, que tant de sang répandu par les nôtres n'a pu exécuter. Cela dit, il loge ses capitaines aux deux côtés du Louvre, avec charge de n'en laisser sortir aucun serviteur des Princes de Bourbon. Pour Cosseins, on lui augmente et rafraîchit ses hommes, avec la même charge pour la maison qu'il gardait... A minuit, la Reine (qui craignait au Roi quelque mutation) descend en la chambre de son fils, où se trouvèrent les Ducs de Guise et de Nevers, Birague, Tavannes et le Comte de Retz, tous menés là par Monsieur. Ayant trouvé en soi quelque doute, la Reine, entre autres propos pour l'encourager, y apporta ces paroles : — Vaut-il pas mieux déchirer ces membres pourris que le sein de l'Église, épouse de Notre Seigneur ? Elle acheva par un trait pris aux sermons de l'évêque de Bitote, en le citant. Le Roi se résout et elle avance le tocsin du palais, en faisant sonner une heure et demie devant celui de Saint-Germain-l'Auxerrois. Les rues étaient déjà pleines de gens armés, par le bruit desquels les Réformés, que le Roi avait fait loger prés du Louvre, voulaient y accourir ; mais, après qu'on eut répondu à leurs demandes que c'étaient des préparatifs pour un tournoi, quelqu'un voulant passer outre fut blessé par un Gascon des gardes ; et, à ce point, le premier tocsin entendu, il fallut laisser courir le Duc de Guise et le Chevalier d'Angoulême, qui, toute la nuit, avaient mis l'ordre partout, prennent le duc d'Aumale et viennent au logis de l'Amiral, qui, oyant le bruit, s'imagina que c'était une émeute contre le roi même ; mais il changea d'opinion, quand Cosseins s'étant fait ouvrir par celui qui avait les clefs le poignarda à la vue des Suisses, desquels l'un fut tué... L'Amiral était debout avec son ministre Merlin, les chirurgiens et peu de domestiques, auxquels il parla sans trouble de visage : — C'est ma mort de laquelle je n'eus jamais peur, puisque c'est en Dieu ; il ne me faut plus de secours humain ; pour Dieu, mes amis, sauvez-vous ! Cependant qu'ils y essaient, les portes rompues, Besme entre en la chambre, l'épée nue au poing ; il trouve l'Amiral, sa robe de nuit sur lui, à qui il demande : — Es-tu l'amiral ? Réponse fut : — Jeune homme, respecte ma vieillesse ! au moins si je mourais de la mort d'un chevalier et non de ce goujat. Tant y a que, sur ces paroles, Besme lui passe l'épée au travers du corps et, en la retirant, lui met le visage en deux... »

Les « traits de style étonnants » dont a parlé Vinet frappent dans sa prose comme dans ses vers. J'accorde, après cela, qu'il y a des chapitres où règne le plus pur galimatias, où toutes les phrases crient le tour de force manqué et pénible, où l'obscurité et la pesanteur de la langue vont de pair avec la manie raisonneuse de l'écrivain. Faisons observer encore que l'*Histoire universelle* n'est pas, autant qu'on pourrait le croire, l'œuvre d'un esprit passionné. Quoique d'Aubigné ne rende pas à ses adversaires toute la justice qui leur est due et qu'il excuse aisément les fautes de ses amis, il sait, en l'occurrence, louer ceux-là et blâmer ceux-ci. Il a, en particulier, tracé des portraits fort ressemblants, et même sympathiques, de l'un ou de l'autre des champions du parti catholique. De Guise, de Mayenne, Henri III lui-même, « qui avait de grandes parties de roi », sont peints par un historien grave et désintéressé.

La gloire d'Aubigné, incontestée jusqu'à sa mort, subit ensuite une éclipse complète. Dans la cinquième édition (1740) du *Dictionnaire historique et critique* de Bayle, on ne trouve, après ce nom, que deux lignes de points et une note significative : « J'ai lu dans le *Mercure galant* de janvier 1705 que Jean *(sic)* d'Aubigné fut favori et chancelier de Jeanne d'Albret... Dans le *Mercure galant* du mois de février, on a corrigé la faute touchant le nom de baptême de d'Aubigné. On a dit qu'il se nommait Agrippa et non Jean. On a dit aussi que son *Histoire universelle* est en trois volumes... » Ayez été un grand poète, un grand pamphlétaire, un grand historien ! A un siècle de distance, « on dit » que vous vous nommez Agrippa, non point Jean, — et c'est à peu près tout. Il était réservé à notre époque, si curieuse et si heureuse dans nombre de ses résurrections littéraires, de remettre d'Aubigné à son rang. Sainte-Beuve y a contribué plus que tout autre, en célébrant ce « type accompli de la noblesse ou plutôt de la gentilhommerie protestante, brave, opiniâtre, raisonneuse et lettrée, guerroyant de l'épée et de la parole, avec un surcroît de point d'honneur et un certain air de bravade chevaleresque et même gasconne qui est à lui. »

Donnons ici un mot de souvenir à la seconde femme d'Aubigné, *Renée Burlamachi* (1568 à 1641) ; nous avons d'elle des *Mémoires* inédits et quelques *Lettres* publiées dans les *Mémoires de la Baumelle* (tome VI) pour servir à l'histoire de Madame de Maintenon.

Jean Crespin[1] ne fut pas un héros de la trempe d'Aubigné, mais il a écrit l'histoire des illustres et des humbles martyrs de la Réforme. Il est originaire d'Arras. Après de fortes études juridiques faites à Louvain et à Paris, il passa secrétaire de l'un des plus fameux et, à coup sûr, du plus remuant des légistes du seizième siècle, ce Charles Dumoulin, dont les œuvres furent mises à l'index et qui rêvait une codification générale pour toute la France coutumière. Plus tard, avocat au Parlement de Paris, il fut le témoin d'une exécution qui laissa une impression profonde dans son esprit. C'était en 1540. Un jeune luthérien avait commis l'imprudence de parler de ses convictions dans son entourage. Dénoncé, le pauvre garçon fut condamné à être brûlé vif. Le jour du supplice, une foule immense, au milieu de laquelle se trouvait Jean Crespin, stationnait sur la place Maubert où le bûcher était dressé. Le martyr allait joyeusement à la mort. Les flammes s'élevèrent, l'enveloppèrent ; lui, toujours calme, les mains jointes, les yeux au ciel, pria jusqu'au dernier souffle.

« J'étais, dit Crespin, au nombre de ceux qui furent spectateurs de sa mort et issue très heureuse, laquelle confirma plusieurs qui avaient commencement et quelque sentiment de la vérité, de laquelle vérité le Seigneur rendait devant mes yeux, en la personne de Claude (la victime), un vrai et vif témoignage. Ce fut une chose admirable de voir la constance et le maintien de ce jeune homme, qui endura la mort d'un cœur allègre. »

---

[1] *Senebier*, II, 46. *France protestante*, 2e éd. *De Montet*. *Bull. de la Soc. de l'hist. du prot. franç.* XXVII, 360, XXIX, 193, XXXVII, 266.

Il n'est pas téméraire de supposer que Jean Crespin, déjà sympathique à la Réforme, entrevit son chemin de Damas à la lueur du bûcher de Claude. Banni par sentence du 3 avril 1545, il se réfugia dans la cité de Calvin en 1548, accompagné de son ami Th. de Bèze. Il obtint la bourgeoisie de Genève en 1555, fonda dans cette ville une imprimerie qui prospéra et rivalisa bientôt avec celle de Robert Estienne pour la beauté et le fini des éditions. Comme il était un savant plus encore qu'un industriel, il enrichissait de notes précieuses ou d'importantes préfaces les livres qui sortaient de ses presses. La peste l'emporta en 1572.

Les hommes du XVIme siècle n'ont pas qu'une seule corde à leur arc. Jean Crespin, humaniste distingué, bon versificateur, a publié de savantes éditions d'Homère, de Théocrite, et une traduction en vers d'un pamphlet de Naogeorgus : *Le marchant converti,* que j'analyserai plus loin. Nous avons même de lui deux ouvrages de droit, notamment son *Tractatus de apostatis*. Citons, en passant, un traité intitulé : *L'État de l'Église*, qu'on a eu le tort de lui attribuer; il est de Jean Hainault. Et arrivons, sans autre préambule, à son *Livre des Martyrs, depuis Jean Huss jusqu'en 1554,*[1] un « livre merveilleux, selon Michelet, et un acte sublime ».

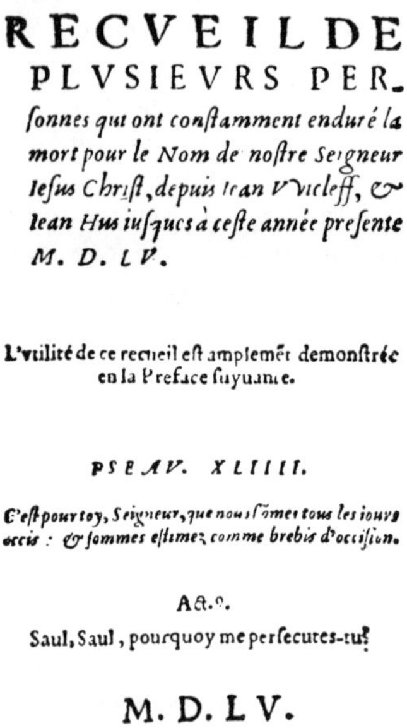
RECVEIL DE
PLVSIEVRS PER-
sonnes qui ont constamment enduré la mort pour le Nom de nostre Seigneur Iesus Christ, depuis Iean Vvicleff, & Iean Hus iusques à ceste année presente M. D. LV.

L'vtilité de ce recueil est amplement demonstrée en la Preface suyuante.

PSEAV. XLIIII.

C'est pour toy, Seigneur, que nous sommes tous les iours occis : & sommes estimez comme brebis d'occision.

Act. 9.

Saul, Saul, pourquoy me persecutes-tu?

M. D. LV.

Deuxième édition pet. in-16 du *Livre des Martyrs* de J. Crespin (Bibl. publ. de Genève).

Cet ouvrage forma, durant un siècle ou deux, avec la Bible et le psautier, toute la bibliothèque des familles huguenotes. C'est là qu'on apprit à bien mourir. La contagion de l'héroïsme atteignait jusqu'aux enfants, et l'on reprochait aux persécutés de braver le fer et le feu, « pour être mis en ce beau livre des martyrs de Genève ». Nous connaissons une œuvre similaire d'Antoine de Chandieu; et l'on sait qu'elle a passé en partie dans le *Livre des Martyrs,* dès l'édition de 1564. Mais, tandis que les récits de Chandieu sont oubliés et ne paraissent pas avoir exercé d'influence appréciable, les annales de Jean Crespin furent, pendant toutes les luttes de la Réforme, une leçon vivante d'abnégation et de courage. Que dis-je ? Elles furent la sainte et tragique épopée du protestantisme, où chacun souhaita d'inscrire son nom et de mériter sa page. Crespin n'écrivait-il pas: « Vous avez ici de merveilleux miroirs et de toutes sortes d'exemples de tous états, sexes, âges et nations... Allons donc tous et montons à la montagne, regardant ce triomphe magnifique que Dieu a préparé à tous vaillants cambattants ! » Oui, « montons à la montagne ! »

---

[1] Petit in-8, Genève, 1554. Réédité très souvent, et tenu à jour, cet ouvrage est devenu l'énorme in-folio de 1619. Voir, pour la bibliographie du *Livre des Martyrs*, le *Bull. de la Soc. de l'hist. du prot. franç.* VI, 134 et s., XXIX, 269, XXXVI, 572 et s., *F. Vander-Haeghen :* Bibliographie des Martyrologes protestants néerlandais, La Haye, 1890, II, 94 et s. — La dernière édition est celle en 3 vol., gr. in-8, Toulouse, 1885 à 1889.

Dans les transports de leur foi, les huguenots songeaient aux glorieux trépas immortalisés dans le martyrologe, et ils allaient à l'échafaud, et ils escaladaient les degrés du bûcher. Les prisons, les chambres de torture, l'ablation de la langue, les odieuses mutilations, l'atroce barbarie des bourreaux, le supplice final, on affrontait tout pour confesser sa foi et honorer son Dieu. Nobles et manants, hommes et femmes, adolescents et vieillards, tous ou presque tous mouraient comme les chrétiens des premiers âges. Pour quelques défaillances, que de superbes et triomphants holocaustes! Michelle de Caignoncle, à une pauvresse qui lui dit : « Mademoiselle, vous ne me donnez plus l'aumône », répond, en ôtant ses souliers : « Tenez, je n'en ai plus que faire ». Anne d'Audebert s'écrie, comme on la lie d'une corde pour la mener au lieu où elle devait périr par les flammes : « Mon Dieu ! la belle ceinture que mon époux me baille ! par un samedi, je fus fiancée pour mes premières noces, mais, en ces secondes noces, je serai mariée, ce samedi, à mon époux Jésus-Christ. » Pierre Chenet, que nous retrouverons, souriait en assistant aux apprêts des bourreaux : « Que je suis heureux ! que suis heureux ! » Pierre Milet, que l'on presse d'abjurer et auquel on assure qu'en échange il sera étranglé avant d'être brûlé : « Non, dit-il, j'aime mieux souffrir une heure et m'en aller en paradis » ; se tournant vers l'exécuteur, il ajoute : « Passons outre et allons à Dieu ! » Les uns chantent un psaume avant d'exhaler le dernier soupir, les autres proclament leur croyance, les autres s'agenouillent et attendent, dans l'extase. Lorsque des étudiants, Danville, Rebeziès, sont traînés au supplice, le président Saint-André ne peut retenir cette exclamation : « Qu'est-ce que veut dire aujourd'hui cette jeunesse qu'ainsi elle se veuille faire brûler à crédit ? »

Il semble que tous soient altérés de martyre. Quelle généreuse émulation, quel zèle pour la mort ! Des cendres et du sang des victimes jaillira la vérité. Pas un échafaud qui ne soit un exemple, pas un bûcher qui ne soit un acte de foi. Et le *Livre des Martyrs* est bien le « livre merveilleux » de Michelet ; il a, pour me servir de l'heureuse expression de M. Lelièvre, « défrayé d'héroïsme le peuple réformé de France », pendant les longues et cruelles épreuves de la persécution.

L'œuvre de Crespin n'est pas qu'une *Vie des saints* protestante. Elle fut composée sur documents authentiques la plupart, et qui en font une véritable histoire, intéressante à la fois pour la Réforme de la France et pour celle de toute l'Europe aux XVme et XVIme siècles. MM. Haag ont pu écrire sans exagération que les récits de Crespin « sont confirmés pleinement, non seulement par les historiens protestants, comme Bèze, La Popelinière, les Mémoires de Charles IX, d'Aubigné, mais par de Thou, et, ce qui est une preuve plus convaincante encore de leur sincérité, par toutes les pièces manuscrites que nous et d'autres que nous avons retrouvées dans les bibliothèques. » La Faye avait déjà dit que Crespin travailla avec le plus grand soin et une extrême bonne foi.

J'ai sous les yeux l'édition in-folio de 1619; elle contient environ 900 pages sur deux colonnes. Dans une sorte d'épître dédicatoire « à l'Église de notre Seigneur », l'auteur s'exprime en ces termes :

« Si j'avais à faire à quelque Roi ou Prince terrien, j'userais de préface qui recommanderait ce que je lui présenterais ; mais envers vous, ô bienheureuse épouse du Seigneur, qui avez nourri ceux qui vous sont offerts dans ce recueil, il n'est jà besoin d'autre recommandation sinon qu'en vous nommant la Mère, vous les receviez comme vôtres. Ce ne sont pas (ces martyrs) des os, ni des cheveux, ni membres de leurs corps, ni quelques haillons ou pièces de leurs habillements, ni fables de légendes dorées, pour les recommander et en faire des reliquaires à l'usage de notre partie adverse et de la Synagogue maudite, mais ce sont eux-mêmes parlant en leurs écrits, consolant et enseignant ceux qui restent encore en cette course. Vous y verrez des triomphes qui surpassent tous les plus magnifiques que le monde a su oncques décerner à ceux qui rapportaient pleine victoire des ennemis. Il n'est pas question de couronnes de laurier, ni de chariots et arcs, mais d'une façon nouvelle de vaincre. »

Certes, c'est une « façon nouvelle de vaincre » que celle des martyrs; c'est la mort qui sauve et qui immortalise :

Ceux-là que vous brûlez renaissent de leur cendre !

Parcourrons-nous tout le *Livre des Martyrs ?* J'en ai signalé et marqué l'influence. Il suffira, pour être complet, de reproduire ici l'un des récits de Crespin. Je choisis le dramatique épisode du supplice de Pierre Chenet :

« C'était un pauvre vigneron, natif de Ville-Parisi, lieu qui est distant de Paris environ cinq lieues, sur le chemin de Meaux ; et faisait là sa résidence, gagnant sa vie au labeur des vignes. Son âge venait à soixante ans ou plus, et dès longtemps avait été reçu à la communion du vrai Dieu et y avait tellement profité qu'il savait tout son Nouveau Testament sur le doigt. » On l'emprisonne sur la dénonciation d'un moine ; il est interrogé et, sans autre procédure, condamné à « la mort du feu ». Comment va-t-il manifester notre Seigneur Jésus-Christ », ce « petit bonhomme autant ardent de zèle que rien plus ? » Lisez cette page : « La charge de l'exécution fut donnée à un bourreau de la Cour, le plus cruel et le plus barbare qu'on vit oncques. Il lui mit un baillon si étroit qu'il était tout difforme et ne cessait de le battre de coups de poings, voyant qu'il ne voulait écouter un prêtre qui voulait lui faire baiser une croix, lequel aussi aidait au bourreau, l'outrageant de coups de pied. Ce bourreau s'en allait disant qu'il le traiterait plus cruellement que jamais homme ne fut, et n'épargnerait toutes les cruautés qui furent jamais en bourreau. Étant arrivé auprès de la potence, il ne prit pas la peine de descendre ce pauvre homme, mais le jeta du haut du tombereau en bas, la tête devant, et le tint un long temps en l'air jusqu'à ce qu'il fût expiré. Cependant, contre toute cette cruauté, il combattait d'une constance merveilleuse : — Et que je suis heureux ! que je suis heureux ! que je suis heureux ! et avait toujours la vue tendue au ciel. Tout ce peuple infidèle criait que c'était le plus obstiné, le plus méchant qui se fut jamais vu ; donnant bien à entendre à ceux qui savent que c'est de constance que celle de ce martyr était non pareille. »

O sublime héroïsme des humbles et des simples, plus admirable encore que celui des grands et des savants ! O puissante et féconde semence du sacrifice ! Sur le sol où se disperse la cendre des bûchers, où coule à flots le sang des victimes, où les échafauds et les gibets se dressent, des légions se lèveront à l'appel de Dieu. La mort des fidèles vivifia l'Église, qui conçut une haine plus ardente de l'oppresseur, un amour plus fort de la vérité. « Étant éteinte leur doctrine, dit Crespin, elle revit encore pour gagner les cœurs les plus endurcis et abattre toute opinion contraire... » Et maintenant, ferons-nous de la critique littéraire à propos du *Livre des Martyrs ?* Saluons plutôt cette œuvre et inclinons-nous devant ces héros !

Un des continuateurs de Crespin : *Simon Goulart,*[1] fut l'un des plus laborieux, — Bayle dit « l'un des plus infatigables » — écrivains de son temps ; Senebier l'appellera « une bibliothèque vivante ». Il a tout étudié et traité de tout. Il avait l'esprit plus nourri qu'original, plus de connaissances que d'imagination. Simon Goulart est de Senlis ; il se nomme volontiers Simon Goulart, Senlisien, et signe fréquemment de ces initiales : S. G. S. Il naquit en 1543. Le droit, auquel il s'était d'abord essayé, le rebuta bientôt. La théologie l'attirait, et sa conversion dut l'engager à changer de vocation. Il se fixa, dès 1566, à Genève, et desservit les paroisses de Chancy et de Saint-Gervais. On lui accorda gratuitement le droit de bourgeoisie.

C'était, suivant Scaliger, « un gentil personnage qui a tout appris de soi-même » et qui fait des « prêches bien clairs ». Il fut demandé plus d'une fois par les Églises de France et se prêta de bonne grâce à ces appels flatteurs. Mais, comprenant que tous ces déplacements nuisaient à ses travaux littéraires, il obtint de pouvoir rentrer à Genève et d'y rester. Anvers, Lausanne le réclamèrent vainement ; le Con-

---

[1] *Senebier* II, 71. *France protestante. De Montet. Ch. Borgeaud,* op. cit.

sistoire refusa net. Goulart et Genève paraissaient très satisfaits l'un de l'autre, lorsque surgit (en 1593) un assez grave dissentiment. Le Senlisien blâme publiquement — en chaire — un arrêt de Messieurs les conseillers. Bien plus, les registres constatent « qu'il s'avança très mal à propos à parler de choses qui concernent les États » et que ces imprudences de langage pourraient coûter cher à la ville. Son crime? Il n'avait pas craint d'appeler une courtisane, Gabrielle d'Estrée, la maîtresse d'Henri IV, et la Seigneurie ne se piquait point d'austérité quand il s'agissait des mœurs irrégulières d'un prince. Condamné, pour avoir dit la vérité, à huit jours de prison et à une censure sévère en plein Consistoire, il donna sa démission qu'on lui fit retirer. Mais il était aigri, et à bon droit. Président de la Compagnie des pasteurs, en 1607, après la mort de son ami de Bèze, Simon Goulart voit sa santé décliner lentement; il s'éteint en 1628.

S. Goulart (Bibl. publ. de Genève).

Senebier ne s'est pas contenté d'affirmer que le Senlisien était une « bibliothèque vivante »; il ajoute que Goulart lisait avec une rapidité prodigieuse et une sûreté incroyable, que son érudition était très vaste sur chaque objet et s'étendait à tout. Les contemporains ne tarissent pas d'éloges sur le compte de cet auteur. Nous nous plaisons encore à reconnaître sa prodigieuse activité, la solidité de son savoir, la parfaite lucidité de son esprit. L'hommage que nous lui rendons est purement platonique; ses innombrables ouvrages n'ont plus de clientèle. Je ne veux considérer ici que l'historien dont le bagage est immense, mais plus lourd que précieux; je néglige, entre autres, son *Sage vieillard* (1605) et son commentaire de la *Semaine* de Dubartas. Simon Goulart fut le traducteur-juré de la Réforme. Il a prêté son français à tous les hommes du siècle qui écrivirent en latin ou en grec, et même en allemand ou en espagnol. Il a traduit, d'après la version latine, et continué le *Livre des Martyrs* de Crespin; il a traduit, remanié, complété la *Chronique et histoire universelle*, rédigée d'abord par J. Carion, puis augmentée par Ph. Mélanchton et G. Peucer; il a traduit la *Franco-Gallia* de Hotman. Que n'a-t-il pas traduit? Et que de compilations! Voici le *Recueil des choses mémorables advenues dans la Ligue*, une collection de documents très importants, connue sous le nom de *Mémoires de la Ligue* (1587 à 1590); voici les *Mémoires de l'Estat de France sous Charles IX* (1576), une autre collection, non moins riche en pièces rares et de prix; voici l'*Histoire de Portugal* (1581), en vingt livres, « les douze premiers traduits du latin de Jérôme Osorius, évêque de Sylve en Algarve, les huit suivants pris de Lopez de Castagnède et d'autres historiens », un ouvrage fort estimé et qui a conservé quelque valeur. Nous ne nous arrêterons pas même au *Thrésor d'histoires admirables et mémorables de notre temps* (1600) ; ce gros almanach renferme une quantité d'anecdotes sérieuses ou plaisantes, de faits historiques ou légendaires, le tout arrangé sans autre ordre que l'ordre alphabétique. Et nous ne pouvons que signaler une œuvre originale de Simon Goulart, publiée en 1880 par M. Th. Dufour. Elle est fort courte ; le laconisme n'en est pas l'unique mérite. Titre: *Brief récit* « de ce qui advint à Genève, le dimanche matin, douzième jour de décembre 1602 » ; sujet : l'Escalade. Cette narration vivement menée, sans pathos ni longueurs, fournit l'exacte mesure de Goulart, comme prosateur, quand il ne s'applique pas trop. Et c'est tant mieux quand il ne s'applique pas ! On trouve alors, dans son style, cette gracieuse simplicité, cet aimable naturel, cette naïveté et cet abandon, toutes qualités que l'on chercherait en vain dans les traités de la plupart des réformateurs. Graves théologiens et polémistes féroces n'ont jamais été touchés par ce rayon de belle humeur qui éclaire la prose de Simon Goulart, bonne âme et plume facile. Un malheur a gâté l'œuvre du Senlisien ; ce malheur fut la prolixité, ou la fécondité. A brasser tellement de besogne, on doit la faire mal, semble-t-il. Cependant Goulart a tant de science avenante, un talent si souple, le travail si heureux, que ses livres ne se ressentent pas trop de la hâte avec laquelle ils furent composés.

Il faut mentionner au moins, après Goulart, l'un des bons chronologistes du temps: *Mathieu Brouard,* plus connu sous le nom de Béroalde, et qui mourut bourgeois de Genève en 1576 ; il avait, deux ans auparavant, succédé à Scaliger, et d'Aubigné fut son élève. Outre divers manuscrits que possède la Bibliothèque de Genève, Béroalde a laissé une *Chronologia* (1576), qui est une *supputatio temporum ab initio mundi.* Il appuie tout son système sur les données de la Bible, se hasarde à dresser une carte du jardin d'Eden et nie, entre autres, avec une souveraine imperturbabilité, les rois de Perse que les Écritures n'ont ni cités ni classés ; Scaliger avait cependant dû lui enseigner que, sans le secours des auteurs profanes, on n'aurait jamais réussi à débrouiller la chronologie biblique.

III

Théologie, chronique, histoire, tout à peu près nous vient de Genève ou de Lausanne. Au XVIme siècle, Neuchâtel n'aura guère que des écrivains de troisième ordre, si j'excepte Farel, Malingre et Blaise Hory. Fribourg possédera quelques orateurs, deux ou trois controversistes, déjà nommés au passage, et nous donnera en outre deux historiens de mérite.

Sébastien Werro[1] (né en 1555) fut l'un de ces prêtres distingués dont le caractère et le savoir font honneur au clergé catholique du temps. Il occupa diverses fonctions importantes. Curé de Fribourg, prévôt de Saint-Nicolas, vicaire général et administrateur du diocèse, à partir de 1598, toutes ces charges ne purent étouffer en lui des goûts littéraires très vifs. Il avait entrepris, en 1581, un voyage en Palestine, dont il fit une relation latine et allemande. On n'ignore pas qu'il a contribué à la réforme du calendrier julien, qu'il a publié un gros livre d'astronomie, de physique et d'histoire naturelle, qu'il a écrit, sans parler d'un ouvrage considérable encore inédit (*De religione)*, un commentaire du Cantique des cantiques et des traités d'édification. Son

---

[1] *Notice sur la vie et les écrits de Séb. Werro*, par R. Werro, Fribourg, 1841. *Étrennes frib.* IIIe année, p. 180. *Émulation* I, n°s 18 et 19.

travail capital est une sorte d'abrégé de l'histoire générale, qui parut à Fribourg, en 1599, sous le titre : *Chronicon Ecclesiæ et monarchiarum a condito mundo.* Cet abrégé va jusqu'à la fin du XVIme siècle et remonte aux origines de l'humanité.

A côté de Werro, il faut placer l'un de ses contemporains, et le plus illustre *François Guillimann,*[1] né à Fribourg dans la seconde moitié du seizième siècle Quoique ses parents fussent pauvres, ils s'efforcèrent d'assurer à leur enfant les bienfaits d'une bonne éducation. Ses talents pour l'histoire et pour les langues ne tardèrent pas à se révéler ; il apprit, outre le latin et le grec, l'allemand, l'italien et l'espagnol.

Guillimann fut, en 1589, attaché, en qualité de « proviseur » de l'école latine, au chapitre de Soleure et remplit ces fonctions au contentement général. Il n'avait pas embrassé l'état ecclésiastique, bien que la tradition en ait fait un prêtre, et il se maria même à Soleure. Mais le conseil de cette ville prit la décision suivante, en date du 25 mars 1595 : « Informés que l'instituteur François Guillimann intrigue en secret et a laissé échapper des paroles outrageantes pour le roi de France, ordonnons qu'il soit destitué, rayé du livre des bourgeois et expulsé de la ville ». L'imprudent avait eu le tort de ne point cacher ses sympathies pour les Ligueurs, alors que le Conseil tenait pour Henri IV. L'ambassadeur d'Espagne fit de Guillimann son secrétaire. Notre Fribourgeois se mit à la poésie et publia même deux recueils de vers religieux : *Odarum sive hymnorum natalitiorum libri duo,* qui parurent à Porrentruy en 1595, et des « chants apostoliques ».

Seb. Werro (Musée cant. de Fribourg).

La fortune lui sourit : il se lie avec les moines d'Einsiedeln, qui lui ouvrent leur bibliothèque. C'est alors qu'il conçoit le projet de doter la Suisse d'une véritable histoire, plus complète et plus catholique surtout que celles de Simler et de Stumpf, deux protestants. En 1589 déjà, un imprimeur de Fribourg lance la première partie du travail de Guillimann : *De rebus Helvetiorum sive Antiquitatum libri V,* un in-quarto de 457 pages. La manière de l'écrivain fribourgeois rappelle celle de Salluste ; c'est bref, précis, un peu sec, volontiers sentencieux. Guillimann a puisé aux sources mêmes, il écarte les légendes, son latin est excellent. Les *Antiquités* eurent du succès — en Allemagne. En Suisse, moins. Il avait eu assez de courage et de bonne foi pour immoler le merveilleux à la vérité historique. Il repoussa, par exemple, la tradition en vertu de laquelle Soleure avait Abraham pour fondateur ; tous les Soleurois crièrent au sacrilège. Il expliqua la naissance de la Confédération suisse,

---

[1] *Biographie de François Guillimann,* par A. Daguet, Fribourg, 1843. *Biographie universelle. Franz Sassler :* Abhandlung über Guillimanns Leben und Schriften, Wien, in-12, 1783.

d'une façon qui déplut à tout le monde : les cantons avaient obtenu l'indépendance en usurpant, sous l'empereur Frédéric II, les droits du clergé. Ces opinions valurent mille déboires à Guillimann qui fut même, un jour, assailli par la jeunesse d'un village zurichois et plongé dans la fontaine communale. Notre patriotisme a été chatouilleux de tout temps.

Cet accueil ne devait point engager l'historien à écrire la seconde partie de son ouvrage : *Helvetia*. Il mande à un ami : « N'attends plus de moi mon *Helvetia !*... Ils (les Suisses) ont trop mal reçu mes *Antiquités*. Mon manuscrit m'a servi presque tout entier au plus vil usage. Et ce livre, comme tu t'en convaincras facilement, si tu as quelques heures à perdre, loin de ternir la liberté des Confédérés, tournait exclusivement à leur gloire ». Désormais, la Suisse n'a plus d'attrait pour Guillimann, qui cherchera d'autres séjours et « d'autres occupations où il trouvera, avec un doux repos, plus de reconnaissance et de protection ». Il aspire à devenir l'historiographe de l'empereur d'Autriche, Rodolphe II. Pour favoriser l'accomplissement de ses vœux, il se décide à faire une étude toute particulière des comtes de Habsbourg. La *Habsburgiaca sive de vera et antiqua origine domus Austriæ*, etc., tirée à cent cinquante exemplaires, aux frais du roi d'Espagne Philippe III, parut en 1605 avec une dédicace en l'honneur de l'empereur Rodolphe, « preneur de villes et gagneur de batailles». On est toujours très flatté des compliments qu'on mérite le moins; Rodolphe fut touché au bon endroit, et bien qu'il n'eût ni pris beaucoup de villes, ni gagné beaucoup de batailles, il alloua, par un rescrit impérial du 13 mai 1608, une pension de 400 florins à François Guillimann, qui, dorénavant, vivra en Autriche et pour l'Autriche, quoique les roses eussent aussi leurs épines sous le ciel étranger. Les professeurs allemands étaient, alors, réputés pour leur jalousie autant que pour leur science. Guillimann, qui n'était pas d'humeur très accommodante, eut à subir de forts désagréables assauts. Il travailla, durant cette période, à ses *Principes Ausoniæ,* qui ne furent édités qu'après sa mort, par son continuateur, le professeur Windeck.

Les dernières années de l'historien sont tristes. Lui, si jovial, qui écrivait à propos d'une agape quelconque : « jamais on ne m'a vu si sobre, c'est-à-dire si aviné » ; lui qui chantait le *venerabile vinum*; lui qui avait passé au rang d'historiographe d'un empereur, acheva sa carrière dans les angoisses déprimantes de l'indigence. On ne lui payait plus sa pension ; un labeur excessif avait ruiné sa santé. Il mourut, dans le désespoir et la misère, le 14 octobre 1612.

L'auteur des *Antiquités helvétiques* est certainement un esprit éminent, d'une rare indépendance et d'une sagacité peu commune. Il était une de ces intelligences positives et réfléchies qui enlèvent un peu de poésie à l'histoire, pour lui donner la vérité. En d'autres termes, c'était un critique. Il lui répugnait de bâtir avec des matériaux et sur le plan d'autrui. Il entendait faire un triage dans les traditions et les récits, écarter sans pitié les mensonges, pieux ou non, que ses devanciers avaient érigés en articles de foi. Il est le premier qui ait sérieusement douté de l'existence de Guillaume Tell. Il s'exprime ainsi, dans une lettre à son ami Goldast (1606) : « Mes *Antiquités* sont conformes à la légende populaire; mais si je te voulais parler sincèrement, je dirais qu'à mes yeux cette histoire est une pure fable.» Et il énumère tous les arguments essentiels que les sceptiques ont invoqués depuis. Daguet a eu raison de considérer Guillimann comme l'un « des écrivains les plus estimables » de notre pays ; estimable, il le fut par le caractère autant que par le talent.

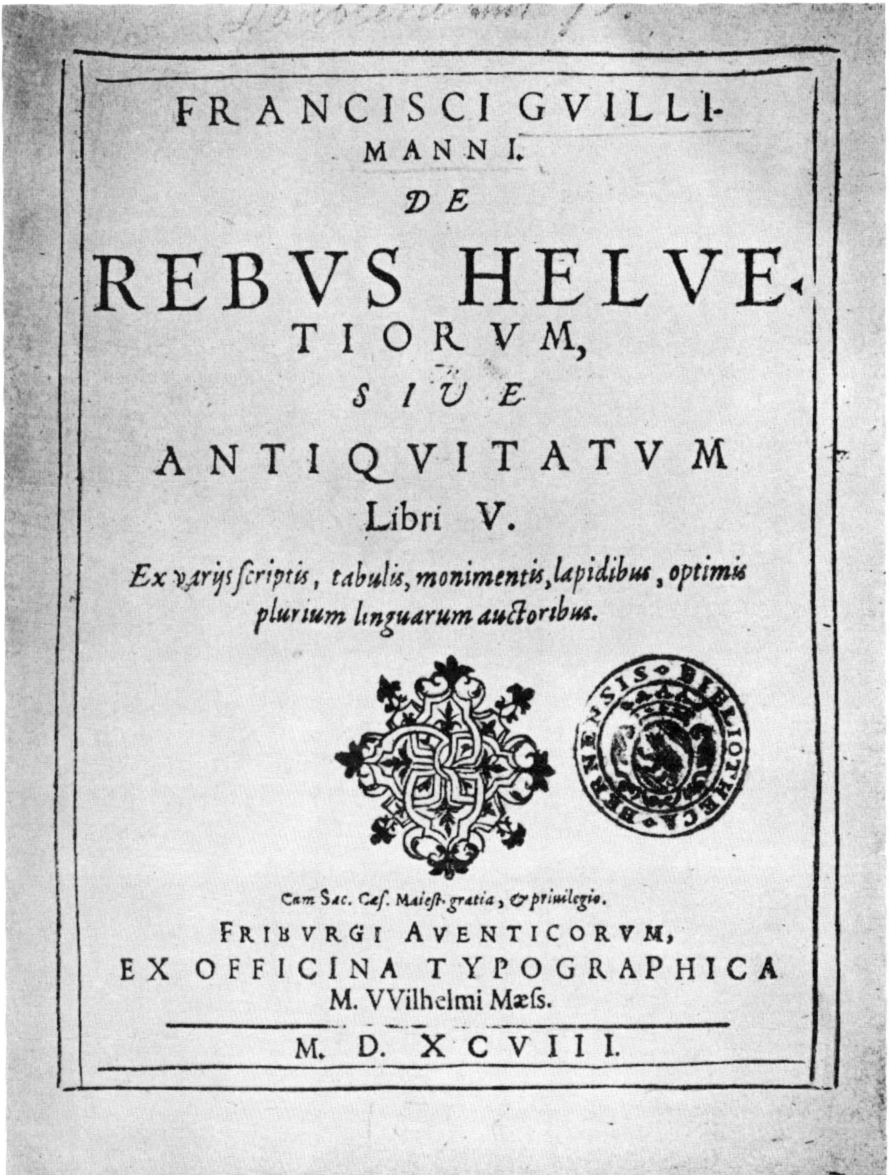

FRANCISCI GVILLI-
MANNI.

DE

REBVS HELVE-
TIORVM,

SIVE

ANTIQVITATVM
Libri V.

Ex varijs scriptis, tabulis, monimentis, lapidibus, optimis plurium linguarum auctoribus.

Cum Sac. Cæs. Maiest. gratia, & privilegio.

FRIBVRGI AVENTICORVM,
EX OFFICINA TYPOGRAPHICA
M. VVilhelmi Mæss.

M. D. XCVIII.

Titre de l'ouvrage de Fr. Guillimann

Bibl. de la Ville de Berne (p. 154).

On aura sans doute acquis la conviction que le XVIme siècle n'appartient pas, en Suisse, qu'à la théologie. L'histoire nationale et générale y eut des représentants, les uns illustres, les autres dignes au moins d'un souvenir. Et ce qui nous touche de plus près, si la plupart des dogmatistes et des controversistes sont des immigrés, nombre de nos chroniqueurs et de nos historiens sont des Genevois, des Vaudois ou des Fribourgeois authentiques.

CHAPITRE IV

La poésie de la Réforme.

I. Caractères généraux de la poésie protestante. — II. Les poètes satiriques : Badius, Crespin, de Chandieu. — III. La poésie dramatique : Malingre, de Bèze, Bienvenu, Duchêne, Goulart. — IV. Les lyriques : Eustorg de Beaulieu, Blaise Hory et quelques noms.

I

Sainte-Beuve a dit : « Durant cette grande renaissance des lettres (le XVIme siècle), les esprits studieux embrassaient tout ; la vocation de créer n'était pas distincte du besoin de savoir, et, de ce vaste champ de conquêtes, au milieu de cette communauté de connaissances, on ne songeait pas encore à l'apanage du talent. On faisait des vers, comme on faisait de la médecine, de la jurisprudence, de la théologie ou de l'histoire, et tout lettré d'alors pourrait, à la rigueur, être rangé parmi les poètes ». Eh ! certes, toutes les armes sont bonnes pour le bon combat. Quand la prose ne suffit plus, on fait grincer ou vibrer la lyre. La Muse n'aspire point à la place d'honneur ; elle va aux petites besognes, elle s'accommode des petits livres. Fort occupée par les pamphlétaires, elle n'aura qu'un sourire, au passage, pour les âmes paisibles égarées en cet âge de lutte et qui, à l'exemple de Blaise Hory, chanteront leur « tourterelle ». Il n'y aura, d'ailleurs, que fort peu de poètes parmi les nombreux versificateurs de la Réforme.

En France, la passion militante n'est pas aussi tyrannique chez les lettrés. Vous y trouverez des gens qui ont moins le souci de disputer que celui d'instruire, de plaire, ou même d'amuser. Rabelais et Montaigne, Ronsard et la Pléiade ne ressemblent guère aux « prêcheurs ». Ils tiennent davantage à être gens d'esprit qu'hommes d'action. Il ne faut donc pas être surpris si, à part deux ou trois privilégiés, qui eurent du génie, Calvin, d'Aubigné, Henri Estienne, les écrivains de la Suisse romande sont moins artistes que les Français. Ceux-ci ne sont point dédaigneux de l'art ; ceux-là ne font que remuer ou brasser des idées. C'est en poésie surtout que la différence est sensible. Badius, Chandieu, Malingre, Goulart, Hory, presque tous ne sont que poètes d'occasion. Ils n'ont pas de métier, comme nous dirions aujourd'hui ; ils sont mieux préparés à écrire un hexamètre dans la langue de Virgile, qu'un alexandrin dans celle de Marot ; ils restent, la plupart, étrangers au mouvement qu'inaugurera (1549) la *Défense et illustration de la langue française* de Joachim Du Bellay. « Français, s'écrie Du Bellay, marchez courageusement vers cette superbe cité romaine, et, des serves dépouilles d'icelle, comme vous avez fait plus d'une fois, ornez vos temples et autels ! » Genève sera bien une pépinière d'humanistes, qui connaîtront parfaitement la « superbe cité romaine », qui en admireront les chefs-d'œuvre et les vulgariseront. Mais ils aimeront l'antiquité pour elle-même et n'auront cure de lui demander les éléments indispensables à une refonte de l'idiome national ; si les langues grecque et latine influent sur leur français, ce ne sera point affaire de volonté, effet de théorie. Dans leur prosodie notamment, ils en restent aux « enrouées cornemuses » qui indignaient Du Bellay, s'adressant de préférence, non aux délicats, mais à la foule ; artillerie légère de la Réforme, ils battent en brèche abus et superstitions, et, pourvu que tout croule, la qualité de la munition leur importe peu.

II

Combien la Genève du XVIme siècle diffère de celle que Voltaire a malicieusement chansonnée, et qui « pour tout plaisir psalmodie »

Du roi David les antiques concert ,
Croyant que Dieu se plaît aux mauvais vers !

La cité de Calvin n'était pas folâtre, assurément. Mais on y riait, — d'un rire agressif, — et l'on y était gai, — d'une gaîté belliqueuse. Si l'on y psalmodiait « du roi David les antiques concerts », on y lançait de belles injures, de féroces plaisanteries à la face des catholiques. Des hommes qui luttent n'ont pas le temps d'être tristes. La guerre veut des gens passionnés ; le siècle est aux extrêmes. De là, cette débauche de libelles, de diatribes, de pamphlets venus de l'un et de l'autre camp. On sait tout ce que les polémistes de la Réforme ont dépensé de prose ironique ou haineuse. Dans leurs vers, ils n'ont pas été plus chiches de cette verve provocante, intarissable et farouche, qui fait à l'ordinaire tout le talent des fanatiques. Il leur manquera la bonhomie narquoise du moyen âge, le scepticisme spirituel de la Renaissance, les grâces et les raffinements de l'art. La violence leur tiendra lieu de goût, et la pesanteur de puissance. Leurs satires sont faites moins pour piquer l'adversaire que pour l'assommer du coup.

Les premiers rimeurs ou rimailleurs de Genève ont volontiers cultivé l'épigramme[1]: Jean Gacy, l'auteur de la *Déploration de la cité de Genève,* où les hérétiques et les Bernois sont aussi maltraités que la prosodie, Jean Desprez et Jacques Gruet; le nom de ce dernier a seul survécu, car, si ses vers sont perdus, le martyr a sauvé le poète.

Conrad Badius[2] n'eut pas besoin de tendre sa tête au bourreau pour préserver sa mémoire de l'oubli. Fils de l'imprimeur Josse Badius, il naquit à Paris en 1510. Successeur de son père dès 1535, il le surpassa par son savoir et la beauté de ses éditions. Il vint à Genève en 1549, après s'être converti au protestantisme ; la date de sa mort est incertaine (1562 ou 1568). Badius ne fut pas seulement un bon typographe et un excellent humaniste. Les préfaces qu'il a mises à la plupart des livres sortis de ses presses seraient déjà dignes de mention, comme aussi la correction des

---

[1] *Mém. et doc. de la Soc. d'hist. et d'arch. de Genève,* XIX. *La Déploration de la cité de Genève,* publiée par Jules Very, in-8, Genève, 1882.

[2] *Senebier,* II, 50. *France protestante,* 2me éd. *Brunet. De Montet. Ch. Lenient :* La satire en France au XVIme siècle, 2 vol. in-16, Paris, 1878.

textes qu'il a publiés. Mais nous n'étudions ici que l'écrivain. Il suffira de citer sa traduction d'un ouvrage d'Érasme Albère : *L'Alcoran des Cordeliers* (1556), « c'est-à-dire recueil des plus notables bourdes et blasphèmes impudents de ceux qui ont osé comparer saint François à Jésus-Christ, tiré du livre des *Conformités,* jadis composé par frère Barthélemy de Pise, cordelier en son vivant ». Les *Conformités* ne méritaient pas même que l'on essayât de les ridiculiser. Nous arrêterions-nous aux *Vertus de nostre maistre Nostradamus en rimes* (1562) ? Ce n'est qu'un badinage sans portée, et qui n'ôte rien de leur valeur aux prédictions du fameux alchimiste : le temps, mieux que les libelles, se charge de faire mentir les prophètes. Il est, en revanche, un ouvrage assez rare : les *Satyres chrestiennes de la Cuisine papale* (1560 ; réimpr. 1857), que l'on est en droit d'attribuer à Badius et qui est, non l'un des meilleurs, mais l'un des plus virulents pamphlets rimés de la Réforme genevoise. Les *Satyres,* au nombre de huit, sont dédiées aux « cafards ». La première traite de « la cuisine papale en général et du bâtiment d'icelle ». Après avoir invoqué tous les fins maîtres-queux de l'antiquité, Badius pénètre dans le sanctuaire suspect où se fabriquent les mets empoisonnés qu'on sert à la chrétienté. Il nous introduit, à sa suite, — seconde satire — dans le « jardin » attenant à la cuisine. En ces parterres maudits, poussent tous les vices :

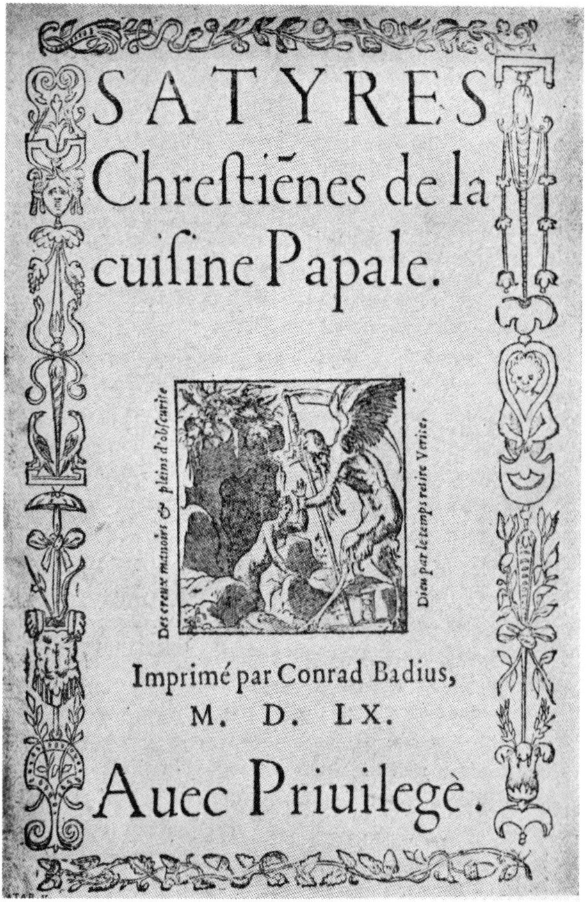
SATYRES
Chreſtiẽnes de la
cuiſine Papale.

Des creux manoirs & pleins d'obſcurité
Dieu par le temps retire Verité.

Imprimé par Conrad Badius,
M. D. LX.
Auec Priuilege.

(Bibl. publ. de Genève.)

A bas ! il me faut charpenter,
Rip, rap, arbres défectueux,
Croix sur les chemins épanchées,

Croix dérompues, croix hachées,
Tombez, tombez, dessous ma hache!
Je tire, je brise, j'arrache....

Fuyons ce jardin fatal! Les vers de Badius ne nous engagent pas à y demeurer, bien qu'ils aient, dans l'allure, quelque chose d'alerte et de vigoureux. La satire troisième nous met en relations avec les « officiers de la cuisine, sires et messires », tous « les gourmets de bénéfices ». L'énumération de ces personnages peu sympathiques est démesurément longue. Parmi les plus malmenés de la bande, figurent les hôtes des couvents, mais je n'ai pas le courage de m'étendre sur les exploits de confréries qui ont toutes « le mot: *gaster,* pour devise », et dont les membres ont tous le « ventre très ingénieux », petits et grands, vicaires et cardinaux, — « ces beaux et rouges perroquets ». Dans sa quatrième satire, Badius revient aux ennemis qu'il abhorre tout particulièrement :

Lecteur, écoute un autre vice.
Ces couvents du monde retraits
Sont de ce manoir les retraits,
Et cuvier à buer les linges
De ces singesses et ces singes
Abominablement puants...

Nous voilà transportés en pleine « lessive papale. » Sauvons-nous! Et ne nous attardons point à la description d'un « banquet », en deux chapitres! « Monsieur le pape » est en train de « dîner avec les amis de son ventre. » Badius recourt ici à son procédé habituel: il représente les prêtres faisant leurs « vertes simagrées, » et il compare les fonctions du clergé à autant de mets d'un festin pantagruélique. Toujours burlesque et grossière, souvent inintelligible, la Muse mal peignée de Badius ne tarit pas de lourdes sottises et d'outrages. Il faut une certaine dose de patience pour ne point se lasser de ce fatras. Quand la haine n'est pas au service d'une bonne tête et d'une plume exercée, elle bredouille, s'égare, ressasse, comme une vieille mégère. Et le candide Badius qui s'imaginait « ruiner cuisine et maison »! Maison et cuisine ne sont pas même ébranlées. Elles ont subi d'autres assauts. Quant au style des *Satyres,* il est plus vert que châtié. Et quelle prolixité! « Macédoine poétique, » a dit M. Lenient. « Macédoine, » oui; « poétique, » non.

Marc-Monnier a traité de « farce ignoble » une autre diatribe calviniste du XVIme siècle: *La Comédie du pape malade*[1], et il ne voulait pas admettre, en dépit des bibliographes, qu'elle fût de Théodore de Bèze. Il avait raison sur un point: la « farce ignoble » est de Badius, mais elle me paraît supérieure aux *Satyres chrestiennes.* Ce n'est pas, comme son titre le ferait croire, une pièce destinée à être jouée. Elle est soi-disant « traduite du vulgaire arabique en bon romand, » par Thrasibule Phénice. L'auteur, avec une faconde enragée, s'est appliqué à peindre « au vif les entreprises et machinations que le pape a fait avec Satan, pour maintenir son siège apostolique et empêcher le cours de l'Évangile. » Et, dès son prologue, il s'écrie:

Sus, sus donc, Huguenots, que l'on vous voie en place,
Pour voir si vous avez si maigre et triste face
Qu'on bruit, et si complots créés pour vous détruire
Quand il en est saison vous empêchent de rire...
Riez donc votre saoûl, de ce ris sobre et saint!...

[1] In-8 (sans nom de lieu), 1561. Réimpr. par M. G. Revilliod, in-8, Genève, 1859. Voir *Revue suisse,* XIV, 171 et s. (article de M. E.-H. Gaullieur sur la poésie satirique dans la Suisse romande, aux XVIme et XVIIme siècles), et *France protestante,* 2me éd. I., col. 685 (sur la question de savoir qui est l'auteur de ce libelle).

Est-ce bien un rire « sobre et saint » que celui du *Pape malade?* Quand, dans le cours du même prologue, l'auteur affirme que le souverain pontife, « cet Antéchrist, » a fait de ses temples des tavernes pour y « loger pourceaux, j'entends moines et prêtres, » nous ne voyons pas qu'il y ait là raillerie « sobre et sainte. » Ne chicanons point! Un gros mot est si petite affaire au XVIme siècle.

La pièce est une « comédie » allégorique. Les personnages sont: Prêtrise, le Pape, Moinerie, Satan, l'Outrecuidé, Philante, son valet, l'Ambitieux, l'Affamé, l'Hypocrite, le Zélateur, Vérité et l'Église. La santé du Saint-Père est décidément très mauvaise; il « est mûr pour la tombe et pour l'enfer. » Prêtrise et Moinerie le rassurent de leur mieux. Mais voici, Satan s'est avisé de faire visite à « Monsieur le pape, » — comme « au meilleur de ses amis. » Sa Sainteté l'accueille fort poliment et entre dans la voie des confidences. Elle « s'en va mourir. » Elle a eu « d'étranges visions. » L'ange de « ce Jésus » lui est apparu et, « d'une horrible voix, » il a tonné contre « l'infâme Papauté. » Le corps du pontife est en moindre péril encore que son âme et son salut éternel. Satan est là, heureusement. Allons! dit-il au moribond, que tremblez-vous? Ces huguenots, ce « tas de chétifs tépelus » vous effraient peut-être? *Macte virtute, Pater!* Courage!

Le patient éprouve bien quelque scrupule à se jeter dans les bras du diable. Mais Satan est irrésistible! Dame, on prend le médecin qu'on trouve... Tout à coup, le pape se sent mal et nous assistons à une scène infâme, écrite en vers odieux...

Puisqu'il est urgent de tuer l'hérésie pour guérir Sa Sainteté, le diable s'emploiera naturellement à détruire ces « huguenots cauts et fins ». Il appellera auprès de son illustre client les docteurs les plus ardents de l'Église, l'Outrecuidé, le Zélateur et les autres, qui représentent des écrivains ou orateurs catholiques d'alors, de Villegagnon, Olivier Maillard. Les acolytes de Satan, d'ailleurs couverts de tous les péchés d'Israël, réussiraient à sauver le Saint-Père, si Vérité ne survenait pour mettre en fuite les ennemis de Dieu. Et l'Eglise du Christ entonne un cantique de victoire:

O Dieu, haïsseur de mensonge,
Tant sont grands tes jugements,
Nous étions comme brebis
Traînés à la boucherie,
Nous n'oyons rien que tuerie,
En proie et pillage mis,
Mais d'un clin d'œil seulement,
En ta fureur et ton ire,
Tu leur as montré comment
Tu les pouvais déconfire.

L'art de la composition, les qualités de la langue frappent davantage dans le *Pape malade* que dans les *Satyres chrestiennes*. Le pamphlet n'est pas très fin à l'ordinaire; il est même souvent d'une répugnante trivialité. Le dialogue est vif cependant, la pièce conduite avec adresse. Les champions du catholicisme recrutés par Lucifer sont gentiment persiflés, quand ils ne sont pas ignoblement outragés. L'œuvre n'est point banale, en somme.

L'auteur du *Livre des martyrs, Jean Crespin* (v. p. 147), a traduit du latin (de *Naogeorgus*) une sorte de poème dialogué, « en lequel la vraie et fausse religion, au parangon l'une de l'autre, sont en vif représentées, pour entendre quel est leur vertu et effort au combat de la conscience, et quelle doit être leur issue au dernier jugement de Dieu. » Ce poème a nom: *Le Marchant converti* (1558), « tragédie excellente. »

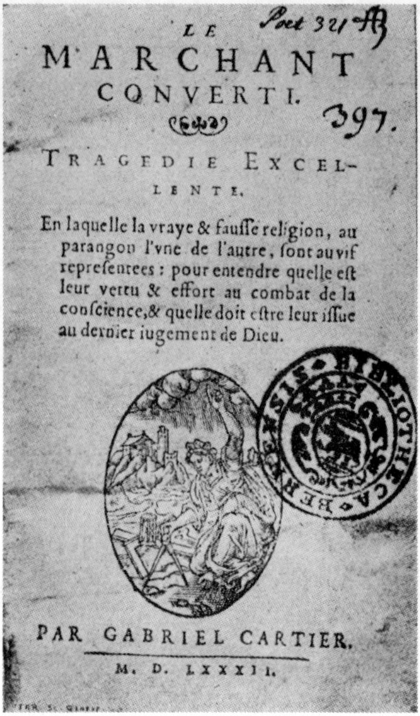
LE MARCHANT CONVERTI.

TRAGEDIE EXCELLENTE.

En laquelle la vraye & fauſſe religion, au parangon l'vne de l'autre, ſont au vif repreſentees : pour entendre quelle eſt leur vertu & effort au combat de la conſcience, & quelle doit eſtre leur iſſue au dernier iugement de Dieu.

PAR GABRIEL CARTIER.

M. D. LXXXII.

Titre du *Marchant converti* (Bibl. de la Ville de Berne).

La lyre de Crespin est un peu mieux accordée que celle de Badius; néanmoins elle ne rend pas des sons très purs. Les personnages du *Marchant converti* sont: Lyochares, le Marchand, la Conscience du marchand, le Serviteur, Gain, Satan, le Curé, le Médecin, Christ, Paul, Pierre, Luc, le Prince, l'Évêque, le Cordelier, Michel de la troupe, c'est-à-dire le chœur. Crespin nous prévient que « l'Esprit de Dieu a défendu toute scurrilité et plaisanterie, comme chose mal convenable à gens qui font profession de craindre Dieu, » mais il invoquera les circonstances atténuantes en faveur de son ouvrage, qui n'a pas la gravité d'un sermon.

Au premier acte, Lyochares entre dans la maison du Marchand, assez triste sire qui spécule sur la bêtise des clients; on le renvoie, il insiste et se démasque: « Je suis le héraut de la Mort. » Le Marchand s'excuse, s'humilie, se lamente, implore. La frayeur le rend malade. Désormais, la Conscience pourra régner dans la maison. Mais le guignon veut que des médecins surviennent. La Conscience supplie Lyochares de l'assister; celui-ci juge peu dangereux les disciples d'Esculape et s'éloigne. Nous sommes au deuxième acte; la Faculté se prononce sur le cas du Marchand: le diagnostic est désespérant. La Conscience saisit ce moment psychologique pour faire d'amers reproches au patient, qui se défend comme il peut:

Le Marchand: J'ai jeûné toutes les semaines
La Conscience: Ce sont traditions humaines.
Le Marchand: Je me suis de chair abstenu.
La Conscience: En quel livre est-il contenu?
Le Marchand: J'ai fait tant de biens au couvent.
La Conscience: Le pauvre en a jeûné souvent.
Le Marchand: J'ai conté tant de pâtenôtres.
La Conscience: Ainsi n'ont prié les apôtres....

Il a fallu du temps à cet honnête Naogeorgus, traduit par Crespin, pour découvrir ses batteries. La Conscience est pressante, tance son Marchand de bonne manière. L'infortuné doit avouer qu'il « n'a pas gardé un point de la Loi. » Il est en train de se repentir, quand Satan apparaît. Que faire? Le Marchand prie qu'on appelle un curé. Le prêtre arrive en hâte. C'est un optimiste, le curé. Que le moribond se confesse et tout s'arrangera. La liste des méfaits est grosse, mais le pécheur a tant d'œuvres pies à son actif! Par malheur, Satan signale sa présence dans le voisinage et le prêtre essaie vainement de le déloger. L'« eau bénite » n'a pas le moindre succès.

Antoine de Chandieu

Bibl. publ. de Genève (p. 163).

Les trois derniers actes nous apprennent que Christ mande à Paul d'arracher aux mains de Satan celui que l'Église vient d'abandonner au diable. Paul accomplira ce message. Le Marchand sera sauvé; non pas sans honte pour le catholicisme. Voici que le poème moral se change en satire; Christ envoie en enfer un cordelier, un évêque, un prince papiste, tous personnages de la pièce. Le Marchand converti...

Tout finit par des cantiques.

Si j'ai parlé longuement de cette médiocre « tragédie excellente, » c'est qu'elle est fort peu connue et que les exemplaires en sont très rares. Le *Marchant converti* n'est pas un chef-d'œuvre, loin de là; mais, tandis que ce réquisitoire modéré a peut-être atteint son but, les virulents libelles de Badius auront sans doute manqué le leur.

Le *Livre des martyrs* de Crespin a relégué dans l'ombre les cinq actes du *Marchant converti;* les satires d'Ant. de Chandieu valent infiniment mieux que son *Histoire des persécutions et martyrs.* A-t-on assez dédaigneusement traité les pauvres théologiens protestants qui eurent, en 1563, l'audace de répondre aux calomnies rimées de Ronsard par des alexandrins qui égalaient ceux du chef de la Pléiade? Critiques et biographes se sont indignés de voir que de simples calvinistes osassent disputer en vers avec le prince des poètes. Ces calvinistes se nommaient: Antoine de Chandieu, Florent Chrestien, Jacques Grévin. Et il faut que Sainte-Beuve, en particulier, ne les ait point lus, pour qu'il ait pu les exécuter en deux mots secs et méprisants. N'écrivant ici que l'histoire littéraire de la Suisse romande, j'analyserai celles-là seulement des satires anti-ronsardiennes qui furent composées par *Antoine de Chandieu* (v. p. 103).

Ronsard avait dédié à la reine-mère (1562) son *Discours sur les misères du temps,* une injuste diatribe contre les huguenots et un maigre morceau de poésie. Le gentilhomme vendômois attaque Th. de Bèze, le blâme de « remplir la terre toute d'armes » et le rend responsable des afflictions de la patrie. Il reconnaît cependant que Rome a toléré trop d'abus et que lui-même, Ronsard, a failli goûter jadis au « breuvage » de l'hérésie, — mais qu'il ne l'a pas « avalé ». En 1563, parurent trois *Réponses aux Calomnies* « contenues au discours et suite du discours sur la misère du temps [1] » etc., la première par *A. Zamariel,* les deux autres par *B. de Mont-Dieu.* On a vu que « Zamariel » est un pseudonyme d'Antoine de Chandieu; B. de Mont-Dieu et Zamariel sont, de plus, une seule et même personne. La parfaite concordance de ton et de style entre les trois « réponses, » d'autres indices encore, viennent à l'appui de cette affirmation. Chandieu avait alors vingt-neuf ans. Il tenait un rang distingué dans le clergé réformé de France. Jeune, ardent, poète à ses heures, il se mit en devoir de relever rudement les accusations de Ronsard. Vraiment, l'entreprise réussit à souhait, bien que hardie. Les *Réponses* sont plus que dignes du *Discours;* moins savantes et moins précieuses de forme, elles ont plus d'éloquence et de gravité. La première débute ainsi:

Race du Souverain que les hauts cieux chérissent
Et d'un trésor caché dorent et enrichissent,
Pour faire retentir par vos sons mesurés
Le grand nom du grand Dieu que saint vous adorez...
Vous, poètes sacrés, de qui le vers chanté
N'a pour son argument que vertu et bonté,
N'oyez-vous pas gronder les vers pleins de blasphème
Qu'un profane sonneur parmi la France sème?

[1] Orléans, 1563. *Bull. de la Soc. de l'hist. du prot. franç.* XXXVII, 576 et s., où ces trois « réponses », fort rares aujourd'hui, ont été étudiées d'une façon très complète par M. Ch. Read.

Le « sonneur » le faiseur de sonnets, c'est Ronsard, qui a « vendu sa plume à l'erreur, » et qui ment, et qui insulte, et qui change ainsi sa gloire en opprobre. N'a-t-il pas le front d'adresser aux calvinistes le reproche de transgresser les lois, de susciter des guerres, d'être des cyniques et des « athées »? Athées, eux, les féaux serviteurs de Dieu, les vaillants martyrs de la foi? Il y a des athées, certes:

Athée est qui, mentant, maintient la papauté,
De laquelle il se moque et voit la fausseté.
Athée est qui n'attend une seconde vie...
Qui contre tous les bons ses outrages dégorge,
Crachant contre le ciel le bourbier de sa gorge.
Hélas, Ronsard, je crains, qu'étant bien éprouvé,
Tu sois finalement entre ceux-ci trouvé,
Juste punition de ton audace folle,
Qui a tant méprisé la divine Parole...
Car tout ainsi qu'on voit une nef vagabonde,
Sur le dos irrité de la furieuse onde,...
N'avoir jamais repos sinon quand l'ancre mord,
Ainsi notre foi flotte, incertaine et craintive,
Jusqu'à ce qu'au vrai port de la Bible elle arrive,
De la Bible, Ronsard, en quoi n'entendant rien
Tu tranches néanmoins du théologien
Et vomis, courroucé, le fiel que te domine.

Chandieu termine sa réponse en disant que Ronsard est bien puni de son *Discours*. N'est-il pas « métamorphosé en prêtre » — il avait accepté la cure d'Évailles, — et n'a-t-il point remplacé sa couronne de lauriers par la tonsure? Tout n'est pas d'une extrême finesse dans ces railleries. Qu'importe! elles vont droit au but, piquant l'orgueil maladif de Ronsard, qui traitera Chandieu de « pauvre sot prédicant » et n'en sera pas moins blessé au vif.

La deuxième *Réponse* est plus solennelle. De Chandieu y exhorte la reine et son fils à embrasser le protestantisme, qui est l'unique remède aux innombrables maux dont souffre le royaume. Le roi lui-même gagnerait à ne pas trop s'éloigner de l'idéal du monarque chrétien et à rétablir la paix dans une France où l'on pille, emprisonne et tue au nom de Dieu. Mais passons à la troisième des *Réponses,* où l'auteur vise plus particulièrement à réfuter la *Suite du discours des misères du temps!* Elle déplore les infortunes qui s'abattent sur la France, elle stigmatise les bourreaux qui usurpent les prérogatives du souverain, pour calomnier, rançonner, égorger les huguenots. Les huguenots? De braves gens dont on veut faire des factieux, les plus dévoués et les meilleurs des sujets:

....Nous sommes Français,
Reconnaissant le roi comme seigneur et père
Et chérissant la France ainsi que notre mère.

S'ils ont pris les armes, c'est qu'on les y a forcés. Que désiraient-ils? De pouvoir aimer leur Dieu et servir leur prince. On les a pourchassés comme des bêtes fauves. Ils se sont retournés contre l'agresseur. Est-ce un crime? Combien l'on abuse de la crédulité du roi et de son peuple! Ronsard n'a-t-il pas eu l'impudence de faire de Th. de Bèze un foudre de guerre? Ah! Ronsard est intéressé à peindre la Réforme sous les plus sombres couleurs. Qu'adviendrait-il de ses pensions et bénéfices, si elle triomphait? Et Chandieu revient à de Bèze, qu'il entend venger des outrages de Ronsard. Et il défend, et il exalte le réformateur. Et il compare l'infatigable apôtre de la vérité au poète sceptique et bon vivant:

Si tu voulais, Ronsard, bien user du conseil
Que Du Bellay, rompant le cours de ton sommeil,
Te donna quelquefois, ainsi que tu témoignes...
Plus tu vas approchant des faubourgs de vieillesse,
Plus tu perds de ton lot acquis en ta jeunesse.
Ceux qui t'ont « des Français le Pindare » appelé,
T'appellent maintenant « un prêtre écervelé »...
Plus le cygne vieillit, plus doux sont les accords
Dont il fait résonner du Méandre les bords;
Mais, plus tu vis au monde et plus ta Muse lasse
Ennuie l'auditeur d'une voix lente et basse.
Tu ferais mieux pour toi t'en aller à l'écart,
Murmurer tes discours sans mesure et sans art,
Que de les publier et de toi les distraire
Pour servir de cornets chez un apothicaire.

« Dirait-on pas un vers de Molière ou de Boileau » ? remarque M. Charles Read, à propos de ce dernier alexandrin. Et, lorsque Ronsard invective contre Calvin, lorsqu'il l'accuse de rester à Genève « bien et sûrement » et d'envoyer aux coups ses « apprentis », Chandieu réplique avec une véhémence, qui n'est pas sans grandeur:

Quels sont les *apprentis* qu'à Poissy tu as vus?
Et, dis-le moi, Ronsard, étaient-ils dépourvus
D'adresse, à disputer? à parler, d'éloquence?
De grâce, à discourir? à juger, de prudence?
Dis-moi quel *apprenti* de Bèze t'a semblé,
Quand au son de sa voix le Colloque a tremblé?
Dis-moi quel *apprenti* te démontrait sa langue,
Longuement prononçant une douce harangue
A l'ouïe d'un chacun de vos maîtres ventreux,
Qui crevaient de dépit et d'infamie entre eux?

La versification de Zamariel n'est point sans faiblesse. Son zèle entraîne parfois le polémiste au delà des limites que le talent ne franchit pas impunément. Toutefois ses vers sont dignes d'être signalés dans une histoire littéraire. Je n'en connais pas beaucoup, au XVIme siècle, qui soient d'une plus libre allure, d'une facture plus ferme. Et les images gracieuses, et les métaphores énergiques, et les éloquentes tirades seront le pain quoditien du poète. Ronsard, qu'il serait peu équitable de juger sur son *Discours des misères du temps*, est un écrivain plus exercé que de Chandieu et je ne songe pas à mettre l'un sur la même ligne que l'autre. Mais, dans leur controverse rimée, la victoire appartient sans contredit au prédicant obscur. Serait-ce donc un mince mérite que d'avoir battu le « Pindare français » avec ses propres armes?

Nous avons peut-être empiété sur les terres d'autrui en parlant ici des *Réponses* de cet Antoine de Chandieu, qui nous appartient cependant pour la période la plus active et la plus féconde de sa vie. Nous ne nous exposerons pas au reproche d'annexer la France littéraire à la Suisse romande, en consacrant quelques pages aux *Tragiques* d'Agrippa d'Aubigné, écrites bien des années avant la retraite de l'auteur à Genève. Étudions plutôt notre poésie dramatique du XVIe siècle, et glissons sur la lacune qu'aurait magnifiquement comblée l'œuvre d'Aubigné!

III

Le théâtre au moyen âge sera, en même temps qu'une succursale de l'église, une tribune d'où l'on attaquera les institutions et les hommes du temps, jusqu'à l'heure où des édits répressifs et les goûts changeants du public donneront le coup de grâce à la littérature scénique. Une ordonnance de 1548 interdit en France la représentation des mystères. Les tréteaux sont démolis, le drame national est mort. Ronsard et la Pléiade ne voient que l'antiquité. Le bagage littéraire de leurs devanciers ne leur inspire qu'indifférence ou pitié. Pour faire oublier le vide causé par la disparition des mystères, ils vont rimer, d'après Sénèque, de graves et plates tragédies. Au XVIme siècle, le théâtre de la Suisse romande est, relativement, moins pauvre que celui de France ; si, avant la Réforme, on joue mystères et farces, en l'an de grâce 1523 les Genevois se délectent d'une sotie qui a couru le monde et qu'ils ont adaptée à leur goût, la *Mère Folie,*[1] « veuve de fort longtemps » du « père Bontemps ». La Mère Folie, en vêtements de deuil, prodigue les allusions aux récents malheurs de Genève. Mais voici que d'Italie arrive un messager. C'est le Printemps. Il est porteur d'une lettre du mari de Mère Folie : Bontemps n'est pas mort, il reviendra. En effet, le duc de Savoie, qui avait épousé la charmante Béatrice de Portugal, se disposait à visiter Genève. Quelle joie la Mère Folie n'éprouve-t-elle pas à reconnaître l'écriture de Bontemps ! Et tous sont enchantés comme elle. C'est aussi que Bontemps est fort désiré; depuis son départ, la ville est plongée dans la tristesse : défense de jouer des moralités, défense de toucher aux cartes, défense même de tousser. Mais, avec Bontemps, « nous poserons le noir ».

Le Printemps regagne l'Italie. Et le peuple de lui crier: «Revenez vite et ramenez-nous Bontemps ! » Vous pensez bien que la Mère Folie est aux anges. On représenterait quelque « histoire », si l'on pouvait. Hélas! les costumes manquent. En attendant que Bontemps soit de la fête, on videra force flacons.

Une seconde sotie, qui est une suite de la précédente, fut représentée l'année d'après. Le duc et la duchesse refusèrent de prendre leur place au spectacle, «parce qu'on disait que c'étaient Huguenots qui jouent ». La Mère Folie est morte. Le père Bontemps se plaît décidément en Italie. Les enfants Sots n'ont plus que leur grand' mère qui ne consent point à les nourrir : elle leur conseille de demander au « sage Monde » du pain et de l'ouvrage. Le Monde accueille les enfants Sots, leur donne du travail. Mais il est d'humeur maussade et rien ne le satisfait. Les messes du prêtre sont trop courtes ou trop longues ; ni le bonnetier, ni l'orfèvre, ni le savetier, ni le cuisinier ne réussissent à contenter ce maître difficile. Il faut que le Monde soit malade pour être à ce point désagréable. On mande un médecin. La consultation est intéressante :

— Bonsoir, Monde. — Monsieur, bonsoir.
— Comment vous va? Ça, montrez voir
Votre main; vous ête au-dessus.
Qu'est-ce qui vous fait mal le plus?
— La tête. Je suis tant lassé,
Tant troublé et tant harassé
De ces folies qu'on a dit,
Que j'en tombe tout plat au lit.
— Quelles folies? — Qu'il viendrait
Un déluge et que l'on verrait
Le feu en l'air par ci par là.
— Et tu te troubles pour cela?
Monde, tu ne te troubles pas
De voir ces larrons attrapards

[1] *Mém. et doc. de la Soc. d'hist. et d'arch. de Genève,* I, 135 et s. *Genève et ses poètes,* 124 et s.

Vendre et acheter bénéfices,
Les enfants, aux bras des nourrices,
Etre abbés, évêques, prieurs...
Tuer les gens pour leur plaisir,
Jouer le leur, l'autrui saisir,
Donner aux flatteurs audience,
Faire la guerre à toute outrance
Pour un rien contre les chrétiens?...
— Ce sont les propos du pays
De Luther, réputé si faux.
— Parlez maintenant des défauts,
Vous serez à Luther transmis...

Mais c'est la Réforme qui parle — en 1524 — par la bouche du médecin ! Et cette critique, peu voilée, du catholicisme est tolérée ! Les temps sont proches, dirait-on en langage biblique. Et le médecin s'éloigne après avoir recommandé au Monde de bien manger et boire. Le malade obéira. On applaudit.

Une autre pièce : *Au bour de four,* avait été jouée, en 1523, à l'occasion de la « joyeuse entrée » que firent syndics et citoyens de Genève à Béatrice de Portugal, duchesse de Savoie. Nous possédons, en outre, le texte d'une « allégorie », composée et donnée en l'honneur du renouvellement « du serment de la bourgeoisie contractée entre LL. EE. des deux villes de Berne et Fribourg et ceux de Genève ». Les personnages de la pièce sont : quatre éperviers, une poule, trois poussins. La comédie des *A.A.A liés*[1] (jeu de mots pour exprimer : les *Trois alliés*) ne manque pas d'originalité. Les éperviers se lamentent de la pauvre chair à laquelle ils sont réduits. La poule et les poussins, qui ont l'ouïe délicate, se sauvent prestement. Les « éperviers » sont les ennemis de Genève. Ils ne savent qu'entreprendre pour faire bonne chère. Le mieux serait sans doute de « briser et tordre » le serment de combourgeoisie, qui est le refuge « de la poule et de ses poussins ». On ira donc chercher la poule « en sa maison », on la sommera de sortir. Mais la poule, en sûreté dans son poulailler, derrière les « murailles du serment », se gardera bien de prêter l'oreille aux traîtres. Les éperviers s'envolent ; l'allégorie s'achève par un rondeau et une ballade, qui peuvent se résumer en ces vers :

Par ces montagnes de Savoie,
Bien font éperviers leur grimace ;
Dieu nous garde d'eux et leur race !

On le voit, la Réforme et la révolte sont dans l'air. La liberté inspire d'assez mauvais poètes ; ce n'en est pas moins la liberté qu'on promène sur les places de Genève.

Mystères et moralités disparaîtront bientôt. Le théâtre n'est plus compatible avec les mœurs austères, imposées à Genève par Jean Calvin ; mal vu, il sera plus mal pourvu. En 1546, Calvin dissuade le Conseil de laisser représenter une moralité, fort anodine cependant : *Les Actes des apôtres.* Les magistrats furent, en l'occurrence, plus tolérants que les pasteurs : ils autorisèrent la pièce. Ces messieurs de l'Église purent se fâcher tout à leur aise et le terrible Cop eut beau fulminer, du haut de la chaire, contre les « effrontés » qui s'avisaient de monter sur les planches. Tandis que le farouche prédicant était emprisonné pour ses intempestives violences de langage, le

[1] *Mem. et doc. de la Soc. d'hist. et d'arch. de Genève,* II, 21 et s. *Genève et ses poètes,* 124 et s.

peuple accourait en foule au spectacle. Grâce à l'influence de Théodore de Bèze, le théâtre ne fut pas interdit à Genève et il y prospéra même un certain temps.

Dans les autres parties de la Suisse romande, la Réforme est hostile aux jeux scéniques. Néanmoins, Pierrefleur rapporte, qu'en 1549, la *Chrestienté qui estoit malade* fut représentée à Beaulmes ; l'*Histoire de Daniel et son fils*, ainsi que le *Mariage de Sarah*, émerveillèrent les gens de Romainmotier. La chronique fribourgeoise de Fryo[1] nous fournit maints détails piquants sur la passion de nos ancêtres pour les tréteaux. Nous voyons aussi, dans les extraits du *Manuel* de Lausanne, par Ruchat, que le jeudi 13 septembre 1565, « des étudiants et écoliers jouèrent l'histoire de Suzanne, en grec, en latin, en français et en allemand, en présence du Conseil, sur la place de la Palud ». Dans les pays demeurés catholiques, le peuple aime le spectacle. Le mystère de la *Passion* attire, en 1575, une foule considérable à Fribourg ; le mystère des *Rois* y est encore donné en 1797. Le Valais ne reste pas en arrière ; dans la première moitié du XVIIme siècle, les pièces de Gaspard Bérodi feront la joie de Saint-Maurice et des environs. A Porrentruy, de 1550 à 1665, les recteurs d'école, parmi lesquels *Bernard de Clairefontaine,* l'auteur d'un *Jugement de Salomon*, et l'un de ses successeurs, *Pierre Mathieu,* dont le nom reste lié à l'histoire du théâtre français, organisent de grandes solennités, au cours desquelles sont représentés des mystères, des soties, des pastorales, qui attirent l'Évêque, la Cour, les étrangers de passage dans la capitale de l'Évêché, sans parler des magistrats et des bourgeois.[2] Après de Clairefontaine et Mathieu, *Jean Garvel,* grand amateur de jeux scéniques et dramaturge fécond, composa plus de vingt pièces, entre 1591 et 1613 ; sa *Prophétie de Jérémie* est une tragédie aux alexandrins nerveux et sonores, qui sent l'école de Garnier et la Pléiade. Les Jésuites, installés au Collège de Porrentruy dès 1604, étouffèrent dans leurs germes ces commencements d'une littérature nationale en Ajoie ; leurs comédies latines et leur théologie tinrent lieu de tout.

Mais, dans les contrées où la Réforme a vaincu, le théâtre populaire est à peu près absorbé, dès 1540, parce que j'appellerai le drame savant. L'idiome vulgaire est sacrifié au latin. Mélanchton avait composé une tragédie latine : *Ève.* Birch à Bâle, Ziegler et Lorrich dans la cité des bords de la Limmat, écrivent des *dramata sacra,* édités à Bâle, en deux volumes (1547). Par malheur, ces spectacles ne sont accessibles qu'à une élite. Or la propagande réformée doit s'adresser à tous, notamment aux humbles, à ceux qui n'ont étudié ni Sénèque, ni Térence. Il faudra que l'auditoire ne soit pas restreint au public des réjouissances académiques. Quoi de plus naturel alors que de revenir à la langue nationale, et de faire des pièces en français ?

L'un des moins connus, mais le plus habile des dramaturges de l'époque, est *Thomas Malingre*[3] (appelé aussi Mathieu Malingre), qui détruira cette légende écha-

---

[1] *Conservateur suisse*, IX, 317, X, 61, 64, XIII, 358. Voir aussi l'article de E.-H. Gaullieur cité plus loin.

[2] *Actes de la Soc. jurassienne d'Émul.* X, 31 et s., XXIV, 17 ; *ibid.*, 1892, p. 90, 91. — Notons ici que Pierre Mathieu composa sa *Clytemnestre* à Porrentruy et qu'il fut reçu combourgeois de cette ville en 1576.

[3] *Musée neuchâtelois*, XXVI, 101 et s. (étude de M. H.-A. Junod, sur la *Moralité* de Malingre ; il n'existe plus à ma connaissance que deux exemplaires de cet ouvrage, l'un entre les mains de M. le pasteur Andrié, de Couvet, l'autre à la Bibliothèque de Zurich ; voir *Brunet).* Préface du *Catéchisme de Calvin*, écrite par M. Th. Dufour (Genève, 1877). *Correspondance des Réformateurs*, spécialement, IV, 46, note. *Histoire d'Yverdon*, par Crottet, 277. *Lenient*, l. c. 267 et s.

faudée par le doyen Bridel « que la poésie française ne date parmi nous que du massacre de la Saint-Barthélemy ». Malingre naquit vers la fin du XVme siècle, d'une famille noble de Morvilliers-Saint-Saturnin. Nous ne savons rien de son enfance, ni de sa jeunesse. Il prêche à Blois, en 1527. Il est pasteur dans le Jura bernois, à Court, en 1531, et il s'y distingue par ses excès de zèle. Intolérant, brouillon, emporté, il sera traité de *bestiola* par Calvin. Nous le trouvons à Neuchâtel dès 1533. En 1536, il est appelé au poste d'Yverdon, qu'il dessert durant de longues années. Il décède en 1572.

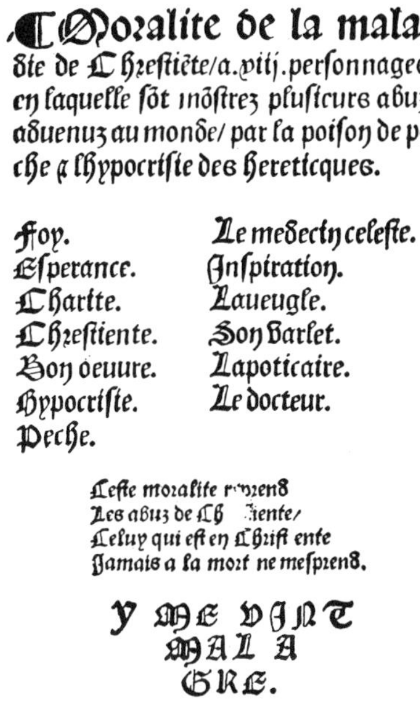
¶ Moralite de la mala/die de Chrestiête/a.xiij.personnages: en laquelle sôt mõstrez plusieurs abuz/ aduenuz au monde/ par la poison de pe/che & hypocrisie des hereticques.

Foy.	Le medecin celeste.
Esperance.	Inspiration.
Charite.	Laueugle.
Chrestiente.	Son varlet.
Bon oeuure.	Lapoticaire.
Hypocrisie.	Le docteur.
Peche.	

Ceste moralite r[illegible]rend
Les abuz de Ch[illegible]iente/
Celuy qui est en Christ ente
Jamais a la mort ne mesprend.

Y ME VINT MAL A GRE.

Titre de la *Moralité* de Malingre (propr. de M. le pasteur Andrié, Couvet).

Malingre nous a laissé, outre des poésies lyriques, une *Moralité de la Maladie de chrétienté* (1534), qui compte un peu plus de deux mille vers. Les personnages de la pièce sont : Foi, « vêtue d'une belle robe blanche », Espérance, « vêtue d'une robe de violet », Charité, « vêtue d'écarlate », Bon Œuvre, « vêtu en marchand honnête », Chrétienté, « en honnête dame », l'Aveugle, « en son pauvre état » et le Valet « pareillement », Hypocrisie, « vêtue en nonnain », Péché, « par devant vêtu en robe mondaine et derrière en habit de diable », le Médecin, « en habit propre », Inspiration, « en habit angélique », le Docteur et l'Apothicaire, « en leur état ». C'est donc pure comédie allégorique.

Le Docteur commence :

> Ce jeu moral les trois vertus contient,
> C'est à savoir la foi qui tout soutient,
> Avec laquelle est conjointe espérance,
> Et charité qui de la foi provient...
> Peuple auditeur de la moralité,
> A bien faire par elle es incité
> Et avisé de délaisser tout vice,
> Et tout orgueil, et toute iniquité...

Hypocrisie cherchera bien à combattre ces sages conseils et « fera suivre charnalité » au monde ; en fin de compte, « elle aura mort ». Arrivent la Foi, puis Chrétienté, celle-ci accompagnée elle-même d'Espérance, de Charité et de Bon Œuvre. La Foi s'élève contre les « pharisiens », conjure le peuple de fuir leurs « sentences obliques » et de regarder uniquement au Christ. Qui a la foi « vainct le diable ». Espérance et Charité célèbrent aussi leurs propres vertus, avec plus de chaleur que de style. Bon Œuvre ne se juge ni moins utile ni moins méritant. Chrétienté prie ensuite le Docteur d'exposer quelque « bon mot » ; Hypocrisie n'est pas réduite au silence par ce « grand prêcheur de paraboles ». Et Péché redresse la tête. Tous deux se ligueront contre Chrétienté, qui manifeste le désir « d'aller jouer un peu aux champs ».

Le moment est propice pour intriguer. Hypocrisie suit la promeneuse, s'insinue adroitement auprès d'elle, la circonvient et, sans avoir l'air d'y toucher, lui démontre qu'il faut « avoir un confesseur» et le reste. Chrétienté est troublée. Elle « s'en va méditer », ne sachant trop ce « qu'il lui en adviendra ». Les suggestions d'Hypocrisie l'obsèdent. Péché l'invite à ne se point tourmenter ; la chose principale n'est-elle donc pas de « rafraîchir nos gorgettes » ? Chrétienté en oublie son mal. D'autres personnages paraissent. Voici le Médecin, — le médecin céleste, qui, voyant Chrétienté en péril, enjoint à Inspiration de voler au secours de l'infortunée. Il n'est que temps; Péché a terminé sa « salade ».

Peché : Mangez donc pour vous rafraîchir !

Chrétienté : Le plat est beau, cher et honnête ;
Les herbes sont belles à l'œil ;
J'en vais manger...

Inspiration : Pauvre femme, que feras-tu ?
Quand ce morceau tu morderas
A toi la mort accorderas.
N'en mange pas si tu es sage !

Péché : Vous mettez travers le visage :
Allez ailleurs faire caquet.
Voulez-vous troubler le banquet ?...

Inspiration : Ah ! n'en faites, n'en mangez point !...
Si vous en mangez, vous mourrez ;
Si vous la laissez, vous vivrez ;
Elisez la vie ou la mort !

Chrétienté : Mais vous me déconseillez fort ;
Quel mal m'en peut-il advenir ?...
L'herbe est belle à l'œil, tendre au doigt,
Par ainsi, inférer on doit
Qu'elle a bon goût, et savoureux ;
Puis, mon cœur en est amoureux.
Pourtant, certes, je mangerai.

Nouvelle Ève, Chrétienté a succombé à la tentation. Soudain, quel cri d'angoisse et de douleur ! Le poison a produit son effet ; Hypocrisie s'apprête à donner le coup mortel : « Faites chanter une messe, dit-elle, faites aussi une neuvaine ! » Mais le Docteur a entendu les lamentations de Chrétienté ; il connaît le véritable remède, qui est de « courir à Jésus-Christ ». Hypocrisie contrecarre le Docteur. Bon Œuvre aligne de solides lieux communs. Inspiration et Péché s'empressent autour de la patiente. On s'arrache le cadavre probable. Enfin, Inspiration parvient à faire boire par force à Chrétienté « quelque douce liqueur en une fiole ». Incontinent, les douleurs s'apaisent, le repentir commence. Quel est le mal qui rongeait Chrétienté ? L'orgueil. Et d'où vient l'orgueil ? De « péché et de sa poison ». Oui, si l'Église est corrompue, si les prêtres sont détestables, si les juges font de Thémis une courtisane, si les moines sont « lubriques et scandaleux », si les gendarmes sont des voleurs, si les bourgeois et marchands sont malhonnêtes, si les laboureurs et « censiers » grugent leurs maîtres, si les ermites sont pleins de « crapulation », si tant de fautes, de hontes, de crimes, se commettent, « c'est par péché et sa poison ». Or Péché, c'est l'Église romaine.

Tout ceci n'est pas raillerie bénigne. Qu'est-ce auprès de ce qui viendra ? Prenez cette tirade, que j'abrège et que j'expurge :

...Le riche a tout, les pauvres rien.
Aucuns, sous la couleur et titre
De l'évangile et de l'épître,
Reçoivent de gros bénéfices,
Des dignités et des offices
Procédant du bourbier romain,
Nonobstant qu'il leur soit certain
Que tels biens sont très mal aquis...
Ils font la cour au fort, au riche,
Et les pauvres sont mis dehors...
...Ces démoniacles
Vendent le Dieu des tabernacles...

Il y a quelques pages de ce style. A côté de l'Église qui avilit la Chrétienté, vous avez la noblesse qui la pille, « détruisant à grands tas les pauvres gens laborieux ». Toutes les institutions religieuses, civiles et militaires ne tendent qu'à une chose: l'écrasement des humbles qui peinent et qui souffrent. Le levain démocratique de la Réforme travaille fortement toute la pièce. Mais, la source première de tout le mal, il faut encore la chercher dans l'Église et sa « sophistique doctrine ».

Est-ce la moralité de Thomas Malingre que l'on jouait en 1549, à Beaulmes, sous le nom, indiqué par Pierrefleur, de : *La Chrestienté qui estoit malade?* Probablement. Cette œuvre aurait eu son heure de popularité. Ce qu'il y a d'étrange, c'est qu'une comédie aussi lestement écrite soit restée enfouie, des siècles durant, dans les recoins les moins explorés de quelque bibliothèque. Sans doute, la forme même de la *Maladie de Chrétienté* n'est pas originale; mais quand cette pièce ne serait pas l'un des premiers essais dramatiques de la littérature protestante, quand elle ressemblerait à cent autres moralités, on ne s'explique point comment M. Lenient a pu l'exécuter en quelques lignes: « elle n'a rien de très divertissant ». Si nous passons sur les répétitions et les longueurs, nous serons frappés tant par une versification facile et même élégante, que par la clarté et l'aisance de la langue.

Il y a moins d'originalité et d'art dans le *Sacrifice d'Abraham*[1] de *Théodore de Bèze,* une imitation, assez libre, de l'*Isaaci immolatio* de Jérôme Ziegler. De Bèze est professeur à l'Académie de Lausanne. Il n'a guère que trente ans ; sa conversion est récente ; ses *Poemata,* péchés de jeunesse, l'ont fait connaître moins comme un théologien austère que comme un joyeux compagnon. Il a une revanche de sérieux à prendre ; il la prendra, en composant une tragédie sacrée, « nécessaire à tout chrétien pour trouver consolation au temps de tribulation et d'adversité ». Les personnages sont: Abraham, Sara, Isaac, l'Ange, Satan et la «Troupe des bergers d'Abraham, divisée en deux parties ». Le patriarche sort de sa demeure et raconte comment il a délaissé son pays sur l'ordre de Dieu. Sara, qui le rejoint, remercie le ciel de lui avoir donné « l'heureux nom de mère en sa vieillesse ». Ils célèbrent ensemble « du Seigneur l'excellence ». Le diable apparaît, — en « habit de moine », s'entend :

Je viens, je vais, jour et nuit je travaille
Et m'est avis, en quelque part que j'aille,
Que je ne perds ma peine aucunement.

---

[1] *Tragédie française du Sacrifice d'Abraham,* publiée d'abord sans date, réimprimée à Paris, par Henri Estienne, 1552. Il en existe un grand nombre d'éditions ; la dernière date de 1852.

Règne le Dieu en son haut firmament,
Mais, pour le moins, la terre est toute à moi...
Tous ces paillards, ces gourmands, ces ivrognes,
Qu'on voit reluire avec leurs rouges trognes,
Portant saphirs et rubis des plus fins,
Sont mes suppôts, sont mes vrais chérubins...

TRAGEDIE
FRANCOISE
DV
Sacrifice d'Abraham.
Autheur Theodore de Beze.
PAR GABRIEL CARTIER.
M. D. LXXXII.

Satan nous dévoile enfin ses projets : il veut « assaillir Abraham », qui lui résiste. Le patriarche qui, pendant le monologue de Satan est rentré dans sa maison avec Sara, revient sur la scène où il rencontre l'ange. Celui-ci lui demande d'immoler Isaac. Le père ne regimbe que faiblement. La nouvelle lui « semble fâcheuse », rien de plus. « Par quel bout dois-je commencer » ? interroge-t-il avec une effrayante tranquillité d'âme. Au même instant, surgit Isaac, suivi des bergers d'Abraham, qui l'engagent à rester afin de ne point contrarier « Monsieur votre père », ou « Madame votre mère ». Ce subterfuge de l'intervention du chœur pour préparer Isaac atteste plus de candeur que d'habileté. Mais Abraham s'est ouvert à Sara du désir manifesté par l'Éternel. Et ici se place un dialogue, que Marc-Monnier a trouvé « cornélien » :

Abraham : Quand Dieu nous enjoint une chose,
S'il commande, il faut obéir.
Sara : ...Nous avons cet enfant seulet,
Qui est encore tout faiblet,
Duquel gît toute l'assurance
De notre si grande espérance.
Abraham : Mais en Dieu...
Sara : Mais laissez-moi dire.
Abraham : Dieu se peut-il jamais dédire ?...
Sara : Mais Dieu veut-il qu'on le hasarde ?
Abraham : Hasardé n'est point que Dieu garde.
Sara : Je me doute de quelque cas.
Abraham : Quant à moi, je n'en doute pas.
Sara : C'est quelque entreprise secrète.
Abraham : Mais telle qu'elle est, Dieu l'a faite.
Sara : Au moins si vous saviez où c'est.
Abraham : Bientôt le saurai, si Dieu plaît.
Sara : Il n'ira jamais jusque là.
Abraham : Dieu pourvoira à tout cela.
Sara : Mais les chemins sont dangereux.
Abraham : Qui meurt suivant Dieu est heureux.

Épouse soumise, mais tendre mère, Sara présente timidement ses objections. Son attitude doucement résignée contraste avec le fanatisme d'Abraham; elle finit par céder, animée du secret espoir que Dieu aura miséricorde. Isaac, qui n'appréhende rien, la supplie de ne point pleurer, de ne pas s'inquiéter : il sera tantôt de retour. Abraham l'emmène. Avant la fin de l'acte, Satan nous annonce qu'il « va courir après » Abraham, pour le « combattre de plus près ».

Le père et l'enfant ont marché trois jours. L'autel est dressé. Isaac, surpris, questionne. Abraham hésite; le diable l'encourage à désobéir. Toute cette partie du drame est supérieurement traitée :

> Qu'un autre soit de mon fils meurtrier !
> Hélas ! Seigneur, faut-il que cette main
> Vienne à donner ce coup tant inhumain ?
> Las ! que ferai-je à la mère dolente,
> Si elle entend cette mort violente ?

Satan de ricaner : « Le voilà bas, si Dieu ne le relève ». Cependant le père est vaincu. « Arrière, chair, arrière, affections ! » crie Abraham après une longue lutte. Et Satan d'entrer en fureur, — Satan qui représente la justice et l'humanité, bien que le poète ne s'en doute guère. Le temps presse. Il faut avertir la victime. Isaac essaie d'abord de fléchir son père, réclame « pitié pour sa jeunesse ». Et quand il voit que ses prières sont vaines, il pousse cette plainte, qui est sublime dans sa poignante concision : « Hélas ! ma pauvre mère ! » Abraham ne peut toujours se décider passer des paroles à l'acte. C'est alors que l'enfant se redresse :

> Or donc, mon père, il faut comme je voi,
> Il faut mourir. Las ! mon Dieu, aide-moi !
> Mon Dieu, mon Dieu, renforce-moi le cœur,
> Rends-moi, mon Dieu, sur moi-même vainqueur !
> Liez, frappez, brûlez, je suis tout prêt
> D'endurer tout, mon Dieu, puisqu'il te plaît...
> Quant à ma mère, hélas ! elle est absente ;
> Veuille, mon Dieu, par ta faveur présente,
> La préserver et garder tellement,
> Qu'elle ne soit troublée aucunement !...
> Je suis tout prêt, mon père, me voilà.

Confus de tant de vaillance, Satan s'enfuit. Abraham embrasse son fils. L'horrible dénouement approche. Quelles angoisses pour le père ! L'enfant a l'héroïsme et la passion du martyre, — comme un de ces huguenots immortalisés par Jean Crespin. Abraham laisse le couteau tomber de ses mains ; Isaac lui dit : « Otez toutes ces peurs ! M'empêcherez-vous d'aller à Dieu ? » Abraham a levé le bras ; Isaac tend sa gorge... L'Ange intervient. Le drame s'achève par un épilogue exhortatoire.

Il est, dans le *Sacrifice d'Abraham*, deux passages au moins qui sont admirables de puissance tragique et dans lesquels le vers, à l'ordinaire un peu gauche, prend de la couleur et du relief. De Bèze a, par endroits, le style et le sens du théâtre. Il sait amener les situations et les développer ; si le diable, comparse obligé des pièces bibliques, pouvait rester dans la coulisse et se taire, si les cantiques et les chœurs étaient allégés de moitié et ressemblaient moins à de la prose rimée, le *Sacrifice d'Abraham* serait aujourd'hui encore supportable à la scène. Tel quel, il renferme quelques-unes des meilleures pages de la poésie protestante du XVIme siècle; il célèbre, de plus, non sans grandeur, la sainteté des sacrifices accomplis pour la cause de Dieu, et cela rend indulgent à bien des péchés contre le goût et la logique.

On peut ne pas appuyer sur les œuvres d'un autre dramaturge, auquel l'exemple de Th. de Bèze a malheureusement inspiré une trilogie sacrée fort indigeste. *Louis Desmazures*[1] (de son nom de guerre : *Masurius*) est né à Tournay en 1525 ; ancien secrétaire du cardinal de Lorraine, il a vécu assez longtemps à Genève et à Lausanne. Sa traduction de l'*Énéide* (1560), que nul ne lirait plus sans ennui, lui avait valu quelque réputation. Joachim Du Bellay, qui savait flatter, a loué « le pinceau de sa docte écriture »; mais notre rimeur est surtout connu par son jeu de mots sur Rabelais, dont il avait été le commensal et l'ami :

Rabelæsus eras placidù modo, jam quia fundens
Verba furis, *Rabie* tu mihi *læsus* eris.

Les *Œuvres poétiques* (1555) de Desmazures sont insignifiantes. Sa trilogie, déjà mentionnée, est plutôt plate, mais il sied de la caractériser rapidement. Elle se compose de : *David combattant, David triomphant* et *David fugitif* (1562), « tragédies saintes ». Ces trois pièces, dont on devine le sujet, sont mal bâties et pauvrement écrites. Desmazures emploie généralement le vers de dix syllabes ; il entremêle le dialogue de chœurs et de cantiques. Les personnages parlent plus qu'ils n'agissent. Toutefois — ceci est à noter — ils se gardent de toutes allusions aux événements contemporains et paraissent ignorer qu'ils vivent dans un siècle de controverse.

Jacques Bienvenu[2] serait-il un pseudonyme de Desmazures? Bienvenu a existé, Bienvenu est un poète nerveux, sinon délicat, Bienvenu n'a pas mérité d'être confondu avec l'auteur de *David.* Senebier, si indulgent d'habitude, n'a pas été tendre envers ce Jacques Bienvenu, qui a fait « une satire dégoûtante des sciences et de la médecine ». L'auteur de la *Comédie du monde malade* fut l'ami de Bonivard, qui lui légua ses livres ; il joua un rôle politique comme membre du Conseil des Deux-Cents, puis comme auditeur, et mourut en 1579.

Bien qu'extrêmement rares, ses œuvres sont mieux connues que sa vie. Je ne rappelle que pour mémoire sa *Réponse au livre d'Artus Désiré, intitulé: Les grandes Chroniques et annales de Passepartout ;* ce libelle a disparu. La Bibliothèque de Genève conserve précieusement un exemplaire — unique, je crois, — des quatre écrits suivants de Bienvenu : 1° *Comédie du monde malade et mal pansé* (rééditée par M. Th. Dufour, en 1882) ; 2° *Harenga habila in Monasterio Cluniensi*; 3° *Décoration de la fameuse abbaye des Frères de Morges* et 4° *Comédie du voyage de Frère Fecisti en Provence.* Cette dernière pièce, diatribe calviniste assez mordante, nous conduit à la suite du frère Fecisti, chez Nostradamus, « pour savoir certaines nouvelles des clefs du paradis et de l'enfer, que le pape avait perdues. » Bienvenu a traduit, en outre, le *Triomphe de Jésus-Christ,* de Jean Foxus, « comédie apocalyptique en six actes ».

La *Comédie du monde malade et mal pansé* n'est autre que la « satire dégoûtante » qui indigna Senebier. Elle n'en obtint pas moins un succès très vif au XVIme siècle et nous lui découvrirons de sérieux mérites littéraires. Qu'elle ne soit pas d'une

---

[1] *France protestante. Revue suisse,* XI, 140 (article de M. E.-H. Gaullieur).

[2] *Genève et ses poètes,* 126 et s. *Revue suisse,* XI, 211. *Mém. et doc. de la Soc. d'hist. et d'archéol. de Genève,* IV, 209.

parfaite décence, que les passages croustilleux y abondent, je ne le nierai point ; elle attira même beaucoup de haines à Bienvenu, comme nous pouvons nous en convaincre en lisant un factum dirigé contre le poète et imprimé à la suite de la *Comédie du monde malade.* « Récitée » le 2 mai 1568, lors du renouvellement du traité d'alliance entre Berne et Genève, elle fit les délices des magistrats de l'une et de l'autre de ces villes. L'enthousiasme paraît avoir été si général, que Bienvenu reçut l'autorisation d'imprimer son œuvre. La pièce est précédée d'un dialogue en vers et d'un cantique, écrits en l'honneur de « la sainte alliance perpétuelle des deux très nobles et très chrétiennes villes franches Berne et Genève. » Les personnages de la comédie sont : Le Temps qui court, le Monde, Maître Aliboron, Vérité, et une collection de « fols » : Bridoye, « juge aveugle et maître fol », Messire Jean de la Marmite, « vieux fol » (prêtre), Monsieur le Brave, « glorieux fol » (gentillâtre), Sire Claude de la Boutique, « jeune fol » (marchand), et Piquebœuf, « fol niais » (paysan). Temps qui court entre en scène et annonce que le Monde est bien malade ; tous ses membres, ses « états », se liguent contre lui. Nous le trouvons lui-même « gisant par terre » et geignant ; mais nul ne s'en soucie, nul ne lui apporte secours. L'infortuné serait fort à plaindre, si un bon vent ne lui amenait Maître Aliboron, l'homme qui a tout vu, tout approfondi, tout pratiqué, l'incarnation du pédantisme contemporain, le type

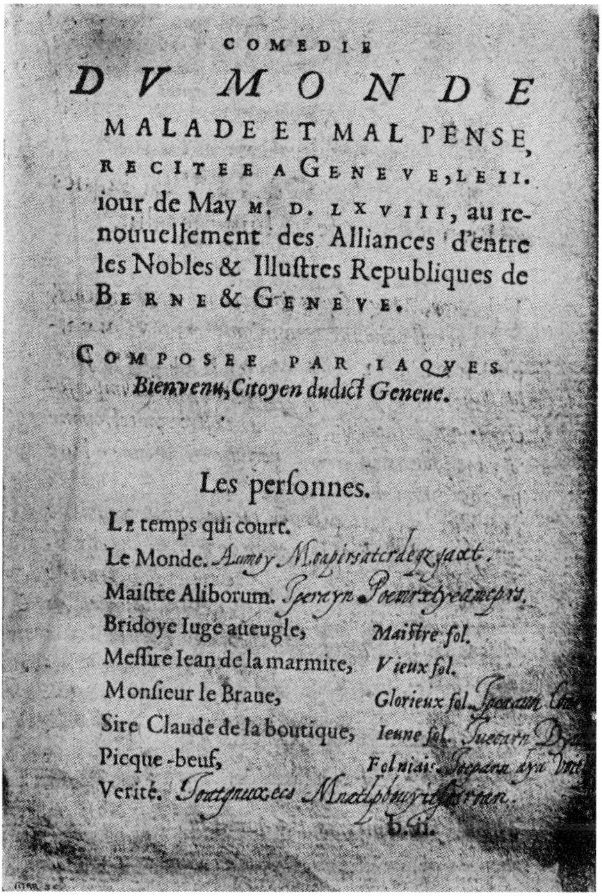
COMEDIE
DV MONDE
MALADE ET MAL PENSE,
RECITEE A GENEVE, LE II.
iour de May M. D. LXVIII, au renouuellement des Alliances d'entre les Nobles & Illuſtres Republiques de BERNE & GENEVE.

COMPOSEE PAR IAQVES
Bienvenu, Citoyen dudict Geneue.

Les perſonnes.
Le temps qui court.
Le Monde.
Maiſtre Aliborum.
Bridoye Iuge aueugle, Maiſtre fol.
Meſſire Iean de la marmite, Vieux fol.
Monſieur le Braue, Glorieux fol.
Sire Claude de la boutique, Ieune fol.
Picque-beuf, Fol niais.
Verité.
b. ii.

(Bibl. publ. de Genève.)

Des sots savants plus sots que des sots ignorants.

Il offre ses services et donne des conseils au Monde ; il n'a cependant rien imaginé de mieux, pour guérir son malade, que de partir en quête d'un tombereau, qu'il dénichera, par exemple, « lui dût-il coûter pinte et fagot ». Survient Bridoye, « sonnant de sa vielle, menant les autres fols après soi, qui s'entretiennent par la main. » Et Bridoye chante ces couplets alertes :

Un fol les autres promène,
Et les mène,
Comme il veut à son plaisir.
Tous ensemble s'accompa(i)gnent
Et se baignent
En leur sot et fol désir.

Je suis celui qui commande
A la bande
Des autres fols comme moi,
Et selon ma fantaisie
Et frénésie,
Je leur impose ma loi.

Je les fais pleurer et rire,
Lire, écrire ;
Je leur montre leur leçon ;
D'autres fois, je leur gringotte
Une note
A la nouvelle façon.

Voilà comme, sans lanterne,
Je gouverne
Mes gens gaillards de cerveau,
Comme en la danse des bêtes,
Aux grand'fêtes,
Chaque âne conduit un veau.

Bridoye fait asseoir ses « fols, » le prêtre, le gentillâtre, le marchand, le paysan, et se met en devoir de leur donner une leçon. Cet intermède, que les magistrats bernois et genevois jugèrent très spirituel, nous semble baroque tout au plus. Ainsi que le dit Marc-Monnier, il rappelle nos facéties de collège : *Numero deus impare gaudet,* — le nombre deux se réjouit d'être impair. Mais Aliboron est de retour avec son tombereau. Il y loge le Monde, « commence à le mener une fois avant, une fois arrière », et se juge « bien industrieux. » Comme il n'est pas très sur de l'efficacité du traitement, il consulte Bridoye et sa bande. Messire Jean de la Marmite prescrit « trois onces du jus du Concile de Trente » ; à quoi le Monde répond que la médecine est trop « violente ». Le Brave lui recommande un « cataplasme large et beau du plus infernal athéisme ». Ces ordonnances ne font point l'affaire du Monde, qui souhaiterait moins de paroles et plus de fioles et pilules. Les Esculapes improvisés s'approchent de lui et le dévalisent gentiment :

Messire Jean : Hé ! pauvre homme que vous avez
Grand'chaleur au corps !
Sire Claude : Comme il sue !
Le Brave : Cette grosse robe te tue.
Pique-Bœuf : Ce pourpoint le tient trop étroit.
Sire Claude : Cet anneau lui serre le doigt
Si fort qu'il en a la gravelle.
Messire Jean : Ce bonnet lui prend la cervelle.
Aliboron : Ces souliers lui donnent la toux...

Bridoye ajuste ses bésicles, glapit « qu'il en veut aussi avoir ». Le Monde ne comprend pas. On lui affirme qu'il a une « fièvre grise », qu'il est nécessaire de combattre la chaleur; on devra même le tondre. Les « fols » lui taillent barbe et chevelure, et, de cette toison, rembourrent leurs chausses. Bridoye d'opiner gravement: « Je gage qu'il est allégé ». Ils le hissent sur son tombereau, puis se disposent à déguerpir, chargés de ses dépouilles. Mais la Vérité leur barre le chemin. Bridoye a beau lui dire: « Dame, nous ne vous cherchons pas »; elle les tance rudement:

Vérité; Toi, prêtre, qui le monde abuses,
Et toi, faux juge corrompu,
Toi, marchand tout rempli de ruses,
Toi, gentillâtre au front rompu,
Et toi, laboureur qui n'as pu
Simplement vivre ton train bas,
Vous avez tous le sens perdu.
Messire Jean: Dame, nous ne vous cherchons pas.
Vérité: Toi, Monde rempli de malice,
Par maître Aliboron conduit,
Qui est plein de gloire et de vice,
Vois-tu point que Dieu te poursuit?
Si tu ne veux être détruit,
Réformer faut tout tes états,
Car par eux tout malheur te suit.
Le Monde: Dame, nous ne vous cherchons pas.

Tous, le Monde même, se refusent à entendre la Vérité, « qui fait pendre les gens », suivant Aliboron. Ce dernier pousse plus loin le tombereau, le Monde dessus, les « fols » derrière. Et c'est tout? Non. Le Temps qui court remonte en scène et adresse un compliment aux seigneurs des deux villes. Si la *Comédie au Monde malade* est une pièce allégorique, comme tant d'autres, elle a, plus que d'autres, pour la soutenir, un style qui est souvent agréable et quelques épisodes d'un excellent comique. Elle est mieux composée aussi que la plupart des œuvres du même genre. Bienvenu a droit, ainsi que Malingre, à être tiré de l'obscurité; tous deux sont des écrivains, sinon des poètes.

Il faudrait de la bonne volonté, et beaucoup, pour qualifier de poète un Gascon frotté de calvinisme: *Joseph Duchêne,*[1] sire de la Violette, baron de Morancé et d'Isérable. Cet homme, qui eut plus de titres que de talent, naquit en Armagnac (1546). Il étudia la médecine, embrassa la Réforme et vint s'établir à Genève, où il reçut gratuitement la bourgeoisie en 1584. Appelé, en 1594, aux fonctions de médecin du roi Henri IV, qui le renvoya plus tard en Suisse comme chargé d'affaires, il mourut à Paris, en 1609.

Auteur de plusieurs ouvrages, renommés jadis, de chimie et de médecine, il lui prit fantaisie de rimer de lourds poèmes et de faire du théâtre. C'est peut-être du patriotisme mal placé que de servir au lecteur l'*Ombre de Granier Stoffacher* (1584), « tragi-comédie », que cette bonne âme de doyen Bridel jugeait « un drame très original ». Le « Granier Stoffacher », de Duchêne n'est autre chose que l'un des Suisses du Grütli: Werner Stauffacher. Il n'est pas inutile de le dire, car il n'est personne qui reconnaisse la mâle figure du héros sous cette « ombre de Granier Stoffacher », à laquelle l'auteur prête le langage d'un pédant du XVIme siècle. Je renonce à l'analyse de ce

[1] *Revue suisse,* XI, 143. *Genève et ses poètes,* 135. *Conservateur suisse,* V, 365. *France protestante,* 2me éd. *De Montet.*

que Duchêne lui-même appelait « cette petite fleur de notre jardin spirituel ». N'en retenons qu'une tirade, au cours de laquelle, après avoir invoqué « Bellone et sa fureur », Stauffacher narre en alexandrins l'aventure de Guillaume Tell. Avez-vous oublié, clame-t-il, les baillis d'autrefois,

> Et ce tyran *Grissler*, qui tenait asservie,
> Et votre liberté, et votre propre vie,
> Quand, perchant son bonnet, il vous contraignait tous,
> Passant par là-devant, de fléchir les genoux?...
> Souvienne-vous qu'il mit sur la tête du fils
> De *Tell* pour but hélas! une pomme jadis,
> Que l'abattre contraint d'une flèche légère,
> Fut à peine de mort le misérable père:
> La face lui pâlit et de crainte et de peur;
> Il ne pouvait *guigner*, ayant l'œil plein de pleur...

Que ce récit soit « le premier tableau en vers français » de notre belle légende nationale, j'en tombe d'accord avec Gaullieur, mais je suis désolé que Guillaume Tell ait fait ses débuts dans la poésie sous l'égide du sire de la Violette.

Nous pourrions étudier encore la *Pastorale* (1585) de Simon Goulard; comme l'a dit Marc Monnier, cette grave niaiserie patriotique commise en l'honneur de Berne, Zürich et Genève « fait admirer l'Ombre de *Granier Stoffacher* »! Le théâtre avait assez bien commencé dans la Suisse romande du XVIme siècle; il finit déplorablement.

IV

La différence entre les genres de poésie est si peu marquée, les poètes de la Réforme savent si peu se concentrer et se borner, les préoccupations de la lutte pour la foi sont si vives et si tyranniques, le besoin de frapper sur l'ennemi est si pressant et si général, que le pur lyrisme n'a presque pas fleuri dans la Suisse romande du XVIme siècle. La traduction des *Psaumes* de Théodore de Bèze, quelques cantiques, quelques odes, chansons ou sonnets chrétiens, et c'est presque tout. La doctrine de l'art pour l'art ne serait jamais sortie d'une cervelle protestante. Si je n'avais peur de faire une sorte de jeu de mots, je dirais que la devise de la Réforme a été: l'art pour l'acte.

Nous avons conservé de *Thomas Malingre*, déjà nommé, outre de nombreux petits poèmes, une longue *Épître* (réimprimée en 1846); l'auteur l'adresse à Clément Marot pour lui « demander la cause de son département de France ». Ces vers furent écrits à Yverdon, en 1542. Marot avait dû prendre le chemin de l'exil, comme tant d'autres de ses coreligionnaires; réfugié à Genève, vieilli avant l'âge, il était condamné à vivre ses dernières années sur terre étrangère. L'épître de Malingre ne fut sans doute qu'un pauvre soulagement à ses maux. Marot n'y répondit pas moins en termes aimables:

> Je ne suis pas tout seul qui s'émerveille
> De ton savoir, bonté, croix et constance
> Et des sermons où grandement *traveille*,
> Mais aussi sont les plus sages de France.

Serait-ce malice? Marot vanterait-il les sermons de son admirateur pour n'avoir point à parler des vers de Malingre? Ce dernier a fait mieux que l'*Épître* à Marot. Il y a quelques jolies choses dans les opuscules suivants, parus à Neuchâtel en 1533: *Chansons nouvelles démonstrants plusieurs erreurs et faussetés, Belles et bonnes chansons que les chrestiens peuvent chanter en grande affection de cœur,* et des *Noëls nou-*

veaux,[1] qui, semblables à tous les Noëls, mais arrangés à la mode calviniste, sont des récits versifiés de la nativité du Christ. Il est probable que toutes ces poésies, dont plusieurs furent poursuivies et supprimées en France, ont été publiées grâce aux conseils et sous les auspices de Farel. Quelques-unes d'entre elles ont passé dans les *Chansonniers* huguenots; il en est de fort belles, ainsi *l'Éspérance en Dieu:*

En toi, mon Dieu, j'ai mis mon espérance,
Ne me confonds pas éternellement!
Tous ceux qui ont en toi leur confiance
Confus ne sont, mais ils sont sûrement
En toi mon Dieu....

Comme le cerf en un étang se lance
Quand est chassé des veneurs et des chiens,
Semblablement quand mon âme est en transe,
A toi je cours et parfois me soutiens,
En toi mon Dieu.

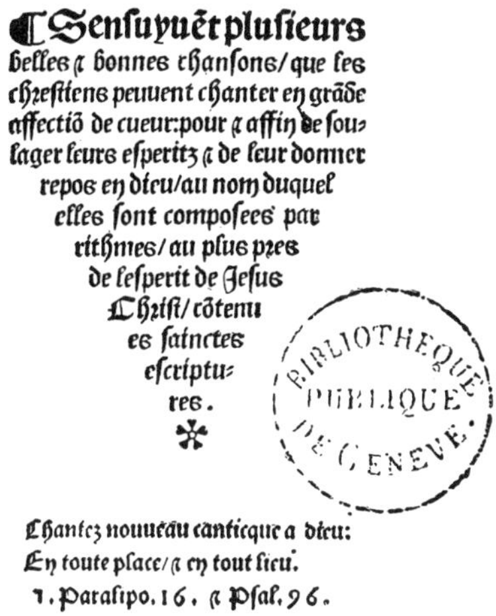
Sensuyuent plusieurs belles & bonnes chansons/ que les chrestiens peuuent chanter en grāde affectiō de cueur: pour & affin de soulager leurs esperitz & de leur donner repos en dieu/au nom duquel elles sont composees par rithmes/ au plus pres de lesperit de Jesus Christ/ cōtenu es sainctes escriptures.

Chantez nouueau canticque a dieu:
En toute place/ & en tout lieu.
1. Paralipo. 16. & Psal. 96.

« *Chansons* » de Malingre (éd. 1533).

Mais Malingre n'a pas laissé d'œuvre égale à sa chanson dédiée au roi Henri II; composée vers 1547, elle est l'écho des illusions que les protestants se faisaient encore sur le caractère du successeur de François Ier:

...Veux-tu que ton sceptre prospère
Et, d'un ordre préfix,
Aille coulant des mains du père
Entre les mains du fils?...

Veux-tu que Dieu ton droit soutienne
Et vienne à ton secours,
Fais qu'en toute la terre tienne
Sa parole ait cours!...

Cette langue si ferme, cette pensée si noble, ces graves et généreux sentiments nous confirmeraient, s'il en était besoin, dans l'idée que Malingre est l'un des bons poètes de la première moitié du XVIme siècle. L'ode à Henri II, du moins, est une page de poésie française qui se peut comparer aux meilleures de Marot, dans le genre sérieux.

Un souvenir, en passant, à *Antoine Saunier*,[2] l'organisateur des collèges de Lausanne et Genève; il fut admis en 1537 à la bourgeoisie de cette dernière ville, où il mourut dans l'obscurité. Il est l'auteur d'une ode biblique, intitulée: *Chanson des dix commandements de Dieu* (1532), et qui a trouvé place dans tous les anciens *Chansonniers* de la Réforme. Elle compte onze strophes:

---

[1] Tous ces recueils se trouvent à la bibliothèque de Zurich, avec la *Maladie de Chestienté.* Voir *Chansonnier huguenot du XVIme siècle*, publ. par H. Bordier, Paris in-12, 1870. M. Bordier tient — à tort — Malingre, qui fut pasteur d'Yverdon, « pour un des protes de l'imprimerie de Wingle ». Suivant M. Bordier, Malingre serait encore l'auteur (en 2 volumes, l'un de 269, l'autre de 68 pages) du *Recueil de plusieurs chansons spirituelles tant vieilles que nouvelles*, etc. paru, sans lieu d'impression, en 1555; voir *Chansonnier huguenot*, l. c. préface (p. 26), ainsi que p. 417 et s. et 443.

[2] *Chansonnier huguenot*, l. c. *Gindroz*, l. c. 31. *France protestante. De Montet.*

De convoiter, gardez-vous, mes amis,
Femme d'autrui, fille, ni chambrière ;
Notre Seigneur ce mandement a mis
Pour nous tenir en charité entière...

N'insistons pas et lisons en prose les dix commandements ! Mais disons-nous bien que ces pauvres petits vers, mal tournés et mal rimés, ont édifié et soutenu dans leur foi plusieurs générations de chrétiens !

Le véritable « chansonnier » de la Réforme, j'entends celui qui a contribué le plus à populariser en France et en Suisse le couplet alerte ou la strophe onctueuse, n'est autre qu'un défroqué, aventurier de lettres métamorphosé un beau jour en calviniste militant : *Eustorg de Beaulieu.*[1] Né en Limousin, vers le commencement du XVIme siècle, Beaulieu publie, en 1529, un petit poème : *Gestes des solliciteurs.* Réfugié en Suisse, il habite successivement Bâle, Berne et Genève ; il meurt à Bâle en 1552.

Auteur de poésies licencieuses, datant d'avant sa conversion au protestantisme, Eustorg de Beaulieu ne réussit pas complètement à faire oublier ses péchés de jeunesse, et ses *Blasons anathomiques des parties du corps féminin* (Lyon, 1537) restent le plus connu de ses ouvrages. Quoi qu'il en soit, il s'efforça, comme tout diable passé au rang d'ermite, de défendre la nouvelle doctrine avec un zèle dont l'ardeur alla jusqu'à l'intempérance. On a prétendu que Beaulieu s'est attribué les cent soixante chansons, paroles et musique, de la *Chrestienne Réjouissance* (1546). En réalité, s'il revendique la paternité du texte même du volume, il déclare avoir écrit la musique de trente-neuf morceaux du recueil seulement. Mais qu'importe ! Les poètes de la Réforme s'appropriaient volontiers les airs profanes jouissant d'une certaine vogue, substituaient sans scrupules aux couplets très lestes de chansons populaires des stances solennelles de cantiques ; l'Armée du Salut n'a pas innové en ce point. De « Ma chère dame ayez de moi merci », Beaulieu faisait, par exemple : « Mon Créateur, ayez de moi merci ». L'original sauvait et portait au loin l'imitation. Quand Marot gazouille :

Adieu, amours, adieu, gentil corsage,
Adieu, ce teint, adieu, ces riants yeux,

un rimeur protestant gémit :

Adieu la chair, adieu, mondain servage,
Adieu vous dis, monde pernicieux !

Eustorg est un maître en ce genre de sainte parodie ; mais il n'en est pas l'inventeur, puisqu'à la fin du XIIIme siècle, Jacques de Cambrai transformait en chants de la vierge les vers amoureux de Thibaut de Champagne et de Raoul de Soissons. Quand il se borne à puiser dans son propre fonds, il n'est guère qu'un adroit versificateur. Examinons de plus près sa *Chrestienne Réjouissance !* Dans sa préface, l'auteur se lamente à propos « des chansons déshonnêtes », que l'on crie dans les tavernes ou par les rues et qui sont « cause de grands et horribles maux ». Les esprits frivoles disent bien « qu'il faut passer le temps à quelque chose et que com-

---

[1] *Éustorg de Beaulieu*, par G. Becker, Paris, 1880. *Chansonnier huguenot*, l. c. *Senebier*, II, 49. *France protestante*, 2me éd. *Plaquettes gontandaises* (contenant entre autres la vie de Beaulieu, par G. Colletet, d'après le manuscrit autographe de la Bibliothèque du Louvre), par Th. Tamisey de Larroque, Paris et Bordeaux, 1878. *Corresp. des réformateurs*, VI, 287.

bien qu'on chante qu'on n'y pense pas à mal, que David même de son temps chantait bien et jouait des instruments ». Beaulieu proteste au nom du roi David et de la morale : « Tout ce que David composait, chantait ou jouait sur les instruments tendait totalement à la gloire de Dieu, et ce que ces chanteurs et folâtreurs font de notre temps en maints lieux ne tâche aucunement qu'à la pompe, décoration et avancement du Royaume de Satan, du Pape, son vicaire général, et de plusieurs Princes et autres gens voluptueux de ce monde ». Il confesse qu'il a, lui aussi, « trop souvent usé de réjouissances mondaines », mais, en signe de repentance, il s'est « occupé à renverser et réduire à la louange de Dieu tant et tant de chansons charnelles qu'il lui a pu souvenir avoir chanté jadis au règne de Satan... Lesquelles chansons je vous offre ». La compensation paraîtra modeste, car la *Chrestienne Réjouissance* atteste davantage les bonnes intentions que le talent. La *Chanson de l'amour de Dieu* est imitée des joyeux flonflons de : « Puisqu'en amours... »

Puisqu'en amours a si beau passe-temps,
Je veux aimer Dieu, mon Souverain Sire...

Une *Chanson du mariage* commençant par ces mots : « Quand vous voulez faire une amie... » continue, sous la plume de Beaulieu :

Sachez aussi qu'elle est garnie
De crainte envers notre Seigneur...

Il est quelques «chansons» bien venues, parmi celles qu'il n'a point faites sur modèle. J'indique le premier vers de l'une ou l'autre :

En fait d'amours, tu aimeras ton Dieu...
Auprès de Dieu maintenant je demeure...
J'ai trop chanté l'abominable messe...

Édification et polémique sont le double but de ces piécettes auxquelles la musique prêtait ses ailes et qui prenaient leur vol à travers les pays de langue française. On sent bien que Beaulieu est un rimeur beaucoup plus qu'un poète. Le ton est sec en général, l'inspiration courte. La satire lui réussit mieux que le chant religieux. Et encore ses tirades contre le pape, les prêtres et les moines n'appellent-elles guère la citation.

Mathurin Cordier,[1] lui, se présente à nous comme l'un des plus distingués parmi cette robuste phalange d'esprits qui abordaient les sujets les plus divers avec une égale intrépidité. Je puis l'étudier immédiatement après Beaulieu, auquel il ne ressemble d'ailleurs que sur un point : il a composé nombre de « cantiques spirituels », plus graves, plus éloquents, sinon plus littéraires, que ceux de l'ex-organiste de Tulle. Cordier, l'un des vétérans de la Réforme française, naquit en 1479, probablement en Normandie, et fut régent du collège de La Marche à Paris. Il eut pour élève Jean Calvin, qui devait lui dédier l'un de ses Commentaires sur les épîtres de saint Paul. Il embrassa le protestantisme en 1530. Maître de grammaire à Nevers, puis à Bordeaux, il vint se fixer à Genève en 1538. Expulsé, en compagnie de Calvin, par les « libertins », il reprit plus tard, dans la Rome protestante, son modeste poste de régent

[1] *Senebier,* I, 338. *France protestante,* 2me éd. *De Montet. La jeunesse de Calvin* de Lefranc, pass. *De Montet. Bull. de la Soc. de l'hist. du prot. franç.,* XVII, 449.

de la cinquième classe. Ce brave homme mourut sur la brèche, en 1564, à quatre-vingt-cinq ans. Il s'était consacré de toute son âme à l'éducation des petits, refusant d'entrer dans l'enseignement supérieur.

Le régent du collège de Genève s'est beaucoup occupé de pédagogie pratique. Je signale quelques-uns de ses ouvrages : *Sentences extraites, à l'usage des enfants, hors de l'Écriture sainte* (1561), *Miroir de la jeunesse pour la former aux bonnes mœurs et civilité de la vie* (1559), *De corrupti sermonis apua Gallos emendatione et latine loquendi ratione* (1531), qui eut de nombreuses éditions, etc. Mais son traité le plus renommé est ce volume des *Colloques,* qui, d'abord écrit en latin, puis traduit en français, devait être à la fois exercice de piété et de beau langage. « Ces miens Colloques, dit Mathurin Cordier dans sa préface, sont tels que (si je ne me trompe) ils pourront beaucoup aider aux bons enfants pour parvenir à ce que j'ai toujours principalement désiré et que j'ai mis peine qu'ils soient exercés : c'est à savoir pour conjoindre la piété et bonnes mœurs avec l'élégance des lettres. » Divisés en quatre livres, les *Colloques* sont de naïfs dialogues sur les thèmes les plus variés. Nos livres de lecture modernes sont infiniment plus méthodiques et plus savants. Sont-ils bien supérieurs, par les résultats qu'ils donnent, à ces *Colloques* dont le succès fut très grand pendant un siècle ou deux ?

De Mathurin Cordier poète, nous mentionnerons, en première ligne, ses *Cantiques spirituels* (1557), « pleins de toute bonne doctrine et consolation », mais nous nous contenterons d'analyser les *Remonstrances et exhortations au roi et aux grands de son royaume.* Elles sont divisées en plusieurs chapitres, qui sont autant d'« exhortations » au roi, aux princes, aux États, aux fidèles. Mathurin Cordier commence par invoquer sur le roi la bénédiction de Dieu. Que Dieu, dit-il,

T'inspire une bonne nature,
T'instruise en justice et droiture
Pour savoir les peuples guider
Qu'il t'a commis pour les garder !

Les trente et un quatrains de la pièce roulent sur cette idée que le roi doit « s'instruire du Seigneur », s'il veut être un souverain utile et aimé. « S'instruire du Seigneur ! » A quelle école ? Le poète soupçonne à peine qu'il existe une raison d'État, lorsqu'il enjoint, avec une belle véhémence, au monarque français de « chasser l'abus» du « faux antéchrist romain ». Que voilà de bons conseils — protestants ! Il ne suffit pas à Mathurin Cordier d'adresser des « remontrances » au roi ; il se tourne du côté des princes, auxquels il sert sa seconde exhortation, démesurément longue. L'auteur déploie « grand' rhétorique » pour expliquer les Écritures à sa façon, tout en affirmant que les réformés sont la fleur des gens de France et que si le pays a souffert des discordes et des guerres, la faute en est toute aux papistes :

Quant est de nous chacun s'accorde
A vivre avec tous en concorde ;
Nous ne cherchons troubler aucun,
Mais plaisir faire à un chacun...
Nous prions pour nos adversaires,
Nos persécuteurs et contraires :
Que Dieu les veuille illuminer
Et à salut les amener !

Cordier est une belle âme. Les pamphlets calvinistes ne sont pas des pamphlets, mais des « prières », et ces pacifiques huguenots ne songent qu'à triompher par la douceur. Est-il bien exact de représenter les protestants dans cette attitude de martyrs implorant les grâces divines sur la tête de leurs bourreaux ? Ils avaient langue, plume, épée qui ne chômaient point. Mais ils ne faisaient que se défendre, et nous ne leur en voulons pas trop. Le poète adresse des « remontrances » toutes pareilles « aux magistrats ayant charge de la justice », au « peuple de France », aux « États en général », aux « ministres de la parole de Dieu » qu'il n'incite pas précisément à « vivre avec tous en concorde » :

> Repoussez de vos héritages
> Tous ces loups et bêtes sauvages,
> Qui de brebis portent la peau
> Pour dévorer votre troupeau !...
> Veillez-y donc en diligence
> Et que chacun d'entre vous pense
> De si bien les escarmoucher,
> Que plus ils n'osent approcher !

Mordez, mes agneaux ! Mathurin Cordier, au risque de se contredire, prêche la croisade des réformés contre les catholiques. Que dire de cette poésie ? Lyrique, elle manque d'élévation ; satirique, elle pèche par la vulgarité. La forme même n'est jamais que passable. Le régent de la cinquième classe du collège de Genève fut un pédagogue excellent, un poète quelconque. Ses *Colloques* nous intéressent encore ; ses *Remonstrances* ne sont plus qu'une rareté bibliographique.

Je n'ai pu mettre la main sur les œuvres de *Pierre Énoch*[1] († 1590), fils d'un humaniste distingué, Louis Énoch. Selon MM. Haag, « il cultiva, non sans beaucoup de succès, la poésie française ». Je me résigne à citer les titres de ses trois recueils : *Opuscules poétiques* (1572) ; *La Céocyre,* contenant cent cinquante et une pièces de vers, sonnets, odes, chansons, élégies, consacrées toutes à vanter les charmes de Céocyre et à pleurer de malheureuses amours ; enfin, les *Tableaux de la vie et de la mort,* une collection de cinq cents quatrains sur les misères de la nature humaine.

D'un autre poète genevois, *Jean Jacomot* († 1609 ou 1615), nous avons des *Musæ neocomenses,* qui furent accueillies avec beaucoup de faveur par les lettrés. Scaliger avait conçu pour Jacomot une si vive admiration qu'il lui donnait du « grand poète. » Tous les écrits de cet auteur sont en latin.

Puisque nous en sommes au latin, signalons au moins un traducteur de l'*Énéide,* sur lequel on n'a que des indications fort vagues. Il s'agit de *P. Trédehan,* que le doyen Bridel nomme « Trédeban » et qu'il dit natif de Lausanne. Bridel ajoute que Trédehan mit quelques chants de l'*Énéide* « en assez mauvais vers français. » Le manuscrit de la traduction du deuxième « livre » du poème virgilien est conservé à la Bibliothèque de Berne. Il renferme une dédicace à LL. EE. et il est daté de Lausanne (24 novembre 1562). Franchement, Virgile n'a pas eu de chance avec Trédehan. Qu'est devenue la douce et large musique du cygne de Mantoue ? Les premiers vers de la traduction vous feront déjà crier au sacrilège :

> Un chacun d'eux se tut, et désireux d'entendre
> Tenaient la bouche close : en ce lieu se va prendre
> Ainsi le père Enée au lit haut à parler :

Senebier, II, 127. *France protestante* (2me édit.).

« Tu me commandes, Reine, ici renouveler
« L'indicible douleur comme les Grecs en proie
« Mirent totalement les victimes de Troie... »

Mais des œuvres originales, sinon très distinguées, réclament notre attention. *Joseph Duchêne,* sire de la Violette, est une vieille connaissance (v. p. 175). Auteur dramatique et disciple d'Esculape, Duchêne n'a pas cru que ces deux titres pussent suffire à sa gloire: il s'est fait poète lyrique. Parlerai-je de sa *Marocosmie ou de la folie, vanité et inconstance du monde* (1583), « en cent octonaires, avec deux chants lyriques de l'amour céleste et du souverain bien? » On sait la matière, on devine le ton de cet ouvrage qui ne renouvellera pas un sujet épuisé. Les *Larmes et chants funèbres* (1592),» sur les tombeaux de deux très illustres et très puissants princes du Saint-Empire, et de trois rares fleurs de notre France et gerbes gracieuses de notre temps » n'appellent point une longue analyse. Le premier de ces chants « en forme de bergerie, » pleure « Monseigneur Christian, Électeur du Saint-Empire, duc de Saxe, » etc. C'est bien une « bergerie, » une pastorale lugubre et prétentieuse:

Jà par deux fois neuf fois, le clair flambeau du jour
De l'écharpe étoilée a fait l'oblique tour,
Depuis las! que fuyant de la France l'orage,
Errant seul à part moi, solitaire et sauvage,
Loin de mon cher pays, je conte mes regrets
Aux antres, aux rochers, aux monts et aux forêts.

Ce début me remet en mémoire que Duchêne fut l'ami de Dubartas: il a gardé, de sa liaison avec l'auteur de la *Semaine,* un méchant air de pédantisme. Mais les sépulcres n'inspirent pas Duchêne, bien que ce poète soit en même temps un médecin. On a beaucoup lu, en revanche, *Le grand miroir du monde* (1584), que Simon Goulart a gravement commenté. Duchêne n'y a rien moins entrepris que de décrire les « merveilles de l'univers, » et il a eu la modestie de faire précéder son œuvre d'une demi douzaine de sonnets, dans lesquels Pierre de Brosse et d'autres ont exalté ce *Grand miroir* qui va « éterniser les ans » du sire de la Violette. Un mot d'abord sur le plan du livre. Au *Grand miroir,* avec ses six chants et ses six mille alexandrins, devait s'ajouter une suite, qui n'est heureusement pas arrivée jusqu'à nous. Ayant placé son travail sous la protection du « Créateur et Conservateur de toutes choses, » Duchêne s'ingénie à prouver qu'il n'existe qu'un seul Dieu, éternel et tout-puissant, dont l'univers est émané, et il réfute les philosophes qui ont cherché à établir que le monde « a été créé de rien. » Il en vient aux anges, à « leur ordre, noms et dénombrement; » il explique copieusement les causes et les effets de la chute des « anges réprouvés. » Au quatrième livre, il « entre en considération » sur la plus haute des créations divines: le ciel. Il descend au « monde élémentaire », commence par les agents et principes de toutes choses. La *Méthaphysique* d'Aristote lui servira de modèle... L'univers! Il faudrait un génie pour en célébrer les merveilles; Duchêne n'est qu'un savant rimant à temps perdu.

Si le *Grand miroir* était seulement scientifique et biblique, il nous fatiguerait sans doute; il ne nous étonnerait pas. Mais les réminiscences classiques de la Pléiade, le jargon homérique de Dubartas ont déteint sur Duchêne; mais Aristote occupe, dans le *Grand miroir,* autant de place que les Écritures; mais on y parle des dieux de l'Olympe avec une abondance de lyrisme que le Dieu des chrétiens ne provoque point, et tout cela est fort drôle, sinon admirable. Le « cruel Mars », Mercure, « à

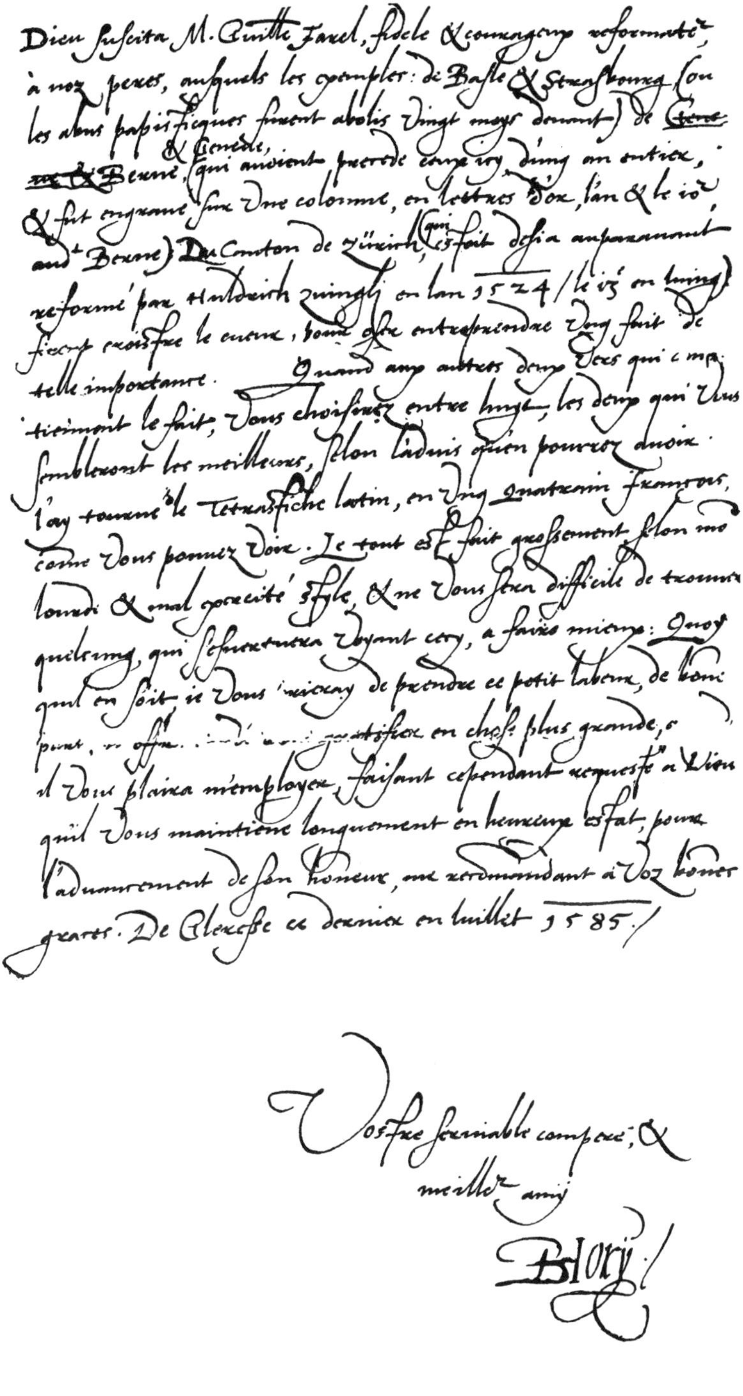

Dieu suscita M. Guille Farel, fidele & courageux reformateur,
à noz peres, ausquels les exemples de Basle & Strasbourg (ou
les abus papistiques furent abolis vingt moys devant) de ~~Geneve~~
~~[illegible]~~ & Berne, (qui avoient precedé ceux icy d'ung an entier, [& Geneve,]
& fut engravé sur une colomne, en lettres d'or, l'an & le io[ur]
aud[it] Berne) Du Canton de Zürich, (qui estoit desja auparavant
reformé par Hulderich Zuingli en l'an 1524/ le iij en tiers)
fierent croistre le cueur, pour oser entreprendre ung fait de
telle importance. Quand aux autres deux vers qui c[ontien]-
nent le fait, vous choisirez entre huyt, les deux qui vous
sembleront les meilleurs, selon l'advis qu'en pourrez avoir.
J'ay tourné le tetrastiche latin, en ung quatrain françois,
come vous pourrez voir. Le tout est fait grossement selon mo[n]
lourd & mal poreité stile, & ne vous sera difficile de trouver
quelcung, qui s'efforcera voyant cecy, a faire mieux. Quoy
qu'il en soit je vous requeray de prendre ce petit labeur, de bon
[illegible] gratifier en chose plus grande, s'
il vous plaira m'employer, faisant cependant requeste à Dieu
qu'il vous maintiene longuement en heureux estat, pour
l'advancement de son honeur, me recommandant à voz bones
graces. De Colombier ce dernier de Juillet 1585./

Vostre serviable compere, &
meilleur amy
B. Hory/

Fragment d'une lettre de Blaise Hory à « Mons. Merveilleux, banderet de Neufchastel »

(p. 183).

l'éloquente parole, » Neptune, Vulcain, Vénus, les Muses, les nymphes, les héros défilent sans cesse, en des énumérations formidables et saugrenues. Et, tout à coup, au milieu de son cortège mythologique, Duchêne, qui méprise profondément les transitions, nous montre « son Henri, le débonnaire roi, » et il exhorte les Français à terminer leurs querelles pour s'unir contre les — Turcs! Ce mélange du sacré et du profane, d'événements préhistoriques et de faits contemporains, agace à la longue. Nous croyons qu'on nous chantera la Création; il y a quelque chose de piquant et de fâcheux à voir se dresser devant nous

> Le porc mégalien, les oiseaux stymphalides,
> Le dragon qui gardait le fruit des Hespérides.

Et que d'insondables naïvetés, de surprenantes niaiseries, de fantaisies presque délicieuses tant elles sont abracadabrantes! L'adorable dissertation que font quelques centaines de vers sur « l'antipathie et sympathie des poissons, » sur leur « loyauté » sur leur « sincère amour, » leur « grande charité », si grande qu'on nous les propose en exemple! Simon Goulart s'arrêta à ces balourdises avec le respect d'un humaniste étudiant l'*Énéide!* Soyons clément, et citons plutôt d'assez bons vers sur la « céleste Sion. » Que si vous me reprochez de passer du fond de la mer à Jérusalem, je vous répondrai que Duchêne ne voyage pas autrement:

> O céleste Sion, permanente cité,
> O délectable Eden, plein de félicité,
> Sainte Jérusalem, combien plaisante et belle,
> Combien sûre est aussi ta demeure éternelle!
> Pour durer à jamais sont tes beaux fondements,
> Bâtis sur des rochers de fermes diamants;
> Tes murailles, tes tours, sont dessus élevées
> De jaspe émeraudin et tes rues pavées
> D'opales et saphirs; tes portiques sont faits
> D'escarboucles luisants, de rubis tes palais...
> On n'y craint des Titans, monstrueux Encélades,
> Des Briarées fiers les chaudes escalades...

En somme, je ne conseille à personne de regarder de trop près le *Grand miroir du monde.* L'auteur a l'air d'un écolier bourré de connaissances mal digérées, et il les sert avec une complaisance qui trahit le pédant, une prodigalité qui dénonce le bavard. Quelques jolies rencontres, quelques alexandrins sonores ne peuvent excuser cette orgie lyrico-didactique. On a pu dire de Duchêne que, de toutes les pilules de sa composition, ses poèmes étaient les plus difficiles à avaler.

Peut-être la Suisse romande n'a-t-elle produit, au XVIme siècle, qu'un seul poète exclusivement et sincèrement lyrique: *Blaise Hory.* [1] Le digne homme ne fut guère de son temps. Laissant les autres batailler, il se contente de planter ses choux. Il est de la race de ces aimables égoïstes qui ne font point de mal, s'ils ne font pas grand bien, et qui n'immoleront pas les douceurs de la vie à la recherche ou à la défense de la vérité. Blaise Hory naquit à Neuchâtel vers 1528. Un mystère, qui n'a rien de tragique, plane sur son existance jusqu'en 1564. Nous n'ignorons pas cependant qu'il étudia la théologie à Strasbourg et, qu'en 1554, il épousa mademoi-

---

[1] *Poésies neuchâteloises* de Blaise Hory, pasteur à Gléresse au seizième siècle, publ. par Fréd. de Rougemont Neuchâtel 1841. *Revue suisse,* XII, 656 et s. *Biographies neuchâteloises.*

selle Louise Grandjean. Dix ans après son mariage, il fut appelé à la cure de Gléresse, un hameau bernois situé sur la frontière qui sépare les pays de langue allemande et de langue française. C'est dans ce modeste presbytère qu'il vécut et qu'il devait mourir. Sa paroisse ne réclamait pas une activité de tous les instants, son cœur ne le portait point aux excès de zèle; le poète se chargea d'amuser le pasteur qui était en péril d'oisiveté, c'est-à-dire d'ennui. Ayant fabriqué des vers latins, qui sont purs jeux de rhétoricien habile, il se mit à composer des vers français; la période de tâtonnements fut longue, lents furent les progrès.

Que pouvait-il bien chanter? Sa vie était l'uniformité même: quelques visites pastorales, quelques inspections d'école, un sermon tous les dimanches, et les semaines, et les mois s'envolaient d'une aile peu pressée. Les relations nouées avec deux ou trois collègues des environs lui valaient d'agréables moments. Il retouchait les vers de Guillaume Jaquet, pasteur de Dombresson. Il voyait Vinsler, pasteur à Bienne, un excellent humaniste. Il se lia beaucoup avec Jacomot, durant le séjour de ce dernier à Neuchâtel. Et puis, sa réputation naissante aidant, on le recherche. Le banneret Tribolet Hardy lui adresse une épitre « en beaux vers écrite. » L'abbé de Bellelay l'invite à venir le surprendre un jour dans son couvent. La poésie, qui lui apporte ces consolations, le brouille d'autre part avec l'ami Jaquet. Dans son ménage, tout s'arrange à souhait: Hory perd sa femme, pour se remarier aussitôt après. Retombé dans le veuvage, il se met en quête d'une troisième compagne « selon son cœur. » Il a eu huit enfants... La vieillesse arrive, et la mort, en 1595.

M. de Rougemont, l'éditeur d'Hory, n'a pas été tendre pour le poète de Gléresse: « Il ne nous a parlé nulle part ni des angoisses de l'âme qui, dans sa pauvreté, pleure sur son éloignement de Dieu et ses péchés, ni des vicissitudes de la vie spirituelle... Il était poète et chrétien, et ce qui fait à la fois la beauté et l'essence du christianisme est resté pour lui couvert d'un voile épais... » Cette appréciation est bien sévère. La plupart des pièces d'Hory nous le montrent d'une candide piété. Certes, la profondeur philosophique lui est inconnue et ce n'est pas un précurseur de Pascal que ce bourgeois rassis. Sa foi ne transportera pas des montagnes; il n'a pas le sens de l'Infini et son idéal traîne sur tous les chemins. Prenons Hory et l'aimons tel qu'il est! Quand nous rencontrons, entre Farel et de Bèze, un bonhomme tout simple et tout naïf, soyons ravis de la rencontre! Nous avons assisté à des disputes, à des assauts, à des batailles. On nous offre un bout de causette, au coin du feu. Asseyons-nous et tendons l'oreille!

Les *Poésies* de Blaise Hory sont divisées en « chansons » et en « épîtres. » Les « chansons, » rimées souvent à la diable, célèbrent des événements de famille: baptêmes, mariages, décès. Presque tous les morceaux antérieurs à 1580 sont d'une déplorable faiblesse; le vieil écolier en poésie tâtonne et ânonne. Il ne s'émeut, il ne se livre que dans une ode bizarrement intitulée: *Sur le trépas de feu ma très chère femme Louise Grandjean, et le mariage de Jeanne Perregaux, ma très aimée épouse.* Ce titre est tout un poème. Savez-vous qu'elle est pleine d'imprévu, mais grosse de révélations sur le caractère d'Hory, cette idée de notre « prédicant » de glisser, dans la même « chanson », une complainte sur le trépas de sa première femme et un épithalame en l'honneur de la seconde? Évidemment, cet homme aima sans fureur. Il est devenu veuf; c'est fort déplaisant. Il se remarie, un an après; c'est fort naturel. Si « le trépas de sa dame » lui cause « grand tourment », Hory sera tantôt consolé:

Seigneur, par ton adresse,
Mon cœur fut inspiré
Choisir telle maîtresse
Qu'il avait désiré.
Richement m'a rendu,
Si que j'ai peu perdu...

Viens ça, amour pudique !
Par ton ardente ardeur...

Le bon prêtre s'échauffe et, comme il n'a pas précisément le ton de l'homélie, je n'aurai point la cruauté d'appuyer sur les écarts lyriques de ce récidiviste de l'hyménée. Si je ne soupçonnais chez Hory un fonds inépuisable d'égoïsme ingénu, je tiendrais cette pièce pour quelque fantaisie macabre. Il ne voit aucun mal à verser un pleur sur Louise, tout en pinçant le bras de Jeanne. Ce qui nous réconcilie avec lui, ce sont les belles stances que lui inspira la mort de Jeanne Perregaux :

En ma tristesse dolente,
  Je lamente ;
Tu me vois, Dieu tout-puissant,
Privé de ma tourterelle ;
  Je l'appelle,
Incessamment gémissant,

O ma tant gracieusette
  Brebiette
Faite selon mon dessein !
Tu buvais dedans ma tasse,
  Et puis, lasse,
Tu reposais en mon sein.

Lorsque moins m'y attendoie,
  Fut ma joie
Tournée en plaintes et pleurs ;
Et tant mon malheur me fâche,
  Que relâche
Je ne trouve en mes douleurs...

...Certes la vie de l'homme
  S'en va comme
La belle fleur qui fleurit,
Puis, étant du chaud hâlée,
  Ou gelée
De froidure, tôt périt.

Cet accent de mélancolique et fraîche poésie est vraiment touchant. La forme même n'est point banale. Hélas ! le morceau est bien longuet ; je n'en ai choisi que la fleur. Et je ne ferai que mentionner trois pages de prose rimée sur « la mort d'Henri II », une médiocre « complainte de la France » dirigée contre Charles IX, et l' « histoire des sages du pays de Perse » qui est une réédition, en mauvais vers, du récit des mages. Mais il y a du souffle dans une ode sur la mort d'Henri III ; les prêtres y sont fustigés de main de huguenot. En résumé, les « chansons » d'Hory ne sont, sauf celle dont j'ai donné quelques strophes, que passe-temps d'amateur peu doué. Une seule fois, le cœur a parlé et nous avons eu de la poésie.

« Que valent les « épîtres » ? Elles ont, dans le tour, quelque chose de facile et de dégagé ; elles ne manquent point d'esprit, et du plus vif, sinon du plus fin. Blaise Hory serait-il donc un être plus compliqué, à tout le moins plus divers, qu'il ne semble d'abord? Un « rimeur présomptueux » s'étant avisé de faire l'oraison funèbre du banneret Jean Tribolet, le pasteur de Gléresse jette toutes ses épigrammes à la tête du malheureux qui

S'efforce de voler avant qu'avoir des ailes...
Viens ça, ami rimeur, qui que tu puisses être !
Il faut être apprenti avant que d'être maître...
Tu plais à quelques-uns. Sais-tu raison pourquoi ?
Celui qui n'a qu'un œil entre aveugles est roi...

La poésie fut, je l'ai dit, l'occasion d'une brouille entre Hory et son collègue *Guillaume Jaquet.* Celui-ci était du *genus irritabile vatum,* qui comprend tous les poètes sans talent et quelques autres; il communiqua ses œuvres, qu'il avait le projet de publier, à son ami Blaise Hory. Le manuscrit fut retourné à Dombresson, accompagné de cette peu encourageante réponse:

Déjà Phœbé, posant le voile de son deuil,
Vingt fois nous a montré son visage vermeil
Dès que toi, me cuidant être un autre Pétrarque,
Voulus que de tes vers je fusse l'Aristarque...
Notre siècle produit un million d'esprits
Subtils, qui se riront de nous et nos écrits...
Le refrain de leur chant sera: « tout n'y vaut rien ! »
Couve donc en ton sein, honteux, je te supplie,
Ton nourrisson non mûr et non ne le publie !

De tels conseils ne se pardonnent point. Jaquet s'emporta, remercia Hory par des « rimes injurieuses », et s'attira cette verte riposte:

Quelle mouche
A piqué mon baudet qui si fort s'escarmouche ?...

J'ai peur de m'être attardé trop aux *Poésies* de Blaise Hory. Mais l'écrivain n'est pas à dédaigner. S'il paie son tribut au goût du siècle, si sa versification nous ramène au temps de Marot, si, dans la plupart de ses morceaux, il est lourd et diffus, il a, par-ci par-là, de la sensibilité et de la grâce, de la verve et du trait. Son œuvre est bien mêlée, quoique mince. On y trouve quelques jolies pages, qui font oublier le reste.

Il est temps de finir. La poésie de la Suisse romande au XVIme siècle est plus abondante que véritablement riche. Elle est, au point de vue de la forme, bien en arrière sur la poésie française. Elle ne sait rien de plus, en prosodie, que Marot ne savait. Elle est cependant plus intéressante qu'on ne se le figure d'habitude, et, bien qu'elle soit en général plutôt un moyen de propagande qu'une manifestation d'art, elle a donné quelques œuvres estimables, mis en relief quelques hommes distingués. Ni Malingre, ni Bienvenu, ni Chandieu ne doivent être tenus pour des poètes à la douzaine.

CHAPITRE V

La Science et la Réforme

I. La science au XVIme siècle. — II. Les jurisconsultes. — III. Les humanistes; les Estienne. — IV. Influence de la Réforme.

I

Genève est devenue l'âme et le cerveau du monde protestant. Les théologiens qu'elle forme ou qu'elle attire ne se comptent plus. Elle donne l'essor à un mouvement littéraire fort remarquable. Elle triomphe par la science. Presque tout l'effort intellectuel de la Réforme française part de cette petite ville qui, au début du siècle, n'était qu'une façon de bourg habité par une population ignorante, batailleuse et de mœurs faciles. Si Neuchâtel et Lausanne rivalisent — modestement — avec elle pour la théologie et les lettres, Genève est le grand refuge des savants. Non seulement les Hotman, les Scaliger y trouvent un abri contre les persécutions, mais les érudits nés ou reçus citoyens genevois sont légion. L'Académie de Calvin est naturellement l'*alma mater*. C'est à elle que viennent, c'est d'elle que sortent, et ces jurisconsultes, et ces humanistes qui seront des gloires européennes: Godefroy et Doneau, Baduel et Casaubon. Il ne leur manquera souvent qu'une chose pour être de tout premier ordre: un peu de liberté ou un peu d'audace.

Scientia sine justitia calliditas potius quam sapientia, disait Théodore de Bèze: sans la vertu, le savoir est habileté plutôt que sagesse. Qu'est-ce, à Genève, que cette « vertu », sans laquelle le savoir est si peu de chose? C'est le respect absolu de l'autorité civile, l'obéissance passive à l'autorité religieuse, l'indépendance de l'esprit sacrifiée. Le catholicisme ne fut, sur ce point, pas beaucoup plus étroit que la Réforme. Je veux bien, qu'en réalité, plus d'un s'affranchisse de la tutelle que le calvinisme inflige à la pensée. Néanmoins, tous ou presque tous se croient condamnés à se couper les ailes, afin de ne pas prendre leur vol au delà des limites permises. Le Consistoire est là! L'arsenal législatif meublé par Jean Calvin est pourvu d'armes terribles contre toutes les variétés de l'hérésie. Et la science, n'est-elle pas une perpétuelle hérésie, la vérité de la veille n'étant jamais celle du lendemain? Si ce système de compression péchait par la tyrannie, il se relevait par la discipline et par les merveilles du zèle. Comme les théologiens, les historiens et les poètes, les savants comprennent qu'ils sont enrôlés dans la Réforme, en soldats d'une idée. Et ils travailleront avec le courage, la persévérance, l'enthousiasme de gens luttant pour l'honneur du drapeau. Ils opposeront l'érudition protestante à l'érudition catholique; ils auront à cœur de vaincre, ils vaincront.

II

Les études juridiques vont de pair en France avec les études classiques. La Renaissance puise à la source abondante de l'antiquité grecque et latine. Les humanistes tourneront leurs regards vers Athènes. C'est à Rome que les jurisconsultes chercheront la lumière. Jusqu'au XVIme siècle, l'étude du droit romain est presque délaissée en France. En Italie, l'école de Bologne avec Irnerius, Azo, Accursius, était remontée aux origines; mais ce n'est qu'au XVIme siècle, que nous voyons apparaître les grands commentateurs français du *Corpus juris civilis:* Alciat, Cujas, Hotman, Doneau, Godefroy. Le nom de Godefroy nous appartient.

Denis Godefroy[1] *(Dionysius Gothofredus)* naquit à Paris en 1549. Il fit ses études de droit à Louvain, Cologne, Heidelberg. Revenu dans sa ville natale, il fut contraint de la quitter pour se soustraire aux persécutions dont il était menacé: il avait passé à la Réforme. Il accepta, en 1580, la chaire de droit à l'Académie de Genève, fut admis gratuitement à la bourgeoisie dans le courant de la même année et entra au Conseil des Deux-Cents, en 1587. Il professa ensuite à Bâle, Strasbourg et Heidelberg, et mourut en 1622, après avoir mené une existence assez agitée. On lui doit, entre autres, une édition très estimée du *Corpus juris civilis* (1587). Les notes qui accompagnent cet ouvrage témoignent d'autant de sagacité que d'érudition. Il n'a pas composé moins d'une cinquantaine de travaux, dont plusieurs sont fort volumineux; tous témoignent d'une science consommée. Il est un de ceux, sans contredit, qui ont fait le plus pour la critique historique du droit romain. Ses vastes connaissances lui ont permis d'aborder simultanément l'étude des législations anciennes et modernes, de s'essayer au droit comparé, de toucher au droit public, d'être, sinon le plus profond, du moins le plus universel des jurisconsultes de son temps.

Denis Godefroy (d'après Ch. Borgeaud, op. cit.).

D'un esprit moins étendu, *Germain Colladon*[2] († 1594), un Français qui obtint en 1555 la bourgeoisie de Genève, fut chargé de rédiger, avec Dorsières, le *Code des édits civils et politiques* de la République, imprimé en 1568. Si l'on est d'accord pour reconnaître que les lois pénales et la procédure criminelle sont d'une rigueur extrême et d'une regrettable obscurité, on est unanime pour admirer la législation civile et commerciale, qui est l'œuvre propre de Germain Colladon. Ce dernier eut le talent de fondre les anciens usages de la cité avec les prescriptions des meilleures coutumes françaises, entre autres de la Coutume du Berry, qui lui était familière. Montesquieu, dans son *Esprit des lois* (Livre 20, chap. 16), cite avec éloges cette partie des *Édits.*

---

[1] *Senebier*, II, 1. *Bibl. univ.* de Décembre 1837 (article de Bellot). *Les savants Godefroy*, par le marquis de Godefroy, Menilgaize, in-8, Paris, 1873. *De Montet. Ch. Borgeaud*, op. cit., 282 et s.

[2] *Senebier*, I, 343. *De Montet.*

Il est peu de Genevois qui aient exercé, dans les Conseils de la République, une influence plus décisive que *Jacques Lect* († 1611),[1] *Lectius.* D'une intelligence plus haute et d'un caractère plus fortement trempé que Michel Roset, Lect fut avec celui-ci l'un des meilleurs serviteurs de l'Etat durant les périodes les plus critiques de l'histoire genevoise; mais tandis que Roset était d'un tempérament porté à la modération et à la tolérance, son collègue inclinait vers les mesures extrêmes et continuait la tradition de Calvin.

Lect naquit à Genève en 1560. Il y fit ses humanités et sa philosophie. Cujas, qui lui enseigna le droit, conçut autant d'estime que d'amitié pour son élève. En 1583 déjà, Théodore de Bèze, qui appréciait les talents de Jacques Lect, engagea le Conseil à lui donner une chaire de droit. Lect entra, dans le courant de la même année, au Conseil des Deux-Cents, et fut investi dans la suite de diverses fonctions administratives qu'il remplit tout en donnant ses leçons de jurisprudence. Son patriotisme n'avait d'égal que sa prodigieuse activité. Ses concitoyens ne se firent pas faute d'en appeler à ses lumières et à son dévouement. Élu syndic en 1597, il fut rappelé à la même dignité dans les années 1601, 1605 et 1609. « Mais, dit Senebier, il ne put obtenir qu'une fois la place de Lieutenant de police; sa sévérité et sa vigilance effrayaient ceux qui pouvaient en redouter les effets. » C'est lui qui, dans les Conseils, représente avec aigreur et ténacité les principes de la plus stricte orthodoxie religieuse et politique. Il suffirait, pour s'en convaincre, de voir la part qu'il a prise à la suppression des écrits de Charles Perrot, ou de lire ce passage de la harangue par laquelle, en 1592, il rouvrit ses cours qu'avaient interrompus les deuils de la patrie: « Je n'aurai point de repos, afin qu'on puisse dire que j'ai vraiment rempli mon office, semblable à la pierre qui donne son tranchant au fer et que le fer n'entame point. »

Ses œuvres sont nombreuses. Il édita Antoine de Chandieu et François Hotman; il composa des poésies latines; il collabora au *Citadin de Genève* de Jean Sarasin; il fit de la controverse religieuse; il commenta les *Pœtæ græci veteres heroici;* il rédigea des consultations et des mémoires politiques: il conquit enfin la réputation d'un excellent jurisconsulte dont les travaux *(Ad Modestinum de pœnis Liber unus, Oratio de vitâ Emilii Papiniani et scriptis, Orationes duæ de vitâ et scriptis Domitii Ulpiani,* etc.) ont été recueillis et insérés par Éverard Otton dans le tome premier du *Thesaurus juris romani* (1725).

Un autre jurisconsulte de renom fut ce *Jules Pacius* qui promena son droit romain par toute l'Europe, esprit ouvert et curieux, chercheur passionné, qui aimait à faire la synthèse des sciences auxquelles ils appliquait sa robuste intelligence, à trouver aussi des points de contact entre les diverses branches du savoir humain. Son enseignement fut très estimé, si l'on en juge par les appels que toutes les universités lui adressaient. Mais Pacius a seulement traversé Genève, où enseigna et mourut l'un de ses contemporains, *Claude Prévost,* l'auteur d'un ouvrage réédité plusieurs fois: *Commentarius de magistratibus populi romani* (1578).[2]

Il serait facile d'allonger la liste des légistes genevois ; dans le reste de la Suisse romande, nous nous contenterons de signaler le nom de *Pierre Quisard,*[3] qui entre-

---

[1] *Senebier,* II, 54. *De Montet. Ch. Borgeaud,* op. cit. 297 et s.

[2] *Gazette de Lausanne,* des 21 et 27 février 1890 (articles de M. M. E. Ritter et A. Bernus).

[3] *Revue suisse,* V, 285. *Zeitschrift für schweiz. Recht,* XII et XIV. *De Montet.*

prit de réunir et de commenter les coutumes locales encore en vigueur dans le pays de Vaud, lors de la conquête bernoise. Ces coutumes n'étaient pas écrites. Il en fit un recueil intitulé : *Commentaire coustumier* (publié en 1868), « ou soyt les franchises, previlleges et libertez du pays de Waud en Helveties, jadis ès Seigneurs de Savoye et de present reduict soubz la présidence de haultz et honorez Seigneurs de Berne et de Fribourg. » Cet ouvrage, dédié à l'avoyer Jean Steiger ainsi qu'à LL. EE. de Berne et de Fribourg, contient des renseignements très précieux sur le droit public et privé de la contrée. Il fut utilisé pour la rédaction des *Lois et statuts du pays de Vaud,* exécutoires dès le 1er juin 1616 et appliqués jusqu'au Code civil de 1819.

III

La Réforme a fait, pour la restauration des études classiques, autant sinon plus que la Renaissance. Ses imprimeurs et ses humanistes rivalisèrent de zèle et de science avec les grands initiateurs du retour à l'antiquité. Si l'érudition transalpine, commençant à Pétrarque et Boccace, se continuant par les Pogge, les Politien, les Pic de la Mirandole, les Bembo, la glorieuse famille des Alde, découvre, du XIVme au XVIme siècle, les chefs-d'œuvre de la littérature grecque et latine, ou les répand et les enrichit d'admirables commentaires ; si l'érudition germanique ne reste pas en arrière, avec des hommes de la valeur de Reuchlin et d'Érasme ; si l'érudition française peut être fière des noms vénérables ou fameux d'un Badius Ascensius, d'un Dolet, d'un Budé, l'érudition protestante compte, dans la seule Genève, Robert et Henri Estienne, Isaac Casaubon, Baduel, pour ne citer que les plus illustres. La théologie emplit toutes les têtes ; elle ne confisque pas toutes les intelligences. Au surplus, les esprits d'alors sont d'une surprenante vigueur, et presque tous visent ou atteignent à l'universalité du savoir. Qu'ils soient mêlés aux luttes politiques et religieuses, ou qu'ils aient le loisir de travailler paisiblement au fond de leur cabinet, les écrivains de la Réforme trouvent les uns et les autres le temps de faire le tour du monde des idées.

La première place revient de droit aux *Estienne,* à ces imprimeurs et à ces linguistes qui s'égalèrent aux Alde de Venise, Rome et Bologne. Les éditions aldines — celles d'Alde Manuce du moins — se recommandent par leur perfection matérielle et littéraire, ainsi que par l'extrême modicité de leur prix ; elles ont, d'autre part, mis entre les mains du public lettré presque tous les trésors de l'antiquité classique. Mais les éditions de Robert et Henri Estienne, pour être inférieures peut-être au point de vue de leur exécution, pour avoir exhumé moins de chefs-d'œuvre, sont supérieures par la sûreté et l'abondance des notes ; bien plus, elles ont, en quelque sorte, vulgarisé pour la France les bienfaits de la Renaissance en pénétrant partout et en sollicitant toutes les curiosités comme toutes les ardeurs scientifiques.

Robert Estienne[1] (Robert I) naquit en Paris en 1503 ; son père, Henri Estienne (I), issu d'une noble famille de Provence, y avait fondé une imprimerie qui eut plus d'un siècle et demi d'une existence glorieuse et qui, pour me servir d'une expression de Sayous, « compte ses membres comme les races royales ». Henri Estienne mourut

---

[1] *Senebier,* I, 345. *A. Sayous,* l. c. II, 59 et s. *France protestante,* 2me éd. *Bibl. univ.,* XXIII, 276. *Bibl. de l'école des chartes,* Ire sér. I, 569, 3me sér. III, 169. *Bulletin de l'Ins. nat. gen.,* II, 181 et s. *De Montet. Bull. de la Soc. de l'hist. du prot. français,* IV, 441.

déjà en 1520, laissant à son fils la lourde tâche de maintenir et d'accroître le bon renom de presses fort estimées, bien qu'elles n'eussent encore livré que des œuvres de théologie scolastique ; le jeune homme publia d'abord une édition latine du Nouveau Testament, d'un texte plus correct que celui des éditions précédentes et d'un usage beaucoup plus commode. En 1526, il adopta la marque bien connue : un olivier, avec cette devise tirée de l'Épître de saint Paul aux Romains : « *Noli altum sapere, sed time* » (ne t'élève point par orgueil, mais crains). Deux ans plus tard, il épousa la fille d'un collègue, Josse Badius ; sa femme étant une personne aimable et fort instruite, la maison d'Estienne devint une sorte d'académie, où presque tous les savants du monde ont passé.

ROBERTVS STEPHANVS.

ROBERT ESTIENNE

(d'après l'Hist. de la Litt. franç. d'Em. Faguet).

Nommé, en 1536, typographe royal pour les livres latins, grecs et hébreux, Robert Estienne, qui avait composé déjà son fameux *Thesaurus linguæ latinæ* (1531), se consacra tout entier à l'impression ou à la réimpression de la Bible en latin, (1540), en hébreu, (1542, 1546), du Nouveau Testament (en latin, 1541, 1543, 1545, en grec, 1546), des œuvres de Virgile (1540), de Cicéron (1543, 1544), de Denys d'Halicarnasse (1546, 1547), de Dion Cassius (1548), etc. Mais ses éditions de la Bible portèrent ombrage à la Sorbonne. Il avait, aux yeux de ses adversaires, commis la faute impardonnable d'enrichir les Écritures de corrections et de notes marginales justificatives. Ne s'était-il pas laissé aller à faire de la critique théologique, empruntant, au reste, ses annotations à des commentateurs dont la science surpassait l'orthodoxie ? C'en fut assez pour susciter des colères à peine contenues par l'amitié dont François Ier l'honorait, et il dut se réfugier à Genève après la mort du roi, son protecteur. L'exil était échu en partage à cet homme si vaillant, si droit et d'une si merveilleuse érudition. Selon ses détracteurs, ses éditions de la Bible « contenaient une doctrine pire que celle de Luther ». Était-il réellement partisan de la Réforme, avant son départ pour Genève ? De maladroites persécutions firent de ce docte humaniste un huguenot militant. Il faut lire le navrant récit de ses démêlés avec la Sorbonne, les menaces, les enquêtes, les calomnies, la fureur des ennemis, le parti-pris des juges. Robert Estienne n'est pas, bien qu'il le dise, une pauvre brebis cernée par une bande de théologiens rugissants ; il a griffes et dents, et dans ses *Censures des théologiens de Paris* (1552), il brave, il raille, il injurie avec cette âpre verdeur de parole que nous retrouverons dans les pamphlets d'Henri Estienne. « Le vieil Amilcar pouvait, a dit M. Lenient, se flatter d'avoir préparé à Rome un Annibal. »

Il fonde à Genève, en 1550, une imprimerie florissante, qui sera un peu l'imprimerie officielle du protestantisme français. Il se lie avec Calvin. Il publie presque exclusivement les écrits de ses amis et des éditions de la Bible. Admis gratuitement à la bourgeoisie de Genève en 1556, il meurt trois ans après. On a longtemps disputé sur la probité de Robert Estienne. Sous Louis XIII, le gouvernement français réclama, comme sa propriété, les matrices de ces précieux caractères grecs dont François Ier avait ordonné l'exécution et qu'Estienne emporta lorsqu'il vint s'établir à Genève ; Renouard et Didot ont démontré qu'Estienne avait bel et bien disposé de choses lui appartenant en propre.

Le nom de Robert Estienne ne périra point, grâce à son *Thesaurus linguæ latinæ*, une œuvre extraordinaire pour le temps ; elle apportait à la science philologique un instrument de progrès d'une valeur inappréciable, et devait servir de fonds à tous les grands dictionnaires latins. Ce lexique fut le fruit de deux années d'un opiniâtre labeur. Estienne y travaillait jour et nuit, sans autre secours que celui d'un ami, J. Thierry de Beauvais. Les savants, au concours desquels il avait fait appel, s'étaient récusés, jugeant l'entreprise au-dessus des forces humaines. Lui, « négligeant sa personne et ses affaires, fournissant chaque jour du travail à deux presses », ne succomba pas sous la lourde tâche. A trente ans, en 1531, il avait fait, pour les études latines, plus qu'aucun de ses devanciers. Et son fils ne devait pas rester en arrière ; le *Trésor de la langue grecque* d'Henri Estienne suivit d'assez près le *Thesaurus* de Robert, — de cet homme à qui, selon de Thou, « le monde chrétien doit plus que jamais la patrie n'a dû aux plus vaillants capitaines qui ont reculé ses frontières. »

Mais la figure d'*Henri Estienne*[1] est plus intéressante encore que celle de son père ; celui qu'on surnommait, vers 1580, le « Pantagruel de Genève », fut un helléniste aussi éminent que Budé, un prosateur que Rabelais eût certainement proclamé le premier de ses disciples, et l'un des défenseurs les mieux armés de notre français contre l'invasion malfaisante de l'italianisme. On a surtout vu en lui « le plus profond de nos philologues », comme Villemain ; on n'a pas dit assez qu'il fut l'un des plus distingués parmi les auteurs « qui dénouèrent notre langue ». Qui sait si l'écrivain n'est pas, chez lui, l'égal de l'humaniste ? En tout cas, il doit être placé au rang de ceux qui ont rendu le plus de services, sinon donné le plus de chefs-d'œuvre à notre idiome.

Né à Paris en 1531, il n'avait pas seize ans lorsqu'il vint prendre part aux travaux de son père, en qualité de correcteur. Ne croyez pas que cette besogne fût indigne de lui ! Des savants l'avaient acceptée, fiers qu'ils étaient de cette espèce de stage chez un érudit tel que Robert Estienne. Il entreprit, en 1549, son premier voyage, prélude de tant d'autres. On l'envoyait en Italie pour achever son éducation

[1] *Senebier*, II, 357. *A. Sayous*, l. c. II, 68 et s. *L. Clément :* Henri Estienne et son œuvre française, in-8, Paris, 1899. *Essai sur la vie et les ouvrages d'Henri Estienne*, par L. Feugère, Paris, 1864. *France protestante*, 2me éd. *Lenient*, l. c. I, 99 et s. *Bibl. de l'école des chartes*, Ire sér. I, 462, 571. *Bulletin de l'Inst. nat. gen.* II, 185 et s. *De Montet.*

et aussi pour découvrir quelque recoin non encore exploré de l'antiquité classique. Il visita Rome, Naples, Florence, Venise, où il travailla quelque temps chez les Alde. Il consulta une foule de manuscrits et, s'il ne rapporta pas de grandes œuvres inédites, il collectionna, surtout pour le grec, d'innombrables corrections et variantes. En outre, il apprit l'italien à merveille, comme il nous en avertit, avec cette pointe de vanité qui lui est familière, dans son traité de la *Précellence du langage françois*. A son retour, la situation de l'imprimerie était fort précaire. François Ier avait cessé de vivre. Estienne n'en continue pas moins ses tournées d'exploration scientifique. Il parcourt en 1550 l'Angleterre, puis la Flandre et le Brabant, où il s'initie en quelques mois à la langue et à la littérature espagnoles; quand il revint à Paris, il trouva Robert Estienne en train de s'expatrier et il le suivit à Genève.

Ses *Anacreontis Teii odæ* parurent en 1554 ; cette édition, accompagnée d'une excellente traduction en vers latins, fut non seulement un succès pour le jeune humaniste, mais elle exerça une influence salutaire sur la Pléiade. Le poète de Téos est la grâce et la gaîté, la grâce naturelle et la gaîté sincère. Il était urgent qu'une réaction se fît contre le pédantisme de l'école de Ronsard. Le « Pindare français », ses disciples, et plus particulièrement Remy Belleau, subirent le charme de cette naïve et riante poésie. Cet heureux début valut à Estienne une belle notoriété dans le monde des lettrés et des savants. Il n'était pas homme à sommeiller sur des lauriers, même bien conquis. En 1557, il créa une imprimerie qu'il inaugura par la publication successive et très rapide de cinq éditions grecques. Une production aussi abondante n'était possible qu'au prix d'un labeur obstiné. « Voici, mandait-il à l'un de ses amis auquel il adressait un exemplaire de son Thucydide, voici le fruit des sueurs qu'une application opiniâtre a fait couler de mon front, au cœur de l'hiver et au milieu des sombres nuits que troublait le souffle de l'aquilon. » Le 7 septembre 1559, Robert Estienne rendait le dernier soupir entre les bras de son fils. Henri avait désormais la charge d'un établissement, dont il semblait difficile de ne pas compromettre le renom ; il soutint la célébrité de la maison et il y ajouta. Ses éditions n'atteignent point à la perfection typographique de celles de Robert Estienne, mais cette infériorité est compensée par leur nombre et leur importance.

L'activité surhumaine dont il faisait preuve ne laissa pas d'être préjudiciable à sa santé. Un malaise assez grave le détourna de ses travaux d'humaniste. Il éprouva même une sorte de dégoût pour les études qu'il avait tant aimées. Cependant, comme il ne pouvait chercher de distractions que dans le travail, il dirigea son esprit vers d'autres sujets. C'est à cette diversion que nous devons le premier de ses ouvrages français : le *Traité de la conformité du langage françois avec le grec* (1565). L'helléniste, le fantaisiste et le patriote ont collaboré à cette œuvre, qui, si le titre en était exact, serait de pure philologie. La thèse d'Estienne est la suivante : Le grec est la langue des dieux, et celui des idiomes modernes qui s'en écartera le moins sera nécessairement le plus parfait ; or le français est celui qui offre le plus d'analogie avec la langue de la Grèce; donc le français occupe le premier rang. A la vérité, il n'approfondira pas. Il papillonnera gentiment autour de la question, sans jamais la serrer de très près, se livrant à un amusement, se battant pour un paradoxe. Son traité n'est-il pas une gageure? Le français s'éloignerait-il davantage du latin que du grec? Toute l'histoire de notre langue ne proteste-t-elle pas contre une pareille hérésie ? Oui, sans doute. Bien qu'Estienne s'en défende, bien qu'il multiplie les prodiges d'ingéniosité et de science, nous craignons qu'il ne se joue de notre candeur. Peut-être aussi sa passion du grec l'a-t-elle égaré. Un Italien, Monosini (1604), un Hollandais, Reiz (1730), ne se sont-ils pas appliqués aussi à établir la conformité de leurs langues nationales avec le grec ?

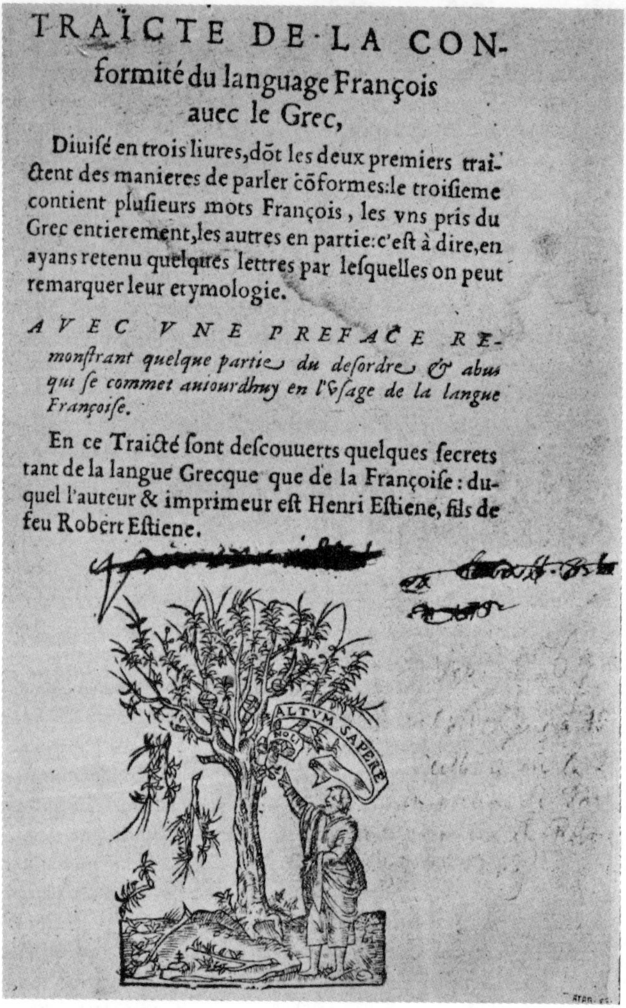
TRAICTE DE LA CONformité du language François auec le Grec,

Diuisé en trois liures, dōt les deux premiers traictent des manieres de parler cōformes: le troisieme contient plusieurs mots François, les vns pris du Grec entierement, les autres en partie: c'est à dire, en ayans retenu quelques lettres par lesquelles on peut remarquer leur etymologie.

AVEC VNE PREFACE REmonstrant quelque partie du desordre & abus qui se commet auiourdhuy en l'vsage de la langue Françoise.

En ce Traicté sont descouuerts quelques secrets tant de la langue Grecque que de la Françoise: duquel l'auteur & imprimeur est Henri Estiene, fils de feu Robert Estiene.

(Bibl. publ. de Genève).

Le *Traité de la conformité* comprend trois livres plus piquants, assurément, que solides. Celui qui porte sur les étymologies est de beaucoup le plus faible, comme il s'entend. Estienne est peu au fait des origines de notre langue. Il méconnaît l'influence décisive du latin ; il soupçonne à peine celle des idiomes germaniques. Combien plus heureux il est, et plus éloquent, lorsqu'il énumère les idiotismes communs aux deux langues ! Il marque, avec une rare sagacité, les analogies de syntaxe et de grammaire. Et il en trouverait bien d'autres « dans le vieil françois, en l'épluchant ». Les rapports signalés par Estienne sont en général plus apparents que réels. Encore une fois, son *Traité* est un jeu brillant d'érudit facétieux ou excité.

Dans la préface de son édition latine d'Hérodote, Henri Estienne s'était vivement élevé contre la tradition qui représentait l'historien grec comme un conteur de grossières légendes et de bourdes invraisemblables. Sous le prétexte qu'on se disposait à traduire sa préface, il reprit en français le même thème, dans un livre qui fit grand bruit : *L'Apologie d'Hérodote* (1566). Il aspirait à réfuter d'avance ses contradicteurs probables. Mais il s'y prit d'une façon qui trahit le pamphlétaire plutôt que l'humaniste. S'ingéniera-t-il à établir qu'Hérodote fut le moins crédule ou le plus consciencieux des écrivains ? Pas le moins du monde. Ou s'il s'y emploie, il faut avouer que son but est moins de réhabiliter son auteur que de fustiger ses contemporains à lui, Estienne. Eh ! quoi, s'écrie-t-il, vous accusez le bonhomme Hérodote d'avoir présenté comme authentiques des récits ridicules ou monstrueux ? Songez-y bien ! Des faits odieux ou absurdes ne se produisent-ils pas chaque jour, sous vos yeux ? Ce qui peut se voir de notre temps, n'a-t-il pu se passer au siècle d'Hérodote ? Nos haines folles, nos vils désordres, nos déplorables scandales, seraient-ils faux parce qu'ils rendent un écrasant témoignage de notre perversité ? Pas plus qu'Hérodote, nous ne vivons au milieu d'un peuple de saints. La corruption du monde est vieille, — et « il n'y a nul doute que si, du temps d'Hérodote, il y avait bien peu de foi entre les hommes, voire entre les frères, voire aux enfants envers leurs père et mère, moins y en avait-il du temps d'Ovide, encore moins en a eu le dernier siècle, et toutefois le nôtre en a encore beaucoup moins ». La matière est inépuisable ; Henri Estienne, qui est volontiers prolixe, va s'en donner à cœur joie de frapper sur les vices de son époque.

La justice était « borgne » auparavant ; elle est maintenant « aveugle ». La charité était jadis « bien refroidie » ; elle est « gelée » aujourd'hui. Les « pompes et les dissolutions en habits », les « propos et gestes lascifs », tous les travers et les hontes n'allaient autrefois « qu'à pied, et le pas seulement » ; à cette heure, ils « vont en poste ». Et il en est ainsi de toutes choses mauvaises, bien que la voix de Dieu ait parlé plus haut que jamais. Preuves en mains, Henri Estienne dénonce les actes de cruauté inouïe, les manifestations d'une licence effrénée dans les mœurs, la vénalité de la justice, le triomphe brutal de la force sur le droit, les larcins et les homicides impunis, toutes les iniquités et toutes les horreurs d'un siècle qui ne fut pas précisément un retour à l'âge d'or. Le clergé régulier et séculier, la papauté surtout, sont l'objet des plus violentes attaques. Estienne calomnie ou médit à tort et à travers, mais pour que sa thèse paraisse irréfutable, il s'acharne surtout à montrer que les classes les moins vertueuses sont celles qui devraient avoir le plus de vertu. Il s'appuie essentiellement sur des passages qu'il a empruntés aux prédicateurs populaires des deux derniers siècles. Et il entasse des Pélion d'anecdotes sur des Ossa de citations. Et il conclut que nous n'avons rien à envier aux anciens pour l'ignorance, la grossièreté et toutes les « méchancetés plus étranges que jamais ». Cette diatribe ne serait-elle qu'une boutade prolongée de pessimiste ? Hélas ! non. Si nous savons lire et opérer un triage dans ce fouillis, nous aurons une vue assez nette de la société française, entre 1500 et 1550. La verve comique, moins soutenue, moins étourdissante que celle de Rabelais, moins élégante que celle d'Érasme, nous surprendra par sa fougue désordonnée et par sa puissante fécondité ; il y a là des grivoiseries et des paradoxes à défrayer plusieurs générations de rieurs et de sceptiques. Mais, comme il s'agit de rester bien en cour calviniste, Estienne essaiera de se faire pardonner ses écarts de langage par des indignations quasiment orthodoxes :

Il y a, dira-t-il, « deux sortes de blasphémateurs, les uns sont du tout athéistes (qui s'appellent aujourd'hui déistes, malgré qu'on ait, par une figure qui se nomme anthiphrase), et ceux-ci n'en disent que ce qu'ils en pensent ;

les autres, nonobstant des remords de conscience qu'ils sentent, veulent contrefaire les athéistes, et au lieu que quelques athéistes confessent être bien marris qu'ils ne peuvent croire qu'il y a un Dieu, ceux-ci au contraire se fâchent de ce qu'ils ne peuvent s'ôter de la fantaisie qu'il n'y en ait un... Qui ne sait que notre siècle a fait revivre un Lucien en un François Rabelais, en matière d'écrits brocardant toute sorte de religion? Qui ne sait quel contempteur et moqueur de Dieu a été Bonaventure des Périers, et quels témoignages il en a rendu par ces livres? Savons-nous pas que le but de ceux-ci et de leurs compagnons a été, en faisant semblant de ne tendre qu'à chasser la mélancolie des esprits et leur donner du passe-temps, et en s'insinuant par plusieurs risés et brocards qu'ils jettent contre l'ignorance de nos prédécesseurs (laquelle a fait qu'ils se sont laissé mener par le nez aux cagots abuseurs), venir après à jeter aussi bien des pierres en notre jardin comme on dit en commun proverbe, c'est-à-dire donner des coups de becs à la vraie religion?

Il flétrit en passant ce « méchant Lucrèce ». Il range parmi les « blasphémateurs » Sébastien Castellion, à raison « de la façon dont il a usé à traduire la Bible », car « on voit évidemment que cet homme s'est appliqué à chercher les mots de gueux, ou pour le moins tels qu'ils fissent amuser les lecteurs à rire », en place de se servir « des plus graves mots et manières de parler, pour appliquer à un tel sujet ». Et les exemples d'abonder ! Ne voyons-nous pas Castellion « disant rongné au lieu de circoncis ? » Comme l'on partage le sentiment d'Estienne, si réservé et si prude à l'ordinaire ! Les pages consacrées aux blasphèmes des gens d'Église sont aussi vertes qu'on le peut souhaiter. Ne sont-ce pas des dictons passés en proverbes, que : « il jure comme un prélat », ou « il jure comme un abbé ? » Mais qu'est-ce encore, auprès des « larcins et rapines » du clergé, de son « ivrognerie », de sa « gourmandise » ?... Je m'arrête, et l'on m'en saura gré.

Henri Estienne n'a pas achevé son ouvrage. Comme l'indique le titre : « Traité *préparatif* à l'apologie d'Hérodote », notre auteur se proposait d'ajouter une suite à son pamphlet. Si nous l'en croyons, il aurait dressé tout un inventaire des analogies et des différences existant entre le monde ancien et moderne. Il a perdu courage, à mi-chemin. Pourquoi ? Un clou chassait l'autre. Il avait trop de projets en tête et de volumes en train, pour tout mener à chef. Il jetait ses idées et ses livres au hasard de l'inspiration, imprimant d'habitude au fur et à mesure qu'il écrivait, courant volontiers d'un ouvrage à un autre, ayant d'ailleurs la surveillance et la direction d'un grand établissement qui ne marchait pas tout seul. Et puis, ses coreligionnaires de Genève ne furent pas édifiés par l'*Apologie d'Hérodote*, qu'on désavoua. Estienne pouvait malmener le clergé romain ; c'était péché véniel que de Bèze et ses amis avaient mille raisons d'excuser. Mais il était dangereux pour Genève, et préjudiciable aux intérêts de la Réforme, de pousser la raillerie et l'outrage jusqu'au cynisme et au mépris de la religion. « Je prie à Dieu », disait Estienne, qui terminait son *Apologie* en fin de sermon, « au nom de son fils, notre Seigneur Jésus-Christ, qu'il fasse la grâce à celle que je prends pour juge (la postérité) de ne voir tels abus autrement qu'en papier, ainsi qu'on le voit ici ». Ces subterfuges littéraires ne tranquillisaient pas le Consistoire, et ce n'est pas sur les bords de l'Arve, au XVIme siècle, que Chamfort eût buriné cette pensée : « La journée la plus perdue est celle où l'on n'a pas ri. » Estienne avait, sur l'ordre du Conseil de Genève, dû modifier à l'aide de cartons plusieurs passages trop libres de son traité. Se moquer de Rome, fort bien ; la noircir, à merveille ! Mais il y a des bornes à tout.

Est-ce pour atténuer le fâcheux effet de son *Apologie,* qu'il publia, en 1568, sa belle traduction latine des Psaumes de David, *Psalmi Davidis aliquot, metro Anacreontico et sapphico?* Peut-être. Peut-être aussi n'avait-il plus le cœur à la gaîté. L'Europe traversait une période agitée ; une concurrence avide et déloyale arrêtait le succès des efforts d'Estienne; l'ère de ses embarras financiers commençait. Malgré tout, il ne faiblit pas, et, de ces années qui marquent le déclin de la prospérité matérielle de sa maison, date le plus considérable de ses travaux, un phénomène de patience et de science: le *Thesaurus linguæ græcæ* (1572). Il avait compté sur cette publication magistrale pour réparer les brèches faites à sa fortune. La malechance le tenait. Un de ses correcteurs, nommé Scapula, qui était chargé de revoir les épreuves, profita de cette mission de confiance pour préparer un Abrégé qui nuisit à la vente du *Thesaurus*. La ruine fut le prix des fatigues et des sacrifices d'Estienne. Le *Thesaurus* n'en est pas moins le chef-d'œuvre de l'érudition au XVIme siècle et n'en fait pas moins de son auteur le premier helléniste de l'époque. Ce vaste répertoire de la langue et de la littérature grecques devint le vade mecum des savants d'alors; il est encore apprécié par les philologues d'aujourd'hui.

Avant de m'occuper de la vieillesse d'Henri Estienne et de traités qui sont d'une importance capitale pour l'histoire du français, j'ai à mentionner deux écrits satiriques, attribués l'un et l'autre au célèbre imprimeur et qui ne sont pas de lui: le *Discours merveilleux de la vie, actions et déportements de Catherine de Médicis, Reine Mère*, et le *Moyen de parvenir*. Ni le ton, ni le style, ni les idées du *Discours merveilleux* ne rappellent Henri Estienne; et, quant au *Moyen de parvenir*,[1] après avoir accepté d'abord l'opinion de Nodier et de Blavignac, j'ai dû me persuader que le livre était plutôt de Béroalde de Verville, cette conviction s'étayant essentiellement sur certaines impossibilités morales d'une paternité littéraire à l'égard de laquelle, d'ailleurs, une complète lumière n'est pas faite encore.

La gloire d'Estienne peut se passer, et du *Discours merveilleux*, et du *Moyen de parvenir*. Cet infatigable savant va nous apparaître comme l'un des plus habiles défenseurs de notre langue contre les influences étrangères, et l'un de ses plus éloquents apologistes. Dans ses *Deux dialogues du nouveau langage françois italianizè* (1578), Estienne s'en prend à l'Italie, qui infecte la France de son mauvais goût. Il est loin, le temps où Joachim du Bellay s'écriait joyeusement: « Sonne-moi ces beaux sonnets, non moins docte que plaisante invention italienne! » Un quart de siècle s'était écoulé à peine, et le génie français risquait d'immoler ses belles qualités de franchise, de clarté, de vigueur, aux « singularités courtisanesques » des favoris de la reine-mère et d'Henri III. Au lieu de la langue alerte et nerveuse de Rabelais, on ne parlait à la cour qu'un jargon italianisé, aux tours prétentieux, au vocabulaire ridicule. Il était de bon ton de montrer que l'on avait guerroyé au delà des Alpes, et l'on n'imaginait rien de mieux, pour établir sa supériorité, que d'employer une façon d'idiome transalpin absolument burlesque. Henri Estienne rédigea la spirituelle protestation de la France contre le sot engouement du jour. Et avec quelle énergie, et avec quel bon sens, et avec quelle malice, suivant l'invasion italienne dans le domaine des usages et de la mode, marquant les nouveautés saugrenues, les bizarreries gro-

[1] *Le Moyen de parvenir, œuvre contenant la raison de ce qui a été, est et sera, avec démonstrations certaines et accessoires selon la rencontre des effets de la vertu.* L'édition de 1578 (?) est perdue. On a réimprimé plusieurs fois cet ouvrage, et sous divers titres: *Salmigondis ou Manège du genre humain*, petit in-12, Lyon, 1698; *Coupe-cul de la Mélancolie ou Vénus en belle humeur*, petit in-12, Parme, 1698. Paul Laccoix en a donné, sous le nom de Béroalde, une édition critique en 1841; de même, Prosper Blanchemin (2 vol. petit in-8, Paris, 1870). — Le *Moyen de parvenir* etc. étude littéraire par J.-D. Blavignac, in-12, Genève, 1872. *Clément*, op cit., p. 512.

tesques, et tout cela semé de détails piquants, de divertissantes anecdotes, de comparaisons savoureuses. Il y aura un passage contre les « athéistes », ici; là, une grosse plaisanterie sur les courtisans qui ressemblent aux porcs, « parce que les uns et les autres sont vêtus de soie ». De cette œuvre d'apparence légère, se dégage une forte leçon, qui a profité. Notre idiome était menacé d'une pléthore d'italianisme. Estienne l'en a guéri, moins qu'il ne l'eût désiré, mais suffisamment à notre gré. Grâce à lui, l'Italie ne nous a fait qu'une visite amicale; nous préférons les hôtes aux conquérants.

L'auteur des *Dialogues* s'était, vers la fin de son livre, engagé à prouver « que l'excellence de notre langage est si grande, qu'il doit, non pas seulement n'être point postposé à l'italien, mais lui être préféré, n'en déplaise à toute l'Italie ». Estienne tint parole l'année d'après en nous donnant son chef-d'œuvre: *La Précellence du langage françois* (1579). Les *Dialogues* avaient reçu l'approbation royale. C'était le meilleur des encouragements, et le vaillant champion du « langage françois » conçut immédiatement le plan d'un vaste traité, dont sa *Précellence* serait l'introduction. Mais son *Thesaurus* l'avait ruiné ou à peu près; son imprimerie réclamait presque tout son temps; il allait inaugurer ces interminables voyages d'affaires, dans lesquels son gendre, Isaac Casaubon, nous le montre « errant à travers toute l'Allemagne, sans pouvoir se fixer nulle part, toujours aspirant au repos, et toujours incapable de le supporter. » Son activité se disperse; son caractère s'aigrit; les difficultés de toute sorte l'assaillent. Le livre solide et lumineux de la *Précellence* sera du moins un dernier éclair de génie, avant la triste nuit.

C'est la thèse des *Dialogues,* sous une forme plus dogmatique, mais non moins attachante. Estienne combat l'italianisme, il exalte le génie et surtout l'idiome national. Il n'ignore point que « notre langage a deux compétiteurs, l'italien et l'espagnol. » Cependant il n'entre en campagne que contre le premier; du second, il fait peu de cas, vu qu'il « l'estime être beaucoup inférieur. » Il avait, dans ses *Dialogues,* manié l'arme du ridicule avec un rare bonheur. Sans renoncer à cette arme, il appellera la science à son secours. Il résoudra par a + b, mais avec plus de sel que n'y en mettrait un mathématicien, le problème suivant: « à savoir lequel des deux (du français ou de l'italien) est le plus grave, lequel est le plus gentil et de meilleure grâce, lequel est le plus riche. » Estienne est de force à établir, comme en se jouant, la « précellence » de sa langue. Pour justifier le français du reproche qu'il manque de « gravité », notre philologue ne sera point en souci. Les exemples foisonnent sous sa plume. Mots, locutions, syntaxe, prononciation, tout dans le français est ensemble plus concis et plus viril. Il compare la prose et la poésie de l'un et de l'autre peuple. Toujours il réussit à se persuader, sinon à persuader le lecteur, que le français est aussi « nerveux » que l'italien est mol, que celui-là est aussi bref que celui-ci est verbeux.

« Venant à la gentillesse et bonne grâce, avertirai les lecteurs qu'en ceci, ils se donnent bien garde de l'apparence pour fonder quelque jugement en icelle. Car ceux que j'ai à combattre mettront incontinent en avant, que toutes les terminaisons de leurs mots sont en voyelles et diront (ce qui semble vrai de prime face) qu'elles ont plus de gentillesse que les nôtres, dont une partie est en consonnantes. Mais je répondrai que si la gentillesse du langage doit être mesurée (comme il est certain qu'elle doit) par le contentement et la délectation de l'oreille délicate, ils se trouveront bien loin de leur compte, vu qu'il n'y a chose où la variété soit plus requise qu'en ce qui doit donner plaisir à ce sentiment. Or je les prierai de me dire si cinq terminaisons (comme il n'y a que cinq voyelles) retournant tout à coup l'une après l'autre, au lieu de nous donner ce plaisir, ne nous doivent pas ennuyer, comme ce que le latin appelle *crambe repetita* (chou réchauffé, redite fastidieuse). »

D'abord, nos rimes sont infiniment plus variées que les leurs: quant à la prose, l'oreille est « bien à plaindre », lorsqu'on « lui fait ouïr un grand nombre de paroles d'un même son étant bien près l'une de l'autre, » et « ce lui est bien le grand hélas, » lorsqu'elle « est assaillie d'une suite de trente ou quarante mots qui sont ainsi semblables. » Estienne ajoute: « S'ils font semblant de n'entendre ce que je veux dire, voici de quoi: *Signor mio, io dico da vero ch'io non ho dismentigato e mai non dismentigaro l'obligo...* » Suit une longue phrase italienne, où la même voyelle est répétée cent fois. De « quelle patience faut-il que soient armées les pauvres oreilles tant martelées par la répétition d'une même lettre? » En français, nous dirions « avec une grande variété de terminaisons: *Monsieur, je vous assure que je n'ai oublié et n'oublierai jamais l'obligation...* » Et ceci ne « donne point de peine aux oreilles ». Au reste, « quand ces messieurs nous ont bien soulés de leurs *o*, ils ont moyen de nous faire aussi grande largesse de leurs *a*. »

Arrivant à un autre ordre d'idées, Henri Estienne écrit: « J'alléguerai que la nôtre (notre langue) n'a rien qui rende sa prononciation déplaisante aux oreilles; de quoi la leur ne saurait se vanter. » Là-dessus, une avalanche d'exemples; il est avéré désormais que la prononciation italienne est « dépravée. » Et nos diminutifs, quelle grâce exquise n'ont-ils pas? Où les Italiens prendraient-ils ces « petites mignardises? » Qu'auraient-ils à mettre en parallèle avec « le gentil rossignolet » de Remy Belleau et avec tant d'autres mignons joyaux de la Pléïade? Enfin, Estienne insiste à nouveau sur une incontestable supériorité du français, « un don sans lequel toutes sortes de bonnes grâces ont peu de grâce, c'est le don de la brièveté. » L'inventaire de nos trésors est dressé par un homme habile, qui n'oublie rien. Aussi la troisième partie de la *Précellence* sera-t-elle la plus étendue; elle accaparera les deux tiers de l'ouvrage. « Riche, dit Estienne, n'est pas qui n'a que ce qui lui est nécessaire, mais faut qu'il ait aussi des choses dont il n'a point besoin et desquelles il pourrait bien se passer. » Or le français a le nécessaire « à rechange », et le superflu. Une nouvelle avalanche d'exemples vient confirmer cette proposition. Il serait curieux d'étudier dans le détail cette copieuse dissertation, qui est proprement une histoire, plus encore qu'un état, des richesses de notre langue. En résumé, le français possède un vocabulaire extrêmement varié, il pourra l'augmenter à souhait, il est capable de tout exprimer et de cent manières, il se prête merveilleusement à former des proverbes, il aura des vers métriques quand on voudra. Que n'est-il pas, ce français « excellent par-dessus les excellents? »

Estienne se plaît, dans sa *Précellence,* à faire étalage de nos innombrables proverbes, sentences ou maximes. Il a écrit, sur cette matière, le début d'un traité spécial: *Les prémices ou le I[ier] livre de proverbes épigrammatisez ou des épigrammes proverbialisez et rangez en lieux communs* (1594). Pour cette œuvre, il a surtout puisé dans nos vieux romans, qu'il connaissait mieux qu'homme de France. Mais son recueil, composé en grande hâte, se distingue par l'abondance plus que par le choix.

Tant de travail, de science et d'esprit n'avaient point donné la fortune à Henri Estienne. « Pauvre homme n'a point d'amis, » dit un des proverbes qu'il a recueillis dans sa *Précellence.* Son caractère, devenu fort ombrageux, découragea les affections que son indigence n'eût pas ébranlées. Vers la fin de sa vie, il est le Juif errant de l'érudition; il vagabonde d'une ville à l'autre, toujours âpre à la besogne, mais à moitié brisé par l'adversité. Il meurt en 1592, sur un lit de l'hôpital de Lyon. Ah!

que l'on trouve justes, les dures paroles qu'arrachait à Chamfort le souvenir de ces Estienne qui « traînèrent une vieillesse misérable, » après avoir « rendu les plus grands services aux lettres ! » Henri, lui, dut faire, à ses derniers moments, appel à la charité publique. Il n'eut pas même de tombeau. Mais, suivant le mot de Thucydide, « la terre entière est le tombeau des hommes illustres. »

Avec ses aventures et ses malheurs, avec ses caprices et ses bizarreries, avec sa science et son génie, Henri Estienne reste l'une des figures les plus originales et les plus hautes de son temps. Érudit, sa réputation est encore intacte au XXme siècle. Écrivain, sa renommée ne peut que s'accroître. Il eut tort de tout improviser, mais ils n'encombrent pas l'histoire ceux qui ont, du premier jet, su faire jaillir tant et de si vive lumière. Son esprit est admirablement français par la spontanéité, la netteté, la force. Sa prose souple, abondante, pittoresque, bien qu'un peu négligée, le place immédiatement après Rabelais et Montaigne. Et quels ne furent pas ses mérites pour l'épuration de notre langue? Lequel de ses contemporains peut revendiquer une part plus considérable dans cette œuvre de préservation nationale? Et, comme pamphlétaire, il est au premier rang. Qui donc eut plus de malice et plus d'humour, ou plus d'amère ironie et de rude franchise? Tout n'est pas à louer dans ses satires. Mais quelle verve et quelle plume! S'il avait su condenser, et se revoir! S'il avait pu s'arrêter et se fixer! Il s'était voué au démon du travail, et sa main ne suffisait pas à sa tête sans cesse en mal de projets. Il s'est dispersé, à l'exemple de presque tous ses contemporains; il a laissé plus d'ébauches que de monuments. Comme l'a dit M. Lenient, « les heures précieuses du recueillement, dont le génie même ne saurait se passer, lui furent toujours inconnues. » L'équilibre, la mesure, ont manqué à sa vie comme à ses livres.

Outre les imprimeurs fameux, les humanistes hors de pair, les Badius, les Crespin, les deux Estienne, les Cordier, les Casaubon, il est quelques noms à rappeler encore. L'un des meilleurs latinistes du XVIme siècle fut sans contredit *Claude Baduel*,[1] qui professa d'abord la philosophie à l'Université de Paris et vint à Genève, après avoir embrassé la Réforme. En 1560, il obtint à l'Académie de cette ville, la chaire qu'il avait illustrée à Paris. Mais il mourut l'année suivante. Un autre érudit, d'origine italienne, *Simonius*, n'a fait que passer à Genève, où il enseigna la philosophie et la médecine, de 1565 à 1568. Comme le rapporte Senebier « quelques idées particulières sur la religion le firent enfermer; » et il s'empressa de tourner le dos à l'Académie, où « l'on voulait ordonner à son esprit les pensées qu'il devait avoir ».

François Portus, un Candiote reçu bourgeois en 1562 et nommé dans le courant de la même année à la chaire de grec, nous a laissé quelques ouvrages estimables, tous écrits en latin, des commentaires sur Pindare, Xénophon, Thucydide, un traité sur l'origine de la tragédie, etc. Dans la Suisse catholique, *Christophe de Molins*[2] († 1570), né à Estavayer, a rédigé tout un traité sur les méthodes de l'historien (*De seribenda universitates rerum historia*, 1548, 1551); Bonivard en a parlé comme « d'un homme de grand esprit et profond à tirer la moëlle, s'il y en a, en aucun livre de lecture .»

---

[1] *Senebier*, I, 342. *France protestante*, 2me éd. *Claude Baduel et la réforme des études au XVIme siècle*, par J. Gaufrès, in-8, Paris, 1880.

[2] *Emulation* (de Fribourg), I, n° 18. *Indicateur d'histoire suisse*, II, 9 et s. *Gazette de Lausanne*, du 9 janvier 1890 (article de M. Alph. Rivier).

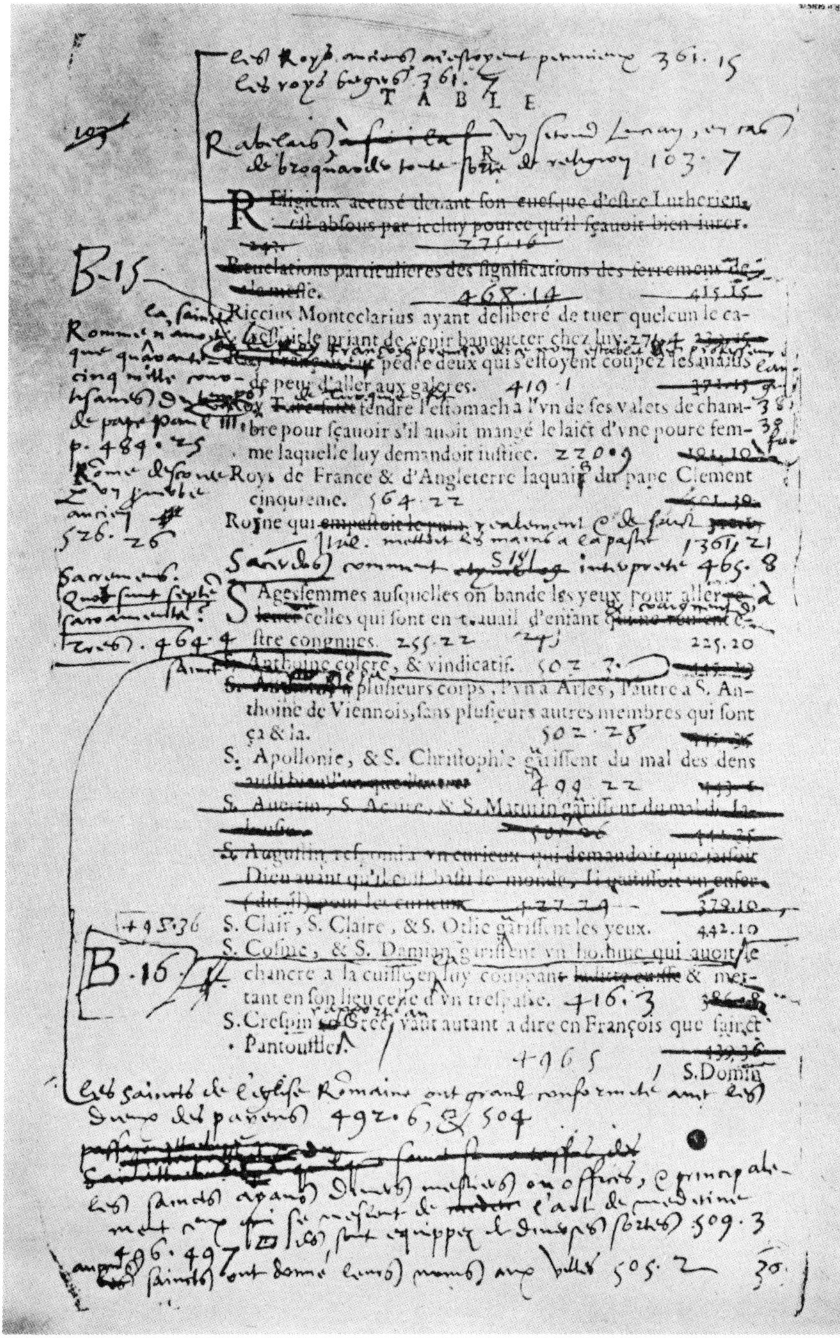
TABLE

R

Religieux accusé deuant son euesque d'estre Lutherien, est absous par iceluy pource qu'il sçauoit bien iurer.

Reuelations particulieres des significations des ferremens de la messe.

Riccius Monteclarius ayant deliberé de tuer quelcun le cassoit le priant de venir banqueter chez luy.

[illegible] pendre deux qui s'estoyent coupez les mains de peur d'aller aux galeres.

Roy [illegible] fendre l'estomach a l'vn de ses valets de chambre pour sçauoir s'il auoit mangé le laict d'vne poure femme laquelle luy demandoit iustice.

Roys de France & d'Angleterre laquais du pape Clement cinquieme.

Royne qui [illegible]

S

Agesfemmes ausquelles on bande les yeux pour aller [illegible] celles qui sont en trauail d'enfant [illegible] estre congnues. 225.20

S. Anthoine colere, & vindicatif.

S. Anthoine a plusieurs corps, l'vn a Arles, l'autre a S. Anthoine de Viennois, sans plusieurs autres membres qui sont ça & la.

S. Apollonie, & S. Christophle garissent du mal des dens aussi bien [illegible]

S. Auertin, S. Acaire, & S. Maturin garissent du mal de la [illegible]

S. Augustin respond a vn curieux qui demandoit que faisoit Dieu auant qu'il eust basti le monde, Il bastissoit vn enfer (dit-il) pour les curieux.

S. Clair, S. Claire, & S. Otilie garissent les yeux. 442.10

S. Cosme, & S. Damian garissent vn homme qui auoit le chancre a la cuisse en luy coupant [illegible] & mettant en son lieu celle d'vn trespassé.

S. Crespin [illegible] Grec, vaut autant a dire en François que sainct Pantoufflier.

S. Domin

Une page de l'Apologie d'Hérodote avec corrections de la main d'Henri Estienne

d'après L. Clément, op. cit. (p. 198).

Je pourrais allonger sans peine cette liste de savants. Mais les noms cités ne seraient-ils pas un témoignage assez éloquent de la culture des lettres et des sciences dans notre pays? Et nous ne sommes pas sortis de la jurisprudence et des humanités. Ne sied-il pas d'évoquer au moins la mémoire de ce *Michel Varro,* qui prit une grande part à l'administration de Genève, sa ville natale, et dont le *De motu tractatus* (1584) faisait écrire à Senebier: « on voit Michel Varro devancer Galilée, Képler, Newton? » Senebier exagérait. Toujours est-il que Genève poursuit l'œuvre de restauration de l'antiquité classique, que Genève fournit des successeurs aux Ange Politien et aux Etienne Budé, et des précurseurs à Galilée. La Renaissance italienne et française se continue par la Réforme, et notre Suisse sert d'asile à la Renaissance nouvelle.

IV

« O siècle! les esprits se réveillent, les études fleurissent; il fait bon vivre. » Ce cri d'Ulrich de Hutten est d'un optimiste. Assurément, les esprits se réveillent, les études fleurissent; « toutes disciplines sont restaurées, les langues instaurées, » dira Gargantua dans sa belle lettre à Pantagruel. Fait-il « bon vivre? » La guerre est partout. Chocs d'idées et chocs d'épées; l'encre et le sang coulent à flots. Il se peut qu'un Ulrich de Hutten, polémiste et soldat, n'ait pas imaginé de bonheur plus complet que celui de recevoir des coups et de les rendre. Mais le XVIme siècle fut loin de ressembler à l'âge d'or. S'il est, par la Renaissance et la Réforme, l'une des plus riches saisons intellectuelles de l'humanité, il est, par la vivacité des haines, les odieux excès de l'intolérance, l'une des plus tristes périodes de l'histoire.

On pouvait, on devait croire que la révolution religieuse serait une œuvre d'émancipation avant tout. Luther, Zwingli, Calvin lui-même ne se révoltaient-ils pas au nom de la liberté? Rome n'était-elle pas représentée comme la tyrannie, et n'était-ce pas contre elle que l'on se soulevait? La Réforme fit de la théologie, et la dogmatique n'est point libérale. En Suisse d'ailleurs, le zwinglianisme, plus généreux et moins sombre, succombe bientôt. Calvin triomphe. Que sont devenues les chimères initiales de l'esprit affranchi, de la raison délivrée?

Dans les institutions politiques, la Réforme — ne réforma rien. Quelques-uns de ses orateurs ou de ses écrivains ne craignirent pas de dénoncer le despotisme des rois et les injustices de la société. Ces protestations isolées n'eurent pas d'écho et ne reçurent point de sanction. Les protestants de France et d'Allemagne tiennent en majorité pour le trône ; ceux de Suisse fondent ou supportent des oligarchies très jalouses de leurs privilèges. « Mon règne n'est pas de ce monde », disent les prédicants avec le Christ, et ils entendent qu'on obéisse au pouvoir séculier comme à l'autre. A la vérité, la Réforme devait être ce qu'elle fut, ou ne pas être. A prêcher la république et la démocratie, elle eût perdu l'appui des princes qui venaient à elle par calcul autant, du moins, que par conviction : à proclamer l'indépendance de la pensée religieuse, elle n'eût réussi qu'à lancer des bandes indisciplinées contre la plus redoutable et la plus unie des armées. Calvin l'avait bien compris. Il y avait cependant un germe de liberté dans la Réforme. La semence est restée longtemps enfouie dans le sol. Le blé lève...

Si la Réforme n'émancipe point, elle moralise. Je ne veux pas refaire le tableau de la société au début du XVIme siècle. Du haut en bas de l'échelle, le relâchement des mœurs est grand. Notre pays n'est pas préservé de la corruption générale. Il suffirait de comparer la Genève de Berthelier avec celle de Th. de Bèze, pour se rendre compte de l'influence bienfaisante de la Réforme. On a joué la comédie, des siècles durant, et rien que cela. La scène va être occupée par la tragédie biblique : le *Sacrifice d'Abraham* après la *Mère folie !* Et les graves ministres succéderont aux prêtres indulgents, et l'on délaissera le chemin de la foire pour celui du temple. Amusons-nous ! chantaient les ancêtres. Surtout, ne nous amusons pas ! prêcheront les ministres. On regimba. Cette discipline, d'importation étrangère, convenait médiocrement au caractère national. On voulait bien changer de religion ; mais voyez-vous les « enfants de Genève » transformés en piliers des églises protestantes ? L'indomptable énergie de Calvin, la volonté fougueuse de Farel eurent raison de tous les obstacles. Il fallut plier : tous ces diables se firent ermites, d'assez mauvaise grâce. Eurent-ils à le regretter ?

(D'après Ch. Borgeaud, op. cit.)

A considérer Genève — pour ne parler que d'elle, — à considérer Genève avant et après la Réforme, on se croirait transporté d'un continent dans un autre. Il y a, certes, quelque chose d'artificiel et d'extérieur dans la régénération morale opérée par le calvinisme. Si l'on était descendu au fond des cœurs, peut-être y eût-on découvert des ferments de colère, et de l'hypocrisie, et de l'ennui. Hélas ! « ce monde est fait à dos d'âne, écrivait Bonivard ; si un fardeau penche d'un côté et vous le voulez redresser et le mettre au milieu, il n'y demeurera guère, mais penchera de l'autre ». Quelle différence néanmoins entre l'ancienne et la nouvelle Genève, et tout à l'avantage de cette dernière qui sera, selon un mot célèbre, « le grain de musc parfumant l'Europe ! » La ville n'était qu'une grosse bourgade en 1520 ; elle est, en 1580, la rivale de Rome, sinon par le territoire et la population, du moins par les lettres et les sciences. Elle n'était rien ; elle est une force dans le monde. Et ses habitants, que sont-ils devenus ?

Les hommes, d'abord. En 1517, Berthelier, le patriote-martyr, qui avait dépassé la cinquantaine, s'associait à des escapades de gamin. Il savait rire ; il sut mourir aussi pour la liberté de Genève. Mais quelle insouciance ! Et si Berthelier fut à son heure un vaillant citoyen, les héros sont rares dans la bande des farceurs. Les prêtres étaient-ils plus sérieux que les bourgeois ? Nullement. Or le progrès est immense de 1517 à 1560 ou 1600. « On folâtre en cachette », prétend l'auteur du *Moyen de parvenir*. Il y a des « difformes réformateurs », nous apprend Bonivard, qui n'est pas un saint, lui non plus. Mais les grandes figures abondent, les mâles vertus. On travaille avec acharnement, on prie avec ferveur, on se dévoue avec passion. Genève est à la fois la tête et le cœur du protestantisme : la générosité y a des élans jusqu'alors inconnus, l'intelligence des ressources ignorées. L'étroitesse d'esprit, l'humeur belliqueuse des théologiens sont des travers regrettables ; qu'est-ce auprès de ces fortes qualités dont Genève est redevable à la Réforme ? Et puis, tous les hommes marquants de ce temps, ou presque tous, les Calvin, les de Bèze, les Roset, les Jacques Lect, n'ont-ils pas, à côté du talent, l'autorité que donnent la rectitude et la dignité de la vie ?

Les femmes, elles, sont, au début du XVIme siècle, ce qu'était le tiers-état avant la Révolution ; j'entends les femmes de la bourgeoisie. La Réforme les met au rang honorable qu'elles ont gardé et qui ne leur suffit plus. L'épouse est la maîtresse de la maison ; elle est instruite, elle est respectée, elle est aimée. Jusqu'à la Réforme, le mariage apparaissait plutôt comme une convention sociale ; son caractère sacré lui est restitué désormais. D'autre part, l'austérité calviniste ne se concilie plus avec les facilités de l'amour extra-légal. Il faut, de gré ou de force, préférer, suivant la rude expression de Noël du Faïl, « l'usage du mariage, qui est sain, à une vie lubrique abandonnée à toutes les rencontres ». J'accorde que tous les ménages ne ressemblent pas aux intérieurs des patriarches. Qu'on se remémore les aventures de Bonivard ! Presque partout règnent une mutuelle affection, une estime réciproque, la confiance et la paix ! Que le mari soit riche ou misérable, homme d'étude ou homme de guerre, noble ou bourgeois, sa femme lui dira, comme celle d'Aubigné : « Je suis trop heureuse de partager avec vous la querelle de Dieu. » A cette confiance absolue, répondra une robuste et fidèle tendresse, car ces réformés prennent tout au sérieux, même le mariage, acte grave en soi mais que l'on avait singulièrement dépouillé de son prestige. Ils se marient réellement devant Dieu, qui reçoit leur serment. Que nous sommes loin de la famille selon Montaigne !

Les goûts sont très simples dans les maisons protestantes. Rien n'est sacrifié au luxe ni à la dissipation. Le mobilier est quelconque, le costume sévère, la table frugale. Le commerce et l'industrie chôment, la cause de la Réforme exigeant des contributions incessantes, secours aux réfugiés, frais de propagande et de défense. Sous le coup de la nécessité, les habitudes mondaines se perdent. Aux fêtes bruyantes de jadis, à la débauche aimable ou folle, succèdent les cérémonies du temple, les joies paisibles du foyer.

L'éducation des enfants, plus attentive et plus rigide, est aussi beaucoup plus soignée. Désirez-vous pénétrer dans un intérieur genevois, vers l'an 1560 ? Voici le tableau qu'en trace le Bâlois André Ryff, qui fut apprenti chez l'épicier Jean du Molard :

« Tous les matins à cinq heures, il envoyait tout son monde à l'église, et quand il avait l'intention de me fustiger (il l'a « battu plus de trente fois » dans le cours d'une année), il me faisait rester à la maison... Il me fustigeait avec de puissantes verges, auxquelles il avait fait des nœuds... Malgré cela, je ne me suis jamais plaint, parce que je me trouvais très bien chez mon maître et que je sentais que je retirais profit de cet apprentissage... Je remercie Dieu particulièrement de m'avoir conduit dans cette maison parce qu'il y régnait une discipline parfaite et une police bien ordonnée. Chaque matin et aussi chaque soir, maître Jean, sa femme, son beau-frère et aussi toute la maisonnée, s'agenouillaient dans la salle du poêle, et là la Dame faisait la prière à très haute voix, remerciant Dieu avec recueillement pour ses grâces et ses bienfaits... En outre, c'est la coutume des ministres de Genève d'aller tous les trois mois dans toutes les maisons ; ils réunissent les habitants, jeunes et vieux, de six, huit, dix maisons, pour les interroger, les examiner, leur faire rendre compte de leur foi et les catéchiser avant qu'ils prennent la cène... »

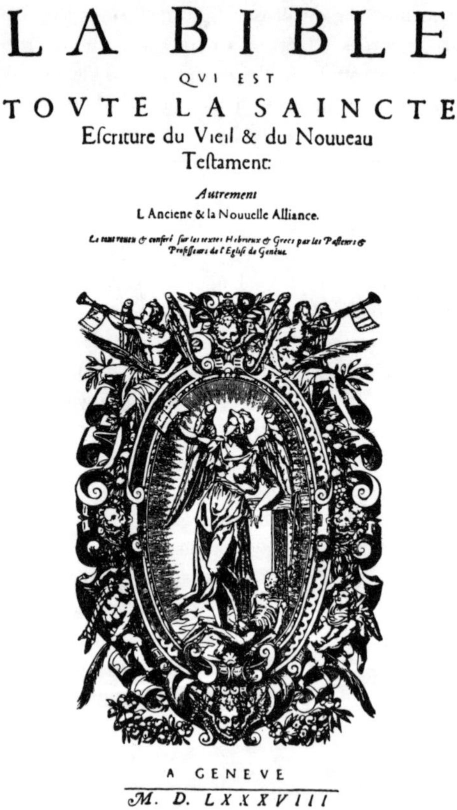

LA BIBLE
QVI EST
TOVTE LA SAINCTE
Escriture du Vieil & du Nouueau
Testament:
Autrement
L Anciene & la Nouuelle Alliance.
Le tout reveu & conferé sur les textes Hebrieux & Grecs par les Pasteurs & Professeurs de l'Eglise de Geneve.

A GENEVE
M. D. LXXXVIII

Frontispice de la Bible des Pasteurs et Professeurs de Genève (1588).

(D'après Ch. Borgeaud, op. cit. ; réduit.)

La vie politique se modèle sur la vie privée, les intérêts du pays se confondent avec ceux de la religion et de la famille. Le patriotisme gagne en intensité, s'il n'a plus toute sa vivacité frondeuse. Et il s'attache à d'autres biens que ceux du plaisir. « Messieurs de Genève, conte Bonivard, n'ont pas voulu avoir reçu la grâce de Dieu en vain, mais ont dressé un collège de fort ample et magnifique contenant et très précieux contenu ». On connaît les institutions scolaires de Calvin. Dans le canton de Vaud, le gouvernement bernois fonde une Académie, en 1537, et organise, dès 1548, l'enseignement primaire. A Neuchâtel, magistrats et ministres sont vivement préoccupés par les questions d'instruction publique. Comme on l'a écrit, l'école est, aux yeux des réformateurs, « l'apprentissage de l'église et le séminaire de la piété, les lettres sont un moyen, non un but ». En effet, les écoles du protestantisme ont un caractère religieux très accentué. De quoi s'agit-il ? De donner au monde des humanistes ou des poètes ? Moins que de préparer au saint ministère des prédicateurs fervents et dévoués. Le clergé catholique est ignorant en majorité. Le clergé réformé sera instruit. Et François de Sales s'écriera : « C'est par là que notre misérable Genève nous a surpris. » Rome cependant combattra bientôt l'hérésie par la science. L'influence régénératrice de l'école s'étend aux contrées demeurées fidèles à l'Église. A Fribourg, par exemple, les prévôts Schnewlin et Werro, le P. Canisius travaillent au relèvement des études ;

le génie de la Réforme rayonne sur les amis comme sur les ennemis du nouveau culte. A côté des collèges et des académies, les bibliothèques se fondent. En 1549, Berne fournit un subside de 3000 livres et assigne une rente annuelle à la Bibliothèque de Lausanne. Celle de Genève est déjà riche à la fin du XVIme siècle.

La Réforme fait progresser encore un art que la Renaissance italienne avait si admirablement cultivé. Quelle est sa meilleure arme de combat ? La Bible. On traduira donc la bible en langue vulgaire. Mais quels pauvres moyens de propagande seraient des copies manuscrites, rares autant que chères ! L'imprimerie est inventée. Il semble que cette merveilleuse découverte ait dû précéder de quelques dizaines d'années l'avènement de la Réforme. Qu'eût été Martin Luther sans Ulrich Guttenberg ? La Réforme est une fille du livre. Les bibles allemandes, françaises, se répandent à des milliers d'exemplaires. Et les œuvres d'édification suivent ! Et les traités de polémique ! Genève, entre autres, inonde l'Europe de littérature protestante. Quel essor que celui des presses genevoises depuis 1478, l'année où Adam Steynschaber installait la première imprimerie dans la future cité des Estienne ! Si l'on y édite à peine une trentaine de volumes pendant le dernier quart du XVme siècle, la production typographique est immense au siècle suivant ; Jean Belot, puis Jean Rivery, à Lausanne, Pierre de Vingle, à Neuchâtel, rivaliseront avec leurs confrères de Genève.

Henri Bordier a dit un jour : « Genève, durant tout le moyen âge et jusqu'à Bonivard, n'a pas eu un seul auteur, un seul pauvre chroniqueur, pas même quelque petit rimailleur. » *Nihil,* tel est, ou à peu près, le bilan littéraire de Genève avant la Réforme ; Genève eut cependant Jean Servion. Vaud est plus favorisé, avec Othon de Grandson, Le Franc, Bagnyon, Bugnin. Mais il n'y avait pas de mouvement intellectuel dans notre patrie. Quelques lettrés y allumaient de temps à autre une petite lampe, dont la lumière brillait un instant pour s'éteindre tout à coup et sans retour, jusqu'à l'heure où la Réforme répandit ses magnifiques gerbes de flammes dans nos ténèbres.

Le calvinisme a gouverné ou dominé notre littérature pendant deux siècles. Quelle a été son action sur la langue et la manière de nos auteurs ? On écrivait d'habitude en latin, avant la fin du XVme siècle ; il faudra que les grands humanistes et polémistes de la Réforme, Henri Estienne, Jean Calvin, remettent en honneur l'idiome national, pour qu'il soit décidément préféré à celui de Rome. Il faudra surtout que les exigences de la propagande religieuse soient inconciliables avec l'emploi de la langue savante, pour que le français triomphe sur toute la ligne.

Qu'était le français de nos ancêtres ? Un jargon, où l'Ile de France, la Savoie et l'Allemagne étaient également représentées. Sans étouffer nos dialectes, la Réforme francisa notre français. L'établissement des réfugiés en Suisse ne fut point fatal à leur langue, trop supérieure à celle du pays pour ne pas s'en rendre maîtresse. Le style de Calvin est aussi pur en 1563 qu'en 1536 ; le style de Théodore de Bèze et d'Henri Estienne vaut celui des bons auteurs de France et de Navarre. D'un autre côté, les nécessités de l'improvisation, les besoins d'une discussion incessante, ont, comme l'a noté Sayous, « accéléré la marche du français vers les formes claires, précises, argumentatives » ; ou, pour parler avec Vinet, « la langue des réformateurs s'attache aux idées plus qu'aux choses elles-mêmes, elle est conséquente, régulière, toujours prête à rendre compte de ses procédés ». Mais, du même coup, cette langue, avant tout logique, servira mieux l'entendement que l'imagination ; elle sera correcte et sèche, plutôt qu'élégante et pittoresque.

A force d'improviser et de disserter, nos écrivains désapprendront l'art de se borner. Ce n'est pas chez eux que l'on trouvera ce talent, éminemment français, de généraliser et de condenser. Ils n'ont pas le loisir de tailler dans leurs livres touffus ; ils ne s'occupent pas de choisir ; la prolixité des poètes du moyen âge reparaît chez les réformés du XVIme siècle. Ce travers s'accentuera, et j'ai peur que nous ne nous en guérissions jamais. Et puis, l'orgueil spirituel, le fanatisme ombrageux furent l'ivraie qui envahit notre moisson et faillit l'étouffer. Nous voulûmes avoir l'attitude de ce que nous étions. Nous nous figurâmes un peu que nous donnions de graves représentations de piété, avec l'Europe pour galerie. Et nous fûmes affligés désormais d'une constante inquiétude : Tenions-nous bien notre rôle ? Étions-nous bien drapés dans notre vertu ? Ni Calvin, ni ses contemporains ne se crurent, dans leurs actes ou leurs livres, obligés à tant d'égards pour le monde. Ils nous léguèrent cependant une excessive réserve dans les idées, une étonnante pruderie dans les mots, de la solennité comme assaisonnement. Trois siècles ont passé sans nous donner cette liberté de l'esprit, qui seule permet d'atteindre au grand art. L'originalité littéraire est proprement un phénomène dans la Suisse romande, et encore un phénomène qui suscite davantage la réprobation ou l'effroi, que la sympathie ou la curiosité. Rousseau l'éprouva. Mais si nos écrivains n'ont, la plupart, ni la grâce, ni l'élan, ni les belles audaces, ils se distinguent par l'honnêteté, la réflexion et la tenue.

TROISIÈME PÉRIODE

LE DIX-SEPTIÈME SIÈCLE[1]

CHAPITRE I

La littérature d'imagination.

I. Caractères généraux de la littérature au XVIIe siècle. — II. La littérature d'imagination : conteurs, moralistes et poètes.

I

Le XVIIme siècle n'est pas, dans la Suisse romande, le grand siècle littéraire. Il semble que la Réforme ait trop dépensé d'intelligence et qu'elle éprouve le besoin de se reposer. L'œuvre n'est-elle pas accomplie, d'ailleurs ? Il ne s'agit plus, pour le protestantisme, de se répandre mais de se concentrer, d'attaquer mais de résister. Et puis, ses chefs sont morts, ses soldats ont assez lutté. La paix ! qu'on nous donne la paix ! Tel est le cri général — auquel va répondre la guerre de trente ans, qui, heureusement, passa sans presque nous toucher. Les réformés, que la nécessité avait ployés sous une discipline de fer, n'auront plus à réfréner cette passion qui les pousse à diviser leur Église en petites chapelles où chacun s'imagine enfermer toute la vérité. L'esprit sectaire éclatera tout à coup. On se battra dorénavant en famille, et les querelles de ménage ne sont pas les moins vives.

Comme l'a fort bien dit Sayous, « si le protestantisme n'eût été que la croyance à certains articles théologiques, il était perdu..., mais il était déjà, comme tout ce qui est difficile à détruire, un composé bien compact d'éléments divers ; c'était une manière particulière d'aimer Dieu, de sentir sa présence, une façon aussi de le craindre et de lui rendre hommage ; c'étaient des sentiments religieux, des passions, des habitudes

[1] *Histoire de la litt. franç. à l'étranger*, XVIIme siècle, par A. Sayous, 2 vol. in-8, Paris, 1853. *Bibl. universelle* de Genève, 53me année, tome III, nouv. pér., 24 et s. (étude de L. Vulliemin sur « les gens de lettres » en Suisse). *Revue suisse*, XI, 212 et s. (article de E.-H. Gaullieur sur « le théâtre »), et XIV, 170, 246 (du même, sur « la poésie satirique »). *Senebier*, vol. II, 129 et s. *Lettres inédites adressées de 1680 à 1737 à J.-A. Turrettini*, publ. par M. E. de Budé, 3 vol. in-12, Paris et Genève, 1887.

d'esprit et de cœur fortement caractérisées, la bible et les édits ayant imprimé partout leur cachet austère. » Ce qui sauva la Réforme dans notre pays, ce fut moins le dogme que la morale, l'unité morale, si l'on peut dire ainsi. Non pas que les rigoureuses prescriptions des édits ne reçussent aucun accroc. Les registres de Genève nous rapportent, en 1607, que « le luxe est si grand dans la ville qu'on ne peut discerner les gens de qualité d'avec les roturiers et les mécaniques. » Les autorités sévissent contre ces retours à la vie d'avant la Réforme ; elles finiront par avoir le dessus.

En 1685, la révocation de l'Édit de Nantes bouleversa de nouveau nos contrées ; nous eûmes à subir l'invasion du « refuge ». Dans une lettre écrite par un ministre de Genève, en novembre 1685, nous voyons que, « pendant plus de deux mois de suite, il ne s'est pas passé un seul jour que Genève ne reçût 50 et jusqu'à 80 et 90 personnes de tout âge... Les femmes et les filles revêtaient des habits d'hommes, les enfants étaient enfermés dans des coffres comme des hardes, d'autres sans aucune précaution dans leurs berceaux... Le Pays de Vaud est plein de Français fugitifs ; depuis trois semaines, on a calculé que plus de 17,500 personnes s'étaient rendues à Lausanne ». Cet immense exode n'eut cependant pas sur la Suisse romande l'influence que l'on pourrait croire ; à Genève, spécialement, on eut soin de faciliter aux immigrés leur passage en Allemagne, en Hollande et dans les cantons réformés de la Confédération. Le refuge du XVIme siècle avait transformé notre pays en s'y installant ; celui du siècle suivant n'y fit guère qu'une courte halte.

Dès que le flot des persécutés se fut écoulé, les disputes religieuses reprirent de plus belle. En 1706, le *Consensus*, en 1725, la confession de foi obligatoire furent abolis. Ces victoires de la liberté ou ces défaites de l'orthodoxie seront le signal d'une renaissance pour les lettres.

Le XVIIme siècle ne pouvait produire ni des œuvres éminentes, ni des écrivains supérieurs. Les petites causes n'engendrent que rarement de grands effets ; un auteur ne pouvait guère s'immortaliser à faire de la polémique pour ou contre les articles du *Consensus*. Nous constatons cependant comme un timide éveil des genres proprement littéraires, et si le grand siècle de la France fut, dans la Suisse romande, surtout le siècle gris, il ne laissa point de restituer à la fantaisie, à l'imagination, à l'art, quelques-uns de leurs droits. Aussi bien, nous ne serons point fâché d'abandonner un moment exégètes, dogmatistes et controversistes, pour étudier des œuvres, de mérite assez léger sans doute, mais qui nous rapprocheront de la littérature.

II

Le premier quart du siècle nous offre une assez curieuse figure de conteur et de pamphlétaire catholique. *Louis Garon*[1] est natif de Genève, où son père, issu d'une famille de négociants lyonnais, se réfugia et devint, en 1561, membre du Conseil des Deux-Cents. L'auteur du *Chasse-ennuy* fut baptisé par Simon Goulart, le 28 novembre 1574. Comme il le dira plus tard, il a été « nourri, élevé et instruit en la religion prétendue réformée », il y a « sucé dès la mamelle toutes les opinions qui y sont

[1] *Louis Garon*, par M. Aug. Blondel, Genève, gr. in-8, 1888 (extrait des *Mém. et doc. de la Soc. d'hist. et d'arch. de Genève*, tome XXIII). *Notice sur Louis Garon*, etc. par M. Péricaud, Lyon, broch. in-8, 1837. *Brunet.*

enseignées » et il est resté dans sa ville natale jusqu'à l'âge de dix-huit ans. Son abjuration ne coïncide pas avec son départ de Genève; si nous en croyons un passage de son *Adieu au monde,* il ne rentra guère dans le giron de l'Église que vers 1604, mais il n'en connut pas moins toutes les ardeurs du néophyte.

Garon commence par traduire de l'italien des ouvrages de dévotion. Il ne faut rien moins que la goutte pour faire de lui autre chose qu'un manœuvre de lettres. Un beau jour, la maladie le cloue dans son fauteuil ; il ira demander un peu de gaîté aux conteurs anciens et modernes, et nous aurons le *Chasse-ennuy* (1628—1631) ou *L'honneste entretien des bonnes compagnies,* recueil de facéties empruntées de-ci de-là ou inventées par un esprit éveillé. Il a préparé, écrit-il, « une salade composée de plusieurs sortes d'herbes » ; il invite le lecteur « à y apporter du sel et de l'huile » pour rendre le tout moins fade. Le lecteur pourra ménager l'assaisonnement, car il y a plus que « du sel et de l'huile » dans le livre de Garon. Le *Chasse-ennuy,* rareté bibliographique aujourd'hui, est une mine très riche d'anecdotes grasses ou piquantes, de mots bons ou mauvais, — un *Moyen de parvenir* sans philosophie. Garon veut provoquer le rire ; il n'a pas d'autres prétentions. Toute l'humanité défilera sous nos yeux, les pasteurs et les prêtres, les empereurs et les rois, les potentats et les gens de petite noblesse, les hommes de loi et les médecins, jusqu'aux plébéiens et à ceux de moindre « étoffe ». Chacun aura son couplet malicieux ou mordant : « Il n'y a aucune sorte de condition de personne qui n'y soient appelée, et le tout avec les pointes plus subtiles que j'aie pu rencontrer, tant en lecture de quelques livres grecs, latins, français, espagnols, allemands et autres langues, que de ce que j'en ai pu apprendre de vive voix, et d'en avoir ouï moi-même de mes propres oreilles, comme je peux sans flatter y en avoir beaucoup tissu. » Comme il s'entend, les calvinistes sont raillés à souhait. On retrouve dans le *Chasse-ennuy* une historiette assez connue. La voici, narrée par Garon :

« Bèze prêchant un jour à Saint-Pierre de Genève, se trouva une belette dans son sein, qu'il y portait presque d'ordinaire, qui se glissa subtilement au long de son bras. Advint qu'entrant en quelque matière qui le mit en action et presque en colère, en frappant des mains sur sa chaire pour mieux exprimer sa passion, la pauvre belette se trouva à la male heure trop proche de son poignet, dont elle fut mise à mort. Comme il fut de retour à la maison, il dit à sa Candide : — Ma mie, il m'est arrivé un grand accident. — Et quel, mon ami ? — C'est que j'ai tué ma belette en prêchant. — Je ne sais, répliqua Candide, pourquoi vous aimez tant les bêtes. — Ah ! (répondit Bèze) si je ne les aimais, je ne vous aimerais pas. »

Les moines, les évêques, les cardinaux, les papes eux-mêmes ne sont pas choyés par Garon. Ainsi Raphaël déclare à des cardinaux qui lui reprochaient d'avoir prêté à saint Paul et saint Pierre des visages trop rouges : « Cette rougeur provient de la honte qu'ils ont de voir l'Église gouvernée par des hommes tels que vous ». Mais de toutes les histoires du *Chasse-ennuy* — il en compte plus de mille, — les plus drôles, les plus joyeuses et les plus gaillardes sont celles qui roulent sur les nouveaux mariés, sur les scènes de ménage, sur les farces d'écoliers. Cueillons encore cette jolie page ! Un riche bourgeois a rencontré un paysan auquel il demande en quelle saison l'on se « réjouit » le plus aux champs. Et le dialogue suivant s'engage :

« Nous passons mieux le temps, répondit le villageois, quand les châtaignes sont mûres, voire tout l'hiver ; car, le soir, après souper, nous nous amusons à les peler auprès du feu et boire quelque bon coup, et après allons nous coucher. — Vous êtes donc, dit le bourgeois, du naturel des pourceaux, qui s'endorment quand ils sont saoûls. — Le villageois repartit : Dites-moi donc, Monsieur, en quel temps passez-vous mieux le temps ? Nous autres, réplique le bourgeois, avons plus de contentement au printemps, et surtout durant le mois de Mai, parce que la saison est douce ; on ouït le gazouillement des oiseaux, les campagnes sèches et arides se tapissent de verdure, les prés s'émaillent de fleurs, les arbres fleurissent et sont verdoyants, bref toutes choses animées entrent en amour. — Par ma foi, dit notre croquant, vous êtes parent de mon âne, car, au même mois, il se réjouit plus que de coutume et ne fait autre que braire.»

Garon, que son dernier biographe place « parmi les meilleurs conteurs qui précédèrent La Fontaine», a de l'humour et même de l'esprit, qui sont proprement l'humour et l'esprit des autres, car presque tout son *Chasse-ennuy* est de seconde main. S'il ne dépare point les anecdotes qu'il a compilées, si quelquefois il les arrange adroitement, il est, en général, un écrivain gauche et vulgaire. Il a plus de naturel et d'abandon que de style, plus de lecture que d'imagination.

Un Anversois, marchand de cartes géographiques, eut, en 1605, un fils qui devait être l'un des plus grands voyageurs du siècle. *Jean Baptiste Tavernier*[1] prit-il dans la boutique paternelle son goût de la vie aventureuse et son amour des lointains pays? Il nous a conté lui-même, dans la préface de ses *Six voyages,* « qu'à l'âge de vingt-deux ans, il avait vu les plus belles régions de l'Europe, la France, l'Angleterre, les Pays-Bas, l'Allemagne, la Suisse, la Pologne, la Hongrie et l'Italie, » et « qu'il parlait raisonnablement les langues qui sont les plus nécessaires. » Jusqu'en 1636, il guerroya de droite et de gauche. Dans le courant de cette dernière année, on lui proposa d'accompagner MM. de Chappes et de Saint-Liebau dans leur voyage en Palestine. Il ne demandait pas autre chose. Mais la Palestine elle-même l'attirait peu. Arrivé à Constantinople, il se sépare de ses compagnons de route. Il a « un autre voyage dans l'esprit, » il « veut voir la Perse. » Après onze mois d'attente, il se joint à « une belle et nombreuse caravane » qui se rendait à Ispahan.

« Mon premier voyage d'Asie fut, dit-il, suivi de cinq autres, dans lesquels j'ai eu le temps de bien connaître la qualité des pays et le génie des peuples. J'ai poussé les trois derniers jusques au delà du Gange et à l'île de Java, et, pendant l'espace de quarante ans, j'ai fait plus de soixante mille lieues par terre, n'étant revenu qu'une fois d'Asie en Europe par l'Océan. Ainsi j'ai vu avec loisir, dans mes six voyages et par différents chemins, toute la Turquie, toute la Perse et toutes les Indes, et particulièrement les fameuses mines de diamant où aucun homme de l'Europe n'avait été avant moi. »

On a reproché à Tavernier d'avoir couru le monde en négociant plutôt qu'en voyageur. La critique est assez originale; serait-il défendu de faire tout ensemble du commerce et de la géographie? Tavernier rapporta de chacune de ses expéditions des étoffes et des pierreries qu'il revendit en Europe à gros bénéfices. En 1669, Louis XIV lui accorda des lettres de noblesse. Muni d'un beau titre, possesseur d'une fortune considérable, Jean Baptiste Tavernier, créé baron d'Aubonne, vint se reposer de ses fatigues dans le pays de Vaud. Il avait acquis sa baronnie pour 43000 écus blancs, et c'est dans ses propriétés, en face du Léman et des Alpes, qu'il aimait à vivre, en dictant ses souvenirs et en menant un train de prince. Des revers l'obligèrent, en 1685, à revendre ses biens. Quoique octogénaire, Tavernier n'était pas homme à se laisser abattre par l'adversité. En 1689, l'électeur de Brandebourg le nomma directeur d'une nouvelle compagnie à fonder dans les Indes. Le vieillard se disposait à partir pour l'Orient, quand la mort le surprit, à Copenhague.

Tavernier, nous dit Bayle, « n'avait guère appris ni à parler ni à écrire en français. » Ce n'est donc pas lui qui a rédigé les relations de ses nombreux voyages; il loua la plume du ministre Chappuzeau et, plus tard, du sieur La Chapelle, secrétaire

---

[1] *Sayous,* l. c. I, 205. *France protestante. L. Sentupéry:* Le Tonkin et la mère-patrie, in-12, Paris, 1890. Dictionnaire de *Bayle. Mercure galant* de 1690. *De Montet.*

de M. de Lamoignon. Le premier volume de ses *Six voyages en Turquie, en Perse et aux Indes* (1676, 1679) nous promène en Turquie et en Perse; ils nous offre des renseignements abondants sur les diverses routes qui mènent d'Europe en Asie, sur les caravansérails et les caravanes, sur les contrées traversées et les villes, le tout

J.-B. Tavernier.

agrémenté d'anecdotes et d'observations sur les usages des peuples visités. Comme Tavernier n'est point d'une modestie outrée, qu'il se tient de préférence sur le devant de la scène, ses pages ont la franche saveur de ce qui est très personnel et très vécu. Au surplus, il regarde bien et il voit juste. Tout le récit de son séjour en Perse, chez ces gens, « qui sont les plus raffinés de tous les peuples de l'Asie, » nous révèle en Tavernier un esprit très ouvert et très perspicace, en même temps qu'adroit et souple. Sa « description politique et historique de la Perse » est moins neuve, et il est vraisemblable qu'il ne l'a pas tirée de son propre fonds. Avec le tome second, nous sortons enfin de la Perse et nous suivons l'intrépide explorateur dans ses pérégrinations d'Ispahan aux Indes. Il s'arrête dans « l'empire du Grand-Mogol, » dont il nous explique l'histoire avec force détails. Il est en excellents termes avec le Grand-Mogol, qui le reçoit admirablement et lui « montre même tous ses joyaux. » Le tome second nous transporte en plein « royaume de Tonkin. » Dans une emphatique dédicace au roi, Tavernier affirme qu'il est « allé traverser tout exprès des déserts, » pour proclamer en Orient les « miracles » de Louis XIV; en réalité, il n'a point parcouru lui-même le Tonkin et il se borne à nous transmettre les souvenirs de son frère, « homme hardi et intrigant, » qui, ayant « ouï dire aux Indes beaucoup de belles choses du royaume de Tonkin », résolut d'équiper un vaisseau pour se rendre dans cette terre mal connue des Européens. Comme « il était curieux de tout savoir, il lui fut aisé de bien particulièrement s'instruire de toutes choses. » Selon Tavernier, les richesses du Tonkin ne sont nullement à dédaigner. Les habitants sont d'honnêtes gens — comparés aux Chinois, — « naturellement doux et pacifiques, se soumettant fort à la raison et condamnant les emportements de la colère. » Ils ont « parmi eux de bons poètes » et plusieurs Tonkinois « cultivent les sciences. » Il n'y a pas grand mal à dire des mœurs du pays; les cérémonies nuptiales sont peut-être longues, car elles durent souvent pendant neuf jours. Les « lois du royaume sont très rigoureuses contre l'adultère; si l'on peut prouver qu'une femme y est tombée et qu'elle en soit convaincue, on la jette à un éléphant, dressé à cette cruelle fonction, lequel l'enlève d'abord avec sa trompe, puis étant retombée à terre la foule aux pieds et l'écrase jusqu'à ce qu'il ne lui sente plus de vie. » Nous sommes plus cléments dans notre siècle et sur notre continent; nous abandonnons l'adultère aux auteurs dramatiques. Si les Tonkinois ne jouent pas avec le mariage, ils sont au demeurant « fort sociables » et vivent gaîment, bien « qu'ils ne soient pas fort délicieux dans leurs repas. » Mais, « entre tous les divertissements des Tonkinois, il n'y en a point où ils s'attachent avec tant de plaisir qu'à la comédie, qui ne se fait d'ordinaire que la nuit; et celles qu'ils représentent le premier jour qu'ils voient la lune se renouveler sont des plus belles. Elles durent depuis le soleil couchant jusqu'au soleil levant, elles sont accompagnées de quantité de décorations qui surprennent agréablement la vue. » Je ne puis m'attarder davantage au Tonkin et je glisse sur le dernier volume des *Voyages,* pour en signaler seulement les passages où Tavernier critique « la conduite des Hollandais en Asie. » On conçoit que les anciens compatriotes de l'illustre voyageur ne l'aient remercié qu'avec des injures. Ils déploient, selon Tavernier, « peu de zèle pour l'avancement du christianisme aux Indes; » il y a, dans leurs hôpitaux, « un mauvais ordre; » ils ne sont rien moins que charitables. En outre, les officiers et les marins de la flotte hollandaise sont débauchés et boivent comme — des Hollandais; les gouverneurs laissent, la plupart, fort à désirer, les uns dissipés, les autres brutaux; les employés supérieurs et les subalternes sont à l'avenant. Mentionnons encore une *Nouvelle relation de l'intérieur du serrail,* qui avait été publiée à part en 1675 et que l'on a imprimée plus tard à la fin des *Six voyages.* Mais n'insistons pas, et pour cause.

En somme, Tavernier est un intelligent, un opiniâtre, un brave aventurier, qui a beaucoup vu, beaucoup retenu, un peu réfléchi, et qui nous livre, avec une bonne humeur, une complaisance, une fidélité parfaites, tout ce qu'il sait et quelque chose de plus. S'il n'a pas écrit ses *Voyage.* il les a dictés, et c'est bien Tavernier lui-même qu'on retrouve en eux.

Ce ne fut pas un voyageur que *Vincent Minutoli,*[1] citoyen de Genève, qu'une aventure galante força d'abandonner son poste de pasteur en Hollande et de rentrer dans sa ville natale, où il obtint, en 1675, la chaire de langue grecque, d'histoire et d'éloquence. Appelé en 1700 aux fonctions de bibliothécaire, il mourut en 1710. S'il ne courut pas lui-même le monde, il a écrit, ou du moins Senebier lui attribue: une *Relation du naufrage d'un vaisseau hollandais sur la côte de l'isle de Quelpaitz avec la description du royaume de Circée* (1670) et le *Journal du voyage et de l'entrée de M. Colier, résident pour Messieurs les États généraux à la Porte ottomane* (traduction de l'allemand, 1672). Nous avons en outre de lui une relation, qui finit en sermon emphatique, de l'*Embrasement du pont du Rhône à Genève, arrivé le 18 janvier 1670* (réimprimé, 1866) et quelques autres ouvrages: des *Disputes morales,* dont son ami Bayle faisait grand cas, un recueil périodique intitulé *Dépêches du Parnasse* ou *Gazette des savants* (1693), sorte de bulletin scientifique et littéraire qui eut la vie très courte.

Mais voici mieux qu'un voyageur en chambre. Le village de Morlon, perdu dans un coin de la Gruyère, est la patrie d'origine de *Claude Lebeau,*[2] avocat au parlement de Paris, un « avocat sans cause », ainsi qu'il le confesse lui-même. Lebeau fut, à la suite d'odieuses machinations ourdies par son propre père, déporté en Amérique; une lettre de cachet l'envoyait au Canada. A quelque chose malheur est bon. Le jurisconsulte inoccupé aurait passé sans laisser de trace; le jurisconsulte itinérant nous a raconté sa vie parmi les sauvages de l'Amérique septentrionale durant les années 1729 à 1731. Ses *Aventures* (1738) sont gaîment et naïvement écrites, sans aucune prétention littéraire, mais dans une langue agréable et qui n'est point sans saveur. Tout est-il vrai dans ses deux volumes? Si plusieurs de ses histoires paraissent d'une authenticité douteuse, on peut du moins leur appliquer le *se non è vero è bene trovato.* La preuve en soit le conte bleu suivant, où nous voyons Lebeau sauvé de la mort par l'exhibition de ses diplômes de bachelier et de licencié en droit de la Faculté de Paris. Il avait été surpris par une bande d'Iroquois. La gravité du péril lui suggéra une idée sublime. Les lettres de licence qu'il avait en poche étaient munies d'un sceau de cire rouge pendant à un ruban vert et portant l'effigie de la Vierge... Mais écoutons-le:

> « Comme ils professaient tous, tant bien que mal, la religion catholique romaine, ils n'eurent pas plutôt aperçu cette empreinte, qu'ils se regardèrent tous, et reculant quelques pas, se prosternèrent à genoux, en me priant de leur tenir ces deux boîtes ouvertes, ce que je fis pendant un grand quart d'heure, qu'ils se mirent à faire leurs prières et à chanter des litanies dans leur langue. Ensuite, ils me demandèrent si je les croyais dignes de baiser seulement les deux couvercles. Je leur répondis que oui, qu'ils n'avaient qu'à s'approcher, et, affectant alors un sérieux pontifical, je les leur présentai à tous l'un après l'autre. Ils les baisèrent avec toute la vénération que méritent nos plus précieuses reliques. Il est vrai qu'ils n'en avaient point encore vu, ni n'en verront peut-être jamais de semblables, car peu d'avocats, je pense, s'aviseront comme moi de courir dans ces forêts, pour porter en reliques leurs lettres de licence, parmi les Iroquois, qui cependant les trouvent bien bonnes, comme on peut voir par cet exemple. Je fus heureux d'en être muni; l'utilité dont elles me furent est sans doute préférable à celle dont elles me seront jamais en France. »

---

[1] *Senebier*, II, 265. *Sayous*, I, 203. *De Montet.*

[2] *Emulation* (de Fribourg), nouv. sér. IV, 24, 44, 77 (ce travail de M. Mayeux sur Lebeau n'a malheureusement pas été terminé). Le *Bund*, nos du 18 avril au 4 mai 1889.

Rien de plus drôle que l'existence de ce membre du barreau français parmi les Hurons et les Iroquois. Lebeau a l'air de ne pas s'ennuyer trop. Il exploite naturellement ses diplômes, qui inspirent aux sauvages une admiration dévote. Entre temps, il leur donne des leçons de danse. Au chant de « Nanon dormait sur la verte fougère », il exécute des entrechats corrects en face des tribus étonnées. J'en ai déjà trop dit d'un ouvrage complètement oublié et que j'ai rappelé surtout parce que son auteur est originaire d'un canton où il faut, aux XVIIme et XVIIIme siècles, chercher les auteurs pour les trouver. Au reste, les *Aventures* de Lebeau sont d'un observateur amusant et d'un bon compagnon; ceux qui seront curieux de les lire ne perdront pas leur temps.

Les moralistes voyagent peu; *François Poulain de la Barre,*[1] né à Paris, en 1647, embrassa le protestantisme en 1688 et se rendit à Genève, où il demeura jusqu'à sa mort, survenue en 1723. Il était docteur en Sorbonne, il avait été curé en France. A Genève, il fit des cours de français à de jeunes étrangers et fut nommé en 1708 régent de la seconde classe du collège. Il a composé plusieurs livres, tous de mérite fort léger: deux traités sur « l'égalité des deux sexes », le second n'étant autre chose qu'une réfutation du premier, un volume sur l'*Education des dames* (1679) et un assez curieux *Essai des remarques particulières sur la langue française dans la ville de Genève* (1691).

Senebier, qui consacre une page à Poulain de la Barre, dit sèchement de *Gédéon Flournois:*[2] « il est l'auteur de divers ouvrages anonymes; » il cite cependant les *Entretiens des voyageurs sur mer,* l'un des écrits qui furent les plus populaires au XVIIme siècle parmi les réformés de langue française. Flournois naquit à Genève en 1639; il y remplit les fonctions de ministre de l'hôpital; il alla mourir en Asie. Nous avions rappelé comme l'un de ses titres les plus incontestables à la reconnaissance, sinon à l'admiration, de ses compatriotes, le travail auquel il se serait adonné sur les registres publics de Genève, remettant au jour une foule de renseignements historiques enfouis jusqu'alors dans les archives; mais les *Extraits des registres publics,* parus en 1815 et 1856, ont pour auteur un de ses homonymes et contemporains, *Jacques Flournois* († 1693). De ses œuvres, nous n'étudierons que les *Entretiens des voyageurs sur mer* (1683, 2me éd.).

Les années qui précédèrent la révocation de l'Édit de Nantes furent signalées par une réaction de plus en plus violente contre le protestantisme français. Louis XIV, mal conseillé et peu tolérant d'ailleurs, veut extirper l'hérésie. Les persécutions recommencent de plus belle. Quoi d'étrange si les victimes des passions religieuses redressent la tête? Flournois entreprit, dans ses *Entretiens des voyageurs sur mer,* de faire contre le catholicisme et spécialement contre les jésuites, de nouvelles *Provinciales.* Il n'avait pas le génie de Pascal, le laconisme incisif, la puissance d'ironie et de dialectique. Mais sa méthode insinuante et familière, la vivacité de son esprit, la forme ingénieuse donnée à son livre devaient séduire et frapper le lecteur. Les réformateurs avaient adopté fréquemment, dans leurs ouvrages de polémique ou de controverse, l'usage du dialogue. Flournois revient à la tradition, en la rajeunissant, et il se montre

---

1 *Senebier,* II, 282. *France protestante. De Montet.*

2 *Senebier,* II, 281. *Sayous,* I, 194 et s. *France protestante.* 2me édit.

LES
ENTRETIENS
DES
VOYAGEURS
SUR LA MER:
Nouvelle Edition, revûe & corrigée.
Avec des Figures en Taille douce.
TOME PREMIER.

A LA HAYE,
Chez ISAAC VANDER KLOOT.
MDCCXL.

(Bibl. publ. de Genève.)

infiniment plus habile que ses devanciers. Il ne s'agit plus de discussions entre des personnages allégoriques; nous allons rencontrer des hommes en chair et en os, qui nous intéresseront tout autrement que les Théophraste et les Hiérome de Viret.

Après une mordante épître dédicatoire « à Messieurs les commis de Sa Majesté pour la visite des livres défendus, » où il reproche à la censure d'alors de laisser courir Spinosa tandis qu'elle supprime les écrits des auteurs les plus prudents, Flournois nous emmène à sa suite sur un bâtiment qui, d'Amsterdam se rend à Hambourg. Le navire est occupé par une société choisie; il n'y a de suspects que deux individus, qui ont une forte apparence de jésuites. L'une des passagères, Mlle de Saint-Phale, protestante depuis peu, se met à conter l'histoire de sa conversion. Comme on le devine, ce récit, qui est tout un petit roman, sera la démonstration triomphante de la supériorité de la Réforme sur le catholicisme. En voici le résumé: Un château de France est habité par une famille mixte, ce qui veut dire que la mère et la fille tiennent pour Rome, tandis que le père et les fils sont des huguenots. On s'est promis, pour éviter des querelles qui surgiraient fatalement, de ne jamais aborder un sujet de religion. Cet engagement, que M. et Mme d'Ombreval avaient pris l'un envers l'autre en se mariant, est plus difficile à respecter quand les enfants ont grandi. Mme d'Ombreval gémit de voir son fils plongé dans les abîmes de l'erreur; M. d'Ombreval voudrait arracher sa fille aux ténèbres de la superstition. Les deux époux résistent un temps au besoin de prosélytisme qui s'éveille naturellement en eux. La première, Mme d'Ombreval rompt le pacte de silence, et sa fille, Mlle de Saint-Phale profite de la tendre amitié que son frère lui porte, pour engager celui-ci à passer à l'Église romaine; un jésuite, le P. Mathieu, arrive au secours de la jeune prêcheuse. Mais les choses ne vont pas toutes seules; M. d'Ombreval fils, quoique simple officier du roi, est un théologien si distingué qu'il ébranle par ses discours la foi de sa sœur. Le doute s'est insinué tout au moins dans l'âme de Mlle de Saint-Phale, qui, sur ces entrefaites, s'éprend d'un gentilhomme protestant. M. d'Ombreval serait enchanté du mariage; mais Mme d'Ombreval? La situation se fait dramatique, d'autant que M. d'Ombreval meurt inopinément. Le dénouement approche. La mère découvre le secret de sa fille. Scène de reproches et de larmes. Épouser un hérétique! On enfermera la désobéissante enfant dans un cloître. Mais le frère et l'amant de Mlle de Saint-Phale la ramènent à sa mère qui, déchirée par le remords, consent au mariage, chasse le P. Mathieu, se fait réformée... Le reste de l'histoire est moins captivant.

Vous me demanderez ce que Flournois entend prouver avec ce roman. Mlle de Saint-Phale narre ses aventures de façon à mettre en lumière, et les artifices indignes du catholicisme incarné dans le P. Mathieu, et les nobles procédés de la Réforme représentée par de braves gentilshommes. Est-il besoin d'ajouter que les misères de l'Église romaine sont impitoyablement dénoncées et que la controverse se glisse partout? Si le livre tourne souvent au pamphlet, il contient cependant de belles pages, celle-ci entre autres déjà citée par Sayous. A l'instant de se séparer de son fils, qu'il envoie à l'armée du roi, M. d'Ombreval lui donne son épée et le sacre chevalier. Mlle de Saint-Phale raconte:

« Mon père passa dans son cabinet et en apporta un sabre de Damas, qui était beaucoup plus précieux par la bonte de l'acier que par les pierreries dont la garde était garnie, quoiqu'elles fussent assez considérables. — Après ma bénédiction, lui dit-il, voici le plus riche présent que je puisse vous faire; c'est mon épée, qui est aussi celle de votre aïeul et de votre bisaïeul, avec laquelle ils ont servi glorieusement la religion et le roi. Ils l'ont teinte du sang des ennemis de la foi et de l'État, et moi-même je m'en suis heureusement servi en mon temps. — Mon frère se mit à genoux, et mon père, tirant l'épée du fourreau, lui dit: — Aujourd'hui, je vous remets mon épée aux conditions qu'elle m'a été remise: c'est que vous ne l'emploierez jamais que pour le service de Dieu et du roi, votre maître et légitime souverain. Ne suivez jamais le train des temporisateurs et lâches politiques, qui abandonnent nos pauvres églises; soutenez-les autant qu'il sera en votre pouvoir, et, si elles périssent, périssez avec elles. Veuille le Dieu fort des batailles la faire prospérer en vos mains, afin qu'elle passe aussi honorablement entre les mains de vos enfants qu'elle m'a été remise et que je vous la remets! — Alors, il lui donna un petit coup de plat de l'épée sur le bras, et, la remettant dans le fourreau, il la lui donna, et l'obligea de se lever. Mon frère, après l'avoir reçue, la tira encore une fois du fourreau, et, la baisant au milieu de la lame, il la mit en terre, et, se remettant à genoux: — Mon père, après les deux grands présents que vous m'avez faits, vous ne devez pas êre surpris si je manque de paroles pour vous remercier; permettez-moi que j'embrasse vos genoux. — Mais mon père, le relevant, l'embrassa et lui donna quelques avis pour sa conduite. »

La scène suivante, au cours de laquelle Mlle de Saint-Phale reçoit le portrait de son aïeule, n'a pas un moindre cachet de grandeur. Et d'autres passages de cette langue et de cette allure se rencontrent dans les *Entretiens* de Flournois; quoique l'ouvrage soit composé à la hâte, on sent que l'auteur a quelques-uns des dons de l'écrivain. Les digressions inutiles qui alourdissent les *Entretiens*, de regrettables violences à l'adresse des catholiques, l'abus des prophéties terrifiantes — dont pas une ne s'est réalisée — n'empêchent pas Flournois d'être un esprit alerte et ingénieux.

Les *Entretiens* auraient fourni la matière d'un assez bon drame; mais qui l'aurait joué? Le Dr Chaponnière a peut-être exagéré en affirmant, dans une étude sur le « théâtre à Genève », que, de 1535 à 1750, on chercherait en vain comédies ou comédiens dans la Rome protestante. On a vu cependant que Bienvenu, Duchêne, Simon Goulart travaillèrent pour la scène dans la seconde moitié et jusque vers la fin du XVIme siècle. Il est vrai, qu'à dater de la mauvaise *Pastorale* de Goulart et jusqu'à l'arrivée de Voltaire aux Délices, il n'y eut plus à Genève de théâtre public. On tolérait à peine les représentations au collège et à domicile. Pour avoir quelque idée de la sainte horreur que les tréteaux inspiraient à ces Messieurs du Consistoire — le Conseil eût été plus coulant, — il suffit de lire la mésaventure qui advint au *Cid* de Corneille, en l'an de grâce 1681. Le pasteur Michel Turrettini a, dans ses *Mémoires* encore inédits, rédigé pour l'amusement de la postérité le récit de ce grave événement. Des collégiens avaient récité la « comédie du *Cid* » les 17 et 18 mars 1681, « chez M. Perdriau, avec décorations de théâtre et changement d'habits. » Détail effrayant, « le fils de M. le premier syndic » était de l'équipée. N'était-ce pas la corruption des mœurs, l'agonie de la République? Comment éviter le retour d'un pareil scandale? Il y avait eu « changement d'habits! » Le Consistoire s'émut et pria le premier syndic « d'empêcher la continuation de ces désordres; » il ajoutait que « les pasteurs en parleraient en chaire, le dimanche suivant, pour instruire le peuple. » Dès l'instant où l'on menaçait de porter le *Cid* en chaire, le conflit prenait une tournure inquiétante. MM. les premier et second syndics mandèrent auprès d'eux Michel Turrettini, alors modérateur de la Vénérable Compagnie; ils s'excusèrent humblement d'avoir toléré le méfait en pleine ville de Genève; ils firent cependant observer « que l'on n'entendait pas d'introduire la comédie ni de la souffrir jamais dans Genève, quoique des gens aussi zélés que nous et avec qui nous avons communion, la souffrissent comme ceux de Bâle. » Sous cette concession se cachait un regret, et il semble que MM. les syndics aient envié « ceux de Bâle, » gens heureux qui « souffraient la comédie. » Les délégués de l'autorité civile insistèrent encore, disant « qu'on ne devait point parler de cette affaire, que ce n'était qu'une bagatelle et qu'on regardait plutôt comme un exercice de la jeunesse que comme un divertissement. » Eh! oui, il faut bien respecter le mot d'ordre: surtout, ne nous amusons pas! Qu'arriverait-il si des collégiens s'avisaient de rire et de s'égayer? Michel Turrettini crut être bon prince en répondant qu'on n'userait pas de rigueur, mais « qu'on tenait à instruire le peuple, à cause de la conséquence, puisqu'on avait remarqué qu'il prenait tant de plaisir à ces divertissements, que les excès en croissaient tous les jours, jusque là que dans les assemblées on en était venu aux danses, des danses aux proverbes, des proverbes à la farce, et de la farce à la comédie. » La danse et la farce passe encore, mais le *Cid!*

Malgré les vœux de MM. les syndics et leurs conseils, la Compagnie donna ordre aux pasteurs « d'en parler d'une manière forte. » En parlèrent-ils d'une manière trop forte? Il est certain que le pouvoir civil se fâcha, en signifiant rudement aux prédicants « qu'il condamnait la comédie et qu'il estimait que cela devait suffire, sans passer outre à en parler en chaire, ce qu'il défendait en cas de besoin. » Les récitations du *Cid* n'en demeurèrent pas moins prohibées. Si, du temps de Calvin, les représentations théâtrales étaient encore permises, quand le maître « n'y trouvait rien à redire, » les « épigones » entendaient être plus austères. Ni *Cinna*, ni *Polyeucte*, ni le *Cid,* ni, plus tard, la *Mort de César* et *Mahomet* ne purent être joués, même chez des particuliers. Un beau jour, quinze garçons perruquiers et barbiers, qui avaient tenu des rôles dans la *Mort de César,* furent vertement réprimandés.

On était plus tolérant dans la Suisse catholique, à Porrentruy, à Fribourg, dans le Valais. Un prieur de l'abbaye de St-Maurice, que nous retrouverons parmi les chroniqueurs, *Gaspard Bérodi,*[1] a non seulement fait paraître, en 1618, son poème de: *La vie et passion de saint Maurice et de ses compagnons;* il a préparé pour le théâtre et composé, en 1609, une sorte de mystère en cinq actes sur le martyre de la légion thébaine. M. le chanoine Bourban l'a publié, en 1892, dans la *Revue de la Suisse catholique.* La *Thébaïde sacrée,* éditée à Fribourg en 1618, est d'un assez habile dramaturge, mais d'un pauvre poète; elle fut représentée en 1620, à St-Maurice, dans le verger de l'abbaye, devant un nombreux auditoire et avec un grand succès. Bérodi ne s'en tint pas à ce premier essai. Il écrivit, en 1632, la *Vie* de saint Sigismond, roi de Bourgogne, et en 1639, *La Passion et la mort de Notre Seigneur.* Et l'on peut voir, en consultant le catalogue des livres imprimés à Fribourg, que pendant le XVIIme et le XVIIIme siècle, on ne craint pas de monter sur les planches, dans la bonne ville de Canisius; les spectacles scéniques sont nombreux au collège, mais, à en juger par les pièces choisies, ils devaient être plus édifiants que récréatifs.

Les Bernois, seigneurs du pays de Vaud, n'avaient pas non plus, pour le théâtre, les yeux du Consistoire de Genève. Pourvu que Thalie ne s'en prît ni à la religion, ni au gouvernement, ils lui laissaient toute liberté; ils n'étaient même pas fâchés qu'elle leur tournât des compliments. Le 14 octobre 1605, à l'entrée du « nouveau bailli, Magnifique et très honoré Seigneur Hans Rodolphe d'Erlach,» *Pierre de L'Eausea*[2] fit jouer à Moudon sa *Comédie du Cosmopolite,* une pièce allégorique sans sel ni saveur. Les personnages sont: le Cosmopolite, le Prologue, la Multitude, Dame Hel-

---

[1] *Revue de la Suisse catholique,* XXme année, 28, 89 (article de M. le chanoine Bourban). *Ibid.,* XXIII, 673 et s., 737 et s. (même auteur).

[2] *Revue suisse,* XI, 202 et s. (article de E.-H. Gaullieur).

vétie, Polyhistor et la Nymphe Meldunoise, qui figure la ville de Moudon. Le Cosmopolite, qui a beaucoup voyagé, est blasé autant qu'on peut l'être; il compte se fixer en Suisse, le seul pays qui l'attire encore:

Le Turc, j'ai pratiqué, l'Américain, le Maure,
Le Tartare, l'Indois, les héritiers de Flore...
Le peuple américain, meilleur je réputois,
Mais je l'ai rencontré comme aussi les Indois
D'une égale valeur. Las! chose pitoyable...

Mais voici un nouveau personnage qui, n'ayant pas couru le monde autant que l'autre, n'a peut-être pas désappris le français. Hélas! nous tombons de Cosmopolite en Polyhistor; le dialogue suivant s'engage:

Je suis Polyhistor, ou Encyclopédique...
Tu es donc arrivé aux terres d'Helvétie,
Qui jadis les partit en treize portions
A treize de ses fils, qu'on appelle cantons...

Lequel est-ce d'entre eux qui sur ce lieu domine?

C'est le canton bernois le plus riche et puissant...

Ah! mon Polyhistor, parfois, je t'en supplie,
Que je sois engravé au cœur de l'Helvétie,
Comme m'as, en ce fait, promis aide et secours.

Dame, Polyhistor ne demanderait pas mieux. Mais il s'agit de consulter la mère Helvétie, qui arrive à point. Et nous sommes au deuxième acte! Et il y en a cinq, tout aussi palpitants! Gaullieur veut que la *Comédie du Cosmopolite* témoigne « d'un certain tact politique. » Soit. Mais quelle « comédie », et quels vers!

Il n'y a pas davantage d'action, il y a plus de poésie dans le *Pieux Ézéchias* (1660), drame sacré par *Michel Testard*,[1] premier régent au collège d'Yverdon. Le *Pieux Ézéchias* fut composé à l'occasion d'une cérémonie scolaire; il est dédié aux autorités d'Yverdon. Michel Testard ne pense pas comme le Consistoire genevois: « J'ai jugé, dit-il, ou plutôt j'ai cru qu'il n'y avait rien de plus propre, outre l'exercice journalier de l'école, que les exhibitions publiques. J'ai donc à ce sujet ébauché un drame au moins autant rempli de piété et de bons exemples que vide d'élégance et de fleurs poétiques. » Cette modestie est d'excellent augure. Les cinq actes de la tragédie biblique de Testard nous content l'histoire du roi Ézéchias qui, ayant rétabli le service de l'Éternel abandonné par Achaz, n'en est pas moins assailli par Sennachérib et l'armée des Assyriens; les prières d'Ézéchias et d'Ésaïe amènent la défaite de l'ennemi. Sennachérib est contraint de fuir dans ses États; il est assassiné par son fils, aux pieds de l'idole du dieu Nisroc. La pièce abonde en « piété et bons exemples. » La trame n'en est pas très serrée, ni très vive. Les vers? Je n'ai rien trouvé à citer que ces strophes des « fils et filles de Sion »:

Hélas! comme colombelle,
La pucelle
De Sion se retirant,
Ira de la peur des armes
Et alarmes,
Et jours et nuits soupirant.

[1] *Revue suisse*, XI, 207 et s.

Ainsi qu'au bois, chêne et tremble
Par vent tremble,
Parmi les ombres de nuit,
Dedans nous notre âme émue
Se remue
De peur, de frayeur, d'ennui...

Adieu toute éjouissance,
Adieu danse!
Sus frayeur et tremblement!
Adieu de flûte et musette,
Chansonnette!
Pleurons lamentablement!

A ces plaintes des filles, les fils de Sion répondent:

...Sûr est notre fondement;
Arrière, peur des trompettes
Et cornettes!
Croyons à Dieu rondement!

La langue du poète est embarrassée, mais ses versiculets ne sont point sans grâce. C'est un aimable balbutiement de la Muse française, égarée dans nos villettes romandes.

Le balbutiement est plus prétentieux dans les *Regrets* (1632) de *Pierre Bosson.*[1] Un bailli est sur « son triste départ; » l'heureuse arrivée d'un autre bailli va calmer un peu la douleur du peuple. Pour célébrer ce double événement, Pierre Bosson — nous ne savons de cet écrivain que l'année de sa naissance: 1576,[2] et son lieu d'origine: Lausanne, — Pierre Bosson a rimé, « en façon de comédie, » une sorte de drame lyrique, représenté au château de Lausanne, le 1er octobre 1630. Le prologue nous renseignera sur les desseins de l'auteur:

« Vous verrez et orrez (moyennant qu'il vous plaise d'encliner vos oreilles aux accents de nos voix et de nos vers) un Philomuse et un soldat français, qui se viennent rendre ici, l'un ému par la célébrité de cette fleurissante Académie, l'autre par l'état et bonne police de la ville, et tous deux pour un grand personnage qui préside ici, à qui le renom baille tant de louange. Vous verrez encore Mercure qui, partant de la Cour souveraine du Parlement céleste, apportera des décrets du destin, qui rappelle autre part ce grand personnage. Là, vous ne verrez que douleurs, que tristesse, vous n'orrez que cris et qu'hélas élancés par ceux qui regrettent son départ. Mais enfin, rassurés par l'assurance que leur baille Mercure que celui qui est son successeur est aussi accompli en plusieurs rares qualités, ils changeront leurs douleurs en douceurs, leur tristesse en liesse, leurs cris en ris, leurs hélas en soulas. »

Laissons les « hélas » se changer en « soulas », et cueillons dans les *Regrets* de Bosson quelques fleurs, non de poésie très rare, mais au moins de poésie approximative! Philomuse, un Français qui désire cultiver les lettres, est venu à Lausanne, attiré par l'Académie; Polymuse, un bon citadin, le rencontre et l'on cause. Le Français parle de Minerve sur un ton si passionné, que le naïf Lausannois prend d'abord Minerve pour une belle de la rue de Bourg:

Polymuse, lausannois.

Quoi doncques, vous sentez dedans votre poitrine
S'épandre le brandon de l'Enfant de Cyprine?
Vous êtes amoureux: quelle secrète ardeur,
Quel trait vous brûle ainsi et vous brêche le cœur?

[1] *Gindroz*, 396 et s. *Conservateur suisse*, XI, 151 *De Montet. Canton de Vaud*, de J. Olivier, note 65.

[2] M. de Montet a trouvé cette date dans l'état civil de Lausanne; elle ne concorde guère avec les déclarations de Bosson, qui se présente, en 1630, « comme tout jeune encore parmi la presse des écrivains. »

Philomuse.

Oui, je suis embrasé d'une amoureuse flamme,
Mais la chaste Pallas me l'allume dans l'âme,
Et non cet Archerot, trompeur et décevant,
Qui nous promet beaucoup et nous paie de vent.

Polymuse.

Je vois, je le vois bien, votre cœur n'est épris
De l'amour doux-amer de l'Enfant de Cypris;
Une plus chaste ardeur rampe(?) dans vos moëlles,
Vous aspirez plus haut, vos flammes sont plus belles.
Bien, n'allez autre part, vous voici bien à point,
Ici loge Pallas dont l'amour vous époint,
Ici sont ses enfants, compagnons de vos peines,
Ici ses favoris, ici sont ses Athènes.

Philomuse.

O havre désiré, asile de mon cœur,
Arrêt de mes souhaits, ô rencontre, ô bonheur!
Mais dites-moi comment cette race bien née
Sert la belle Pallas en ce bel Athénée!

Polymuse, Lausannois, ne se le fera pas redire. Vite, il chante, en alexandrins pompeux, les mérites de l'Académie, « du temple sacré » où toutes les sciences sont enseignées par les plus illustres docteurs. Voici le naturaliste, qui « fouille sein de Cybèle et Thétis. » Voici le mathématicien, qui « nous apprend cet art industrieux des nombres. » Voici, Dieu me pardonne, le géomètre, avec son « art laborieux qui mesure les champs. » Voici... Philomuse est au septième ciel: il ne quittera plus Lausanne « où Pallas fait sa douce retraite. »

Les *Regrets* ne sont qu'une médiocre allégorie, qui célèbre la « ville de l'Ours, » le peuple bernois, les baillis et l'Académie de Lausanne. Il n'y a pas d'action dans cette pièce et pas beaucoup plus de style; la versification est dans le goût de Dubartas:

Le Nectar doux-coulant de Pithon verse-miel...
Les doux-flairantes fleurs du siècle fleuri d'or...

N'appuyons pas. Il est pénible de répondre: Bosson, aux Français qui disent: Molière. Et ni l'*Addition à la tragédie d'Esther,* qu'un réfugié français, *Ph. Aignisier,* compose à Vevey, ni, à Porrentruy, *Le martyr de St-Estienne* et *La prophétie de Jérémie,* de *Jean Gardey (?),* ne rehausseront le mérite du théâtre romand au XVIIme siècle. Si notre poésie dramatique compte à peine, notre poésie lyrique est fort indigente. La Réforme considère les arts comme choses mondaines et plus propres à éloigner du ciel qu'à y conduire. Le siècle s'ouvrait bien cependant pour Genève. L'Escalade date du 12 décembre 1602 et il y avait, dans ce fait d'armes, matière à dix épopées; on en fit des chansons, de mauvais poèmes et de solennelles harangues. Nous n'avons point à rappeler les œuvrettes en dialecte du cru, pas même le fameux *Ce qu'é laino,* encore populaire à cette heure. Mais que valent les vers français inspirés par l'Escalade?[1] L'*Échelle* n'est pas digne d'une analyse, quoiqu'elle ne soit pas très inférieure à la *Chanson de la miraculeuse délivrance envoyée à la ville de Genève:*

[1] *Genève et ses poètes,* de Marc-Monnier, 89 et s. J'ai consulté les originaux de ces diverses chansons, dont la bibliothèque de Berne possède une collection assez complète. *Chansons de l'Escalade,* in-8, Genève, 1845.

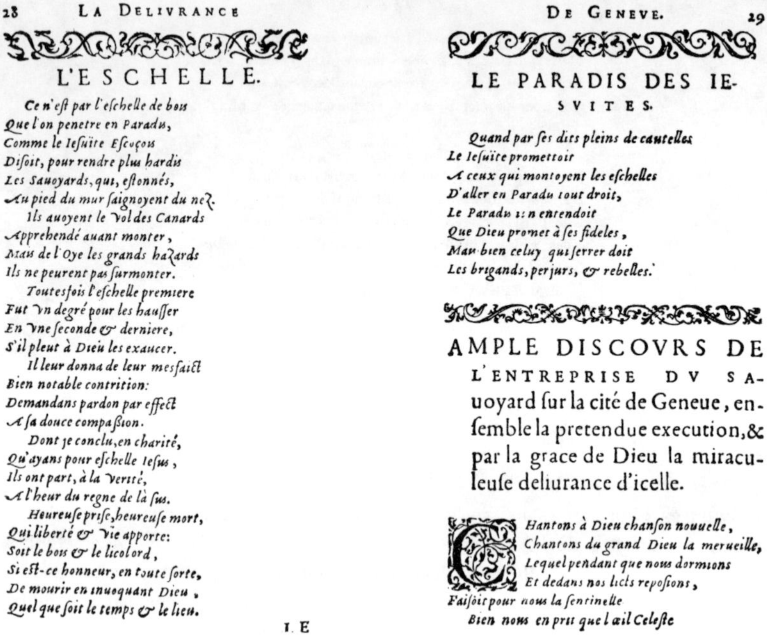
28 LA DELIVRANCE

L'ESCHELLE.

Ce n'est par l'eschelle de bois
Que l'on penetre en Paradis,
Comme le Iesuite Escoçois
Disoit, pour rendre plus hardis
Les Sauoyards, qui, estonnés,
Au pied du mur saignoyent du nez.
Ils auoyent le Vol des Canards
Apprehendé auant monter,
Mais de l'Oye les grands hazards
Ils ne peurent pas surmonter.
Toutesfois l'eschelle premiere
Fut vn degré pour les hausser
En vne seconde & derniere,
S'il pleut à Dieu les exaucer.
Il leur donna de leur mesfaict
Bien notable contrition:
Demandans pardon par effect
A sa douce compassion.
Dont je conclu, en charité,
Qu'ayans pour eschelle Iesus,
Ils ont part, à la verité,
A l'heur du regne de là sus.
Heureuse prise, heureuse mort,
Qui liberté & vie apporte:
Soit le bois & le licol ord,
Si est-ce honneur, en toute sorte,
De mourir en inuoquant Dieu,
Quel que soit le temps & le lieu.

DE GENEVE. 29

LE PARADIS DES IESVITES.

Quand par ses dits pleins de cautelles
Le Iesuite promettoit
A ceux qui montoyent les eschelles
D'aller en Paradis tout droit,
Le Paradis il n'entendoit
Que Dieu promet à ses fideles,
Mais bien celuy qui serrer doit
Les brigands, periurs, & rebelles.

AMPLE DISCOVRS DE L'ENTREPRISE DV SAuoyard sur la cité de Geneue, ensemble la pretendue execution, & par la grace de Dieu la miraculeuse deliurance d'icelle.

Chantons à Dieu chanson nouuelle,
Chantons du grand Dieu la merueille,
Lequel pendant que nous dormions
Et dedans nos licts reposions,
Faisoit pour nous la sentinelle
Bien nous en prit que l'œil Celeste

I E

Chansons de l'Escalade, imprimées à la suite du « Vray Discours » (1603).

Sus, qu'on chante, Genevois,
D'une voix,
Cette belle délivrance
De l'admirable support
Du Très fort
Nous sauvant par sa puissance..

Souvenons-nous à jamais,
Désormais,
Qu'au douzième de décembre,
L'an *mille* six cent et deux,
Nos haineux
Faillirent à nous surprendre...

Si, dans le *Simple discours de l'entreprise du Savoyard,* les gens de Savoie sont vigoureusement maltraités, ils le sont moins que la prosodie. Je n'ai pas trouvé plus de plaisir à un *Psaume* « lequel a été composé pour le peuple d'Israël sortant d'un grand péril. » Le latin fait plus d'honneur à l'Escalade que le français, bien qu'il y ait des longueurs dans *Geneva liberata* d'Antoine de La Faye, et du pathos. Faisons toutefois une exception en faveur d'Agrippa d'Aubigné ! « O Dieu ! s'est-il écrié en vers féroces, mais nerveux et sonores:

Fais que ces fols, ces infidèles
Brisés de la verge de fer,
Trouvent au bout de leurs échelles,
Le couteau, la mort et l'enfer !

N'oublions pas enfin une leste et spirituelle chansonnette: *Le pot au lait du duc de Savoie;* le sujet est celui qu'immortalisera La Fontaine:

Un jeune et gallant villageois
Portait au marché du lait vendre;
Allant, il comptait sur ses doigts
Quel profit il y pourrait prendre...

Je ferai mon cheval sauter,
Courir, tourner en telle sorte...
Mais alors son pot va tomber
Et s'épandre le lait qu'il porte.

Tout dépité, tout éperdu,
Il retourne vers le village,
Ayant argent et lait perdu,
Et par ce moyen son courage.

Comme ce villageois pensait,
Ainsi fit le duc de Savoie,
Quand les Alpes il traversait,
Pensant Genève avoir en proie...

Le pot au lait du duc de Savoie console un peu de l'*Échelle*, du *Simple discours* et autres bagatelles, faites par les poétereaux de Genève. Je le préfère même à la *Tragédie et Comédie* que Simon Goulart a écrite sur l'Escalade et peut-être à la *Genève délivrée* de Chappuzeau, dont il me reste à parler.

Une singulière destinée que celle de *Samuel Chappuzeau!* [1] « Il réunit toutes les misères du mauvais poète, » dit Senebier, moins dur à l'ordinaire. Nous ne le suivrons pas à travers son existence errante. Précepteur du roi d'Angleterre, Guillaume III, puis gouverneur des pages du duc de Brunswick, il mourut dans l'indigence, en 1699. Il avait eu ses heures de fortune et ses instants de célébrité. Sans même mentionner sa collaboration aux *Six voyages* de Tavernier, il avait donné, de 1653 à 1663, cinq de ses œuvres au théâtre, il avait eu des polémiques retentissantes, il avait conçu le dessein de faire « un grand dictionnaire historique, » un complément rectificatif de Moréri. Mais tout cela ne nous touche que très indirectement. Ce qui assure à Chappuzeau une place dans l'histoire littéraire de la Suisse romande, c'est sa *Genève délivrée,*[2] non pas une « comédie élégante et correcte, » comme l'a cru Marc-Monnier, qui la confondit avec une pièce publiée en 1862, par MM. J.-B. G. Galiffe et E. Fick, sous le même titre et attribuée par eux à notre auteur,[3] mais un long et froid poème en cinq chants sur l'Escalade.

---

[1] *Senebier,* II, 229. *Genève et ses poètes,* 95. *Bull. de la Soc. de l'hist. du prot. franç.* XXIV, 513 et s. *France protestante,* 2me éd.

[2] In-12, Zell, 1702.

[3] MM. J.-B.-G. Galiffe et E. Fick ont cru qu'ils réimprimaient, en 1862, la *Genève délivrée* de Chappuzeau (Genève, in-8). Voici ce que M. Galiffe dit, en sa préface : « Dans la liste assez longue des ouvrages que Senebier attribue à notre écrivain, se trouve une *Genève délivrée,* composée en 1662 sur l'Escalade, imprimée à Zell, in-4, mais qui est qualifiée de poème en cinq chants. MM. Haag, dans leur *France protestante,* III, 338 (dans la 2me éd. on se réfère au texte publié par MM. Galiffe et Fick), disent également que la *Genève délivrée* de Chappuzeau fut imprimée à Zell, en 1702; mais in-8. Or il est aisé de s'assurer à première vue que notre petite comédie ne répond nullement à la désignation de Senebier. D'autre part, nous n'avons pas réussi à nous procurer ce prétendu poème en cinq chants, ni toute autre pièce sur l'Escalade qui aurait paru à Zell, en 1702, sous le titre précité. » Cependant, ajoute M. Galiffe, « tout nous autorise à croire que notre publication n'est pas autre chose que la *Genève délivrée* composée en 1662 par Samuel Chappuzeau, qui du reste peut fort bien avoir élaboré ensuite un poème plus étendu sur le même sujet. » J'ai été plus heureux que MM. Galiffe et Fick. J'ai trouvé à la Bibliothèque de

GENEVE DELIVRE'E
POËME
POVR LA FETE SECVLAIRE
DITE
L'ESCALADE.

Qui ſe célèbre tous les ans dans cette Ville, en mémoire du péril éminent dont Dieu la ſauva la nuit du 12. *Decembre v. ſt. de l'an* 1602, où l'on trouvera une deſcription des environs de Geneve, de la Ville, de ſes Habitans; avec un abregé de l'hiſtoire de l'Eſcalade, de quelques évenemens qui la précedérent, & de ceux qui arrivérent juſques á la Paix de *St. Iulien.*

Ouvrage poſtume du Sr. SAMVEL CHAPPVZEAV, *ci-devant Précepteur de* GVILLAVME *le Grand,* ROI *de la Grand Bretagne; preſenté par ſon fils* CHRISTOFLE CHAPPVZEAV *Secretaire du Cabinet de S. A. Ser. Monſeig. le* DVC *de* BRONSVVIC-LVNEBOVRG, *à la République de* GENEVE, *le* 12. Decembre 1702.

Imprimé à Cell chez ANDRE' HOLVVEIN.

Titre du poème de S. Chappuzeau (Bibl. de Berne).

Chappuzeau, — reçu bourgeois de Genève en 1666 — s'était proposé, en 1662, de célèbrer en vers le soixantième anniversaire de l'Escalade, de cette fête « dans, laquelle les Genevois font éclater leur joie jusqu'aux montagnes voisines et jusqu'au ciel. » Il n'était point *persona grata,* et l'on craignait alors des difficultés avec la Savoie. Le premier Syndic lui enjoignit de retirer les copies déjà « baillées » de la *Genève délivrée,* « avec défense d'en distribuer aucune. » Ce premier conflit avec les autorités de la ville devait être suivi de bien d'autres. Chappuzeau était d'humeur assez tracassière; il fut même chassé de Genève et ne put y rentrer, en 1679, que moyennant « reconnaître sa mauvaise conduite, subir les censures convenables et se comporter décemment. » Mais, dénué de toutes ressources, il s'expatria sans espoir de retour.

La *Genève délivrée* de Chappuzeau ne fut publiée qu'en 1702, après la mort du poète et par le fils de ce dernier. Elle parvint au Conseil de Genève le 11 décembre; un siècle moins un jour auparavant, les habitants de la cité étaient réveillés par le tocsin et repoussaient les Savoyards. Le Conseil décida, dans sa séance du 13 décembre, que « n'étant pas à propos de témoigner que l'on approuve cet ouvrage, il suffit que M. le syndic Lect lui réponde (au fils Chappuzeau) en termes généraux, sans lui marquer aucune approbation du dit ouvrage. » Du même coup, l'on interdisait d'imprimer et de vendre à Genève le poème de celui que Bayle appelait sèchement « un faiseur et compilateur adroit. » Ce poème commençait par une invocation qui aurait dû attendrir les magistrats genevois:

Berne, dans un recueil de pièces du XVIIme siècle, l'édition de 1702, qui parut à Zell (format in-12, texte très serré, 24 pages, et qui porte le titre suivant: *Genève délivrée, poème pour la fête de l'Escalade, qui se célèbre tous les ans dans cette ville, en mémoire du péril éminent dont Dieu la sauva, la nuit du 12 décembre 1702* (faute d'impression pour: 1602), *où l'on trouvera une description de Genève, de la ville, de ses habitants, avec un abrégé de l'histoire de l'Escalade, de quelques événements qui la précédèrent et de ceux qui arrivèrent jusqu'à la paix de St-Julien,* ouvrage posthume du sieur *Samuel Chappuzeau,* ci-devant etc., présenté par son fils *Christofle Chappuzeau* à la République de Genève, le 12 décembre 1702). Il est évident qu'il n'y a rien de commun entre la *Genève délivrée* de Chappuzeau et celle publiée par MM. Galiffe et Fick. Comme on le verra, par l'examen que je fais de ces deux ouvrages, il n'existe aucune ressemblance entre eux. De plus, il est certain que la véritable *Genève délivrée* est bien celle que nous a donnée en 1702 le fils Chappuzeau, qui l'aura retrouvée dans les manuscrits de son père, et il semble que les Conseillers, dont quelques-uns au moins lurent, en 1702, la plaquette de Chappuzeau fils, n'aient eu aucun doute sur l'identité de cette *Genève délivrée,* avec celle interdite en 1662. Enfin, je ne pense pas que Samuel Chappuzeau soit l'auteur de la « comédie » éditée par MM. Galiffe et Fick; son premier poème sur l'Escalade avait été trop mal reçu pour qu'il fût encouragé à récidiver, et le style de la « comédie » est infiniment supérieur à celui de la *Genève délivrée* authentique. — La *Genève délivrée* a été réimprimée en 1895 (in-8, Jullien, éditeur, Genève).

Je chante dans mes vers Genève délivrée
D'une troupe en fureur d'un faux zèle enivrée,
Dont le noir attentat, où l'on veut la porter,
Vint aux pieds de ses murs à sa honte avorter.
Maître de l'Univers, Roi par qui toutes choses
Furent à ta parole en un moment écloses...
Inspire-moi pour elle et, dans ce beau dessein,
D'une sainte fureur viens m'échauffer le sein.
Dans un vaste contour d'orgueilleuses montagnes,
Se forme un grand ovale, où de riches campagnes...

Nous sommes menacés d'une épopée. Description, histoire, panégyrique de Genève nous valent deux cents alexandrins, dont quelques-uns sont délicieux. Savourez donc ceux-ci, sur le lac Léman:

Des truites qu'il nourrit nous faisons nos délices,
C'est, dans les grands repas, le plus beau des services,
Et leur taille surprend quand, dans un long bassin,
D'une seule on remplit la table du festin.

Si, d'autre part,

Le nom des Genevois vole jusqu'à la Chine,

il faut reconnaître, par surcroît, que

Les Genevois sont bons, civils à l'étranger,

et que ces

Heureux habitants pleins d'esprit, d'industrie,
Font dedans et dehors honneur à leur patrie...
Mais qu'ils cherchent surtout la gloire dans les armes
Et que pour eux la guerre eut toujours de grands charmes.

Tout le premier chant est un mélange de vers pesamment solennels, adorablement cocasses ou parfaitement plats. Et les suivants? Le chant deuxième nous apprend que Genève est sans crainte, qu'elle vit « sur la foi des traités, mais que les Savoyards s'apprêtent à l'attaquer. » Le troisième contient le récit de l'Escalade. Le quatrième nous fait assister à l'entrevue d'Albigny et du duc. Celui-ci n'est pas très content, comme bien l'on pense; il a sa part de honte, et, fort déconfit, « le prince prend la poste et repasse les monts. »

Le cinquième et dernier chant est consacré à nous dire la joie des habitants de Genève, le lendemain de la victoire; il s'achève par des actions de grâces et le lecteur est enfin délivré de la *Genève délivrée,* lourde et insipide narration poétique d'un événement qui méritait mieux. L'ascension du Parnasse n'a pas mieux réussi à Chappuzeau que l'Escalade de Genève aux Savoyards.

Il y a beaucoup plus d'art et de poésie dans la *Genève délivrée* exhumée par MM. Galiffe et Fick. L'auteur de cette « comédie », ou plutôt de ce poème dramatique dialogué, m'est inconnu. Les personnages de la pièce, qui comprend un prologue, six scènes et un épilogue, sont: Genève, son bon Génie, D'Albigny, « lieutenant général du duc de Savoie, » D'Attignac l'aîné, D'Attignac le cadet, deux « gentilshommes savoyards, » D'Andelot, « chevalier comtois, » le Père Alexandre, « jésuite écossais, » un garde de d'Albigny. L'action se passe « au camp de Savoie sur la rivière d'Arve, près de Genève. » Cette *Genève délivrée* est bien une pièce de théâtre, mais d'une facture si habile, d'un tour si élégant et d'une langue relativement si pure, que je ne vois pas, au XVIIme siècle, un poète de Genève qui fût capable de l'écrire. Marc-Monnier a déjà cité une partie du monologue d'Albigny:

Tout nous rit, et dans peu le prince que je sers
Se verra par mes soins maître de l'univers.
Genève est le théâtre où j'ouvrirai la scène;
Ses voisins alarmés se rangeront sans peine...
J'aurai Berne aisément, et Zurich, et Schaffouse,
Et, d'un progrès si prompt l'Allemagne jalouse,
Loin de nous opposer d'inutiles efforts,
Par crainte ou par amour, se viendra rendre en corps.
L'Autriche à la Savoie enfin cédant l'Empire,
On verra tous les rois s'empresser d'y souscrire:
La France, l'Angleterre et l'Espagne à l'envi
Suivront incontinent le Germain asservi....
Enfin, mieux qu'un Xerxès contraint d'en déplacer,
De l'Europe en Asie on nous verra passer!
On nous verra tout prendre et, maîtres du Bosphore,
Aller assujettir les peuples de l'aurore:
Le Scythe, le Persan, l'Indien, le Chinois,
Et plus loin qu'Alexandre étendre nos exploits!
Puis, rebroussant de là vers les bords Atlantiques,
Nous pousserons enfin jusqu'aux deux Amériques!
Ainsi le monde entier au grand Charles soumis,
Nous cesserons de vaincre en manquant d'ennemis.

Le dramaturge nous dit qu'il a pris l'idée de cette tirade « dans un vieux vaudeville, qui court encore parmi le peuple. » Mais le monologue d'Albigny, quoique « d'un matamore et un capitan, » n'est pas un mauvais morceau de poésie. Il y a là du souffle, et tout y est exprimé en un français sobre et ferme.

Il est vraiment regrettable pour Chappuzeau que sa *Genève délivrée* n'ait point disparu. A la suite de MM. Galiffe et Fick, à la suite de Marc-Monnier, tous les historiens de notre littérature nationale lui eussent attribué un ouvrage qui, par la conception et par le style, laisse bien loin derrière lui le poème en cinq chants de l'édition de 1702.

Au risque d'encourir le reproche, que Ste-Beuve adresse aux Genevois, d'être « denses et minutieux, » je dois mentionner quelques noms encore.[1] Ainsi: *Nicolas Viret*, un neveu du réformateur, qui, outre diverses poésies morales en latin, a composé quelques pièces de vers en français, de 1615 à 1625; *Adam Ducrest*, un pasteur de l'Église de Berne, dont je n'ai lu qu'un sonnet adressé à Daniel Rhagor, bailli de Thorberg; *Jean Pierre d'Apples*, régent de la troisième classe au collège de Lausanne, qui a commis de jolies odes latines et qui envoyait, en 1666, les vers suivants à J.-B^te^ Plantin, l'auteur d'un abrégé de l'histoire générale de la Suisse:

Pourquoi recherchons-nous ce que font les Chinois,
Leurs guerres, leurs combats et ceux des Japonois,
Que le père du jour, commençant sa carrière,
Eclaire le premier de son luisant flambeau?
Et nous laissons croupir dans un sale tombeau
Les faits de nos aïeux, sans les mettre en lumière?

[1] *Conservateur suisse*, V, 365 et s. *Revue suisse*, XI, 206 et s. *Genève et ses poètes*, pass.

Jean Sarasin

Bibl. publ. de Genève (p. 227).

Un mot de souvenir également à un magistrat et diplomate genevois qui a laissé des poésies, encore inédites: *Abraham Mestrezat* (1651 à 1721); à un brave et malheureux idéologue politique, *François de la Chana* (1645 à 1720), qui, ayant souhaité trop passionnément une refonte des institutions de Genève dans le sens démocratique, fut sauvé, en 1707, d'une condammation capitale par ses vers, que l'on jugea sortis d'un cerveau fêlé; à *Jonas de Merveilleux* († 1611) enfin, qui fit graver sur la tombe de son ami et compagnon d'armes Jacques Tribolet une épitaphe qu'Agrippa d'Aubigné n'eût point désavouée:

...Nous chantons en soldats, n'y prends exacte garde;
Nous ne polissons pas pour Vénus nos discours;
Nous marions nos voix aux fifres et tambours
Et ne portons les luths dedans les corps de garde.

CHAPITRE II

L'histoire et la chronique.

I. Les écrivains politiques et les historiens; Sarasin, Spanheim, de Montmollin. — II. Les chroniqueurs.

I

L'histoire et la chronique, au XVIIme siècle, rachèteront-elles la pauvreté de la littérature d'imagination? La Réforme, que ses docteurs l'aient voulu ou non, a développé l'esprit d'investigation et de critique; d'autre part, le protestantisme est trop démocratique, de son essence, et il a été trop révolutionnaire, pour ne pas solliciter aux luttes de doctrines et d'opinions. Sans doute, les hommes dont nous allons étudier l'œuvre furent presque tous fidèles à la vieille tradition huguenote de respect pour les autorités civiles et religieuses, mais on sent un esprit nouveau s'éveiller et se former; il appartiendra aux théologiens, quelque paradoxal que cela semble, de prononcer les paroles libératrices. En attendant, faisons connaissance avec *Jean Sarasin*,[1] l'auteur du *Citadin genevois*. Né en 1574, Sarasin prit le grade de docteur en droit vers la fin du seizième siècle; il fut premier syndic en 1626 et en 1630. Les nombreuses ambassades dont on le chargea, auprès du roi de France et des princes protestants d'Allemagne, réussirent presque toutes. Il mourut en 1632.

Le poète savoisien Buttet ayant publié contre Genève un très âpre pamphlet *(Le Cavalier de Savoie)*, Sarasin, qui eut Jacques Lect pour collaborateur, y répondit, en 1606, par une satire non moins acerbe à l'adresse des vaincus de l'Escalade. Le *Citadin de Genève*, dédié aux autorités de la ville, débute par ces mots:

[1] *Senebier*, II, 169. *France protestante. De Montet. Mém. et doc. de la Soc. d'hist. et d'arch. de Genève*, XIX, 318 et s. (article bibliographique de M. Th. Dufour). *Ch. Borgeaud*, op. cit., 298. *Bulletin de la Soc. d'hist. et d'arch. de Genève*, I, p. 270.

« En ce calme de paix, ma plume tâche de vous rendre les vœux et les devoirs que le tranchant de ma vieille épée mettait encore en exécution sous le règne des armes pour le bien de la patrie. Cette lutte est bien différente. Vous n'y verrez ni le sang répandu, ni des membres mutilés. Les coups de cette escrime ne se donnent qu'en l'air et avec la plume. Et toutefois, les démarches de l'ennemi sont d'autant plus dangereuses que plusieurs ne les aperçoivent et ne considèrent pas qu'il assène ses plus grands coups sur la plus riche partie de votre tout, sur votre liberté, l'âme de votre corps, laquelle ne se voit proprement que des yeux de l'esprit, tant elle est divine. »

C'est donc pour la liberté de Genève que l'auteur entre en lice, avec un zèle « qui ne finira qu'avec sa vie ». Quant au libelle dont il entreprend la réfutation, Sarasin rapporte ceci :

« Passant dernièrement à Paris..., j'abordai un cercle d'hommes qui étaient autant empêchés à considérer le livre d'un quidam soidisant : *Le Cavalier de Savoie*, que si c'eût été quelque nouveau monstre arrivé d'Afrique. Gardez-vous, me dirent-ils, de la queue ! Il y a du venin contre ceux de Genève. Je le considère de bout à autre, et trouve voirement ce monstre partie formé contre la France, partie contre l'État de la République et cité de Genève, ma patrie... Une juste douleur de voir son honneur, réputation et liberté vilipendés, déchirés et diffamés en mille et mille sortes, voire sans autre exemple jusqu'ici, m'a contraint de dispenser ma plume à réfuter les fausses impressions que ce prétendu « Cavalier » tâche de donner à quelques gens crédules. »

Sarasin n'y va pas de main morte. Il commence par des épithètes homériques jetées à la face de l'écrivain du duc : « Cavalier savoisien, nouvellement éclos de la chaleur et pourriture d'une rave germée l'hiver passé dans quelque puante fosse ; Cavalier de nouvelle impression, rien moins que Cavalier, mais plutôt Carnavalier, farceur, bateleur, vrai charretier, nourri dans quelque cabaret, confit en injures et propos de taverne, tu as bien avancé tes besognes, pestiféré crapaud, d'avoir ainsi coassé contre le ciel et les gens de bien... » Mais comment s'y prendra-t-il pour dissiper « les puantes vapeurs de ce sépulcre ouvert, dignes soupirs de ce pourri gosier ? » Il n'aura qu'à refaire l'histoire de Genève, du temps des évêques jusqu'au XVIIme siècle. Il établira que la Savoie n'a jamais eu sur Genève que des semblants de droits, et comme il est un savant connaisseur du passé de la ville, il n'aura point de peine à justifier, au moyen de très nombreux documents, l'opinion qu'il soutient avec autant de science que de passion. Les titres des divers chapitres indiquent bien, à partir de la page 20, les faits sur lesquels portera tout l'effort de Sarasin : *Réponse aux blâmes vomis contre Genève et des choses plus mémorables de Genève ; De l'État ancien de Genève sous les évêques ; Des déportements des Comtes de Genevois, Comtes et Ducs de Savoie envers Genève ; De la bienveillance des rois de France envers Genève ; Des alliances et confédérations de Genève,* etc. Viendront les preuves à l'appui de l'assertion que les « comtes de Genevois » sont « faussement et abusivements appelés et réputés Comtes de Genève. » S'ajouteront à cela « les argument et raisons contre les prétentions du Duc de Savoie sur Genève, » et tous les actes, « bulles, patentes, transactions et sentences » qui proclament la liberté de la ville. La démonstration de Sarasin est plus indignée encore que victorieuse. Il n'en faut pas moins reconnaître l'art avec lequel il accumule, en faveur de sa cause, les bonnes raisons et les pièces décisives. Le *Citadin de Genève* n'est pas un livre improvisé, où l'éloquence doit tenir lieu de tout, mais un traité solide et nourri, écrit d'un style alerte et nerveux, bien que peu châtié. Rien n'a été négligé par l'auteur pour triompher du *Cavalier de Savoie,* qui n'était pas l'œuvre d'un sot. Quand l'inanité des griefs et des accusations de l'ennemi est prouvée d'une manière irréfutable, Sarasin, qui avait ouvert le débat par des invectives, conclut gravement :

« Finalement, je te dirai que le plus assuré droit que nous ayons en ce siècle, c'est le bouclier de la foi en Jésus et l'assurance que nous avons en lui que, non point pour nos mérites mais par les siens et pour être son saint nom invoqué sur nous, il sera de plus en plus la sauvegarde et le protecteur de nous et de nos droits, qui se doivent aussi maintenir à la pointe de l'épée de chacun fidèle citoyen, tel que ce fer que tu vois pendu à mon côté. Les parchemins se consument au feu, la cire et le plomb s'y fondent, mais ce métal de Vulcain y prend la rougeur et la teinture du sang. Par les misères aussi et les calamités et oppressions qui sont les flammes de l'épreuve (étant appuyés en la vertu du Tout-Puissant), notre bras se roidira d'autant plus et s'enflammera d'ardeur pour assommer et dévorer... »

Restons-en à ce bras qui va « dévorer ! » L'indignation fait verser dans le galimatias. Mais il y a de la chaleur, de la force et parfois des trouvailles dans cette prose turbulente. Le *Citadin de Genève* est, au XVIIme siècle, l'un des meilleurs morceaux de notre littérature romande.

L'*Histoire de Genève* de *Jean Antoine Gautier*[1] (1674–1729) n'a rien d'un livre de polémique. C'est un ouvrage sérieusement documenté, préparé par un savant judicieux et dont le zèle patriotique n'a pas troublé l'impartialité. J.-A. Gautier, né à Genève en 1674, fut membre du Conseil des Deux-Cents, recteur de l'Académie, conseiller et secrétaire d'État. En 1708, il résolut de raconter le passé de sa ville natale. Les premiers livres de son *Histoire,* rédigés d'après les sources imprimées et manuscrites connues, en sont la partie la plus faible. Il reconnut bientôt que des éléments d'information plus directe et plus sûre lui étaient nécessaires. Aussi demanda-t-il, en 1709, l'autorisation de consulter les pièces originales déposées aux Archives. Mais les parchemins de l'État renfermaient des secrets que l'on gardait jalousement et Gautier, malgré sa haute situation dans la République, n'obtint que sous les conditions les plus strictes la faculté de les dépouiller. Dès ce moment, et en dépit du contrôle ombrageux des magistrats genevois, il put renoncer aux « fables » léguées par ses devanciers et aller droit aux « faits ». La continuation de son *Histoire* faillit être arrêtée à partir de 1565, car certains membres du Conseil redoutaient des indiscrétions. Il réussit à tranquilliser ces gens soupçonneux et nous voyons que, le 5 septembre 1713, J.-A. Gautier, « ayant obtenu l'entrée, a présenté au Conseil quinze volumes in-folio, reliés en veau, dans

(D'après Ch. Borgeaud, op. cit., portrait par Gravelle).

[1] *Senebier,* II, 257. *De Montet. E. Favre et V. von Berchem:* L'œuvre historique de Jean Antoine Gautier, in-4, Genève 1897. *Ch. Borgeaud,* op. cit., 484 et s.

sept desquels sont des extraits des registres dès l'an 1538 jusqu'en l'an 1608 et dans les huit autres l'histoire de cette ville dès son origine jusqu'en la dite année 1608, en seize livres, dans lesquels quinze volumes il a laissé des feuillets blancs à la fin de chacun pour y faire des indices auxquels il se propose de travailler au plus tôt, et a supplié le Conseil de prendre en bonne part cet ouvrage qu'il n'a entrepris que par sa permission et pour marquer au Public et au Conseil son zèle et son attachement, qu'il espère qu'il sera trouvé utile et instructif pour ceux qui sont appelés au gouvernement de l'État, et a fini par prier très humblement le Conseil qu'on fît lecture de la dédicace qu'il lui en a faite et de la préface...»

Frontispice de l'ouvrage de Spon.

L'*Histoire* de Gautier ne s'étendait pas au delà de l'année 1608. En 1721, il se remit à la besogne et, en 1723, il offrait au Conseil deux volumes d'extraits de registres (1608 — 1649). Il mourut avant d'avoir pu terminer la dernière moitié de son copieux et consciencieux travail. Ce n'est pas de lui que J.-A.-G. Galiffe aurait pu dire, comme il l'a dit de Spon[1]: « Il n'apprend pas mieux l'histoire de Genève que celle du Grand Mogol. » Il l'apprend peut-être trop, abondant et minutieux à l'excès. Les pages qu'il a consacrées à la Réformation sont extrêmement précieuses par la largeur des vues autant que par la scrupuleuse exactitude. La prolixité y est un défaut moins sensible qu'ailleurs, rien, dans cette période, n'étant insignifiant. L'*Histoire de Genève* de J.-A. Gautier n'a été publiée qu'à la fin du XIXme siècle (1896 à 1898, tomes I à III, qui seront suivis de trois ou quatre autres).

Nous pouvons citer seulement: *Esaïe Colladon,* qui a laissé un *Journal* fort intéressant pour l'étude du milieu social à Genève au commencement du XVIIme siècle; *Th. Godefroy,* historiographe de France, fils de l'illustre jurisconsulte Denis Godefroy; *Goudet,* un négociant genevois, qui donna, en 1690, les six premières parties d'un *Projet de Paix* et que de Beauval a représenté « comme étant notoirement très étourdi, fort indiscret et grand visionnaire » ; *Jean Léger,* qui voua toute son existence aux

---

[1] Le médecin lyonnais Jacob Spon est l'auteur de la première *Histoire de Genève* (1680—1682, 1685, etc.). Gautier a revu l'édition de 1730.

églises réformées du Piémont, dont il écrivit l'*Histoire générale* jusqu'en 1664. Mais il n'est pas permis de glisser aussi rapidement sur l'œuvre de *Frédéric Spanheim*,[1] un de ces cerveaux encyclopédiques qui ont un peu touché à toutes les sciences, — le théologien des *Dubia evangelica, discussa et vindicata* (1634 à 1639), qui, d'après Senebier, renferment « l'explication judicieuse et savante des divers passages difficiles du Nouveau Testament », le politique, le biographe, le critique et l'historien de ce *Soldat suédois* (1633), qui jouit d'une grande vogue, du *Mémoire sur la vie de Louise-Juliane, électrice palatine* (1654) et enfin du *Mercure suisse.*

Fréd. Spanheim
(d'après Ch. Borgeaud, op. cit., peinture de Dubordieu, 1647; Collection Gosse).

Frédéric Spanheim est d'origine allemande ; il naquit à Amberg, en 1600, et fut élevé dans les principes de la Réforme. Il fréquenta l'Université de Heidelberg, puis, en 1619, l'Académie de Genève. Il s'établit définitivement dans cette ville en 1625, y devint professeur de philosophie au mois de juillet 1626 et fut agrégé, deux ans plus tard, à la Compagnie des pasteurs. Le Conseil de Genève lui accorda la bourgeoisie d'honneur en 1629. Recteur de l'Académie en 1632, il quitta Genève dix ans plus tard, pour occuper jusqu'en 1649, date de sa mort, la chaire de théologie à l'Université de Leyde.

« Ses grands travaux, dit Bayle, lui abrégèrent la vie. » On lit dans le *Dictionnaire historique et critique* cette curieuse appréciation et ces détails piquants:

« Il faut rendre cette louange à ce docte Allemand (Spanheim) qu'il avait la tête forte et bien remplie d'érudition, qu'il était propre aux affaires, ferme et adroit, ardent et laborieux. Il faisait des leçons publiques en théologie quatre fois par semaine; il en faisait de plus d'une sorte de privées à ses écoliers; il écoutait les proposants; il prêchait en deux langues, la sienne propre et la nôtre; il visitait les malades, il écrivait une infinité de lettres; il composait en même temps deux ou trois livres sur des sujets tout différents; il assistait tous les mercredis aux conseils de son Altesse qui l'attirait à La Haye; il était recteur de l'Université, et parmi toutes ces occupations,

---

[1] *Senebier*, II, 191. *De Montet. Bull. de la Soc. de l'hist. du prot. franç.*, XII, 96 et s. (une étude sur la « famille Spanheim »). *Bayle. Ch. Borgeaud*, op. cit., 348 et s.

il ne laissait pas de faire la recette et la dépense de sa maison, qui était pleine de pensionnaires... Il était rigide sur le fait des innovations, et il n'épargnait en cela ni amis, ni ennemis... Sa maxime était qu'il fallait se battre contre ses propres frères, de quelque façon qu'ils blessassent l'orthodoxie. »

Ne soyons pas surpris si cette vive et rude intelligence, transportée sur le champ de la politique et de l'histoire, donne des œuvres qui ne sont point banales, qui ont de l'originalité et de la saveur. Son *Mercure suisse* (1634) a pour nous un intérêt particulier. Dans un long « avertissement au lecteur », Spanheim se présente ainsi :

« Ceux qui montent aujourd'hui sur un théâtre public ont besoin de faire provision d'un front d'airain, pour tout passeport, car, quelque bien équipés qu'ils soient, ils courent hasard d'être heurtés. Le siècle est trop plein de suffisance pour s'y promettre des rencontres favorables. Le *Mercure suisse* n'a pas été si matériel que de s'imaginer qu'on changerait d'humeur pour lui et que sa livrée l'empêcherait d'être querellé. C'est pourquoi on a eu de la peine à le faire sortir de l'enceinte des Alpes et des douceurs de la solitude, en un temps si chatouilleux, car quoique son dessein soit innocent, son intention droite, sa relation naïve, son équipage plein de simplicité, il n'a pas laissé de croire que ses paroles seraient picotées, sa démarche brocardée et son port contrôlé. »

Et le rédacteur du *Mercure suisse* ajoute que « si on découvre divers défauts en lui, il se console que ce ne sont pas terres neuves » ; que ses censeurs seraient eux-mêmes fort empêchés d'exposer « des matières si scabreuses et si bizarres tout ensemble » ; que, dans le langage, il ne « hait rien tant que la nouveauté et l'affectation » ; qu'il faut lui pardonner s'il « bronche parfois » et n'évite pas tous les écueils ; qu'il sera respectueux de la vérité historique, au risque de blesser les susceptibilités de certaines gens ou de certains États ; qu'il se contente « d'aller entretenir le lecteur des affaires de Suisse » ; que l'histoire et la politique européennes sont « questions trop hautes et pour un autre bureau ». Il espère d'ailleurs trouver de ses compatriotes « qui seront bien aises de croiser les jambes avec lui et de lui demander des nouvelles de leur pays ». Comme voilà bien le « rigide » Spanheim que Bayle nous a dépeint ! Avec cela, un esprit aiguisé, un sens droit, un vaste savoir.

L'« avertissement » de Spanheim est amusant. Mais quel est le but précis du *Mercure suisse ?* Spanheim déplorera les divisions qui affaiblissent la patrie et il suppliera les cantons « de mettre la main à la besogne à bon escient et d'éteindre les flammèches qui pétillent parmi eux ». Le meilleur moyen de leur montrer l'impérieuse nécessité de l'union sera de faire l'histoire impartiale de leurs discordes. Ils verront que ce n'est point un abîme qui les sépare, mais un tout petit fossé que l'on comblerait sans effort. La pierre d'achoppement à toute réconciliation sincère et durable n'est autre que la question confessionnelle : la « religion partage les inclinations aussi bien que les jugements, sans qu'on regarde au vrai ». Au début, les « lois, les termes des alliances, la prudence des bons patriotes » ont arrêté « la démangeaison et les boutades des plus échauffés », mais, « dès quelques années en çà », les anciens ennemis de la liberté helvétique ont travaillé « par promesses et par largitions » à jeter dans le pays des ferments de désaccord. Le grand tort fut d'avoir « sifflé à l'étranger », comme le dit Spanheim.

Pour le reste, le *Mercure suisse* est de l'histoire nationale portant sur les événements qui suivirent le Compromis de Bade, du 7 septembre 1632. La guerre civile menace à chaque instant d'éclater entre les cantons catholiques et les cantons protestants. Les Suédois cherchent à s'emparer de Constance, mais leur tentative, racontée en long et en large par Spanheim, aboutit à un échec. Le sol helvétique est violé par les armées austro-espagnoles. *Finis Helvetiæ !...* Spanheim conclut, non sans éloquence et avec beaucoup de raison :

« En somme, que les traités du pays soient entretenus, leurs lois observées, leurs alliances ramentevues, les simultés bannies, les hargnes passées assoupies, les faux pas oubliés, les chaleurs modérées, la candeur helvétique rappelée, les poitrines anciennes ouvertes, les premières mains rejointes, les effusions ralliées et tous expédients imaginables projetés et embrassés pour courir après la paix et l'attacher à un clou de diamant!... Que les Suisses tiennent pour un oracle infaillible: que leur union est leur subsistance, leur désunion leur ruine; que les uns ne peuvent périr sans les autres, ni se perdre sans compagnie; qu'on leur en veut également en matière d'État et qu'ils sont tous entachés de cette hérésie commune de ne vouloir pas avoir des maîtres; que les ennemis de leur liberté désirent faire une capilotade des uns et des autres et de faire passer le guichet aux catholiques aussi bien qu'aux protestants! »

A défaut par les Suisses de suivre ces conseils, Spanheim, renouvelant « les expressions tragiques des Cassandre des siècles passés » prédit la ruine de la Confédération et la mort de la liberté. J'ai en singulière estime ce *Mercure suisse,* si honnête et si sage. Avouerai-je que j'aime aussi la langue du « docte Allemand » de Bayle? Elle n'est pas très pure, assurément, elle a un léger accent germain qui suffit à l'alourdir, elle abonde en vocables étranges et en tournures alambiquées, mais elle a quelque chose de vigoureux et de sain, et puis, elle a des franchises, des caprices, des excentricités même qui charment.

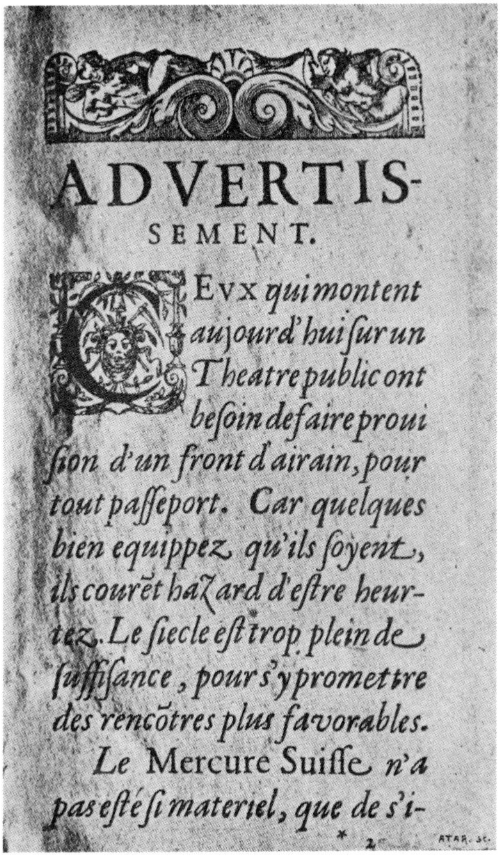
ADVERTIS-
SEMENT.
CEvx qui montent
aujourd'hui ſur un
Theatre public ont
beſoin de faire proui
ſion d'un front d'airain, pour
tout paſſeport. Car quelques
bien equippez qu'ils ſoyent,
ils courẽt hazard d'eſtre heur-
tez. Le ſiecle eſt trop plein de
ſuffiſance, pour s'y promettre
des rencõtres plus favorables.
Le Mercure Suiſſe n'a
pas eſté ſi materiel, que de s'i-

Mercure Suisse de F. Spanheim
(Bibl. de la ville de Berne).

Frédéric Spanheim eut deux fils, l'un *Ézéchiel (baron de) Spanheim,*[1] l'autre Frédéric, que ses polémiques avec Descartes et Coccéius, ainsi que ses nombreux écrits de théologie, ont rendu célèbre. Ézéchiel Spanheim est né à Genève, en 1629. Il y enseigna pendant un an ou deux, vers 1650, la philosophie et l'éloquence. Le prince palatin Charles-Louis lui confia l'éducation de son fils et le chargea de diverses missions diplomatiques. Il en fit ensuite son résident à La Haye et à Londres. De 1680

[1] Comme ad *Frédéric Spanheim. Bayle,* Dictionnaire. *Ch. Borgeaud,* op. cit., 400 et s. *Bull. de l'Inst. nat. gen.,* VII, 180 et s. *V. Du Bled:* La société française, 3me série, XVIIe siècle, in-16, *Paris,* 1902, p. 21 et s. *Allg. deutsche Biographie,* t. XXXV. *English historical Review,* Oct. 1887.

à 1689, puis de 1697 à 1702, Spanheim s'établit à Paris, comme envoyé extraordinaire de l'Electeur de Brandenbourg, qui le créa baron et lui donna en 1702 l'ambassade de Londres. Il mourut en 1710.

Je ne m'étendrai ni sur la reconnaissance que lui doivent les protestants français en faveur desquels il intervint, sans trop d'ardeur, à l'époque de la révocation de l'édit de Nantes, ni sur ses écrits de controverse, ni même sur ses travaux estimés de philologie et de numismatique. Outre quelques traités de politique et d'histoire, nous avons de lui un *Panégyrique à Christine, reine de Suède* et surtout une *Relation* (publiée à Paris en 1882, par M. Ch. Schefer) sur la cour de Louis XIV et l'état de la France à la fin du XVIIme siècle. Rien de plus attachant que ces mémoires, composés par un homme très intelligent, très perspicace et fort bien renseigné. Ils n'étaient destinés qu'à servir à l'éducation de deux neveux de Spanheim, qui furent après lui ministres de Prusse à Londres. Ils ont l'abandon, la familiarité, le sans-gêne d'une conversation spirituelle sur un monde où la malice de Spanheim trouvait matière à s'exercer. Réflexions pénétrantes, remarques judicieuses, anecdotes caractéristiques, tout cela criblé de mots piquants et d'aperçus irrévérencieux, font de la *Relation de la cour de France* un livre fort captivant. La langue elle-même est nette, sobre, agile et ne sent presque pas son diplomate brandenbourgeois ; c'est en général du bon français qui rappelle, non de trop loin, La Bruyère et La Rochefoucauld. Spanheim y peint de préférence le personnel de la Cour. De petits tableaux dessinés vivement, à coups de plume incisifs, se succèdent, plus ressemblants, et parfois plus mordants les uns que les autres :

Ezéchiel de Spanheim (d'après Ch. Borgeaud, op. cit. .

« M. de Racine a passé du théâtre à la Cour, où il est devenu habile courtisan, dévot même. Le mérite de ses pièces dramatiques n'égale pas celui qu'il a eu de se former en ce pays-là, où il fait toutes sortes de personnages, où il complimente avec la foule, où il blâme et crie dans le tête-à-tête, où il s'accommode à toutes les intrigues dont on veut le mettre ; mais celle de la dévotion domine chez lui ; il tâche toujours de tenir à ceux qui en sont les chefs. Le jansénisme en France n'est plus à la mode (nous sommes en 1680), mais, pour paraître plus honnête homme et pour passer pour spirituel, il n'est pas fâché qu'on le croie janséniste. On s'en est aperçu et cela lui a fait tort. Il débite la science avec beaucoup de gravité ; il donne des décisions avec une modestie suffisante qui impose. Il est bon grec, bon latin ; son français est le plus pur, quelquefois élevé, quelquefois médiocre, et toujours rempli de nouveauté. Je ne sais si M. de Racine s'acquerra autant de réputation dans l'histoire que dans la poésie, mais je doute qu'il soit fidèle historien. Il voudrait bien qu'on le crût propre à rendre service, mais il n'a ni la volonté, ni le pouvoir de le faire. C'est encore beaucoup pour lui que de se soutenir. Pour un homme venu de rien, il a pris aisément les manières de la Cour. Les comédiens lui avaient donné un faux air; il l'a rectifié, il est de mise partout, jusqu'au chevet du lit du roi où il a l'honneur de lire quelquefois, ce qu'il fait mieux qu'un autre. S'il était prédicateur ou comédien, il surpasserait tout en l'un et l'autre genre. C'est le savant de la Cour. La duchesse de Bourgogne est ravie de l'avoir à sa table, ou après son repas, pour l'interroger sur plusieurs choses qu'elle ignore; c'est là qu'il triomphe. »

Comme ce caractère de courtisan insinuant et de dévot attardé est finement analysé! Sous la gravité apparente de Spanheim, que d'ironie! Racine, dégoûté du théâtre, avait été nommé, avec Boileau, historiographe du roi, à l'instigation de Madame de Maintenon. « Toujours attentif à son salut, il regardait ce choix, nous apprend son fils, comme une grâce de Dieu, qui lui procurait cette importante occupation pour le détacher de la poésie. » Mais l'histoire convenait peu à l'auteur de *Phèdre,* qui s'appliquait surtout à déployer à la cour ses talents d'homme du monde et y faisait volontiers parade de sa ferveur religieuse; ses jolies manières, ses beaux sentiments le dispensaient de travailler beaucoup et lui permettaient de « se soutenir », comme dit Spanheim. Vous aurez l'embarras du choix dans la galerie de portraits que vous offrent ces mémoires. Prenez celui de Madame de Maintenon, celui du duc de Bourgogne, celui de Louis XIV! Il y a là une grande vérité et une puissance remarquable de rendu. Peut-être Spanheim n'est-il pas très impartial, mais il est un observateur de premier ordre et un écrivain. Comme le note M. Du Bled: « Il a le savoir, le savoir-vivre et le savoir-faire, il regarde loin, pense profondément, traduit bien ce qu'il a vu. »

Genève est toujours le foyer littéraire de la Suisse romande. Dans le canton de Vaud, pas d'écrivains politiques, naturellement, car LL. EE. veillent, et deux ou trois historiens médiocres. *David Constant de Rebecque*[1] (1638—1733), le bisaïeul de Benjamin Constant, fut professeur de grec et de théologie à Lausanne. Correspondant et ami de Bayle, très lié avec les Genevois Tronchin, Turrettini, Mestrezat, il a laissé plusieurs ouvrages: *L'Ame du monde* (1670), ou traité de la Providence, une édition annotée du *De officiis* de Cicéron, et surtout un *Abrégé de politique* (1686), qui eut les honneurs d'une double édition.

Un autre Vaudois, *Jean Baptiste Plantin*[2] (1624—1700), est le premier qui ait mis en français les annales de la patrie suisse. Ce n'est pas un styliste, ni un érudit; son nom est peu connu, ses œuvres le sont encore moins. Plantin fut tour à tour pasteur de diverses églises et régent au collège de Lausanne. Il amassa, durant ses loisirs, des matériaux assez nombreux qui lui permirent de rédiger, et ses *Helvetica antiqua et nova,* une topographie de l'Helvétie ancienne et moderne (1650), et son *Abrégé de l'histoire générale de la Suisse* (1666). Plantin suit exactement l'ordre chronologique:

« L'an 1318, la peste affligea fort la Suisse... L'an 1319, Léopold d'Autriche mit le siège devant Soleure, laquelle avait fait hommage à l'Empereur. Mais les Bernois... L'an 1321, le feu consuma toute la longue rue de Genève... »

Le première partie de l'*Abrégé* est consacrée à l'histoire générale de notre pays; la seconde renferme une « description particulière de la Suisse et de ses alliés ».

---

[1] *Senebier,* 257. *Sayous,* I, 204.

[2] *Conservateur suisse,* XI. *De Montet.*

Plantin va des origines à l'année 1633; il mentionne même deux faits qui se rapportent, l'un à 1645 et l'autre à 1653. Son livre est bien un « abrégé », très sec, mais non sans valeur et fait avec conscience. Que nous dira Plantin de l'introduction de la Réforme à Genève et Lausanne? Ceci: « En ce même temps, ceux de Lausanne s'assujettirent aux Bernois, qui chassèrent leur évêque et y introduisirent la religion réformée; les Genevois aussi l'embrassèrent entièrement, à cause de quoi les Fribourgeois quittèrent tout à fait leur alliance, les Bernois au contraire confermèrent plus étroitement leur combourgeoisie avec eux. » C'est en ce style, et avec ce laconisme de procès-verbal, que l'honnête Plantin consigne dans son histoire le plus grand événement du XVIme siècle. Il a, au demeurant, le ton du greffier plutôt que celui de l'historien. Lisez, par exemple, ce terne et maigre récit des origines de la Confédération suisse: « Il s'agirait de faire ici un narré des causes de la liberté helvétique, qui commença environ l'an 1308, mais notre but étant d'abréger l'histoire, nous renvoyons les curieux à divers auteurs, qui en ont parlé assez au long. » Un des compatriotes de Plantin, Jean Pierre Dapples, lui envoya des vers enthousiastes dont j'ai cité quelques-uns (p. 226); voici la fin de l'épître, qui est un chef-d'œuvre d'emphase, pour ne rien dire de plus:

J.-B. Plantin (Bibl. cant. vaudoise).

...C'est ainsi que Plantin, ami de vérité,
Retirant du sépulcre et de l'obscurité
Tant de braves héros par sa célèbre histoire,
Se bâtit à lui-même un noble monument,
Qui partout le fera vivre éternellement,
Ainsi que de la Suisse il fait vivre la gloire.

Si le Pays de Vaud est pauvre en historiens, Neuchâtel peut citer avec quelque fierté les noms de Jean Hory et de Georges de Montmollin. La vie du chancelier *Jean Hory*,[1] même dépouillée de ce que la légende y ajouta, ressemble à un roman-feuilleton. Nous ne la raconterons pas; il suffira de dire ici que cet homme éminent par les talents et le savoir s'était adonné à des travaux historiques et, notamment, à des recherches sur les antiquités de Neuchâtel. Le temps et le feu ont tout détruit. Il est possible, après tout, que ces travaux n'aient jamais existé que dans l'imagination de Georges de Montmollin, auquel on pourrait être tenté d'attribuer même la « Chronique des chanoines ».

[1] *Biographies neuchât.*, I, 478 et s. *Histoire de Neuchâtel* par F. de Chambrier, 404-413. Pour la bibliographie, voir les *Biogr. neuch.*, I, 488.

Le chancelier de Montmollin (Bibl. de la ville de Neuchâtel).

Georges de Montmollin,[1] né en 1628, fit de solides études juridiques à Orléans et à Paris. Membre du Conseil des Quarante, il parvint rapidement aux postes les plus élevés de l'État; il occupa celui de chancelier à partir de l'année 1661. Ces fonctions n'avaient rien d'une sinécure; elles prirent une importance particulière lorsque la duchesse de Longueville fut appelée, au décès de son mari, à gouverner un pays qui était pour elle terre inconnue. Sous la duchesse de Nemours, la dernière des Longueville, Georges de Montmollin ne resta pas longtemps en faveur; destitué en 1679, réintégré dans sa charge en 1682, destitué de nouveau en 1693, à la suite d'intrigues françaises, l'habile magistrat n'en continua pas moins à exercer une réelle influence sur les destinées de sa patrie. N'est-ce pas à lui, en effet, que revient le mérite de la décision du 8 mars 1694, par laquelle les Trois-États, négligeant les protestations de la duchesse de Nemours, proclamèrent que les droits de souveraineté sur Neuchâtel étaient inaliénables? Il mourut en 1703.

On sait que le chancelier composa divers ouvrages encore manuscrits: une *Histoire abrégée du comté de Neuchâtel,* un *Traité sommaire des fiefs du comté de Neuchâtel,* un *Traité des fiefs de Neuchâtel et Valangin.* Mais ces travaux n'ont qu'une valeur documentaire, d'ailleurs médiocre; ils n'eussent pas sauvé de l'oubli le nom de Georges de Montmollin, si cet homme d'État ne nous avait légué des *Mémoires* historiques et politiques (publiés en 1831), dont on a loué, mais sans y regarder d'assez près, les qualités d'exactitude, de bon sens, de franchise et de clarté. C'est un beau et noble caractère que le chancelier, un Neuchâtelois droit et ferme, qui avait des principes et les mettait en pratique. Ses scrupules d'historien, à la vérité, ne l'ont pas gêné beaucoup, et nous avons sujet de ne point le croire sur parole, quand il affirme « qu'il ne méprise rien tant que les fables ». Il en a quelques-unes sur la conscience. Quoiqu'il en soit, ses *Mémoires* devaient servir exclusivement à l'instruction de ses fils, et peut-être « fournir un index qui pourrait un jour être mis en liaison et récit par quelque homme de bien suffisamment éclairé », — qui les lirait de confiance.

La première partie des *Mémoires* a pour but, nous dit l'auteur, de montrer « autant que la chose est possible, le sort politique et seigneurial de nos sires, longtemps vassaux considérables et immédiats des rois de Bourgogne, et partant seigneurs du premier rang, duquel ils déclinent par la rigueur des occurrences sur la fin du treizième siècle, pour enfin se relever et se maintenir seuls au milieu de l'écrasement général de tous les grands seigneurs de la Suisse, voire devenir princes souverains par la grâce de Dieu ». Dans la seconde partie, qui n'est pas achevée (elle s'arrête à l'année 1427), Montmollin fait l'historique de la ville de Neuchâtel, traite de la législation du comté ainsi que de l'administration des princes, tout en résumant les principaux événements qui se sont déroulés dans sa patrie à travers les siècles. Les *Mémoires* contiennent en outre de nombreux documents qui, comme l'ont établi F. de Chambrier, Mommsen et plus récemment M. A. Piaget, sont trop souvent, ou tronqués ou apocryphes; Mommsen emploie même le mot de « faussaire ». Ayant à justifier une thèse, il a inventé et pastiché à souhait, car les historiens de son temps, surtout lorsqu'ils étaient doublés d'hommes politiques, n'avaient pas la probité scien-

---

[1] *Biographies neuchâteloises.* Notice, en tête des *Mémoires. A. Piaget:* La chronique des chanoines, op. cit. 29 et s.

tifique de nos modernes érudits. Le chancelier nous fait part enfin de ses inquiétudes, provoquées par l'extinction prochaine de la maison de Longueville. Il redoute la domination de quelque prince français et catholique ; Louis XIV n'est-il pas « accoutumé

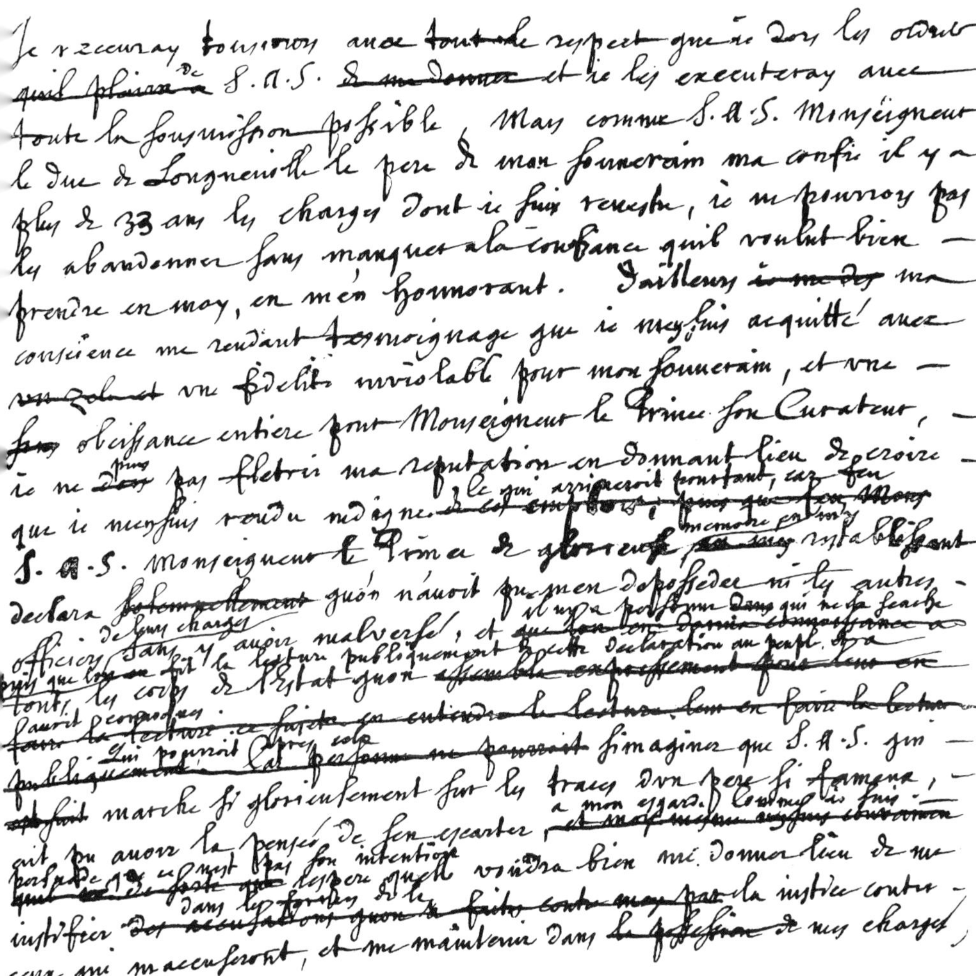

Brouillon d'un mémoire de défense du Chancelier de Montmollin au sujet de sa seconde destitution, en 1693 (par M. G. de Montmollin).

à faire toutes ses volontés chez lui et souvent chez les autres ? » Il craint aussi que les Suisses ne cherchent à réduire Neuchâtel en bailliage. Certes, il est une solution qui le « charmerait », s'il n'y « voyait des difficultés insurmontables » : ce serait de « convertir l'État en république » et' d'entrer dans la Confédération suisse. « Mais, s'empresse-t-il d'ajouter, un pareil régime n'est point fait pour nos têtes pleines de feu et de montant, soit par l'influence du Jura, soit par l'effet des droits et libertés de la multitude ». Une révolution serait grosse de périls. Mieux vaut encore s'adresser à un prince « considéré de toute l'Europe », en faveur duquel on pourrait démontrer « d'une manière assez éblouissante, le droit de succéder à la maison d'Orléans ». Ce prince, qui aurait « à nous protéger et à nous faire du bien », qui « serait assez éloigné pour ne pouvoir aisément nous nuire », qui serait protestant par surcroît, de Montmollin pense « l'apercevoir dans la personne de Guillaume-Henri de Nassau », héritier de la maison d'Orange, et dans celle de son successeur à cet héritage, Frédéric de Prusse. Le 3 novembre 1707, quatre ans après la mort du chancelier, les Trois États mirent le sceptre aux mains du chef de la maison de Prusse ; les vœux de Georges de Montmollin étaient exaucés. La paix d'Utrecht, de 1713, reconnut l'électeur de Brandenbourg roi de Prusse et prince de Neuchâtel.

La prose de l'auteur des *Mémoires* est tout ensemble très personnelle et très savoureuse ; un long séjour en France, durant les années de jeunesse, avait poli le langage du chancelier. Voyez, pour vous en convaincre, le bout de page suivant. De Montmollin songe, avec un sentiment de résignation mélancolique, à l'avenir de son pays. Qu'arrivera-t-il ? L'angoisse est plus forte dans son cœur que l'espoir :

« ...Certain est-il qu'on ne voit à cette heure chez nous que mauvais train et remue-ménage, qu'il faut attribuer, je crois, bien moins à la nouvelle régente qu'aux suggestions et conseils de ses mignons ; car on assure qu'elle est bonne, confiante et fort généreuse envers ceux qu'elle aime, leur donnant en pleines mains, mais qu'elle reçoit facilement et fortement les impressions bonnes ou mauvaises qu'on veut lui donner ; partant, il ne faut s'étonner de la voir amie si ardente ou tant implacable ennemie. Quel dommage qu'elle ne soit pas entourée de cœurs droits et d'esprits sages ! Encore une fois, le train de ce jour ne peut durer ; je sais bien qu'un mécontent voit rarement les choses du beau côté, et que, par cette raison, je dois me méfier de mon propre sens ; la suite fera voir si j'ai bien ou mal raisonné. Mais le désordre de ce jour pouvant se comparer à la fièvre, après laquelle le corps se porte souvent mieux que devant, mérite bien moins d'attention que le grand objet que je vais examiner, » — c'est-à-dire « ce qu'il adviendra de ce pauvre petit État, à la prochaine extinction de la maison d'Orléans qui ne peut être éloignée, et qui nous annonce une orageuse vacance. »

Ce sont là d'honnêtes et sages réflexions, mises en bon français de France ; elles sont d'un Alceste clairvoyant, et il y a, dans la manière du chancelier, plutôt la pénétration du philosophe que l'amertume du boudeur. Il voit juste et loin.

II

Les beaux temps de Bonivard et de Pierrefleur sont passés pour la chronique. Cependant un glorieux événement devait redonner à Genève une légion d'annalistes. Effectivement, c'est à qui racontera l'Escalade. Plusieurs relations de ce fait mémorable nous sont parvenues, ainsi les relations officielles, ainsi le *Véritable récit de l'entreprise du duc de Savoie.*[1] La version, aujourd'hui classique, de l'Escalade est due peut-être à Jean Sarasin ; elle fut publiée par ordre du Conseil, sous le titre : *Le Vray Discours de la miraculeuse délivrance.* Mais la plus complète des narrations de l'heureuse victoire du 12 décembre 1602 est l'œuvre de *David Piaget,* un bon Genevois, né en 1580. Piaget mourut en 1644, après avoir desservi comme pasteur un certain nombre de paroisses. C'était un homme paisible et laborieux, qui occupait

[1] *Bull. de l'Inst. nat. gen.*, XXV, 347 et s.

ses loisirs à scruter le passé de sa ville. On sait qu'il a composé une *Histoire de Genève,* déjà perdue au temps de Senebier. Dans sa jeunesse, il avait travaillé à une relation de l'Escalade, que Spon, Vernes, Gautier ont sans doute utilisée et dont le manuscrit, échoué dans la bibliothèque de Grenoble, ne fut découvert qu'en 1882.

L'*Histoire de l'Escalade,* « par David Piaget, citoyen de Genève, avec toutes ses circonstances » est, sur bien des points, une imitation du *Vray Discours.* Par la richesse des détails, par l'aisance et la grâce du style, elle n'en a pas moins une originalité très accentuée. « Genève, ville très ancienne, impériale, franche, renommée pour diverses raisons, et spécialement de ce que, dès l'an 1535, la messe, les prêtres et moines, chanoines et aussi tels autres adhérents du pape s'en bannirent comme d'eux-mêmes..., se reposait ès traités de la paix de Vervins et de Lyon ». Avait-elle sujet d'être rassurée ? D'incessantes vexations de la part des gens du duc, des bruits alarmants répandus dans la ville, eussent dû, semble-t-il, exciter la vigilance des autorités. Ainsi, « l'on remontrait que plusieurs capitaines et ingénieux du parti d'Espagne et de Savoie avaient, partie déguisés, partie découverts, considéré tout à loisir les portes, boulevards, remparts et fossés... » Mais on était prévenu depuis si longtemps que le danger avait tourné en habitude. On n'avait d'abord dormi que d'un œil ; on avait dormi bientôt sur les deux oreilles, rien de ce que l'on craignait n'étant arrivé. Piaget, qui a expliqué l'état de sécurité dans lequel vivait Genève, malgré tous les avertissements et toutes les menaces, poursuit son récit : « Le vice-duc (d'Albigny) et ses entrepreneurs avaient à leur grand loisir considéré, contemplé et mesuré le tout, vu que, dedans la ville, il n'y avait pour la garde et défense d'icelle, selon les hommes, sinon ses citoyens bourgeois et habitants ordinaires, qu'ils avaient pu par manière de dire conter un par un, qu'ils avaient très souvent avisagés ès portes, places, rues et boutiques, savaient quelles gens de commandement il y avait et n'en faisaient guère d'état... De longue main, avaient été accomodées des échelles à monter si hautes murailles que l'on veut ». Les Savoyards s'étaient proposé d'abord de faire leur coup dans la nuit du 18 décembre. Mais ils « devancèrent de huit jours, considérant que lune serait au plein. » Tout était préparé pour l'Escalade. D'Albigny ne doutait pas du succès. Étant maître de Genève, il eût « saisi tous les seigneurs du Petit Conseil » pour les « faire traîner ignominieusement et cruellement par-dessus les pavés des rues, puis les faire attacher à des gibets ». Quant aux ministres de Genève, ils étaient d'avance « condamnés à être tenaillés, brûlés à petit feu et leurs corps réduits en cendre, réservé la tête du plus ancien d'entre eux tous, laquelle eût été portée à Rome et offerte en agréable présent au pape ». Et puis, on eût tout saccagé et tout tué.

Titre et Frontispice du « Vray discours » (Bibl. publ. de Genève).

Piaget ne s'abandonne pas complètement à l'exaltation patriotique. Il reconnaît que le péril fut plus grave que la victoire ne fut extraordinaire : les Genevois avaient perdu seize des leurs ; les « vingt-cinq ou trente qui furent blessés ont presque tous été remis en pied dedans six semaines ou deux mois après ». Il y eut des ombres au tableau : « Plusieurs, étrangement éperdus lorsque le tocsin sonna, et qui après l'orage firent fort les suffisants, penseront quelque jour à leur conscience, comme aussi certains pillards qui, n'ayant fait aucun devoir, apparurent après au butin, confondant même les amis avec les ennemis, gens misérables et détestables, s'il y en a au monde ». MM. L. Dufour-Vernes et E. Ritter, qui ont exhumé le manuscrit de Piaget, ont pu dire que « la plume de l'auteur est élégante, gracieuse et poétique ». Et cette *Histoire de l'Escalade*, par l'abondance des renseignements, par l'art de leur exposition, par la saveur de la langue, est presque mieux qu'une bonne « relation ».

On chercherait vainement autre chose qu'un laborieux et patient annaliste neuchâtelois en *Jonas Boyve*[1] ! Il n'a pas la finesse et l'aisance de Piaget, ni surtout l'élévation et la profondeur de Georges de Montmollin. C'est un brave érudit, rat de bibliothèques et d'archives, bien qu'il ait été mêlé aux affaires de son temps ; il fut même soupçonné véhémentement de sympathies pour les « princes français et catholiques » sacrifiés à la maison de Prusse. Le pasteur Boyve, né en 1654, mort en 1739, partagea sa vie entre sa cure et ses travaux historiques. Des importants manuscrits qu'il a laissés sur la langue du pays, sur les antiquités suisses, sur l'histoire de son petit pays, un seul a été publié jusqu'ici : *Les Annales du comté de Neuchâtel et Valangin* (1854 à 1858). Fruit des recherches persévérantes de quarante années, ces annales sont, ainsi que l'a fait observer leur éditeur, M. G. Petitpierre, une véritable « encyclopédie neuchâteloise, » rédigée par ordre chronologique. Elles vont des origines à 1722, moins œuvre personnelle d'ailleurs que vaste compilation dans laquelle Boyve a recueilli les documents et les traditions orales ou écrites se rapportant à Neuchâtel. Si l'on peut y relever de nombreuses inexactitudes, de lourdes erreurs et de grosses lacunes, il n'en faut pas moins rendre hommage au zèle infatigable de Boyve et se féliciter de l'immense provision de matériaux amassée par lui. Boyve est sans conteste un « laborieux chroniqueur, » comme l'affirme M. Petitpierre. Est-il une « intelligence d'élite ? » Ce fureteur est crédule ou indifférent à l'excès ; il ne sait pas choisir, il ne s'ingénie point à démêler le vrai du faux, il n'a pas le souci d'alléger son recueil des futilités encombrantes et des puériles légendes. Mais il a beaucoup travaillé et il lui sera beaucoup pardonné.

Il n'y a pas grand'chose à dire d'un autre Neuchâtelois, *Abraham Amiet,*[2] né à Geneveys-sur-Coffrane, docteur en médecine de la faculté de Montpellier, l'auteur d'un *Calendrier pour l'année 1689,* et d'un volume très rare : *Description de la Principauté de Neufchastel et Valangin* (1693). Cet ouvrage, dédié à « Madame Marie d'Orléans, duchesse de Nemours, » contient des notes assez détaillées et assez précises sur la topographie, l'histoire et l'industrie du pays, en même temps que des

---

[1] *Biographies neuchâteloises,* I, 92 et s. Avant-propos des *Annales historiques.* Préface des *Recherches sur l'indigénat helvétique de Neuchâtel,* de J.-E. Boyve (in-8, 1778). *Musée neuchâtelois,* 1882.

[2] *Biographies neuchâteloises,* I, 5.

anecdotes et des traits de mœurs locales. Amiet mourut en 1726; il a inspiré un mauvais sonnet, qui donne cependant une idée de l'estime en laquelle on le tenait:

Amiet garderait un injuste silence,
S'il cachait son esprit et son grand jugement...

Un de ses compatriotes, *Abram Bosset,*[1] a composé un curieux livre, non imprimé: *Topographie de la région de Sales, en Suisse, ancien domaine d'une colonie romaine, où est traité aussi de la vallée de Neurol, de la Neufville,* etc. (1662). D'autres manuscrits de Bosset sont perdus. Hottinger nous apprend que cet auteur avait étudié l'histoire de l'évêché de Bâle, sur laquelle il avait répandu une assez vive lumière *(lux non exigua).*

On pourrait citer encore *Claude Sudan* ou *Sudanus* (1578-1655), confesseur du prince-évêque de Bâle, auquel on doit une intéressante relation de l'invasion des Suédois dans l'évêché, et une œuvre plus importante, *Basilea sacra,* publiée à Porrentruy en 1658; *P. Garnier,* dont nous avons un volume sur la peste, paru à Porrentruy également (1618), enfin une *Chronique fribourgeoise du XVIIme siècle,* d'un inconnu, écrite en latin, traduite et publiée en 1852 par M. H. Remy de Bertigny. Nous aurons fait assez que de signaler la *Chronique ou histoire curieuse du Pays de Vaud* (1672) des origines jusqu'en 1617. L'épître dédicatoire de ce petit volume est signée *Louis Franc.* Est-ce là un pseudonyme? Est-ce le nom de l'auteur? On ne sait. Louis Franc « ne veut pas se faire passer pour un grand fouilleur d'antiquités, ou habile historien. » Il s'excuse de « son style rampant, » et il a gravement recueilli tant de fables et d'absurdités — les rives du Léman auraient été colonisées par Hercule! — que nous pouvons nous dispenser d'une analyse de sa *Chronique.*

Quelques lignes, pour clore ce chapitre, sur *Gaspard Bérodi,* que nous connaissons déjà comme dramaturge; fils d'un notaire et commissaire de Saint-Maurice, il naquit vers 1580, étudia le droit, se fit tabellion, comme son père, se maria, perdit sa femme d'assez bonne heure et résolut d'embrasser l'état ecclésiastique. Il subit ses examens de théologie et reçut l'ordination sacerdotale en 1626. Outre sa *Chronique* (inédite), rédigée en latin, qui va de 1610 à 1643, et qui retrace la vie politique et religieuse du Valais durant cette période, Bérodi collabora très activement au *Cartulaire de l'abbaye de Saint-Maurice.* Il a laissé une *Histoire de l'église abbatiale de Saint-Maurice d'Agaune et de ses dépendances.* Gaspard Bérodi mourut en 1646; ce fut un digne, un laborieux et un savant prêtre. L'un de ses frères, *Guillaume Bérodi,* est l'auteur d'une *Vie de saint Sigismond, roi et martyr* (1666). « Cet ouvrage, dit M. Bourban, donne une haute idée de la piété » de l'écrivain, « mais il est regrettable que le bon père n'ait pas apporté dans la composition de son œuvre une critique plus sérieuse. »

[1] *Biographies neuchâteloises,* I, 57.

CHAPITRE III

La théologie et la science.

I. La théologie[1] : les « épigones » et le calvinisme libéral. — II. Savants, philosophes et critiques : J.-R. Chouet ; les *Bibliothèques* de J. Le Clerc.

I

On se souvient de quelques-unes des propositions les plus importantes de Calvin : « Nous appelons prédestination le conseil éternel de Dieu par lequel il ordonne les uns à vie éternelle, les autres à éternelle damnation... C'est une élection éternelle, et aucun acte de l'homme ne peut lui faire gagner ni perdre le bénéfice de cette élection. » Cette doctrine, critiquée par l'école théologique des « infralapsaires », fut énergiquement combattue par le Hollandais Arminius († 1609), qui professa que le salut était annoncé et offert à tous les hommes. En 1610, les partisans d'Arminius adressèrent aux États de Hollande une *Remonstrance* en cinq articles, où ils déclaraient que « la grâce est indispensable, mais qu'elle n'est pas irrésistible. » Nous avions là presque la théorie de la grâce universelle. L'arminianisme se propagea si rapidement, que ses adversaires résolurent de convoquer une grande assemblée religieuse à laquelle participeraient des théologiens étrangers. Le synode de Dordrecht, qui siégea du 13 novembre 1618 au 9 mai 1619, devait finir par la condamnation des arminiens ou remontrants. Ceux-ci furent cités à comparaître, comme des accusés. Malgré leur habile et courageuse défense, la majorité les expulsa et les décréta menteurs, imposteurs, profanateurs et perturbateurs de l'Église. Les canons de Dordrecht proclamèrent, dans toute sa rigueur, le dogme de la prédestination, et Diodati, délégué de Genève avec Th. Tronchin, put faire ce jeu de mots cruel : « Les canons de Dordrecht ont emporté la tête des remontrants. » Officiellement réprouvé, persécuté dans la personne de ses principaux adhérents (Barnewelt est mis à mort, Grotius encourt la réclusion perpétuelle), l'arminianisme se réfugie un peu partout, jusqu'à l'heure où il reprendra pied en Hollande, s'installera même dans quelques académies, comme celle de Saumur, et gagnera les meilleurs esprits.

Si Genève n'eut pas, à proprement parler, ses remontrants et ses contre-remontrants, les questions soulevées au synode de Dordrecht n'y furent pas sans écho. Une nouvelle génération d'ecclésiastiques se prononça, d'abord avec quelque timidité, puis avec décision, pour le principe du libre examen. Le calvinisme rigide et sec, arbitraire et despotique, souffert plutôt qu'accepté par beaucoup, rencontra de vaillants et distingués contradicteurs, les Louis Tronchin, les J.-A. Turrettini et d'autres ; mais l'orthodoxie n'entendait pas se rendre dès les premières sommations. Elle dominait dans les Conseils comme dans l'Église. Bayle écrit, de Genève, en 1671 : « On défendit

---

[1] Consulter, outre *Sayous* et les ouvrages cités plus loin, *Albert Montandon* : L'évolution théologique à Genève au XVIIIe siècle, Le Cateau, gr. in-8, 1894, et *A. Guillot* : Pasteurs et prédicateurs de l'Église genevoise, in-12, Genève, 1896, p. 26. et s.

aux professeurs qui la soutiennent (la théorie de la grâce universelle) d'en parler, ni dans leurs prêches, ni dans leurs leçons, ni dans leurs conférences; et on les obligea à signer un formulaire dressé comme il plut au parti opposé. Cela se fit il y a quatre ou cinq ans. Depuis cela, on n'entend plus parler de l'affaire. » Les autorités civiles et les Églises des cantons évangéliques, sollicitées d'intervenir en faveur du calvinisme menacé, adoptèrent une formule confessionnelle sur la matière controversée: le *Consensus*. Les Conseils de Genève y adhérèrent, non sans répugnance, à la fin de l'année 1678. Qu'était-ce que le *Consensus*? Une sorte de déclaration de foi, au bas de laquelle tous les ministres devaient apposer leur signature, s'engageant ainsi à maintenir les enseignements de Calvin, codifiés dans les canons de Dordrecht: inspiration littérale des Écritures, péché originel, prédestination:

1° *Étendue de l'inspiration des saintes Écritures.*

« Les livres hébreux du Vieux Testament que nous avons reçus de l'Église judaïque, à qui les oracles de Dieu furent autrefois confiés, et que nous conservons encore aujourd'hui, sont authentiques... Ils sont aussi divinement inspirés... »

2° *L'imputation du péché d'Adam à sa postérité.*

« .... Adam, par sa funeste chute, a péché non seulement pour lui-même, mais aussi pour tout le genre humain qui devait naître du sang et de la volonté de la chair... L'homme est donc, depuis le péché, soumis de sa nature en deux manières à la colère de Dieu; et cela, dès le premier moment de sa naissance, avant qu'il ait commis aucun péché actuel; premièrement, pour la faute qu'il a commise et la désobéissance où il est tombé, lorsqu'il n'était encore que dans les reins d'Adam; et, en second lieu, à cause de la corruption que cette désobéissance a entraînée après soi. Il hérite de cette corruption dans le temps même de sa conception... »

3° *La grâce de Dieu dans le salut des hommes ou la predestination.*

« Dieu fit, avant la fondation du monde, le décret des siècles en Jésus-Christ, notre Seigneur. Il forma ce décret par le pur bon plaisir de sa volonté, sans aucune prévision du mérite des œuvres ou de la foi. Il choisit, à la louange de sa gloire magnifique, un nombre fixe et déterminé d'hommes... pour laisser les autres dans leur corruption et les vouer finalement à un malheur éternel. »

Cette violence faite à la conscience individuelle manqua son but. L'unité de doctrine pouvait paraître désirable. Encore était-il imprudent de l'imposer avec cette insistance tracassière et tyrannique. Bénédict Pictet criera vainement à ceux qui rêvent l'abrogation du *Consensus*: « Prenez garde, on vous ôte la formule: « Ainsi je pense; » puis on enlève les mots: « Ainsi je crois, » et l'on dit qu'il faudra se contenter de ceux-ci: « Je n'enseignerai rien de contraire. » Sans doute à présent on ne veut rien au delà. J'appréhende pour la suite; je vois que les exhortations seront inutiles; on attaquera le synode de Dordrecht... » Il s'entend « qu'on attaquera le synode de Dordrecht. » En première ligne, on s'efforcera de se libérer d'un rigorisme absurde. « Serment qui n'est pas de faire, n'est pas de tenir, » avait dit Louis Tronchin, en pleine Compagnie des pasteurs. En 1706, le *Consensus* est aboli; en 1725, tombe la confession de foi obligatoire, la Compagnie ayant supprimé, dans la formule de consécration, l'engagement de rester fidèle aux canons de Dordrecht. Le terrain dogmatique était déblayé; les « épigones » étroits et obscurs de J. Calvin et de Th. de Bèze étaient vaincus: le protestantisme signifiera désormais tolérance et liberté.

II

L'un des plus intraitables mais des plus sincères défenseurs du calvinisme intransigeant fut *Jean Diodati*,[1] qu'on appelait le « Caton de Genève. » D'une ardente piété,

---

[1] *Senebier*, II, 49. *Sayous*, I, 173. *Vie de Jean Diodati*, par E. de Budé, in-12, Lausanne, 1869. *De Montet. Ch. Borgeaud*, op. cit., 258 et s.

d'un caractère emporté, dévoué d'ailleurs corps et âme aux intérêts du protestantisme, charitable et désintéressé, travailleur infatigable, Jean Diodati fut certainement l'un des hommes les plus influents de la Réforme genevoise, après la mort de Th. de Bèze. Né à Genève en 1576, il y fit ses études et fut, à vingt et un ans, désigné pour succéder à Casaubon dans la chaire de langues orientales. Il accomplit diverses missions, notamment auprès des Églises de France (1614), pour solliciter des secours d'argent au nom de la République. Recteur de l'Académie en 1618, il représenta, dans le cours de la même année, avec Th. Tronchin, la Compagnie des pasteurs au synode de Dordrecht. Jean Diodati était du sentiment de Bénédict Turrettini, annonçant au synode l'envoi des deux délégués: « Satan fait rage et secoue ses torches. Comme des voleurs se glissent dans un incendie, courent çà et là, pénètrent en tout lieu et font main basse sur tout ce qu'ils rencontrent, ainsi maintenant nous voyons ébranlés et violés par des discussions amères et des innovations suspectes, ces articles de foi qui devaient rester immuables au fond du trésor d'une bonne conscience... Les vieilles hérésies d'Arien et de Pélage se réveillent... Revêtez-vous des entrailles de Christ lui-même. Travaillez pour la vérité, rétablissez la paix..., effrayez vos ennemis! » Tronchin et Diodati avaient pris nettement parti contre les arminiens et ils jouèrent un rôle assez actif au synode, sans se douter peut-être que des intérêts politiques et des vengeances personnelles étaient, plus que des divergences de doctrine, la cause réelle de toute la campagne organisée contre les remontrants.

(D'après Ch. Borgeaud, op. cit.; portrait à la Bibl. publique de Genève.)

Rentré à Genève, Diodati remplit jusqu'en 1645 ses fonctions de professeur; il mourut l'anné suivante. Il n'est pas connu seulement comme un prédicateur éloquent, dont les vivacités et les intempérances de parole furent l'occasion de plus d'un conflit; il a traduit divers ouvrages en français ou en italien, mais il fut moins un littérateur et un savant, qu'un homme d'action, un « fort soutien de l'Évangile, » comme l'a dit M. de Budé.

Le collègue de Diodati au synode de Dordrecht, *Théodore Tronchin,*[1] (1582-1657), était aussi, suivant le témoinage de B. Turrettini, « une colonne de notre Église et de notre école. » Intelligence plus fine, tempérament moins violent que Diodati, Tronchin fut pasteur, professeur d'hébreu et de théologie, recteur de l'Académie. D'autre part, je lis dans Senebier: « Quand il y avait une affaire difficile, Tronchin était employé; il fut choisi pour travailler avec Duraeus, envoyé d'Angleterre, à la réunion des protestants et des luthériens. » Ses œuvres ne sont pas nombreuses: des vers latins; trois dissertations (latines) sur le baptême, les bonnes œuvres et le péché originel; les oraisons funèbres de Simon Goulart et du duc de Rohan. Il ne faut pas oublier un pamphlet très vif: *Cotton plagiaire* (1620), qui fut, selon Bayle, « fort estimé du public.» Le jésuite Cotton avait attaqué, dans son ouvrage: *Genève plagiaire,* la traduction française de la Bible publiée par les théologiens genevois. Ceux-ci prièrent Tronchin de répondre; la riposte fut aussi véhémente que possible. Le Père Cotton est malmené rudement, accusé de magie, convaincu de mensonge; les jésuites, ne sont-ils pas ceux qui « s'appellent la Compagnie de Jésus, en même sorte que Judas en était?»

Théodore Tronchin

d'après Ch. Borgeaud, op. cit.; portrait gravé de 1657, — Collection Gosse.

En 1629, paraissait à Genève une *Rechute du Jésuite plagiaire ou Examen du dialogue du P. Cotton.* Ce libelle, qu'avaient précédé deux *Défenses* (par le même auteur) « de la fidélité des traductions de la Bible faites à Genève, » était l'œuvre de *Bénédict Turrettini* (1588-1631), qui rendit de grands services à la République et à l'Église de Genève, prédicateur éminent, dogmatiste fort instruit, et, en l'occurence, diplomate adroit. Son fils *François Turrettini,* né à Genève en 1623, fit, sous Fréd. Spanheim et Jean Diodati, de brillantes études qu'il vint achever à Paris et à Saumur. Pasteur de l'église italienne de Genève, puis professeur de théologie, recteur de l'Académie, il passe à bon droit pour avoir été jusqu'à sa mort, survenue en 1687, le

[1] *Senebier,* II 133. *Bayle. Bull. de la Soc. de l'hist. du prot. franç.* XII, 175 et s. (Les théologiens du nom de Tronchin, » par M. A. Archinard). *France protestante. De Montet. Ch. Borgeaud,* op. cit., 333 et s.

pilier du calvinisme à Genève. Le principal de ses traités — il n'a guère écrit qu'en latin — est un excellent cours de théologie intitulé: *Institutiones theologiæ elenchticæ* (3 vol. 1679, 1682, 1685). Bayle apprécie François Turrettini en ces termes: « Ce fut un homme de beaucoup de mérite, éloquent, judicieux, laborieux, savant, zélé pour l'orthodoxie, » et d'une piété aussi sincère que son intolérance était belliqueuse.

Ce fut un modeste, un spirituel et un vaillant théologien, du reste peu mêlé aux querelles intestines de la Réforme, que ce *Jean Mestrezat*[1] (1592-1655), dont le cardinal Richelieu disait: « Voilà le plus hardi des ministres de France. » Sa grande réputation se fonda moins sur ses très nombreux écrits, commentaires de l'Écriture, traités de controverse, pamphlets, que sur ses sermons et sur ses conférences publiques devant la Cour contre des orateurs catholiques, parmi lesquels figura le futur cardinal de Retz, qui lui a rendu ce témoignage dans ses *Mémoires:* « J'avais eu quelque avantage sur lui dans la cinquième (conférence), où la question de la vocation fut traitée. Il m'embarrassa dans la sixième, où l'on traitait de l'autorité du pape, parce que ne voulant pas me brouiller avec Rome, je lui répondais sur des principes qui ne sont pas si aisés à développer que ceux de Sorbonne. Le ministre s'aperçut de ma peine; il m'épargna les endroits qui eussent pu m'obliger à m'expliquer d'une manière qui eût choqué le nonce. Je remarquai son procédé, je le remerciai au sortir de la conférence, en présence de M. de Turenne; et il me répondit par ces mots: — Il n'est pas juste d'empêcher M. l'abbé de Retz d'être Cardinal. Cette délicatesse n'est pas, comme vous voyez, d'un pédant de Genève. » Mestrezat était un dialecticien consommé et un beau prédicateur, habile plutôt qu'élégant, mais sobre et solide, « le Bourdaloue des chaires protestantes, » d'après Sayous.

(D'après Ch. Borgeaud, op. cit.)

Un autre théologien, qui, par ses œuvres plutôt que par son caractère, doit être compté au nombre des calvinistes rigides, est *Bénédict Pictet*,[2] (1655 à 1724), pro-

[1] *Senebier*, II, 139. *Sayous*, I, 177. *France protestante*. *De Montet*. *Mém. et doc. de la Soc. d'hist. et d'arch. de Genève*, XV, 29 et s. *Bayle*.

[2] *Senebier*, II, 249. *Sayous*, I, 179. *Vie de Bénédict Pictet*, par E. de Budé, in-12, Lausanne 1874. *De Montet*.

fesseur de théologie et recteur de l'Académie. Ses livres, dont l'énumération prendrait une ou deux pages, sont d'un érudit et d'un chrétien fervent, non d'un écrivain. Celui qui eut le plus de retentissement est sa *Morale chrestienne* ou l'*Art de bien vivre* (1693). Cet immense traité, en huit tomes, est un exposé des devoirs que la loi naturelle, la loi de Moïse et l'Évangile commandent d'accomplir. Pictet concède que les païens, les stoïciens entre autres, ont émis de fort belles idées sur la morale. Mais combien les préceptes de l'Écriture sont supérieurs! Je mentionne encore sa *Théologie chrétienne* (l'édition latine est de 1716, la traduction française de 1721); « dans cet ouvrage, dit M. de Budé, Pictet se met à la portée des plus simples aussi bien qu'il parle aux plus instruits le langage de la science la plus profonde. » Je rappelle enfin son *Histoire de l'Église et du monde de l'onzieme siècle* (1713), qui n'est qu'une suite, plus sérieuse et plus savante, de l'*Histoire de l'Église et de l'Empire* de Le Sueur. Son contemporain, ami et collègue *Michel Turrettini* (1646-1721) ne veut être mentionné que pour ses trois volumes, intéressants mais sans grande valeur littéraire, de *Mémoires* inédits sur sa vie et sur les événements dont il fut témoin.

(D'après Ch. Borgeaud, op. cit.)

Les théologiens « libéraux », dont il nous reste à parler, ne furent point des révolutionnaires, mais bien des orthodoxes à leur façon, plus tolérants que les autres, et surtout les ennemis d'un formalisme qui tuait l'esprit au profit de la lettre. Quelques-uns nieront le dogme de la prédestination et passeront plus ou moins ouvertement à l'arminianisme; la plupart demeurent des calvinistes accommodants.

Étienne de Courcelles,[1] lui, rompit franchement avec l'orthodoxie genevoise. Disciple, et même élève de Théodore de Bèze, il n'en conserva pas moins la liberté de son jugement. Ses opinions sur la question de la grâce le firent déposer du ministère. Il s'enfuit en Hollande, où, après des années de luttes et de misères, il fut choisi, comme successeur d'Episcopius, pour enseigner la théologie au collège que les remontrants avaient fondé dans la ville d'Amsterdam. De Courcelles, qui était né à Genève, en 1586, mourut à Amsterdam en 1659, « regretté par ses amis, affirme

[1] *Senebier*, II, 160. *France protestante*, 2me édit. *Sayous*, l. c. I, 176. *De Montet.*

Senebier, respecté de ses ennemis et pleuré par son Église, comme un père par ses enfants. » Presque tous ses ouvrages furent composés en latin. Il a écrit cependant un *Traité sur la question de la prédestination,* ainsi qu'un *Advis d'un personnage désintéressé* concernant la dispute d'Amyrault et de Dumoulin sur l'éternel sujet qui divisait les Églises de Hollande. L'*Advis* est digne de remarque par la sage modération de l'auteur. Courcelles passa, de son temps, pour antitrinitaire, avec son neveu, Jean Le Clerc, le critique des *Bibliothèques.* Il ne paraît pas qu'il soit allé au delà de l'arminianisme.

Mais laissons les théologiens qui ont cherché la liberté dans l'exil, et voyons un peu de près ce que font, à Genève, les adversaires de l'orthodoxie! Les tiraillements commencèrent à propos d'Alexandre Morus, un bel esprit, qui arrivait de France avec la réputation d'avoir des idées particulières, les idées de Saumur, sur quelques points de doctrine. Il désirait être consacré, car il avait des aptitudes et un goût décidé pour la prédication. La Compagnie des pasteurs, toujours méfiante, lui fit subir un véritable interrogatoire et le tourmenta jusqu'à ce qu'il consentît à rejeter toute « contrariété » avec la dogmatique des « prêcheurs » genevois. Il fut reçu ministre en 1641 et nommé professeur de théologie en 1642. Malheureusement pour lui, il avait du talent et il n'était pas modeste. L'envie se mit de la partie. On fit des plaintes au Conseil touchant certaines thèses soutenues par Morus, qui fut bientôt attaqué, poursuivi, persécuté et obligé de quitter Genève. Le siècle n'était pas au libre examen. Cependant *Jean-Robert Chouet,* que nous retrouverons parmi les savants, enseigna, dès 1669, la philosophie cartésienne à l'Académie, et l'ascendant qu'il sut prendre sur ses concitoyens lui épargna les coups de l'intolérance. *Philippe Mestrezat* (1620 à 1690), théologien doublé d'un savant, ne redouta pas de s'élever, dans ses sermons et ailleurs, contre le pédantisme et les allures tracassières de l'orthodoxie; Louis Tronchin et J.-A. Turrettini firent le reste.

Bayle, qui étudiait à Genève, parle ainsi de *Louis Tronchin* († 1703): « Je ne finis point de dire qu'il est le plus pénétrant et le plus judicieux théologien de notre communion. Il est dégagé de toutes les opinions populaires, et de ces sentiments généraux qui n'ont point d'autre fondement, que parce qu'ils ont été crus par ceux qui nous ont précédés, sans être soutenus de l'autorité de l'Écriture. Ce n'est rien pour lui que d'alléguer qu'un tel et un tel, les Universités et les Académies ont condamné une chose; il examine les raisons de leur conduite: s'il les trouve justes, il les embrasse, et non autrement. Ses leçons sont toutes des chefs-d'œuvre, et une critique fine et délicate du commun des théologiens. » Cet esprit indépendant devait plaire à Bayle, et l'éloge pourrait n'être accepté que sous caution. Mais il n'est personne, au XVIIme siècle, qui n'ait admiré et vénéré Tronchin; et, s'il a relativement peu écrit, il fut sans contredit une des lumières et l'une des gloires de Genève.

On lit dans l'article du *Dictionnaire* de Bayle sur François Turrettini: « Il laisse un fils qui a des dons extraordinaires. » Ce fils est *Jean Alphonse Turrettini,*[1] l'adversaire le plus illustre du calvinisme traditionnel. Toute sa doctrine peut, comme

[1] *Senebier*, III, 7. *Lettres à J.-A. Turrettini*, l. c. *Real-Encyclopedie* d'Herzog. *Vie de J.-A. Turrettini*, par E. de Budé, in-12, Lausanne 1880. *Le dix-huitième siècle à l'étranger*, par A. Sayous (2 vol. in-8, Paris, 1861), I, 64. *Ch. Borgeaud*, op. cit., 533 et s.

l'a fait observer M. de Budé, se résumer « en deux aspirations maîtresses : son aversion pour tout ce qui gêne la liberté de croyance, et sa tolérance absolue en matière dogmatique. » Il entendait notamment réduire la dogmatique officielle à quelques vérités fondamentales, abandonnant le surplus au sentiment individuel. C'était une sorte de révolution dans la théologie genevoise ; Tronchin avait commencé l'œuvre d'émancipation, Turrettini la consomma.

Né en 1671, il fut un enfant prodige. A l'âge de dix ans, il dédiait à son père une vie d'Hercule, qu'il avait écrite en latin. En 1691, ses études de théologie terminées, il parcourt la Hollande, l'Angleterre, la France, se lie avec tous les hommes éminents de l'époque, Le Clerc, Newton, Fontenelle, Bossuet, Malebranche, Saurin, etc., est admiré partout et par tous, même par Mlle de Lenclos, qu'il paie de retour ; « elle a, dit-il, infiniment d'esprit. » Son séjour à Paris lui a permis de briller dans la haute société littéraire et de dépouiller ce que le cardinal de Retz appelait le « pédant de Genève. » Il voit beaucoup de monde, fréquente les salons, étonne par son savoir, charme par sa politesse. Mais il fallut rentrer à Genève ! Consacré en 1694, agrégé à la Compagnie des pasteurs en 1695, professeur honoraire d'histoire ecclésiastique en 1697, il fut élu recteur de l'Académie en 1701 (il occupa cette charge jusqu'en 1711) et obtint en 1705 la chaire de théologie qu'avait illustrée Louis Tronchin.

(D'après Ch. Borgeaud, op. cit. ; portrait par Gardelle.)

Orateur distingué, dialecticien éminent, travailleur acharné, il lui manqua peut-être les dons tout à fait supérieurs, la profondeur de la pensée et la chaleur entraînante de l'éloquence. Il a plus de finesse et de netteté que d'élévation dans l'esprit. Sa doctrine est celle d'un rationalisme supranaturaliste, qui veut croire mais qui prétend discuter sa foi. Il est, au reste, un militant : « Les disputes, écrit-il, comme les guerres sont un mal nécessaire. Il faut souvent, malgré l'aversion qu'on en ait, s'y engager pour défendre la vérité et pour répondre aux sophismes de ceux qui sont dans l'erreur. » Il a soin d'ajouter : « Il faut peser l'importance des questions et ne pas se battre pour des choses de néant, comme s'il s'agissait du capital. Il faut agir avec candeur, chercher la vérité et non la victoire, peser les raisons et non les compter, ne pas se mettre en colère, s'abstenir des injures. » Que ceci est donc nouveau sous la plume d'un théologien calviniste !

En 1706, ses persévérants efforts amenèrent la suppression du *Consensus ;* en 1725, il obtint l'abolition de la confession de foi obligatoire. Les Conseils, qui avaient toujours tremblé devant la Compagnie des pasteurs, s'empressèrent de suivre Turrettini dès qu'il eut réussi à convertir la majorité de ses collègues à des principes de tolérance. L'infatigable professeur, qui avait sans cesse à lutter contre la maladie, trouvait le temps de s'intéresser à de plus grandes affaires. Il n'avait rien moins rêvé que la réconciliation de toutes les Églises protestantes, y compris les communautés anglicanes. Cette noble tentative échoua : allez donc prêcher la concorde entre frères ! Néanmoins, « lorsque Turrettini mourut, en 1738, a pu dire M. Ch. Borgeaud, la Genève moderne était née. »

(Coll. d'Est. de la Bibl. nationale.)

Ses ouvrages, dont quelques-uns sont très importants, ne peuvent être analysés ici. J'ai donné, en quelques mots, la substance de sa théologie. Citons, parmi les principaux de ses traités : son *Nubes testium pro moderato et pacifico de rebus theologicis judicio* (1719), un vaste recueil de témoignages et de sentences tirés de l'Écriture, des Pères de l'Église, des décisions de quelques synodes, des écrits de docteurs célèbres, et destinés à montrer ce qu'il sied d'entendre par vérités fondamentales et non fondamentales ; son *Historiæ ecclesiasticæ compendium* (1734), un exposé très clair et très complet, quoique succinct, des origines et du développement de la Réforme ; ses dissertations et ses thèses sur différents points de dogmatique ; son commentaire sur les épîtres de saint Paul, ses discours académiques, ses sermons enfin. C'est comme prédicateur, que Turrettini eut les succès les moins contestés. Toutes les Églises protestantes attendaient avec impatience la publication de ses sermons. « Vous les devez à toute l'Église, lui mandait Saurin. Des talents extraordinaires comme les vôtres ne doivent pas être enfermés dans l'enceinte d'une ville. »

Ses voyages, son caractère aimable et droit, sa réputation d'écrivain et d'orateur, lui avaient créé des relations et des amitiés fort nombreuses. De là, une correspondance très étendue avec l'abbé Nicaise, avec Fontenelle, avec Gravesande, avec Leibnitz, avec Jurieu, avec Osterwald, avec les hommes marquants de tous les pays et les représentants de toutes les sciences. Il est serviable et de bon conseil. On le consulte volontiers, on l'écoute toujours. Il sait si bien persuader et charmer, qu'il parvient même à calmer les emportements de cet irascible Jurieu. « Que je suis contente, lui écrit Mme Jurieu, en date du 12 octobre 1707, du bon effet qu'a produit votre billet! Il a touché le cœur de M. Jurieu et a rétabli la paix dans la maison. »

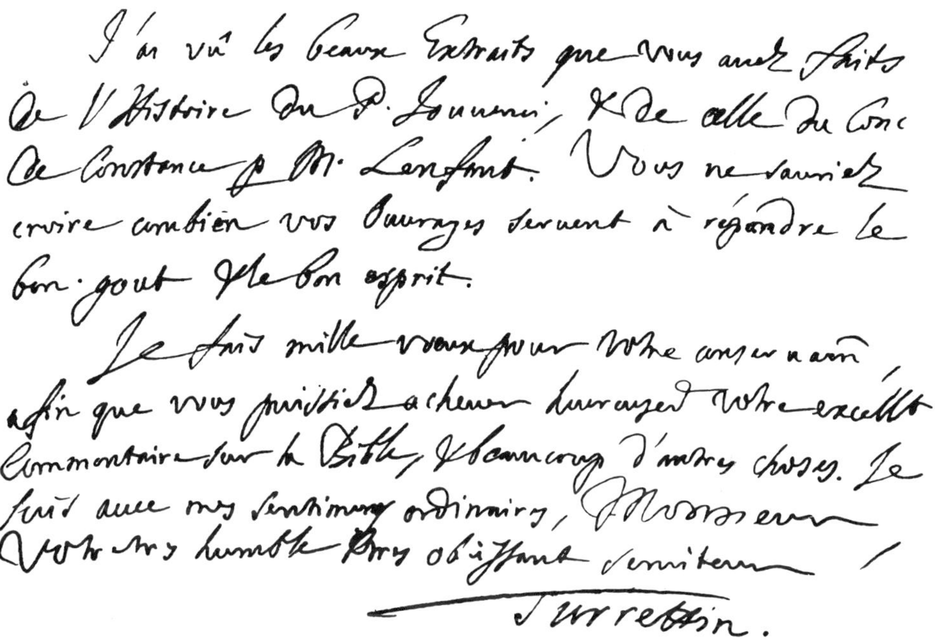

J'ai vû les beaux Extraits que vous avez faits de l'Histoire du P. Jouvenci, & de celle du Conc. de Constance p. Mr. Lenfant. Vous ne sauriez croire combien vos Ouvrages servent à répandre le bon goût & le bon esprit.

Je fais mille voeux pour votre conservation, afin que vous puissiez achever heureusement votre excellt Commentaire sur la Bible, & beaucoup d'autres choses. Je suis avec mes sentimens ordinaires, Monsieur Votre très humble très obéissant serviteur

Turrettin.

Lettre de J.-A. Turrettini à J. Le Clerc, 16 Mars 1714 (Bibl. publ. de Genève).

Berne n'admit pas le néo-calvinisme que Tronchin et Turrettini venaient de faire triompher à Genève. LL. EE. prêtèrent assistance aux partisans de l'orthodoxie, qui recoururent un peu partout au bras séculier pour s'assurer la victoire. Elles adhérèrent, en 1679, au fameux *Consensus*, qui, nous dit Gindroz, eût été mieux nommé le *Dissensus*; « tous ceux qui ont la faculté d'enseigner l'Évangile » durent se plier aux décisions souveraines des autorités bernoises.

Parmi les théologiens qui se signalèrent dans le canton de Vaud, durant le XVIIme siècle, nul n'a fait plus de besogne ni composé plus de volumes qu'*Elie Merlat*. Né dans la Saintonge, en 1633, il fut exilé de France pour avoir imprimé, sans autorisation de la censure, sa *Réponse au Livre de M. Arnauld* et pour avoir tenu des discours séditieux. Réfugié à Lausanne, dès 1680, élu pasteur, dans le courant de la même année, en 1682 il occupa la chaire de théologie. Son collègue, Jérémie

Sterki, l'accusa d'enseigner diverses erreurs en matière de religion. Cité devant le Conseil de Berne, il se justifia complètement, mais, « pour gain de paix », n'en perdit pas moins sa place ; réinstallé dans sa chaire en 1700, il mourut en 1705. Merlat était un esprit cultivé, raisonnable et indépendant. Il inclinait vers certaines idées condamnées par le *Consensus ;* sa doctrine ne se fondait que sur les Écritures. Il est l'auteur d'une quantité d'ouvrages, presque tous écrits en latin. Un grand nombre d'entre eux n'ont pas été imprimés et sont conservés à la Bibliothèque cantonale vaudoise.

Nous pouvons laisser dans l'ombre les autres théologiens vaudois du temps et passer à Neuchâtel, où nous arrête la belle figure de *Jean-Frédéric Osterwald,*[1] ce chrétien tout ensemble si noble et si humble, si fervent et si modéré. La dogmatique ? Il en fera, il l'estimera, mais la piété sincère et agissante vaudra toujours mieux pour lui que l'observation des formules et l'asservissement à la lettre.

« Dans la religion, a-t-il dit entre autres, il ne faut jamais séparer la doctrine de la morale, ni donner à l'une la préférence sur l'autre. Toutefois, la morale demande qu'on y insiste davantage que sur la doctrine, non seulement parce que le but de toute religion est de nous rendre gens de bien, mais parce qu'on ne peut enseignar la morale avec fruit qu'en y insistant. Ce n'est qu'en s'étendant sur les matières et en entrant dans un grand détail que l'on parvient aux deux fins de la morale, qui sont d'instruire les hommes de leurs devoirs et de les porter à s'en acquitter. »

Oui, moraliser avant tout, par de sages institutions, par de bons exemples, par des ouvrages populaires, par une prédication qui soit à la portée de tous. Osterwald est le modèle du pasteur protestant, religieux sans trop de fanatisme, tolérant sans trop d'indifférence, exclusivement préoccupé de faire le plus de bien possible. Dans la question de la liberté d'examen, il garde l'attitude réservée d'un esprit conciliant : il ne veut pas sacrifier les droits de la conscience individuelle, il juge cependant nécessaire une certaine unité dans les croyances. Il est d'accord avec J.-A. Turrettini, auquel il mande en 1700 : « Vous pouvez compter que nous serons fermes. » A d'autres égards, il ne sépare plus les œuvres de la foi. Assurément, le don de la grâce reste indispensable, mais ce don deviendra la propriété de tous ceux qui le chercheront dans la prière, la repentance et la dignité de la vie. C'est à peu près l'arminianisme.

S'il n'a aucune sympathie pour l'orthodoxie rigide, ni même pour le piétisme mystique, il n'est pas tendre aux incrédules. Dans une lettre à Turrettini (1705), il qualifie le *Dictionnaire* de Bayle de « livre le plus méchant et le plus dangereux qui ait jamais été fait ». Il s'exprime ainsi, en janvier 1707, sur la mort du philosophe de Rotterdam : « Voilà un dangereux ennemi de la religion emporté dans le temps qu'il était occupé à porter les derniers coups contre les vérités divines, et à renverser, autant qu'il le pouvait, les principes de la foi. Le voilà maintenant dans un lieu où le pyrrhonisme et le bel esprit ne servent plus de rien. Mais je tremble quand je pense à l'occupation où son Juge l'a trouvé. » Osterwald a naturellement les étroitesses et les préjugés du chrétien à l'endroit de ceux qui se sont émancipés du dogme et ne reconnaissent d'autre loi que celle de leur raison. Il ne faut pas lui demander une impartialité qui ne se concilie point avec la foi.

La carrière d'Osterwald fut longue. Né le 25 novembre 1663 à Neuchâtel, il fit ses humanités à Zurich, sa théologie à Saumur, Orléans et Genève. Il n'était âgé que de dix-neuf ans lorsqu'il fut consacré. Dès les premiers temps de son ministère, il acquit la réputation d'un excellent prédicateur. Ses sermons ne sont pas des chefs-

---

[1] *Album litt. de la Suisse romande,* II. 97. *Biographies neuchâteloises. Lettres à J.-A. Turrettini,* l. c. II et III.

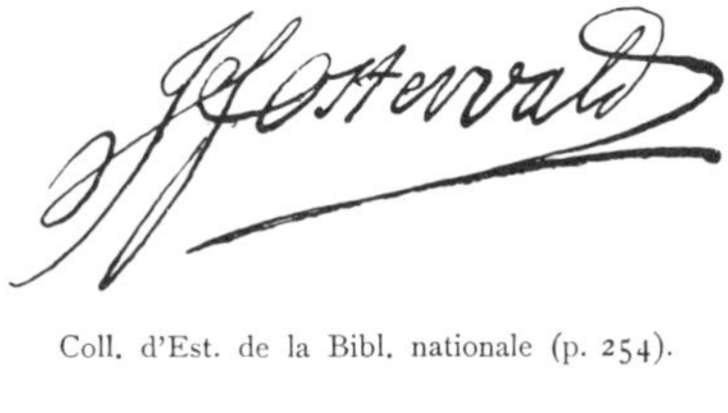

Coll. d'Est. de la Bibl. nationale (p. 254).

d'œuvre d'éloquence ; ils brillent par la clarté, la simplicité, la franchise, l'accent de conviction. Ce n'est point par « des discours fleuris, par des expressions vives et hardies, ou par un beau geste, qu'on pourra faire des chrétiens », ni par « de grands raisonnements et de belles moralités ». Il faut aller droit au cœur de son auditoire, attirer d'abord, persuader ensuite, toucher enfin. Plusieurs des sermons d'Osterwald sont bien ordonnés ; presque tous laissent à désirer pour l'aisance et la correction de la langue. Le pasteur de Neuchâtel n'avait pas le temps de polir ses phrases. Il était accablé de besogne ; ses fonctions pastorales ne lui laissaient que peu de loisirs ; il était mêlé aux affaires publiques ; il avait une correspondance considérable ; il éprouvait

Cette démangeaison qui nous presse d'écrire,

et ses volumes se succédaient assez rapidement. Plus détaché de sa gloire littéraire que de l'avancement du règne de Dieu, il pensait que la nourriture de l'âme chrétienne consiste moins en périodes savamment agencées qu'en pressantes et pieuses exhortations.

Osterwald exerça pendant soixante ans son ministère à Neuchâtel, aimé et vénéré de son troupeau, estimé de tous ses collègues, apprécié dans la Suisse entière, et même à l'étranger par des gens tels que Saurin et Fénelon. Lorsqu'il mourut, en 1747, tout Neuchâtel fut en deuil. Les magistrats et le Conseil de la ville lui élevèrent un monument. « Église dont il fut le pasteur, écoute, disait l'épitaphe ; si tu sais être attentive, il continue à te parler du fond même de son tombeau. »

Le plus célèbre des ouvrages d'Osterwald est son *Traité des sources de la corruption qui règne aujourd'hui parmi les chrétiens* (1699). La « corruption » semble avoir été le cauchemar de notre théologien. Il la découvre sans cesse et partout, il la poursuit avec acharnement, dans ses sermons, dans ses lettres, dans ses livres. Il se plaint, en 1713, à Turettini, « du terrible relâchement dans nos églises et parmi nos magistrats ». Il déplore que LL. EE. de Berne « adoucissent les peines contre les impurs et les adultères », si bien que « tantôt les chrétiens auront moins d'horreur pour l'adultère que les païens n'en avaient ». En 1715, il se lamente de nouveau : « Les impurs, les mondains, les demi-athées dont le nombre augmente parmi nous comme ailleurs, les libertins, se voyant appuyés par les magistrats, vont par tout le pays, décriant les ministres et répandant de pernicieux sentiments. » Il n'entend pas que l'on supprime les « pénitences publiques », et il « quitterait plutôt que de consentir à l'abolition de notre discipline ». Quelles sont d'ailleurs les sources de cette « impureté », contre laquelle il publiera un second traité, en 1707 ? C'est l'ignorance, l'abus de l'Écriture sainte et les mauvaises lectures. Osterwald développe ses idées avec cette sobriété, cette mesure, cette netteté qui ont fait de lui le plus populaire de nos théologiens.

Le livre qui a rendu le nom d'Osterwald familier à tous les protestants est son *Catéchisme* (1702), que, les uns et les autres, nous avons jadis appris en même temps que les rudiments de la grammaire et du calcul. On se figurera peut-être que ce petit volume, tout simple, presque naïf, a été composé en quelques jours. Il est le fruit de longues méditations, car il n'est pas de théologie plus difficile à bien faire que celle qui doit s'adresser aux enfants. Le plan même du *Catéchisme* n'a pas été arrêté d'emblée. « Je ne sais, écrivait Osterwald à Turrettini, si je dois le mettre par *demandes* et par *réponses*, ou autrement. » L'*Abrégé de l'histoire sainte et du catéchisme* (1734) fit davantage encore pour la renommée d'Osterwald. Mais tout ceci n'est pas de la littérature. Je me hâte de citer une version française de la *Sainte Bible*, la *Liturgie* « ou la manière de célébrer le service divin », les *Entretiens pieux*, et je prends congé d'Osterwald, un vulgarisateur à la façon de Viret, un homme certes éminent, un prédicateur distingué, un moraliste édifiant, mais à peine un écrivain. « On veut que je devienne auteur, mandait-il à un ami, moi qui n'eus jamais ni l'inclination, ni les dons nécessaires pour cela. »

Osterwald éclipse tous les théologiens neuchâtelois de son époque. Mentionnons, au-dessous de lui : *André Adam*, l'auteur d'un mauvais libelle : *L'impie fanatisme convaincu par la vérité*, etc. (1703), et *David Ancillon* (1670 à 1723), l'orateur de la chaire le mieux doué, le plus aimable, le plus élégant, le plus couru de toute la Suisse romande.

Quant aux écrits de dogmatique ou de controverse dus à des plumes catholiques, ils ont tous été rédigés en latin. Je citerai du moins l'*Hercules catholicus* (1651) de *Jacques Schueler*,[1] un pamphlet très violent du doyen Saint-Nicolas de Fribourg. L'*Hercule catholique* est dirigé contre « les dix têtes de l'hydre ursine (bernoise) avec sa progéniture de vipères ! »

II

La théologie allait trouver dans la science une redoutable rivale. Non point, il est vrai, parmi les jurisconsultes : *Jacques Godefroy* (1587—1682) qui est, au jugement de Gravina, le premier interprète du droit romain après Cujas, et qui publia en 1616 — il n'avait que vingt-neuf ans — ses fameux *Fragmenta duodecim Tabularum*, ne fut pas mêlé aux disputes du siècle. Les humanistes ne firent pas plus de bruit : *Florence-Étienne-Méric Casaubon* (1619 à 1671) qui, sans égaler son père, Isaac Casaubon, a laissé, outre divers écrits de théologie composés en latin ou en anglais, plusieurs ouvrages estimés de philologie ; *Étienne Le Clerc* (1599 à 1676), un helléniste remarquable ; *Pyrame de Candolle*, le fondateur à Yverdon de la Typographie-Helvétiale-Caldoresque, un savant philologue, qui eut le tort de ne pas mettre en volumes ses connaissances très étendues. Ni les médecins, comme *David Le Clerc* (1652 à 1728), l'auteur, fort apprécié en son temps, d'une *Histoire de la médecine* (1696) et d'un traité de *Chirurgie complète* (1695), ni *Théodore Turquet de Mayerne* (1573—1655), le conseiller et le favori de Jacques Ier d'Angleterre, ni même certains naturalistes et physiciens tels que les frères *Jean* (1615 à 1688) et *Théophile Bonet* (1620 à 1689) ne prirent part, non plus, aux débats théologiques.

Mais voici *Jean Robert Chouet*.[2] Né à Genève en 1642, Chouet fit ses premières études dans sa ville natale ; il alla les compléter à Nîmes, où il suivit les cours du fameux de Rodon, le prince des dialecticiens de l'époque. A vingt-deux ans, nous dit Sayous, « le jeune philosophe, qui venait de passer à Descartes avec armes et bagages, tout en étudiant la théologie à Genève, avait osé disputer la chaire de philosophie de l'académie protestante de Saumur, à un ministre de Saintonge ferré sur la scolastique. La lutte avait été opiniâtre, et Descartes, malgré tout, avait battu

---

[1] *Emulation* (de Fribourg), I, n° 20.

[2] *Senebier*, II, 259. *France protestante*. 2me éd. *Bull. de l'Inst. nat. gen.*, IX. *Sayous*, l. c. I, 181. *Alliance libérale*, 1881, p. 37 et 38. *Ch. Borgeaud*, op. cit., 408 et s.

D'après Ch. Borgeaud, op. cit.; portrait de Gardelle, à la Bibl. de Genève (p. 257).

Aristote, aux applaudissements de l'auditoire. » Chouet obtint la chaire, ensuite de ce concours honorable ; il se trouva bien à Saumur, « à cause de diverses personnes et de la Religion et catholiques Romains, avec lesquels je puis conférer de Philosophie », et parce qu'il était près de Paris, « la source des gens de lettres ». La mort de Gaspard Wyss, en 1668, rendit vacante à Genève la charge de professeur de philosophie ; Chouet se présenta et fut immédiatement agréé. Son éloquence, sa science, son cartésianisme déclaré peut-être, attirèrent une foule d'étudiants. Il n'était pas de ceux qui « se refusent à eux-mêmes et aux autres la faculté de jugement et jusqu'à la liberté du doute », comme il le déclarait dans son cours de logique. Bayle, son élève, écrivait, en 1671 : « M. Chouet est un esprit extrêmement délicat, et également poli et solide. » Brillant disciple de ce René Descartes, dont J.-A. Turrettini célébrera, en un discours rectoral de 1704, « la courte, mais considérable, mais incomparable, mais royale dissertation de la *Méthode* », il dut, en 1686, renoncer à l'enseignement pour entrer dans l'administration. Il fut investi des premières fonctions de la République; il remplit aussi des missions diplomatiques fort importantes auprès du duc de Savoie et des cantons suisses. Il mourut en 1731, aussi vénéré comme magistrat que comme savant.

Chouet, qui a laissé en manuscrit des *Recherches* sur le passé de son pays,[1] a fourni à Spon les matériaux de son *Histoire de Genève.* Mais il est surtout connu par ses ouvrages de physique, tous écrits en latin : *De varia astrorum luce* (1674), *De materiâ et formâ corporum* (1674), *De iride* (1675), *De vacuo* (1676), etc. Chouet, qui connaissait Bacon, qui avait lu Gassendi, ne s'est pas contenté de suivre servilement la méthode de Descartes ; il l'appliquait avec intelligence, constate Sayous, à l'étude expérimentale des phénomènes naturels, remettant tout en question, recommandant avant tout la liberté d'examen.

Chouet, certes, est un précurseur. N'en est-ce pas un aussi que le très érudit et très fécond *Jean Le Clerc?*[2] Né à Genève en 1657, il y fit de fortes études sous des maîtres tels que Robert Chouet, précisément, F. Turrettini, L. Tronchin. Il épousa la fille de ce *Gregorio Leti,* aventurier de lettres naturalisé Genevois en 1674, fabricateur de documents, infatigable compilateur, auteur inépuisable, qui devait entasser, dans sa *Storia Genevrina,* des bourdes et des erreurs à scandaliser un romancier. Le gendre, heureusement, ne ressembla pas au beau-père ; aussi exerça-t-il une influence notable sur la littérature de son temps. Théologien sagace et modéré, philosophe ingénieux et profond, historien exact sinon brillant, critique instruit et judicieux, savant de premier mérite, il est un esprit universel et il a réussi, parfois excellé, dans plusieurs genres. Mais au prix de quel travail ! Je ne connais pas de vies où il y eut moins d'heures perdues que dans la sienne, ni beaucoup de consciences plus hautes. Lorsque le moment fut venu pour lui de terminer sa théologie par la consécration au saint ministère, il se contenta de subir ses examens; il ne pouvait admettre ni le *Consensus,* ni la vérité de certaines thèses auxquelles il fallait adhérer pour être reçu membre du clergé. Il tenait, comme son père, le philologue Etienne Le Clerc, pour la doctrine

[1] Publiées en extrait dans le *Journal helvétique,* janvier 1755.

[2] *Senebier,* II, 283 et s. *Sayous,* II, 75 et s. *France protestante.* Tous les recueils et dictionnaires biographiques. En outre : *Etude biographique sur Jean Le Clerc,* par M. J. Collen, Genève, 1884.

proscrite de la grâce universelle. Ses opinions le contraignirent à s'expatrier et, dès 1684, nous le trouvons à Amsterdam, dans le pays d'Arminius ; il y enseigna la philosophie, les belles-lettres, l'hébreu et l'histoire ecclésiastique. « J'aurais, écrivait-il à L. Tronchin, une existence bien plus douce dans mon pays que dans cette Hollande où me voilà, s'il m'avait été permis d'y vivre indépendant parmi les hommes ; mais lorsque je pense à quelle misérable servitude il aurait fallu me soumettre, mon regret du sol natal n'en est pas peu diminué. »

Collection de portraits de la Bibl. de Zurich.

C'est une existence de travail et de lutte qui commence pour Le Clerc. Il n'était pas d'un naturel très humble. Il avait conscience de sa valeur et supportait mal la contradiction. Nous le verrons bientôt polémiste ombrageux, philosophe frondeur. En attendant, nous admirerons sa prodigieuse activité. En 1705, il écrit à J.-A. Turrettini : « Mon sixième volume de la *Bibliothèque choisie* vient de paraître présentement, et l'on m'a engagé d'en donner trois par an — 1200 pages ! — ou un de quatre en quatre mois. Marquez-moi, s'il vous plaît, si vous avez les précédents ou ceux qui vous manquent... Les *Inscriptions romaines* vont avec une lenteur insupportable, par la faute de ceux qui s'en mêlent. Il me fâche que le même libraire, qui a sous la presse les Lieux hébraïques d'*Eusèbe* et de *St-Jérôme*, aille aussi lentement dans cet ouvrage, dont il n'y a pas vingt feuilles de faites depuis une année. » Il a toujours une demi-douzaine d'ouvrages très importants sur le chantier, quand ce n'est pas chez l'imprimeur. On reste stupéfait devant cet énorme labeur. On se demande comment un homme peut, avec des jours qui ont vingt-quatre heures, livrer tant de prose en pâture au public et sur des sujets si divers. Le Clerc a une santé de fer — jusqu'à ce qu'il l'ait usée, — et la graphomanie le tient. Il se prodigue, et puis il n'a pas la liberté de préparer ses œuvres avec la sérénité d'un savant paisible ; il est, sinon le chef, du moins l'un des chefs du parti rationaliste. De chrétien libéral et tolérant, il est devenu le disciple ou le compagnon d'armes de son ami Locke. Le grand penseur anglais, expulsé de l'université d'Oxford, s'était réfugié en Hollande ; il vit Le Clerc : ces deux hommes se comprirent sans peine, et tous deux se liguèrent, en théologie contre les orthodoxes, en philosophie contre les cartésiens. Comme ils étaient parqués entre les extrêmes de droite et de gauche, ils reçurent force horions des deux côtés, Le Clerc surtout. Bayle, Burman, et dix, et vingt autres le poursuivirent avec acharnement. Etant obstiné et d'humeur batailleuse, il ne laissa jamais une objection ou une injure sans réponse. Cette existence d'excessif travail et de querelles sans fin s'achèvera lamentablement, — la mort de l'intelligence précédant l'autre mort (1736).

Ses ouvrages théologiques, écrits la plupart en assez mauvais latin, ne nous arrêteront pas. Consciemment ou non, il fut un adversaire du spiritualisme et l'un des précurseurs de ces rationalistes plus décidés qui, après s'être emparés de la pensée du XVIIIme siècle, détruiront ce que, de bonne foi, il essayait de préserver de la ruine. Comme hagiographe, spécialement comme exégète, il compte parmi les meilleurs théologiens du Refuge. Sa réputation d'historien est moins solidement établie. L'histoire exige de longues et minutieuses investigations, de la réflexion aussi et de l'impartialité. Ce publiciste affairé, qui touche à tout, qui met tout en volumes, ne pouvait réussir dans un genre qui ne souffre pas l'improvisation. On ne lit plus, on ne consulte même plus son *Histoire des Provinces-Unies*. Sa *Vie de Jean-Armand, cardinal de Richelieu* n'est cependant pas sans valeur, bien que le sujet soit traité d'une manière superficielle, que l'auteur ait plagié d'autres biographes et qu'il ait fait un Richelieu de sa façon, diplomate habile, peu scrupuleux, mais point extraordinaire. Ce qu'on appréciera le plus dans cette ingénieuse compilation, ce sont les idées politiques de Le Clerc, ce libéralisme qui soufflait d'Angleterre et qui lui était venu par Locke.

Le critique nous attire davantage, puisqu'aussi bien il fut l'un des fondateurs de la critique littéraire dans les pays de langue française. Bayle l'avait précédé, avec ses *Nouvelles de la République des lettres*, journal mensuel dont le premier numéro parut le 27 mai 1684. Le Clerc est infiniment plus sûr et plus complet. Au lieu des petites notes que Bayle jetait distraitement sur des sujets scientifiques, après avoir « lu avec les doigts », son émule, puis son adversaire, donnera des articles substantiels et parfois de véritables dissertations qui ne dépareraient pas une de nos revues modernes. « On ne peut s'occuper des journaux de Le Clerc, dit Senebier, sans se plaindre de l'aridité, de la maigreur, je dirai presque de l'inutilité de la plupart de ceux qui se publient. » Effectivement, les *Bibliothèques*[1] sont, pour le sérieux et

[1] Nous avons trois *Bibliothèques* de Jean Le Clerc :

Bibliothèque universelle et historique, commencée en 1686, paraissant chaque mois par petits cahiers jusqu'en 1693. Amsterdam, 25 vol. in-12 ;

Bibliothèque choisie pour servir de suite à la Bibliothèque universelle, publiée à partir de 1703 jusqu'à 1713, et paraissant d'abord deux fois, puis trois fois par an. Amsterdam, 27. vol. in-12, plus un de tables.

Bibliothèque ancienne et moderne pour servir de suite aux Bibliothèques universelle et choisie, commencée en 1714 et paraissant tous les trois mois jusqu'en 1726. Amsterdam, 29 vol. in-12, avec la table.

l'étendue des notices, un modèle qu'on ne saurait trop recommander. Et songez que Le Clerc n'eut pas ou presque pas de collaborateurs, car de La Croze le quitta bientôt et Bernard ne s'est occupé que des neuf derniers volumes de la *Bibliothèque ancienne et moderne*. Il avait assumé un travail auquel deux cerveaux bien organisés n'eussent point suffi, et encore n'était-ce là qu'une partie de sa besogne! Peu curieux des œuvres d'imagination, il étudie de préférence les traités de théologie, de philosophie, d'histoire, de linguistique, et même de physique et d'astronomie. Il sait tout, s'exprime sur tout avec compétence. Ne vous figurez point qu'il juge sommairement un livre! Il en discute le point de vue, il en contrôle les affirmations, il en vérifie les sources. Et cette tâche herculéenne, il l'accomplit sans avoir l'air de ployer sous le faix, signalant les faiblesses, les inexactitudes, les hérésies, avec une parfaite indépendance d'esprit et une étonnante sagacité. Il est, je le confesse, plus solide ou plus massif qu'agréable. Son robuste bon sens et sa vaste érudition ne sont point servis par des qualités aimables : la distinction, la grâce, la fantaisie. Savant il est, savant il restera. Paysan du Danube de la bibliographie, c'est pour instruire qu'il écrit, non pour amuser. Mais il a le défaut commun à ses confrères passés, présents et futurs : ce critique n'admet pas volontiers la critique. Un léger reproche, une attaque voilée, un assaut direct, le voilà qui part en guerre! Dans le tome X (1706) de sa *Bibliothèque choisie*, Le Clerc, qui a été accusé de socinianisme par Bayle, se défend en ces termes :

BIBLIOTHEQUE CHOISIE, POUR SERVIR DE SUITE A LA BIBLIOTHEQUE UNIVERSELLE. Par JEAN LE CLERC. ANNÉE MDCCIII. TOME I.

A AMSTERDAM, Chez HENRY SCHELTE, MDCCIII.

« Pour faire diversion, il ramène le socinianisme sur la scène et veut m'en rendre suspect, afin d'empêcher que mes raisons ne fassent de l'impression sur les esprits. Mais c'est une très méchante finesse et qui ne trompera personne. Quand ce serait un Turc, un Talapin ou un Bonze, qui aurait trouvé avec raison à redire à la doctrine ou à la conduite de M. Bayle, ce dernier n'en serait pas moins blâmable... Il me semble même qu'il est honteux d'accuser de certaines opinions que l'on feint de mépriser, des gens à qui l'on répond si mal. Un prétendu orthodoxe à la manière de Bayle, un orthodoxe, dis-je, qui raisonne aussi mal qu'il fait de la religion, pourrait être très facilement redressé par un socinien, si quelqu'un de ceux qui sont dans les sentiments de Socin voulait s'en donner la peine. Mais, en cette occasion, l'objection du socinianisme est ridicule, parce que je ne me suis point servi des principes des sociniens, pour détruire ses objections. Je ne suis pas d'ailleurs dans leurs sentiments, comme je l'ai dit plus d'une fois. »

Tout cela est fort bien et fort vite dit. Mais encore n'est-il pas sûr que cette mauvaise plume de Bayle n'ait pas eu quelques raisons de parler socinianisme à propos de Le Clerc. Et ce dernier fut engagé dans bien d'autres conflits, avec Pierre Burman qui lui décocha son *Gazetier menteur,* avec Boileau, que sais-je ? S'il n'est pas d'humeur facile, s'il aime à contredire, à trouver la petite bête, à faire parade d'impeccabilité, il a la franchise, la hardiesse et un ardent amour de la vérité. Et surtout, il est admirablement attentif à sa tâche et il n'est jamais las. Ses recueils renferment de nombreuses monographies, sans parler des comptes-rendus, et si l'on désirait connaître la table de l'un des volumes de ses *Bibliothèques,* voici — je prends au hasard — celle du tome XXVII de la *Bibliothèque choisie : Histoire de France,* par le P. Daniel (un article de 100 pages) ; *Histoire du Concile de Constance,* par M. Lenfant ; *Dictionnaire philosophique* de M. Chauvin ; *Conjectures physiques* de M. Hartsœker ; *Histoire du Vieux et du Nouveau Testament,* par le Sr de Royaumont ; la *Ménagiana ; Histoire de l'Académie royale des sciences* pour 1670, par M. de Fontenelle ; *Tome VIII des Actes publics d'Angleterre ; Fragments des Hexaples et d'Origène,* recueillis par le P. de Montfaucon ; *Commentaire sur Ésaïe,* par M. Vitringa ; *Plan théologique du Pythagorisme,* etc., par le P. Mourgues, jésuite. Quelques-uns de ces ouvrages ne sont qu'annoncés en deux mots, la plus grande partie est analysée longuement. Extrayons au moins du tome XI de sa *Bibliothèque ancienne et moderne* ce passage concernant les *Nouveaux dialogues des morts* (1719), œuvre posthume de Fénelon :

> « En lisant quelques-uns des dialogues, on s'apercevrait aisément qu'ils sont de l'auteur de *Télémaque,* quand bien même M. le marquis de Fénelon, son neveu, ne l'aurait pas dit dans sa dédicace au roi Louis XV. On y voit partout le génie et le style de cet admirable auteur, qu'il serait bien difficile de contrefaire. Quoique tout ne soit pas égal, parce que les matières diverses de ces deux volumes ne le comportent pas et qu'il fallait quelquefois qu'il s'accommodât à la portée d'un enfant, il ne laisse pas d'y avoir partout beaucoup de jugement et d'esprit. Il paraît qu'il savait fort bien le caractère de ceux qu'il fait parler et qu'il était très bien instruit de leur histoire. J'ai néanmoins trouvé une faute... On ne peut rien lire de mieux tourné ni de plus solide que les dialogues XV et XVI entre Socrate et Alcibiade, et celui où Timon le Misanthrope s'entretient avec eux. Les deux premiers, qui étaient des génies de premier ordre, n'ont jamais parlé avec plus d'agréments ; et le grand Socrate, en particulier, n'a jamais rien dit de plus sage, ou pour montrer que les belles qualités naturelles ne servent qu'à déshonorer sans un amour constant de la vertu, ou pour faire voir que le meilleur gouvernement est celui qui inspire du respect pour les lois, de l'amour pour la patrie et pour tout le genre humain... »

On peut juger Fénelon avec plus de délicatesse et plus d'ingéniosité ; en somme, l'appréciation de Le Clerc n'est point banale, ni superficielle, et c'est plutôt dans la critique des œuvres de théologie et d'histoire qu'il convient de l'étudier pour prendre la mesure de son talent.

M. Sayous a déjà rappelé la querelle que Le Clerc fit à Boileau. Le poète admirait, avec Longin, la sublimité de cette parole de la Genèse : « Que la lumière se fasse, et la lumière se fit ». Le Clerc, lui, ne voyait là qu'une phrase fort simple, et il le dit à sa manière, rudement. L'indulgence n'était pas une vertu de Boileau, qui répondit : « Ne vous opiniâtrez pas davantage à défendre, contre Moïse, contre Longin, contre toute la terre, une cause aussi odieuse que la vôtre, et qui ne se saurait soutenir que par des équivoques et de fausses subtilités. Lisez l'Écriture sainte avec un peu moins de confiance en vos propres lumières, et défaites-vous de cette hauteur calviniste et socinienne qui vous fait croire qu'il y va de votre honneur d'empêcher qu'on admire trop légèrement le début d'un livre dont vous êtes obligé vous-même d'avouer qu'on doit adorer tous les mots et toutes les syllabes, et qu'on peut bien ne pas assez admirer, mais qu'on ne saurait trop admirer. » La leçon n'était pas douce. Le Clerc s'emporta, étant de ceux qui ont tort avec énergie. Ce joûteur déterminé n'avait pas assez des chicanes qu'il cherchait aux autres ou qu'on lui faisait ;

il voulait entraîner ses confrères dans la bataille, car il n'envisageait pas qu'il y eût une volupté supérieure à celle de gesticuler et de crier en pleine mêlée. Un jour, il eut la malencontreuse idée d'inciter ce charmant et paisible égoïste de Fontenelle à entrer en campagne contre un livre du P. Malthus. Fontenelle le remercia de la bonne pensée : « Je n'ai point du tout l'humeur polémique et toutes les querelles me déplaisent. J'aime mieux que le diable ait été *prophète,* puisque le père jésuite le veut, et qu'il croit cela plus orthodoxe. » Entre le détachement absolu du bel esprit et l'ardeur militante du controversiste, il y aurait place pour la sagesse, mais la sagesse se tient plus près de Fontenelle que de Le Clerc, décidément trop belliqueux.

Quelle a été l'action des *Bibliothèques ?* Profonde, assurément, et point locale. Elles ont, à tout le moins, fait connaître aux Français la pensée et la science anglaises; et ce ne serait déjà point là mince mérite. Mais ce n'est pas tout. Sayous a fort bien dit : « En communauté d'efforts et de mérite avec Bayle et Basnage, Le Clerc, par ses analyses sur des sujets si variés, a mis les esprits en contact avec une grande quantité de faits, de choses et d'idées : il les a aiguisés par la comparaison, de même que par son indépendance il a encouragé leur liberté et porté coup à l'érudition pédantesque, en distinguant entre les mots et les choses, et mettant les premiers à leur place. » Cette vaste intelligence, très claire, un peu fruste, a étendu notre horizon et en a dévoilé quelques parties, sans d'ailleurs y employer beaucoup de formes. Qu'importaient les moyens ? Dans une langue froide et rugueuse, Le Clerc a écrit d'excellentes choses, et il a, sinon inventé, du moins enrichi la critique périodique. Il n'avait pas même l'ambition d'être un artiste. Au contraire, nous le voyons souvent dédaigneux des lettres pures, persuadé en quelque sorte que la meilleure façon d'honorer les idées est encore de mépriser les mots.

Nous sommes entrés, avec Chouet, Le Clerc, J.-A. Turrettini, dans le XVIIIme siècle, le « siècle des philosophes ». Rousseau vient de naître à Genève. Des savants hardis, des livres audacieux vont paraître. Et bientôt, Voltaire aura la satisfaction de voir tout le Conseil de Genève aux Délices, pour assister à une représentation de *Zaïre.* Et il écrira : « Jamais les calvinistes n'ont été plus tendres... Dieu soit loué ! tout va bien, j'ai corrompu le Conseil et la république. » Que nous voilà donc loin de Calvin, et du synode de Dordrecht, et du *Consensus !*

TABLE DES ILLUSTRATIONS

NB. Les gravures **hors texte** sont marquées d'un astérisque (*).

INDEX ALPHABÉTIQUE[1]

[1] Cet Index ne s'étend pas aux noms simplement cités dans la biographie.

Cette réimpression a bénéficié d'une aide
de l'Etat de Berne.

Achevé d'imprimer
sur les Presses
de l'Imprimerie Schüler
à Bienne
en octobre 1990